2023 年

山东大学党委宣传部

山大日记

Diary in Shandong University

主 编 张 帅

副主编 万广远 林 竹 冯 刚

刘金帅 孟 丽

山东大学出版社

SHANDONG UNIVERSITY PRESS

· 济南 ·

山大日记

Diary in Shandong University

编委会

三八国际妇女节 113 周年暨先进表彰座谈会(张丹丹 摄)
(参见 3 月 8 日日记 郑柔澄、3 月 10 日日记 张群姿、3 月 11 日日记 张瑾)

山东大学第三届全民运动会暨 2023 年田径运动会(张云鹏 摄)(参见 4 月 21 日日记 李超)

“榜样的力量”山东大学优秀学生颁奖典礼暨五四青年盛会（张云鹏 摄）
（参见 5 月 4 日日记 张格堃、5 月 5 日日记 陈允隆）

纪念华岗诞辰 120 周年系列活动（蒋晓涵 摄）（参见 6 月 10 日日记 华丹坡）

山东大学与法国波尔多大学对法国图尔托瓦拉克洞穴遗址的联合考古(李占扬 摄)
(参见 6 月 16 日日记 赵宇超)

山东大学重大主题美术大展(谢婷婷 摄)(参见 6 月 9 日日记 姚榕华、9 月 14 日日记 李静)

青藏冻土科考队员野外探测(张诺亚 摄)(参见 7 月 23 日日记 刘锐)

山东大学 2023 年秋季学期迎新(蒋晓涵 摄)
(参见 9 月 4 日日记 王炫、9 月 5 日日记 胡世塔尔·萨依普、9 月 7 日日记 耿晓慧)

“芳华山大·家国天下”庆祝山东大学建校 122 周年系列活动(刘怡康 摄)
(参见 10 月 15 日日记 李芹)

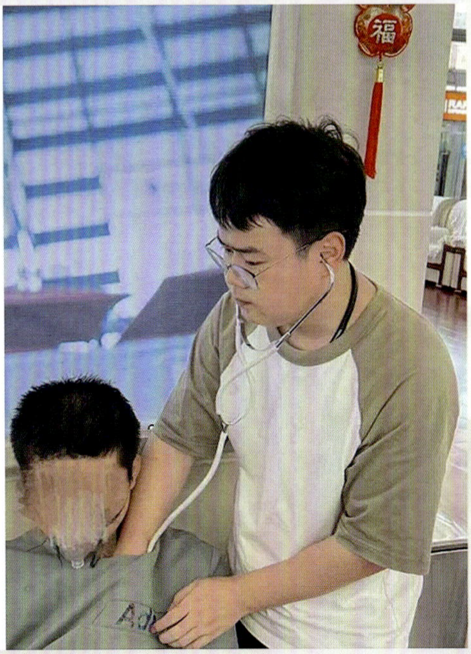

山大学子路遇险情伸出援手紧急施救
(参见 10 月 11 日日记 宋雯雯、11 月 2 日日记 李春林、12 月 3 日日记 刘海洋)

山东大学中华优秀传统文化“两创”成果展（刘怡康、张云鹏 摄）（参见 11 月 26 日日记 何淼）

《山大日记》十周年暨《百微山大》300 期成果展（《山大日记》栏目组 摄）
（参见 12 月 15 日日记 温梓玉）

序　言

时光列车一路向前，满载着前进的希望和收获的喜悦，到达“2023年终点站”。2023年，是全面学习、把握、落实党的二十大精神的开局之年，是实施“十四五”规划、推进新一轮“双一流”建设承上启下的关键一年，也是山大日记忠实记录山东大学光辉岁月、与山大人携手并进的又一年。

列车开过的每一站，都是山东大学2023年砥砺前行的见证。我们锚定“强校兴国”，高质量开展学习贯彻习近平新时代中国特色社会主义思想主题教育，聚力“全面图强”，谱写教育强国建设的山大新篇章；我们围绕立德树人，落实“五育并举”，山大学子在学科竞赛、文体活动、创新创业、社会实践等各个舞台闪耀光芒，奏响“学在山大、快乐成长”人才培养交响曲；我们聚焦“四个面向”，高水平科技自立自强展现新作为；我们勇担文化使命，不断打造中华优秀传统文化“两创”新标杆……每一站，都留下山大人脚踏实地走过的足迹，都铭记“山大红”和家国情怀的鲜明底色，都是我们前进的灯塔、回望的路标。

翻开这本2023年“行车记录”，那些闪闪发光的记忆跃然纸上：还记得新生报到时满怀期待的她，参加校友会时感慨万千的他，答辩现场神采飞扬的她，培训会上神情专注的他；还记得在高铁站、马路旁救助路人的身影，科研攻关成功后喜悦的笑容；还记得获得荣誉奖项那一刻的激动，参与校园活动那一天的充实；还记得那次难忘的支教经历，那片充满希望的土地上满怀希望的笑脸；还记得军训迷彩服跃动的绿，志愿马甲鲜艳的红，边疆雪原一望无际的白，海洋世界神秘的蓝……这些在岁月长河里奔腾而起的浪花，被山大日记这只“神奇海螺”温柔地拥进怀里，定格在每一位作者、读者的心间。大浪淘沙过后，不同山大人的个人记忆熔铸到所有山大人的集体记忆之中，让属于这所百年学府的流金岁月成为永恒。

当指尖翻开封面，当微风拂过纸页，山大人的清晨与黄昏、春夏与秋冬在文字里静静地流淌。这里，有校园生活的精彩体验，有杰出校友的精神风采，也映射着每一个山大人与校园建设、社会变革、国家发展之间紧密的联结。山大日记不仅是山大人生活点滴和思维跃动的记录，更是山大人与山大共同迈向更好、更远未来的亲历者和陪伴者。

潮平两岸阔，风正一帆悬。前路风景正好，列车即将起航。告别 2023 年终点站，我们将继续跨过高山，越过平原。而山大日记也将与各位一路相伴，共同抵达下一站——我们携手相约，十年又十年！

编　者

2023 年 12 月

目 录

1月

2 月

3 月

4 月

5月

6月

7月

9月

1月1日　星期日　晴

唐仲英爱心社“晚安故事”活动志愿者·王贝佳

“晚安故事”活动由彩虹公益社发起，由山东大学学生唐仲英爱心社（以下简称“唐社”）和山东大学管理学院青年志愿者协会联合承办。活动组织志愿者将音频录入故事机中，为孩子们讲述晚安故事。我作为唐社的一名社员，参与组织了本次第二期“晚安故事”活动。

活动前期准备阶段，工作组成员开展了文本库相关工作，制作在线表格，整理配乐并筹备第二期培训会。来自不同学院的工作组成员积极与本学院学生会联系帮助推荐，取得了良好的宣传效果。至今，活动群已突破千人，远远超过第一期活动人数，这为后续的志愿者工作打下了坚实基础。随着活动的推进，我对本次志愿活动也有了新的体会。

冬日寒冷，新年已至。我十分期盼春暖花开的那天。无数的孩子，无尽的远方，都与我有关。人与人的关系是一条条线，相互交错，构成世界的画布。同学们参与志愿活动，无关其他，就是觉得这样的事值得我们去做。爱是有声的，它会在孩子们的床头叮咛；爱是长情的，它会长久陪伴孤独的心灵。以机器为载体，传递远方的善意和温暖；以有声故事为形式，隐匿不必明说的关切。我相信，声音是一种力量，能帮孩子们驱散恐惧，构建自己的锦绣天地；我相信，人们的爱意是无穷无尽的海浪，热烈汹涌。当我们共建的“爱意王国”落地之时，深夜的哭泣就不再无人问津。

此刻看向窗外，炊烟袅袅，我们的国家是如此有生命力。每一次活动都让人成长，希望今日之新我，能助力孩子们构筑美好的新世界。

作者：管理学院2022级本科生　王贝佳

1月2日　星期一　晴

基础医学院教师·王新玲

看着现在安安静静的校园，我想起了这两年半的很多往事。此刻，办公室里也很安静，只有我敲键盘的声音。突然有一瞬间，我发觉现在的自己相比初来山大时已变化很大，不禁感慨良多。

回首这两年半，我和全世界的确经历了不少，我也第二次从一名学生转变成一名老师。走在校园里，我的脑海中经常浮现两年半前自己的样子。2020年的夏天，我作为应届博士毕业生来山大应聘，办理入职手续前前后后花了四个多月的时间。第一年，新鲜感扑面而来，我对未来有很多憧憬和规划，对职业和研究方向也有很多想法。2022年初，我才确立了自己的课题和方向。虽然探索方向花了很久的时间，但是现在我仍认为值得。我是那种轻易不入行，一旦入行就很痴迷的人，所以去年我几乎没有休息。3次校园提级管理，我留守2次。我见过趵突泉校区凌晨清澈的星空，见过校园凌晨4点的样子，也知道校园的路灯几点熄灭。校门口的保安经常在凌晨帮我开门，楼里打扫卫生的阿姨每天和我一起上班，所以都混熟了。到现在，我的课题已经结束，蓦然回首，才恍然发现这一年我已经历万水千山，而我也惊叹于自己如此刻苦和努力，惊叹于是何种强大的动力支撑着我350多天如一日坚持早睡早起，每天做实验。恍然间，我才明白，可能这就是热爱科研的力量吧。

曾经，实验室的研究生问我："老师，看您一直都很执着地做实验，您很热爱科研吧？"当时正在做实验的我不假思索地回答："不仅是热爱，更多的可能是责任感吧。我要把我的课题做完再出国。"现在想想，的确是的。仅凭一腔热血并不能支持长久的努力，更重要的是做事有始有终的责任感。对于科学问题的思考促使我不停地行动，因为我想知道答案。这可能是一种很单纯的想法。有时候，我觉得做课题就是完成给自己布置的一个作业，对于这个作业的质量我是很在乎的，我必须对得起自己，让自己满意才算完成。因此，在科研的过程中，我也不断更新自己的世界观、人生观和价值观。

几个月前，我偶然和博士期间的导师联系，他们惊讶于我现在做科研如此投入。不得不承认，我在山大的确成长了很多。对比两年半前的那个夏天，我在山大找到了自己的科研使命，发现了新的自我，也遇到了新的理想。现在的我更成熟、务实和稳重，也更自信、勇敢和坚强。可以说，我发现了新的自己。这两年多的变化是我不曾预想的，而内心深处沉淀的全是感恩。

感谢山大，感谢基础医学院给我提供的科研环境，感谢学院大家庭的温暖，感谢这两年多我们的共同经历，感谢学院推荐我到国外开展博士后工作——这将是我人生的又一次旅程。而我满怀期待遇到下一个新的自己，期待归来后再次邂逅不一样的山大。

作者：基础医学院教师　王新玲

1月3日　星期二　晴

第六届研究生道德风尚奖获得者·卡勒布努尔·马木吐汗

获得“研究生道德风尚奖”是一个让我能系统回顾在山大的学习生活的契机。2022年是我在山大的第七年，回顾这一路，每一次的经验和收获都是我自己脚踏实地一步一步走出来的，这种脚踏实地的力量让我感到充实、踏实，也让我变得自信。

我来自新疆西北边境，我的家在天山脚下，山的另一边就是哈萨克斯坦。2016 年，我幸运地成为村子里为数不多的大学生，2021 年更是成为那里屈指可数的研究生，所以我非常珍惜在山大的时光。读书期间克服的困难不言而喻，好在我都坚持了下来。

在本科期间，我逐渐找到自己的节奏，努力提高学习成绩，积极向党组织靠拢，成了一名光荣的共产党员，还被评为山东大学“自强之星”，大四时被学校选拔为 2020 届保资辅导员。当接触更多事物、眼界变得开阔后，我逐渐明白榜样的力量是强大的，于是将目光从自己身上转移到了更多少数民族同学的身上。在担任辅导员期间，我努力开展更多座谈会、经验分享会，让少数民族同学们从榜样身上汲取力量。我也把自己的经验分享给他们，激发大家共同进步、积极向上的热情。

在研究生期间，我担任了新闻传播学院 2021 级硕士生党支部书记。为打造一支优秀的研究生党员队伍，我不仅带领党支部积极投身各类志愿服务，全体党员共计志愿服务时长达 475 个小时，而且参与了许多校级、院级活动和立项。其中，我带领支部建立了中心校区 11 号学生公寓楼临时党支部，为 11 号公寓里的 11 所学院、400 多位同学提供了生活保障服务，得到了校党委学生工作部、武装部以及研究生院、党委研究生工作部领导老师的充分肯定。这一年，通过一步步努力，新闻传播学院 2021 级硕士生党支部成为一个体现求真务实、忠于职守、勇于争先，时时处处发挥先锋模范作用的党支部。

一路走来，作为一名从天山脚下来到泰山脚下的少数民族学生，一名心有所向的山大人，一名新时代的青年学子，一名大学生党员、党支部书记，我的信念愈发坚定，千言万语汇成一句话：只有脚踏实地，才能行稳致远。

作者：新闻传播学院 2021 级硕士研究生　卡勒布努尔·马木吐汗

1月4日　星期三　晴

征兵宣传形象大使·汤　翔

我叫汤翔，是一名退役士兵大学生，曾服役于中国人民解放军某部队，2019年退役复学，2021年以退役士兵专项计划的身份考取山大艺术学院的研究生，现任年级班长、校区征兵宣传形象大使，曾获山东大学优秀志愿者。

2017年，我决定保留学籍，怀着满腔热血穿上军装，踏上前往军营的征程。部队位于西部高原，常年飞沙呼啸、飞雪不断。高海拔和低氧量常常导致缺氧以及高原反应。艰苦的环境磨砺着我的意志，革命理想大于天，越苦越向前。我所在的单位是光荣的英雄部队，悠久的历史、过硬的作风，让我受益一生。人生最美是军旅，在两年的军旅生涯中，我参加过跨军区联合作战演习和数次野外驻训任务，将自己的青春奉献在西北地区，通过自己的努力得到领导和战友们的认可，并先后获得优秀新兵、优秀义务兵等荣誉和嘉奖。

在部队期间，我深知自己能力不足，便退役复学决心考研。回到学校，我更加懂得了使命担当，主动申请担任年级班长，积极履行学生骨干义务，组织全院学生坚持每日健康打卡；团结带领班级同学积极参加团建活动，组织开展主题班会，全心全意为同学服务。一年来的学生工作让我更加认识到责任担当的重要性，积累了丰富的经验，在同学之间起到了较好的模范带头作用。

研究生的生活对我来说是不断充实和提高的过程。在新生入校迎新志愿服务中，我感受到了十足的热情。为新生搬运行李、点对点送到宿舍，是我们学院志愿者的任务。冒雨搬运，尽管穿着雨衣，里面的衣服也是湿了又干、干了再湿，但我和志愿者小伙伴们齐心协力，一起做好学弟学妹们求学路上的摆渡人。

实践出真知，退伍不褪色。在新生军训中，我响应学院号召担任学生军训教官。2021 年，得知学校将在暑期开展 2020 级学生军训，我主动请缨，担任学院军训教官，圆满完成山东大学建校 120 周年军训任务，并且在全校军训汇演中带领连队取得第一名的好成绩。2022 年，我再次担任校区学生军训教官。两次军训任务，我秉持不抛弃、不放弃的理念，带领同学们一起扛红旗、争第一，先后获得“军训工作先进连队”“军训十佳方队”“优秀教官”等荣誉称号。

在学习工作之余，我也继续发光发热，担任校区征兵宣传形象大使，积极参加校区国防教育及征兵工作，结合自己的亲身经历与同学们分享军营生活，号召大家投身军营，报效祖国。

研究生道德风尚奖是一种荣誉，更是一种鞭策，让我认识到自己的缺点和不足。在今后的学习和工作中，我要继续撸起袖子加油干，时刻不忘使命在肩，做到心中有理想、肩上有责任、胸中有担当，把个人理想融入社会主义建设，争做德艺双馨的山大人。

作者：艺术学院 2021 级硕士研究生　汤　翔

1 月 5 日　星期四　晴

文学院方言民歌调查小组成员 · 马红蕾

1 月 1～5 日，我所在的民歌调查小组采用线上与线下相结合的方式，通过为期五天的线上调查、资料搜寻、分析与总结，对河北和山东地域的民歌及方言特色开展了深入分析与研究，并得到了一些富有价值的实践成果。

万丈高楼平地起。回顾这几天，我们作为社会实践的“小白”，在张燕芬老师的带领下，确定了“方言民歌”这一主题，主要调查研究组员所在省份民歌中的方言特色。活动开展之初，组员们制作并发放问卷，以了解各地群众对当地民歌的熟悉程度以及传承发展的建议，并在张燕芬老师的提醒下加入田野调查，丰富调查途径。我们的问卷顺利发放，并得到了广泛支持，这为我们的实践调查提供了更丰富的数据支撑。同时，我们的田野调查也顺利取得不少成果。

接着，我们分别对河北地域和山东地域的民歌特色作分析。小组中来自河北的我以及来自山东的杨若涵和于思洁接续分享了我们搜集的相关资料，其中既包括对具体篇目的细致分析研究，也包括对当地民歌这一大类的艺术特征研究、传承发展研究、演唱实践研究等。通过我们的分享，其他组员认真学习了有关河北和山东民歌的知识，也对不同地域的民歌特色进行了细致分析，并对民歌中的方言特色进行了总结。

接下来的几天，我们调查小组继续开展对西北和江西地域的民歌特色调查与分析工作，并根据问卷调查和结果分析整理得出社会实践成果，以进一步了解地方民歌方言特色，保护和传承地方民歌。

在这些天的社会实践中，我们还通过线上问卷、文献调查等方式了解到不同地域的人们对于中国传统民歌的认识程度以及个人感悟，调查当中还有热心网友倾情献唱。这次活动让我们在真真切切地走近民歌、体悟民俗风情的同时，也发觉各地方言在民歌传唱中发挥的重要作用，感受到了中国传统艺术瑰宝在时间长河冲刷下依然熠熠生辉的魅力。前期的活动为我们的下一步工作做了良好铺垫。希望我们进一步了解民歌在当地的传承和发展、人们对民歌的看法以及方言在民歌中发挥的作用，进而深入了解如何保护和传承民歌，让民歌为人传诵，经久不衰。

作者：文学院 2022 级本科生　马红蕾

1月6日　星期五　晴

学习贯彻党的二十大精神“艺路同行”宣讲团成员·李怡霖

为深入学习贯彻党的二十大精神，学习贯彻宣传习近平新时代中国特色社会主义思想，校团委积极组建校、院两级宣讲团及轻骑兵队伍开展宣讲工作，并在本次寒假社会实践中专门开展“学习贯彻党的二十大精神宣讲”专项社会实践活动。作为校、院两级宣讲团成员或轻骑兵队员，我们深感责任重大，踊跃组建了山东大学学习贯彻党的二十大精神“艺路同行”宣讲团（以下简称“宣讲团”），并积极筹备开展宣讲工作。这是我进入大学以来参加的第一个社会实践活动，也是我第一次参与宣讲。

2023年1月6日，我们组织举行了宣讲活动动员大会。在会上，队长叮嘱我们，在进行社会实践活动的同时也要做好出行安全保障工作。经过分组分工，我们明确了宣讲重点与实践方式。这次活动我们以线上、线下宣讲相结合，会议宣讲与推文宣传相补充的形式开展。关于如何创新宣讲形式，如何使宣讲贴近实际，落实落细，我们进行了头脑风暴，在讨论与交流中完善了整体活动方案。讨论后，队长用甘特图进行项目化管理，将宣讲活动梳理成文档，使我们更加明晰活动的过程与宣讲的具体方式。

会上，我们集体学习了党的二十大报告并交流了心得体会。大家对党的二十大报告中提出的“三个务必”“六个必须坚持”“五个必由之路”进行学习讨论。认真学习后，我们选择“新时代伟大变革”“马克思主义中国化时代化”“全过程人民民主”“依法治国，文化自信”“人类命运共同体”这几个关键词为切入点，深入学习理论精神，深刻理解党的二十大精神。通过学习与交流，我对党的二十大报告的理解更加深入，对宣讲意义的感悟更加深刻。我感受到了困难与压力，但同时也燃起了担起责任的斗志。

这次宣讲动员会帮助我厘清了任务要求，坚定了我对宣讲活动的决心与信念。通过党的二十大精神宣讲，我们以学促讲、以讲促学，进一步坚定理想信念，让传承宣传精神与提升本领相结合，以青春之姿，书写奋斗篇章。

我的第一次宣讲随着动员大会正式拉开帷幕。岁至凛冬，我心里充满对宣讲活动的热忱与期待。作为新时代青年，我们将立足新时代，创新形式，丰富宣传方式，为理论宣传注入青春力量。作为新时代青年人，我希望用我所学，为马克思主义理论的宣传贡献力量，在社会实践中逐步成长为堪当民族复兴重任的时代新人。

作者：马克思主义学院 2022 级本科生　李怡霖

1月7日　星期六　晴

威海校区“双创”冬令营营员 · 何啟政

本周，我参加了由威海校区团工委主办的 2023 年“双创”冬令营。这次冬令营给我提供了一次深度学习、开阔眼界的宝贵机会，同时也给我带来了一次接受行业专家一对一辅导的机会，极大地提升了我的项目作品质量。

在冬令营开营仪式中，各位领导、专家以及学生代表的发言让我感触颇深。威海校区副校长刘海鼓励我们青年学生要勇于创新，积极投身“创新创业”竞赛当中，努力成为新时代创新型人才；指导教师代表付宜强向我们分享了“挑战杯”等竞赛的备赛经验与收获。同时，我观看了校区 2022 年“双创”竞赛历程的视频，深刻感受到校区对大学生创新创业能力培育的巨大投入，了解校区在 2022 年“双创”竞赛中获得的突出成就。

作为获益的一员，我衷心感谢校区为我提供的各种平台与机会，使我的各项能力得到全面提升。

独特的辅导模式帮助我精准把握项目特点。在1月5日和1月6日的线上一对一辅导中，不同的专家对我的三个项目进行了针对性的辅导。其中，在我的“挑战杯”项目——“碳为观止：盐碱地改良视域下黄河三角洲固碳潜力研究”辅导中，专家一语中的，指出了项目当前不能精准对应赛道的问题，建议我修改选题方向，可以从学术方向转为实践调查方向，要更多地强调项目所带来的实践意义。在“互联网＋”项目——“晰微科技：您的微生物制剂检测评估专家”辅导中，专家提到，项目当前存在的最大问题是无法很好对接下游市场的需求，建议我进一步拓宽视野，寻找项目真正所对应的市场痛点，真正做到产需对接。在专家的针对性辅导下，我们团队针对项目痛点，认真修改，争取在未来的比赛中为校争光。

这次是我第三次参与校区冬令营活动，我切身感受到校区对科创工作的重视以及相关工作者的辛勤付出。此刻，我衷心地想对每一位奋斗在校区科创工作一线的教师、同学们说一声：“辛苦了！”未来我也一定会坚持创新创业梦想，用实际行动为校区的创新创业工作贡献自己的力量。

作者：商学院2020级本科生　何啟政

1月8日　星期日　晴

高等医学研究院博士研究生·张　静

2022年渐渐远去。今天，当我迎着晨曦沐浴着温暖的阳光时，回想自己这几年的研究生经历，心中忽然生出许多感慨。

回顾过去三年，新型冠状病毒感染在全球蔓延，对人类生命健康造成极大威胁，深刻改变了世界的政治、经济和公共卫生格局。借助山东大学高等医学研究院提供的优良科研平台，在导师王培会教授的带领与指导下，在疫情暴发初期，我有幸参与新型冠状病毒的相关研究，为疫情防控贡献了自己的绵薄之力。

2020 年初，我们课题组无偿为科研界提供 SARS 和新型冠状病毒（SARS-CoV-2）编码的所有基因相关质粒，并希望有能力的课题组早日取得有价值的成果，助力疫病防控。2020 年 11 月 17 日，王培会教授和美国哈佛大学医学院的 Qiyi Tang 教授作为共同通讯作者，在 *Nature* 旗下期刊 *Signal Transduction and Targeted Therapy* 上发表研究论文，系统地阐明了除 NSP11 蛋白之外（仅有 14 个氨基酸）的 28 个新冠病毒蛋白的亚细胞定位，不仅对理解新冠病毒与宿主细胞的相互作用具有重要启发作用，也为抗病毒药物的开发提供了线索。同年 12 月 28 日，我们课题组和基础医学院高成江教授课题组在新冠病毒逃逸人类抗病毒免疫方面取得新进展，在 *Signal Transduction and Targeted Therapy* 杂志上发文阐明了 SARS-CoV-2 抑制人类抗病毒免疫的重要机制，为干扰素疗法治疗新冠肺炎提供了理论依据，揭示了新冠肺炎的部分致病机理。2022 年 1 月 20 日，导师王培会教授带领的团队与多团队联合攻关，在 *Cell* 子刊发表研究论文，使用蛋白质组学的前沿技术手段，从系统生物学的角度揭示了新型冠状病毒抑制抗病毒免疫的机制。1 月 24 日，我们课题组和高成江教授团队在 *Signal Transduction and Targeted Therapy* 发表最新研究进展，发现了新冠病毒（SARS-CoV-2）NSP5 和 N 蛋白通过影响应激颗粒（stress granules）的形成抑制 RIG-I 信号通路介导的抗病毒免疫。

怀揣着对解开学术难题的热情和攻克病毒的责任感，多少研究者孜孜不倦，投入大量的精力和心血。实验室的灯光和不停歇的实验器材见证了我们步步稳扎稳打的努力，能够取得这么多成果，我们也非常感谢高等医学研究院提供的资源。而我作为一名研究生，有幸参与这些研究，并获得山东大学第五届研究生学术之星提名奖，这都要感谢导师的指导与帮助。由衷感谢王培会教授不辞辛苦的教导，让我意识到自身的不足，在不断改进中提升完善自己。

过去一年里，令我印象最深刻的莫过于学校实行校园提级管理的那段时光。当时，我的寝室在趵突泉校区，实验室在千佛山校区，是跨校区学习的学生。当听到学校要提级管理时，我心中出现诸多疑问：管理多长时间？在实验楼应该如何住宿？实验室不能住宿的话，实验要如何开展……就在我陷入惆怅时，高等医学研究院的老师们第一时间统计了需要在实验楼住宿的同学，并为我们分配了临时宿舍。更贴心的是，学校还为我们提供了临时床铺和被褥。学校的关心如同一股暖流瞬间温暖了我，我无比感谢时刻挂念着我们的每一位老师。此后，我们又遇到了一个生活小难题——洗澡。留校陪伴我们的老师随即向学校反馈，学校又一次迅速回应，在实验楼里安装了临时淋浴设施，及时解决了我们的生活需求。老师们还关注到跨校区学习的学生在特殊时期生活不便的难题，帮我们申请了跨校区调换宿舍，现在我们已经顺利入住千佛山校区的宿舍。在这里要再次感谢为我们奔波的每一位老师，有你们，这个寒冬很温暖。

未来的路，我会更加坚定地前行，砥砺奋进，不负师恩。2023 年，新年新气象，心怀感恩，积聚力量，我们将继续前进。

作者：高等医学研究院 2020 级博士研究生　张　静

1月9日　星期一　晴

山东省城市黑臭水体整治环境保护活动参与者 · 刘望秋

今天，山东省城市黑臭水体环境保护行动在济南市正式开展，我作为“小蓝帽”保河护海志愿服务队大学生志愿者代表参与了本次城市黑臭水体排查活动。

上午十点，我前往济南市生态环境局天桥分局参加本次城市黑臭水体整治抽查活动的工作会议。会上，济南市及天桥区负责生态环境建设的各部门相关负责人对过去济南市的黑臭水体整治成果进行了汇报。在汇报过程中，我了解到，过去一年济南市在水体管控和治理方面取得了一定的成绩，尤其是小清河河段的污水问题已经得到了良好解决，并在省级及以上检查中均获得了检查组的高度评价。随后，山东省生态环境厅赴济南检查组的主要成员为参会人员介绍了本次城市黑臭水体治理抽查的重点，同时也从济南居民的视角对济南市水体治理仍可优化的细节提出了建设性意见。这次会议让我对济南市的水污染治理工作有了很多新的认识，当一些书本上的概念在实际应用中被讨论时，我也有了更深的理解和思考。

中午短暂就餐与休息过后，我便和抽查组的工作人员一同踏上了河段排查的路程。排查队伍的大巴车很快驶至第一个需要接受排查的河段——西圩子壕河段。黑臭水体的排查需要分别在水体的起始点、中间点和终点定位拍照，同时由技术人员进行水体采样，检测水体中的溶解氧含量以及测量氧化还原电位。从西圩子壕河段上游走至下游，水体始终清澈见底，流动性好，在设定的采水点还有市民正在采集河水。无论是合格的水质指标，还是城市居民放心采水的身影，都证明了济南市水体污染治理成效卓著。

在接下来的五个小时里，抽查组的工作人员带领我陆续排查了济南市区内的五条城市河道。虽然不同河道间的河流长度、水量略有不同，但相同的是这些排查的河段均未出现返黑、返臭的问题。清澈的水体、干净的水面呈现出泉城济南落实水体整治与环境保护的决心。

一天的排查结束，太阳早已落山。作为大学生志愿者代表，走近政府繁忙辛劳的日常工作，才更能体会为维护城市水体长治久清所需要付出的努力。作为环境科学与工程学院的学子，只有在实践中巩固知识，增长见识，才能真正明白肩上所背负的责任。为了将我国建设成为富强、民主、文明、和谐、美丽的社会主义现代化强国，还需要越来越多的青年学子用知识武装自己，在实践中为祖国建设贡献力量。

作者：环境科学与工程学院 2021 级本科生　刘望秋

1月10日　星期二　晴

小树林武羲队寒假支教队成员·曾　蓉

今天下午五点，小树林武羲队寒假支教队在武城老城镇中心小学开展的为期一周的支教活动收官了。

回想过去的一周，我感慨良多。每天都在紧张的“讲课—找视频—做PPT—备课—讲课”循环当中，忘记了时间是如何溜走的，只记得早上九点二十分有一节五年级的数学课。回想起第一天备课时翻看小学课本，这些简单的知识点我早已了然于心，但是在准备课件的时候我依然多次检查，思考教学内容是否为教学大纲所要求掌握的、是否符合教学大纲规范……即使准备充足，试讲多次，上课前也难免紧张，总是希望为孩子们呈现最好的效果。在每节课后，我都将直播数据截图，下载保存直播回放视频，好好收藏课堂的点滴成果。

支教过程中同学们的积极回应让我非常感动。上课时我告诉孩子们，如果题做完了就在评论区发“1”，或者给我点赞，这样我能知道大家的进度。当我看见点赞数蹭蹭上涨时，心情也变得激动，这份师生间的默契让我感受到屏幕对面的他们的认真和踏实。课堂上，同学们主动和我连线回答问题，活跃的同学在评论区留言“老师，请连我”，还有的同学把思路总结发给我。孩子们的热情好学成为我备课、讲课的最大动力。

除了数学课外，我也进行了春节习俗和安全知识主题的拓展课教学。在拓展课上，同学们的兴奋度不减，向我连线交流春节期间的活动。在孩子们眼里，期待值最高的新年习俗是收压岁钱，每顿年夜饭必不可少的佳肴是自己包的饺子，其中白菜馅的饺子最受同学们的青睐。我也和大家分享了家乡广州的春节活动“逛庙会，行花街”，在家中添一束新购的年花、一小盆金黄的年橘，寓意新的一年大吉大利，万事胜意。

支教最后一节课是“德州武城　后会有期”道别会，结束后我们互道新年祝福，还有同学告诉我一定会好好学习，让我深感欣慰。“缘起山武，璟沐玄英”，武羲队与孩子们后会有期，希望孩子们在未来能够坚持所爱，有所期待。

此次寒假支教虽然没能进行线下见面授课，但却是我第一次支教的宝贵回忆。机会难得，还好我没辜负；道阻且长，支教人还需努力。

作者：管理学院2021级本科生　曾　蓉

1月11日 星期三 晴

黄河外宣调研团成员·李欣玥

“黄河落天走东海，万里写入胸怀间。”在华夏儿女心中，黄河生生不息、万古奔流，百折千回、东流入海，是中华民族自强不息、百折不挠、勇往直前的写照。但我们所熟知的黄河，在世界上又有着怎样的形象呢？我们团队基于美、英、德、法、俄五国的相关报道，对欧美主流媒体关于黄河形象的构建进行了调研，探索黄河在欧美国家眼中的形象究竟如何。

我们搜索并下载了2012～2022年五国主流媒体的报道原文并进行翻译，寻找其中有关黄河的印记。我负责调查美国主流媒体的报道，主要搜集了《洛杉矶时报》《纽约时报》以及美联社等近10年的新闻报道。在调研中，我发现自2012年以来，涉及黄河的报道数量波动上升，对黄河的关注相对增多，黄河越来越频繁地走进世界的视野。在初步整理出来的60余篇报道中，占比最大的是黄河流域的生态环境和洪水问题，然后是黄河对中国文化的孕育。

在美国的新闻报道中，既能看到黄河曾经的洪水泛滥、污染、水资源短缺等问题，也能够看到中国治理黄河的努力以及黄河对中华文化的重要意义。黄河的形象渐渐丰满、立体起来，但这还远远不够。黄河作为我们的母亲河，不仅仅是地理上流经九省（自治区）的一个流域概念，更是中华民族及其精神的重要象征。黄河记录了中国北方生态环境的变迁，也见证了中华儿女自强不息的昂扬姿态。

除了新闻报道，我在调研中还搜集到一本以西方人的视角讲述黄河，见证中华文明的悠久与伟大的书籍——《黄河之旅》。该书的作者是美国汉学家比尔·波特，2012年4月出版。它勾勒了西方人眼中黄河的风貌，但书中波特的所见所闻停留在20世纪90年代初期的中国。《黄河之旅》为我们以后讲好中国故事，传播好中国声音，展现真实、立体、全面的黄河和中国，提供了思路。讲好中国故事，树立中国形象，靠的不仅是国家，新闻报道中简单的一词一句，还要靠每一个人的切实努力。尽管个人的努力可能微弱，但千人同心则得千人力。我们将努力探索欧美主流媒体对黄河形象的构建，共同讲好中国故事。

作者：翻译学院 2021 级本科生　李欣玥

1 月 12 日　星期四　雨

互联网诊疗法律规制调研队成员 · 卜思遥

2023 年悄然而至，一切新鲜又明媚，而我的理想也在年初一步步变成现实。

2022 年 9 月，我来到山大攻读法学硕士学位。一边学习法律知识，一边摩拳擦掌地想要把它们运用到生活中。值此辞旧迎新之际，一个学以致用的机会来到我身边——我和法学院几位志同道合的伙伴组成了山东大学法学院互联网诊疗法律规制调研队，一起深入研究新兴的互联网诊疗以及由此产生的、与大家息息相关的法律规制问题。

自 2022 年以来，许多日常活动都转到线上，互联网诊疗服务也随之迅速发展，越来越多的患者选择更加便利的线上问诊。但在实践中，这种便民服务存在着医生欠缺诊疗资质、诊疗活动不合规等问题。建设健康中国是关系我国现代化建设全局的战略任务，我们团队成员一致认为，规范互联网诊疗活动值得重视。于是，一支直击互联网诊疗法律问题的小队就此成立。

现在正是团队活动初期，在团队成员们的帮助下，我精心设计并发放了一份有关某平台健康 App 的调查问卷，内容涉及用户线上诊疗的各个阶段，包含问诊过程、医生诊疗时的态度、诊疗结束后用户的消费行为，等等。对于部分隐私问题，我们在统计时也作了匿名处理。同时，我还采访了几位有维权经历的用户，了解他们在维权过程中遇到的法律问题，在专业知识方面尽可能地给予帮助。

在问卷调查和访谈过程中，我虽然忙碌，但是受益匪浅。我意识到自身专业水平还有待提高，一些在书本上看似简单易懂的法律知识，想要真正运用到生活中还需考虑很多。同时我也意识到掌握法律知识的重要性，它能使我们在维权时更有底气。

在认识到自己不足的同时，我也在向身边优秀的同伴们学习。我们携手共进，克服困难。我们在北大法宝和中国裁判文书网上广泛搜集相关判例以增进理解；在和受访者及 App 客服交谈时，我们认真思考和仔细研究既存的法律问题，同时大家还特别注意找寻潜在的法律漏洞。

我们团队每一个人都在尽力发光发热，用一颗赤诚的心，让每一位需要法律咨询的相关消费者得到帮助，让网络诊疗服务变得更加合法合规，让整个社会向好发展。这既是我的理想，也是团队每位成员的心愿，更是我们为之坚持到底的目标。

作者：法学院 2022 级研究生　卜思遥

1月 13 日　星期五　大雨

第一临床学院博士研究生·沈炼伟

淅淅沥沥下了一天的雨，浇不灭我内心的喜悦与激动。因为从今天开始，我就正式成为一名光荣的中共党员了，成为我们这个世界第一大党的一分子。我将在党的熏陶和教育下更好地身体力行，全心全意为人民服务。

转正大会开始前，我回想起儿时的思想政治课。那时我知道了我们是社会主义国家，在党的领导下，我们终将实现共产主义。这对于家里一度没米下锅的我来说，是无比震撼也是无比希冀的。在完整了解共产主义及中国共产党的宗旨和中心任务后，为共产主义奋斗终身的种子就开始在我心里发芽。从初中加入中国共青团，到大学时积极提升自己的思想觉悟，努力向党组织靠拢，再到现在考察期结束，我的心中无限感慨。

会上，我向在场的党员同志提出我的转正申请，讲述自己在学习和磨炼中做到了以下几点：一是明确了中共党员必须把共产主义远大理想与实干精神统一起来，二是明确了每位党员都必须坚定不移地拥护党，三是明确了一名合格党员必须不断提高自己为人民服务的本领。我要在四年的学习中不断提高自己作为一名医学工作者的科研和临床能力，在不断学习的基础上，增强为人民服务的本领，为国家健康卫生事业的腾飞献出自己的力量。

在完成转正并认真参与了主题党日活动——如何理解“中国式现代化”后，我把自己正式成为一名中共党员的消息告诉了爸妈，在他们洋溢的笑容中，我知道他们由衷地感到光荣以及为我高兴。而我也深知，成为一名正式的中共党员并不是终点，我要努力提升自己，在临床岗位上发光发热，用一生践行全心全意为人民服务的宗旨。

作者：第一临床学院2022级博士研究生　沈炼伟

1月14日　星期六　雪

“服务家乡　青春追梦”政务企业实践团成员·杨　子

今天是我实习的第三天，临近年关，社会事务办的工作都进入了收尾阶段，而我的任务就是用三天时间修改健康档案库中近6000份异常数据。时间在键盘和鼠标的敲击声中一点一点溜走，手指在近千次重复操作下逐渐麻木，视线也逐渐有些模糊。

休息时，我退出数据修改界面，进入健康档案云平台首页观察近五年小镇的婚育、出生情况等数据变化，下滑的曲线令人大吃一惊。虽然一直听闻国家婚育情况不太理想，但当我直接看到清晰的数据时还是感到震惊。

下午，我被办公室的同事临时拉到仓库帮忙，看着满仓库的米、面、牙刷等各种生活必需品有些疑惑。在我的追问下，才知道每逢节假日政府都会为“五保户”准备慰问品，而春节的慰问品会更加丰富。“五保户”是指农村中无劳动能力、无生活来源、无法定赡养抚养义务人或虽有法定赡养抚养义务人但无赡养抚养能力的老年人、残疾人和未成年人，而“五保”则是指保吃、保穿、保医、保住、保葬，“五保户”是政府为保护以上老人和儿童专门制定的制度。在分发物资的过程中，我心里一直暖洋洋的，连沉甸甸的大米似乎也感觉不到重了。《礼记·礼运》中有言：“使老有所终，壮有所用，幼有所长，矜、寡、孤、独、废疾者皆有所养。”为了使人民安定幸福，国家出台了一系列政策，用实际行动为人民谋福利。看着大家领物资时脸上的笑容，我为出生在这样一个国家而感到幸福。

这几天的实习生活让我更加了解我的小镇和我的国家。国家发展蒸蒸日上，小镇发展也不落后。近几年，在政府的帮助下，小镇的旅游、交通、工业等全面发展，居民收入得以稳步增长，幸福指数也在不断提高。同样，这份宝贵的实习经历也提醒我，作为大学生应当关注自身发展，为地方和国家作出更大贡献，努力成长为有理想、敢担当、能吃苦、肯奋斗的新时代好青年。

作者：机械工程学院 2021 级本科生　杨　子

1 月 15 日　星期日　晴

苏州文化旅游发展现状调研团成员 · 于家源

“月落乌啼霜满天，江枫渔火对愁眠。姑苏城外寒山寺，夜半钟声到客船。”唐代诗人张继的这首《枫桥夜泊》一下子把我带到苏州钟声四起的秋夜。从寒假开始到现在，我们“古城新韵”文旅资源调研团队对苏州文化旅游发展现状进行了前期调研，我负责问卷的设计、发放，并在今天对收集的数据进行了统计和分析。

基于文化旅游的现状，我们团队以苏州为优秀城市案例，调查苏州文化旅游发展现状，希望总结优秀经验推广并应用于其他文化古城。

调研前，我结合资料做了充足准备，并针对不同人群设计了两份问卷：第一份给苏州本地人和曾去过苏州旅游的人，第二份给还没有去过苏州旅游的人以及不想去苏州旅游的人。第一份问卷的问题分为三类。第一类是询问调查对象认为苏州现在的文化旅游哪些地方是亮点、苏州有哪些突出的文化旅游项目或景点，设置这类问题是为了总结苏州文化旅游的优秀经验；第二类问题是询问调查对象是从何种渠道了解苏州的文化旅游的，这类问题是为了研究苏州文化旅游的宣传形式及宣传效果；第三类问题是询问调查对象认为苏州文化旅游在哪些方面需要改进。第二份问卷的问题分为两类。第一类是研究游客目前还没能去苏州旅游的原因，希望改进后能进一步释放文化旅游潜力；第二类是询问游客不想去苏州旅游的原因。

在统计和分析数据时，我发现调查结果和我们团队的预期结果相似。在去过苏州的调查对象中，有超过半数的调查对象选择了对苏州文化旅游发展现状“满意”或“非常满意”，说明苏州的文化旅游发展良好；调查对象对“最喜爱的苏州文化旅游项目类型”的选择也较为集中，可以看出游客在旅游时更希望感受当地特色文化和体验传统文化；而对于了解苏州文化旅游的渠道，选项集中在“旅行 App、网站和博主等推荐”，可见应当充分发挥互联网的网络宣传作用，并且注重游客体验和口碑。

统计数据也给我们团队提供了许多新思路。随着形势的好转和政策支持，未来几年去苏州和其他古城进行文化旅游都将更加便捷安全。因此，学习优秀经验、设计文化旅游发展方案是十分有必要的。

故宫博物院前院长单霁翔先生说：“文物放在展厅里才会光彩照人。”文化也是如此，每个城市都有独特的文化，都有值得学习的经验和智慧。希望我们团队的调研和总结能够为新时代文化旅游发展提供新思路，助力文化古城赋新阕、谱新歌。

作者：新闻传播学院 2021 级本科生　于家源

1月16日　星期一　晴

南丁格尔志愿服务队“希望小屋”社会实践
团队成员·刘烁荣

今天是山东大学南丁格尔志愿服务队“希望小屋”社会实践专项活动开展的第九天。在一个多星期的时间里，我通过学业辅导、兴趣教学、心理疏导等形式，以实际行动为“希望小屋”儿童送去了冬日的关怀与温暖。

还记得当初联系小朋友家长时，我内心十分忐忑。我的授课能否打动小朋友的心？我该怎样与小朋友相处？带着这些疑虑，我开启了自己的支教之旅。

还记得刚见到小朋友时，他特别腼腆，但是眼睛里充满对知识的渴望，我瞬间被他求知的眼神打动，开始尝试与他交流，询问他的学习情况。渐渐地，小朋友和我熟络起来，为我介绍家乡的风景与习俗。看着眼前这个活泼开朗的孩子，我很庆幸在这个冬天遇到了他。

这几天，我们按照计划风雨无阻地进行着支教活动。当看到小朋友慢慢懂得自己发现和改正错误时，我开始明白支教的真正意义。教育就是一棵树摇动另一棵树。我突然觉得之前熬夜备课、挑灯夜战、研究解题方法的一切付出都是值得的。

短暂的支教生活已经接近尾声，虽然与小朋友只短短相处了几天，但这是我最有意义的一个寒假。从陌生到熟悉，从笨拙到熟练，我逐渐适应了老师这个身份。其间得到了家长的肯定，我的内心被幸福围绕。我深刻体会到为人师表的意义。

梁晓声说：“生命对人毕竟只有一次，在它旺盛的时候，尽其所能发光发热才更符合生命的自然。”用短暂的时间，去做一辈子都认为有意义的事情，支教不仅是奉献，更是收获，我收获了爱与希望。这个冬天，希望小屋就是一道温暖的微光，给孩子们带来健康快乐的生活，传递着属于南丁格尔志愿队的温暖。

作者：护理与康复学院2021级本科生　刘烁荣

1月17日　星期二　晴

党的二十大精神宣讲团成员 · 陈雨禾

今天上午11点，我们党的二十大精神宣讲团通过线上会议的形式开展了“学习党的二十大精神”宣讲活动，助力多地域、多社区的居民学习贯彻党的二十大精神，将党的二十大精神传递到居民的“耳边”。

早在宣讲开始前两周，我们就着手准备这次的宣讲内容。能亲身参与活动，我感到十分激动，但同时又有一丝忐忑。我下定决心，一定要认真学习相关知识，反复打磨宣讲内容，以最专业的态度和最热忱的心态投入宣讲，交出一份准确而精彩的答卷。

此次宣讲的亮点在于我们建立起清晰的逻辑主线，按照党的二十大基本情况、党的二十大报告主要内容、学习贯彻党的二十大精神这三个宣讲模块进行介绍。上述宣讲内容的顺序是我们多次讨论之后最终敲定的，旨在形成从抽象到具体、从浅显到深入的逻辑构架，充分考虑宣讲对象的认知习惯，努力把党的二十大的内容讲清晰、讲透彻。

会议开始后，我和队员们依次宣讲，当轮到我时，我立刻进入状态。看着腾讯会议上每一位听众的头像，我不再紧张，反而轻松许多。这一刻，我不仅是一位宣讲者，更是一位分享者，这次会议就是把我的心得、感悟分享给听众的一个途径。我通过学习党的二十大精神并结合生活实际架构了这次宣讲，也希望听众可以有所收获，做到学原文、悟原理，在他们自己的生活中奋进新征程、建功新时代。

我在讲稿里写道："党的二十大报告通篇贯穿坚定的信念追求、强烈的使命担当、真挚的为民情怀，闪耀着马克思主义真理的光芒，是推动中国特色社会主义不断前进的政治宣言、理论纲领和行动指南。"看着宣讲时提问窗口里各位社区居民积极发送的感悟和问题，我感到幸运，也感到幸福。幸运的是，我有机会借助这样一个平台将自己的思考和感悟分享给大家；幸福的是，有这么多来自各行各业的普通人和我一样都在不断地学习、思考与党的二十大相关的问题。

我们都是普通人，但同时也都是新时代中国特色社会主义建设的参与者和奋斗者。我们每个人的思考和实践虽然细微，但却不可或缺。我们坚信，抓铁有痕，踏石留印。若我们每个人都从小处、从自身入手，听党话、跟党走，怀抱梦想、脚踏实地，在全面建设社会主义现代化国家的火热实践中必将绽放出绚丽之花。

作者：信息科学与技术学院 2020 级本科生　陈雨禾

1 月 18 日　星期三　晴

齐鲁医学集薪社会实践队成员 · 梁宇嘉

杏林五千载，药闻百草香。为进一步贯彻落实党的二十大精神，我作为山东大学党的二十大精神青年师生宣讲团"齐鲁医学集薪"社会实践队成员，来到青岛市公安局机场分局开展"一颗'药丸'看'十年'"党的二十大精神专题宣讲。机场分局的青年民警和辅警共同参加了活动。

我作为校级青年师生宣讲团的一员，既因受邀而感到荣幸，又因首次参与而感到忐忑。在此之前，我现场聆听了中央指导组和校党委的宣讲，认真参加了校团委和宣讲团为我们召开的备课会，专家组老师逐字逐句地纠正我的宣讲稿。当站在讲台上时，我默念：加油，这些都是我的底气。

作为一名药学院本科生，我的宣讲围绕着一颗“药丸”的故事展开，从药学视角讲述十年来的伟大成就，展望“健康中国”的美好蓝图，主要分为“璀璨十年：生物医药取得重大成果”“未来领航：崭新百年赓续更大辉煌”“山大力量：追随精神再振齐鲁荣光”三大部分，解读了党的二十大精神中医药卫生相关表述。

在宣讲中，我重点讲述了我国现行医保、集采政策等，用贴近生活、便于理解的角度展现党的十八大以来的美好生活新变化。同时我也不忘结合自身专业，播放了山东大学优秀校友杜冠华的事迹视频，展现了健康中国建设中“山大人”“药学人”的力量。与会民警、辅警都感到很有收获、很有提高，我也对未来的宣讲更有信心。

会后，机场分局的民警带我参观了分局“党心警汇”党建主题展览馆，为我讲解了近年来机场分局的党建工作成果和机场分局成立以来的发展历程。守卫重点地区，保障重大任务，获颁“红旗单位”，铭记建党初心，我深深体会到机场分局民警、辅警们于繁华之外护卫繁荣的伟大使命，感受到他们不忘初心、砥砺奋进的高昂战斗精神。

回望百年，红船上诞生伟大政党；回望十年，党的十八大揭开新篇；展望未来，党的二十大精神指引方向。这次宣讲加深了我们对党的二十大精神的学习宣传贯彻效果，大家纷纷表示将以强党兴国为志，认真学习贯彻党的二十大精神，向第二个百年奋斗目标进军。

作者：药学院2020级本科生　梁宇嘉

1月19日　星期四　晴

家乡疫苗接种志愿者 · 吴雅双

在薄雾未散之时醒来，伴随着窗外的鸡鸣，我前往蕉坑村民委员会老人协会活动室，协助村支委进行村民疫苗接种。

我的家乡在福建省南安市仑苍镇的一座小山上，小到要把地图放大十几倍才能看见。我之前对家乡的印象是偏远、落后且无聊，每次村里有人看病或者购置大型家电，都需要去十几公里之外的城镇。不过，这次社会实践使我看到了一个不一样的家乡。

在我到达活动室时，从镇上卫生院派来的医生们和村委会志愿者们早已准备就绪，准时开始工作。我作为协助人员，负责登记村民们的注射情况，提醒大家佩戴口罩。志愿者们一边维持秩序，一边和村民交流，唠两句家常。医生们在登记信息的同时也会亲切地回答村民们的各种疑问，给出专业解答，帮助村民们判断是否适合接种疫苗，比如咳嗽的人能不能接种第四针、“阳康”后不久能否接种疫苗等。为了避免接种者受凉，我们还特地搬来茶桌，为村民们递上一杯杯热茶，叮嘱大家多喝热水，并为村民们科普疫苗注射后的注意事项，宣传一些行之有效的防疫方法以及感染后不同阶段的应对措施。大家各司其职，顺利完成了疫苗接种工作。在这间小小的活动室里，来接种的村民们全程都像在自家一样，说说笑笑，相互寒暄，和谐热闹。

我观察着医生们的操作，发现他们不仅心系村民，而且操作和讲解也都很专业，还携带了专门的登记设备。通过与村委会成员交流，我发现如今的村子变了样。村委会成员熟悉每一名村民，根据村民们的疫苗注射情况和家庭情况，会及时下发政府的物资。甚至有的村民忘记带身份证，他们也能马上翻出存在手机里的身份证号码，协助大家登记。行走在村里，随处可见写着“敬爱老人”的红纸标语和家庭医生联系电话单，以及干净整洁的街道和忙着走访各家各户的村委会成员。我惊讶于乡村如今的巨变，这背后必然有许多人的努力。他们带领村民积极参与美丽家园建设，逐步改善村民生活条件。这是让家家联系起来、让干群关系亲起来的结果，大家共同构建了一个充满活力、和谐有序的善治乡村。

在这里，柴米油盐，日子平淡却欢喜；在这里，人民热情淳朴，尊老爱幼。蕉坑村不再是我心中那个索然无味的偏远山村，在乡村振兴的推进下，它逐渐成了一片农业强、农村美、农民乐的土地。涓涓细流，汇成江河；点点星光，照亮夜空。我也愿意成为星火中的一点，参与乡村服务，助力家乡建设，为乡村振兴贡献绵薄之力。

作者：公共卫生学院2021级本科生　吴雅双

1月20日　星期五　晴

“脑语心声”智慧医疗调研团成员·孙安琪

为调查“脑语心声”智慧医疗系统的适用性及其市场形势和应用前景，我针对山东省德州市庆云康养医院开展了线下调研。我提前联系了该医院医疗设备部的赵吉宾主任进行实地访谈，感触颇深。

“脑语心声”是一项利用脑机接口实现脑语言表达的技术，无论是帮助脑癌患者提高生活质量还是适应未来的“脑控开关”“智能家居”等都很有前景。所以，我们团队以此为社会实践主题，开展后续研究。

赵主任带我熟悉了医疗设备部门的工作环境和日常。该部门的主要工作是为医疗设备及物资的采购提供决策依据，组织相关论证并制订采购计划。随后，赵主任带我访问了脑科医生。与医生交流后得知，因脑部肿瘤等失能、失语的患者不在少数，他们大多生活不能完全自理，但目前没有更好的方法。我向他大致介绍了“脑语心声”智慧医疗系统，他先表示了肯定，同时也和我就医学伦理、技术成熟度等问题展开讨论。医生说：“这个技术毕竟是运用在脑部，所以要让大家放心。”

回到赵主任的办公室，我介绍了社会实践项目的概况，随后我们就“脑语心声”智慧医疗系统的工作原理、市场前景、发展与挑战等方面进行了访谈。赵主任认为，脑机接口充分发挥人脑的优势，在一定程度上可以改善人们的生活质量，机器脑控开关、智能家居等在未来也都可能成为现实。她认为该项目前景广阔，非常支持我们的社会实践研究。

通过此次与工作人员的访谈，我认识到脑部医疗设备对患者的重要性，感受到“脑语心声”智能医疗系统对脑癌、脑瘤等患者可能发挥的作用，同时认识到该项目广阔的发展和应用前景。我们团队会脚踏实地继续研究，发展该项目，以青年力量推动健康中国建设迈向新台阶。

作者：澳国立联合理学院 2022 级本科生　孙安琪

1 月 21 日　星期六　晴

留校过年学生 · 王　璠

今天是农历除夕，作为为数不多的留校学生，我并没有感到孤单和寒冷。相反，我感受到的是学校无微不至的关心、关爱。

学校食堂为我们留校学生准备了除夕和大年初一的早、午、晚免费餐，让我一大早便感受到了春节温馨祥和的氛围。上午，电气工程学院的领导老师走访学院的留校学生，为我们带来了零食、生活用品等慰问品，让我感受到学院一直牵挂着学生。下午，李术才校长一行来到我们的宿舍，慰问了学校各个岗位的教职工和留校同学。李校长对我们留校学生深切关怀，了解我们的留校情况、家庭情况和科研情况，详细询问我们日常生活，以及工作和考试准备情况，并带来了年货、吉祥物、福字等慰问品，为我们送上新年的祝福。在除夕这个举家团圆的日子，看到学校这么多领导老师们仍不忘在校的学生，亲自前来看望慰问，我心中十分温暖。

这份感动不是今天才形成的。这个学年对我来说是极重要的一年，因为要找工作，这对我来说是人生的大事。然而，我找工作的道路异常坎坷。我经历了许多计划之外的事情，也有过许多让我着急焦虑又无助的时刻：校园提级管理时手头没有笔记本电脑却急着参加线上面试，楼宇管控时需要单独的线上考试空间却没有合适的场地，身在校外害怕因感染而耽误面试……正是学校从上到下的统一部署、有序全面的保障体系、灵活及时的政策安排，还有学院争分夺秒的协调、及时跟进的需求统计、不落一人的责任担当，再加上宿管老师的全力配合，使我在最紧要的关头得以顺利参加招聘单位的笔试和面试，在求职阶段保持着身体健康，并最终顺利与理想的单位签约。

一路走来，我收获了太多的感动。在最紧急的时候，每每都会有学校这个强大的后盾保驾护航，帮我解决问题。从来没有什么岁月静好，只是有人为你负重前行。我深知每一个小小的需求都要调动许多的人力、物力，更何况面对这么庞大的学生群体。学校在这么短的时间内圆满满足这么多同学的需求，其背后需要做的工作是无法想象的。一路走来，我一直想感谢那些帮助过我的人们，也一直在寻找这些在幕后付出的英雄们。然而太多的人只是默默奉献，我甚至不知道他们的名字。见到李校长，算是圆了我一直以来的心愿。我写了一封感谢信交给李校长，表达我对那些帮助过我的人的感谢。

正如李校长所说，我们凝心聚力，把山大的精神传递下去，就可以战胜任何困难。明天是大年初一，在此祝愿山东大学在新的一年铸就新的辉煌，祝愿老师同学们万事如意！

作者：电气工程学院2019级博士研究生　王　璠

1月22日　星期日　晴

“智慧一号”盾构工程参加者·王　旌

瑞兔迎春，万象更新。今天是癸卯年正月初一，人们走亲访友、游园赶会，一派祥和。此时，在这座城市的地下，守护泉城的济南地铁工程——“智慧一号”盾构工程也进入建设的加速期。作为“智慧一号”盾构工程项目研发参与者，时刻保持与工程一线的联系，及时为推进工程加速建设提供技术支撑与服务，是我春节期间坚守的任务。

济南地铁6号线是济南市轨道交通网中贯穿主城区的东西向主干线，连接了济南西站、济南站和济南东站三大交通枢纽。为了保障6号线按时通车，春节期间，盾构施工不停工。徐家庄站—凤凰路站区间是地铁6号线首个硬岩区间，也是搭载山东大学岩土中心团队自主研发“五官一脑”智能化系统的“智慧一号”盾构机施工的区间。盾构搭载“五官一脑”智能化系统包括地质预报（火眼金睛）、地层感知（听波聪耳）、气体监测（超级巧鼻）、滚刀监测（钢牙神经）、同步注浆检测（号脉灵手）与辅助决策（人工智脑）等，可以为预报和解决盾构施工中的突水涌砂、地面塌陷、气体灾害、刀具刀盘损坏和同步注浆质量差等难题提供途径。

在盾构区间，我使用“超级巧鼻”观察洞内的施工气体环境是否超标，确认一切正常后，再使用“钢牙神经”检测到目前刀具的磨损量是

12mm，处于正常磨损范围之内。随后，我打开“号脉灵手”操控装置，在对第357环管片的同步注浆质量进行检测数据采集后，经过现场大约半小时的数据处理，确定壁后同步注浆质量良好，最后采集“听波聪耳”的振动信号数据。我结合节前处理的“火眼金睛”获得的超前地质预报数据，将处理分析采集的数据形成关于“智慧一号”搭载“五官一脑”的探测报告，及时发送给业主和施工单位，为盾构的安全掘进提供了真实可靠的信息支撑。盾构掘进过程中经常会遇到破碎带，影响施工效率和安全。截至目前，通过盾构搭载超前地质预报系统成功探明破碎带及含水区域4处，并进行了提前处置，有效规避了风险。

济南地铁建设过程中面临保护泉水、穿越断裂带、下穿采空区、通过孤石群等难题，对盾构安全施工与灾害防控提出更高要求。为攻克建设期间面临的诸多难题，山东大学联合济南轨道交通集团围绕盾构智慧掘进领域，共同设计制造了“五官一脑”高端智能系列化搭载装备。“智慧一号”盾构机从研发到下线始发，凝聚了山大岩土人的心血，践行了山大岩土人将论文写在祖国大地上的不懈追求。

参与济南地铁工程建设攻关的5年之中，我见证了这项工程为济南市民出行带来的便利，并为加快实现省会经济圈一体化发展提供了有力支撑。盾构智能建造也成为我热爱并愿意为此深入研究的方向，我为能参与“智慧一号”盾构智能化研发并且能够真正解决工程实际问题而感到荣幸与自豪。期待济南地铁二期工程能够早日贯通运营，缓解市内交通压力，改善提升济南市民出行方式。市民真正满意了，我们的科研工作才算真的成功了。最后，恭祝老师们、同学们新的一年所愿皆所得，平安顺遂，万事胜意！

作者：齐鲁交通学院副研究员　王　旌

1月23日　星期一　晴

“医然为你”社会实践队成员·刘宇凡

1月23日，我们实践队的公众号发布推文《国务院权威解读“两个新方案”的“十个问题”》。作为本篇推文的制作者之一，我有许多感悟和体会。

“乙类乙管”这一名词最近出现在大众视野。新的政策是什么？对我们的生活有什么样的影响？人们有许许多多的疑问，然而网络上的信息多、来源广，让人眼花缭乱。为了帮助人们及时了解最新政策的重点信息，“医然为你”社会实践队第一篇科普推文的主题就此诞生：国务院权威解读“两个新方案”的“十个问题”。

两版新方案的内容比较多，如何抓住人们最关心的问题，又如何确保信息的权威性呢？出于这两方面的考虑，我决定从解答两个新方案的国务院联防联控机制发布会中挑选出重点信息进行整合，以最短的文字解答人们最关心的问题，帮助大家了解新方案。

我在中国政府网上找到了1月8日和1月9日两天发布会的文字实录，仔细研读后，从发布会答记者问中挑选了几个问题进行内容整合。解读新版防控方案、诊疗方案的主要调整，解释毒株变异的新情况以及应对方案，解答中医治疗、小分子抗病毒药物使用等方面的问题。正值春节，我们还总结了春运出行需注意的事项以及健康过年的“小贴士”。经过与队内成员讨论和校对，确定内容后由队员杨可意制作推文，今天“医然为你实践队”公众号顺利发布该推文。推文简洁清晰地解答了读者们的困惑，避免人们走入认知误区。

希望本次宣传科普活动能帮助人们在新形势下正确对待新型冠状病毒感染，认识到科普知识的重要性，帮助年轻群体评估身体状况，排解老年人等重点人群的担忧，帮助人们正确认识疫情发展趋势，增强自我防护意识和能力。

作者：口腔医学院2020级本科生　刘宇凡

1月24日　星期二　晴

红色实景剧本创作参加者·刘宇星

在创作红色实景剧本之前，我只知道臧克家是个诗人，最熟知的是他那句“人生永远追逐着幻光，但谁把幻光看作幻光，谁便沉入了无底的苦海”。随着深入了解，我知道了被称为“农民诗人”和“世纪诗翁”的臧克家先生更是一位忠诚的爱国主义者。在梳理臧克家先生一生事迹的基础上，我和其他主创人员经过讨论，决定用三幕实景剧分别展现臧克家先生惊人的文学才华、深入抗日战争前线开展的斗争以及在和平建设时期对诗坛的贡献。

我们的实景剧本第一幕以“遇知交”为题。人生难得遇知己，当年闻一多先生从入学考试的众多文章中看到臧克家文学才华的闪光处，并力主破格录取数学不及格的臧克家。千里马有幸遇伯乐，臧克家从此便成为闻一多先生门下高徒，尽情地挥洒他的诗情。绵绵师友情，锵锵赤子心。民族危难之际，臧克家先生将所见所感都化为一句句掷地有声的诗语——“兵车向前方开。炮口在笑，壮士在高歌，风萧萧，鬃影在风里飘”。

第二幕以“吟淮上”为题。只要春风吹过的地方，到处是青青的野草。1939年初，为响应“文章下乡，文章入伍”的号召，大批文人深入战地一线，以“笔部队”的形式支援抗战，而臧克家先生便是其中的一员。他在途中目睹中国人民遭受日本侵略者戕害，人民的苦痛成为激发臧克家诗歌创作的无形之鞭，似乎百姓遭受的苦痛也一丝不落地抽打着他的身心。这一经历也启发了臧克家对于生死意义的叩问，他大胆揭露一些人走私日货的肮脏行为，让我们不禁联想并对比臧克家先生为纪念鲁迅先生所作的《有的人》——“有的人，他活着别人就不能活；有的人，他活着为了多数人更好地活”。

第三幕以“创《诗刊》”为题。一个人踱尽一个黄昏，他是一部活生生的中国新诗史。臧克家作为《诗刊》的第一任主编，在“百花齐放、百家争鸣”方针的指导下，繁荣诗歌创作，推动中国新诗运动。自创刊以来，《诗刊》向全国读者推荐了不止一代有才华的青年诗人，名篇佳作如林，为我国诗歌事业的发展和繁荣作出了独特的贡献。

本次“再启红色征程”的社会实践既意味着以新的视角去看待红色文学，也意味着以更全面的视角去认识一部部文学作品背后站立着的文学大师，看他们如何攀登一座座历史的山峰，更看他们如何走过一条条人生的沟坎。此次红色实景剧的创作让我们对臧克家先生有了更加全面和深刻的认识——他在漫长的诗歌创作道路上，俯首为底层人民发声；他在抗日战争期间，毫不犹豫地亮出自己的民族立场；他在民族存亡的紧要关头，挺起胸膛，高唱正气歌。

作者：文学院 2021 级本科生　刘宇星

1 月 25 日　星期三　晴

“微光·炬火”支教团成员·汤　毓

风呼送寒气，雪花飞离天空，我与山南村的故事、与支教的故事由此开始。

成为一名教师是我初中时便开始萌芽的梦想。看到“微光·炬火”支教团发出寒假支教招募通知时，我既激动又紧张。庆幸的是，自己的那份激动和勇气超过了紧张与忐忑，我顺利进入支教团。我所教的学科和我的专业相应——英语。关于授课的内容，考虑到混合制授课，大家的基础不一，拓展教学可能更为适宜，我最终确定以“中国文化与英文的碰撞”为主要教学内容，其中中华文化主要是成语板块。孩子们大多处于五六年级，我把课程设计为闯关环节，以增强趣味性和提升孩子们对英语学习的热情为主。

大纲拟定完成，实践授课却和最初的设想不同。一开始，孩子们参与互动不太踊跃，课堂中只有一两个孩子回答问题，我想或许是课程形式和难度与实际情况存在一定的偏差。因此，我把成语难度降低，挑选较为常见且容易翻译的成语，同时插入与成语相关的视频，通过希沃白板设计课堂小游戏来调动孩子们的积极性。这些改变渐渐有了效果，孩子们的积极性提高了，准确率也提高了。

两周时间，我一共上了三次课，改了多次 PPT，备了多次课，经历了课前的紧张、课中的沉浸、课后的反思。三次课时间很短，但却意义非凡。我看到山南村孩子的纯粹与天真，更感受到他们对知识的渴望；我了解了“微光·炬火”支教团的初心和意义，更深刻体会到山大精神与山大风格；我结识了同样热爱公益、热爱教育的朋友，我们有着共同的身份，我们都是山大人。

寒冷存在的意义，也许就是让我们找到更温暖的事物。这个冬天有些不同，我遇到了不一样的美好，也遇到了不一样的自己。

寒气仍在，雪花时而飘落，我与冬日的故事还在继续，我与支教的故事也会继续。作为一名山大人，我会将“学无止境，气有浩然”的校训内化于心、外化于行，不断丰富自己、充实自己，将来为教育事业贡献自己的力量。

第一次轻敲梦想，我告诉它："我仍在路上。"

作者：翻译学院 2022 级本科生　汤　毓

1 月 26 日　星期四　晴

"青鸟织梦，遂志齐鲁"社会实践队成员 · 宋佳轩

寒假期间，作为药学院"青鸟织梦，遂志齐鲁"社会实践队的一员，我以一名实验室助理的身份进入山东省道合药业有限公司进行为期一周的实习。在实习中，我深刻体会到一名药学人应有的工作态度与本领，明确了未来的学习目标。

青鸟振翅，当具丰满羽翼。无论就读什么专业，将来从事何种工作，我首先是一名为社会创造价值的工作者。而要担当起身上的责任，充足的知识储备、实践能力、思想认识都不可或缺。在实习期间，我一开始协助仪器准备、投料反应等工作，尽管有前辈的耐心教导，我还是会有错误，有不解，甚至有些不耐烦。随着工作的进行，我逐渐认识到错误是难免的，即使是具有多年工作经验的前辈们也会有失误的时候。我跟他们的差距并不仅仅是知识储备的不足，更在于解决问题的能力。发现了问题，就应有独立检索资料、分析解决问题的信心。这和我们的学习何其相似。仅仅听老师讲课是不够的，我应当养成独立思考解决问题的习惯。当我在实验室看到熟悉的课本教材和查找资料的前辈们，我知道学习是一辈子的事情，既要在工作中学习，也要在工作外学习，才能不断丰满我们的羽翼。

青鸟翱翔，当知天空无垠。前辈教导我们："做这个实验是次要的，背后的机理才是你们应当掌握的。"与其说我的这次实习是一项工作，不如说是一门课程。比起欣赏实验反应的神奇，我们更应当了解其原理，也唯有做到这一点，才能从教室走向实验室，走向创新发现，为社会作出贡献。在实习中，我学到了书本和课堂之外的知识，也知晓了课堂外那无垠的学识天空。

青鸟逐志，当晓梦在何方。2023 年，各项事业步入正轨，不仅是我们实验室，社会上各个行业都是如此。我们每个人都会步入社会，不谈高远，责任是每个人必将肩负的。兢兢业业，于平凡中挖掘伟大，正是我们每个人的梦想。当然，作为一名药学生，若将来的工作能有益于人类健康事业，或大或小，倒也算是圆梦了。

青鸟织梦，遂志齐鲁。我会铭记实习收获，努力成为一名严谨务实的药学工作者。

作者：药学院 2022 级本科生　宋佳轩

1 月 27 日　星期五　晴

山东大学第二医院护士·孙元婧

正月初六，虽然还在假期，但医院里各个科室和部门已经忙碌起来了。

5 时，病区治疗车的车轮开始滚动。护士推着治疗车，利索地行走在病区走廊，采空腹血、发口服药、测量血压、监测血糖、记录各种引流、询问订餐情况……这一天的序幕说不清楚是从哪个时刻拉开的。

7 时，院区内外的车辆排起了队。引导停车、协助挂号、接待问询，门诊大厅的工作人员忙得热火朝天，就连保安们的脚步也跟着快了起来。

9 时，门诊各诊区的待检人员已成规模。“请佩戴好口罩，做好个人防护，准备好就诊证件。”10 分钟里，护士重复这句话 47 次。我用不太灵光的数学头脑计算了一下，一个班次下来，这句话要重复 2256 次。

11 时，最早一批餐饭已经送达病区。推车送餐是这三年催生出的护士职责，也是一天中护士和患者最有爱的交流时间。

“大爷，来饭啦，趁热吃!”

“护士，我一天到晚啥也不干，咋还老想吃呢?”

“愿吃是福!”

“这姑娘可好，说话也好听!”

“打针还不疼!”

12 时，午间的药房是效率最高的地方。科室准妈妈们推着小车开始向药房出发，打单子、拿药、收药、装车、拉液体、取中药……有时候大肚子还能帮着支撑药箱，增加稳定性。

下午、傍晚、深夜、凌晨，每个时刻都有特色，每一天都是一道风景线，大家都绷紧了医疗救治的弦。奥密克戎的传播速度快得惊人，我们不仅迎来了患者的就诊高峰，也迎来了医疗人力紧缺的高峰。

“护士长，我能上，抽我吧!”

“领导，我有家属看娃，让我上!”

“护士长，我已经阳康了，先派我!”

一条条请战的信息里，唯一不变的是医护人员的初心。

曾经在武汉的战友后来在上海成了至交，如今又在重症病区重逢了。曾经留守的，现在冲向了救治前线；昨天一起拼过命的，今天再次守护家园；我思念的姐妹们，此时都身在医疗救治的最前沿。

明天，许多人将返回各行各业的工作岗位，经过春节假期的团圆与休整，迎来新一年的第一个工作日。我想到这个春节假期一件温暖的事。就在这个除夕，我把身份证、银行卡、社保卡连同好几张卡一起丢了个精光！我竟然不自知，非常开心地吃了年夜饭，而且吃得有点撑。初一早上，医院通知我，才知道我的卡丢光了。我斩钉截铁地说："不可能！"还装模作样地翻了一下钱包，然后瞬间蒙了——原本放在我羽绒服内袋里的那些卡呢？在那几分钟里，我从贼人拿着我的身份证就可以把我原本就不多的积蓄取个精光，一直想到可能此刻连我的不动产也改名换姓了。

还好，人心向善。据说超市里一个大姨捡到了我的卡，在除夕的晚上让儿子盯着监控回放，找到了我和朋友。可惜我俩裹得像两只毛茸茸的猴子，看不清样子。大姨只好又让儿子在她的购物群里找认识我俩的街坊，终于在街坊们的帮助下查到一张卡上面印着"山东大学第二医院"。她的儿子找到医院，电话却联系不上，只好在互联网上发起求助——至此，完璧归赵。

我在去拿回"卡宝宝"们的路上练习了对话。她会顺利还给我吗？她会全部还给我吗？她会不会有什么要求呢？……根据假设准备预案，反复演练，这是我从医以来养成的习惯。推门，进去，清嗓子，刚一张嘴，我还没出声，柜台大姨像机关枪一样地说："是你不？昨天领孩子来买的黏土！你那卡落下了！亏得俺儿过年回来！盯着监控找了一晚上！你还不是这里的！这么多卡……"具体都说了什么，我其实没听清，只觉得胸口一紧、鼻子一热，连连道谢后就走了。

回来的路上，风迎面吹来，忽而觉得像春风一般让我温暖了起来，也许是因为人心向善。有那么一段时间，我其实觉得自己有些颓废。有时候我会思考，更多时候上下求索而不得，甚至偶尔觉得自己马上要喷出一口"老血"，想着这一次真的该触底反弹了吧。新年元日，一个大婶让我觉得，我们的好日子就要来了！

过去三年，全院白衣天使都化身战士，征武汉，战淞沪，戍新疆，守北京，保家乡。行军床成了办公室的标配，行李箱必须常备，不见面也能办盛会，不扎堆也能搞培训，不出席也能会诊疑难杂症——甚至护士们都能“云”结婚。很多人说医护是当代最可爱的人，是最让人钦佩的人，是三年来最该好好歇歇的人。之前我觉得非常对，但三年里谁又不可爱呢？谁又不让人心生敬仰呢？谁不是拖着疲惫的身躯还在坚守着初心呢？除夕晚上守着监控找失主的人，应该也很想踏实地吃一顿团圆饭吧？联系到医院却依然未果的大姨的儿子，当时应该也很想干脆算了还是回去陪陪妈妈吧？还好，人心向善！

我想这一次我们真的要终结这场战斗了。即使它可能会一直存在，那又怎样，我们已经有经验丰富的医护；即使它卷土重来，那又怎样，我们的疫苗已经不断优化了；就算受到病毒攻击后身体会出现这样那样的状况，那又怎样，我们的药品和设备也在持续迭代着。如今的病毒已是目录上的一个疾病名称，而我们终将攻克它！不是因为盲目自信，而是人心向善，其力胜天！

这个新年元日，我被温柔以待，如同怀抱着一只柔软的兔子，充满希望。希冀新的一年，盛世龙腾！

作者：山东大学第二医院护士　孙元婧

1月28日　星期六　晴

口腔医学院（口腔医院）工作人员 · 刘佳宁

今天是新春佳节过后的第一个工作日，挥手告别令人难忘的寅虎年，我带着满腔热情与喜悦踏上了新征程。

上班伊始，学院（医院）举行了团拜活动，院领导班子为大家送上了新春祝福。团拜是学院（医院）的传统活动，中断三年，此时再次拾起，大家欢聚一堂。我见到了拨云见日的明朗，见到了新春佳节后重逢团聚的喜悦，见到了明媚温柔的笑脸、坚定自信的目光，更感受到了大家摩拳擦掌、跃跃欲试的蓬勃生机与干劲。

我有幸作为2022年先进职能部门代表发言。在院党委的领导下，在兄弟单位的支持与帮助下，办公室同事团结协作、克服困难、奋力拼搏，得到了大家的支持和认可，对我而言这既是鼓励和激励，也是责任和压力。办公室作为一个综合管理部门，承担着协调、传达、执行、文字、服务、保障等职能。我和同事们会再接再厉，努力工作，围绕中心、服务大局，坚持“上门办公、马上办好”的服务理念，深化作风建设，做好服务保障支撑各项工作，也全力做好迎接三甲复审的各项准备工作。

每一个忙碌的身影，每一份专注的态度，都是我们奋斗中的坚持。新的一年，新的开始，在这辞旧迎新的日子里，我们将携起手，迎着光，向前行，继续加足马力，扬帆起航，用崭新的姿态迎接新的一年！

作者：口腔医学院（口腔医院）工作人员　刘佳宁

1月29日　星期日　晴

“艺路同行”宣讲团成员·刘宸宇

今天上午，我所在的山东大学学习贯彻党的二十大精神青年师生宣讲团之“艺路同行”宣讲团组织社区青年党员，跟随云南省大理市“三清洁”工作领导小组前往云南省大理白族自治州洱海生态廊道监管站及沿岸多个重点村落开展调研宣讲活动。

通过实地调研，我们学习了自党的十八大以来洱海保护治理工作由

“四治一网”到“五项整治”“六大工程”“七大行动”“八大攻坚战”“六个两年行动”这一系列循序渐进的举措，系统了解了洱海治理如何实现从一湖之治、流域之治迈向生态之治的深刻转变。宣讲小组充分结合党的二十大精神，从“要实现中国式现代化，必须坚持高质量发展”这一全局角度出发进行宣讲立意。为达到更加直观生动的效果，我们小队决定在下午的活动中以“人与自然和谐共生的现代化”为切入点进行宣讲。我作为小队队长，主要负责各项治理工作最重要的地点之一、洱海生态环境重点保护区段——大理白族自治州双廊镇双廊村的宣讲工作。

下午两点，我先在双廊村村委会开展了题为“深入理解把握‘人与自然和谐共生的现代化’，奋力谱写新时代生态文明建设新华章”的示范性宣讲，随后我们跟随村委会工作人员进入小普陀村、白云村等三个自然村，充分结合上午调研所学内容，以实例为楔子，以实效为导向，共进行了四场浸润式宣讲。我们与当地青年党员、入党积极分子及部分优秀团员深入交流，广泛探讨了党的十八大以来多个专项治理行动为洱海带来的切实改变与深远意义，共同回顾了习近平总书记视察洱海时的殷殷关切，也表达了力求通过自己的学识与行动助力洱海生态保护工作深入开展的赤诚决心。看着乡村的蓝天白云，注视着村民们饱含希冀和责任感的眼神，我真切感受到了这次宣讲的意义。

生态兴则文明兴。人与自然和谐共生的现代化作为“中国式现代化”的五个重要特征之一，在习近平总书记描绘的全面建成社会主义现代化强国的宏伟蓝图和美好前景中占据着极其重要的地位。这次“人与自然和谐共生的现代化”环洱海实地调研宣讲让我在一个个生动翔实的案例中，进一步理解了生态环境保护和经济发展是辩证统一、相辅相成的。我更加深刻地感悟到宣讲的意义，理解了建设生态文明、推动绿色低碳循环发展的重要作用。

生态环境的修复和改善，是一个需要付出长期艰苦努力的过程，不可能一蹴而就，必须坚持不懈、奋发有为。所以我们要以习近平生态文明思想为指引，清晰认识生态文明建设是建设美丽中国的必要条件，每个人都是生态环境的受益者，同时也是保护者、建设者。新时代新征程，期待我们携手同心、不懈奋斗，共建更加美好的家园。

作者：管理学院2021级本科生　刘宸宇

1月30日　星期一　晴

小树林陕西汉中支教队成员·郑启楠

坐了近二十个小时的车，辗转几地，我们终于来到陕西省汉中市南郑区未成年人保护中心。

从我的家乡到南郑区未成年人保护中心有1776公里，横跨福建、江西、湖北等省。路程遥远，环境陌生，我内心焦虑而又不安。见到老师后，第一印象便是老师和煦的笑脸：空调暖不暖，被子够不够，今天的饭还需不需要加……老师们带着朴实的陕西乡音，释放着珍贵的善意。

收到温暖，我更加坚定地想做些什么，留下些什么。

来中心之前，考虑到每个孩子的成长境遇并不相同，我结合自身教育专业特色及孩子们的心理需求，决定上一节特殊的“职业生涯规划课”。我想通过一场生涯目标拍卖会让孩子们了解自己的内心需求，提前确立人生目标，规划好充实、自足、幸福的人生道路。

课堂上，每个学生都有1000元的原始资金，同时会获得一份拍品名录。拍品随机出现，数量不定，起拍价为200元，每次可加价100元，价高者得。拍卖随时可能结束。我选择了高校录取通知书、永远健康的身体、与家人朋友共度每个周末、一次暴富的机会等拍品，它们分别代表学历、健康、情感、财富等人生关键词。拍品数量和拍卖时间的不确定性就像我们的人生，加价的规则如同生活的竞争。珍贵美好的东西不可能唾手可得，也不可能全然拥有，只有我们提前规划好人生目标，按照不同的优先级排队，在无序的人生中找到发展提高的必然规律，才能确定好人生的方向，在无序中寻求内心的稳定、精神的富足。

课堂上，学生们热情地参与拍卖会。他们讨论着要拍卖的目标，纠结着是否买下、是否加价，观望着他人的行动。有的同学收获了理想的拍品，有的同学空手而归，有的同学在“价格哄抬”中及时止损，认清了“心之所向”。不同的拍品表现出截然不同的性格特点和人生规划，它们仅有差异，没有好坏。在“一句话收获”环节，学生们动情地分享了自己的动机，也讲述了各自不同的人生故事。在“答疑解惑”环节，我解释了各个拍品代表的价值取向，说明了本节课的用意。我看到了孩子们的进步，参与了他们人生成长的小小一环，为他们未来的人生规划提供了小小的帮助，我是幸运的。

下课后，孩子们围着我，一声声真心实意的感谢消解了备课的所有忧愁。有人问：“老师，你的课上得很好，为什么要来这里当志愿者?”我说：“入党的时候我很认真地说，我要为人民服务一辈子，给你们上课、站在讲台上帮助别人，就是其中的一部分。”

孩子们似懂非懂，慢慢笑着散开了。笑声中我听见有人说：“我觉得这样的人生很幸福，我想过这样的生活。”突然间我明白了，我或许留下了些什么。

作者：国际教育学院2022级硕士研究生　郑启楠

1月31日　星期二　晴

“你好，古汉字”团队队长·韩乐菲

指缝太宽，时间太瘦，一个月的时光悄然已逝。电脑上的《甲骨文教育现状调查研究报告》以最后一个句号完美收官，我不禁回忆起这一个月的酸甜苦辣，思绪万千。

一月伊始，刚刚负责本项目的我，心有千斤重。以前从来没有过当项目负责人的经历，对甲骨文的了解也仅限于皮毛，我有些发怵。本着“船到桥头自然直”的心理，我调整心态，开始了组织调研的初步工作，团队里的其他成员积极配合，对项目有着极高的热情。团队的第一次会议定在了1月1日，这是2023年的第一天，新年伊始，万象更新。这亦是我们团队崭新的开始，我们彼此共勉，怀揣共同的目标，共赴星辰大海。

我们采取线上调研的方式，通过与相关学校联系、阅读公众号资讯、观看甲骨文教育视频等方式调研甲骨文教育特色学校，咨询甲骨文教学成果。首先，摆在我面前的一个难题是，怎么联系相关甲骨文特色学校呢？我仔细阅读2020、2021、2022年山东省、河南省甲骨文特色学校名单，眼前一亮，发现了我的母校：济南市博文小学。我与小学老师取得联系，老师将济南市博文小学甲骨文教育的开展方案分享给我，并帮我联系到济南市二十九中小学部的老师。这位老师给我分享了济南市二十九中小学部的甲骨文教育开展方案的电子资料。另外，通过查阅相关学校公众号，我总结山东省、河南省小学甲骨文特色学校的总体发展模式，研究重点案例与创新点，探索当前甲骨文教育存在的问题，对小学甲骨文教育发展情况有了大致了解。

随着项目的逐渐开展，第二个难题接踵而至。在甲骨文特色学校名单中，开设甲骨文教育的小学明显多于中学，目前我们手中严重缺乏开设甲骨文课程中学的资料。当时恰逢过年，我为每一位高中老师送上了新年祝福，并和一位老师聊起了这个项目。老师说："学校（山东省实验中学）的古文字学社也开办过甲骨文方面的野外实践活动。"经过了解，山东省实验中学古文字学社一行11名同学曾赴济南东部大辛庄遗址进行野外考察实践活动，偶遇山东大学考古队在遗址区进行野外考古发掘，考古队的赵老师与丁老师向同学们热情介绍了遗址的历次考古情况。我的母校竟和山大有如此的相遇。人们常说："刻意去寻找的东西，往往是找不到的。天下万物的来和去，都有它的时间。"也许，这就是生命中彼此的缘分。我欣喜若狂地记录下这次甲骨文教育活动，它虽只占了不到半页纸张，但早已在我心中荡起了阵阵涟漪。

再看到眼前已完成的四万余字调查报告，我心中似有灿烂千阳。

今天是1月的最后一天，是调查报告完美收官的时刻，亦是甲骨文创意视频制作的初始。随着2月的开篇，新的任务即将紧锣密鼓地开展，此时的我早已不再退缩，在新的征程上，我心中的战鼓已敲响。

作者：文学院2021级本科生　韩乐菲

2月1日　星期三　晴

"新春词话，诵读经典"朗诵比赛获奖者·耿铖坤

今天上午10点，由共青团山东大学文学院委员会主办、济南校区演讲协会等八家社团承办、面向全校学生的"新春词话，诵读经典"朗诵比赛的获奖名单公布，作为一等奖的获得者，我想谈谈我的收获。

早在决赛的前两周，我就着手准备参赛稿件。我在思考，什么既能符合新春佳节"春风送暖入屠苏"的气氛，又能够显得别具一格、清新自

然。在比较古诗词和现代诗后，我选择了林徽因的《你是人间的四月天》。录好音频，我开始了人生中第一次剪辑：选择背景音乐、去除杂音、声音同步、调试音量……经历了1个多小时的“从入门到精通”，我的初赛作品终于制作完成。

在经历漫长的审核后，1月29日，决赛名单公布，好消息是我成功晋级，坏消息是我只剩一天的时间准备稿件并要熟练诵读。紧张地挑选后，我选择了毕飞宇的《青衣》。这是一个故事感很强的稿件，讲的是一位把命交给唱戏的戏曲演员与自己的不甘和失望和解的故事，情绪的处理、长句的节奏、时间的把控等难题摆在眼前。由于是线上，我无法添加背景音乐，因此我只有通过不断朗诵，调整自己的语速和状态，尽可能使自己的朗诵“声入人心”。

朗诵决赛，高手云集，我是倒数第二个上场，前面同学们的精彩朗诵使我压力倍增。轮到我时，我心跳加快，但当我进入朗诵故事主人公的内心世界后，我渐渐忘记一切，只记得那个在灯下自己给自己鼓劲的戏曲演员。

决赛第二轮要现场抽取稿件，只有1分钟的准备时间。当我得知抽到的稿件是《大唐故昭容上官氏铭》时，我不知所措，生僻字和难懂的古文使我紧张。我火速上网查读音和原文，得知这是上官婉儿的墓志铭，于是决定用庄重肃穆的腔调朗诵。评委对我的点评证明我是对的。但遗憾的是，由于紧张，我将“佚名”读成了“匿名”。

朗诵比赛一结束，就有同学私信我说“打算去看看毕飞宇的书”，这是我没有想到的。我原以为朗诵只是“借他人之酒杯，浇自己之块垒”的情感抒发，没有想到竟然能感染到这么多人，让他们对朗诵文本的来源——文学产生兴趣。这让我对朗诵更加热爱，我也决定今后继续用朗诵传递来自文学的魅力和温暖。

作者：文学院2022级本科生　耿铖坤

2月2日　星期四　晴

“青听党语”宣讲团成员·成欣怡

今天，我们“青听党语”宣讲团在腾讯会议上围绕党的二十大精神进行了第一次宣讲。

“大家晚上好！今晚的宣讲主题是‘国魂——从百年党史中感悟共产党人的精神谱系’。”随着主持人念出开场白，宣讲正式开始。在前期准备中，我们团队针对如何让宣讲更加深入人心进行了多次讨论，最终决定以党的精神谱系作为切入点，从党的七大精神自然引入，以党的二十大精神结束，全方面地介绍中国共产党的精神谱系，旨在引导广大青年从中国共产党的精神之源中吸收营养、汲取力量，再接再厉、接续奋斗。

在宣讲的第一部分，宣讲人带领大家回顾了百年党史，从敢战能胜到艰苦创业，从众志成城到勇攀高峰，在中国共产党的光辉历史中感悟共产党人精神的赓续。

宣讲的第二部分是“时逢党的二十大，我们正青春”。我们引用党的二十大报告中的“唯有矢志不渝、笃行不怠，方能不负时代、不负人民”这句话，很好地与宣讲核心精神谱系联系起来，让同学们充分感受到一代代共产党人的精神是贯穿中国共产党发展历程的一条红线。

在准备宣讲内容时，我也在思考。党的精神扎根在中国共产党人的心中，引领着中国的发展，如果要用一个词语高度概括本次宣讲内容的话，可以是什么呢？党的精神、国家的灵魂、民族的脊梁……忽然间，我想起之前在高中时期背诵作文素材的时候看过的一句名言，出自许之衡的《读〈国粹学报〉感言》：“国魂者，立国之本也。”所谓国魂，指的是一个国家所拥有的民族精神与文明基础，是一个国家的立国之本，一个民族的精神气节。君子胸怀坦荡，文人有风骨，师者、医者德性高尚，少年豪情满怀，男儿有责任担当。希望通过我们的宣讲，听众能够积极主动学习党史，将党史读懂读透，与时俱进，感悟党的精神，更加坚定共产主义理想信念，坚定中国共产党的领导，坚定道路自信、理论自信、制度自信、文化自信。同时学以致用，将党的精神运用到工作实践中去，为社会主义建设贡献力量。

“青听党语”，做新时代党的新青年。我们将继续聆听党的声音，助力党的二十大精神深入人心。

作者：药学院2021级本科生　成欣怡

2月3日　星期五　晴

春晖社逐光夏津支教队成员·祝康平

天色灰蒙蒙的，我躺在床上向窗外望去，摸出手机一看，不过早上七点，四川的晚冬向来如此。我横竖是睡不着了——还有三个小时就是我支教的第一堂课，心中不免泛起了一丝紧张。

时间一分一秒地过去，我也早早地坐在电脑前。我一遍遍地问自己：真的准备好了吗？教案还能改进吗？他们能听懂吗？互动能流畅进行吗？这些我都不知道，我害怕课堂冷场，怕自己讲得太快，怕自己慌乱无措，更怕他们茫然疑惑的表情。

上午十点半，该来的总是会来，终究是鸭子也被赶上了架。看着陆续进入会议的孩子们，我打开摄像头，坐得笔直，尽量让自己显得精神抖擞，也暂时缓解内心的不安，让自己更有自信。“老师好！”孩子们参差不齐的声音打破了这份宁静，看着他们那青涩的脸庞和充满求知欲的眼神，竟一时勾起我的回忆，好一个求知若渴！

我今天上的是数学课，主要内容是复习巩固和疑难讲解。真是奇怪，到了开讲的前一秒，我却突然冷静了下来，心如止水。按照心里一遍又一遍排演过的流程，我有条不紊地开展教学，一张张 PPT 慢慢滑过，一个个答案也从孩子们口中说出。一个知识点到另一个知识点，一道应用题到另一道应用题，他们争先恐后地回答，他们朝气蓬勃，他们乐观昂扬！

印象最深刻的是前一天，我在微信群里收集同学们学数学时遇到的疑难。大概是害羞，没有一个人抛出问题，而到了课堂上再问，同学们都纷纷说出了自己的问题。遥想自己当年，可能也是如此怯弱，不敢表达。也许是心与心之间的碰撞，我和他们敞开了心扉，我们慢慢聊到“公路植树”“鸡兔同笼”等问题，一堂课下来，仿佛是在与一群朋友对话。

短短的一个小时，我记住了很多名字，拥有了很多美好瞬间。我从课前的紧张不安到课后的满足喜悦，这种成就感溢于言表。我一遍遍改稿、一遍遍试讲，甚至还偷偷进其他班的“课堂”观摩学习，但现在我似乎已经成功完成从学生到老师的转变，也经受住了支教对我的考验。胸中有丘壑，笔下有山河，之前的努力诚不负我。

且长凌风翮，乘春自有期。只要我们心怀希望，不断努力，必能帮孩子们丰满羽翼，凌风飞翔。明天立春，是万物复苏的时节，希望香赵庄镇的孩子们能借那春风，吹绿锦绣河山。

作者：齐鲁交通学院 2022 级本科生　祝康平

2月4日　星期六　晴

“返家乡”主题社会实践参加者·解　颖

疫情是近三年来大众关注的话题，它给人们的生产生活都带来了各种各样的影响。那么，在当前疫情政策调整的背景下，大众创业的热情会有所提高吗？

我前往日照市华润万象汇商圈附近开展实地调研活动。上午十时，我来到了商圈附近的一家私房菜馆，在跟店主沟通之后，进行了实地访谈调研。店主表示，店铺在疫情前后经营收益差距较大，一度陷入窘境，附近的商家也或多或少受到了影响。目前，随着政策调整，人流量有所增多，每日的营收额也有所提高。谈及创业意愿，店主大叔笑着说，自己有很强的创业意愿，希望紧跟时代发展潮流，同时也表达了对未来经济发展的美好憧憬和希冀。

接下来，为了更加深入地了解不同行业的创业意愿和经营实况，我来到商圈附近的一家服装店，对店铺老板进行了全面细致的采访。通过店主姐姐的讲述，我了解到该服装店铺的经营也受到了疫情的冲击，整体营业额下降较多。目前，商圈人流量变大了，更多人愿意到实体店买衣服，服装店的收入相比之前有了明显提高。访谈的最后，店主姐姐表示，希望在党和国家的带领下，能尽快走出销售低谷。

为更加全面地了解不同群体的创业意愿，我还在商圈内进行抽样调查，随机抽取几位路人进行访谈。通过一番交流，我感受到大家短期内的创业意愿有所增强但并不明显，大多数人更加希望在经济逐渐复苏的大环境下进行创业。此外，大家还提出了许多自己对激发大众创业热情的看法。在采访过程中，我感受到人们对党和国家的信任以及对大众创业的美好憧憬。

下午六时，我们的实地调研活动结束了。通过此次实地调研，我对目前大众创业意愿有了更加深入的了解。此次活动也为团队进一步分析和研究提供了实践素材和数据支撑。作为山东大学的一名学生，我希望有一分热、发一分光，建设家乡，为党和国家的事业输送新时代新青年的青春力量。

作者：哲学与社会发展学院2021级本科生　解　颖

2月5日　星期日　晴

民俗学教授·张士闪

鲁中乡村孩童，哪有不喜欢过元宵节的！没有了平时的学业和杂活，也不再有拜年走亲戚的礼仪拘束，欢欢喜喜跟着“扮玩”队伍游走乡里，观赏秧歌、锣鼓、旱船、龙灯、武术等表演活动，疯玩大半天，午后姗姗回家。父母却并不责怪，往往调侃一句“疯玩能当饭吃”就端上饭来。

在我老家淄东山区，元宵节游艺活动俗称“玩十五”“玩玩意儿”或“闹社火”“闹元宵”等。自1981年就读山东大学中文系，我就再难亲历了。幸运的是，后来我在高校任教民俗学课程，田野调查是本职，而年节期间正是各地民俗活动的“黄金期”。于是，每年正月初六启程，在“异乡”过完元宵节返程，成了我20多年来的田野生活常规。近几年疫情肆虐，只能宅家闭门。

人在家中坐，心在田野飘。翻看积累多年的一幅幅田野图片，反复咂味父老乡亲的口述资料，还有凝聚着山大民俗所师生心血的大擽《百脉泉》，我不禁浮想联翩。恍惚之中，我又穿行于乡村元宵节的热闹队伍里，锣鼓声、唢呐声和鼎沸人声萦耳不散，幼时家乡与诸多“异乡”的记忆杂糅交融。元宵节有何许魅力，直教人魂牵梦萦？

我认为，元宵节的独特魅力首先要归功于月与灯的神秘交会。“月色灯光满帝都，香车宝辇隘通衢”，是唐代诗人李商隐因“正月十五夜闻京有灯恨不得观”而作，寥寥数语透出极度向往之情。再看明代唐寅的《元宵》诗，将元宵夜景写得如此恍惚迷离：“有灯无月不娱人，有月无灯不算春。春到人间人似玉，灯烧月下月如银。”古人称夜为“宵”，正月十五是一年中第一个月圆之夜，故要隆重纪念。据史书记载，元宵张灯活动始于汉而兴于隋唐，此后元宵灯具制作渐趋精致，由灯盏到灯笼、灯棚、灯楼、灯山等，不一而足，并由此兴起纷繁多样的灯市、灯社、灯宴等。凭借月与灯奇妙的光影组合，元宵节成为名副其实的“灯节”，是过年的“压轴戏”。

其次，元宵节中玩与闹的节俗设置打开了人们轻松娱乐、恣情欢愉的情感闸门。中国传统节日的活动空间大多限于家庭或家族之内，唯元宵节以热烈奔放、轻松快乐为主调，鼓动人们不畏严寒走出家门逛庙会、观灯会，甚至参与到扭秧歌、猜谜、唱戏、敲锣打鼓、舞龙舞狮等社区欢庆活动中。古往今来，元宵节是中国社会最大的娱乐性节日，游艺活动最丰富，社会交往最广泛。或许正因为此，历朝历代常有“禁元宵”之声，认为元宵节的欢娱狂诞色彩颠覆了封建正统礼仪秩序。不过，“文武之道，一张一弛”，民众基础深厚的元宵节又怎么可能禁得了！

在近些年的田野调查中，我们发现在传统节日普遍衰微的大趋势下，元宵节似乎“风景这边稍好”，这或许与其节俗颇合现代人生活趣味，历史上幸未遭受“封建迷信”污名或未牵涉禁放鞭炮风波等因素有关。在农耕时代形成的传统节日，随着工业化时代、信息化时代的全面到来，是否已经不合时宜，唯任其“花自飘零水自流”吗？答案是否定的。在世界文明交流互鉴日益频密的今天，稳步走向世界舞台中心的中国，如何展示自身的文化价值和魅力，承担构建人类命运共同体的历史使命？源远流长、文化深邃、节俗纷繁的传统节日，是中国传统文化的重要承载平台，理应成为最珍贵的文化资源。聚是一团火，散是满天星，节日是无可替代的文化使者。

节日“饺子”要装“民俗馅”！20年前李万鹏先生所说的这句话，至今仍未过时。

作者：儒学高等研究院非物质文化遗产研究院院长、儒学高等研究院民俗学研究所所长　张士闪

2月6日　星期一　晴

山东大学附属中学小学段班主任·刘　薇

翘首期盼80多天，终于盼来了开学的日子，我的心中满怀期待与兴奋。其实在此之前，我作为附中的教师早就以最快的速度从假期状态中调整好自己，积极投入课程建设、班主任培训、学科组集体备课等工作中，做好全面的准备，迎接开学这一天的到来。每天披着微微晨曦出门，在脉脉斜晖下带着满满收获回家，已经成为一种内化于心的习惯。

昨夜做了一晚上的梦，都是开学的事。清晨6点的闹铃还没响，我就早早醒来，脑子又过了一遍这一上午的流程——孩子们盼望已久的开学第一天绝对不能有丝毫马虎。

7点10分到达学校，看到已经挂好“最好的相遇是开学有你，孩子们，欢迎回家！”字样的横幅和彩色拱门，我的心中不免多了些激动，忍不住想象每位小朋友回到班级的表情。我赶紧进入班级，再一次查看为孩子们准备的开学物品摆放是否整齐，其中还有预祝孩子们新学期“兔”飞猛进的惊喜小盲盒和代表“开学甜蜜，有你更甜”的棒棒糖。一切就绪后，只待孩子们归来。

不到8点，就开始有孩子们陆续来到学校了。“刘老师好！”孩子们进来就礼貌问好。我也忍不住说着：“嗨，你好呀！”有的直接进来和我来了个大大的拥抱，与孩子们线下相见的真实、温暖全部融入其中。我自己脸上的笑容也从未停止，默念道：“看我的孩子们！”他们已经褪去了一年级时“嚣张”的面孔，有条不紊，有规有矩。无论是整理书包、对齐桌椅、安静入座，友好地互相问好，还是拆盲盒时满脸喜悦也没有大呼小叫……这样的场景让我兴奋不已，还有什么比看到学生能够自律更让班主任高兴的事呢？

在开学典礼的升旗环节中，我又一次被孩子们的行为举止所感动。他们依然记着上学期班主任“苦口婆心”说的一些小细节和习惯：轻轻起立，站到椅子后面再轻轻推进去；出旗环节“站如松”，随着国歌响起齐刷刷地敬队礼、跟唱国歌……在接下来的每一节课中，孩子们的表现也让每个任课老师都忍不住感叹一番。

时间推移，不知不觉就到了放学时间。我左叮咛右嘱咐，告诉孩子们其他的开学准备事项，目送他们随着副班主任走出教学楼。今天这句“再见”不再让我担忧，是因为彼此知道明天还会再见！

一天的工作中，我们低年级每一位老师都是一人下课就另一人顶上，无缝衔接，负责带着孩子们站队、如厕、课间活动等各项事情，基本所有时间都在自己班级中跟孩子们融为一体。窗外天色渐晚，看看安静的走廊和所有亮着灯的教室，老师们依旧在忙碌，每天都有收获，一切都值得。付出过后，会得到孩子纯真的笑脸、家长们称赞的大拇指，还有同事们在一起互相成长凝聚的无限力量！我们要继续做这样“心中有学生”的最纯粹的老师，不为其他，只为我深爱的三尺讲台！

作者：山东大学附属中学小学段二年级班主任　刘　薇

2月7日　星期二　晴

山大第八届全国高等艺术院校中国声乐展演银奖获得者·王贤睦

最近，我参加了由中华人民共和国文化和旅游部、中国民族声乐艺术研究会主办的“民族魂·第八届全国高等艺术院校中国声乐展演暨第十届中国声乐论坛”。该赛事是中国声乐艺术领域的重量级赛事，比赛选手来自全国 80 余所高等艺术院校，综合类、师范类大学，难度极大。经过激烈的角逐，我和另外两位同学分别荣获银奖、铜奖和优秀奖。平复激动的心情后，我想将这几天的所作所思记录下来。

2 月 1 日，开幕式。我们签到后在赛场走台，并观看了评委们的精彩演出。开幕式上，著名音乐家、歌唱艺术家和教育家马秋华、方琼、刘辉等相继发言，让我深有感触。我想，作为声乐专业的学生，我们应该在自己民族声乐艺术中寻找具有代表性的特征，寻找这种特征所代表的艺术精神和中国精神，为我国民族声乐艺术的发展贡献力量。

2 月 2 日，决赛。我是 28 号，参赛曲目是艺术歌曲《大江东去》和歌剧选段《雨越下越猛》。《大江东去》对我来说难度适中，我有一定的自信；《雨越下越猛》难度较大，对我来说具有一定的挑战性。为了完美演绎这两首作品，早上我就开始活动身体，反复练习基本功。上台前我安慰自己："正常发挥就是胜利。"非常幸运，下午正式比赛时我的状态还不错，完全没有慌张。当我演唱完两首作品后，如释重负。

2 月 3 日，声乐专家高端论坛。聆听了众多专家、学者、艺术家的发言和交流后，我有了一些感想。一个人即使有很高的歌唱天赋，但如果没有对歌唱事业的忠诚与热爱、勤奋与刻苦，注定碌碌无为。作为艺术学子，我们应该胸怀理想、满怀热爱、勤奋攀登，不断提高自己的艺术学养、涵养和修养。

这是我第二次参加国家级重要声乐赛事，与多年前自己独自参赛不同，这次学院派出了带队教师、专业教师与我们同行。领导和老师一直与我们并肩作战，这是我们取得好成绩的重要原因。我想对各位领导和老师们说一声："辛苦你们了！"师恩终生难忘，我会继续努力，不辜负老师们的期望，争取取得更好的成绩。

作者：艺术学院 2019 级本科生　王贤睦

2月8日　星期三　晴

学工队伍“好好学习”21天打卡活动

参加者·刘　楷

合上书本，我习惯性地点开打卡活动的小程序，正准备上传学习心得，突然看到电脑上的日期，才恍然发觉21天打卡活动已经结束了。打开电脑桌面上标记着“学习打卡”的文件夹，看着里面满满都是标着日期或记录着手写心得的照片，还有记录学习体会的文档，一股热流在我心头涌动。

假期，学校学工部发布了开展学工队伍21天学习打卡活动的通知，希望全体学工人员可以利用假期提升自我、充实自我。这为时间被切割于琐碎、繁杂学生工作的我提供了一次特别好的学习契机。于是，我找出了没有研读完的《习近平总书记教育重要论述讲义》。我每天都会阅读，长则几个章节，短则几页，之后或写下结合自己工作的心得体会，或直接在书上圈圈点点。一晃眼，假期已经结束。

作为一名有近20年一线学生工作经历的“老辅导员”，结合假期中的学习和自己的工作，我把几点思考写在开学之初，也算是对寒假学习的一个总结，以及对新学期自己工作的几点勉励。

首先，牢记育人是学工队伍的主责主业。教育是国之大计、党之大计，培养什么人、怎样培养人、为谁培养人是教育的根本问题。作为高校辅导员，我们站在育人的“最前线”，如何让青年学生“跟得上、走得正、行得端”，我认为比起舌灿莲花、口若悬河，学生们更相信我们的躬身示范、身体力行。毕竟想把学生培养成什么样的人，自己首先就应该成为什么样的人。

其次，牢记责任担当是学工队伍的底气所在。作为辅导员要牢记习近平总书记“政治要强、情怀要深、思维要新、视野要广、自律要严、人格要正”的谆谆教诲，在对学生仁爱和对工作热爱的基础上强化责任担当。学工队伍是高校学生安全稳定工作的“最后一道防线”。山大的学工队伍总是完成繁杂且细致、基础且重要的各项工作，并且默默无闻地站在最前方。经过重大考验的山大学工队伍，是一支素质过硬、能打硬仗、有责任担当的队伍，我为自己是这个队伍中的一员而倍感骄傲。

最后，牢记持续学习是解决问题的应对之策。时代变化和实践要求对学生工作提出了新的问题，也带来了挑战，这就要求我们一线学工人员要有应对问题的能力，要有面对纷繁复杂问题的“续航能力”。我们要持续不断学习，这样才能创新发展、应对自如，才能夯实立身之基和工作之本。

2023 年，愿我们都能不忘学工初心，收获一份心安！

作者：艺术学院（威海）辅导员　刘　楷

2月9日　星期四　晴

“青春追梦　服务家乡”社会实践团队
成员 · 杨瑞祥

返校临行前，家乡迎来了立春以来的第一场雪。昨天早晨，我睁开双眼向窗外眺望，糖霜一样的雪花纷纷扬扬漫天而来，地面已一片白色。雪是从前天晚上悄悄下起来的，昨天还不断落下，苍松和白雪两相宜，正红色的中卫鼓楼也被衬托得更加庄严壮观。今天雪停了，人们要扫雪了。在离家返校的前两天，我积极报名参与家乡的扫雪志愿服务，选择以劳动的方式为本次返乡实践画上圆满的句号。

提前出门打车，行车道上的积雪已经被彻底清理干净，路旁人行道上的雪也已经融化不少。尽管如此，路面依旧湿滑，让人走得提心吊胆。走过一条半街道，我终于打到车，赶到中卫市体育中心西门与其他志愿者集合。

在沙坡头区团委书记、青年志愿者协会秘书长等人的带领下，我们穿过马路向前走，领取铁锹和扫帚，正式开始除雪。需要除雪的路面不宽，但没想到真正干起活来却并没有想象中容易。东边的路面上积雪结冰，用铁锹用力连续斜铲下去也几乎没有任何作用；西边的路面已经有清扫的痕迹，但一堆一堆的雪还留在靠近人行道的地方，挤压了人行道的使用面积。正当我们手足无措时，书记的声音打破了僵局："对，就像这个女生一样干！要找方法。把铁锹翻过来，用底端破冰除雪。"就这样，我们互相借鉴着除雪的好办法，除雪效率越来越高。

我和另一名志愿者互相配合，两人一共移除了四个雪堆。环顾四周，每一名志愿者都干得热火朝天。劳动在此时变成了最幸福、最快乐的事情。不到两个小时，经过20名志愿者的齐心协力，在铁锹一次次地扬起落下中，在一声声扫帚与积雪路面的摩擦声里，结冰的道路逐渐露出大片干净整齐的黑色铺路砖，长城东路600米左右的人行道又变回往日可以安心行走的地方。

回家的路上，我取下手套，看着手已经被冻得发红。低头一看，黑色的皮鞋四周也沾满了雪花。但看着路上认真指挥、疏导车辆的交警和路边忙着除雪的环卫工人，我真切地感受到中卫这座小城发展越来越好的原因——小城的人们努力创造着每一个更好的当下与未来。生活并参与其中，我从心底感到温暖，更希望未来有更多个像今天一样的日子，让我能为家乡做更多有意义的事情。

作者：机械学院2021级本科生　杨瑞祥

2月10日　星期五　晴

“一张照片，夕阳如画”社会实践团队
成员·尉晓雅

“老吾老以及人之老，幼吾幼以及人之幼。”随着社会的进步与时代的发展，我们更应该将“尊老、敬老、爱老、助老”这一中华民族传统美德发扬光大。怀揣着这样的心情，我在寒假加入了山东大学“一张照片，夕阳如画”社会实践团队，想要用实际行动实现这份理念。

“一张照片，夕阳如画”社会实践活动以关怀疫情中的老年人，让他们能够更好地保护自身安全健康为目的，采用与老人聊天、对老人进行采访、普及疫情防护知识以及为他们拍摄并冲洗照片的方式，在身体和心理上全方位地关怀老年人。

活动一开始，有几位老人不愿意让我为他们拍照，一方面是怕麻烦我，另一方面是觉得自己年纪大了拍照不上镜。到后来的几户人家中，我就换了一种策略，先和老人们聊一聊家长里短，等氛围轻松愉快的时候再提出建议，老人们很高兴地答应了。其中有几位老人让我印象很深刻。一位是在农村独居的老奶奶，一开始说到给她拍照的时候，她有点不太愿意，觉得自己老了不如年轻时漂亮。我鼓励她说年轻时有年轻时的美，上了年纪后有上了年纪的美，要悦纳自己，于是老奶奶同意了。我又引导她摆了一些姿势，尽自己最大的努力调整好光线角度，奶奶看到照片后笑得合不拢嘴。还有两位住在城市里的老人家，和那个年代的很多人不同，他们都是高中以上学历的知识分子。给他们拍照之后，他们又拉着我语重心长地谈了很多，还问我学业上的问题，鼓励我要好好学习，报效祖国。

除了拍照之外，我还采访了几位老人，询问了一些和疫情有关的问题。疫情期间，他们的基本生活都没有受到太大影响，食物和药品供应充

足，但是老人们的娱乐活动基本都停止了，亲戚朋友们的来往也暂时断了。我为老人们讲解了当下如何保护自己的几个方法，告诉他们现在也要坚持“防疫三件套”和“防疫五还要”。

通过社会实践，我有了一些感悟。我们开展的这个活动虽然能给老人们带来温暖，在现实条件下有重要意义，但老人们最需要的还是陪伴。在此也呼吁大家有时间的话多陪陪老人，用身边的陪伴温暖他们的晚年时光。

作者：经济学院2021级本科生　尉晓雅

2月11日　星期六　晴

小树林支教调研团“泉赴队”成员·王佳婧

时间从下课铃声中流走，从透过窗户的阳光中流走，从孩子们打羽毛球、跳大绳的大课间中流走，一不留神走得太快，就走到了支教的末尾。在颜子学校的那些欢声笑语仿佛只是浅浅的一个美梦，又好像是一个五彩的泡泡，我们小心翼翼地珍藏，不敢打破眼前的美好。

当一举一动都被标上倒计时，所有的一切都好像被赋予了崭新的意义。最后一次上早自习，最后一次上晚修，最后一次上历史课，最后一次和他们打羽毛球、跳大绳，最后一次和孩子们聊天……支教只有短短的五天，但是孩子们的可爱真诚活泼却深深烙印在我们的心里。与孩子们在一起的时光让我远离电子屏幕，让纯粹充满生活。我开始感恩我所拥有的，对生活中各种快乐情绪的感知更加敏锐。对我而言，他们带给我的远比我带给他们的要多，我无比感谢这段经历。

在这里的每一分每一秒都是那么充实，时间好像按下了暂停键。但时间又过得这么快，我们抓紧一切机会鼓励他们好好学习，鼓励他们坚持读书，鼓励他们走出乡村去看看更广阔的世界。我们向他们讲述美好的大学生活，希望简单描绘他们美好的未来；我们带领他们做课本上的科学实验，希望激发他们对科学的求知欲；我们在书签上认真写下对他们的期待，希望在困难时化身火把为他们带去力量……

记得参加小树林支教队面试的时候有人曾经问我这样一个问题："你觉得短期支教有什么样的意义?"我当时回答："希望在他们的内心里播下一颗种子，我相信总有一天它会破土发芽。"这个回答和眼前孩子们学习时专注的脸庞重叠在一起，让我更加坚定当时的答案。

支教是我最不后悔的选择，有些孩子没有更多选择的机会，像我们一样享受先进教育资源的山大学子，又怎能不承担起我们应有的社会责任去努力奋斗、奉献社会呢?我将带着孩子们给予我的勇气和力量继续探索之路，也祝愿孩子们平安健康，快乐成长，前程似锦!

作者：管理学院 2022 级本科生　王佳婧

2 月 12 日　星期日　多云

文学院本科生 · 夏　郗

返校路途遇上绵延的细雨，除去撑伞拿行李的少许狼狈，这细密的雨丝也砸在我并不平静的心中，泛起层层涟漪。当我最后一次回头和等在安检门外的父母挥手告别时，这层涟漪最终在心中激起滔天巨浪。虽然不是第一次离家返校，但每每分别，与父母相处的点点滴滴总在脑海中回放，最后变成眼底难以言说的酸涩。

在路上随手打开朋友圈，不出所料地看到了许多同学关于返校的动态。有的是离家的不舍，有的是返校后与舍友重逢的欢乐，有的在抱怨路途的辛苦。更多的是文字和图片满含对新学期的期待，还有新形势下对校园生活的向往。来来回回地翻看大家的动态，我的心情也逐渐平静了下来，对于即将抵达的校园又多了几分期待。

三个小时的漫长旅程后，我拖着行李箱站在了山东大学的门口。雨下得更大了，在屋顶上、街道上溅起了一层白雾。雨水斜斜地洒在街道的水面上，激起了朵朵水花。这次返校的心情确实特殊，虽已来到学校两年，但这是我第一次在正常的开学时间返回学校。前几个学期都因为疫情而延后返校，到达学校时大多是孤身一人，或是先在隔离酒店休息。第一次在正常时间返校，看着周边来来往往拖着行李箱的同学，想起飞机上遇到许多与我同一目的地的陌生人，听到保安大叔在进门刷脸时笑着说“回来了呀”，心中不免有几分感慨。

作为2021级的学生，我们进入大学以来的生活都与疫情防控密切相关。而伴随着防疫政策的调整和疫情形势的好转，我们恢复了正常生活。看着来自五湖四海的返校同学与我一起在校园中穿梭，接送学生的车辆在校门口络绎不绝，许多提前返校的同学已然融入了校园生活，背着书包、拿着书本走向教学楼和图书馆，往日校园的生机又一次复苏。

这次返校对于学生来说还有件很重要的事压在心头——迟来的考试周。这似乎是作为学生的共性，不论准备得如何、是否复习妥当，大家都会为即将到来的考试感到焦虑和紧张。我也不例外，在短暂的休息后，打开“山东大学图书馆”微信小程序，想预约自习室的位置来完成我的复习计划。没想到，整个图书馆自习室的位置都被约满了。我被大家学习的热情震撼，没办法只好背起书包，准备去教学楼碰碰运气。路过的每个教室几乎都有或多或少的同学在埋头学习，走廊过道上也有不少拿着课本背书的人。还没到开学第一天，学校已被认真读书学习的氛围包围，我也停下了打量的目光，进入教室看起了资料。

学习的时间总是走得飞快，停笔时窗外的天已经黑了，雨也停了。走回宿舍的路上，看着依旧灯火通明的教室和图书馆，望向人来人往的校门，返校最初的混乱情绪已然消失，剩下的，便只是对新生活的期待。

作者：文学院 2021 级本科生　夏　郗

2 月 13 日　星期一　晴

公共卫生学院本科生·李依霆

春寒凛冽的 2 月，七点的济南还不是那么亮，微弱的光成束落在窗帘上，只是若隐若现。临近毕业，开学的第一天，虽然没有期末考试的压力，但是毕业设计和即将到来的疾控实习督促着我尽早做好准备。

早上，在食堂吃完早点后，我准备去图书馆。很诧异，第一天的图书馆约座处也是红彤彤的一片。猛然想起，好像除了我们，大家都还在考试周。桌前的同学们一个个面露紧张，我只能在心中祝愿学弟学妹们取得一个好成绩。我们前一天刚刚开完组会，听着高年级的师兄、师姐汇报他们的学习进度。我惊讶地发现研究生毕业年级的师兄、师姐已经完成了毕业论文的初稿，而我的毕业论文甚至还欠缺代码结果，想到这里就有点垂头丧气。

从座位上缓缓抬头，映入眼帘的是大家专注的身影。我看着大家桌子上一本本熟悉的教材，也回想起了自己与那些书本奋斗的日日夜夜，打瞌睡时上一秒还是行行文字，下一秒就是寸寸田埂，然后再用 5 分钟的闹钟强行把自己唤醒。没想到转瞬间，这些都已经成了回忆，我在山大的时光也只剩下这短短的半年。想到这里，我像是猛地被一壶冷水淋了头。那剩下的半岁时光，我更要用努力与山大作伴。

思毕，我打开电脑，将假期的代码找出来，重新梳理了一遍，并按照原本计划的内容写着新的代码。看到想要的结果出来了，我忍不住心中的欣喜。看到意外的报错，我一遍遍地寻找原因。我将自己新学期的第一天全部投入了毕业设计，心情也随之起起落落、落落起起。我很享受这种充沛的情感，科研能够带给我过山车一般的体验——刺激、兴奋，偶尔有点失落，但大都趋于满足。无数的情感交织汇聚在一起，这也是我喜欢科研的原因之一。

于我而言，新学期的一天或许很平淡，平淡到只是一日三餐，在图书馆里坐一天。但仍有些不一样。作为一个有着天马行空想象力的人，时间带给我的感受是，相同的我再遇到相同的事也会作出不一样的选择，因此我一直很珍惜。就像今天一样，又是一个阶段崭新的开始，空气中满溢的全是朝气，我爱新学期的第一天。

作者：公共卫生学院2018级本科生　李依霆

2月14日　星期二　晴

新闻传播学院本科生·陈婉燕

时间总是过得很快，不知不觉间我已步入大三下学期，而从大三上学期开始担任的数学学院同道学堂年级助理工作也告一段落了。回想起这段时光，各种各样的人与事历历在目，我不由百感交集。

依稀记得当初选择这个岗位的时候，我还没有充分认识到它的意义和重要性。当我拨通同道学堂辅导员张远老师的电话后，我才清楚意识到这份工作并不简单——我不仅要完成宣传工作，还要作为年级助理，成为少数民族预科班的“筑梦引航人”，在思想交流、生活帮扶和学习辅导等方面结对互促。不言而喻，相较于以往的任何工作，这份工作综合性更高也更具挑战性。但这也意味着我将迎接更大的考验，自己也将得到更好的锻炼和提升，这也是我义无反顾坚持这个岗位的原因。

既然被赋予“筑梦引航人”这一称号，那么我就更不应该懈怠。从最开始的学生返校信息、疫情防控信息整理工作到班委选荐、新生选课、家庭经济困难学生评定工作，再到后来的《中国》MV 拍摄、新闻稿撰写、趣味运动会视频剪辑、“五育并举·石榴花开”寒假系列活动等工作，每一项任务都清清楚楚、分门别类地列在我的桌面文件夹中，事事都要办好。每当对一些工作不了解时，我总会认真请教负责相关班委工作的同班同学，吸取工作经验，详细知悉具体步骤和注意事项，争取将每一份工作做到最好，为每一位初来乍到的少数民族预科生做好表率。每次打开桌面上排列整齐有序的“年级助理”文件夹，我都会感觉到内心十分充实与富足。

担任同道学堂年级助理期间，在少数民族预科班感受到的民族交融氛围令我感怀。还记得拍摄《中国》MV 当天，藏族的藏袍、壮族的骆越服、土家族的无领满襟衣……绚丽多彩的民族服饰在校园的各个角落争相绽放，我们结伴走过校史馆，于南校门谈笑风生，于风雨操场并肩起舞，于知新楼共同举起手中的五星红旗，用各自民族的语言演唱出同一首曲目，一同歌颂我们伟大的祖国。他们用丰富绚烂的民族文化感染我，我用自己微薄的时间与精力报之以李，这样美好的回忆非常珍贵，让人不由自主地想重新体验一番。

回想这段时间的工作，我也有很多不足的地方，一不小心就会犯错。比如在处理与班上学弟学妹们的关系上，我有时会忘记他们新生的身份，向他们提出较高的要求，给他们带来压力和困扰。但好在我每次失误的时候，张远老师都会耐心地指出我的问题，提供更好的解决办法。而班上的学弟学妹们也亲切热情地叫我一声“学姐”，成为我的一个又一个好朋友。

现在最可惜的事莫过于未与他们再多寒暄几句，但江湖总会再见的吧。学弟学妹们都很优秀，心怀赤诚，充满青春活力。我坚信在未来的学习生活中，一定能够在更高的舞台再次见到他们。而我也将不遗余力地向前冲刺，继续努力做好榜样，不辜负那一声又一声的“学姐”。最后让我再说一句感谢吧——谢谢你们，我也衷心祝愿学弟学妹们更好地逐梦前行。

作者：新闻传播学院 2020 级本科生　陈婉燕

2月15日　星期三　晴

学生就业创业指导中心工作人员·宋　博

“咱们的线下招聘活动终于开启啦!”用人单位的 HR 向我感叹道。

是的，开学第一天，济南校区便迎来了两家用人单位到访，两场专场招聘会分别在中心校区和千佛山校区举办。自 2 月 8 日我们发布春季学期校园招聘活动邀请函以来，办公室的三部电话便响个不停，诸如“贵校现在毕业生的就业情况”“贵校开展校园招聘最新的防疫政策”“能否帮我们推送一下贵校的微信公众号”“能否帮我们多申请一个面试间”等问题被多次提及。在与企业沟通过程中我们了解到，相较于空中宣讲会，大部分企业更青睐线下招聘会，针对性与互动性强，可以及时跟进学生的简历投递动向，准确掌握毕业生的求职意向。因此，近几天已有百余家企业在学校就业信息网发出了招聘会申请，目前 2 月审核通过场次已达 72 场。

相较于“急招人”的用人单位，毕业生们这两天参与招聘会的热情还不太高。受假期刚结束不久、考研成绩未公布等因素影响，有不少毕业生还没有做好求职准备。在和几名毕业生聊天中了解到，周围同学们的“慢就业”“缓就业”现象较为流行。毕业生离校已在眼前，尤其部分同学已经利用秋招机会，提前锁定岗位，驶入职场轨道，还未确定就业方向的同学们需要赶快行动起来了！疫情缓解后经济生活节奏逐步加快，我们应将“慢就业”转换成“快思考”，抓住机遇，利用春招实现更高质量就业。同学们要慎重思考自己“慢就业”的目标是什么，这段经历带给自己的影响或收获是什么，是会成为今后求职的筹码还是累赘，根据理性分析作出合适的选择。

目前，济南市、青岛市、武汉市、淄博市、淮安市的组织部门和人社部门已与我们取得联系，近期将在学校举办组团招聘活动；各学院将结合专业特点举办专场招聘会；医药卫生类、理工类、人文社科类等特色招聘会，春季学期大型就业双选会和服务山东人才引进专场招聘会等将于近期线上线下同步开展，期待同学们的积极参与。

新的学期已经开启，春天也如约而至。春风拂面、草木复苏，期待我们以热情、自觉、积极的心态，在兔年“卯”足力气，不负春光，焕发新面貌，开启新征程。

作者：学生就业创业指导中心工作人员　宋　博

2月16日　星期四　晴

威海校区党工委学生工作部工作人员·刘　萍

打开学校网站首页，“山东大学入选山东省高校‘三全育人’暨全环境立德树人示范校立项建设单位”的新闻赫然映入眼帘。得知这一消息，我倍感振奋与鼓舞，自豪感也油然而生。

本次入选，与学校多年来对“三全育人”工作的高度重视、科学谋划、周密部署、扎实落实密不可分。一直以来，学校围绕“为党育人，为国育才”的使命任务，从理念、制度、细节等各个层面不断推进“三全育人”工作，取得了丰硕的成果。在这个过程中，威海校区始终严格落实学校党委关于推进“三全育人”工作的各项制度要求，同时结合校区实际，不断健全完善体制机制，凝聚育人合力。我有幸作为学工队伍的一员，与领导同事们一同参与到学校“三全育人”工作不断落实落地的进程中。

由学工部统筹推进、由我具体开展的本科生导师制工作，目的是构建全员育人体系，激发专任教师的育人积极性，努力形成育人合力。本科生导师制自2011年9月起开始试行，至今已连续实行了11年多，其间共选聘本科生导师4458人次，指导本科生47511人次，表彰优秀本科生导师834人次。此前我们依据校区工作实际，经过充分调研并广泛征求意见，颁布了新的本科生导师制实施办法，将班主任、科研创新导师、社团指导教师、社会实践指导教师、学业指导教师统一纳入本科生导师范畴，为本科生导师指导经历核定工作量并将其纳入职称评审范畴，极大调动了专任教师参与育人的积极性，为深入推进本科生全员导师制搭建了更加广阔的平台。

在工作中，我们也着力加强学生党建工作，构建完善校院两级学生党员教育培训工作体系及联动机制，开展“初心讲堂”“与榜样同行”等经验分享、毕业生党员主题教育、赴全国青少年井冈山革命传统教育基地和刘公岛爱国主义基地实践教育等活动，将理论课堂、朋辈引导与实践教学相结合，丰富教育形式，提升教育效果。作为上述工作的负责人，我有幸亲历并见证这些举措有效地构建起“三全育人”工作体系，工作成效日益凸显。

作为一名学工人，我由衷地感受到“立德树人”工作任重道远，我们使命在肩。同时，我也在工作中收获了价值感和成就感，学生的成长和进步就是对我们最大的安慰。

新时代的新征程已经开启，奋斗的号角已经吹响。我坚信，在学校党委的坚强领导下，以入选山东省高校“三全育人”暨全环境立德树人示范校立项建设单位为契机，在全体师生员工的共同努力下，我们一定会打造出“全员育人职责到岗、全过程育人工作到家、全方位育人协同到位”的三全育人山大样板，全面提升立德树人成效，助推中国特色世界一流大学建设，以实际行动把党的二十大的部署和要求落到实处。

作者：威海校区党工委学生工作部工作人员　刘　萍

2月17日　星期五　晴

服务山东办公室、合作发展部工作人员 · 周继强

学校春季学期工作会议指出，推动“七大战略”提挡升级，在全面提高人才自主培养质量、造就拔尖创新人才和服务国家与区域经济社会发展、优化布局结构上先行先试。会后，领导同事们及时组织学习春季学期工作会议精神，围绕“聚焦‘两个先行先试’，聚力服务山东战略提挡升级”进行了深入讨论，对如何更好统筹和对接现代化强国和现代化强省的

建设需求交流了思想。同时，我们还学习研究了清华大学、浙江大学等兄弟高校在社会服务中的经验做法和典型案例，为我们谋划服务山东战略提挡升级提供了有益借鉴。

通过学习交流，我和同事们对“两个先行先试”有了更加深刻的理解，对推动服务山东战略提挡升级有了更高的认识。特别是推动服务山东战略提挡升级，必须将国家战略目标、区域重大需求与学校事业发展改革紧密结合起来，打造多学科参与的学术共同体，整合学科、队伍、平台、项目等创新要素，在服务国家和区域重大发展战略中获取资源、提升水平。

基于这样的认识，我们认为服务山东战略提挡升级的核心要义是从一般意义上面向需求导向的校企校地合作，向“心怀‘国之大者’、联手山东共同服务国家重大战略、服务社会重大关切、服务产业重大需求”转变，全面提升支撑教育强国、科技强国、人才强国建设的质量和贡献度。对此，在谋划2023年重点工作时，我们面向国家战略和区域发展需求，积极构建区域战略合作体系，谋划推动与山东省、云南省、烟台市、西藏自治区等省（区、市）的合作，探索新型校地合作方式，引入市场化机制，按照“1市1个综合研究院多个专业研究院”的布局，建立完善学校驻外研究院体系，在服务国家战略和区域经济社会发展、优化布局结构中先行先试。我们坚持需求导向，打破传统专业学科壁垒，探索基于项目的动态教学组织形态，联合校企共同引育人才，加快推进山大—山能未来技术学院建设，努力培养服务国家发展需要的未来科技创新领军人才，在全面提高人才自主培养质量、造就拔尖创新人才方面先行先试。

2021年12月，服务山东办公室与合作发展部合署办公，学校对外资源拓展力量得到有效整合。我们聚焦开拓社会资源、服务科学发展，落实“精耕细作”要求，建立社会服务工作体系，实行项目制工作法，有效整合服务山东、校友会、教育基金会资源，推动落实服务山东战略，与淄博、泰安、德州等地和省生态环境厅、山东黄河河务局等政府部门签署合作协议，一系列项目签约落地；组织校内科研力量，与中广核集团、山东土地发展集团、国铁济南局等签署合作协议，与山东能源集团共建引领前沿的未来技术学院、集聚创新的产业技术研究院和“大国重器”世界首个地下工程灾害防控与智能建造国家重大科技基础设施……作为服务山东办公室、合作发展部的一员，我全程参与了学校与山东能源集团、国铁济南局等的合作，深刻感受到学校实施服务山东战略、服务国家和区域战略发展，既是我们义不容辞的责任和使命，也是我们建设世界一流大学的必由之路，需要我们加快转变观念，推动教育、科技、人才融合联动，助力开辟发展新领域新赛道，不断塑造发展新动能新优势。

作者：服务山东办公室、合作发展部工作人员　周继强

2 月 18 日　星期六　阴

材料科学与工程学院辅导员·张贵梁

转眼间，从机关管理岗转任学院辅导员已经半年时间了，从最初对辅导员工作的不了解、不适应到现在的熟悉和融入，我已经顺利完成了心态转变，也适应了辅导员的工作节奏。在学院党委的安排下，我负责本科 2019 级学生的教育管理。就任辅导员的第一年就开始带毕业班，确实承担着很大的压力。毕业班学生的学业、升学、心理、毕业、就业等各项工作始终牵动着我的神经，够不够实、够不够细、够不够好是我时刻惦念的心事。

虽然今天是周六，但对于辅导员工作来说，上下班、休息日的概念其实并没有那么明确。一早我便开始联系学院 2022 届毕业的校友，想邀请他们来给学弟学妹们做一个讲座，主题是分享出国和就业经验。他们中有些同学扎根基层单位从事公务员工作，有些在企业从事专业技术工作，还有一些同学已经远赴海外继续求学之路。为实现学生充分高质量就业，学院制定了《材料科学与工程学院本科生 2023 届毕业生高质量就业方案》，这次讲座就是方案中的一部分。我们要更好地发挥往届毕业生的榜样示范作用，通过学长学姐的分享，让毕业班的学生对于不同职业的工作环境和生活状态有一个更加直观的了解。同时，学长学姐在出国准备和求职过程中的经验也可以帮助学弟学妹在求职过程中少走弯路，进一步提高学生对踏入社会就业的信心。

下午，我早早来到兴隆山校区，进行考试周第六天的巡考工作。对于 2019 级来说，大部分同学已经没有考试安排了，这段时间我的巡考重点就落到了挂科重修的同学身上。在还未开学的时候，我便逐个与这些同学联系，与他们详细沟通课程不及格情况、欠学分情况、考试周考试安排等，督促提醒他们在毕业前清理“旧账”，保证顺利毕业。下午的考试虽然只有 10 个学生参加，但却穿插分布在 7 个考场。来回巡考 7 趟，累得我气喘吁吁，但是看到 2019 级学生都能提前到场、无一人缺考，我心中非常欣慰。学院一直以来特别关注学业困难学生，坚持开展针对性学业帮扶计划，对于 2019 级学业困难同学，一般都由保研同学对其进行一对一学业指导和帮扶。

巡考结束后，我与 2019 级同学相约打篮球。球场上，不再有师生身份差别，大家都在全力以赴地进攻防守，有时候为了一个球是否出界可以争论得面红耳赤，尽情享受运动带来的快乐。学院一直重视体育育人工作，随着天气逐渐回暖，下一步我们还将重点组织“材料杯”篮球、足球等赛事，以及毕业班师生排球、羽毛球赛等活动。在落实辅导员进操场制度的同时，我们通过师生体育运动加强与学生的联系与互动，多方面了解学生的思想状态，更加有针对性地开展思政工作，增强全方位育人实效。

不积跬步，无以至千里。学生工作看似琐碎，但正是因为学工队伍的同志们都能扎实做好每一项工作、做成每一件小事、解决好学生的每一个问题，才能强力支撑学校“为党育人、为国育才”的事业不断蓬勃发展。作为一名普通辅导员，我将继续以习近平新时代中国特色社会主义思想为指导，进一步深入学习贯彻党的二十大精神，守正创新，踔厉奋发，坚决贯彻落实辅导员队伍“1＋N”制度体系建设，扎实开展学生工作，努力成为学生健康生活的知心朋友和成长成才的人生导师。

作者：材料科学与工程学院辅导员　张贵梁

2月19日　星期日　晴

“金融密码杯”全国密码应用和技术创新大赛特等奖团队成员·牛　超

2022年“金融密码杯”全国密码应用和技术创新大赛在苏州举办颁奖典礼。在王美琴老师的指导和四名参赛队员的通力协作下，我们的参赛队伍在创新赛道上荣获特等奖、数字人民币奖金10万元。我也作为创新大赛特等奖代表，在大赛颁奖典礼上进行了感想分享。

这次大赛给我最真切的感受就是网络空间安全专业推动了移动支付以及个人隐私的保护工作。该赛事是迄今为止国内最高规格的金融行业密码大赛，是密码人才交流学习与密码技术应用创新、合作、发展的重要平台。2020年第一届“金融密码杯”大赛的举办就吸引了来自全国各大高校、科研院所和密码产业单位的460支队伍同场竞技，共发放138万元数字人民币奖金。本届大赛延续“金融需求引导，密码技术创新”的办赛宗旨，“创新赛”和“挑战赛”赛道升级，紧扣金融密码创新前沿，全面围绕数字人民币安全、金融科技密码技术应用等实用需求与挑战类选题，广邀国内优秀的密码技术研究人才，通过竞争式选拔，评选优秀的密码解决方案和团队。

本次我们团队由王美琴教授作为学校领队，指导我、王锦良和本科生李保宇、张俊宇四名参赛队员，围绕赛题十——白盒商密 SM4 算法提出了“基于多维线性掩码的 SM4 白盒保护方案”作品。白盒密码学科在 2016 年后飞速发展，虽然本团队在白盒密码上也曾有很多科研成果产出，但是由于近年来掩码方案的迅速发展，我们对该赛题的“差分计算 DCA 攻击防护”还是感觉摸不着头脑。从 9 月开始，在王美琴老师的带领下，我们四名参赛队员从一开始对差分计算 DCA 攻击的一无所知到梳理研究脉络、查阅资料、实验验证，终于完成了第一个方案的雏形。然而，第一个方案仅仅坚持了一个晚上就被我们引入的攻击工具攻破了。这时距离赛题提交也只有不到一周的时间了。

在实验室的大力支持下，硬件安全研究方向的樊燕红师姐和量子小组的刘群也都加入了我们的讨论。白盒密码方案的设计进入边设计边攻击的快节奏版本迭代中。赛前最后几天，我们的节奏就是不断地推倒重建，队员们也是常常讨论到深夜。终于，在距离竞赛赛题提交截止日还剩三天的晚上，王美琴老师突然有了灵感，指导我们将传统密码分析中的零相关分析思想引入白盒密码，并且把传统防护方案中的“隐藏值”开创性地改变为故意暴露“错误值”，然后就促成了我们的赛题提交方案“基于多维线性掩码的 SM4 白盒保护方案”。我们的方案经受住了目前国际最新的所有白盒攻击方法开源库的攻击，并且更加高效，安全性更强，为密码算法在个人终端上使用提供了有力的保障。

如果明年还能有机会的话，我希望继续参加大赛，设计出更好的金融密码算法保护方案，为个人数据隐私保驾护航。

作者：网络空间安全学院 2018 级硕士研究生　牛　超

2 月 20 日　星期一　晴

国际教育学院本科生 · 徐文玉

从山东济南到湖北武汉，国际教育学院跨越数百公里开展线下企业实训，感受“科技＋国际中文教育”的魅力与情怀。分处南北半球，连接中国与阿根廷，汉语国际教育专业学生面向阿根廷华文学校开展汉语教学，践行“中文走向世界，吾辈义不容辞”的责任与使命。

在我顺利完成面向阿根廷华校一周的教学任务，再一次站在“让世界分享中文之美”的标语前时，回忆我在元中文数字科技（武汉）有限责任公司的实训经历——学院带队老师悉心的指导与照顾、阿根廷华校小朋友的笑脸、前辈导师们无微不至的教诲与帮助、早起上课看过的清晨和夜晚备课结束后的星光，都成为闪闪发光的片段，连缀成名为“感叹、感激、感动”的回忆。

自 2020 年始，国际中文教育进入新纪元，数字技术的转换升级、线上教学的蓬勃发展对国际中文教育的科技创新性提出了新的时代要求。此次在武汉的“元中文”之旅为我打开了新时代“科技＋国际中文教育”的一扇窗。从企业运营模式到海外华校现状与需求，从教学产品研发到线上海外汉语教学形式，教学线、销售线、教研线的数位优秀带教导师细致分享教学视频、课件研发与使用的每一环，让我了解了数字赋能国际中文教育的魅力与发展前景，给了我很大的触动，进一步丰富了我的专业认知、理论学习与实践。

在两周的线上实训与一周的线下实训期间，学院的老师和企业的带教老师 24 小时在线，为我们为期一周的教学保驾护航。此外，在实训过程中感受到的求索、互信、蓬勃、大胆破圈走出舒适区的企业文化，让我再次直观感受到国际中文教育作为朝阳行业与专业的活力与生命力。“数字＋中文”的巨轮已然启航，作为一名本科生，我决心在日常学习实践中深入培育发展个人数字素养，将专业理论知识应用到数字化发展道路中。

在实训经历的众多时刻里，最让我感动的还是隔着屏幕看到远在阿根廷的华裔孩子们的一张张笑脸。他们可能并没有很好的学习环境，但是线上教学的发展与教学资源的共享能够为他们的中文学习与文化寻根带去更多可能性。我经常看到学生的家长们在屏幕前热切关注他们的上课情况，也看到学生的弟弟妹妹一齐凑到镜头前，跟着我咿咿呀呀地读汉字，写汉字。虽然相隔万里，但我们共同的文字与文化就是维系情感与认同的有力支持。我们常说国际中文教育是大事业、大视野、大情怀、大格局，但同样它也非常具体与细微——就是每一位海外华裔追寻血脉中的文化根源，就是中华文化辐射四海，牵动每一位华裔的心。

到此搁笔，思绪万千。过去的一周，在汉语国际教育专业本科生、元中文实训生和阿根廷华校教师这些身份的相互转换中，我不断丰富对国际中文传播与教育的理解与感悟，也深刻认识到个人的差距与不足。深耕热爱，行远自迩，在之后的专业学习与实践过程中，我将始终践行中国根基与国际视野兼备、行业素养与综合素质兼修的成长理念，追寻“中文走向世界”的璀璨星光。

作者：国际教育学院2020级本科生　徐文玉

2月21日　星期二　晴

齐鲁医院无偿献血周活动参加者·杨　晴

二月的阳光，温暖中透着点点寒意。正如《月令七十二候集解》中写的：“正月中，天一生水。春始属木，然生木者必水也，故立春后继之雨水。且东风既解冻，则散而为雨水矣。”现在正是乍暖还寒，二十四节气的雨水刚过，离春风送暖也不远了。

昨天的天气是温暖的，人心也是温暖的。为彰显医者仁心的高尚情怀，山东大学齐鲁医院组织了无偿献血周活动。

我曾经在本科期间参加过血站志愿服务活动，却从来没有参与过献血，因为总是难以克服内心的恐惧，害怕献血后出现应激反应。进入临床轮转不久，我便轮转到血液肿瘤科。在那里，我真切感受到了生命的脆弱，对于那些急需用血的血液病患者来说，由于血库存血不多，他们的用血需求不能及时得到满足，生命的延续便又多了一道坎。

这一次，我终于鼓起勇气，来到献血点进行人生的第一次献血。献血点人很多，队伍排得很长。先是扫码填信息，完成对健康状况的问卷筛查，接着核对信息并打印表格，测量体重、血压及心率，之后是初筛血型、血色素、肝功，各项指标合格后就正式开始献血。一个很粗的针头扎进了我的肘正中静脉，伴随着短暂的刺痛，我通过交替握拳和松拳，加速血液流出，不一会儿 200ml 的血袋就满了。拔出针头后，护士给我贴了一个敷贴，缠上绷带。我去休息区休息了十分钟左右，打印献血证，随后挑选了一个纪念品。至此，我的首次献血之旅也就结束了。

看到手中鲜红的无偿献血证，我有一种莫大的成就感。对一个健康的成年人来说，定期适当地献血有百利而无一害。坚持长期适量献血的人由于骨髓造血系统不断受到激发，新鲜血细胞的比例明显高于未献过血的人。献血后会降低血液黏稠度，对减少心脑血管病的发病率也具有积极作用。同时，无偿献血者用自己献出的血液延续和挽救了他人的生命，使心灵得到净化，使人生更加充实。无偿献血，爱在行动，希望有更多的人能加入这一行列中来，用我们的微薄之力去创造生命的奇迹。

作者：第一临床学院 2022 级硕士研究生　杨　晴

2月22日　星期三　晴

“关注民生，聚焦两会”主题系列活动
组织者·高　歌

今天下午四点半，我们哲学与社会发展学院2022级本科社会学二班团支部开展了“关注民生，聚焦两会”主题系列活动，全体同学均参加了活动。本次活动作为这一系列的第一弹，聚焦社会学专业学生与社区基层工作者的沟通交流。

在与同学们交流探讨后，我决定从社区开始着眼，逐步提升，最后绘就从社区治理到国家发展的宏图。在活动的筹备阶段，通过与社区电话交流、线下见面和微信协商，我们邀请到泰安市泰前街道广生泉社区齐洪丽书记作为本次活动的嘉宾，以腾讯会议的形式与我们班同学沟通交流。活动过程中，我先引用了社会学理论对社区的定义、功能和组成部分进行阐述，接下来，齐书记详细地为同学们介绍了广生泉社区的基本情况，以及现实情况与上述理论框架的差异。在讨论环节，同学们积极地与齐书记展开交流，探讨了基层社区治理的几大难题与可能的解决方式。活动结束后，齐洪丽书记向我们表示了认可：“你们大学生能积极主动下基层、关注民生，真令人感动。希望这个系列越办越好。”

在组织本次活动的过程中，一方面我作为社会学二班的团支部书记，发挥了个体价值，起到了带头作用，为团支部和班级贡献了自己的力量；另一方面我作为学校的一分子，与同学们一起擦亮了我们哲社学院和山大的名片。积小流以成江海。希望我们的“关注民生，聚焦两会”主题系列活动逐步推进，从社区基层到政府管理部门，在了解社会的同时将我们的所学应用到实践中。

作者：哲学与社会发展学院2022级本科生　高　歌

2月23日　星期四　晴

机电与信息工程学院辅导员 · 赵海慧

已经开学两周了，经过第一周紧张的考试，学生们从本周起开始了新学期的学习。孩子们学习怎么样？精神怎么样？对于久违的线下教学是否适应？带着这些问题，我穿过春日的校园向学生宿舍走去。大地回暖、万物复苏，这是一个充满希望的新学期。

我是机电与信息工程学院2022级自动化与机械专业273名学生的辅导员，我的学生均是00后。经过一个学期的交流了解，我对学生们的思想和行为特点有了清晰的认识。他们出生在信息化时代，改革开放的成果伴随着他们的出生和成长，特别是新时代的十年，中国特色社会主义事业取得了巨大成就。得益于新时代，这批学生视野开阔、思维活跃、具有文化自信，他们勇于挑战权威，乐于拥抱时代，在关注社会的同时也善于表达个人诉求。

学校新学期工作会议上提出守正创新、勇毅前行，持续推动战略行动的提挡升级，其中首先就提到要坚定不移落实立德树人根本任务。作为辅导员，面对这些朝气蓬勃的青年，我们要创新日常思政教育形式载体，努力培养德智体美劳全面发展的社会主义建设者和接班人。我的工作不只是管理和服务学生，更是学生们成长的引路人。我要告诉学生什么是正确的、什么是错误的，要引导他们面对未来，学会如何思考和选择。从学业困难到情感困惑，从室友关系到亲子关系，从情绪问题到认知习惯，从网络连线到面对面谈心，面对学生五花八门的问题，我要快速地切换头脑，跟上学生的思维。

过去的两周，我走进课堂抽查上课情况，观察同学们的学习状态；走进宿舍与他们聊家常，询问他们开学之初是否适应；召开班会宣讲党的二十大精神，引导学生合理规划大学生涯。从与学生的交流中，我欣慰地看到他们对未来的短期目标和长远发展已经有了自己的思考。

从宿舍回到办公室，夕阳映照着波光粼粼的文心湖，坐落在海边的校园温暖而又充满生机。希望我用心守护的学生像校园里的树木一样，早日成长为栋梁之材，在新时代擘画出自己的一片天地。

作者：机电与信息工程学院辅导员　赵海慧

2月24日　星期五　晴

“十佳班长”答辩评审会主持人·杜一宁

初春的济南已有了些温暖的迹象。昨天下午，同样作为班长的我，以主持人的身份参与了2022年济南校本部“十佳班长”答辩评审会，收获良多，感触颇深。

校级先进班集体、优良学风班、优秀班长和十佳班长评选工作启动以来，我和实习的小伙伴们积极参与，从材料整理、推文宣传、组织评审到现场参与，全过程、近距离接触了“十佳班长”的舞台，对“班长”的责任、使命、担当有了一些新的理解。

“十佳班长”的评选过程不仅能体现基层学生干部队伍建设的成果，鼓励学生全面提高综合素质，而且能更好地交流班级建设的经验，体现出班长在班级建设过程中的“龙头”作用。久违的线上、线下公开直播答辩吸引了众多同学前来观摩，每位选手答辩结束，都会引发现场师生的共鸣。

答辩过程中，同为班长的我不仅感受到了他们饱满的工作热情，还见证了他们丰硕的工作成果。他们依据专业特点，打造班级特色学习体系；

他们注重五育协同发展，带领同学向着全面发展的目标看齐；他们创新班级管理，小组化、网格化、家庭化模式让日常工作变得高效又温暖。从学习到生活，从思政到实践，从“我”到“我们”，每位班长都在默默关心和服务，以“小我”铸就“大我”。他们在台上的几分钟，都是过去无数时光辛勤付出的凝练缩影。参与答辩的所有班长，无论获选与否，都值得你我的掌声和认可。

会后，我不断思考，作为一名即将奔赴岗位的候任保资辅导员，我不仅是在看一场答辩，更是在和一群志同道合的伙伴并肩前行。答辩中一位班长将自己比喻为“灯”，“愿逐光而行，成为班级成长道路的引航灯”。我也希望自己如一盏灯，在剩余的大学生活和接下来的辅导员工作中坚守对学生工作的热爱，更好地发光发热，既仰望星空，怀抱梦想砥砺前行，又脚踏实地，扎实服务学生发展，与学生们一起成长，为学校落实立德树人根本任务贡献自己的力量。

作者：管理学院 2019 级本科生　杜一宁

2 月 25 日　星期六　晴

山东大学自强之星获奖者 · 张连川

昨天上午，我参与了 2022 年山东大学“自强之星”校级终评会并最终被评为校级“自强之星”，深感荣幸。校领导在会前致辞中说，每个人都是自我历史的创造者和书写者，“自强之星”评选的意义在于鼓舞当代大学生不畏困难、奋力拼搏。我深受触动。参加“自强之星”校级终评会的各位同学都是闪闪发亮、熠熠生辉的启明之星。在我看来，这次答辩最重要的不是结果，而是在于用“自强之星”们的事迹激励同学们树立自立自强的人生信条，直面困难、逆流而上，勇做新时代的弄潮儿。

抽签时我的签位比较靠后，因此我可以在台下认真地聆听其他候选人的演讲。此刻仿佛我不是候选人，而只是一个观众。每一次答辩结束后，我都发自内心地为这些同学鼓掌。正是因为有着相似的经历，我更能体会到他们的不易，也深深佩服他们在努力中表现出的勇气和力量。

在各位上台演讲的同学中，有人不幸患病却顽强拼搏，谱写了多彩的人生；有人身处逆境却坚强乐观，实现了爱心的接力；有人家境贫寒却不屈不挠，取得了优异的成绩；有人为热爱而奋斗，积极投身科研，填补专利空缺；有人心系公益，多次参加支教活动。在他们的演讲中，“世界以痛吻我，我要报之以歌”“因为自己淋过雨，所以想给别人撑把伞”“被光照亮过，也想成为光”这些话语被反复提及。因为自己被雨淋过，所以知道其中的痛苦滋味。去做撑伞人，就好像穿越了漫长的时间，拥抱过去的自己。

未来的生活还很长，而我仍会将自立自强的精神继续贯彻在我的人生当中，去以百倍的信心和万分的努力迎接更大的挑战，用辛勤的汗水和默默的耕耘谱写美好的明天！

作者：物理学院 2019 级本科生　张连川

2 月 26 日　星期日　晴

本科生校长奖（综合）答辩评委·程媛媛

对我而言，这个周五是一个十分值得纪念的日子。

下午 2 时，2022 年本科生校长奖（综合）答辩评审会在中心校区明德楼二层报告厅举行。10 年前的我，作为一名山东大学本科生，也曾站上这个舞台，并最终获得山东大学校长奖学金；10 年后的我，有幸以往届获奖留校工作教师代表的身份加入今年校长奖百人评审团中，感受着 00 后学子朝气蓬勃的精彩答辩，心中的激动溢于言表。

答辩会上，答辩学子从各自学科角度特点出发，结合取得的成绩，将自己德智体美劳全面发展的成长演绎得淋漓尽致。全面优异的学习成绩、丰富多彩的文体生活、令人充满期待的科研潜力，赢得了老师和同学评委们肯定的掌声。特别是当评委老师们问到，作为课业繁重的本科生，如何做到文体特长突出、课外活动丰富，在学习生活中平衡德智体美劳全面发展时，答辩学子的眼中闪过自信的奋斗者神采：时刻提醒自己，当今时代最需要的是全面发展的人才，所以要培养自己超强的自律意识、高效的学习效率、团结的协作精神，合理压缩娱乐时间，把更多的时间用于提升自己！这是他们的回答，也真实地展现了他们始终如一践行的奋斗路径。

此时的我，眼中闪烁出一名山大学子的责任与担当。百余年来，我们山东大学与时代同呼吸、与国家共命运，一代代山大人前赴后继、接续奋斗，形成“家国情怀、担当精神、崇实品格、创新素养”的山大基因一脉相承，熔铸了山大学子的气质和风采。

31 名候选者中，来自口腔医学院成绩优异、科研突出的黄少怡同学，来自文学院脚踏实地、追逐梦想的范益宁同学，来自外国语学院爱好广泛、勤奋刻苦的毛涵同学，来自能源与动力工程学院科创精湛、全面发展的花晨同学，来自数学学院徜徉数海、逐梦前行的葛雨辰同学等精彩的分享都令我印象深刻。来自基础医学院的 2020 级陈文臻同学慷慨激昂的陈述、机敏睿智的回答、全面发展的优异成绩单，充分展现了一名医学生的使命和责任，充分彰显了学院“铸魂、明德、求真、担当”四大特色工程的育人成果。学院连续三年涌现出以陈润泽（2017 级）、李渊明（2018 级）、史佳乐（2019 级）为榜样的校长奖获得者，而今年 2020 级陈文臻同学完美接棒，再获佳绩。

站在新的历史起点上，山大基因将一如既往地指引着山大学子自信自强、勇担使命，守正创新、团结奋斗。作为一名新时代高校思政辅导员，我今后更要陪伴和引导青年学生在感悟时代、紧跟时代的步伐中珍惜韶华，在火热的青春中放飞人生梦想，在拼搏的青春中成就事业华章。

作者：基础医学院辅导员　程媛媛

2月27日　星期一　晴

新聘管理人员培训学员・朱彬彬

2022年9月24日，王学典教授“阅读创造未来”的主题讲座，开启了人事部组织的学校2022年新聘管理人员初级阶段的培训旅途；2023年2月26日，伴随吕玉华教授“读苏轼时我们在读什么”的倾情分享，我们的进阶课程顺利落幕。

从如火如荼的初阶培训到满怀热忱的再次出发，在每一场丰富生动、酣畅淋漓的课程讲授中，老师们或是推荐，或是引用，话语中总是不乏“书”的身影。这让我感受到，学习是不变的追求，读书则是永恒的主题。

当读书时，我们在读什么？

读书的千般面孔、万种模样，皆由读者描绘。想要见本我时，它是观形镜；想要登高山时，它是攀云梯；想要寻万物时，它便是无垠的广阔天地。

在新聘管理人员初阶培训中，王学典教授谈“全民阅读、创造未来”，说它是“问渠那得清如许？为有源头活水来”的求知探索；管理学院孟庆春书记论“师德师风、立德树人”，说它是“粗缯大布裹生涯，腹有诗书气自华”的修养熏陶；纪委梅强副书记教“教育政策、公文写作”，说它是“读书破万卷，下笔如有神”的沉淀积累。

又如在新聘管理人员进阶培训中，新一代半导体材料研究院王焕杨副院长提到修炼设计与表达、信息办郭晓东常务副主任谈及提升信息化素养时都说，读专业书是不可缺少的路径与方法；胶济铁路博物馆陈宇舟副馆长在研究博物馆精神与铁路文化时说，读史书资料成为梳理民族心理和主流意识的线索与支撑；吕玉华教授在分享《苏东坡传》时说，读书是传承文化的桥梁、开阔视野的眼睛、涵养品格的初心。

我们为什么读书？

最是书香能致远。读书是让文字丈量脚步到达不了的地方，让我们拥有更高的认识，看见更远的天地。不读书，去过再多的博物馆，也无法窥探物件背后的文明与精神；不读书，用过再多的模板工具，也无法掌握解决问题的思维与方法；不读书，听过再多的名人传记，也无法领略其“最深于性命自得之际”的豁达与睿智。也因此，王焕杨副院长勉励大家“用长远的眼光看待自己的一生，珍惜属于自己的每一段经历”。

唯有读书方宁静。读书是为了坚定理想信念，涵养优秀品格，实现人生价值。吕玉华教授提到贾谊“志大而量小，才有余而识不足”，也据此劝诫青年人，要注重在“量”与“识”上下功夫。青年人不缺鸿鹄志，也不乏八斗才，但“君子之所取者远，则必有所待；所就者大，则必有所忍”的品质需要在沉淀学习、静心读书、积累酝酿中不断升华。在读书中不断涵养“莫听穿林打叶声，何妨吟啸且徐行”的无畏品格，才更能将“不负韶华，不负时代”的伟大情怀、“青年兴则国家兴，青年强则国家强”的远大信念牢记于心、实践于行。

读完苏东坡后，我们如何读书？

当我们在读苏轼的时候，我们读的是他政治立场的不偏不倚。他爱国爱民，无论是官至九卿，还是贬至荒芜，始终心怀百姓。作为新时代青年，我们要以不折不扣的人民立场去读书，强化马克思主义理论学习、强化中华优秀传统文化知识学习、强化立德树人的业务学习。

当我们在读苏轼的时候，我们读的是他人生态度的乐观旷达。他不以外在环境的改变而动摇内心，不将自己局限在任何一种身份里。作为管理人员，我们也要以开放包容的心态去读书，尝试理解多元的观点，体会多维的角度，才能在工作中发现更多的方式方法。

当我们在读苏轼的时候，我们读的是他艺术成就的超迈古今。他诗词文样样精通，同时热爱登高望远；他研究瑜伽修行，更擅长烹饪美食。作为山大人，我们要以“学无止境，气有浩然”的校训精神去读书，既学习传统文化，也学习最新理论；既学习岗位知识，也拓宽认知边界。

两天的培训时光稍纵即逝，但学习的路途永不止步。相信我们会在未来好读书、读好书的过程中不断成长，将所读所学所思用于工作、用于实践。期待着 2022 年新聘管理人员升阶阶段的读书、交流与提升。

作者：新一代半导体材料研究院工作人员　朱彬彬

2月28日　星期二　晴

校园安全教育宣传者·叶青霖

仲春时节，春寒料峭。青岛校区曦园食堂门口一如既往地熙熙攘攘。在人群中，我和保卫部的同事们联合派出所的民警在为同学们做安全教育宣传：“同学，你好，传单内容请了解一下。”随着一份份传单发放，驻足的人越来越多，我知道我们的辛苦没有白费。

校园安全事关学生安危、学校事业和社会稳定，是学校工作的头等大事，是一项底线工作，也是一项长线工作。但在网络搜索“校园安全”的关键词时，电信诈骗、消防安全、交通事故、实验室事故、失密泄密等各类校园安全事故仍层出不穷，一起起案例背后，是人员伤亡、家庭破碎、财产损失、违法追责，教训不可谓不沉痛。

居安思危，思则有备，有备无患。安全教育一天都等不起，必须行动起来、拿出对策、防微杜渐。开学之初，保卫部就制订了相应的工作计划，准备联合当地派出所以发放宣传折页的形式，让更多的同学关注校园安全问题。我们明确了分工表、时间表，对表作战，分组收集案例，剖析原因，调查校内同学的安全意识情况，也征求当地公安部门的意见和建议。为了增强宣传的“黏度”，让同学们愿意看、弄明白、用得到，我们在传单设计环节各抒己见，最终敲定了制作方案：在版块设计上，传单分为“反诈篇”“消防安全篇”“交通安全篇”“实验室安全篇”和“国家安全篇”五个部分，几乎涵盖了校园内与学生密切相关的所有安全领域，突出校园安全事故的多发性、隐蔽性和可预防性；在素材确定上，我们贴合青岛校区实际，集中展示平时常见、容易忽视、后果严重的安全问题，罗列了校区内发生的安全案例，力求宣传的针对性和实效性；在内容审核上，我们严格依据安全管理规章制度条款，严格选取消防部门、交管部门、国家安全部门的官方权威观点，确保对策严谨、权威、可靠。一想到身边的同学也许会因为看到一个案例而提高警惕，因为消除一个隐患而更加安全，因为学会一个方法而转危为安，大家都干劲满满。终于，2000张散发墨香的宣传折页“新鲜出炉”，发到了学生手中，这才有了今天中午的这一幕。

岁月静好是这个和平年代的馈赠。看着同学们阅读着安全折页，更有人随手拍下传单分享给朋友家人，我突然发现，一件看似临时起意、顺手为之的小事，却在这座象牙塔间传递着一股善意，在陌生人间维系了一份守望。

安全无小事，责任重如山。做不到万无一失，就可能一失万无。抓好安全永远在路上，每个人都是安全的受益者、维护者，也是践行者，在不经意的地方，还有保安、志愿者们与你我一道，共筑平安校园的钢铁防线。我们相信，平安就在现在，就在将来。

作者：青岛校区党工委保卫部工作人员　叶青霖

3月1日　星期三　晴

第一临床学院硕士研究生·乔　宝

昨天，我作为规培医师结束了为期一个月的神经内科重症监护病房（NCU）轮转，从神经内科出科了。

回想起刚进入神经内科时，自己误打误撞进入了西四病区报到，分配任务时才发现我跟轮转重症的同学一块被分到了 NCU，去接管比较危重的病号。来到 NCU 后，面对重病号以及独立管床的工作，我感受到了压力。虽然我此前轮转过一些内科病房，但是对神经系统危重症较陌生，我有些手足无措，感到有些紧张。跟家属沟通交流时，我的心里也十分没有底气，生怕家属提出的问题回答不上来。但无论是陌生科室的挑战还是日常工作的繁忙，都是一名住院医师在规培时必经的学习之路。在师兄、师姐还有轮转同学的帮助下，我慢慢地熟悉了管床的工作。

周末的清晨、工作日的傍晚，是我开始值班的时间。交接班完毕后，要及时记录患者的出入量、药物使用情况、检查和检验报告回示情况、体格检查及神经系统专科查体，向上级医师汇报病人情况，调整用药及下一步的治疗方案。我接管的一位患者是抗 NMDA 抗体脑炎、继发性癫痫，因为躁动所以用了镇静药物，每日查房后随着病情的变化调整镇静药物微量泵的使用。从开始的四个泵减到两个泵，泵速从 6 到 4 再到 2，最后完全停用镇静药物，抗癫痫、抗病毒、抗生素和激素方面的治疗用药也在逐渐减量。患者从开始的神志模糊到现在能回答部分问题，能进行简单的交流，真的进步很大，也恢复得很好。临出院时，我跟患者沟通："想家里人了吗？你的家里人一直都在外面等你，你的病友们也在康复科等你。"虽然患者由于气管切开无法说话，但一边点头一边流出了激动的泪水。2 月28 日是我从神经内科出科的最后一天，2 床住了 28 天院刚好要转去康复医院的患者，我护送患者上了济南急救救护车的推床后，便开始准备下一位患者的入院工作。

回首一个月的轮转经历，自己成长了很多，不再是只知道苯巴比妥和卡马西平这几种基本药物的新人了。十分感谢轮转期间老师和师兄、师姐以及轮转同学对我的指导和照顾，也感谢努力的自己。能得到患者家属的表扬以及认可，这一个月再辛苦也是值得的。

作者：第一临床学院 2022 级硕士研究生　乔　宝

3月2日　星期四　晴

党委学生工作部工作人员 · 李　进

三月的济南，风和日丽，草木蔓发。昨天，学工部、武装部召开了新学期工作部署会，传达了学校新学期工作会议精神，对 2023 年重点任务作了再动员再部署，为新学期开篇布局、凝心聚力吹响了奋斗的集结号。

会上，杨玉部长向大家提出了"学习能力再提升""工作举措再提升""团结协作再提升""安全稳定再提升"的要求。每位同事都元气满满，干劲十足，按下了开局的快进键。作为学生资助中心的科室负责人，我很荣幸成为部门教职工代表之一，在会上就“如何抓好工作落实”进行表态发言，以“拓围、增量、提质、创新”为重点，立下新学期的军令状，力争跑出新学期的加速度。

把握“三位”，用高政治站位抓落实。党的十八大以来，党的历次全国代表大会都对学生资助工作提出了明确要求。从党的十八大报告要求的“提高家庭经济困难学生资助水平”，到党的十九大报告强调的“健全学生资助制度”，再到党的二十大报告提出的“完善覆盖全学段学生资助体系”，从“提高”到“健全”再到“完善”，体现的是党中央对学生资助更加关心、学生资助助力服务国家战略的使命任务更重、人民群众对学生资助寄予更多期盼、社会对学生资助关注度更高。我们要从讲政治的高度认识学生资助，提高站位、明确方位、找准定位。

突出“三快”，用提速的节奏抓落实。要加快推进相关制度的废改立，使工作有章可循、有规可依。要加快健全适应疫情灾情应急保障要求的学生资助工作机制，确保“兜住底、兜准底、兜好底”。要加快完善无息借款体系，探索有偿资助模式，实现解困—育人—成才—回馈的良性循环。

强化“三好”，用实干的作风抓落实。要规范好资助管理，做好新旧政策衔接，确保责任不减、帮扶不减、监管不减。要提供好资助服务，重视学生咨询与意见建议，把好事办好、实事办实。要宣传好资助故事，聚焦资助政策和育人成效，有深度、有温度、更有透明度地做好宣传，让广大师生看得见、听得懂、记得住。

实现“三化”，用奋进的姿态抓落实。要持续加强资助工作精准化，强化困难认定，强化智慧资助，强化临时救助，推动把“人找政策”变为“政策找人”。要持续加强资助工作品牌化，进一步擦亮“添翼工程”“七暖”工程等品牌，横向找差距、纵向看变化，强化育人成效。要持续加强资助工作专业化，强化内功，推进资助队伍内涵建设。

回想工作以来的十多年，学生资助的政策体系在变、规模在变、方式在变、内涵在变，从项目、范围、标准到力度都有了质的飞跃，有力提高了困难学生的获得感，而这背后是党和国家对资助工作守底线、严管理、高追求的“初心”始终不变，坚持以人民为中心的根本立场始终不变。校园提级管理期间，我们办公室的小伙子在寒冷的冬夜骑着三轮车在校园穿梭，只为了尽快把御寒衣物送到学生手中；我们连夜沟通各大运营商，只为了让校外隔离点的学生尽快用上急需的流量包；我们在忙碌的暑假耐心接听一个个贫困家庭打来的咨询电话，千言万语汇成一句话：“请一定相信，读书改变命运，请一定不要放弃读书，你只需要带着录取通知书到学校，其他的国家管！”想起困难学生收到学校补助后一张张如释重负的笑脸，想起毕业生收到我们精心制作的专属 H5 画像后在公众号后台让人泪目的留言，想起署名为“山大学子”的学生给我们寄来的手写感谢信，想起一位不求宣传报道的社会人士连续十年来一直为学生寄来爱心助学金，就会觉得一切都值得。学生资助岗位平凡，但使命不凡，它寄托了党和国家对经济困难群体的关怀，也承载着众多贫困家庭和学生的梦想。每个工作岗位都是如此，都有它赋予我们的责任和使命。

浩荡东风里，帆悬正起航。再过四天就是二十四节气中的惊蛰。惊蛰至，万物醒。我相信学工部全体工作人员定会和全体山大人一起“不负春光起好步”，踏着春天的脚步再出发，也必将迎来山大更加生机盎然的春天。

作者：党委学生工作部工作人员　李　进

3月3日　星期五　晴

第一临床学院硕士研究生·吕　鑫

昨天上午，我参加了2022年院级临床实践先进个人的答辩。能够得到评委老师们的一致认可并获得这个荣誉，对我来说是一个巨大的鼓励，它使我更加坚定地相信自己可以成为优秀的心外科医生。

大学的我，曾经也是一个“可盐可甜”的精致女生，但在本科实习期间接触心外科后，我“豪情壮志”地立下了自己人生道路上一个极其重要的目标：我要成为山东省第一位心外科女医生。作为医学生，我们都知道无论拿起哪一本医学书，循环系统都是最厚的一个章节，但我却最爱这个章节，每每读起都是孜孜不倦。实习期间，我就十分主动地跟外科的老师们上手术，哪怕仅仅让我在手术过程中拉钩暴露术野，哪怕手术时间是在夜色厚重的冬日晚上，我也甘之如饴。慢慢地，我从观摩手术到刷手上台，从台上拉钩到可以缝皮，再到可以缝皮下组织层，这样循序渐进的进步使我的手术消毒铺单、外科缝合及打结等手术基本功在本科期间得到了很大的锻炼。

2021年，我人生中最重要的一个转折点到来——我十分顺利地被山东大学第一临床学院心外科录取了。我一直记得当年我们主任在研究生复试时说的一句话：心外科常常被誉为外科宝塔上的一颗明珠。而我正是怀揣着对心外科无比的热忱与敬畏，不停地向前奔跑，不停地努力去做一颗跟随心外科跳动的心脏。

接下来在齐鲁医院的临床学习生活，我不忘初心，砥砺前行。我遇到的每一位临床老师都关心着我，我很感激。心外科专业专业性强、难度大，实事求是，要说自己没有迷惘过肯定是骗人的。但是在这青春躁动的年纪，那颗不羁的心在澎湃，它不停地告诉我：相信你可以！

之后，我付出双倍的时间和精力去上手术，去管理病人。每次踏上手术台，我都仿佛披上了属于我的战甲，无影灯下的五个小时、八个小时甚至十几个小时，好像这都不是心外科手术时间的上限。腿酸了我站得住，肚子饿了我挺得住，眼睛困了我熬得住，我真正体会到了一名心外科医生的平凡和伟大，但我依然深深地爱着手术台。在研一第二个学期，当我能熟练地锯开胸骨、熟练地打开心包腔建立体外循环并且手不抖心不慌地行主动脉插管的时候，当我能完好无缺地游离大隐静脉、毫不费力地用钢丝缝合胸骨的时候，当胸腔穿刺对我来说是家常便饭的时候，当我能“快准稳”地在床旁紧急给病人放置主动脉球囊反搏的时候，当我在山东大学齐鲁医院经历了大约400多台日日夜夜的心脏手术的时候，当今天我获得院级临床实践先进个人荣誉的时候，我终于能够将这份可以称为“战绩”的成绩单交给我的父母、我的师长、我的亲友。

经历的手术越多，遇见的复杂罕见的病例也就越多。目前我以第一作者就心外科的罕见病例发表了两篇SCI文章。临床之余，我在实验室开展了与肺动脉高压相关的基础实验研究，并以第二作者发表了一篇二区SCI文章，另以第一作者再投一篇。我在科室的电脑前收集了总计430例患者的病例资料，就该数据正在撰写一篇关于心脏术后预测模型的相关文章，期望我的研究结果能为更多的心脏病患者带来帮助。

今天的我无比感激当初的自己，做着自己最想做的事，生活在自己最喜欢的环境里。不去拿别人的标准衡量自己，要勇敢把握人生，懂得并珍惜自己，成为自己想成为的人！

作者：第一临床学院2021级硕士研究生　吕　鑫

3月4日　星期六　晴

“百团争鸣”参加者·韩子阳

期盼已久的“百团争鸣”终于在今天举行。作为山东大学学生SDU玩转无人机社团的负责人之一，这对我来说注定是忙碌但又非常充实的一天。

在接到本学期可以进行“百团争鸣”的消息之后，我们都非常激动：大一的同学们可以见到“百团争鸣”的盛况，加入自己感兴趣的社团；对于社团负责人来说，又会有新成员加入，为社团发展增添新的力量。

这几天，我们整理了之前印好的传单、横幅和抽奖奖品，用牛奶盒制作了抽奖箱。通过答题、转发说说、加入纳新群等方式，参与者可以获得抽奖机会。“百团争鸣”之前，我们仔细核对需要用到的物资，今天我们早早起床，去拿帐篷和桌椅，来到相应的位置布置场地。在我们几个人的协力合作下，不一会儿就布置好了展台。帐篷上贴好我们的横幅，桌子上摆好我们准备的奖品、小零食、抽奖箱，桌子旁边放着几台无人机。

布置好这些后，我们怀着激动的心情，等待着新成员的加入。也许因为今天是星期六，一开始没有太多人参与。于是我们决定沿路发一些传单，吸引更多同学的加入。之后，人渐渐多了起来，许多同学都对无人机表现出了兴趣。在与一些同学的交流过程中，我发现他们是有无人机基础的，也懂一些无人机方面的知识，相信他们进入社团之后，可以进一步玩转无人机。令我意外和惊喜的是，学校里的工作人员和一些叔叔阿姨也对无人机产生了兴趣，还提出了一些小问题，我们也都认真进行了解答。

想起去年的“百团争鸣”，我在看了许多展台的展示后，加入了自己感兴趣的社团。在社团里，我参加了活动，获得了知识，掌握了一定的技能，自己的兴趣爱好得到了进一步发展，同时也认识了一些新朋友。社团给我带来的这些弥足珍贵。

今年的“百团争鸣”就这样顺利结束了，我们社团的纳新工作也很成功——新加入了80多名同学。相信在未来，我们的社团会发展得越来越好！

作者：能源与动力工程学院2021级本科生　韩子阳

3月5日　星期日　晴

青年志愿服务工作者·李　齐

3月，春光明媚，万物复苏的春风展开了新学期志愿服务工作的新画卷，也吹响了“向雷锋同志学习”的号角——今天正是3月5日，是毛泽东“向雷锋同志学习”题词发表60周年纪念日，也是第24个中国青年志愿者服务日。

今天早上，我又重温了一遍《“弘扬雷锋精神，争做志愿先锋”——学雷锋倡议书》。从起草到发布，我见证着这封倡议书的诞生，也时刻感受着倡议书所传递出的志愿服务正能量。接手志愿服务工作的半年来，“奉献、友爱、互助、进步”的志愿服务精神早已深刻融入我的日常实践，无论是开展工作还是与学生交流接触，我都希望将学雷锋的种子传递给更多的人，为山大志愿服务工作增添自己的独特力量。

新学期伊始，各种志愿服务需求与工作纷至沓来，而迎接我们的第一份工作就是共青团中央书记处书记徐晓来山东大学调研。此次调研，我们重新梳理并展示了志愿服务的工作体系与品牌项目，赢得了团中央工作调研组的赞扬与认可。与此同时，校园内外的志愿服务工作也在遍地开花：迎接学生返校时，大批志愿者闻令而动。无论是在校史馆还是在图书馆，无论是校园焕新还是校园安保，“红马甲”总是能及时地出现在校园各处，为早春的山大送上缕缕温情。开学以来，“人人都做志愿者”的志愿氛围在校园内蔚然成风，“奉献、友爱、互助、进步”的志愿服务精神更是在校园里落地生根，见证着山大青年志愿服务工作迈向新台阶，我感到光荣之至。

我也是“山大志愿红”的一分子。在领导们的帮助指导下，我们共同策划、设计、制作了“最美山大红——山东大学‘青春作画绘志愿蓝图 青年作为显山大担当’志愿服务”主题展，传递志愿服务火炬；我们积极联系了社会多方面的育人资源，举行了山东大学学生志愿服务基地签约仪式，筑牢志愿服务阵地；我们开展了山东大学学雷锋志愿服务分享会，邀请校内外优秀代表，号召广大青年用自己的实际行动践行新时代的雷锋精神，搭建志愿服务桥梁；我们启动“弘扬雷锋精神，争做志愿先锋”雷锋月，开展献血车进校园、“我为学校做好事”“我帮雷锋上头条”等一系列学雷锋活动，繁荣志愿服务文化。

“如果你是一滴水，你是否滋润了一寸土地？如果你是一线阳光，你是否照亮了一分黑暗？如果你是一颗粮食，你是否哺育了有用的生命？如果你是一颗最小的螺丝钉，你是否永远坚守在你生活的岗位上？”每当我在开展工作时，脑海里总会回想起雷锋日记里的这段话。在我看来，雷锋精神就是要做一颗永不生锈的螺丝钉，坚定地守护自己的岗位，而正是这样的雷锋精神驱使着我在服务与奉献中更加深刻感悟着这份志愿工作的神圣与高尚。虽然这些活动只是由一些看起来平凡的小事组成，但是这些点点滴滴都可能对服务的对象产生巨大的影响。当我看着那些在办公电脑里策划实施的工作真正发生时，当我看见来往的山大学子脸上的青春朝气与受到帮助的师生浮现的笑容时，引领、服务和凝聚青年的工作职责在心里更加明晰，平凡而又不平凡的工作价值也让我更加坚定。

2023年开学至今，大大小小的志愿服务工作让我与山大千千万万的青年关联在一起，我早已将雷锋精神融入日常、化作经常。只争朝夕、不负韶华是我的初心，深耕细作、笃行致远是我的恒心，乘势而上、勇毅前行是我的决心，在实践中不断丰富和发展着的雷锋精神则是我的不懈动力。未来，我将会与更多志愿者们同心同行，以行稳致远的奋进姿态，为志愿者志愿，为担当者担当，为奉献者奉献。

作者：校团委工作人员　李　齐

3月6日　星期一　晴

山东焦家遗址考古队成员·杨菊贤

春天是一个萌发的季节，田野里的冬小麦还在蛰伏，但柳梢已渐染新绿。清晨的第一缕阳光照到树梢上的肥硕喜鹊，考古队的同学们已围在桌前吃着油条、喝着豆浆，早餐的热气在料峭春风中袅袅上升，馋得大院里的小猫喵喵叫。

考古队的大多数同学是在元宵节前后离开老家来到焦家的。由于去年12月已经基本完成田野考古发掘，跟去年发掘探方、测量、绘图、拍照、记录等基本发掘工作不同，这段时间我们的工作目标是完成上一年发掘资料的整理，并为下个月开始的本科生实习做准备。

这是我在山东大学学习考古的第六年，也是我第四次参加田野考古发掘。遥想2020年在大辛庄遗址的第一次发掘，从跟着老师、师兄和师姐学习布方、开方，到摸索着刮面、尝试划出第一个遗迹，如今在老师和技工师傅的指导下，我慢慢熟悉了考古发掘的工作流程，也逐渐掌握了田野发掘的基本技能。今天上午，我的工作是带着工人清洗、整理陶片。我特别享受这个过程：将洗好的陶片晾晒在院子里，顺着碎陶片纵横交错的纹理拼成完整器物，再结合器物组合、出土背景分析其背后的人群，复原当时的社会生产。有的同学在画图，精美的器物和古人留下的活动痕迹在这里被记录下来，遗迹和遗物在这里以另一种方式继续存在；有的同学在文物库房里给器物拍照，直到选出最能反映器物本身特征的那一张；有的同学在提取陶器上的残留物，他们轻轻刮下陶器外壁、内壁、口沿、中部和底部等部位的土样，每个器物取完样至少要给工具消毒五次，写十二次记录。中午，当太阳洒下它最强烈的光线时，驻地的院子里已经晾满了陶片，看着去年的发掘成果井然有序地呈现在眼前，真的很有大丰收的感觉。这时，领队老师开始带着我们摸陶片，给我们详细介绍陶器的烧制工艺，教我们辨认不同时期的陶片，以便于我们后期统计陶片数量，挑选典型标本，对陶器进行精准描述和绘图。夕阳西下，充实的一天即将结束。

远处炊烟袅袅，家家户户都在做饭，天上闪耀的金星和木星在柳梢头慢慢靠拢，傍晚的天上、人间都让人迷醉，我不禁开始憧憬。从 2017 年本科入学，我就开始期待着有朝一日能去焦家遗址参与田野考古发掘；2019 年，我曾跟着老师修复过焦家遗址出土的陶器；直到去年，我终于实现了五年前的愿望。在去年的发掘中，我的探方发现了大片红烧土堆积，疑似大型建筑。今年，我要对红烧土堆积周边区域进行发掘，以期以此为线索，明确红烧土堆积的分布范围、结构、布局和性质，再宏观探索与周边遗迹的关系。焦家遗址不仅入选 2017 年全国十大考古新发现、“考古中国”重大项目、国家社科基金重大项目，还是“中华文明探源工程”的 13 个重点遗址中唯一由高校负责考古工作的遗址，我何其有幸能够参与焦家遗址两个年度的发掘！

岁月无痕，时间有声，热爱是金，灵魂有光。愿我们在新一年的田野工作中，脚踏实地发掘的同时仰望星空，坚守热爱、保持感动，努力成长为有理想、敢担当、能吃苦、肯奋斗的新时代考古青年。

作者：历史文化学院 2021 级硕士研究生　杨菊贤

3月7日　星期二　晴

干部教师校内双向挂职培训班学员 · 许　峰

这几天阳光明媚，春意盎然。前两天周末，窗外的杨絮在风中飘动，树的嫩芽即将冒出；窗内的我浸润在沂蒙精神的汪洋大海中，脑海中不断回味三天里党性教育专题培训带来的震撼，心情久久不能平静。

作为在文旅教学科研战线上学习工作近30年的“老兵”，我到访过沂蒙老区很多次，也调研过大量沂蒙革命纪念地和红色景区，或多或少对沂蒙精神有所了解，但始终不够系统，只停留在对既往历史的认知与感怀。此次在学校党委组织部和沂蒙干部学院的精心组织下，我们全体学员通过沂蒙红嫂纪念馆、孟良崮战役纪念馆、新四军军部旧址暨华东野战军纪念馆等地的现场学习，并重温《沂蒙六姐妹》影音资料、开展分组研讨……过往碎片化的记忆被叠加激活，我既想到革命战争时期无数令人热血沸腾、潸然泪下的感人画面，深受教育、深为感动，又和本组同志们相互启发、相互促进，结合各自工作领域开展了卓有成效的深入交流。

以史为鉴、开创未来，埋头苦干、勇毅前行。站在新的历史起点上，学习沂蒙精神对我们“服务‘国之大者’、造就时代新人”无疑大有裨益。通过此次专题培训，我的体会可以总结为以下三个方面。

一是始终牢固树立宗旨意识。沂蒙军民鱼水情谊正是党全心全意为人民服务的根本宗旨的生动写照。当“最后一粒米当军粮，最后一块布做军装，最后一个儿子送战场”的文字通过一个个催人泪下、感天动地的故事，并以原址原物、图像视频、声音乐曲等形式立体而真实地呈现在大家面前时，我们更加读懂了党与人民“党群同心、军民情深”的深刻内涵，也理解了在“双一流”建设中更好彰显“以学生为中心”的价值理念的必要性和重要性。我在学校机关的工作岗位是研究生院、党委研究生工作部，所负责的是面向一校三地近3万名研究生的培养事务，如何更好地满足日益个性化、差异化、多元化的不同学科、不同阶段、不同特点的研究生学习科研诉求，历来是工作的重点和难点。每一位踏入山大校门的研究生，都是需要我们悉心呵护的“金种子”。你说“凡我在处，便是山大”，我将“凡你所需，便是我责”，一切从同学们利益出发是我们做好所有工作的先决条件。

二是明确同向同行、奋斗一流的目标意识。在“党群同心、军民情深”的根基上，沂蒙精神表述的后两句就是“水乳交融、生死与共”。我理解“与共”就是一起朝着共同的目标前行，“沂蒙大姐”李桂芳带人架桥的故事就是鲜明的佐证。1947年5月12日，孟良崮战役打响了，晚九点部队要从汶河通过，但水有齐腰深且无架桥材料，村里只有女人在家。大家共同决定，没有木板摘门板、没有桥墩人扛着，人手不够就联络附近各村的妇女。夜里李桂芳带领众人肩扛门板，跳进冰冷的河水，架起人桥，一个团的士兵从32名红嫂柔弱肩膀架起的人桥上通过，火速奔向战场。60多年后，李桂芳在视频中回忆，当时战士们不忍心，她就急了，大喊：“同志们，时间就是胜利，时间就是保证，我们目标是一致的，快过桥!”战士和红嫂们素不相识，在深夜的湍急河流中擦肩而过，再无交集，是“红心跟党走”的共同目标让他们不惧生死、协力与共，可见目标一致的重要性。立足新时代历史方位，学校认真贯彻落实全国研究生教育会议精神提出“在开放融合中培养最具创造力的研究生”，这就是我们山大全体研究生教育工作者的共同目标。方向一致了，师生们同心同德，我们前进的步伐就一定会更快、更齐、更稳健。

三是增强聚焦关键领域、坚持守正创新的问题意识。在学习过程中，教员们所述及的时代背景引起了我的关注。当时原本敌我力量悬殊，我方几无胜算。但是，按照中央的战略部署，沂蒙根据地军民一心、坚持打持久战。“有了群众，就有了粮食，有了战场，有了兵源”，就有了不断发展壮大、从胜利走向胜利的可能。当下，我国还是世界上最大的发展中国家，与发达国家相比还有很大差距，尤其在一些高科技领域还受制于人，这也是科技战场上我们遭遇的艰难困境。党的十八大以来，习近平总书记高度重视关键核心技术创新攻关，围绕破解“卡脖子”难题、将科技发展主动权牢牢掌握在自己手里作出一系列重要论述。山大研究生培养要“以国家战略需求为导向，集聚力量进行原创性引领性科技攻关”，在坚决打赢关键核心技术攻坚战中全力作出山大贡献。想到此，我不由倍感压力“山大”，但在“研岸星光”榜样力量的引领下，我们同样信心百倍。

风起于青蘋之末，浪成于微澜之间。脚踏实地、久久为功，方为你我本色。春行沂蒙，让我更加期待金秋的山大。

作者：研究生院、党委研究生工作部工作人员　许　峰

3月8日　星期三　晴

山东大学妇女工作先进个人·郑柔澄

今天是广大女同胞的节日，我参加了学校纪念三八国际妇女节113周年暨先进表彰座谈会，聆听了领导的嘱托期待，学习了同事们的先进事迹。

我热爱妇女工作，把它与我所从事的辅导员工作紧密结合、相互促进，取得了一些成绩。学院女教师科研成果丰硕，我带的四届毕业生中女生近200人，一半以上赴国内外知名高校深造。

作为女性职工和妇女工作者，我为自己的身份感到自豪，也想用三个

关键词分享我的工作感受。

第一是尊重。既要尊重性别，也要尊重个性差异、尊重隐私。在工作中，我关注女大学生的身心发展规律，关注女性师生的日常生活和心理状态，有针对性地满足她们的个性需求，引导她们自尊、自信、自立、自强。为了缓解学院广大女教师的科研压力，我们组织健康讲座、运动会、看电影等活动。我们经常与处于孕期等特殊时期的老师沟通，了解她们的困难，协调哺乳室、母婴室，打造女性友好环境，助力她们以更好的状态投入教学、科研、管理工作，为数学学科登顶冲冠作出积极贡献。党的二十大代表张桂梅曾说，贫穷对于女孩子来说也是隐私。对待经济困难的女学生，我注意方式方法，联系亲朋好友筹资 9 万元成立“初心助学金”，不让她们在心理上背负“贫穷”的包袱，能够轻盈坦然地面对学习和生活。曾经有成绩不好的女生找到我，崩溃地说觉得女孩没有学数学的天赋。我带她一起看了电影《摔跤吧！爸爸》。我说：“你记得那句台词吗？‘无论是男孩得到，还是女孩得到，金牌就是金牌。’在你全力以赴之前，不要先被性别的标签打败。”

第二是坚守。妇女工作虽然平凡，但想要做好也要有始终坚守的信心和意志。去年 3 月校园提级管理期间，我和很多女辅导员一样选择了留校，战斗在学生工作一线。女生宿舍楼出现病例后，一想到女生们需要我，我便义无反顾地选择勇敢逆行，穿上隔离服进楼组织隔离转运，并在方舱成立临时党支部妥善解决问题、安抚学生情绪，最终圆满完成任务。

第三是感恩。在工作中，繁忙时总有同事主动分担，大家的帮助关怀就像是汇聚到大海的河流，给予我不竭的力量。校园提级管理期间，同样是山大女职工的婆婆和我说：“放心，我在家照顾宝宝，学校需要你，你就在学校安心工作。别人能做到的，咱们一定可以做得更好。”这些暖意融融的瞬间让我感受到作为山大女性职工的幸福和女性之间的支持包容，让我充满了奋斗的动力。

作为一名党员和妇女工作者，我将和学院女师生一起，沿着党的二十大指出的中国式现代化道路继续踔厉奋发、勇毅前行，用更扎实的工作满足广大妇女同志的期盼，在实现中华民族伟大复兴的征途中出彩发光。也感谢各位男同胞的理解、支持，相信我们并肩前行，一定能够创造山大更辉煌的明天。祝各位姐妹节日快乐，永远做最美好的自己！

作者：数学学院辅导员　郑柔澄

3月9日　星期四　晴

全国“两会”收看者·徐梓竣

全国“两会”召开后，我怀着激动的心情收看了相关新闻报道。无论是记者会上精彩的回答，还是“部长通道”中多位部长妙语连珠的精彩发言，都让我深切感受到国家的发展和富强。“代表通道”环节最令我心潮澎湃，也拉近了我与“两会”的距离。

六位来自基层一线不同领域的人大代表回答了记者提问，其中有四位代表都是长期在科研一线奋斗的科技工作者。“嫦娥”系列的工程师孙泽洲，在国家探月技术基础薄弱的时候，和团队中的同事们秉持敢为人先、艰苦奋斗的态度，经过反复实验和技术创新，实现了中国探月技术的跨越式发展。“海牛 2 号”的研发负责人万步炎，为解决国家大洋腹部资源勘探的难题，带领团队从零开始，自主研发核心技术，几十年来为国家大洋资源开采工作作出了重大贡献。孙东明院士通过创新温控器件，给半导体装上了调节温度的“空调”，既为国家重大工程提供了保障，也为百姓生活提供了便利。FAST 现任总工程师姜鹏，毕业后即投身贵州大山深处，从研制特制的钢索到解决许多科技上的难题，一步一步将天马行空的设想变为可能。他们通过自己的努力，为国家的科技进步作出了突出的贡献。

进入山大以来，我接触了在大气治理、水体污染、废物资源化利用等诸多方面取得优异成果的老师们，听说了毕业之后进入科研院所开拓创新、为祖国发光发热的优秀校友们，不禁肃然起敬，也渴望像他们一样在专业领域有所成就。“代表通道”让我明白，“两会”离我们并不遥远。人大代表来自全国各地，他们更像是我的前辈、老师，激励我用勤学编织理想，用实践开辟未来。正如钱学森先生所言：“我个人仅仅是沧海一粟，真正伟大的是党、人民和我们的国家。”

今逢盛世应勤奋，不辍耕耘踞上游。科学技术是第一生产力，只有不断增强自主创新能力，掌握核心技术，才能在国际竞争中走在前列。身为新时代的山大学子，我们应当以这些前辈们为榜样，以国家战略需求作为自己学习和发展的方向，敢于突破陈规，培养创新思维，将个人价值与实现中华民族伟大复兴的中国梦结合起来，抓住时代发展的机遇，为祖国科技的发展贡献自己的力量。作为环境学院的一分子，我也希望投身国家绿色低碳发展的道路，为“双碳”目标的实现尽自己力量。

作者：环境科学与工程学院 2022 级本科生　徐梓竣

3 月 10 日　星期五　晴

山东大学三八红旗手 · 张群姿

恰是一年春好处，醉白三月醉春风。今年的 3 月 8 日，是第 113 个国际妇女节、我国第 100 个妇女节。我非常荣幸能够获得山大三八红旗手这一荣誉，深感这既是一份荣誉，更是一份责任。

还记得2014年9月，我从瑞士博士毕业回到祖国，有幸成为一名山大人。8年前的3月2日，正是我第一次站在山大讲台开讲的日子。回首8年的教师工作，我有很多感慨。

其一，教育工作者的天职是教书育人。作为全国高校“双带头人”教师党支部书记工作室负责人，我带领支部成员组织推出“学史明智·报国力行——海归教师话成长”主题讲座第6期，邀请优秀海归代表从党的百年发展历程切入，弘扬海外留学党员的桑梓情怀与报国精神；组织“同心抗疫·启智赋能——海归教师助成长”系列活动第15期，推出面试模拟、留学规划指导、“百家名企行”、“Office Hours”等活动，服务学生132人次。此外，结合学习党的二十大精神，我牵头启动“了解中国经济”系列中英文双语微党课的录制工作。

其二，作为一名科研工作者，要心怀“国之大者”，以服务国家重大战略需求为科学研究的着力点。作为学院的副院长，我牵头与香港大学、香港岭南大学深化科研合作，获批山东大学“全球一流学科合作计划”A类立项。我的研究方向是资本市场与金融风险，近五年来在国际一流期刊发文12篇，其中国际顶尖期刊发表的3篇论文均实现山东省在相应期刊发表零的突破；主持包括国家自科优秀青年项目、青年基金项目等10个国家省部级科研项目和省一流本科课程等4个教改项目。2022年，以本人为首席的“可持续创新与金融”团队入选山东省“青创人才引育团队”，所引进的三位海归人才均毕业于世界排名前50的高校。

其三，感恩感谢。在学校、学院的培养与帮助下，我于2019年获评山东大学齐鲁青年学者，2022年获评国家优青、山东大学杰出中青年学者。所有成绩的取得都离不开校训“学无止境，气有浩然”的激励，离不开学校各职能部门同事们一如既往对一线教师的支持，离不开学校、学院良师益友对我的帮助与培养。饮水思源，缘木思本，感谢山大育我成长。

不忘初心，方得始终。三八红旗手这份沉甸甸的荣誉是对我的激励，在今后的工作中，我将更加深入学习贯彻党的二十大精神，时刻铭记立德树人的根本任务，在加快实现学校“由大到强”历史性转变的进程中贡献巾帼之力，为中国高等教育事业尽一分绵薄之力。

作者：经济学院副院长、教授　张群姿

3月11日　星期六　晴

山东大学三八红旗集体口腔医院牙体牙髓科负责人·张　瑾

妇女是人类文明的开创者、社会进步的推动者，在各行各业书写着不平凡的成就。我们口腔医院牙体牙髓科全体女同胞在强校兴国的新征程中逐梦前行，终于站到了三八红旗集体的领奖台上。

牙体牙髓科是一支集医疗、教学、科研于一体的医护人员队伍，团队共有女性职工 26 名，占比 81.25%。多年来，牙体牙髓科始终牢记教师和医师“双师”的初心和使命，秉承服务患者、精益求精的态度，用良好的职业道德和精湛的专业技术，在各项工作中不断展现着新时代女性“巾帼不让须眉”的豪情与努力。

回看来时路，我们收获满满。2022 年，是充满压力和挑战的一年，但无论是面对年初疫情的“倒春寒”还是岁尾的“卷土重来”，我们都坚持逆流而上，勇毅前行。在疫情防控中，我们女性医务人员不畏困难，主动“请战”，在志愿服务一线发光发热。我们全年坚守临床诊疗工作一线，无一天停诊，只盼为群众的口腔健康保驾护航。无论是身怀六甲，还是家有老小，都不能阻挡我们守护山河无恙、人民安康的决心。在教育教学中，我们始终坚持立德树人，努力修为师之德，增为师之才。我们不断创新教学方式，增加了模拟情景式教学，拍摄了临床操作技术微课，帮助学生更加直观地掌握理论知识，在疫情线下停课期间也能自主学习领会。在医疗服务中，作为牙体牙髓专业医生，我们谨记校党委书记郭新立说过的“精耕细作是一种严谨认真、追求完美的精神品格，体现了对事业的尊重、热爱和坚守”，并把它作为我们在临床诊疗中的遵循原则。在显微镜下开展根管治疗，这是一次毫米级的操作，正是这种精耕细作的理念不断激励着我们，推动科室团队快速成长、不断前进。2022 年，科室年门诊量近 3 万人次，根管再治疗合格率、橡皮障使用率、显微根管治疗技术均达到了国内一流水平。

展望新征程，我们豪情满怀。2023 年，我们牙体牙髓科团队将认真学习贯彻党的二十大精神，立足于人民群众口腔健康多元化新需求与新期待，聚焦聚力学科“出尖出峰”，深入推动融合发展战略，以虚拟仿真、数字口腔和交叉学科建设为切入点，推动解决制约口腔医学发展的诸多“卡脖子”问题，促进牙体牙髓传统学科“焕发新生”，不断提升教育教学水平和科技创新能力，为学校大力发展临床医学与健康学科贡献牙体新“智慧”和口腔新“力量”。

惊蛰已过，万物生长。唤醒万物复苏的并非滚滚的春雷，而是无声的温暖。正像广大女同胞身上所散发出的坚毅与自信，在润物无声之间释放无限前进的生机与力量。最后，祝愿我们学校的事业发展蒸蒸日上，我们广大女性同胞节日快乐，生命之花永远绚丽多姿。

作者：口腔医院主任医师　张　瑾

3月12日　星期日　晴

“榜样的力量”学生年度人物·赵灵虎

每一个善念都会在下一刻开花结果。当我在山东大学2022年“榜样的力量”学生年度人物终审答辩暨分享会的讲台上讲述我的实践服务故事时，我一直在思考：三年来，是什么让我坚持支教和校园公益到现在？我在答辩的舞台上寻得了答案——榜样的力量。

回首过往，在我人生中每一个重要的成长阶段，都有幸遇见一位帮助我从逆境中走出来的“人生导师”。在他们的帮助下，我克服困难、走出困境，成长、成人。“希望你进入大学后，能继续保持现在的这份真诚与善良，做一个有责任心、上进心和善良之心的人。”这是我刚刚步入大学校园时一位老师对我的谆谆教诲。正是因为他们的关爱与照顾，我爱上了公益活动，明白了志愿服务的非凡意义，才会加入多个志愿服务组织，致力于公益支教活动。我也一直以我的老师为心中最崇敬的榜样，希望像他们一样传递更多的光与热。

但行好事，莫问前程。最初坚持做实践服务和志愿公益活动时，我没有想过有一天自己会站在“榜样的力量”学生年度人物的答辩讲台上，更没有想过最终能够获得“榜样的力量”学生年度人物这份殊荣。那时的我只想着帮助更多像我一样曾经身处逆境的孩子们，让他们感受到他人的关心与温暖，明白人生还有更多的选择。

因为热爱，所以坚持。答辩时，每一位候选人都展现了青春最靓丽的风采。他们中有潜心科研，为我国医疗技术作出突出贡献的科研者；也有勇立创新潮头，在青春的道路上挥洒汗水的追梦者；还有热心公益，让自己的青春之花绽放在祖国大地上的逐梦者。

参天之木，必有其根；怀山之水，必有其源。我非常荣幸最终能够得到大家的认可，获评2022年“榜样的力量”学生年度人物。同时我深知，这份荣誉不仅仅是我个人的成绩。是山东大学学生春晖社“陪伴青春、关怀成长、关注教育”的宗旨激励了我，是管理学院“管融天下，理通四海”的理念滋养了我，是辅导员王自然老师不辞劳苦、体贴入微的关怀感染了我，是山大春晖社前辈们无私奉献的精神指引了我，是朋友们的全程陪伴温暖了我。它属于帮助过我的每一个人。

路漫漫其修远兮，吾将上下而求索。三年的风雨兼程，让我更加坚定了“一段支教情，一生志愿行”的决心。在未来的成长道路上，我会带着初心踔厉奋进，带着榜样的力量勇敢向前，用实际行动展现山大人的精神、传播山大人的声音。

作者：管理学院 2020 级本科生　赵灵虎

3 月 13 日　星期一　晴

校友工作办公室工作人员 · 张明明

一个星期，24000 多个校友卡申请，1500 多个校友问询电话。这几个数字，是对我们工作的简短总结，更承载着校友对母校的热情与想要回家看看的迫切心情。一周前的今天，当我在公众号后台输入“山东大学恢复校友出入校权限”这几个字的时候，内心是抑制不住的喜悦和激动。这不仅仅是作为一名校友办工作人员的自豪，更是作为一名校友的光荣和骄傲，因为山大人终于可以常回家看看了！

3 月 6 日 11 时 8 分，《亲爱的山大人，欢迎回家！》推文一经发出，一个小时内阅读量达 10 万以上，三个小时内阅读量超 23 万。电话铃声一直响，我和同事们轮流吃午饭，不断接听校友的来电。“您好，是山东大学校友办吗？我的账号和初始密码忘记了。”“您好，V 卡通 App 收不到验证码，一直提示操作频繁，怎么办?”一个星期以来，我和同事们从早到晚轮流值班，不断答复校友的咨询，同时加快校友卡审核进度，缩短校友的等待时间，让校友可以更快回家。“校友您好，您的账号和初始密码已经查到，请记录一下。”“校友您好，如果 App 提示操作频繁，请通过‘山东大学校园生活服务’公众号绑定 V 卡通。”回答着校友们的询问，我感到这番场景熟悉又亲切，思绪仿佛回到了四年前毕业季活动上线全球校友地图的时候，回到了五年前校友信息服务平台刚刚上线的时候。

早在寒假前，校友办全体同志就多次研讨疫情防控政策调整后工作的方向和重点，大家一直在为校园开放后让校友回家做准备，其间也持续修改校友入校方案，优化校友入校流程。学校安全委办一直在统筹考虑各类人员入校情况，积极为校友入校创造条件。2020 年，在信息化工作办公室的大力支持下，我们学校的校友卡正式上线。校友卡不仅能作为出入校门的凭证，还能在食堂就餐，在校内消费场所使用，让校友们感受到实实在在的便利。从最初生成校友凭校友卡入校的提议，到方案几经修改，再到政策落地、通知发出，其间得到了校内很多单位的帮助。党委保卫部积极协调各校区，为校友入校开辟绿色通道；信息办加快校友卡制卡进度；后勤保障部为校友食堂就餐提供大力支持；体育学院为校友使用场馆提供便利……真的让我深切感受到全校服务校友“一盘棋”。先有感动校友的母校，再有感动母校的校友。通过深入实施暖心服务工程，进一步支持校友成长发展，打造校友与母校情感共同体、事业共同体、文化共同体、发展共同体，最终汇聚起全体山大人建设世界一流大学的磅礴力量，奋力开启“强校兴国”新征程，这便是校友工作的意义所在。

东风浩荡满目春，踔厉奋发正当时。三月的校友馆草木萌发，一派生机勃勃的景象。馆里正在展示学生书画，不时有人前来参观。展厅尽头的办公室，我们每一位校友工作者都在忙碌着、奋斗着、充实着、快乐着。

作者：校友工作办公室工作人员　张明明

3 月 14 日　星期二　晴

山东省研究生导师能力提升培训班学员 · 陈　龙

三月的济南春风拂面，万物复苏。在省教育厅及山东大学等各级单位的大力支持下，2023 年山东省研究生导师能力提升培训班于中心校区顺利开班。作为培训班工科组的学员，我怀着无比激动的心情参加了开班仪式，认真聆听各位“大先生”所作的精彩报告。

开班仪式上，省教育厅邢顺峰副厅长及山东大学刘建亚副校长在热情洋溢的致辞中勉励全省 120 余位教育前线的导师学员，希望学员们通过培训进一步深化立德树人的教育理念，为国家及山东省研究生教育贡献力量。随后，薛禹胜院士以“培养能融会贯通社会科学思维与自然科学思维的领军人才”为题，为我们进行了精彩的报告。薛院士阐述了整体保熵还原思维的思想理论，并循序渐进地给学员们介绍哲学与科学之间的关联，深入浅出地解读了社会科学思维与自然科学思维的辩证关系。他以智能汽车、智能电网等为例，让学员们更深入地认知社会思维与工程思维的内涵，并强调学校永远是探索性基础研究及创新人才的高地，倡导各位导师加强基础研究。薛院士还援引直升机的例子来教导大家道德修养的重要性，强调大家要坚守道德准则底线，明确学术与名利的关系，学会默默享受科学发现带来的无与伦比的快乐。

此后，教育部学位与研究生教育发展中心李恒金处长就研究生学位论文新形势及新要求作了介绍，分析了党的二十大对教育、科技、人才工作的一体部署，强调高校要着力造就拔尖创新人才，全面提高人才自主培养质量。他分析了战略科学家、青年科技人才、卓越工程师等人才的重要性，并对《关于加快新时代研究生教育改革发展的意见》文件中的八项制度进行深度解读，强调严格把关学位论文质量，引导广大研究生导师学员进一步重视研究生教育，切实助力建设具有中国特色的研究生教育强国。

通过今天的学习，我深刻地领略到大师的风采，并在更深层次体会到高校“为党育人、为国育才”的使命任务。作为培养未来人才的研究生导师，我们肩负着国家及人民赋予的重要使命，应当不断提升自己的综合能力，只争朝夕、埋头苦干、勇毅前行。

作者：机械工程学院副教授　陈　龙

3月15日　星期三　晴

数学文化节组织者·肖俊哲

三月的微风轻轻吹过，今年的数学文化节也即将落下帷幕。

为了纪念中国古代数学家祖冲之，2019年11月26日，联合国教科文组织在第四十届大会上批准宣布3月14日为“国际数学日”，该数字正是起源于圆周率π。

这次数学文化节活动设有多个版块，作为院学生会主席团成员，我在学院老师的指导下，和学生会、媒体中心、社团的同学们共同策划组织了相关活动，成果满满，收获满满！

在长达三周的筹划准备中，我的角色从单个活动的负责人变成了幕后协调者。在一次次例会中，学生会各部门抽丝剥茧，将数学文化节分为各个部分，不断筹划推进，完善活动细节，确保活动按计划开展，并及时与学院老师沟通交流。

3月12日晚，我们的“追寻数学文化，解析数学之美”数学文化节开幕式暨2022级迎新晚会在中心校区音乐厅举行。副校长、数学学院院长吴臻教授出席开幕式并为我们寄语；学院党委书记王光辉教授宣布数学文化节开幕，鼓励我们积极参与，与“数”同乐；学院领导老师们在抽奖环节给同学们带来了精美礼物和惊喜盲盒，掀起了晚会高潮。舞蹈、说唱、情景剧、“榜样的力量”、成人礼宣誓等节目精彩纷呈，观众掌声不停……这一刻，所有疲惫一扫而空，我的眼睛甚至有些湿润，心中剩下的只有浓浓的自豪感和成就感。

3 月 14 日“国际数学日”当天，我们的数学嘉年华以展台形式举办，设置了趣味数学题、24 点、数字华容道、数独 & 数图、魔方还原、急速记忆等趣味性游戏，还举办了“笔记大赛”与“给数学人的情诗”活动。虽然是趣味性比赛，我却认识了来自各个学院的“魔方大神”和“华容道高手”，实在佩服他们精妙的计算和高超的技巧。浪潮般的人群涌入展台，欢笑声不断。学院的老师也来参加比赛，和我们开心地互动交流。

华罗庚先生说：“宇宙之大，粒子之微，火箭之速，化工之巧，地球之变，生物之谜，日用之繁，无处不用数学。”在我们数学人自己的节日里，我和同学们真真切切地感受到了数学之用、数学之美。举办活动的过程虽然辛苦，但看到这么多人都乐在其中，了解数学文化、体验数学乐趣，我感觉一切都是值得的。其他学院的老师、同学们也看到了我们不只是爱学习，更有充满情趣、多才多艺的一面。

全部活动结束后，我走在回宿舍的路上，心中无限感慨和回味——还没从紧张和疲惫中舒缓过来，就开始期待明年的 π-Day！

作者：数学学院 2020 级本科生　肖俊哲

3月16日　星期四　阴

校史馆参观者·李永卫

迎着三月温暖的春风，我跟随学院机关党支部参观了山东大学校史馆，学院本科生党支部的毕业生党员也一起参加了此次活动。

询问同行的学生党员，他们都为能在毕业前集体参观校史馆而感到兴奋。进入校史馆，映入眼帘的是当年山东大学堂开校教职学员合影的油画，画布上方的牌匾上，“为国育贤”四个大字尤为醒目，这也是山东大学一直以来秉持的办学初心。油画的对面展示了学校建校办学的历史沿革，120多年来屡经搬迁，几度分合，始终根植中华大地，为祖国发展、国家富强、民族复兴输送了一批又一批的优秀人才。厚重历史中不变的是初心，进门的这两个画面让我顿觉神圣与责任。

“图强而生，立为国育贤初心”“汇揽英才，开文理合办先河”“鼎新革故，扬优势学科美誉”“砥砺前行，守坚韧崇实品格”“改革创新，拓快速发展格局”“强强联合，谱世纪跨越华章”六个单元逐一观览下来，大家边看边议，对学校的历史沿革有了更清晰的认识，从一张张珍贵相片中看到了从百年风雨中走来的山大，她既有厚重的底蕴，也具有青春与朝气。

春秋迭代，薪火相传。校史馆的墙上还挂着从《山东试办大学堂暂行章程折稿》摘录的“公家设立学堂，是为天下储人材，非为诸生谋进取；诸生来堂肄业，是为国家图富强，非为一己利身家”。学校始终秉承“为天下储人才，为国家图富强”的办学宗旨，落实立德树人根本任务，努力发展具有中国特色、世界水平的现代教育，培养了一批批德才兼备的高素质人才。我们从校史讲解中听到了许多先辈大家的故事，也深切感受到山大的发展与每一个山大人息息相关。看到身边即将离开母校的毕业生们看着、听着、记着，我突然有些动容，他们的努力也会成为山大历史上由他们书写的一笔。而我们今天看到的辉煌山大，也正是由每一个山大人的努力凝结而成。

校史在高校的人才培养、科学研究、社会服务、文化传承方面起着不可替代的作用。我们在今天的主题党日活动中走进校史、学习校史、感悟校史，相信每一个参与者都有自己的感悟和收获。我也真切希望我的学生们铭记校史、心怀母校，即使将要离开，也要永远记得这片热土，记得你们最热烈青春的模样！

作者：能源与动力工程学院党委副书记　李永卫

3 月 17 日　星期五　晴

青岛市疾控中心实习生 · 佟羽婷

早上八点半按时打卡上班，办公室窗前矮胖的多肉给这个小小的空间增添了几分生机。

一周前，学院姜文丽书记、席波副院长和张涛老师送我们四位实习同学从济南来到青岛，一路从青岛北站坐车来到市北区的青岛市疾控中心，就这样开启了为期两个多月的实习生活。这次毕业前的实习使我们对疾控中心的工作有了更加切身的体会，也很好地帮助了我们进行职业生涯规划。

早上上班后，带教老师给了我两本厚厚的统计年鉴，山东省和青岛市卫生领域的统计数据在年鉴里面应有尽有。一上午的时间，我把两本书从头到尾翻了一遍，里面的很多内容都很熟悉，比如医院床位数和基层卫生机构数量等。这些数据很多都是这里的工作人员辛辛苦苦收集和整理的，最关键的是如何用好这些劳动成果。这里的领导鼓励各个科室提高创新能力，利用好现有资源进行创新性研究，他们以老辣、独到的眼光从数据中发现问题并提出解决策略，真正对现实产生积极作用。正如疾控中心门口的牌子上写的一样：预防疾病，相约健康。

下午，我旁听了一个线上会议，是青岛市公立医院医疗改革培训的课程。会议邀请了首都医科大学、清华大学和北京师范大学等高校的专家进行授课以及现场交流，各个卫生健康局、医疗机构和市卫健委也都派出代表参会。实践经历匮乏的我感觉会议内容既抽象又模糊，但我知道这是一个难能可贵的学习机会。这些东西在我的头脑里只留下了模糊的印象，但它们就像一盏被埋藏的灯，终有一天会被点亮，到时，我将收获一整片光。

作为一个即将毕业的学生，未来选择工作还是做科研，是我不得不问自己的问题。近五年的专业学习，我更多的是从理论层面了解了公共卫生领域的知识，但我深知“纸上得来终觉浅，绝知此事要躬行”。这是一次宝贵的机会，我必将抓住机会，多体验、多学习，不辜负学院的期待，接过成卫人类健康的接力棒，用青春和热血为卫生健康事业贡献自己的力量。

作者：公共卫生学院2018级本科生　佟羽婷

3月18日　星期六　阴

齐鲁交通学院博士研究生·秦承帅

夜幕降临，我驱车返回智能建造项目现场指挥部，在道路两旁灯光的映照下回忆起不久前遭遇雪崩并成功脱险的经历，内心不禁再次涌现出温暖与感动，并更加坚定了“立足交通、服务边疆”的理想信念。

时间指针拨回到一个多月前。2023 年 1 月 31 日（农历大年初十），西南某重大专项隧道工程现场年后建设工作即将展开，但急需的实验设备无法搭载飞机运输。为了保障科研工作顺利实施，项目组委托我和孙希龙、刘宏迪两位师弟驱车前往重大专项示范隧道工程现场开展工作。

在完成隧道试验后，我们再次驱车 2400 公里前往另外两个隧道群，并完成了相关调研与试验。

此时已近 2 月中旬，我们也建设了山东大学驻工程现场智能建造前线指挥部。令我印象深刻的是，学院常务副院长李利平教授前往现场指挥部看望大家，并指导我们现场科研考察。我们继续沿着高原山路行驶，两次翻越了海拔 4000 多米的高山。在开展科研的同时，我们也领略了祖国的大好河山。李院长带来了学院的关心，指导了科研方向，振奋了我们服务国家重大战略工程的信心。

在隧道群完成试验后，我同两位师弟拟驱车返回示范隧道工程现场继续开展试验。但在返程的路上，我们突然遭遇了暴雪。前方区域发生多次大规模雪崩，最大雪深超 5 米，道路埋没中断；后方隧道明洞发生垮塌，后退的道路也被阻断。我们一行人被困在海拔 3500 米左右的山路上，温度为零下 14 摄氏度，在周围还发现了狼群踪迹。

我们第一时间开展自救，转移至相对平坦的地带后，通过卫星电话与学校、当地公安取得联系，并借助车上提前准备的制氧设备（制氧机、氧气瓶）、自热米饭、矿泉水等，保持自身健康状态。

此后，我们每 3 小时通过卫星电话向项目指挥部及学院确认安全并汇报情况。在团队精神鼓舞、学院领导关心指导以及心理疏导下，我们三人保持着昂扬的斗志和乐观主义精神，互相鼓励，顺利坚持至救援到来。在公安民警的守护下，我们住在车内，在一处安全平台度过了三天。

三天后，道路积雪已初步清理，可供越野车通行。为避免再次发生雪崩，我们选择在当天气温最低的时间——凌晨 5 点出发。在公安护送下，我们穿越三处雪崩区域，翻越了三个海拔4500米左右的垭口，经过近百公里的积雪路段，终于成功脱困。

在被困期间，我和两位师弟身穿统一的山大反光马甲，积极协助民警开展对其他车辆的救援工作。在路面保通过程中，我们充分利用所学的专业知识，对路面落石清障方案提出了建议，加快了落石的清理速度；同时主动承担了平台驻点的野炊、刷锅碗、清垃圾等后勤工作，赢得了现场民警和被困群众的广泛称赞。

到达驻地休整，我看到所驾驶的车辆在一个多月内已经跑了7400多公里，而后备箱的仪器设备哪怕是在最危险的紧急关头，都没有受到损坏。这段经历使我看到了边疆地区道路交通发展的艰辛与不易。在国家重大工程建设的过程中，极端恶劣的自然条件、极端艰险的建造环境是永远绕不开的话题，但国家发展总是需要有人挺身而出，总是需要有人逆流而上。这段经历也会成为我人生中的宝贵财富，进一步坚定了我为祖国基础设施建设的发展贡献力量的青春梦想。

作者：齐鲁交通学院2020级博士研究生　秦承帅

3月19日　星期日　晴

骨干管理人员能力提升培训班学员·尹晓璐

初春时节乍暖还寒，但是我却感受到了来自沂蒙革命老区的和煦春风。我参加了人事部组织的山东大学骨干管理人员能力提升项目，作为第三期的学员前往沂蒙干部学院，与领导同事们一起交流学习。对我来说，这是一次难得的“充电”机遇，也是在全校深入学习党的二十大精神的热潮下获得的宝贵培训机会，我的内心十分珍惜和感激。开班暨出征仪式上，吴臻副校长以自己参加学习培训的经历和心得体会为我们带来寄语，人事部石岩副部长则提出了“每人制订并实现一个小目标”的要求。带着领导们的谆谆嘱托，我们踏上了学习培训之旅。

为期四天的日程涵盖了四场讲座、两场现场教学，中间还穿插读书分享会和红色电影教学，形式多样，内容丰富，节奏紧凑。

第一场讲座由沂蒙干部学院庄纪旭教授为我们讲解了“党群同心、军民情深、水乳交融、生死与共”的沂蒙精神新内涵。庄教授指出，沂蒙精神是中国共产党人伟大建党精神在山东的具体体现，既有中国共产党人伟大精神的共性，也有源于沂蒙山区的地域、时代和历史实践的丰富内涵和鲜明特色。马克思主义学院郑敬斌教授的“感悟新思想　筑梦新征程”主题报告以开阔的视野格局和风趣的授课方式，深入浅出地为我们讲解了党的二十大精神的丰富内涵。管理学院刘冰教授和张晓峰教授从管理学角度，结合学校教育教学和科研实际，给我们带来了管理思维、管理工具以及儒家修齐治平的逻辑教学。

在读书分享会上，来自一校三地多部门多单位的学员结合近期工作和人生经历，畅所欲言，谈心得、谈体会、谈收获，分享阅读感悟，营造出“爱读书、读好书、好读书”的良好氛围。有的学员分享专业书籍，有的分享人生哲理，有的分享红色经典。大家交流互动，拉近了彼此的距离，在思想碰撞中打开了思维的“天窗”，打通了融合发展边界，以学习促成长、以培训促合作、以研讨促沟通，全面提升了协同融合的工作能力。

我们现场参观了孟良崮战役纪念馆和华东野战军纪念馆，观看了电影《沂蒙六姐妹》。我们认真聆听了讲解员对战役历史背景、战斗经过的讲解和沂蒙人民踊跃支前的光荣事迹，通过观看图片和影像资料、学唱《沂蒙山小调》、观看电影等，回顾了当年我党我军浴血奋战的伟大征程，重温了革命先辈们用鲜血和生命捍卫和平的波澜壮阔的历史。在粟裕将军墓前，我们向将军和牺牲的革命英雄敬献花圈；在庄严的党旗下，我们重温了入党誓词。难忘电影《沂蒙六姐妹》中陈毅元帅深情的感叹："我就是躺在棺材里也忘不了沂蒙山人，他们用小米供养了革命，用小车把革命推过了长江！"

通过此次培训，我们深入学习了党的二十大精神和沂蒙精神，激发思想共鸣，汇聚精神力量，增强了专业素养和履职能力。我们以此为契机，不断增强思想政治能力、提高服务管理水平，全力推进各项工作提质增效，为学校"双一流"建设和高质量发展提供更强支撑，发挥更大作用。

作者：后勤保障部工作人员　尹晓璐

3月20日　星期一　晴

教育部"高校银龄教师支援西部计划"援疆教师·马保华

今天是我来到喀什大学医学院的第四周。作为教育部"高校银龄教师支援西部计划"的践行者，十分感谢喀什大学选择了我，也感谢山东大学信任我，圆了我一个在青年时代就有过的志愿援疆梦想，让我能够站在喀什大学教室的讲台上，为一群渴求知识的各民族大学生传道、授业、解惑，一起学习、生活，朝夕相处，尽一位老教师的职责，躬行实践国家民族政策，积极助力西部教育事业发展，为边疆少数民族同胞人才培养尽绵薄之力。

来到这里，我亲眼看到祖国这座"五口通八国、一路连欧亚"的最西部边陲城市——喀什，在国家实施西部大开发战略部署下，一派生机勃勃、春意盎然地迈入新时代的喜人景象，令人感慨万分。

早在中华人民共和国成立之初，祖国西部这片热土就已经备受关注。20 世纪 50～60 年代中期，先后有百万青年志愿者投身新疆社会主义建设，为开发边疆、巩固祖国边防作出了不可磨灭的贡献。我当时就立志要刻苦学习，长大后要学习前辈们去支援边疆，报效祖国。这就像一颗种子埋在了我的心底。

读完初中、高中后，我在党和国家的关怀下读完了大学，不仅免交学费，每个月还能领到生活津贴。毕业后，我留在山东医学院（即现在的山东大学齐鲁医学院）教书 40 多年，始终没有忘记我年少时在心里立下的支边志向。2022 年，教育部发布了“高校银龄教师支援西部计划”，部署了 2022 年受援地区名单。我终于有了支援边疆的机会，那颗埋在我心里大半辈子的种子要发芽了。再不抓住这次机会，我将抱憾终生！我和爱人认真商量后，郑重地提出去喀什支边的申请报告。经过审批后，我终于成行，来到祖国西部这片广阔富饶的疆土，真正成为一名建设西域的“和平使者”。

喀什地处新疆维吾尔自治区西南部，帕米尔高原东北麓，塔里木盆地西缘，克孜勒河中游，距离乌鲁木齐市 1473 公里。日出和日落都比济南晚了两个小时，在时间上有两个小时的时差。这里上午 10 点上班，14 点下班；下午 16 点上班，20 点下班；21 点左右才吃晚饭。我刚到喀什时，对这里的环境不熟悉，院领导还叮嘱老师们一天三顿送饭到我的宿舍，嘘寒问暖，无微不至。感谢院领导和老师们的帮助，现在我已经完全适应了这里的生活。

喀什大学是一所综合大学，2022 年按照国家计划新成立了医学院。新建的医学院位于喀什大学的老校区，教学和科研都亟待加速建设和振兴。我按照教育部布置的援助计划，在任期内要参与指导一项课题研究，通过传、帮、带的方式指导青年教师，组织开展若干学术讲座、教研等活动。我目前担任全国基础医学形态学实验室主任联席会会长，已与喀大医学院院长协商，计划5月在喀什大学召集一次全国基础医学形态学会常务理事会会议，吸引全国各高等医学院校形态学教学领域的专家和教授，尽可能扩展喀什大学医学院的优势，让喀大医学院在形态学教学和研究方面上一个新台阶，与内地同步并可持续发展。我在山东大学任教时讲授“组织学与胚胎学”课程，还独立创建了省级一流课程并主持国家级一流本科课程。对于这些优秀的教学资源和课程建设，我将毫无保留地与喀什大学共享，按照教育部提出的以“知识、能力、素质”三位一体的教学模式，培养祖国西域人才。

日记写到这里，我想，我最应该感谢的是我的爱人和女儿，是她们全力支持我，让我没有后顾之忧，全身心地投入喀什支边工作。在此，我在万里之遥祝福我的女儿在学校工作顺利，并照顾好我的外孙和外孙女。也祝福我的爱人，在我离家的这些日子里，一定好好保重身体！我一切都好，等我回家。

作者：基础医学院退休教授　马保华

3月21日　星期二　晴

山东省研究生导师能力提升培训班学员·郁有凯

为期五天的山东省研究生导师能力提升培训已圆满结束。看着手里的结业证书，我对未来的研究生培养工作又增添了一份期待和责任。作为一名新任硕士生导师，经过这次的全省研究生导师培训，我对导学关系有了更加深刻的认识，更加明确了未来研究生培养过程中，应该围绕什么以及怎样开展工作。

第一，有效沟通是研究生培养工作的重要基础。沟通是确保导师与学生之间有效理解对方意图的关键，而沟通出现问题则会影响导师对学生的指导，也会影响学生写好自己的科研文章。很多时候，导师与学生在认知水平、理解能力、把握问题的角度上不在一个层面，导师觉得很简单的问题，可能对于学生来讲是一个很棘手或者难以理解的问题，从而产生巨大的沟通成本。这需要导师耐心细致地把问题说清楚，引导学生明白怎么去抓住问题的核心。只有加强导师与学生之间的有效沟通，才能够最高效率地完成科研学习任务。

第二，知识和思维是研究生培养工作的关键内容。硕士研究生知识的系统性主要是基于其本科的学习基础，进入研究生阶段后，则更侧重于系统基础上的深入挖掘。也就是说，研究生既要注重健全自己的知识树，扩展自己各方面知识体系，同时又要聚焦一个领域，定位自己的研究方向进行深入研究。思维的创新性更多体现在学生的研究中，这就需要在整个过程中鼓励学生对某个具体问题提出自己的看法，并就自己的看法利用文献条件进行论证和设计，这实际上就是一个非常重要的开题过程。在这个过程中，要引导学生打开思路，尝试从不同视角把握问题，找出其关键点加以扩展和引证，为后面的研究工作提供思路和方法。

第三，关注学生心理是研究生培养工作的现实要求。当今时代的研究生成就动机高，对自己的学业、就业各方面都有更高期待，会通过不断完善自我来达成个人目标。研究生科研任务重，更容易产生时间焦虑，同时他们在生活上独立性更高，更需要在生活、经济和情绪等方面进行有效管理，形成健康的生活和学习习惯。导师要积极了解学生的日常生活，经常与学生谈心谈话，了解学生的重点需求，及时疏导研究生因科研、学业困难引发的心理问题，为研究生答疑解惑，并帮助他们寻找科研训练或合作机会。

构建良好的导学关系是导师的必修课。导师要弘扬人文精神，以促进所有成员实现自我发展为目标，努力推进实现师生知识共同体与师生成长共同体，为导学关系的良性发展提供生生不息的动力源泉。

作者：马克思主义学院教师　郁有凯

3月22日　星期三　阴

齐鲁晚报·齐鲁壹点《老徐话高招·云游大学》直播参加者·武智超

前两天，齐鲁晚报·齐鲁壹点《老徐话高招·云游大学》栏目走进山东大学兴隆山校区开了一场直播，解密山大工科人才培养优势。我作为受邀的学生，同齐鲁晚报·齐鲁壹点的记者徐玉芹、学校本科招生办公室副主任徐延宝老师一起进行游校园的全程直播。

在兴隆山校区北门，徐延宝老师首先介绍了校区的基本情况。作为山东大学在济南市面积最大的校区，兴隆山校区主要培养工科类学生，在工科人才培养方面教学设施齐全、科创竞赛丰富，而本次直播也主要介绍了山大在工科人才培养方面的优势。

我们先走进图书馆。兴隆山图书馆在校区的中轴线上，正对校区主校门，图书馆面积近两万平方米，馆藏图书六十万余册，各校区图书实现通借通还。我们跟随图书馆黄老师的脚步，分别直播参观了一楼大厅、五楼特色空间、四楼自主学习区等区域。随后，我们来到齐鲁交通学院的大型地下洞室群，副院长葛智教授向我们介绍了研究中心内部的核磁共振成像实验室、虚拟仿真实验平台、多场多相煤岩力学实验室以及隧道阵列声波超前地质探测物理模型实验平台等众多先进实验设备，介绍了齐鲁交通学院针对本科生培养的相关政策。

在山东大学工程训练中心，洪新伟老师向我们介绍了工训中心的悠久历史及其所承担的教学功能，展示工训中心在工程训练、创新创业、科技竞赛等方面为同学们提供的良好平台。参观创客空间后，我在无人机教室向老师们介绍了我们在工程训练 kapiv 项目中所取得的相关成果；在 3D 打印教室，正在授课的老师向我们分享了自己的教学感悟；随后，我们一同参观了机械臂教学和 AGV 巡线小车教学设备。作为参与其中的学子，我向网友讲述了自己的心得体会，也深切感受到山大在工科人才培养方面的独特优势。我们应当充分利用各类平台打牢基础，用理论结合实践，让自己的工程实践能力更好地适应时代的需要。接下来，我们一行还参观了学生餐厅和心理咨询中心。

直播的最后环节，徐延宝老师在天工湖旁向记者和网友介绍了学校的招生政策，回答了网友关心的问题。通过本次直播，我用脚步丈量了每天学习和生活的校园，更加全面地了解了学校在工科人才培养方面的优势。在这里的每一堂课、每一次实验、每一栋建筑，甚至一草一木都深深地刻进了我的青春记忆，陪伴我进步和成长。

作者：机械学院 2020 级本科生　武智超

3 月 23 日　星期四　晴

“汉语桥”齐鲁文化专题体验课程学生 · 卢泽峰

随着最后一次中文学习成果展示活动的完成，一山一水一圣人——山东大学“汉语桥”齐鲁文化专题体验课程正式结束。回想一个月的线上学习过程，我感到既幸运又幸福。

我是泰国玫瑰园中学孔子课堂的一名中学生，虽然是第一次参加山东大学的线上中文学习项目，但我并不陌生。孔子课堂是由玫瑰园中学与山东大学附属中学合作共建的，每年都有山大的志愿者老师来教中文。我经常听到他们讨论孔子、山大、济南，亲身体验儒家文化并在山大学习的梦想由此生根发芽。今年年初，山东大学“汉语桥”齐鲁文化专题体验项目开始招募学员，得知消息后，我毫不犹豫地报了名。

中国历史悠久，国土面积广，人口众多。对我来说，“中国文化”是一个很大但是又很模糊的概念，剪纸、京剧、功夫都是中国文化。如果把深入了解中国文化看作一段旅途，我总是在以为接近目的地的时候，才被告知还离得很远。不过，齐鲁文化专题体验项目把中国的地域文化作为主要内容，为我的学习旅程开启了新篇章。

在授课教师的带领下，通过“云端”的镜头，我们来到黄河之滨，感受中华文明摇篮所独有的历史底蕴；我们南下泰山，明白了“五岳之首”所具有的独特文化价值；我们向东而行，了解了青岛的“前世今生”，不禁感叹这里发生的巨变；我们返回济南，徜徉在各大名泉之间，听老师将泉城故事娓娓道来，我们也对甘甜的泉水充满期待。

在本次项目所有的学习主题中，“山东走出来的圣人”给我留下了最深刻的印象。虽然直接读懂文言文对我们来说几乎是不可能的，但国际教育学院的老师们将孔子、墨子等古代圣人的学说用我们听得懂的语言阐述出来，这似乎让我们拥有了“回到过去”的能力。古人的思想到现在仍然闪耀着光芒，比如，我们应如何对待自己的父母，如何处理社会关系，如何实现社会公平，等等。同时，我看到山东人对“先人”保持着长久的尊敬，我好像也明白了齐鲁文化乃至中国文化能够流传下来的原因。

每个国家都有自己独特的文化，但是文化并不是孤立地存在着。中国作为一个有实力的大国，中国文化影响了很多国家和地区，当然也包括和中国有长期友好关系的泰国。我想用孔子的一句话来形容不同国家文化之间的关系："君子和而不同。"中泰两国虽然有诸多不同，但两国文化中也有很多相通之处。更重要的是，"中泰一家亲"的理念正在转变为越来越多的实际行动，这是最难得的和谐状态。

一个月的学习时间其实很短，"汉语桥"齐鲁文化专题体验项目帮助我实现了"一半的梦想"，接下来的梦想是我继续学习中国语言文化的动力，希望有机会能进一步深造。由衷地感谢山东大学和山东大学的老师们。

作者：泰国玫瑰园中学学生　卢泽峰

3 月 24 日　星期五　晴

第三届中国大学生求职大赛教育赛道全国总决赛铜牌获得者·何方园

看着自己获得的证书和合影，我又想起了从济南到北京，和指导老师们一起经历的奇妙旅程：我参加了第三届中国大学生职业发展论坛暨2022第三届中国大学生求职大赛，获得了铜牌，前往北京参加了颁奖仪式。

参会前，我收到了主办方的邀请，担任"教育领域就业·新未来"对话部分的主持人。在高铁上，我一遍又一遍地修改采访稿件，同时也期待着和各路"大神"碰撞出火花。

上午进行的是颁奖仪式，我和其他赛道的获奖选手以及作为"十佳志愿者"代表两次走上领奖台获得表彰。当我拿起话筒发表获奖感言时，看着各位评委、老师、同学，幸福感涌上心头。谁能想到，那个忙于统筹协调面试录课和抓耳挠腮、绞尽脑汁地设计剪辑自己复赛视频的女孩儿，会在未来一个春日站在偌大的报告厅领奖台上拿着奖牌、证书和大家面对面。

之前的情景一幕幕如走马灯一样闪过。在就业中心老师们的分享和鼓励下，我抱着试一试的心态报名，通过初赛简历筛选后，马上迎来复赛，在收到进入决赛的电邮后既兴奋又激动。我积极地与学院和就业中心老师们交流，获得了很多精神支持和专业指导。在决赛时，自我介绍、展示专业技能，我在5分钟内用PPT清晰地展示了一整堂课的教学设计，有幸以总分第一顺利晋级次日的全国总决赛。因为报名了大赛志愿者项目，在备赛的同时，我也作为视频剪辑组的组长和老师以及组员们在短短一周内开会策划、写脚本、找材料，一稿稿修改，通宵达旦，终于在总决赛当天的早上6点完工交付。小睡一会儿，我便在8点忐忑又期待地开始了全国总决赛的比拼。看着自己的片子顺利作为开幕式首个环节被播放观看，再一路披荆斩棘，最终获得教育赛道铜牌，并带领全组3位同学获得了“十佳志愿者”称号，我顿时自豪感满满。

颁奖仪式后，论坛对话开始了。我主持的对话环节打头阵，我和教育领域的校长、高管就“双减”政策下教育行业的未来分析、后疫情时代下如何解决“就业难”问题、人工智能高速发展的时代背景下对教育领域人才提出的新要求、前辈对未来从事教育领域的大学生们的祝福和建议等话题展开交流。通过这次对话，我获得了不少关于未来就业的启示和动力，也有了更多思考和着力的方向。

感恩本次大赛和论坛为大学生更高质量更充分就业与发展提供了更全面、更立体、更真实的窗口和平台，感谢山大分享了这样的机会、提供了专业暖心的帮助。作为即将毕业的大四学生，我将踔厉奋发，砥砺前行，为找到理想的工作、实现自己的人生价值而不断奋斗。

作者：国际教育学院2019级本科生　何方园

3 月 25 日　星期六　晴

“形势与政策”课学生 · 梁佳璇

今天阅读新闻时，看到了“中国式现代化”的字眼，现在我对这个概念的理解更深入了，这不禁让我想到校长给我们上的那堂别开生面的“形势与政策”课。

前天下午，暖风习习，花香缕缕。迎着春日下午的阳光，我走进了董明珠楼的教室。在同学们的欢声笑语中，我的心情既期待又激动，因为接下来的一堂“形势与政策”课将由李术才校长为我们讲授。

深入浅出又生动幽默，令人振奋又很接地气，是这堂“形势与政策”课给我的最大感受。围绕着“走好中国式现代化之路”这个主题，李校长的授课分为三个部分展开。第一部分是“持续奋斗，追寻千年梦想”。在中国共产党的领导下，中国一步步实现了从站起来、富起来到强起来的伟大飞跃，朝着实现中华民族伟大复兴的中国梦稳步迈进。在这个伟大的时代，社会主义现代化强国曙光在前，中华民族伟大复兴的梦想从未如此接近。第二部分是“立足国情，开辟全新道路”。校长阐释了中国式现代化的五个方面的“中国特色”，并用丰富的事例说明了现代化不等于西方化，中国举世瞩目的发展成就证明了中国式现代化道路的正确性，也为人类现代化的实践贡献了中国智慧、中国方案。第三部分是“锤炼修养，担当时代使命”。这部分让我感触最深。校长结合自身的科研经历，以及学校的诸多创新性研究成果，向我们展示了山东大学在服务国家重大战略中作出的巨大贡献。他讲到，当前我国正处于科技革命与民族复兴历史交汇的关键时期，我们青年学生应当把个人理想融入党和国家的事业中去。当看到这些服务国家重大基础设施建设需求的技术研究报告上印着山东大学校徽时，我作为一名山大学子也深感骄傲。

加强基础研究是实现高水平科技自立自强的迫切要求，是建设世界科技强国的必由之路。而基础学科中的数学专业，更需要在新一轮科技革命的重要节点上发挥关键作用。我所在的数学学院是我国重要的高等数学教育与数学科学研究基地之一，作为数学学院学子，加强基础研究、助力实现高水平科技自立自强，我们使命在肩，更应好好学习，无愧于学校与国家的培养。我想到李校长上课前说的话："当年，海外留学归来的学子致力于祖国建设，有很多成为后来的'两弹一星'元勋。"我们应当向先辈学习，争做有理想、敢担当、能吃苦、肯奋斗的新时代青年，敢于有梦，敢于追梦，最大程度发展自己，彰显青春价值，最终要在热爱的领域为祖国建设发光发热。

我来到图书馆，轻轻地捻起泛黄的书页，又望向窗外。我相信，总有一天，我的钻研之路也会开出灿烂的花，自此一路芳香。我会怀着这份热情，在数学的道路上不断探索，勇往直前。

作者：数学学院2022级基地班本科生　梁佳璇

3月26日　星期日　多云

药品监管科学研究院工作人员·宋英杰

不久前，我与药品监管科学研究院臧恒昌副院长一同来到国家药监局汇报基地医疗器械监管科学研究工作。

一转眼，学校获批国家药监局药品监管科学研究基地、开展药品及医疗器械监管科学研究工作已经3年多了，我入职药监院也3年多了。

回想这3年，很多工作转移到线上，成果还是很丰硕的。2019年年底，我们获批为国家药监局基地，还记得我入职的第一天就是参加基地揭牌仪式的筹备会；2020年年中，我们推动学校跟临沂市人民政府合作，成立了临沂协同创新中心；2021 年年初，我们又在基地的基础上申请获批了 3 个国家药监局重点实验室，在数量上跟北大并列全国高校第二。在这期间，我们还举办了 2 届药品监管科学协同创新大会和 3 期齐鲁药品监管科学高峰论坛。

会议主持人的声音牵回了我飞扬的思绪。今天汇报工作的有 9 个医疗器械相关基地、13 个中国药品监管科学行动计划第二批重点项目课题组、10 家国家重点实验室，参会负责人有器械注册司的 1 位司长、1 位稽查专员和 3 位副司长，重视程度可见一斑。

按照基地获批顺序，山大的汇报排在第三位。臧院长介绍了我们的协同创新建设模式，然后从器械新标准、新工具、新方法的研究成果等方面汇报了去年的总结和今年的工作计划。很高兴，我们的工作得到了器械注册司各位领导的肯定。

一天会议听下来，信息量很大。有的基地有多位院士领衔，有的已经培养了一系列监管科学研究方向的硕士、博士研究生，有的已经架构好了从本科、研究生到博士后的监管科学人才培养体系，大多数单位都在大力引进相关人才。大家都非常努力。我越发感受到这是一场怀揣共同目标的同仁聚会。

臧院长在会议间隙给我发来信息："好好总结一下兄弟单位的汇报材料，从人才培养、学科建设、合作交流、课题研究等方面作一个列表分析。另外，还要做一下到各兄弟单位学习交流的计划。"

"又是一个要持续推进的工作，赶紧记在本子上。"我心想。

会议结束，急匆匆赶往北京南站，我在返程的高铁上写下这篇日记。相信在药监院和共建单位的共同努力下，山大基地能够成为一个更加广阔的药品监管科学研究平台。也祝愿祖国的医药卫生事业能够像这飞驰的高铁般"领跑"世界，健康发展。

作者：药品监管科学研究院工作人员　宋英杰

3月27日　星期一　晴

第十九届中国研究生数学建模竞赛全国一等奖团队成员·傅春磊

“中国光谷·华为杯”第十九届中国研究生数学建模竞赛已落下帷幕，回望我们备赛、参赛的拼搏经历，我感触颇多。在这次竞赛中，在张海霞老师的指导下，我与张靖宇、姜昱组成的“Just Water”队从全国两万多支研究生队伍中脱颖而出，斩获全国一等奖，作为山东大学代表队前往武汉进行学术交流并出席颁奖典礼。

在前往武汉参加颁奖典礼前，竞赛组和主办方对我们的到来作了细致周到的安排。在为期两天的数模竞赛之星答辩评审中，通过与来自全国各高校不同学科背景的同学充分交流，我越发感到人外有人，也更加坚定了学无止境的学习态度。

“学向勤中得，萤窗万卷书。”我们三位队员均来自控制科学与工程学院，分别专研于智能通信和电力电子领域。回望过去，一个个备赛与参赛的日日夜夜已化作美丽的风景留在记忆之中。当初参赛不仅是为了检验和展示我们的研究能力，我们更想借助参赛机会，为国家和社会更好、更稳定地发展作出贡献。所以在选题时，我们三个不约而同地选择了防疫措施相关的题目。

这次比赛不仅仅是一场对脑力劳动、智力能力的挑战，同时也是对身体素质的考验。在四天三夜的比赛中，我们三人分工明确，各自攻坚又互帮互助，在互相鼓励的团结氛围中，完成了对整个题目的求解。我们构建了相应的传染病预测模型和基于物资储备位置、数量以及交通运力的物资发放点部署模型，在保证居民日常物资需求的同时，有效防止了疫情的扩散，为后疫情时代应急管理工作提供理论支撑。

“学而不思则罔，思而不学则殆。”我认为，竞赛结果是实力、态度和运气的综合。建模试题总是开放性的，存在无数种可能的解法。赛前的准备非常重要，比赛中要时刻保持专注，在不断试错中积累经验，不气馁、不放弃。比赛中，我一直给我们三人打气。名次是次要的，最主要的是大家在比赛中有所收获，发现解决问题、参加比赛的趣味性，在合作和学习中不断打磨自我、提升自我，更好地投入科研工作。

参加本次会议并与来自全国各高校的人才畅怀交流，对我和我的队伍来说意义重大，让我们见识到更广、更远的天地。感谢学校和学院对研究生参与校内外各类竞赛活动的大力支持，为我们提供了丰富多样的学习与创新实践平台。也感谢指导老师日复一日地悉心指导、以身作则，让我们学习到了对待问题的严谨态度、思考问题的全面细致、撰写论文的表达技巧等。我将继续立足山大，潜心科研，勇攀高峰，再创佳绩。

作者：控制科学与工程学院 2021 级硕士研究生　傅春磊

3 月 28 日　星期二　晴

派驻乐陵市郭家新村“第一书记”·周　岩

阳春三月，万物复苏，田野中的麦苗长势喜人，孕育着一年新的希望。

今天，德州市驻村“第一书记”和工作队工作专班在乐陵总队队长、挂职市委副书记车志刚的陪同下来到我挂职的乐陵市郭家街道办事处郭家新村，就省派“第一书记”驻村工作开展情况进行调研。调研组一行先后来到郭家街道乡村振兴融合发展馆、郭家新村幸福苑、郭家新村留守妇女创业服务中心参观，现场视察了郭家新村基础设施项目建设施工情况，并听取了驻村工作汇报。此次调研是对我驻村工作的一次考核，我也借机对过往的工作作了一次细致的梳理。

“进了郭家门，就是郭家人。”这是到岗之初，时任乐陵市委副书记、郭家街道办事处党工委书记，现任乐陵市委副书记、市长王峰同志对我讲过的一句话。时光飞逝，到郭家新村已经一年半了，在与基层同志们同吃、同住、同劳动的过程中，我实现了从城市到农村、从高校到基层、从管理岗到服务者的转变，真正做到了身入乡村、心入乡村。

回想起2021年10月底，带着组织的重托和学校的期望，我满怀热情地来到郭家新村，准备大干一场。但真正接触农村工作后才发现，基层工作千头万绪，由于缺少基层工作经验，我的很多想法很难落地。于是我迅速调整心态，从学习、调研入手，全面学习了国家、省、市关于“三农”和乡村振兴的政策、法规，重点学习了习近平总书记关于乡村振兴的一系列重要论述。我也主动向基层同志拜师，虚心学习基层工作方法和操作实务。为切实了解掌握郭家新村的实际情况，按照“五必访、五必问”的要求，我认真进行入户走访调研，对村内脱贫享受政策户、老党员、村干部进行逐户走访，掌握村内组织架构、生产生活等第一手资料，做到上晓政策、下知民情。针对郭家新村的经济发展现状、人居环境、群众愿望，我与村“两委”成员进行了深入沟通，制订村庄发展规划。

掌握理论、了解村情后，重点就是紧紧围绕“抓党建、促乡村振兴”的任务目标，认真履行“第一书记”党建职责。我所在的郭家新村是由七个自然村合并而成，新融合的行政村实质融合程度不高。该如何实现从“相加”到“相融”？这是摆在郭家新村党委面前的一个亟需解决的问题。我与村委会同志们立足村庄实际，围绕“组织振兴”的战略要求，通过严格落实周例会、主题党日、“三会一课”等制度推动组织融合，积极探索构建党建引领下的自治、德治、法治“三治”融合的基层治理体系，逐步凝聚基层治理合力。新村实现了由“形合”向“心合”的转变，为推动产业融合、“三资”融合、服务融合、事务融合、治理融合提供了组织保障。2022年，郭家新村获评省级文明村镇、德州民主法治示范村。

“民心是最好的成绩单。”这是我担任省派“第一书记”以来一直提醒自己的一句话。在抓好农村党建工作的同时，如何更好地为群众服务，解决群众的急难愁盼问题是我一直思考的事情。驻村之初，了解到村内体育设施欠缺，我及时向学校党委、校长办公室求援。在胡新晶老师的大力协调下，泰山体育集团向郭家新村捐赠了篮球架，丰富了村民的体育生活。村庄融合后，我们村还存在部分基础设施老化的问题，我托友人联系山东建筑大学设计集团有限公司，对郭家新村基础设施建设进行免费的规划设计，制订了切实可行的施工方案。我们利用乡村振兴衔接资金 100 万元，修建村内道路 490 米、下水管道 1500 米，铺设花砖 1700 平方米，购置垃圾分类箱 492 个，切实改善了群众的生活环境。

针对村内留守老人较多的情况，在街道办事处的领导下，我们村投资 10 万元，建成了幸福食堂，全力打造“党建＋幸福食堂”养老模式，既解决了老年人“吃饭难”的问题，又实现了老年人“吃好饭”的愿望，传递了民生温暖，改善了老年人生活质量。在得知幸福食堂投入运行后，学校向村里捐赠了近万元的大米、面粉等物资，助力文明乐陵、幸福郭家的建设。郭家新村建有乐陵市首个家风馆，在得知其要升级改造后，我邀请了哲学与社会发展学院的何中华教授和儒学高等研究院的李平生教授到家风馆实地考察，就升级改造方案进行论证、咨询，把新时代乡村文明建设融入场馆升级改造中。

在做好村里工作的同时，要积极依托学校的力量助力地方发展，贯彻服务山东战略。在随街道办领导到辖区企业调研时，了解到辖区企业在产品研发、技术升级方面有需求，我随即联系山东大学服务山东办公室和机械工程学院，推动校企对接，促成了企业访问学院、教授回访企业。目前，田河新能源科技有限公司已与学校在增程器稳压、电池加热、直流发电机、电动车空调、智能农机等技术研发方面达成了合作意向。党的二十大胜利召开后，我协调学校党委、校长办公室向郭家街道办事处捐赠了一百套党的二十大理论读本，助力街道办事处深入开展党的二十大学习宣传活动。

为了给当地发展积蓄青年人才后备力量，我受邀参加了乐陵市 2022 年圆梦行动奖学金发放仪式暨优秀高中毕业生座谈交流活动。我发挥在高校工作的优势，就“如何成为一名优秀大学生”与乐陵市2022年新录取大学生作了主题交流，向他们介绍了大学的学习、生活、成长经验，积极助力乐陵本地人才发展，形成了扎根在村庄、延伸到街道、辐射至乐陵的帮扶工作模式。

农村基层工作既充满挑战又收获满满，过往工作的成功开展离不开学校的大力支持和领导同事的关爱有加。民族要复兴，乡村必振兴，“第一书记”的责任重大、使命光荣。我将牢记初心使命，充分利用挂职时间，在街道党工委的领导和学校的支持下，紧紧围绕乡村产业振兴、人才振兴、文化振兴、生态振兴、组织振兴，聚焦当好党的政策“宣传队”、当好农村党建“施工队”、当好强村富民“指导队”、当好乡村治理“推进队”、当好为民办事“服务队”，用心用情用力推进乡村振兴工作，为乐陵、为郭家、为群众多办实事、办好事，持续增强郭家新村父老乡亲们的获得感、幸福感、安全感。

作者：党委办公室、校长办公室派驻乐陵市郭家新村“第一书记”周　岩

3月29日　星期三　晴

外国语学院朋辈分享会主讲人·陈羽裳

三月芳华，春日蔓发。在学院组织开展的“同侪相助，共赴星海”朋辈分享会上，当我看到讲台下学弟学妹们真挚的目光时内心深受触动，仿佛看到了初入大学时求知若渴的自己，希望我在大学的学习生活经验能够对他们有所帮助。

在分享会上，一个学妹问道：一名优秀的班长该如何为集体的共同成长而努力？这个问题不禁让我回想起了刚入学时，我站在竞选班长的讲台上作出的承诺："请同学们信任我，我会努力让大家为这个班级感到骄傲、自豪。"也正是从那时起，"怎样才能成为一名合格的学生干部"这个命题成为我心中埋下的一颗种子，渐渐地生根、发芽，并在我大学生活的第三个年头开花结果。

上周五，我和我的伙伴一起代表2020级俄英双语班，站在山东大学"十佳班集体"答辩台上展现了外语人的青春风采。同时，通过"省优秀学生干部"公开答辩，我本人也获得了省优秀学生干部的推荐资格。我深知，这份荣誉不只是个人的成绩，更是对我们集体努力的认可。

回首三年大学生活，正是因为自己对学生工作的初心和热爱，"怎样才能成为一名合格的学生干部"这个命题对我来说并不是一种负担，而是一种机遇和挑战。正如我在分享会上讲述的，作为同学们的"引航灯"，我将个人成长带入班级建设之中，与班级相互依存，彼此成就。我定期在班内组织开展生活学习调查，让"有问题找班长"成为常态；作为所在年级首批入党的党员，我结合专业特色，创新性提出了"中英俄三语思政共同体"班级思政学习模式，助力同学们将先进思想内化于心、外化于行；为了加强体育锻炼，班委成员积极组织每周一次的"走进操场"系列团建活动，让同学们"走下网络，走出宿舍，走向操场"。

星光不问赶路人，时光不负有心人。今天，我站在分享会的讲台上回首过往，"十佳班长""十佳班集体""十佳团支部"——这些让我珍视的个人和班级荣誉，坚定了我"从同学中来，到同学中去"的工作理念，也激励了我和我的伙伴们不要停下前进的脚步，以实际行动继续发挥一名合格的学生干部应有的引领作用，为我们所爱的山大、所爱的学院、所爱的班级作出贡献。

作者：外国语学院2020级本科生　陈羽裳

3月30日　星期四　晴

第十四届西安交通大学模拟联合国大会

参加者·白　昀

在不久前落幕的第十四届西安交通大学模拟联合国大会上，我担任领队与山东大学其他16名代表参会，共获“Honorable Mention（荣誉提名）”“Best Diplomacy（最佳外交风采奖）”“最佳新人奖”“最佳立场文件奖”等多项奖项。参会成员涵盖济南校区、威海校区、青岛校区多个专业，充分展现了山大学子的风采。

第十四届西安交通大学模拟联合国大会在陕西省西安市线下举行，共设六个分会场。我参加的是国际古迹遗址理事会（ICOMOS）委员会，聚焦气候变化背景下的遗址资源保护与可持续发展议题。

寒假时，通过学校里的模联信息交流群，我大概了解了这学期主要举办的几个模联比赛，并选择参加西安交通大学模拟联合国大会项目。我本身就非常喜欢模拟联合国，所以非常期待参加这次比赛并有所收获。接到报名参赛通知后，我的内心非常激动，积极认真地做了许多学术准备，完成了学术测试，参加罗伯特议事规则学术培训和外出培训，并撰写了国家立场文件。

在备赛过程中，由于该议题的专业性和特殊性，我们需要做非常多的学术准备。我查阅了国际古迹遗址理事会、联合国教科文组织等官网，了解了古迹遗址现状。在这次模联大会中，我的国家席位是美国，为了更准确地扮演这个角色，我还咨询了很多有经验的模联前辈，更好地把握发达国家的立场与想法。特别感谢山东大学模联前辈对我们作出的指导，在山东大学模联协会的外出培训中，我们交流了遇到的困难与问题，也从更有经验的学长那里知道了怎样准备模联，如提前准备发言稿、决议草案等。

作为领队，我会前为大家整理住宿、交通等信息，并按时完成团队注册。会议的第一天，我组织了山东大学代表团“破冰”聚餐，增进彼此间的了解，采用新颖的介绍方式迅速帮助大家熟悉起来。我们惊奇地发现，居然有很多同学都是国际组织微专业的网友，来自山东大学各个校区的同学相处得其乐融融，并从彼此身上相互学习。在参会期间，我担负起了应有的责任，收获了很多。

“破冰”聚餐、正式会期、社交晚宴，我们和来自全国各个高校的代表一起度过了愉快的三天。在正式会期，我们就特定议题进行讨论，群情激辩，立足于代表国家利益的同时，也回应其他集团的关切，致力于展开多边合作，协商达成共识。哪怕深夜，我们也在开展非正式磋商，一起写决议草案。让我最意想不到的是非正式磋商中大家的表现，我也积极投入其中。虽然这次盟友国代表几乎没有出席或发言，但我觉得自己的外交能力、团队协作能力、外语运用能力和国际谈判能力等都得到了充分的锻炼，希望以后可以得到更多的提升。

非常感谢此次模联大会之旅，也让我更加坚定了勇担时代使命、厚植家国情怀、拓展国际视野的决心。

作者：外国语学院 2021 级本科生　白　昀

3 月 31 日　星期五　晴

图书馆文献资源建设中心工作人员 · 赵子豪

3 月 28～31 日，2023 年山东新华馆配会在济南高新国际会展中心召开。这是开学以来我和同事们继北京图书订货会、南京春季馆藏图书展销会之后参加的第三场现场图书采购活动，几场图书现采活动参加下来，我们收获颇丰。

此次参展图书主要为2022年10月到2023年3月出版的新书品种，全国500余家出版社展出约7万种图书，吸引了全国大中专院校图书馆、公共图书馆的到来。为优化学校馆藏图书结构，提高馆藏文献质量，满足教学科研及学科专业建设需求，图书馆文献资源建设中心高度重视此次展销会，派出了一线工作人员积极参与现采工作。

会场内，10000多平方米的展区划分成科技类和社科类图书两大区域，大厅里书架林立，人流如织。经会场工作人员调试、分发完数据采集器，大家便撸起袖子分工采选。同事们结合学校师生实际的教学和科研需求与馆藏体系结构精心挑选，力求采购到适合学科、专业建设需要的图书。在一排排狭长的展位间，我们仔细挑选着图书，再用联网采集器扫描图书上的ISBN号查重。为了先选到好书，并在有限的时间内走遍每家出版社，筛选完书架上全部的图书，大家需要经常踮脚、弯腰、挑书、扫码、踱步、移动，重复简单的动作，时间久了同事们腰酸得直不起来。但如果因此能够更好地满足师生借阅需求，提供更精准、更专业、更周到的图书服务，再多的辛苦我们也甘之如饴。

在同事们的共同努力下，本次图书现场采购共采选了各类图书一万两千余册，我们将及时对选书进行二次筛选查重，确保购进读者所需且内容质量均过硬的好书，争取尽快让新书与全校师生见面。未来，图书馆在文献资源建设工作中，将会一如既往地认真听取读者建议，紧跟学科建设与发展，搭建学校、出版社、读者三者交流的服务平台，为教学、科研提供高水平服务保障，为学院人才培养、教学科研、专业建设和“书香校园”建设发挥更大的作用。

作者：图书馆文献资源建设中心工作人员　赵子豪

4月1日　星期六　晴

青岛校区研究生导师育人能力提升专项培训

参加者·贾小云

不久前，我作为一名新任研究生导师参加了青岛校区研究生导师育人能力提升专项培训。此次培训由山东大学研究生院、党委研究生工作部联合山东大学学生心理健康教育与咨询中心共同举办，在青岛校区学科建设与研究生教育办公室常务副主任屠长河教授的主持下，培训围绕着研究生导师心理素养养成和拔尖创新人才培养两个主题展开，共有30多位研究生导师参加。培训中，范蕊老师和姜楠老师的讲述深刻形象，让我受益匪浅。

通过此次培训，我进一步明确了研究生导师是研究生培养的第一责任人，肩负着为国家培养高层次创新人才的重要使命。作为教师，我们应该坚持“四个相统一”，也需要立德修身、严谨治学、潜心育人、率先垂范，遵循研究生教育规律，创新研究生指导方式，全过程育人、全方位育人，做研究生成长成才的指导者和引路人。作为导师，我们还应该科学公正地参与招生、答辩等工作，尽心尽力地投入指导，正确履行指导职责，严格遵守职业道德和学术规范，把好学位论文质量关，努力构建和谐的师生关系。

培训强调，导师不仅要关注研究生的学业和科研，还要关注研究生的心理健康。通过培训，我也进一步了解了导师应关注研究生的心理需求与特征，正确引导与帮助研究生疏导情绪、化解压力、保持身心健康。作为导师，要学习基本心理学知识，也要学会与学生平等相处，助力学生的能力提升和健康成长。

此外，本次培训还让我认识到，导师在教书育人的过程中也应该关注自身心理健康，当面临科研、教学压力时，应该及时疏通。我也在培训中获得了一些压力疏解的好方法，比如，应该正确认识自我，培养悦纳自我的态度，保持开放心态，面临压力时不要自我封闭，而是适当倾诉；生活中还应该适度运动，保持良好作息，保持良好的情绪状态及全面均衡的膳食；提高对挫折的承受能力，对挫折有正确的认识，在挫折面前采取理智的应对方法，化解消极因素对自己心理健康的影响。

在研究生教育中，研究生导师起到关键作用，肩负着培育时代新人的重要使命，需要具备敢于担当的品德、敢于担当的勇气和善于担当的能力。强化研究生导师使命担当是时代的要求，是“国之大计、党之大计”的战略需要，也是实现教育强国的必要条件。我们作为研究生导师要明晰使命任务、坚定政治立场、把握育人职责，切实担当起为党育人、为国育才的时代重任。

作者：公共治理研究院教师　贾小云

4月2日　星期日　晴

环境科学与工程学院本科生·董晓冉

春暖花开，山东大学的校门也如同大自然张开的怀抱，开放在校学生亲友预约入校。看到这则通知时，我第一时间就把它发到了我们家的家庭群，群里瞬间沸腾起来。我的父母立刻安排时间，决定预约在今天入校参观山东大学青岛校区。

早上9：30，我到学校南门去接我的“亲友团”——我爸和我妈。保安大叔十分认真地核对了预约信息与身份信息后，他们开始了正式的参观之旅。

第一站是宿舍楼，我带他们来到了凤凰居楼群间的花园。青岛四月的春天，花儿正竞相开放，红的、黄的、紫的、粉的争奇斗艳。我向他们介绍宿舍楼中的配套设施——自助厨房、自习室、洗衣房等。他们一边听着，一边赞叹着我们的生活条件，随后我们全家一起在花海中留影。

第二站是博物馆。还没等我们靠近这座设计感十足的建筑，它就吸引了我父母的眼球。我向他们介绍这座建筑的奥秘所在：博物馆建筑外观是“鼎”字结构，其中最具特色的竹幕墙图在晚上会呈现出特别好看的金色字样，凸显出山大文化深厚的积淀。与此同时，我也向他们介绍了山大的校史、校训等校园文化。

第三站是图书馆。山东大学青岛校区图书馆是亚洲高校中单体面积最大的图书馆，这是一座拥有十二层楼的宏伟建筑。在我们靠近图书馆的时候，我妈就惊讶地指着停满自行车的停车区，感叹于周末居然还有这么多同学来到图书馆学习。他们看着进出图书馆脚步匆匆的学子，发自内心地称赞山大校园里浓厚的学风。

第四站是教学楼。还没到达，我父母就先被教学楼的名字吸引了——振声苑，为纪念老校长杨振声先生而命名，也寓意学生振声读书的地方。“多么有诗意呀!”我爸说。等慢慢靠近振声苑，我们的聊天声不自觉地就小了下来。教学楼旁似乎有股天然的力量能让人静下心来，楼前的池塘、绿柳、鸟鸣共同营造了和谐的学习氛围，我的父母称这里“有让人自觉地坐下来读书学习的魔力”。

在返回南门的路上，我们碰巧看到了一场足球比赛。球场上时不时地传来欢呼呐喊的声音，我爸说这是“一股青春的气息扑面吹过来”，好像一下子让他们也回到了自己的青春时光。我告诉他们，大学生在校园里不光有学习一件事，还有许多文艺活动、社团活动可以参与。“我们的生活丰富着呐!”我说。他们也被校园氛围深深感染，只是一个劲地说“真好，真好”。

记得我在带着父母参观中学校园的时候，爸妈就跟我说，等我考上大学，也一定要在我考上的大学校园里逛逛。当时可能只是一句应景的话，但对我而言，它像是一种承诺，我从此暗暗下定决心要努力学习，带父母参观名校的校园。在今天，多年前的承诺终于兑现了，其中有一股时间的力量让我感动，也让我骄傲。

这次山大校园的参观之旅圆满结束，父母很高兴能够进入学校里参观我们学习、生活的地方，我也很高兴他们能来这里看一看。这让我感到他们仍像从前一样，在我身后默默支持我、鼓励我，让我有更大的动力继续在山大的学习生涯。

作者：环境科学与工程学院2022级本科生　董晓冉

4月3日　星期一　小雨

文学院主题党日活动参加者·张胜男

细密的春雨落在四月的大地，从文理图书馆走出来，我望向大成广场，那天在暖阳下举办主题党日活动的场景仿佛重现眼前。前两天，我参加了文学院硕士研究生第二党支部和第五党支部举办的“循峥嵘校史，砥奋进初心”主题党日活动，并作为入党积极分子代表发言。

当天下午三点，党支部的党员与入党积极分子聚集于南门校规石处，共同学习光辉校史、感悟山大力量。学院党委书记张帅老师从中国共产党员、山大人、文院人三个层面，寄语我们青年学生要坚定理想信念，勇攀真理高峰，担当强校兴国的时代责任，结合所学为推动中华优秀传统文化创造性转化和创新性发展贡献力量。支部的党员和入党积极分子也结合自身经历，分享自己对校训和办学宗旨的理解。

活动中，师生共同重温并一起诵读了《山东省城试办大学堂暂行章程》第三章第八节的相关内容：“俾人人知时局之艰难，国恩之深重，感而思奋，穷而思通。公家设立学堂，是为天下储人材，非为诸生谋进取；

诸生来堂肄业，是为国家图富强，非为一己利身家。庶几所志者闳，而所成就者亦大。”在大家的交流分享与诵读声中，我和这座校园的众多美好记忆变得更加鲜活起来，对校训和办学宗旨的理解也变得更加深刻。今年是我在山大求学的第六个年头，我想，“学无止境，气有浩然”就是要以永不满足的执着精神在学术和人生的历程中勇于登攀，不断追求文化知识、技术能力、人文素养和道德情操的完美境界。我们都应该深耕所学、投身实践、苦练本领，向成为可堪大任的时代新人、为实现民族复兴和国家富强努力迈进。

在活动的最后一个环节，我听着支部志愿者同学的讲解，依次参观了校史馆的六个展厅。校史是校园精神文化不可或缺的传承载体，是对学校办学发展历程的回顾总结。一代代山大人创造了120多年的突出成就，历代先贤们筚路蓝缕、奋力开拓的精神使我深受感动，杰出校友们努力拼搏、奉献社会的行动为我树立了榜样。

这次实地实景的师生交流主题党日活动让我很受触动。作为入党积极分子，我将认真学习贯彻党的二十大精神，从党史校史中汲取力量，自觉服务“国之大者”，传承中文学子以所学回报社会的担当精神。

作者：文学院2022级硕士研究生　张胜男

4月4日　星期二　雨

第六届中国药品监管科学大会参加者·旺茂才吉

周末，我跟随导师臧恒昌教授、药监院的几位老师以及师姐们去北京参加了第六届中国药品监管科学大会。听老师们说，这是国内药品监管科学研究方面一年一度的学术盛会。

药品监管科学是我的研究方向。记得第一次接触这个名词，还是在新闻中看到的：国家药监局启动了中国药品监管科学行动计划，要建设一批药品监管科学研究基地。不久，山东大学就被认定为国家药监局药品监管科学研究基地。作为一名对药品监管科学懵懵懂懂又充满兴趣的药学生，我一直憧憬着这样的平台。

2022年，我被录取为药品监管科学研究院的专业硕士研究生，研究内容正是药品监管科学。研究院和基地给了我很多学习机会，使我的眼界更加开阔，正如这次能到北京参加这场学术盛会。

两天的大会让我收获颇丰。第一天是主旨报告，记忆最深刻的是国家药监局副局长赵军宁围绕“中国药品监管的科学化进程与发展前瞻”作的报告。他强调要重点推进药品监管科学领域的全国重点实验室、国家药监局重点实验室及研究基地等平台建设，这些内容正与我所在的培养单位息息相关，让我切实感受到中国式现代化药品监管实践近在咫尺，也让我更加坚定要努力为药品监管科学的研究贡献自己微薄的力量。

第二天，大会根据不同主题平行设置了14个分论坛。为了学到更多知识，我们几个同门分别报了不同的分论坛学习，然后再交换学习资料。此外，药监院王凤山教授、臧恒昌教授也受大会邀请分别作了题为“职业化药品检查员队伍建设存在的问题与思考”“药品连续制造和原辅料实时放行”的学术报告。老师们深厚的学术底蕴让我敬佩。

入学近一年，我对药品监管科学有了越来越清晰的认识，也更加理解老师们说的药品监管科学研究对于提高我国药品监管能力以及促进医药产业高质量发展的重要性。我会努力加强专业知识的学习，尽早加入用监管科学助推行业高质量发展的队伍中。

作者：药品监管科学研究院2022级硕士研究生　旺茂才吉

4月5日　星期三　小雨

英雄山革命烈士陵园祭扫活动参加者・杨晨曦

正值清明时节，连续几日的绵绵阴雨除去了前些天的燥热。今天，学院组织2022级首批入党积极分子赴英雄山革命烈士陵园祭扫，我作为其中一员参与活动。

尽管我已无数次设想过祭扫活动的情景，但当我真正站在纪念碑前，心中依然汹涌澎湃。纪念碑上，革命英烈们英勇冲锋的场景在浮雕中重现，一个个年轻的面庞，一双双坚毅的眼神，令在场的每一位同学都为之动容。伴随着慷慨激昂的国歌，同学们手持百合和黄菊，庄严肃立，瞻仰英烈们的伟岸身姿。与我们一同参与祭扫仪式的人还有很多，军人、警察、政府工作人员、市民、学生等各行各业的人们齐聚在此，只为心中共同的崇敬和缅怀。

集体祭扫仪式结束后，学院组织同学们集体瞻仰了王尽美烈士和邓恩铭烈士的墓碑，并讲述了他们为国捐躯的英雄事迹。两位烈士牺牲时都还不到30岁，本是风华正茂的年纪，只因国家有难、人民受苦，他们便毅然决然地投身红色革命事业中，踏上致力于实现民族独立和人民解放的光荣征程，哪怕牺牲生命也在所不惜。在讲解两位烈士的英勇事迹的过程中，讲解员同学数度哽咽，敬重与哀伤的情感在同学们之间逐渐蔓延，我第一次如此真切地感受到当今国家繁荣祥和的来之不易。这是无数像他们这样的革命烈士前赴后继，用自己的鲜血与汗水拼搏换取的成果。不知何时，我的眼前已渐渐模糊。

随后，学院组织同学们分小组自由进行祭扫活动。我作为组长带领着组员们在陵园内瞻仰了每一位革命烈士的墓碑。每一坪内的墓碑整齐划一，如军人列队般守护着祖国的和平，保卫着人民群众的安全。我静静地看着，似乎每一座墓碑都讲述着一个如星河般灿烂的光荣故事，一段难以尽述却无怨无悔的峥嵘岁月。我慢慢地走着，忽然发现了一坪特殊的墓区，这里的墓碑上没有任何信息，残存的雨水滞留在碑面上还未消散。我顿悟，这里的英烈先辈牺牲时甚至连自己的名字也没有留下，他们是谁？他们也有父母，可能有妻子或丈夫，还可能是孩子的父亲或母亲……他们有很多身份，他们有许多责任，但当国家民族蒙难时，他们站了出来，在奋斗中奉献出自己宝贵的生命，为后人换来了和平与繁荣。仰起头，看到一块刻有“无名烈士”的石碑时，我的泪水夺眶而出。

在祭扫过程中，我不仅了解了先烈们的英勇事迹，还感受到了国家未来的希望。一位母亲拉着孩子的小手，神情严肃地讲述着革命烈士们的无私奉献，孩子稚嫩的脸庞上也多了几分坚毅。许多游客自行为前来祭扫的部队官兵撑起雨伞，抵挡风雨的侵袭。面对眼前的情景，几分暖意在我心中油然而生。

作者：外国语学院2022级本科生　杨晨曦

4月6日　星期四　小雨转晴

博鳌亚洲论坛志愿者·倪小淯

窗外的雨停了，看着逐渐放晴的天空，我的思绪又回到艳阳高照的海南。上周，博鳌亚洲论坛2023年年会以“不确定的世界：团结合作迎挑战，开放包容促发展”为主题，在海南博鳌成功举办，来自50多个国家和地区约2000名代表，以及来自40个国家和地区的170多家媒体机构汇聚一堂。我作为论坛秘书处的一名实习生，见证并参与了这场高规格国际性会议的筹备和举办过程。

在年会筹备期间，我作为秘书处“国际组织与外国政府组”的一员，联络国际组织负责人和驻华代表，发送邀请信进行系统注册、完善接待方案、制订嘉宾日程、对接一对一联络员等都是我的工作内容。经过两个月紧锣密鼓的准备，年会如期而至，我们秘书处一行来到海南博鳌，为年会的开幕作最后的准备工作。

博鳌的海风让人心旷神怡。开幕式的前一晚注定是秘书处的不眠之夜，我们反复核对开幕式现场嘉宾的座次，预演嘉宾入场线路。大家既紧张又兴奋，共同期待着开幕式的精彩呈现。

开幕式上，我有幸在现场聆听了李强总理题为“以人类命运共同体理念为引领　为世界和平与发展注入更多确定性”的主旨演讲，总理铿锵有力的话语催人奋进。随后，各国政要、国际组织负责人以及工商界代表先后致辞。

年会期间，令我印象深刻的环节是女性领导力圆桌会议。主持人是联合国妇女国际论坛原主席侣海林，她凭借多年的工作经验和个人魅力，将氛围带动得活跃温馨又不失庄重。爱尔兰前总统、现任元老会主席玛丽·罗宾逊女士已有 80 岁高龄，岁月沉淀在她的气质中，一举一动都透露出优雅与知性。在女性圆桌上，她用清晰的逻辑和丰富的数据来呼吁人们关注气候变化议题，发人深思。还有很多来自各行各业的女性领导者在圆桌上分享了自己的故事与体悟，她们已然成为我前行的灯塔。

最令我感动的是嘉宾们的热情与友善。他们从不吝惜表达感谢，亲切地同每一位走上前来的工作人员合影，互致问候。年会结束后，我负责对接的嘉宾都对这次参会十分满意，纷纷表示希望来年还能受邀参会。短短几天时间，我们成了朋友。听到嘉宾满意的回答，我觉得所有的辛劳都是值得的，这既是对我工作的肯定，也是对我的鼓励。一场盛会的成功举办需要无数工作人员的辛勤付出，我只是其中渺小的一分子，但我也为自己能为年会贡献微薄的力量而感到骄傲。

参与一次精英荟萃的论坛，聆听政商学界优秀代表思维碰撞、灵感交融的过程，我在羡慕这些前辈的同时也感觉到希望在向我招手。不确定的世界在带来挑战的同时也为青年带来了无数机遇。世界变得更加宽广，而未来正向我们敞开。

作者：外国语学院2019级本科生　倪小滑

4月7日　星期五　晴

最高人民法院第十一批法律实习生·娄世超

2022年9月，经过学院推荐和最高法资格审查，我与来自清华大学、北京大学、中国人民大学等高校的70名法科学子相聚国家最高审判机关，开始为期几个月的实习生活。

本次实习，我被分配在刑事审判第二庭，主要协助法官处理危害国家安全、职务犯罪、涉外涉港澳台犯罪等案件的复核及有关审判指导工作。由于案件重大、涉密程度高、社会影响广，因此，案卷流转、证据核查、合议庭评议以及文书起草等每一环节都慎之又慎。另外，发布典型案例和司法解释对统一法律适用标准、保障当事人合法权益、提高司法公信力至关重要。而这一切都离不开丰富的办案经验和扎实的调研工作。实习期间，我参与了《关于办理渎职刑事案件适用法律若干问题的解释》修改的讨论，针对第一条中“损失数额”的标准，查找300余案例形成检索报告，为相关标准的确定提供参考。

实习期间，在庭领导、指导老师的关怀和同事的支持下，我一方面参与案件讨论、司法调研等业务工作，另一方面在综合行政岗参与文件流转分发、收取机要、登记函号和办公用品保障等辅助事宜。这不仅使我对法律的学习和运用更加深入细致，也对人民法院的工作流程有了新的认识。更重要的是，在法官言传身教下，我们形成了对法律的敬畏之心，以及对工作严谨、认真、负责的作风，这将伴随着我们走向未来的人生，成为终身受益的优秀品质。

通过此次实习，我主动走出象牙塔，在实践中接受检验和洗礼，努力实现从书斋学子到司法工作者的跨越。作为新时代法学生，我定会以更加饱满的热情投身学习和工作，为全面依法治国事业贡献青春力量。

作者：法学院2020级硕士研究生　娄世超

4月8日　星期六　晴

机械工程学院“双创”基地学生负责人·董志超

每到周末，机械学院“双创”基地就热闹起来。在浓郁的“双创”氛围中，这里的每位同学都认真探讨技术难点，躬身科创实践。看着大家忙碌的身影，我的思绪又回到那场受益良多的交流会。开学后不久，20余位“双创”基地骨干成员相聚在兴隆山校区实验楼，举行“双创面对面”交流会，机械工程学院博士生导师杜付鑫到会指导。

在交流会上，我首先向大家汇报了近期的工作情况。开学前，由杜老师领导、5位基地成员相互配合的宣讲团队，针对200余位大一同学进行了13期培训宣讲。这是“双创”基地传承许久的培训活动，涵盖了机器人运动学、单片机、三维建模等专业技能，并讨论了手术机器人方向的发展现状和技术前沿，充分激发了同学们的科创兴趣。此外，在项目研究方面，本学年基地已成功申请3项国家级、2项省级、3项校级大学生创新创业训练计划项目。在本次交流会上，杜老师带领大家对各项目逐一分析研讨，聚焦实际需求，紧扣创新前沿，找准自身定位。

之后，基地骨干程昊以其曾获全国银奖的“内镜先锋”手术机器人项目为例，讲述了他艰辛备赛、不断追求创新的科创历程。听着他在“双创”基地的奋斗故事，我感慨万千。开学初，我和团队成员赴齐鲁医院，与普外科汤小龙医生进行交流，调研外科医生的真实需求。汤医生提到，达·芬奇等进口手术机器人凭借着专利封锁和性能优势，在国内一直处于垄断地位，价格也十分高昂，大部分医院和患者无法承担，国产替代与高端创新势在必行。听到这里，调研团队的每位同学都深有感触。虽然我们还处于本科阶段，但通过在“双创”基地的学习和实践，大家都锻炼了自己的研究能力。

不知不觉，我已在机械学院“双创”基地学习工作了3个年头。在杜付鑫老师的指导下，我们扎根“手术机器人”方向，不断进行着很多有意义的探索和实践。手术机器人领域横跨多个专业，具有鲜明的学科交叉特色。如今，大四的我即将毕业，我相信“双创”基地将会继续秉承山大基因，以“崇实品格”和“创新素养”擦亮学校“双创”工作的出彩名片。

作者：机械工程学院2019级本科生　董志超

4月9日　星期日　晴

化学与化工学院春季运动会参加者·岳真名

周末，2023年化学与化工学院春季运动会在中心校区体育场举行。早上6时50分，学院国旗护卫队、各班级方阵以及场地工作人员已经就位。春风拂面，朝气昂扬的学生们在跑道上整齐列队，而我也作为学院方阵的一员参与其中。站在队伍中间，我有些激动，仿佛回到了军训的时候，也在感慨时光飞逝，距离军训转眼已有一年半的时间。

这次院运动会的特别与精彩之处是每个方阵经过主席台时都会表演一个节目。每一个方阵在主席台前自信展现着自己的风采，昂扬向上的力量鼓舞着众人。

开幕式后，比赛便正式开始了。由于要参加第三届“外教社·词达人杯”的比赛，我走完方阵后便急忙奔向自己的“赛场”。校赛试题不太难，不到半个小时，我便完成答卷。回到运动会现场后，我便开始为班里参赛选手写宣传稿。赛场上的同学们奋力拼搏，观众席上的同学们为选手加油呐喊，每个人都绽放着属于自己的光彩。

上午的最后一个项目是集体拔河。在前期的三场比赛中，我们班成功进入决赛。面对实力强大的硕士生队伍，我们没有怯场。我和其他参赛选手商量着站位、口号，互相鼓励。虽然最后输了比赛，但是在这次比赛中，我们有突破与收获，也有未来继续奋斗的憧憬。

除了参加集体项目外，我还报名了个人项目——女子 800 米跑步。这是我第一次参加体育类的比赛，赛前我还在退缩，担心自己跑得不够快，不能给班级争光，但是同学都鼓励我一定要相信自己，因此在赛场上我尽力奔跑。在奔跑时，我听到广播里在播放同学给我写的加油稿，还有同学们的加油呐喊声。很少参加集体活动的我，第一次如此强烈地感受到被集体温暖包围的力量。我取得了第三名的成绩，领奖时想，有时候退缩或放弃可能不会有太大的影响，但是如果坚持下来，就会有不一样的收获。所以面对未来的每一场比赛，我都想奋力奔跑，坚持下去。

闭幕式，裁判宣布我们班取得了总分第二的好成绩，同时也荣获道德风尚奖。我们知道，这个成绩是班级每个人积极参与、倾力付出、互帮互助取得的成果。运动会结束后，班级体育委员在班级群里总结这次运动会，看着她写的一段段文字，仿佛今天每一刻精彩都历历在目。我深深感受到自己向前奔跑时超越自我的勇气，感受到班级互帮互助、昂扬向前的力量。

作者：化学与化工学院2021级本科生　岳真名

4月10日　星期一　晴

泉声室内乐团音乐会聆听者·韩宗祺

大学不应该仅仅是科研的殿堂，更应该是美育的圣地。如果说有一种美发源于华夏文明的土壤，承载历史文化的厚重，“声声”不息，历久弥新，那便是民乐。步入大学，在繁忙的科研学习之余，我作为非音乐专业生加入泉声室内乐团，重拾起自幼苦练的二胡。音乐给我带来的是享受，那是将思绪贯穿千年的跨时代对话，那是与知音相遇、以乐会友的共鸣，那是曲终人散留下无尽念想的感叹。乐团的生活不仅提高了我的技艺，更让我懂得了什么是艺术。我逐渐听懂了洞箫的如泣如诉，听懂了古琴的娓娓道来，听懂了琵琶的迅捷如风。各种各样的民族乐器结合，如对话般你呼我应，又如合唱般气势恢宏，民乐的魅力就这样得以完全展现。

音乐是那样的神奇，它能跨越时空，扣人心弦，展现人间冷暖、人生百态。民乐作为中华民族流传至今的艺术瑰宝，早已刻入中华儿女的情感记忆。泉声室内乐团作为山东大学以弓弦乐为主的民族室内乐团，致力于在创新中继承与发展民乐。近期举办的三场音乐会不仅展现了乐团成员多年以来的学习成果，更将民乐的美展示给了更多的人。

民乐扎根于生活，体现了大众的生活面貌。云南弥渡民歌《小河淌水》曲调婉转，以最质朴的方式将人们带到群山叠嶂、溪水潺潺的场景之中；二胡以其独特的音色完美诠释了这首民歌，声部之间的对话更生动地表达了阿妹对阿哥的深情。铁道游击队的故事家喻户晓，《铁道英烈》一曲情绪跌宕起伏，打击乐的加入渲染了激烈的战斗场景，部板胡的加入舒缓情绪，高潮段落又将全曲推向最激动人心之处。

人们对《九儿》和《鸿雁》这两部作品耳熟能详。它们虽是民乐，但流行范围广、传唱度高，不少人把它们误解为流行音乐。当它们回归民乐的本质，在民族乐器的演绎下，其中的情感更让人动容。《九儿》最为知名的就是仅用四句旋律和四句歌词就描绘出了一个倔强、敢爱敢恨、拥有高粱一样旺盛生命力的“九儿”，描绘出一个时代的风光。在二胡的演绎下，情绪层层递进，音调逐渐拔高，最终如同劲风之下遍野的高粱一样，压倒一般地袭来。《鸿雁》表达的是对家乡的思念，随着二胡的一次次转调，将人心底最柔软的一面展现出来。作为听者，此刻我仿佛身处草原。

结尾曲是《新赛马》。作为一名学习过二胡的学生，我对《赛马》格外熟悉，而《新赛马》在保留了大部分原曲主要旋律的基础上，独特地加入了更考验技术的快弓。随着半音的爬升，犹如一阵阵马群飞驰而过，洒脱、激烈，听完让人大呼过瘾。

一场音乐会，不但让我坚定了对音乐、对民乐的喜爱，而且让我意识到民乐不仅是传统的，更是包容的、创新的、现代的、发展的。我也愿意用我的力量，为民乐的传播作出贡献。

作者：能源与动力工程学院 2020 级本科生　韩宗祺

4月11日　星期二　晴

空间科学与物理学院2018级校友·王广洲

在参加第五届青年行星论坛时，我遇见了本科期间王阿莲教授行星科学英才奖学金项目的指导老师武中臣教授，也遇到了之前一起做项目的师兄和同学。正巧上周，与项目有关的论文被 *ACS Earth and Space Chemistry* 期刊正式接收。万千思绪交汇下，我在返程的飞机上写下了这些文字。

我有幸在两年前，也就是2021年4月，获得了首届王阿莲教授行星科学英才奖学金。该奖学金由山东大学校友王阿莲、颜远潮夫妇捐资设立，设立初衷是鼓励和资助校区学生在行星科学领域开展相关研究；加强对山大优秀高年级本科生的专业科研训练，探索从以学习为主过渡到以科研为主的优秀本科生培养新模式；鼓励山大优秀本科生从事行星科学科研训练，推动学校行星科学学科建设，为我国行星科学和深空探测事业培养一批青年才俊。

我第一次和行星科学的正式相遇是在学院的本科生导师项目中，当时我被分配到学院优秀的青年行星科学家付晓辉副教授组内，付老师热情地给我们分享他的求学经历，在我心中埋下了一颗行星科学的种子。第一次参与行星科学项目是在大一下学期，当时我鼓起勇气，主动联系了行星科学课题组PI凌宗成教授。凌老师当时问了一个令我印象深刻的问题：为什么想从事行星科学的科研工作？我的回答是，行星科学是一个很酷的领域，也是充满机遇与挑战的领域。我国行星科学正处在起步阶段，我愿意从事这项伟大的工作。凌老师交给我的研究项目与月球水冰相关，在课题组的组会上，我最常听到凌老师说的话是“这个研究很有意思”，这种对科研的好奇心与热情深深地感染了我。

而我第一次关注到王阿莲教授行星科学英才奖学金政策是在武中臣教

授的“行星物质”课堂上。记得当时武老师讲王阿莲教授的求学治学故事，我深受启发。后来武老师在介绍火星尘暴相关研究工作时，我对这个没接触过的新鲜领域产生了浓厚的兴趣，所以我在课后积极与武老师交流，在老师的耐心指导下，提交了王阿莲教授行星科学英才奖学金的申请书，并顺利通过了答辩。在获得奖学金后，我利用课余时间积极开展研究工作，并参加行星科学团队组会，最后在武老师指导下完成了“火星尘暴电场中氯氧化合物的形成与红外光谱检测研究”课题。

虽然之前从事过行星科学的科研工作，但面对全新的研究领域，困难和挑战依然存在。幸运的是，在我身后有帮助我的老师与热情的学长学姐们。行星科学团队的倪宇恒老师、毛文硕学长等师长都对项目提供了大力支持，我从一开始的实验“小白”，迅速成长为能独立开展实验的“老手”。但过程并不总是一帆风顺，其间因为疫情影响，实验室暂时关闭，原本的后续实验计划也搁置了。在老师和同学的开导下，我选择继续坚持下去。最终，我们战胜了疫情，项目也取得了可观的成果。

感谢王阿莲教授行星科学英才奖学金，使我有机会在本科期间获得一段全身心投入的行星科学科研经历。在整个项目中，我获益匪浅，优秀前辈身上那种求学治学的精神指引我更加坚定了科研报国的志向，同时也激发了我对行星科学研究的好奇与热情。

随着航班的落地，一段回忆走到了终点，而我国的行星科学建设正展翅翱翔。吾辈青年应紧跟时代发展的浪潮，为我国行星科学以及深空探测作出自己的一份贡献。

作者：空间科学与物理学院天文与空间科学精英班2018级本科生王广洲

4月12日　星期三　晴

中华传统文化研究与体验基地参观者·赵诗彤

人间四月，万物逍遥，春意盎然。昨天上午，在外国语学院党委副书记魏鲁鸿等老师的带领下，我们2023级外语类保送生在中心校区参观了中华传统文化研究与体验基地。

我们先踏入体验区。在三拜孔子塑像后，我们聆听了其周游列国、修订六经等生平经历，这强化了我们“为天地立心，为生民立命，为往圣继绝学，为万世开太平”的决心与使命感。“兴于诗，立于礼，成于乐”，短短几字表达了孔子对音乐的重视。我们在现场也聆听了老师对于编钟和编磬的介绍和讲解，并亲自体验，击打了这两种古代乐器，听到了它们跨时代的悠扬乐音。魏鲁鸿老师还现场演奏了一曲古琴，让我们对于传统乐器的传承有了更具体的理解。

随后，我们看到了精美考究的烧制瓷器，闻到了沁人心脾的茶叶清香，惊叹于剪纸和版刻作品的栩栩如生，也惊艳于传统文化中的“虹裳霞披”“绣罗衣裳”。白底绣青山的织布，仿佛带我重回从前的绣女“纤纤玉手巧轻柔，六彩交相丝线游”的针绣场景；蛋壳雕的雕刻、镂空、彩绘，让我不禁赞叹“人间巧艺夺天工”。转看墙上，那里写着甲骨文的演变历史。听着老师的分析讲解，我们知道了“人形上方”则为“天”，“阳光普照，万木滋荣”则为“春”等多字的演变历史，这进一步丰富了我们的传统文化知识。

不知不觉，我们走过了历史的春秋，走到出口。中华优秀传统文化是中华民族的根，也是中华民族的魂。而作为山大外国语学院学子，我们也应肩负起我们的使命——不仅要继承和发扬中华优秀传统文化，以时代精神激发其强盛的生命力，守住中华文化之根，还应学贯中西，兼收并蓄，立足世界，博采众长，推动文明交流互鉴。这既是我们的责任，亦是我们为之奋斗的目标。

作者：外国语学院2023级保送生　赵诗彤

4月13日　星期四　阴

全国高校教师国家安全教育教学视频征集与展示活动参赛者·孙　垚

四月的山城芳草萋萋，郁郁葱葱，美丽的重庆师范大学校园已结满青梅，仿佛即将入夏。而我们的青岛校区却依然繁花似锦，春意挂满枝头。

这趟山城之旅还要从去年说起。去年三月，我接到“全国高校教师国家安全教育教学视频征集与展示活动”的通知，这是一项在教育部思想政治工作司指导下，由中国高等教育学会保卫学专业委员会、全国高校思想政治工作网、教育部高校思想政治工作创新发展中心联合举办的国家安全教育活动。经过一年的等待，山东省各高校共有四个教学视频进入网络展示环节，其中两个作品有机会在全国的讲台上进行展示，而我的作品《从北京冬奥会看国家安全》有幸在列。

今年三月底，在一个春意萌发的午后，我接到了参加现场展示的通知。短暂的惊喜后，是时间紧、要求高、任务重的展示压力和期待取得佳绩的内在动力。在保卫部领导的支持鼓励和同事们的密切协助下，我开始了素材整理、课例整合、课程设计、讲稿撰写等各项工作。经过十几个日日夜夜的努力，展示内容已臻于完善。

梨花落后清明，全国教学风采展示的日期已近。在领导同事的关心关注下，我在上周四抵达重庆师范大学展示现场。经过一晚的休整，次日下午，我作为第一个展示的选手登上了讲台。作为国家安全教育的宣讲者和传递者，我有着很强的使命感，我的课例也围绕“国家安全与北京冬奥会”展开。冬奥会所展示给世人的不仅仅是一个经济高度繁荣、国力日渐强大、科技日益进步的现代化中国，更是一个底蕴厚重、文化兴盛的文明国家，而其中蕴含的国家安全要素不言而喻。我从冬奥会中的文化元素讲起，讲到文化自信、文化软实力的提高，再讲到我们如何坚守文化自信、弘扬中国传统文化……我渐渐融入课堂，和台下的学生产生高度共鸣。

能与来自全国 16 个省市的 30 名高校优秀教师同台展示、相互交流学习已是幸运，我还在本次展示活动中获得了 2023 年全国高校教师国家安全教育教学风采展示“优秀风采教师”奖。作为一名高校保卫工作者，我将继续在平凡的工作岗位中，不忘初心，砥砺前行，用自己的光和热，传播社会主义先进文化，传递社会正能量。

一年之计在于春。在这盎然生机的春天，我会一如既往脚踏实地地开展每一天的工作，也会为即将到来的全民国家安全教育日的宣传工作尽一份自己的绵薄之力。

作者：青岛校区保卫部工作人员　孙　垚

4 月 14 日　星期五　阴

青岛校区党务干部政治能力提升专题培训班学员·徐　慧

为深入学习贯彻习近平新时代中国特色社会主义思想和党的二十大精

神，大力传承弘扬伟大建党精神，切实提高党务干部的党性修养和履职能力，青岛校区党工委组织校区各学院各部门党务干部于 4 月 11 日来到沂蒙干部学院开展为期 4 天的政治能力提升专题培训。在这次培训中，作为学员之一的我和校区同事共同接受了一次深刻、震撼的党性教育和精神洗礼。

党的二十大报告指出，要弘扬以伟大建党精神为源头的中国共产党人精神谱系。作为其中重要组成部分的沂蒙精神正是我们这次老区之行所要深入学习探究的。我们赴孟良崮战役纪念馆教学点，在英烈亭前重温入党誓词，参观红嫂纪念馆。尽管关于孟良崮战役和沂蒙六姐妹的故事早在儿时记忆里存在，尽管经过了党的多年教育，但已有 15 年党龄的我真正站在那里时，我的感官和灵魂仍为之震撼，同其他学员一次次悄悄拭去泪水。看到外部嵌满当年孟良崮战役遗留弹壳的纪念馆墙壁，经过无数无名英烈墓，伴随着讲解员的讲述，我的眼前仿佛闪过一幕幕千军万马和炮火硝烟，仿佛看到了“最后一口饭做军粮，最后一块布做军装，最后一个儿子送战场”的悲壮场景。

这场战役中，沂蒙人民组成了浩浩荡荡的支前队伍，用小推车抢运弹药、运水送粮，在炮火中运送救治伤员。车轮滚滚，民心如潮，最终覆灭国民党最精锐的整编第 74 师，孟良崮战役创造了以少胜多、以弱胜强的战争奇迹。追根溯源，这场战争的胜负不仅是作战双方兵力、经济实力和战役指挥官决策力的较量，更是民心和民力的较量。正是在这个过程中，英雄的沂蒙儿女经历了血与火的淬炼，和我们的人民军队共同铸就了“党群同心、军民情深、水乳交融、生死与共”的沂蒙精神，它雄辩地证明了“兵民是胜利之本”这一颠扑不破的真理，更进一步回答了中国共产党为什么能，中国共产党为什么行。

历史和现实从来都不是分割的。培训中，我们聆听了《大力弘扬沂蒙精神》《向着伟大复兴知重负重再出发——学习贯彻党的二十大精神》《建设堪当民族复兴重任的高素质干部队伍》这三场报告。沂蒙精神诠释的我们党、人民军队和老区人民群众水乳交融、生死与共的精神，与习近平总书记在主题教育大会上讲到的“坚持一切为了人民、一切依靠人民”一脉相承。

在全党深入开展学习贯彻习近平新时代中国特色社会主义思想主题教育之际，青岛校区党工委组织的本次沂蒙干部学院学习正当其时，十分契合主题教育“学思想、强党性、重实践、建新功”的总要求，对我和参训同事而言，起到了从思想上正本清源、固本培元的作用，坚定了作为中国共产党人的初心和信仰。

积力之所举，则无不胜；众智之所为，则无不成。我们定以此次培训为契机，做好接下来主题教育的学习和宣传工作，将学习成果转化成为坚定理想、锤炼党性，从而指导实践、推动工作的强大力量，携手在“两个先行先试”中不断探路前行，在各自的岗位上持续发光发热，为山东大学的建设和发展交上属于我们的完美答卷！

作者：计算机科学与技术学院工作人员　徐　慧

4月15日　星期六　雷阵雨

全国高校学生国家安全素养展示活动参赛者·杜富林

2023年4月15日是我国第八个全民国家安全教育日，我和朋友一走出食堂南门，就被学校布置的国家安全系列宣传展板吸引住了。展览纵观古今，运用丰富生动、贴近大学生生活的内容，揭示了深刻的国家安全主旨，许多路过的同学驻足参观。我沿着一块块展板看过去，望着那些熟悉的知识点，记忆被拉回到了半个月前。

于我个人而言，“国家安全”这四个字其实有着更加深层的意义。本周二至周四，在学校党委保卫部、安委办、团委老师们的带领下，我随队前往长安大学，参加了两年一度的全国高校学生国家安全素养展示活动。经历了半个月的紧张备赛，我们 6 名队员将那本 126 页、包含 2400 余道题的安全知识题库反复背诵了好几遍。为了准备“生物安全”主题的公开课情景剧环节，老师们邀请了各路专家带领我们反复打磨剧本与表演。无论是宏观层面上党的二十大精神相关表述、总体国家安全观、各项国家安全法律法规，还是微观层面上海外利益安全、经济安全、太空安全、生物安全等 16 个领域，都在我的脑海中留下了深刻的记忆。对我来说，“安全”已不再是一个简简单单的词语，它代表的是国家“总体国家安全观”的顶层设计，是我们学校首创并领先全国高校的“1＋8＋8”校园安全体系，是我们日常物质与精神文化生活当中的方方面面。

我校代表队在第二届全国高校学生国家安全素养展示大赛中获得“追梦团队奖”。这份成就当中也蕴含着小小的遗憾，我们在冲击更高荣誉时只比另一支队伍的答题时间慢了两秒。两秒，在比赛当中意味着两种结果，在安全危机当中也是。两秒，在一场火灾、一次地震中很可能错过的是最佳救援时间，造成无可挽回的损失；两秒，一念之差，假如我们自己陷于危险的境地，如果不熟悉安全知识，无法作出最快速的正确判断，那么后果也将不堪设想。有了这次经验教训，我也充分意识到，安全工作就是一项与时间赛跑的工作，我们只有关注每一个细节、把握每一秒钟，才能切实地保障自身乃至国家的安全。

细细阅读完展览的内容，我回到宣传展板前，拿起马克笔，在板子上郑重签下了自己的名字。身后“国家安全牢记不忘，居安思危警钟长鸣”的横幅随风飘动，在雨中似一团火，映照在每一个过路人的眼中。治国常富，乱国常贫。我们只有将“安全”作为日常生活以及国家发展当中不可动摇的底线，才能够实现个人的发展、国家的富强、民族的振兴！

作者：新闻传播学院 2021 级本科生　杜富林

4月16日　星期日　晴

中青年人才及骨干管理人员培训班学员·王　晶

为全面学习贯彻习近平新时代中国特色社会主义思想和党的二十大精神，大力传承弘扬伟大建党精神，赓续红色血脉，加强中青年人才、管理骨干队伍建设，学校组织一校三地中青年人才及骨干管理人员于昨天来到中国井冈山干部学院开展为期五天的政治能力提升培训。开班第一天，作为学员的我们便受到了精神洗礼，心灵受到了极大的触动。

开班的第一堂课包括“以习近平新时代中国特色社会主义思想为指导，深入学习贯彻党的二十大精神，筑牢理想信念根基，坚定拥护‘两个确立’”主题党课及“弘扬井冈山精神，赓续红色血脉”专题教学，带领我们重新梳理回顾了井冈山革命历史，让我们深刻体会到此次来井冈山干部学院学习的意义。当年以毛泽东同志为主要代表的中国共产党人，以大无畏的英雄气概，将红旗插上井冈山，创建了第一块农村革命根据地。在井冈山革命斗争中，共产党人坚定执着追理想、实事求是闯新路、艰苦奋斗攻难关、依靠群众求胜利，创造了伟大的井冈山精神，这也让我们进一步明白了中国共产党为什么能、中国共产党为什么行。

在井冈山革命烈士陵园，伴随着讲解员的讲述，我们进一步了解了革命历史。井冈山革命斗争前后历时两年零四个月，牺牲的先烈有4.8万余人，其中有名有姓被镌刻在纪念碑上的只有1.5万余人，还有3万多名烈士的英名至今无法查实，永远地留在了革命烈士陵园的无字碑上。牺牲的烈士中最小的仅18岁，最大的33岁。一排排烈士姓名背后，都镌刻着两个大字——青春。他们相信中国共产党，相信党的事业和奋斗目标，为了后辈的美好明天，义无反顾地献出了自己的青春和生命。我们深深体会到了井冈山先烈为初心使命忘我付出的精神。

党的二十大报告指出，要弘扬以伟大建党精神为源头的中国共产党人精神谱系。井冈山精神是中国共产党人精神谱系的重要组成部分，我们要永远铭记，并让其在新时代放射新的光芒。在全党深入开展学习贯彻习近平新时代中国特色社会主义思想主题教育之际，此次中国井冈山干部学院学习正当其时，“坚定理想，艰苦奋斗，实事求是，敢闯新路，依靠群众，勇于胜利”的井冈山精神契合主题教育“学思想、强党性、重实践、建新功”的总要求，坚定了我们作为中国共产党党员的初心和信仰，明确了我们奋斗的方向。

大家在交流中表示，将以此次培训为契机，在以后的学习、工作和生活中不断增强“四个意识”、坚定“四个自信”、做到“两个维护”，自觉在思想上政治上行动上同中国共产党保持高度一致，秉持理想信念，保持崇高境界，坚守初心使命，敢于担当作为。同时，要真正让学习入脑入心，对标对表习近平新时代中国特色社会主义思想，运用好这一重要思想的世界观、方法论和贯穿其中的立场观点方法指导实践、推动工作，在谋划推进“强院兴校、强校兴国”、落实“两个先行先试”上出实招硬招，在助力立德树人根本任务、助推服务国家上贡献力量，在各自的岗位上持续发光发热。

作者：威海校区宣传统战部（教师工作办公室）工作人员　王　晶

4 月 17 日　星期一　晴

山东大学“十佳学生社团”之小树林支教调研团负责人 · 房润福

山东大学 2022～2023 学年学生社团星级评定答辩会结果公示，我怀着忐忑激动的心情打开名单，在五星级学生社团第一行看到了那个再熟悉不过的名字——山东大学学生小树林支教调研团，这意味着我们成为排名第一的山东大学十佳学生社团。那一刻，我的心中百感交集，眼眶不禁湿润。

自 2010 年成立以来，小树林支教调研团不间断地在全国开展寒暑期支教调研活动，社团及其成员曾获阿克苏诺贝尔中国大学生社会公益全国银奖、山东大学十佳志愿服务组织、山东大学“榜样的力量”学生年度人物等百余项荣誉。“小树林”在一代代山大支教人的耕耘下茁壮成长，成绩斐然。

2020 年，我们的线下支教按下暂停键，只能转为线上，但是线上开展效果有限，报名的同学减少，小树林支教团发展陷入瓶颈期，举步维艰。2021 年，支教团联盟解散后，小树林内部组织管理尚未适应向学生社团转型，资源短缺，只剩下屈指可数的支教地。2022 年，我竞选成为第十四届小树林支教团团长。在答辩的最后，我说：“我两手空空而来，两手空空而去，希望作出自己的一点贡献，留下小树林枝繁叶茂。”

过去一年，我们全体成员群策群力，守正创新，实施改革，探索“146N”发展模式，以“情定支教，小树成林”这一核心理念承托四项任务，实施拓荒、聚光、长川、云帆、沧海、栈山六大工程，打造小树林支教生态圈；构建一体两翼全布局，注册支教成员 880 人，覆盖一校三地 30 余个学院；与 16 个社会公益组织达成合作，在全国各地建立 42 个支教基地；构建“六位一体”支教体系，一年组织三轮支教，60 支队伍的 678 名志愿者赴 9 省 30 地市支教，令 6500 名学生受益，志愿时长达 6 万小时，规模创造山大历史新高；年度开展活动 80 余次，围绕乡村振兴、思政教育等领域突破创新，打造五个计划特色公益项目体系，成功申报团中央七彩假期、联合国教科文组织等五个国家级项目，获评山东大学志愿服务重点建设单位项目等荣誉，事迹被人民网、山东卫视等媒体报道。

风雨压不垮，困境中开花。当我们看清了前方的道路和必然到来的春天，又有什么好畏惧的呢？朝阳初升、风雨洗礼后的树林更显蓬勃，我们将会更加坚定地走下去，用行动助力每一个平凡而又伟大的支教梦。

作者：管理学院2020级本科生　房润福

4月18日　星期二　晴

全国大学生数学建模竞赛“北太天元数模之星”获奖团队队长·韩奥麟

在山东大学举办的2022年全国大学生数学建模竞赛颁奖仪式中，我所在的团队在这次比赛中获得了本科组“北太天元数模之星”奖。

颁奖典礼在中国工程院院士、山东大学校长李术才，山东省委教育工委副书记邢顺峰，中国科学院院士袁亚湘、张平文的精彩致辞中拉开帷幕。我们团队在谢金星教授诵读的颁奖词中走上了舞台。那一刻，激动与自豪之情涌上心头，所有曾经的怀疑和不安都一扫而空。中国科学院院士王小云为我们颁发获奖证书，并将“北太天元数模之星”奖杯递给了我——“恭喜你们，未来可期！”王小云院士赞许和鼓励的话语深深地打动了我们的心灵，让我们感慨万分。随后，我接受了齐鲁壹点、济南时报、山东商报等媒体记者和老师的采访，其间我的思绪瞬间回到了一年前，回到了这段历程的起点。

参加数学建模比赛是我高中以来的愿望，入学以来，我一直为此精心准备。一开始，我被“如何联系到合适的队友组队参赛”这个问题困扰了许久。团队成员间要志同道合、性情相投，才能在漫长的备赛期和紧张的竞赛阶段实现默契配合。好在通过学校建立的数学建模组队群，我找到了合适的队友。

我们的团队组建于2021年12月17日，前后准备了大约9个月。在山东大学数学模型课程的帮助和个人的努力下，我的能力得到了提升。2022年上学期，曹祝楼老师主讲的数学模型限选课妙趣横生，讲解深入浅出。我担任该课程的课代表，与曹老师交流甚多，学习到了许多经典的数学模型以及用计算机编程实现建模的方式。2022年暑假，在齐海涛老师、迟晓庆老师的指点下，我详细制订了团队的学习计划与分工，并进行了多次模拟比赛。回想起那段时间的备赛过程，虽然很辛苦，但充满了美好回忆。

去年9月15日，比赛正式开始，我和队友孙若函、赵凯文与往常一样有条不紊地选题并制订了做题计划。如果说比赛中遇到了什么困难，我想一定是模型的假设。合理的模型假设是解题的关键——假设多了会使问题变得过于简单、失去应用价值；假设少了则不能抓住问题的本质，会使问题复杂化，不能很好地从数学角度解决问题。而对于“无人机接收的信息是否共享”这一问题，我们结合实际情况，坚定地作出“无人机接收的信息不共享”这一假设，这也是解决问题的要点。比赛三天里，我们进展顺利，没有熬夜，没有意见分歧，更多的是融洽的交流与高度集中的注意力。之所以能取得这个奖项，我想，最关键的并非专业知识的优势，而是我们团队有着高度的凝聚力和为共同梦想而拼搏的勇气。

回首过去，这条路走得十分不易，这份荣誉不仅属于我们团队的三个人，也属于一路上支持我们的每一个人。是学校为我们提供了如此广阔的平台，让志同道合的伙伴齐聚于此；是学院国际化的教育资源，使我在学习和研究中具有更广阔的视野；是指导老师的精心教导，帮助我筑牢专业知识基础；是队友之间和同学们的鼎力支持，让我们在这一路乐此不疲，披荆斩棘……衷心祝愿学校数学建模成绩再创新高，也祝愿国产基础软件越做越好。

作者：澳国立联合理学院2020级本科生　韩奥麟

4 月 19 日　星期三　晴

教职医务员工党支部书记示范培训班学员 · 刘招舰

当我们在华东野战军纪念馆集体唱起热情、悠扬的《沂蒙山小调》，坚定有力、慷慨激昂的《跟着共产党走》等几首产生于沂蒙革命根据地的歌曲时，我对沂蒙精神的理解变得越发深刻。沂蒙精神发端于革命战争年代，充分体现了党群一心、军民团结攻坚克难的精神，是我们党从胜利走向胜利的法宝和宝贵精神财富。

借学校举办此次教职医务员工党支部书记示范培训班的契机，我们全体学员在沂蒙干部学院进行了为期三天的系统培训。通过课堂学习，我们对中国共产党领导的新民主主义革命有了更加深刻的理解，对党的二十大精神的学习更加深入；通过参观红嫂纪念馆、孟良崮战役纪念馆和华东野战军纪念馆，我们在红色故事中汲取了奋进力量，激发了爱党、爱国的热情；通过几天来与不同学科领域的党支部书记的交流，我们取长补短、互通有无，交流了宝贵的基层党建工作经验，达成了支部共建、学科交叉的初步意向。

在下一步的工作中，高等医学研究院党支部要从沂蒙精神中汲取历史智慧和精神力量，充分发挥党支部战斗堡垒和党员的先锋模范作用，以高质量党建为引领，发挥特区优势，瞄准国际前沿阵地和国家战略需求，定义一批好的科学问题，着力破解“卡脖子”难题，全面加强“从 0 到 1”的原创性研究；培养和引进一批顶尖和领军人才，做到出尖出峰；加快推动科技成果的转化，做“顶天立地”的科学研究。要致力于形成原始创新策源地、重大成果产出地，助力山东大学一流学科建设，为实现国家高水平科技自立自强贡献力量。

作者：高等医学研究院副院长　刘招舰

4月20日　星期四　阴

“国际中文日”活动课程主讲者·卢勃文

雨生百谷，春夏更替。在谷雨节气到来之时，在仓颉造字的故事里，我们又一次迎来了“国际中文日”。“国际中文日”是全球中文学习者、爱好者的节日，每一年“国际中文日”的到来，都是对我们选择国际中文教育初心的回应。我们在“中文走向世界，吾辈义不容辞”的口号中，在“中文：共筑美好未来”的理念中，一次又一次地坚定着做好中文传播者和代言人的决心。

学院发挥中华传统文化传播的特色优势，联合海外合建孔子学院，以组成“Dialogue”的八个字母为首字母，延伸出八个关键词，为“国际中文日”策划了八大版块的专题活动。在其中的“华彩课堂春日行”系列活动里，我很荣幸担任了课程主讲。

诚如“华彩课堂”的名字——中华文化多姿多彩，我在准备课程的时候，就立志做好中文代言人，在体验活动中把中华文化原原本本地介绍给中外同学。在“清明微雨，艾蒿正香”的清明饮食体验活动中，我们探讨了中国饮食中的哲思与智慧；在“金玉琉璃，朱颜华梦”中，我们体验了古代珠宝工匠制作一枚珠花的细致与巧思。尤其是宫灯体验活动，当数十盏灯火亮起时，点亮的不仅仅是一间教室，更是我们升腾着的对中文、对中华文化的自信与希望。无论是哪节课，学生们都看到了中华文化灿烂的过往与美好的未来，我们也看到了国际中文教育美好和光明的未来。

在昨晚的“校友讲堂”活动中，我们聆听了李颐蕾学姐的经验分享。在学姐的经验分享里，我看到了信念，看到了坚持，更看到了热爱。这也是我们做好中文代言人的不竭动力之源，激励着我在未来的国际舞台上，带着对中文纯粹而真挚的热爱不断前进。接下来，学院还有各种关于文明对话、交流互鉴的主题报告和论坛。希望在“国际中文日”这一盛典中，我和所有的中文爱好者能一道充分感受中文和中华文化的魅力，做好语言与文化的传播和传承。

作者：国际教育学院2020级本科生　卢勃文

4月21日　星期五　多云

第三届全民运动会暨2023年田径运动会
参加者·李　超

今天，山东大学第三届全民运动会暨2023年田径运动会在全体山大师生的期盼中拉开了序幕。这次运动会是我入校以来参加的第一次学校运动会，作为体育学院的一名学子，在此次运动会中，我担任多个角色，从开幕式表演者到裁判员，以不同身份参与运动会。这是一次让我骄傲而又难忘的经历。

在本次运动会中，我既是一名裁判员，又是体育学院方队特色表演舞狮团的队长，同时还是开幕式体育锻炼类社团表演的负责人。角色的多样也意味着责任的重要，在每一次的角色转换中，我都始终将“责任”二字置于心头。

在开幕式体育锻炼类社团表演工作中，我提前一个月便着手准备各项工作，包括节目的编排、节目的审核、物资的置办、人员的对接、信息的传达等。在体育学院特色方队表演工作中，我提前两周确定方队成员、制订表演方案、训练方队队列以及表演内容等，并将中国传统体育文化武术以及舞狮融入了方队展示中，通过这种形式传承和弘扬中华优秀传统文化，拉近当代大学生与传统文化的距离。在裁判员工作中，我的身份是一名竞赛发令裁判员。比赛中，我严格依据比赛规则，管理比赛过程。在接受裁判员赛前培训时，培训老师的一句话令我印象深刻：“在赛场上，你不是哪个学院的学生，不是哪位同学的好友，不是哪位老师的学生，而是该项目的执裁者。”在执裁过程中，我将这句话的精神内涵贯穿工作的始终，从赛前的检查到发令前的协调再到严查起跑时的犯规情况，每一项工作我都做到一丝不苟、公平公正，对违规者依照规则给予相应的判罚。当然，我也经历过运动员的辛苦。因此，在每一次枪响过后，我的内心都紧紧地与运动员联系在一起，在心里默默地陪伴与鼓励他们。

经过一天的工作，疲惫席卷了全身，返程的车辆上少了以往的嬉闹声，多了疲惫的轻叹声。回想这次运动会，在一次次的身份转换后，在一天的执裁工作后，我更加深刻地领会到了体育精神的内涵：团结、奋发、凝聚、友谊、使命……运动会还在继续，明天还有更多的比赛项目等待选手们上场。加油，期待努力拼搏的每一位运动员在赛场上的精彩表现。

作者：体育学院2021级本科生　李　超

4月22日　星期六　阴

《山大日记》栏目组

十年前的今日，山大日记正式上线。在第一篇日记中有这样一句话：“朋友不是先来的人或是认识你最久的人，而是来了之后再也没离开的人，希望‘山大日记’能成为每一个山大人的朋友。从明天起，让我们一起陪伴它。”今天，栏目迎来了第十个生日。在撰写十周年微信推文，筹备“在这里读懂山大”主题征文活动、制作书籍纪念套装以及策划各校区巡回展的过程中，我们梳理栏目十年的图文数据，感受到时间令人震撼的力量。

十年来，山大日记网站每日发布从未间断，带着山大人平淡日常的浅吟低唱与青春理想的满心期许，也带着山大百廿风华的砥砺奋进与历久弥新的灼灼精神。3652天，23000余篇日记，总计约220万字，汇成了不同人在山大多彩生活的宏大图景。当年初生的小苗已经枝繁叶茂，成长为山大人共同的精神文化之树。

多么有幸，山大日记走过的十年始终与新时代十年的伟大变革同频共振，始终是山大人与国家人民同呼吸共命运的生动印证。我们与《文史哲》原主编、退休教授韩凌轩共同体会《文史哲》英文版创刊的激动，听齐鲁医院医生牛军讲述曾带队支援汶川的难忘经历；和青岛校区建设指挥部学生助管方颖超一同见证青岛校区建设者的辛勤汗水，和来自威海校区的学校第十四次党代会代表范蕊在“追求卓越，只争朝夕”的主题中共同思考学校发展；听来济南参加第22届国际历史科学大会的美国历史学家鲍德威讲述“自行车之约”的温暖奇遇，也参与见证山大百廿校庆的盛况、感受来自五湖四海澎湃情怀的激荡；与101岁的老党员成皓然共同体会观看党的二十大开幕会的激动与振奋，听民俗学教授张士闪关于元宵节引人入胜的讲述，思考中华优秀传统文化传承创新；听山大二院重症医学科主任马承恩在59岁时带领医院援鄂抗疫国家医疗队全力支援武汉的义无反顾，以及疫情防控师生志愿者共同记录山大人共克时艰的担当奉献。还有全力准备考研的同学、赴冬奥会的志愿者、有趣又可亲的校工、课堂上的老师教授……文字将未曾谋面的我们紧紧相连，记录了山大人写就的别样校史。

做一名《山大日记》栏目的小编，是怎样的体验？是打开邮箱前那一刻的期待，是阅读过程中与作者产生心灵共鸣的感动，是核实作者信息、文章字句的一丝不苟，是重要日子和活动约到日记的心中欣喜，是举办各种线上线下活动的灵感突现。有时我们会想，那些成长中的特殊时刻，若不通过什么记录下来，恐怕就再也想不起来了。一篇篇文字、影像日记，让一些事、一些面孔、一些时刻重新变得鲜活。读到日记中的那些感触，我们的思绪也一次次被荡起。栏目组的成员们有人毕业离开，也不断有新鲜血液补充进来，更多的是在看似平淡的编辑日常中坚守我们的执着与理想。

如果你要写山大日记，你要写什么？我们从一些日记的编者、作者、读者那里听到了答案。山大日记里有日升月落，有经久热烈，有喜极而泣的瞬间，有拼搏青春的年华，有挥洒汗水的淋漓，有文采飞扬的自信，有春秋冬夏，有昨日今朝，有你，也有我。

一位《山大日记》栏目的老朋友说："正是有了丰美的岁月、珍重的情怀，有了同心同德、相生相证、相得相成的时光，山大人才成为山大人，山大才之所以成为山大。"在山大人的笔下，山大是丰富多彩的。有热热闹闹的迎新、轰轰烈烈的毕业，有中国好老师、中国好舍友……你一笔我一笔，共同描绘着五彩斑斓的校园生活。感谢写下日记的你，让许许多多人看到生动真实又昂扬奋进的山大。借用山东大学首届"校友招生宣传大使"徐玉芹校友的一句话作为总结："许多山大故事正在被讲述，也有越来越多的人通过这些故事了解山大，让我们一起把山大故事讲给更多人听。"

作者：宣传部《山大日记》栏目组

4月23日　星期日　小雨

第十届图书馆文化节开幕式暨"校长领读"活动参加者·张翰林

四月春意浓，书香满校园。伴随着沁人心脾的小雨，山东大学第十届图书馆文化节开幕式暨“校长领读”活动，在全体山大师生的期盼中拉开了帷幕。十分荣幸，又带着几分紧张，我作为马克思主义学院的本科生，以马克思主义的经典著作《路德维希·费尔巴哈和德国古典哲学的终结》这本书为主题，围绕书籍内容、其中蕴含的马克思主义理论观点以及这本书给我带来的收获三个方面，分享了自己的浅薄见解，获得了老师和同学的认可和掌声。

活动中，我聆听了李术才校长的领读分享和老师、同学代表结合自身实践所作的阅读分享，这让我受益匪浅。李校长带领大家研读了《习近平新时代中国特色社会主义思想学习纲要（2023 年版）》的第三部分“以中国式现代化全面推进中华民族伟大复兴”，从“实现中华民族伟大复兴是中国共产党的历史使命”“中国式现代化是强国建设、民族复兴的唯一正确道路”“中国式现代化是中国共产党领导的社会主义现代化”“中国式现代化的中国特色、本质要求和重大原则”“中国式现代化是一种全新的人类文明形态”“推进中国式现代化需要正确处理一系列重大关系”六个维度展开具体的研读分析。让我们没有想到的是，李校长平时工作那么繁忙，还坚持每日读书，每年能读近五十本书，身体力行地向我们演绎了“学无止境，气有浩然”校训的深刻内涵，这种发奋读书、汲取知识的可贵精神也激励着我们好读书、读好书。

李校长对中国式现代化深入浅出的分享，进一步加深了我对习近平新时代中国特色社会主义思想的认识。他对理论与实践的辩证关系进行了具体阐释，强调了调查研究的重要性，这让我体悟到“没有调查就没有发言权”的含义，激励我更加认真地学好“社会调查原理与方法”这门专业课。李校长还强调了读书对个人发展、国家进步的重要作用，结合丰富的阅历和经验分享了他的阅读心得，并给我们推荐了许多经典书籍。我都认真做好了笔记，计划阅读这些经典书籍，并终生坚持阅读经典的好习惯。

研读经典原著是学好马克思主义理论的基础。我们学院一直都很重视学生的阅读研习，形成了读原著、学原文、悟原理的优良传统，并且每年都会给本科新生赠送马克思、恩格斯的经典书籍。书籍的墨香和真切的触感，使我们沉浸在阅读的海洋中。我们围绕马克思主义经典、“四史”著作、红色书籍，尤其是“校长领读”活动中强调的习近平新时代中国特色社会主义思想等主题，开展线上打卡激励、小组合作阅读、班级读书交流、导师导读讲座等一系列形式丰富的阅读活动，对同学们激发阅读兴趣、提升专业素养、夯实理论基础、增强理论自信发挥了很好的作用。这些活动也促进我们深入了解现实，分析具体问题，为个人实践提供理论指导。小组合作学习、班级读书交流等丰富形式，给我们搭建了思想碰撞、分享困惑和启迪的平台，让我见证了思想的深度，持续积极投身于经典阅读之中。

几个小时的阅读分享活动转瞬即逝。夜色渐晚，但我的脑海中还萦绕着校长和老师关于阅读的分享，思考着如何把学习到的理论运用到自己读书的具体实践中。

作者：马克思主义学院 2022 级本科生　张翰林

4 月 24 日　星期一　阴

中青年人才及管理骨干培训班学员·宋沁潞

在电子产品充斥的时代，手捧油墨香的纸书在灯下阅读依然是很多山大人的喜好。在第 28 个世界读书日之际，刚刚结束山东大学中青年人才及管理骨干培训班（第一期）课程的我，不禁回想起不久前在中国井冈山干部学院的那场读书分享会。

分享会由人事部副部长、人才工作办公室副主任石岩策划，她在培训班的行前培训中要求学员每人准备一本书带到井冈山，向大家分享读书体会和心得。那晚，夜色渐浓，窗外是潺潺溪流，时而传来啾啾鸟鸣和窸窣虫鸣。我们班来自一校三地不同学院（研究院、研究中心）的学者和不同职能部门的管理人员齐坐教室，先是每人用一句话的推荐语介绍自己要分享的图书，然后分三组进行了交流研讨。

在大家推荐的书目中，《习近平的七年知青岁月》被推荐的次数最多，但推荐理由各不相同。比如，能够“系统了解习近平新时代中国特色社会主义思想的形成背景和发展脉络”；比如，“学习习近平总书记的读书习惯，真正把读书学习当成一种生活态度、工作责任和精神追求”；再比如，“这本书真实、有趣、励志，不仅能获得思想上的熏陶，也为自己成长积蓄力量”。相信很多人都读过这本书，书里多次提到习近平总书记读书的往事。与书籍的不解之缘，让我们的国家领导人从读书中汲取了治国理政的经验智慧，获得了推进中国式现代化取得新进展新突破的无穷力量。

“万里风云三尺剑，一庭花草半床书。”在中国井冈山干部学院五天数十场的教学活动中，老师不止一次向我们讲述毛泽东读书的故事，大井的“读书石”、八角楼，无不留下他曾经读书的身影。毛泽东自己说，至少读了 100 遍《共产党宣言》；读了 17 遍《资治通鉴》，每读一遍都获益匪浅；读一遍《红楼梦》不行，最少看三遍，不看三遍没有发言权。生命不息，读书不止。即便到逝世前一天，他昏迷醒来后还是要书看，这一天先后看文件、看书 11 次，共计 2 小时 50 分钟。可以说，几乎是在他的心脏将要停止跳动时，才结束他一生从未间断过的读书生活。正因为大量的阅读和调查实践，他留下了《矛盾论》《实践论》《论持久战》《沁园春·雪》等著名篇章。

我们分享会的推荐书目还有《大学的观念与实践》《未央歌》《万历十五年》《流行病学史话》《科学：无尽的前沿》《我是可持续发展教授》《铸造自然》《读书与做人》《李光耀论中国与世界》《百年孤独》等。分享会取得了非常好的学习效果，每个人都从工作、学习和生活等不同角度分享了各自的推荐理由，大家互相启发，同时加深了彼此对学科背景的了解，也让我看到了山大人热爱读书、学无止境的可贵品质。

腹有诗书气自华。读书帮助我们收获新知、开阔视野、丰富体验、提升自我、充实人生，作为学校的一名普通员工，唯有爱读书、读好书、善读书，才能为学校“双一流”建设贡献微薄的力量。

最是书香能致远。我们中华民族要在全民阅读的琅琅书声中传承中华优秀传统文化，坚定文化自信，涵养民族精神。

作者：本科生院、本科招生办公室工作人员　宋沁路

4月25日　星期二　晴

物理学院与工训中心师生党支部联学共建活动
参加者・孙文青

基层党支部联学共建是一种加强交流学习、提升政治素养的党建模式，对于我们学生党员而言，是一种非常新颖的政治理论学习方式。很高兴有这样的机会，能够参加物理学院本科生党支部与工程训练中心基础教学党支部在兴隆山校区开展的联学共建活动，在工程训练中心度过了一个难忘且收获满满的下午。

甫一到达工程训练中心大楼前，我们就感叹于眼前这个为学生打造的工程技能实训和创新创业教育教学平台面积之大。在和煦阳光的照射下，楼体上“工程训练中心”几个大字熠熠生辉。步入建筑内部，看着主道两侧精妙绝伦、科技感十足的学生作品，我们又不禁沉醉在这座“知行合

一，智能并进”的工科基地的魅力之中。

在工程训练中心基础教学党支部书记和物理学院本科生党支部书记共同签署支部联学共建协议之后，我对今后双方的合作以及党支部开展政治理论学习的新形式、新方法充满了期待。物理学院党委副书记辛莹老师带领我们共同学习了中共中央关于学习《习近平著作选读》第一卷、第二卷的通知。通过这次共同学习，我对于《习近平著作选读》的定位和学习它的重要性、必要性以及怎样学习等几个方面有了深入的了解，也对今后开展学习贯彻习近平新时代中国特色社会主义思想主题教育有了明确的方向。随后，工程训练中心廉爱东老师向我们介绍了中心的历史以及发展历程。听着几代工训人艰苦奋斗、不断开拓的故事，我的内心也油然升起了科技报国、科技强国的自信心与使命感。

在工程训练中心基础教学党支部老师的带领下，我们先后参观了激光加工技术、数控加工技术、焊接加工技术和普车加工技术项目，并且体验了中心的特色课程——陶艺制作，领略了激光加工在产品加工、材料切割、雕刻等领域的巨大潜力。我们欣喜和感叹于火花之中机器人雕刻出的“山大”二字，近距离地感受到工业设计之美，也由衷地佩服各位老师。他们不知经历了多少年的沉积，才能如此娴熟地操作。这种“精于工、匠于心、品于行”的匠人精神，值得我们新一代青年党员学习。

“纸上得来终觉浅，绝知此事要躬行。”此次党支部联学共建活动使我收获颇丰。科技报国，吾辈担当，努力奋斗，不辱使命。工程训练中心老师们躬行奋斗的奉献精神鼓舞着我，激励我们不断提升政治素养、提高创新能力，努力学习，让理论的种子在实践的大地上开出理想之花。

作者：物理学院 2019 级本科生　孙文青

4月26日　星期三　晴

薛暮桥事迹展厅揭牌暨薛暮桥奖学金捐赠仪式发言

学生代表·李天宇

今天下午，学校举行薛暮桥事迹展厅揭牌暨薛暮桥奖学金捐赠仪式，我非常有幸能够作为薛暮桥班的学生代表在仪式上发言。

仪式开始，山东大学党委副书记张永兵以及孙冶方经济科学基金会理事长李剑阁分别致辞，对薛暮桥班的建设提出了殷切的期望。老师们提到，文化自信是一个国家、一个民族发展中最基本、最深沉、最持久的力量，必须讲述好薛先生的故事、展示好薛先生的事迹、传承好薛先生的精神。听到这里，我心中升起一种责任感。作为薛暮桥班的学生，我们更应该以传承薛暮桥精神为己任，不断增强文化自信，坚定理想信念，将薛暮桥精神内化于心、外化于行。

时间点拉回到刚入学的时候，那时自己对于是否参与薛暮桥班的选拔还处于懵懂状态，但在了解了薛暮桥班的培养方案、培养目标以及薛暮桥先生的伟大事迹后，我便坚定了加入薛暮桥班的决心，成为这个班级的第一届成员。在发言讲述的过程中，作为薛暮桥班的学生代表，我深感自己责任重大，使命光荣，这也鼓舞着我不断努力，刻苦学习。

活动结束后，大家一起前往薛暮桥事迹展厅参观。我们班级的栾梦倩同学作为讲解员，带着大家一同走进薛暮桥先生波澜壮阔的一生。在看到展厅中的一张张老照片、柜子中的一本本旧书籍时，我深切感受到了薛暮桥老先生一生奋斗的分量。薛暮桥事迹展厅将薛暮桥先生的生平具象化，以其命名的薛暮桥班也会在老师的支持、同学们的努力下不断发展。我们薛暮桥班的学子们将扎根中国大地、坚定中国立场、发出中国声音，在薛暮桥精神的指引下，为早日成为经济学领域的拔尖人才而不断奋斗。

作者：经济学院2021级本科生　李天宇

4 月 27 日　星期四　晴

教代会代表 · 刘　莎

春末夏初，万物繁华。今天，在全体山大师生的期盼中，第四届教职医务员工代表大会第五次会议、第十九届工会会员代表大会第五次会议拉开了序幕。作为图书馆的非事业编制职工代表，我有幸再一次参与学校的这一盛会。一天的议程紧张有序，让身为山大人的我感到振奋与自豪。

数百位教职工代表的到来，让会场座无虚席，气氛庄重热烈。上午 9 时，郭新立书记首先致开幕词，强调了此次双代会对于加快推进学校“由大到强”新跨越的重要意义。李术才校长在学校工作报告中全面客观地总结了学校 2022 年的主要工作，特别是学校取得的历史性突破，令人振奋；报告内容凝练，对学校今年的工作具有很强的指导性。除此之外，学校财务报告数据详实，工会工作报告暖人心脾，教代会提案工作报告简洁明了。下午的分团讨论会上，大家结合各自工作围绕学校高质量发展，直面问题，切中肯綮，充分发挥了建言献策的作用。虽然会议涉及内容很多、范围很广，远远超过我的日常工作涉及范围，但我深受启发并受益匪浅。我知道，每一份报告、每一条建议都是山大人求真务实、团结奋斗的真实写照。

时光荏苒，今年已经是我第五次参加学校的教代会了。五年来，学校一直心系非事业编制职工群体，着力推动自筹经费非事业编制人员入会问题。2022 年，学校新增非事业编制会员 1074 人。“安全感、获得感和幸福感”是今天的高频词汇，正是这种质朴纯真的表达，在无形中把诸多政策、措施和每一位师生连接了起来。

一天的会议结束，我回到了图书馆。夕阳下，大成广场上郁郁葱葱的草木将图书馆衬托得更加美丽。难忘过去，图书馆从实现一校三地资源共享、RFID 智能化，到凝心聚力书香战“疫”，再到实现省内高校图书馆跨校借阅，如今全新的馆舍升级改造已被纳入学校 2023 年服务师生十件实事。幸运的是，这些我都参与其中，对我而言是经历，更是成长。随着学校“双一流”建设的稳健步伐，图书馆各项工作也在快速发展，我也将继续坚守读者服务一线，强化担当作为，增强“主人翁”的责任感和使命感，以实际行动拿出经得起检验的过硬业务水平，在学校的“由大到强”历史性转变中奋勇前行。

作者：图书馆工作人员　刘　莎

4 月 28 日　星期五　多云

党外人士政治能力提升专题培训班学员 · 孙　琇

五一假期即将来临，白天给学生上完课，晚上有种轻松之感。坐在书桌前，回顾刚刚结束的江西之行，感慨良多。在校党委统战部的组织下，作为党外的一名普通教师和民革党员，我有幸参加了为期六天的井冈山体验式学习。今晚，借整理途中照片的机会，我又在脑海中重温了过去一周所走过的山路。

我们的行程从位于吉安的井冈山大学开始，当地的党史专家肖老师首先给大家系统讲解了井冈山革命根据地的开辟过程和发展阶段。他的讲座言辞朴实、内容生动，有理有据，一下子激发了听众的求知欲和好奇心，授课内容也为我们随后几天的行程提供了历史导航。第二天一早，乘车进山，盘山公路两侧密林深布，这让我突然有种穿越到过去的错觉，为自己能够成为一段真实历史的见证者而感到兴奋。我们在永新的枫树坪聆听了三湾改编后人民军队的险象环生，在龙江书院军校旧址看到了学员合用的手写笔记本，冒雨重走了一小段朱毛挑粮小道，在小井红军医院被张子清师长献盐的舍己之举而感动，在茨坪烈士陵园看到了伍若兰烈士的雕塑，惊异于她的年轻和勇敢。一个个真切感人的故事都是一个个鲜活生命的青春轨迹。九十多年前，那些先烈胸怀崇高梦想，为着一个共同的目标而倾尽全力、不计得失、义无反顾，体现了一种灵魂上的简单和纯粹。九十多年后，我们身临其境——耳闻他们的事迹，目睹当年的遗物，脚踏旧时的土地——有一种深切的代入感，我也因当年那群英勇而热情的革命青年而数次落泪。

此次位于大山深处的浸入式学习是一种知行合一的特殊体验。我们吃着红米饭和蒸南瓜，双脚踏上井冈山的村庄和山岗，书本上的知识也在走访原址的过程中生动重现，触击心灵。与此同时，大家的战友情谊也在慢慢生发出来。短短几天的“山中穿行”，让我们这些来自不同院系和不同部门的老师们最终形成了“一支队伍”。大家彼此搀扶，在雨中穿越黄洋界，一起预防跌倒，走出深山险境，成为亲密的“战友”。大家相互交流，交换各自搜集的人物细节，超越专业壁垒，共话历史典故，成为真正的“同学”。

本次活动恰逢中共中央发布“五一口号”75周年，团结是“五一口号”中的重要关键词。75年前，为响应这一口号，各民主党派和爱国知识分子纷纷抵达解放区，去考察并亲测一条新的道路。75年后，为纪念当年的那场双向奔赴，我们也回溯到那段历史的原点，深入认知了燎原之势的“星星之火”。今晚，我记述了这次难忘的旅行。从井冈山革命斗争时期到中华人民共和国成立，再到步入如今的新时代，转眼百年，思绪万千。

作者：历史文化学院副研究员　孙　琇

4月29日　星期六　晴

春季学期党员发展对象培训班学员·孙宇晗

草长莺飞，丝绦拂堤，春风拂面。翻开日历，已经是4月29日，我参加的本学期党员发展对象培训班即将结束。回望过去短短的一周，无论是线上的理论学习，还是线下的培训交流，都让我受益匪浅。

4月22日，我参加了由党校主办的2023年春季学期党员发展对象培训讲座。来自沂蒙干部学院的庄纪旭教授带领我们一同学习了沂蒙精神，带我们感悟共产党人的初心和使命。在马克思主义学院党委书记马晓琳教授抑扬顿挫的讲述中，我明白初心就是力量，使命就是方向。山东省委党校季冬晓教授带领我们系统学习了党的二十大新修订的党章，让我进一步明确了党的性质和宗旨、路线和纲领、指导思想和奋斗目标等。三位教授的授课让我深刻地感受到如今美好生活的来之不易。作为即将加入中国共产党的我们，应当传承共产党员为国为民的担当精神，将青春奉献给祖国人民，踏实践行青年使命。

4月27日下午，在学院组织的交流研讨中，我们围绕“如何端正入党动机”主题开展小组研讨。这次活动是一次大家思想碰撞的机会，也是一次学习借鉴的机会，旨在以“大学习”引发“大讨论”，进而指导“大实践”。通过交流研讨，我进一步端正自己的入党动机，更加深刻地明白不仅要组织上入党，更要思想上入党，以奋斗助力实现科技强国梦想，自觉成为担当民族复兴大任的时代新人。

作为一名山大人、一名即将加入党组织的发展对象，我会牢记“学无止境，气有浩然”校训，以“天生我材必有用”的自信、“为中华之崛起而读书”的豪情、“学不成名誓不还”的斗志，自觉担负起时代赋予我的责任使命，努力运用所学知识攻克“卡脖子”问题，为推进中国式现代化贡献青春力量。

作者：机电与信息工程学院2021级本科生　孙宇晗

4 月 30 日　星期日　晴

中青年人才及管理骨干培训班学员 · 孙巍峰

在深入开展学习贯彻习近平新时代中国特色社会主义思想主题教育之际，我荣幸地作为学校人事部组织的中青年人才及管理骨干培训班第一期的学员之一，赴井冈山参加了为期七天的研学活动。人已回到威海，心绪却依然沉浸在中国井冈山干部学院为我们精心组织的每一场实践教育中，沉浸在与井冈山的前辈先烈和井冈山精神跨越时空的对话中，感悟红色力量对思想和心灵的洗礼，激励自己更加勇于担当作为。

千里来寻圣地，瞻仰革命摇篮。来自不同校区的学员从千佛山、崂山、玛珈山相约奔赴井冈山，从团队集合出发的那一刻起，学科学术和管理服务领域的学员就开始了深入、坦诚的沟通，在业务交流、学科交叉、思想碰撞中达成了更多的理解和合作。现场教学和理论学习期间，大家全身心投入，感叹中国共产党早期发展之艰辛，革命斗争之残酷，先辈革命意志之坚韧，中华人民共和国的来之不易，新时代发展之迅猛。我们的视野更加宽广，我们的胸襟更加开阔，思想和心灵境界如雨后的井冈春笋般节节拔高。别开生面的读书分享会和红色书籍赠阅更是为大家营造了“阅读＋思考＋分享”的氛围，推动我们将读好书、勤思考当成一种生活态度、工作责任、精神追求，我们为这种交流活动点赞。

能看到多远的过去，就能抵达多远的未来。本次培训，我们加深了对井冈山斗争史、中国早期革命道路的认识，系统学习了井冈山精神，溯源了共产党人的初心使命，与先辈先烈进行了跨越时空的对话。纪念馆里的烈士事迹和无名英雄碑，让我们再一次审视自身的责任担当；黄洋界上的炮火硝烟，让我们感受到什么是众志成城；挑粮小道上的汗如雨下，劳累的是身体，净化的是心灵。山村六年的发展振兴恰是我们党精准扶贫、为人民谋幸福、为民族谋复兴的一个缩影，让我们更加明了什么是“我将无我，不负人民”——党把人民放在心上，人民就把党举得很高很高；我们把师生放在心上，师生也会为我们点赞鼓掌。

一次井冈行，一生井冈情。井冈山两件宝：历史红、山林好。培训学习，让我们的思想、心灵得到了一次与井冈山精神高层次同频共振的机会。漫步于学院内部的龙苑步道，脚下的石阶小路今已延伸为中华民族伟大复兴的康庄大道。回到自己的工作岗位，我们必将学习到的理论和升华后的精气神投入到管理服务的行动上去，以“山大红”对接“井冈红”，以“山大红”对接“中国红”，做到学思用贯通，知信行统一，不断追求管理服务的提挡升级、达到卓越。返程大巴驶出学院大门的那一刻起，我们就已经期待着再上井冈山。

日记写到这里已是凌晨，那些场景变得更加清晰、伟岸，在我们脑海里一遍遍浮现。

作者：威海校区资产与实验室管理处工作人员　孙巍峰

5月1日　星期一　晴

文学院学年论文一等奖获得者·张　锦

在文学院一年一度的学年论文答辩会上，我很荣幸用《实践·社会·审美：论吕荧的自然美学观》这篇论文参与答辩并获得一等奖。在文艺学内部初评中，伏煦老师认为这篇论文很有问题意识。在全学院终评时，李飞老师认为这篇文章站在现在美学的宏观视野上，从新的角度对吕荧进行了重新解读。这篇论文获得老师们的一致好评，同时老师们也对论文标题、吕荧与李泽厚的关系等提出了切中肯綮的建议。

答辩结束后，我在路上走着，思绪不自觉就飘回了一年前。一年前的我还是不会写论文的“小白”，是我的导师韩清玉老师给我鼓励、给予建议，告诉我论文要聚焦问题、安排结构，并一遍一遍耐心地修改我的论文。老师与我的谈话总是一语中的，让我恍然大悟。此外，在论文写作过程中，我也常去马迎春、王彦丁、张中一的寝室，同她们交流讨论，听她们为我出谋划策；我的室友冀雅朴和赵杨璞静也帮我指出论文的不足之处并提出建议。有这样的老师和同学，我何其有幸。

而我之所以写这篇论文，是和韩清玉老师、张洪刚老师主持的吕荧读书会分不开的。在入学山大之前，我根本不了解吕荧，只知道他是二十世纪五六十年代美学主观派的代表。后来参加了吕荧读书会，阅读了《吕荧全集》，我才开始对这位先生越来越了解，由此才产生了写作这篇论文的念头。在开办读书会期间，吕荧的女儿潘怡和吕荧的学生吕家乡被邀请过来作报告。他们从切身经历出发讲述了吕荧教学、生活上的诸多经历，吕荧的形象更加有血有肉地展现在我们面前。第一次和第二次读书会照例分别由韩清玉老师和张洪刚老师主讲，后面由学生汇报、老师点评和大家讨论。韩清玉老师从学术角度介绍了吕荧美学、文艺理论等，让我们注意到吕荧与马克思主义的联系。张洪刚老师从史料角度细致地介绍了吕荧，尤其是他在山东大学时期的情况，全面展示了吕荧其人其事。韩老师还组织学生们从“诗与真”“吕荧与马克思主义文艺理论的中国化”“吕荧文学美学与文学评论的时代性与当代性”等多个主题来讨论吕荧。在同学汇报、老师补充、师生讨论中，我收获良多，非常感谢吕荧读书会。

希望有一天，我们都能真正了解吕荧先生的亦真亦美亦善，还原他的真实面貌，发掘其不可磨灭的价值。

作者：文学院 2021 级硕士研究生　张　锦

5月2日　星期二　晴

威海校区退休干部·邹积敏

70后的我已经有38年的党龄了，是威海校区的一名退休干部。退休前，我一直从事党务和行政管理工作，退休后被返聘为威海校区组织员，现担任校区离退休党委第一党支部书记。我始终认为，干部可以从工作岗位上退休，共产党员没有退休。我选择继续为党的事业发挥余热，贡献力量。

近日，我参加了校区离退休党委学习贯彻习近平新时代中国特色社会主义思想主题教育动员大会。我在会前进行了充分调研，在支部书记座谈会上向党组织汇报了退休老干部的思想动态和急难愁盼问题。党的十八大以来，这是我第6次参加党内的主题教育，我想借此机会讲讲我们离退休党委如何尊重和关心关爱老同志的故事。

为确保离退休老干部思想“不掉队”、学习“不打烊”，离退休党委按照上级党组织的要求，坚持用党的创新理论武装头脑，结合老同志的实际，采用集体学习、个人自学和送学上门等方式开展灵活多样的学习活动，让我们这些老党员实现党性观念不弱化、党员标准不降低、党内生活不放松。

为了给我们创造更好的学习和活动环境，离退休党委精心设计并重新装修了职工活动室。现在的活动室包括职工之家、党员活动室、棋牌室、乒乓球室、歌唱舞蹈室等活动场所。此外，乒乓球室还新增了活动桌椅，歌唱室也配备了大屏幕等专业设施，活动室的条件得到了很大改善，老同志们在活动室享受丰富多彩的退休生活，职工满意度也得到了有效提升。

为老同志排忧解难也是他们的常规工作。今年元旦，一位年逾八旬长期独居的老同志在家中摔倒，因体力不支无法自救，离退休党委第一时间赶到老人家中协调处理，为老人赢得了最佳治疗时间，挽救了老人的生命。他们始终怀着“吃水不忘挖井人”的感恩之心，真心实意地为老同志服务，老同志们的幸福感、安全感得到了很大提升，让我们由“养老”变成了“享老”。

正是离退休党委的辛勤付出，让我们这些老同志时刻感受到组织的温暖和学校的关怀。学校学习贯彻习近平新时代中国特色社会主义思想主题教育已经扎实开展，作为支部书记的我也深深感受到自身的责任，我一定会根据学校和离退休党委的统一安排部署，真正做到“学思想、强党性、重实践、建新功”。

作者：威海校区离退休党委退休干部　邹积敏

5月3日　星期三　阴

《鹊华畅春图》绘制者·李善杰

《鹊华畅春图》是一幅富有山东大学威海校区特色的国画作品。初次创作时，我以玛珈山为背景，以校园中常见的花鸟植物为主题，展现了威海校区独特的自然风光和校园文化。在2014年庆祝山东大学建校113周年和威海校区建校30周年之际，这幅193cm×503cm的巨制作品诞生了。我将其捐赠给了威海校区，在知行会堂的西墙上悬挂。

时隔多年，画中景物原貌有所变化，这让我感到有些不舍。借“五育协同重大成果美术创作”的契机，威海校区党工委、宣传统战部、艺术学院的领导非常重视此事，极力推荐我将该作品重新绘制后参加济南校区的展览活动。

这项工作时间紧，任务重，且其重要性不言而喻。我认为山大人理应为讴歌学校的辉煌成就、弘扬艰苦奋斗的精神出力，便义无反顾地接受了这个任务。应工作要求，为了在期限内更好地完成这幅作品，我花费了许多精力，也得益于自己多年积累的绘画经验，经过 20 余天的创作，最终完成了这幅国画作品。

重新绘制的作品与原作品一样，我将山水、花鸟有机结合，并将岩彩画的技法运用到画面中，采用天然矿物色处理背景，画面富有新意。同时，新的作品又融入了我对中国美术发展和中国式现代化的思考，使这幅作品更富有时代气息和内涵。

这幅作品完成后，我深有感触，遂在日记中写下这些创作感想。这幅新的《鹊华畅春图》见证着威海校区的成长与发展，也象征着山大人对于文化传承和创新的不断追求。我深爱着山东大学及威海校区，愿为学校和校区更美好的明天而不断努力。

作者：艺术学院（威海）退休教授　李善杰

5月4日　星期四　阴

“榜样的力量”优秀学生颁奖典礼主持人 · 张格堃

熠熠青春逢盛世，奋斗追梦正当时。今年是第 74 个五四青年节，也是五四运动第 104 周年。5 月 4 日，学校举办了“榜样的力量”山东大学 2022 年优秀学生颁奖典礼暨五四青年盛会，有幸作为主持人的我，备受榜样们、老师们的振奋与鼓舞。

伴着蒙蒙细雨，颁奖典礼在热烈的气氛中拉开序幕，到场的有校领导以及社会各界支持学校育人事业的嘉宾朋友们。学子榜样齐聚一堂，共话奋进。典礼共分三个篇章，分别为学生年度人物、研究生道德风尚奖、优秀退役大学生士兵、十佳团支部、国家奖学金、校长奖等品学兼优的同学们颁奖。让我记忆尤为深刻的是获评“自强之星”的同学们，他们在艰苦奋斗中实现人生价值，以拼搏的姿态勇敢而坚定地追逐梦想。通过视频，他们讲述着自我的青春经历，每个人都光彩熠熠，让时代聆听他们铿锵有力的声音。典礼最后，李术才校长的谆谆教诲也勉励我们，作为新时代的青年学子，要不辜负嘱托与期冀，为天下储人才，为国家图富强，努力成为担当民族复兴大任的时代新人。仪式在老师、同学们的欢声笑语中接近尾声，祝福我们用炽热的心灵照亮明天的希望。

这些榜样如启明星一般带领着我们朋辈勇往直前。对于学习新闻专业的我而言，闪光灯每一次闪烁，每一张照片，每一次采访，每一篇报道，都是循着光的印记，点亮世界的过程。每一个人在青春的旅途中都有着独一无二的记忆，或许追光之旅不会一帆风顺，但内心的坚定可抵百般磨难。我们大家来自不同的专业，未来致力于不同的岗位，但我们都会用自己所学报效国家，奉献自己的青春力量。

作为新时代的青年，亦是新闻追光者，在未来的日子里，我会循着光的方向，继续奋勇前进。

作者：新闻传播学院 2022 级硕士研究生　张格堃

5 月 5 日　星期五　小雨

“榜样的力量”学生年度人物 · 陈允隆

今年 5 月 4 日，我有幸登上“榜样的力量”山东大学优秀学生颁奖典礼的舞台。在观众的注目下，在耀眼的灯光中，我从校党委书记郭新立手中接过光彩夺目的奖杯，激动之情溢于言表。我十分清楚，这不仅是对过去努力付出的一份总结，更是向未来阔步迈进的全新开始。

学医路漫漫，青年当自强。回望过去，我十分感谢当年青春稚嫩的自己，在各行各业中选择了真正适合自己的医学。转眼间，我在山大已经度过三年时光。在这三年里，在学校培育、老师教诲和同学支持下，我努力提高各项素质，逐步坚定了人生的发展方向。作为一名临床医学生，我始终铭记培育医德修养与提升专业技能并重，立志成为一名报效祖国的优秀医务工作者。

怀揣着对医学的热爱与敬畏，在漫长的学医道路中，我时刻警醒自己，要刻苦努力、严谨治学，要全面发展、大爱无私。这三年里，我记不清有多少通宵达旦的日夜，也记不清有多少经受挫折的迷惘，有为专业课程的奋斗，有为科研探索的付出，还有为学生工作的辛劳。然而，不经一番彻骨寒，怎得梅花扑鼻香。每一次面临困难，我总是迎难而上；每一次自我怀疑过后，我总会迅速调整状态，努力成为更好的自己。

“路漫漫其修远兮，吾将上下而求索”是我始终如一的态度。在实现理想的征途中，我追寻无数山大榜样们的身影，勤学肯干、自立自强，渐渐地，自己也有了些许成绩，一次次从答辩舞台脱颖而出。从山东大学十佳班长到山东省优秀学生干部，从山东大学十佳共青团员到山东大学“榜样的力量”学生年度人物，这些历程我将铭记终生。它们不仅是荣誉，更是责任和使命。

健康所系，性命相托，白衣为甲，向险而行。未来之路，我将继续传承山大基因，以不懈奋斗姿态为祖国医学事业贡献青春力量。

作者：基础医学院 2020 级本科生　陈允隆

5月6日　星期六　晴

文学院2018级校友·朱炜明

晨光熹微，我来到自己的工位上，准备开始一天的工作。常哥说："炜明，这有两篇稿件，我微信发给你了，你编辑一下，放到后台。"一瞬间，忽然觉得这个场景似曾相识，我的思绪仿佛回到了山大，视点的老师也对我说过同样的话语。

这几日正逢《山大日记》栏目十周年庆，在微信公众号上看到宣传推文，也不禁想到了《山大日记》栏目八周年巡回展的一幕幕，仿佛就发生在昨天。当时是副团长宋烨学姐负责统筹，我作为日记组的一分子也参与其中，负责写推文、摆展台等事项，这也是我第一次参与的主题策划活动。而之后在视点的几年里，也见证了我更多的人生第一次：第一次采访、第一次写脚本策划、第一次统筹晚会，乃至第一次上台说相声……"廿一风华在，青春恰自来。"这是当时为视点二十一周年庆晚会拟定的主题词。视点于2000年成立，与我同岁。彼时我还是一个懵懂的大学生，与传昀、芳奥、子芸一起为大家献上了一场相声，那是我首次在那么多人面前登台表演，但也算差强人意，不少自己编排的包袱段子博得了大家一笑。不得不说，在视点所学颇多、所获颇多，不仅是工作上，更多的是大学体验上。

作为曾经的日记小编，我在一篇篇饱含深情的日记中，聆听着山大人的生活点滴，看到了山大人的生活风貌。在山大人平凡或不平凡的故事里，一次次为他们的真情而感动，为他们的成就而喝彩。今天的日记就是明天的校史，而且是最生动、最鲜活的校史。尤其三年抗疫历程中，山大日记也发挥着自己时光相册的责任，记录下了这段刻骨铭心的历史。在日记里，我们看到了逆流而上的援鄂医疗队战士、坚守岗位在校园巡查的后勤工作人员、响应号召居家上课的师生，听到了为战"疫"人员加油打气的战歌、国泰民安山河无恙的祝福以及冷静深刻的总结，感受到了相隔千里跨越山河的牵挂、团结一心众志成城的希望、战“疫”胜利返校上课的欣喜……在这些特殊的时刻，《山大日记》栏目牢记“承载山大历史”的使命，成为最接地气最温暖的山大“编年史”。

“凡我在处，便是山大。有你在时，那便是家。”不论是在校师生，还是已毕业的校友，希望山大人能够在《山大日记》中谱写更多故事，记录生活的精彩点滴。

作者：深圳新闻网 2018 级校友　朱炜明

5 月 7 日　星期日　晴

徒步毅行活动参加者·窦　宇

追古抚今，徒步毅行。今天，我与来自各学院的学生党员、候任保资辅导员等一同参加了党委学生工作部举办的“徒步毅行担使命，学思践悟勇担当”——学习贯彻习近平新时代中国特色社会主义思想主题教育，追忆红色故事，重温革命情怀。

夏风徐徐，阳光和煦，济南的初夏绿意盎然，充满了青春的活力。午后，我们一行人从中心校区南门出发，手举五星红旗，胸佩党员徽章，迈着矫健的步伐，阔步行走在泉城巷陌，形成一道靓丽的风景线。

解放阁上，我们共同瞻仰济南战役英雄群像，了解济南战役的光辉战斗历程，切实感受到济南战役“爱党爱军、依靠人民、英勇顽强、敢于胜利”的强大精神力量。一张张战场照片，一件件历史实物，一段段影像资料，仿佛向后人诉说着为信仰上下求索的初心使命，传递着革命火种的

“接力棒”。面向党旗，全体党员同志紧握右拳，重温入党誓词。铿锵恢宏的誓词，一字一句提醒着我们永葆共产党员的赤诚本色。

“五三惨案”纪念碑前，我们轮流敬献鲜花，祭奠同胞，垂首默哀。对为夺取中华民族独立和中国人民解放献出生命的所有英灵的最好告慰，就是更加紧密地团结起来，始终高举爱国主义精神伟大旗帜，向着中华民族伟大复兴的中国梦奋勇前进。

山东大学校友门是我们此行的终点。校友门建于 1924 年，采用的是中国传统的三间三叠牌楼的形式，主门顶较高，两侧门顶稍矮，形成一个“山”字。120 年来，山东大学与时代同呼吸，与国家共命运，形成的“家国情怀、担当精神、崇实品格、创新素养”的山大基因一脉相承，熔铸了山东大学和全体山大人的气质和风采。这份山大给予我们的力量，将持续激励我们砥砺奋斗、开拓进取。

我们已走过千山万水，但仍要不断跋山涉水。李术才校长勉励我们：锚定正确人生航向，练就过硬本领，塑造强健的意志和体魄，投身强国的火热实践。红色热土，血脉相承，我们要认真学习习近平总书记给中国农业大学科技小院学生的重要回信精神，树立强国大志，涵养家国情怀，培育全球视野，以青春之我、奋斗之我，为民族复兴铺路架桥，为强国建设添砖加瓦。

今年的 6 月 2 日，是我作为预备党员满一年的时间，我将正式向党组织提交转正申请，也将永远铭记在党旗下的铮铮誓言，为党和人民的事业奋斗终生。

作者：文学院 2020 级本科生　窦　宇

5月8日　星期一　晴

添翼工程网球培训学员・王思雨

寒意渐消，绿染校园。于夜晚穿过明亮的体育场，行至设施完备的网球场，我又见到了那些熟悉的面孔，那是和我一同参加天翼工程网球学习的老师和同学们。转瞬间，我的添翼工程网球培训课程已经过半。

网球培训开展得一如既往地顺利。当我来到网球场时，同学们已经开始自行练习。早到的同学有对着壁网练习的，还有正在场上打得激烈的。和他们聊天时，我了解到，一些同学已经不是第一次参加网球培训，因而他们已经掌握了基础，可以进一步掌握技巧、熟练对打了。我协助老师提前清点好到课人员后，老师便推着装有训练用具的小车来到了现场。对熟悉的同学，她可以认出他们并因材施教；对初学的同学，她也从基础教起，一字一句，富有耐心。

简单的热身后，老师又一次带着我们巩固挥拍姿势。即使是最基础的内容，老师也反复强调，希望我们这些初学者能够打下坚实的基础。从前我都不敢相信，自己也可以坚持学习一项球类运动，能够自如地在场上挥洒汗水，看到自己的进步。

通过前段时间的学习，我们现在已经可以发球了。准确定位老师抛起的球，以正确的姿势发出球，这是一种成功的体验。与学习上的获得感不同，这种努力尝试、突破、心如擂鼓的感觉是体育运动带来的。反复练习发球，我也不曾感觉厌倦，期待着有一天，自己能够在场上激烈竞赛，夺得荣誉。

此前我了解过添翼工程的各项培训宣传，一直希望能够参与其中。这学期，我选择了自己过去不曾尝试但感兴趣的培训。我相信，与我一起参加网球培训的同学一定怀着和我一样的心情：感恩和珍视。

我曾问一位同学，为什么可以在学业如此繁重的前提下，坚持两个学期报名并全勤参与这门培训。她这样说："学校为我们争取到的学习机会来之不易，所以一定要坚持下去，学出点名堂！"和她相似的同学还有很多，在这里，没有三分钟热度，唯有热爱与坚持。感谢添翼工程给我们提供了这样宝贵的机会，从学业、就业、艺术到体育，我能感受到添翼工程对学生全面、真诚的关怀。它有个简单的愿望，给每个渴望提升自己的同学以机会，让我们肆意地奔跑。添翼工程做到了，而且做得很好。

与老师道别后，我在体育场上漫步。体育场灯亮如昼，少年人奔跑不息。我想，这就是我梦中大学校园的模样，此间温暖，持续明亮。

作者：药学院 2021 级本科生　王思雨

5 月 9 日　星期二　晴

"职业生涯体验周"活动参加者·马　畅

五四青年节过后，山东大学第二届职业生涯体验周到来了。在朋友的邀请下，我参加了这次活动。作为大一学生，我原以为职业生涯规划似乎离我们很遥远。没想到，活动让我收获良多，不虚此行。

早上八点半，参与者陆续来到齐园餐厅南侧，迎着初夏的朝阳，排起一条长长的队伍。同学们好奇地看着四周的展台，怀着期待的心情等待着活动开始。

开幕式上，2022 级新生代表和志愿者学生代表表达了对未来职业生涯的畅想，我不禁思考起自己的梦想和未来的职业。我望向正前方的活动展板，上面书写着本次活动主题：生涯向未来，建功新时代。看着它们，我再次陷入了沉思。突然，同学们的一阵惊呼声唤醒了沉思中的我，在校领导宣布体验周活动正式启动的同时，一簇簇五颜六色的气球在展台前接连升起、向上飞去，这绚丽的场景让我的心情也跟着激动起来。

在志愿者的带领下，我们在引导处领取了生涯体验自助手册。共有13个活动关卡，打卡集章，调研抽奖，环环相扣，新奇有趣。事不宜迟，我和朋友便向活动展台走去。

每个活动关卡虽然简单却蕴含深意。第一个项目“天生我材”让我们探索了自己的性格特点、优势劣势，让我们在收获信心的同时也不忘时刻自勉。只有先深刻了解自己，才能走好职业规划的关键第一步。在“山河环游记”中，最吸引人的是地面铺设的趣味版地图和偌大的骰子，这个项目创新性地把大富翁游戏和祖国各地特色文化相结合，让我们在游戏过程中了解不同地区的基本情况和发展战略，并在此基础上思考未来就业的区域选择和发展空间。在“追求碰碰车”里，我对未来职业发展追求有了更清晰的认识，思考了如何运用专业知识为社会作贡献。在后面的“大学生进阶攻略”和“生涯扫雷”项目中，通过测试和问答，我进一步了解到影响自己职业发展的外部因素和内部因素。令我惊喜的是，学校就业中心已经针对同学们的生涯决策困难提出了应对方法，我如获至宝，将其保存下来细细思考。我在各个关卡展台中穿梭，收获满满，不禁感叹这次活动真是既丰富又生动，让我们在亲身体验、闯关游戏中收获了系统的生涯探索知识，这才是真正的寓教于乐。

很快到了上课时间，我恋恋不舍地离开展区。回望正前方主展板上醒目的主题词和逐梦前行的身影，我不禁想起开幕式上放飞的气球，那不正是我们五彩斑斓的梦想吗？愿我们都能在本次活动中找到属于自己的职业生涯之路。

作者：管理学院2022级本科生　马　畅

5 月 10 日　星期三　晴

档案保护实践课学生 · 王亦婷

这是我第一次走进图书馆七层，那是古籍修复工作的地点。当然，我不是真的来“修书”的，我们到这里是为了上一节特殊的档案保护课。

在十二周的理论学习后，霍艳芳老师给我们安排了一节实践课——书画托裱。课上，张同彬老师结合丰富的实践经验向我们介绍了书画与古籍修复的必备工具和几种常见方法。张老师缓缓铺开一个布袋，它看着容量不大，里面却全是“宝贝”，不少还是自己制作的。“像这个竹启子，我们都喜欢自己做，外面的用起来反而不顺手。”张老师如数家珍，拿起三个长短不一的工具介绍道。

“今天你们算是来巧了，李老师给大家演示一下怎么打糨糊。以前学徒在出师前，师傅才会传授糨糊的制作方法呢。”分享的最后，张老师卖了个关子。

李老师先是不紧不慢地配置了一些小麦淀粉糊，旁边的热水正好滚沸。“这一步就得快，迅速加水然后搅拌十五分钟左右。”李老师一边演示一边给我们讲。霍老师在一旁鼓励我们“接力”尝试一下，刚开始觉得没什么，不过五分钟就开始感到吃力了。“所以说这是独门技巧啊，糨糊的质量直接决定修复工作的质量。”张老师作结。

今天我们体验的是将书画装裱到卷轴上。李老师和张老师分别给我们示范了传统技法糨糊托画心与现代机裱工艺胶膜托画心的过程。两位老师细心至极，哪一步该上糨糊，糨糊上到哪个位置，四周要空多少间距，从哪个方向熨平，全都大有讲究。“出错了也不要紧，大不了咱们就等它干了重新操作。这就是咱们传统技艺的特点，可逆性强，不是一次性的，这是机器操作不具备的。”张老师不经意间流露了些感慨。

我在长久地观察后，终于迈出了艰难的第一步。我用尺子小心量着四边的距离，心里想着千万要对齐，然而裁纸刀下去那一刻还是歪了。周围陆续有同学操作成功，发出雀跃的欢呼声，开始讨论起经验来。朋友跟我说要利索点下手，胶膜才不会撕坏。我调整了一下方法，果然顺利很多。

我的成品还是不如人意，歪歪斜斜的，纸还被拉起了些毛边。我看了看上面的字“顺其自然”，好吧，其实挺应景的。

另一头，几位老师还忙着指导同学们把画上墙。“咱们今天的画心是云南的一个民俗拓印——甲马。《水浒传》里的神行太保戴宗，就是腿上绑着甲马，便能健步如飞，日行百里。”老师说起书画背后的故事显得格外兴奋。据介绍，托裱一幅作品至少得花一上午的时间，如果是破损程度比较高的，还可能要耗上几天。

这不仅仅要靠耐心与敬业精神了吧——这是一种对古籍和传统文化深深的、长久而稳定的热爱，真是令人动容。

作者：历史文化学院 2020 级本科生　王亦婷

5 月 11 日　星期四　晴

章丘焦家考古工地参观者·康子伊

“生活不止眼前的苟且，还有手铲和远方的田野。”在风和日丽的午后，历史文化学院 2021 级考古班在班主任的带领下，前往章丘焦家考古工地参观游学。驶离热闹的济南城区，穿行于村庄民居和青绿的田间地头，司机师傅娴熟的车技多次令同学们交口称赞。在下午三点半左右，我们顺利抵达了工地。

工地的一位负责老师拿着扩音喇叭带领我们按序参观，并提醒同学们注意安全，因为发掘区被划分成若干方格，分工发掘，有的探方很深，在隔梁上行走时要格外注意脚下。老师向大家介绍了焦家遗址的具体情况和探方的发掘进展。焦家遗址地处泰沂山系北侧的山前平原地带，山脉孕育了诸多河流，也为人们的生产生活提供便利。在这片土地上发现了许多古代先民的足迹，焦家距离著名的城子崖遗址仅约 5 公里，在勘探和发掘过程中发现了丰富的大汶口文化中晚期遗存，如夯土城墙、等级分化的墓葬、半地穴房址等，以及精美的彩陶、白陶和玉礼器。作为鲁北古济水流域的大型中心聚落，也是目前海岱地区发现年代最早的城址，焦家遗址成功入选 2017 年全国十大考古新发现，而主持考古工作的正是山东大学历史文化学院，这让我倍感自豪。

此外，老师还以工地现场为样板，介绍了各类遗存，讲解了考古发掘的原理和方法，如清理耕土层、区分文化层、根据叠压和打破关系辨别顺序先后和年代早晚等。在焦家遗址的发掘工作中，目前发现在大汶口文化阶段时期存在三种类型的房子，分别是半地穴式房子、带基槽和柱洞的地面式排房，以及无基槽有柱洞、木骨泥墙的地面式房子。通过现场观察和老师的具体讲解，我们对课本上经常出现的知识点有了更深刻的理解和更直观的感受。

焦家遗址因其遗存多样，发掘难度适中，非常适合考古学本科生的田野实习。在这次参观中，我们还遇到了 2020 级考古班的学长学姐，大家一起站在探方后的土坡上合影留念。最后，我们前往焦家遗址苏官发掘区和工作人员日常生活的活动中心，参观了文物储藏室、清理室和餐厅等，在近距离感受陶器的精妙之余，也为明年大三的田野实习做好了心理准备。

礼出东方看焦家，五千年前的考古遗存诉说着历史变迁的故事。在离开时，我看到工地的横幅上写着“向世界展现可信可爱可敬的中国”。探索未知，揭示本源，我想，这正是考古人的职责所在，也是考古的魅力所在。

作者：历史文化学院 2021 级本科生　康子伊

5月12日　星期五　晴

齐鲁医院护士·韩　辉

青春充满活力，也充满了色彩。在五彩缤纷的青春里，我选择了白色，成为一名护士。今天，我们迎来了第112个“5·12”国际护士节。耳畔响起优美的旋律，以“我们的护士，我们的未来”为主题的“5·12”护士节庆祝大会在山东大学齐鲁医院大礼堂隆重举行。我们相聚在一起，点燃天使红烛梦，传承百年护理情，共同庆祝属于护理人的节日。

今天的大礼堂座无虚席。医院党委书记侯俊平、副院长纪春岩、齐鲁医学院党工委书记陈鑫以及中华理事会理事长吴新娟分别致辞。他们在致辞中表示，新冠疫情期间，齐鲁护理人闻令而动、主动请缨，圆满完成援鄂、援沪、援疆等党和国家交予的任务。齐鲁医院有3387名护理工作者，占全体职工的一半，逐渐实现从量的增长到质的提升。希望我们在党委的正确领导下，在医生护士的共同努力下，弘扬南丁格尔精神，敬佑生命、救死扶伤，当好人民健康的守护者，用实际行动践行责任与担当，继续秉承“惟勤惟瑾、务精务诚、向善向爱、求实求新”的齐鲁护理价值观，将抱负与才华融入推进医学事业取得新突破中。

随后，护理部主任曹英娟为新职工进行授帽仪式，并带领全体护士宣誓，重温南丁格尔誓言。2022年，护理队伍取得了令人瞩目的成绩。在2023年山东省大学生医学技术技能大赛获得A、B赛道双项特等奖和8个单项奖，会上还颁发了优秀护士长、优秀护士、优秀护理团队、创新成果转化达人、临床护理指导专家、优质护理标杆病房等多个奖项，护理成绩硕果累累，令人振奋。我很荣幸被评为优秀护士，在喜悦的同时也很感激，心中充满了继续担当奋进的动力。

从2020年的援鄂到2022年的援沪、援疆，无论是在抗疫一线、社区核酸采集现场、学校医务室还是院内科室之间援助，处处都有齐鲁护理人的身影，充分展现了特别能吃苦、特别能战斗的精神。今年是我护理职业生涯的第 15 个年头，感谢齐鲁医院对我的培养。医院不仅是每个医护人员幸福的驿站，更是每个人积蓄力量和成长的摇篮，让我从一名经验浅薄的护生，变成一名充满责任与担当的护士。2022 年 4 月和 10 月，我两次请缨奔赴上海、新疆抗疫一线。去年年底，医院医务人员非战斗性减员严重，我主动放弃休假，加入支援急诊抢救室的队伍中。经过艰苦奋战，我们终于迎来胜利。

在党的二十大精神指引下，作为一名入党积极分子，我将以此次荣誉为新起点，以“不抛弃忠诚，不放弃责任，不忘记感恩，不丢掉敬业”为宗旨，继承和发扬优良传统，践行崇高职业使命，在平凡岗位上以优质服务增进人民健康福祉，为实现医院超常规、高质量、跨越式发展出一份力。

作者：齐鲁医院护士　韩　辉

5 月 13 日　星期六　晴

“药品监管科学概论”课程学生 · 林兆媛

伴随着毛振宾教授的“药品监管科学的趋势分析与展望”主题讲授结束，本学期的“药品监管科学概论”课程也结课了。回首整个学期的学习，我感慨颇多。

每周四下午两点，“药品监管科学概论”课程在趵突泉校区以专家讲座的形式开始。这门课开讲的情景至今仍历历在目。记得那天我早早就来到了教室，不一会儿，就看到药品监管科学研究院的王凤山院长和一位精神矍铄的教授走进来。教授头发花白，但是双目炯炯有神，举手投足间都自有一股精气神。经过王院长的介绍，我们得知毛教授曾担任国家药品监督管理局科技与国际合作司司长，目前已退休。

毛教授的讲课深入浅出、高屋建瓴。考虑到大家专业不一，对监管科学的理解也有差异，他从监管科学发生的背景和起源讲起，从美国食品药品监督管理局（FDA）的形成一直讲到监管科学的发展，在严谨的同时又不失幽默风趣，最后引出了监管科学在我国的发展历程和成就。讲到毛教授牵头发起的“中国药品监管科学行动计划”时，他详尽地为我们介绍了行动计划近年开展以来关于药品监管领域的新制度、新标准、新方法等。为了实现“让药物更有效”的初心，一众药学人筚路蓝缕的形象浮现在眼前。

药品监管科学中研究的药品是广义的药品，分为药品、医疗器械和化妆品三大版块。在药品监管科学这一领域，邀请了学校的臧恒昌教授、王凤山教授和方浩教授来分别为我们讲解中药、化学药与生物制品的监管科学；在医疗器械和化妆品领域，又邀请了山东省医疗器械和药品包装检验研究院的侯丽老师和山东省食品药品检验研究院的李启艳老师分别为我们讲解。除此之外，药品监管科学研究院的李雨嘉老师还为我们讲解了社会治理体系与治理能力现代化中的监管科学，从宏观的角度为我们从医疗保障体系、医疗卫生服务体系和药品供应保障体系三个方面讲解了医药卫生体系的治理现状。各位老师学识丰富，见解深刻，同学们都学到了很多知识，也对各个领域药品监管科学的发展现状和前沿研究有了广泛的了解。

课程学习就此告一段落，但是前面等待我们去探索研究的内容还有很多。道阻且长，我辈当自强。

作者：药品监管科学研究院2022级硕士研究生　林兆媛

5 月 14 日　星期日　晴

山东省大学生医学技术技能大赛工作人员 · 张泰松

2023 年山东省大学生医学技术技能大赛在青岛大学成功举办后，齐鲁医学院于前两日组织召开教学院长会议，对本次大赛进行了回顾、交流与总结。

山东大学在本次大赛中收获颇丰，共获特等奖 6 项、一等奖 3 项、二等奖 1 项；另获高校团体金奖 7 项，获腰椎穿刺术等单项奖 30 项。大赛优异成绩的取得，得益于同学们平时积累的扎实专业知识、熟练的实验实践操作技术技能、赛时临场应变和团结协作等能力，同时离不开老师们的精心指导和严格培养。齐鲁医学院全力做好后勤保障工作，全程服务好本次参赛活动。

作为本次大赛的联系人，自接到大赛通知起，我也全力协助各学院做好大赛的各项准备工作，逐一落实参赛学生选拔、比赛报名、综合笔试考试到现场实践操作比赛等各个环节，及时与大赛组委会保持沟通联系。

由于比赛过程的保密性，我和其他几位负责老师都未能入场，无法现场观看同学们比赛。但高兴的是，我们在青岛的海风里等来了斩获佳绩的好消息。本次大赛聘请的都是国家级比赛的裁判，各专业的同学们通过同场竞技，检验了专业技术技能水平，也发现了自身的不足，将有助于同学们在今后的学习中不断改进和提高。

比赛结束后，我写了一篇有关大赛的新闻报道，发表在齐鲁医学院的网站上。一位在办公室勤工俭学的护理学专业大三同学，在看到新闻后与我交流。她说："老师，这次我们的成绩很好啊。"我说："是啊，这次护理学专业很不错，拿了两个特等奖。"我又鼓励她争取以后也参加比赛。她告诉我，在她上实验课的时候，参赛的同学们就在隔壁的实验室操作训练以备战比赛，已经持续两三个月的时间了，而实验课的上课老师则要求他们，要严格按照参赛的标准进行规范的实验操作。

从这位同学的讲述中，我看到了获奖团队背后的辛勤付出。将大赛的规范要求应用于日常的实践教学中，正是举办大赛的重要意义之一，体现了大赛“以赛促学、以赛促教、以赛促改、以赛促建”的宗旨。相信通过不断推进医学教育教学改革，创新医学实践教学体系，齐鲁医学的人才培养质量一定会得到全面提升，更好地践行服务“健康山东”和“健康中国”战略。

作者：齐鲁医学院本科生教育管理办公室工作人员　张泰松

5月15日　星期一　晴

校园描绘者·高　山

来学校办理退休手续，拐到了洪家楼校区，我想起2016年5月的那一天。

那时学院要搬迁去青岛。

当时在门口台阶上不经意向楼外看去，熟悉的一切蓦然改变。在这个校园走了三十年，看着人们匆忙或散淡地走进走出，看着春夏秋冬三十次色彩斑斓的轮回，风霜雨雪给楼房道路印染着时光的痕迹，阴晴冷暖的交替给予了树木花草多样的情绪。

春天的各色花木次第开放，花团锦簇，满园飘香。树下走一走，春风暖心。在芽孢生长的惊奇中知晓了各种花开放的时间先后，也分辨了花香的细微不同，心底就舒畅柔软了起来。夏天来得及，校园里的树荫瞬间铺成屏风，隔避了墙外的尘嚣喧闹，身体与思想便清凉了。浓郁的树影与光线照耀之处对比强烈，突出了绿色的空间感。六月的校园，树下和小桥边的毕业生们欢笑着留影，动作夸张任性。初夏里斑驳的不只是光影，还有如风的心情。风吹云去，蝉鸣渐响。

深秋与冬天的校园气质更显性。九月里新生的脸庞与秋天的阳光一起来到，空气与心情都干爽起来。待到深秋，富有弹性的秋阳慢慢清冷，大杨树的叶子迅速干燥，发出哗啦啦的声响。挺拔的树身筋骨露出，线条清晰，富有质感，树干上黑白分明的大眼睛在审视着世界。冬天的树木在湿润的冷风里摇曳着干硬的枝条，保持着从容与笃定，脱去繁叶，超越虚荣和虚无。寒假前，雪无声地下了，校园一片洁白，空间也仿佛被冻得压缩了，校园时光好像走到了隧道深处。寂静成为主题，偶尔树林里传来学生们戏雪的笑声，推门望去，天地明净。

楼房深沉的调子和粗大的树木，成就了几十年的沉思和气息的静穆。不争，不做作，不呈斗志昂扬状。来来往往的人们也少见张扬，更不猖狂。院子一贯少了些花花绿绿和彩旗飞舞，避开众人皆大欢喜的镜头，从低一点或高一点不同的位置，自然会看到不一样的世界。角度不同，视野迥异，也就引发不一样的心绪。

天天见面，难见其壮。三十年过来，大树肯定粗犷挺拔，它会给予人们更多智慧的感悟与启迪，启发细腻的感受，自然会去除令人焦虑的僵化和自我麻痹，激发人们生活的热情。

那年那天就想用笔描绘一下，虽久已生疏，仍慢慢画起。今日老校，肃然依旧。

作者：纪检监察机构干部　高　山

5月16日　星期二　晴

山大滇中引水工程专项超前地质预报项目部成员·任玉晓

早起穿戴好工装与安全帽，准备好山大旗帜，今天，作为山东大学驻云南省滇中引水工程楚雄段专项预报项目负责人，我将参加一个特殊而意义非凡的活动——隧洞贯通仪式。

在仪式现场，随着最后一声炮响，柳家村隧洞进口与1号支洞上游顺利贯通，较设计工期提前了5个月。这是今年楚雄段在山东大学专项超前地质预报团队的保驾护航下，连续贯通的第3对隧洞工作面。其中，前几日贯通的柳家村隧洞1号支洞下游与2号支洞上游，比设计工期提前了23个月之久。实际上，柳家村隧洞的建设实属不易，施工过程中遭遇的突水涌泥、垮塌、溜坍及软岩大变形等地质险情仍历历在目，回想起来不禁感叹隧洞建设之艰辛，也更加体现出隧洞贯通这一阶段性胜利的来之不易。

云南省滇中引水工程是目前我国在建的最大引水工程，被列为国务院批准的172项重大节水供水工程中的标志性工程之首。从丽江、大理至楚雄，在让人流连忘返的玉龙雪山、苍山洱海之下，隧洞施工还面临着活动断裂、岩溶系统、“滇中红层”等几乎所有不良地质类型，堪称看不见的“地质博物馆”。如何提前探明隧洞前方灾害源，避免突水突泥、塌方等地质灾害的发生，已成为在滇中的山大人“时时放心不下”的责任与使命。

自滇中引水工程开工以来，工程全线到处都可以看到山大岩土人拼搏奋斗、奉献热血的身影。岩土中心团队驻现场的师生们成立了临时党支部，充分发挥“支部建在项目组，党旗飘在第一线”党建优势，针对工程现场重难点问题攻关，采用自主研发的地震波法SAP及激发极化法TIP等技术，多次探明灾害源、妥善处置风险，秉承岩土中心团队“特别能吃苦、特别能战斗”的作风和“把论文写在祖国的大地上”的传统，在秀美的彩云大地上用实干诠释着山大人的担当。

在滇中引水工程现场的锻炼经历，使我有所感悟：要想有所收获，除了要战胜隧洞内探测所处环境之艰苦、24 小时随时待命之辛苦外，还要苦学理论知识、苦练过硬本领，方能解决重大工程安全建设之苦。正所谓“宝剑锋从磨砺出，梅花香自苦寒来”，我们新时代青年科技工作者还需继续埋头苦干，久久为功，方能在重大工程实践中绽放青春绚丽之花。

作者：岩土与结构工程研究中心工作人员　任玉晓

5 月 17 日　星期三　晴

“见义勇为勇士”李林雨烈士先进事迹报告会
聆听者 · 吴静雯

国防教育是立德树人的重要内容，山东大学在学生培养的各个环节都高度重视国防教育工作，具有崇尚英雄、捍卫英雄、学习英雄、关爱英雄的良好风尚。昨天下午，我参加了学校组织开展的沉浸式国防教育活动，认真聆听了“见义勇为勇士”李林雨烈士先进事迹报告会，心灵受到触动，精神得到洗礼。

报告会在慷慨激昂的国歌声中拉开序幕。学校党委学生工作部、武装部部长杨玉老师在致辞中鼓励我们勇于追梦、不懈奋斗，向英雄学习，向前辈学习，向榜样学习。随后，在李林雨烈士的事迹短片中，我对李林雨烈士的先进事迹有了初步的了解，不禁被他一直向阳而生的成长故事打动。

令我感触最深的是接下来报告团成员的动情讲述。五位宣讲团成员饱含深情地讲述李林雨烈士的生平事迹，用鲜活生动的语言阐述英雄故事。李林雨烈士从军报国、初心不改、奋斗追梦、人民至上的感人事迹呈现在我的面前。

在李林雨烈士指导员的报告中，我们知道，李林雨在兵营中从不气馁，总是下定决心让自己更优秀。他为了提高训练成绩，主动向教员请教；动作不规范时，他就对着镜子反复练习；400 米障碍练习时缺乏爆发力，他就利用休息时间练习冲刺。不到两个月，他就顺利通过考核，成为应急管理兵营中最好的队员之一。令我感触最深的是烈士的堂妹李一丹的报告，在听报告的过程中，我泪流满面。世界上最令人痛心的便是亲人的离开，她在讲述过程中时不时声音哽咽，无法接受的心情难以掩饰，而这也引起了我的深深共鸣。李林雨是烈士，更是父母的儿子、一个家的支柱和希望。他用超出自己年龄的成熟和沉稳扛起了生活的重担。出门是少年，归来是英雄。他的战友张凯、马士杰的报告也深深感动了我，在他们的讲述中，我更加深刻了解到李林雨烈士是怎样一位有志青年，胸怀远大理想，矢志从军报国，不畏艰难险阻，敢于担当使命，心中对党和人民充满热爱。他始终是我学习的人生榜样。

事迹报告会令我们对李林雨烈士用生命践行理想信念的崇高精神和可贵品质有了更直观更深切的感受。同学们都深受激励，对我本人来说，这既是一次鲜活的沉浸式的国防教育课，更是一场深刻的思政课。相信在对英雄事迹的学习过程中，广大山大学子能够以李林雨烈士为榜样，汲取奋进力量，实现人生追求，无愧于时代，无愧于青春，争做有理想、敢担当、能吃苦、肯奋斗的新时代好青年。

作者：物理学院 2022 级本科生　吴静雯

5 月 18 日　星期四　晴

博物馆副馆长 · 肖贵田

今年“5 · 18 国际博物馆日”中国主场活动在福建博物馆举办，刚刚，全国博物馆十大陈列展览名单诞生。这让我顿生感怀，不禁回忆起去年国际博物馆日活动在武汉举办的情形。历经半年时间的鏖战，山东大学博物馆“百年学府　文韵齐鲁”主题展览基本陈列最终荣获第十九届全国博物馆十大精品展览陈列推介活动优胜奖。这是高校博物馆第二次闯入该项全国赛事前二十，也是我省高校首次获此殊荣。

今年的国际博物馆日，很多博物馆人相约奔赴福建庆祝节日。我留在了学校，忙着筹备博物馆的展览，《山海风 · 考古情——考古专业五十年》和《甲午警示钟——筑牢国家安全人民防线》两个展览近期即将开幕，《生存 · 探索：恐龙与人类》和《我的诗生活——臧克家先生捐赠藏品》两个展览也正在紧锣密鼓地筹划之中。为增添国际博物馆日的节日气氛，其间我们组织了“山东大学第十届博物馆讲解员大赛青岛校区决赛”，联合媒体开展了系列宣讲活动。活动结束，我走到供观众留言的电子屏前，随意翻了翻，“我也要上山东大学”几个字映入眼帘，触动了我的神经。

今年国际博物馆日的主题是“博物馆，可持续性与美好生活”（Museums，Sustainability and Wellbeing）。我长期在博物馆工作，博物馆之于社会、城市、民众，正产生着潜移默化的促进作用。博物馆的观众，由少到多，由怯生到从容。博物馆不仅成为城市的地理坐标，还是城市的会客厅。公民整体素养提升了，文化自信了，精神面貌饱满了，人们的生活变得越来越美好了。这正是博物馆软实力作用的体现。

大学博物馆较之其他博物馆，公众对其又有着不一样的情感和期待。人们对于大学总会怀有一种特殊的情愫：神圣的、仰慕的、向往的、眷恋的，甚至是青春的。大学里倘若有一座博物馆，无疑会增加校园的文化底蕴，更加吸引人们去探秘、去寻梦。

我在山东大学青岛校区博物馆工作，时常听到本校和校外来访的教授们赞叹：青岛校区有这么一座全国高校最大体量的博物馆，还是国家一级博物馆，真是令人羡慕，这使得山东大学在青岛办学的质量提高了一个层次。附近的居民也万分自豪：“有这么一座国家一级博物馆在家门口，真是太棒了!”5月的博物馆，观众如织。我随意翻开了近期的观众留言簿，有的书写在本子上，有的书写在电子屏上，内容各异，有签名的，有表喜爱之情的，有建言献策的。其中有一类留言引起了我的特别注意，“我要上山大”“我也要上山东大学”“希望8年后我能来这里上学，天天请妈妈吃中午饭”“希望10年后要上山东大学，做这里最好的学生”。看到这些，我突然有些莫名的感动，也很暖心。作为大学里的博物馆人，一种使命感和自豪感油然而生。

很显然，这些留言的观众都是中小学生，因为参观了一次我们的博物馆，竟然在他们的心中埋下“山大”的种子，播下了“大学”的梦想。我想，这应该就是大学博物馆的力量吧。优秀传统文化在这里传续、生根、发芽。家长们带着孩子来一趟博物馆，收获满满，亲情上互动了，孩子们长知识了，孩子们追求的目标与父母期望竟然那么的一致。这是不是他们生活中美好的一天？是不是他们美好生活的一面？

类似的事例很多，也许每天都在博物馆里发生。我想表达的是，博物馆是一本历史故事书，每件文物、每件展品都是跃动的字符，它不仅需要你一次次触摸与感动，还期待你不断地翻阅、不懈地解读，并成为你成长过程中的伴侣、终生学习的书房。博物馆愿意为你的美好生活添一点乐趣、加一抹颜色。

作者：博物馆副馆长　肖贵田

5月19日　星期五　晴

本科课程思政示范项目现场展示交流

参加者 · 吴峻岭

为落实立德树人根本任务，全面推进课程思政建设，更好地发挥示范课程的引领作用、推广课程思政建设的经验、夯实课堂教学主阵地，发挥课堂教学育人主渠道作用，在山东大学举办的2022年本科课程思政示范项目现场展示交流活动中，我所主持并任教多年的“口腔医学实习”课程成功入选并进行现场分享交流。通过此次交流活动，我感触颇深，受益匪浅。

来到中心校区生命科学楼的汇报现场，我一进门便被同仁们热情高涨的情绪感染，不自觉地加入相互交流教学心得的行列。随后，我以“新型口腔临床实习思政体系的构建和实施”为题，借助PPT的形式，详细介绍了“口腔医学实习”思政教学总体设计原则及课程建设情况，同时对大家热切关心的教学实践形式、特色及后续课程思政建设改进计划等方面展开了分析讲解。来自国内知名高校的教育教学专家以线上或线下的形式对我们的课程思政示范课程所做的工作给予了肯定，并对课程思政建设的内容和方向进行了深入的指导。

当前，国家对教师提出新的更高要求，也让我更加认识到教师的责任感、使命感。作为一名“教师＋医师”的“双师型”老师，我深耕在口腔临床实习教学一线已有18年，在教学过程中始终不忘教书初心，牢记育人使命。我所负责的口腔临床实习教学团队也始终恪守师德规范，厚植师德情操。为引导学生形成正确的价值观，带教老师们发挥“思政＋临床”教学的优势，利用“椅旁思政”等方式，通过言传身教，在潜移默化中培养学生形成良好的职业素养。每每在老师的指导下，诊疗的患者送来锦旗、表扬信时，全心全意为患者服务的责任意识在学生们心中再次得到升华。

在这次交流活动中，与会专家对老师们提出了两点要求：一是课程思政要结合课程内容找准契合点；二是教师要重视理论学习，不断提升政治素养和教学能力，争做课程思政建设领域的先行者和践行者。此次本科课程思政示范项目现场展示交流活动的举行，进一步提升了我对“课程思政”内涵及意义的理解和认识。在后期的教学中，我将进一步提炼专业课程中的德育元素、挖掘育人载体、完善教学环节，致力培养“德才兼备、全面发展”的新时代口腔医学人才。相信在各位教师同仁的共同努力下，学校本科生的课程思政教学会迈上新的台阶。

作者：口腔医学院教师　吴峻岭

5月20日　星期六　晴

“人体骨骼学”课程学习者·杨璐禅

初夏的微风吹拂着高耸的悬铃木和杨树。绿树掩映下，是有着六十余年历史的文史楼。经过修葺，古老的建筑重展新颜，用无声的厚重欢迎着新一届的莘莘学子前往求学。

文史楼三层是山大考古系的“大本营”，作为科技考古教育部重点实验室，琳琅满目的仪器设备和化石标本让人目不暇接。从与自然科学相交叉的动物考古、植物考古，到着眼于古器物的冶金考古、陶瓷考古，品类之盛，令人叹为观止。

怀着朝圣的心情走上三层的楼梯，转过拐角，新装修好的体质人类学教室映入眼帘。一直通达天花板的深棕色原木展示落地橱窗占据了教室的每一堵墙面，三扇宽大的窗户让婆娑的树影映入室内。走进教室，仿佛走进了几百年前贵族收藏家的“珍奇屋”，仅此一间教室便陈列了超过一千件各种属类的动物骨骼。身材娇小的猕猴骨骼保持着爬行的姿势，仿佛随时会像活着的时候一样在树林间游荡；鹿、牛、马和驴的头骨粗粗笨笨地挤占了最下面的几间大格子，厚重的骨板展示了它们壮实的体格，想必都是为古代先民立下汗马功劳的忠实朋友。此外，还有蜿蜒的蟒蛇骨骼，像一根苍白的绳子悬挂在展台上，即使失去了生命依然让人心有余悸。旁边是成百上千的各式贝类、鱼类标本，每一件标本的背后都是历届山大考古师生辛勤耕耘、劳作的结果。

今天授课的老师是来自青岛文化遗产研究院的学长，主要内容是通过观察人体骨骼标本来实地学习性别、年龄鉴定。这具来自焦家遗址的骨骸已经在地下沉睡了三千年，或许他也不会想到自己有朝一日可以成为一名“老师”，被我们学习观摩。同学们三三两两地聚集在骨骸碎片周围，根据老师上节课所传授的知识依次比对，让骨骼“开口说话”，从耳状关节面、耻骨联合面等特征去判断这具骨骼的性别和年龄。经过多个地点的反复对比，综合颅骨的特征，最终确定这是一名 25～30 岁的青年男性。在得出答案的那一刻，同学们都非常有成就感。

欢乐的时光总是短暂的，但对考古的热爱已经种在了心里。未来，我们也会努力学习，认真实践，推动山大考古继续进步。

作者：历史文化学院 2022 级本科生　杨璐禅

5月21日　星期日　晴

园林绿化工作人员·谢东斗

山东大学具有120多年的悠久历史，生长在校园里的名贵树木已达百余种，有百年古木银杏、国槐、绒毛白蜡、皂角、刺槐、中华槭、水杉、楸树、重阳木、乌桕、黄连木、流苏、枫杨、南紫薇、榔榆、榉树、豆梨、侧柏、圆柏、雪松、油松、对梆白蜡等，还有名贵树木樱花、黄杨、丁香、文冠果、桂花、银杉、广玉兰、羽毛枫，等等。如何更加细致用心地养护好这些古树名木，提高其自身免疫力，增强它们的抗逆性，枝繁叶茂、旺盛生长，花香满园、硕果累累，是我作为一名园林绿化技术人员，也是山大历史文化见证者义不容辞的责任。

作为园林绿化专业的管理者，30多年的工作经历，让我好像患上了职业病。为了方便观测街头绿地和沿途的绿化植物，我几乎每天都骑电动车上班，随时观察、主动找“病患”。每当看到树叶萎蔫、发黄，出现枯枝，树干流水，树冠下“滴油”、粘脚这些情况，我都一一记下、拍照，到了学校后再进一步观察学校绿化植物的生长状况，如果有类似症状再对比判断，然后针对植物病症开“处方”。

自开展学习贯彻习近平新时代中国特色社会主义思想主题教育以来，我再次深入学习了习近平总书记关于绿色发展、生态文明建设的重要论述和指示批示精神，深刻认识到作为一线园林绿化管理者，要时刻不忘自己的责任和担当，不怕苦、不怕累，积极深入校园里的每一块绿地、每一棵树下，及时观测各种树木的生长状况，变被动咨询为主动现场开“处方”，做校园绿化好“医生”。我也把开好“处方”的一系列措施毫无保留地传授给物业同志们。

早上五点半起床，我都会按惯例开窗看看昨天晚上是否刮风下雨，再打开手机查看天气预报，了解今天的天气情况，以便提醒物业及时更改绿化工作计划。期待大家携手同心，共同建设美丽校园。

每天一走进校园我就开始对重点区域到边边角角的绿化树木进行巡检。从古树名木到一般树木，从一个校区到另一个校区，要有针对性地进行比对、判断，分析出现的不正常现象，判断是个别现象还是普遍现象，从而分析原因。对于疑难杂症，要积极查找资料、团队交流、咨询老师，最后开出“处方”，并及时下达给物业工作人员实施养护护理措施。特别是主题教育开展以来，我对随时找“病患”的职业习惯理解得更加深刻，更加主动深入校园的每个角落，寻找“病患”，救死扶伤。

此外，还要对“病患”及时随访。当物业按照“处方”适时进行浇水、施肥、修剪、除草、打药防病、治虫等一系列综合防护措施后，待植物“喝水”“吃药”后的三天、五天乃至十天半月后，要根据“病患”的恢复周期特点及时进行随访，调整“药方”。当看到树木又重新恢复了枝繁叶茂、花香满园时，我由衷地感到自豪与快乐。

作者：后勤保障部工作人员　谢东斗

5 月 22 日　星期一　晴

“资助育人 · 美育润心”音乐会聆听者 · 李聪赢

“走，带你去听音乐会！”我好奇地点开学生资助中心公众号的推文后，便被音乐会歌单深深吸引，脑子里只有一个想法：赶快报名！看到活动优先面向家庭经济困难学生，且报名信息保密，我不禁被我们资助中心暗暗地守护圈粉了。在蹲点填写报名信息后，我成为 30 个幸运儿之一。怀着无比期待的心情，我乘校车来到山东省会大剧院，走进《一步之遥——浪漫经典作品钢琴三重奏音乐会》，一同欣赏这些“人类理性在艺术上的音乐名作”，在古典音乐的听觉盛宴中感受艺术的魅力。

当乐曲响起，一场场老电影开始在脑海中回映，我顿时沉浸在这份浪漫之中。音乐最让人心动的地方，莫过于它那优美的旋律。乐曲中的每一个音符，都仿佛是一抹迷人的色彩。在音乐中体验着无尽的爱和激情，回味着与朋友在宿舍看过的每一部老电影，感受着学校资助政策的无限关爱。我想，我们都是幸福的。

电影《死亡诗社》里说过：“没错，医学、法律、商业、工程，这些都是崇高的追求，足以支撑人的一生。但诗歌、美丽、浪漫、爱情，这些才是我们生活的意义。”在钢琴三重奏和经典乐曲的碰撞中，我们打破桎梏，有温情有感动，有坚定有震撼，思想的火花在交流中激烈地迸发。

这次“资助育人·美育润心”音乐会活动是学生资助中心探索资助育人与美育的融合之路所精心打造的一项品牌活动。与资助共振，与美育同频，感谢世界上有音乐的存在，更感谢学校政策的支持，让大家得以无忧无虑地在乐曲中感受美好、体验幸福。作为一名活动参与者，我想向学校、学生资助中心的老师们以及音乐会工作人员表示诚挚的感谢，让我们能够拥有一场如此宝贵的视听盛宴；作为一名即将奔赴岗位的候任保资辅导员，我也强烈感受到身上的责任。以美育人，以美化人，如何推进美育教育，资助困难学生健康成长，培养学生成为思想品德与文艺修养皆优的复合型人才，这将是我入职路上持续深入思考的问题。

作者：药学院 2018 级本科生　李聪赢

5月23日　星期二　晴

北京国际模拟联合国大会山大代表团领队 · 曲子寰

“获得本届大会最佳学校代表团的是——山东大学！”在北京国际模拟联合国大会闭幕式上，这句庄重的宣布让我们所有队友振奋不已。作为山大代表团的领队，那一刻，我满心喜悦与激动，从座位上站起来，在全场来自不同学校代表的注视下上台领奖。

5月18～21日，“青年携手 · 命运共同——2023北京国际模拟联合国大会”在北京举行。该会议由外交学院主办，受到外交部、教育部、共青团中央、中国联合国协会和联合国驻华系统等部门和机构的大力支持，是中国模拟联合国顶级学术水平的会议之一。山大代表团共有14人参加本次大会，其中会议主席助理1人、会议代表10人、观察员3人；代表中3人获评杰出代表、3人获得最佳外交风采奖、2人获得最佳文件写作奖。最终山东大学以优异的表现，获得了大会最佳学校代表团奖。

作为领队，我一直见证着大家的努力。整个山大代表团成员分布在大会的各个委员会，有人在讲台上宣读会议流程，引导会议进程，为代表的会场表现作出指引和点评；有人在会场用精彩的发言和撰写的文件，维护自己的代表国利益，推动国际合作进展；也有人在各个会场之间穿梭，观摩代表的表现，记录大会情况，为学校自行办会积累经验。每天深夜，我都能在走廊偶遇刚刚结束磋商、回去休息三四个小时的同学，或者在大厅碰到仍然在为第二天会议练习发表文件的同学。我们团队每一位成员都真真正正地沉浸在会议里，努力展现着自己的风采和水平，所获得的成绩也是实至名归。

作为代表，我扮演1956年苏伊士运河危机中的澳大利亚代表，与英法站在同一战线，用辩论和文件维护所扮演的英联邦国家的利益。由于三天的会期都是从早到晚一整天，所以为了第二天更好地撰写文件和发言，我每天都会准备到深夜。同时，由于我所在的危机联动会场的特殊性，白天的会场上又有不同的突发情况和危机进展，需要我去现场考虑和寻找解决方案。不得不说，开会真的是生理与心理的双重考验。但是相应地，我最终获得了“杰出代表”的称号，也结交了诸多朋友。

近年来，在政管学院的指导下，山大模联协会积极组织学生开展和参与模联活动。在今年作为领队的两次会议中，我很开心见证了学校成绩的不断突破，也很荣幸能为良好成绩出力。山大学子一直具有立中国情怀、育交流能力、展国际视野、促实践创新的决心，相信之后也将在更多领域、更多方面继续展现山大学子出色的团队协作能力、外语运用能力和国际谈判能力。

作者：政治学与公共管理学院2020级本科生　曲子寰

5月24日　星期三　晴

威海校区田径运动会运动员宣誓代表·汪秦毅

今天，威海校区第三十三届田径运动会在师生的期盼中拉开帷幕。今年是我来到山东大学的第二年，却是我第一次参加学校运动会，我的内心充满期待。在这次运动会中，我担任开幕式学生运动队优秀代表方队队员和运动员宣誓代表，积极参与其中。

威海校区今年首次在田径运动会上增设了一支学生运动队优秀代表方队，并走在所有运动员方队的最前列，队伍的人员组成主要是过去一年获得过省级以上比赛前三名的游泳、武术、健美操、篮球、网球、羽毛球、乒乓球等项目运动队的优秀代表。这支方队也成了此次开幕式的一大亮点，激励着广大运动员的竞技热情，凸显了学校育贤图强的示范引领作用。在开幕式学生运动队优秀代表入场仪式的排练过程中，我们提前一个月就着手准备各项工作，包括学生运动队优秀代表方阵人员的确定、各学生运动队之间的沟通协调、与体育教学部的对接、前期各类物资的准备、方队队列的训练与展示等。

这次排练进一步增强了校区代表队之间的沟通与交流，我和其他代表队的同学交流后发现，自从体育教学部建立学生运动队常态化训练机制以来，各代表队运动员的竞技水平都得到了显著提升。以我所在的游泳队为例，在 2021 年 11 月举办的山东省第十六届大学生运动会游泳比赛中，我取得了 1 枚金牌、2 枚银牌和 2 枚铜牌，校区游泳代表队在各单项比赛中获得了 7 枚金牌、8 枚银牌、6 枚铜牌以及男子甲组团体总分第一名、女子甲组团体总分第二名的优异成绩。经过了一年多的常态化训练，无论是我个人还是整个校区代表队的成绩都有了显著提升。在今年 4 月底刚刚结束的 2023 年山东省大学生游泳锦标赛上，我取得了 4 枚金牌、1 枚银牌和 2 枚铜牌，校区代表队在各单项比赛中获得了 10 枚金牌、13 枚银牌、11 枚铜牌以及男子甲组团体总分第一名、女子甲组团体总分第一名的优秀成绩。这些优异成绩的取得离不开体育教学部开创的学生运动队常训机制，离不开我们各学生运动队指导老师的辛勤付出，也离不开我们各位运动员的刻苦训练。

走过主席台，我们高喊着“山大体育，育贤图强；追求卓越，再创辉煌”的口号阔步向前，手中的国旗迎风飘扬，胸前的奖牌在阳光下闪烁着耀眼的光芒，观众席上爆发出了热烈的掌声与欢呼声，让我热血沸腾。这次经历也是我大学生活中最荣耀的一刻。

方列入场后，我又作为运动员代表上台宣誓，在“赛出风格，赛出水平”的誓词中，我更加深刻地体会到了体育精神的内涵：团结协作，奋勇争先，尊重对手……运动会还在继续，期待每一个运动员都能秉承奥林匹克精神，追求卓越，再创辉煌！

作者：法学院（威海）2021级本科生　汪秦毅

5月25日　星期四　多云

“IM·MI”心灵成长校园定向挑战赛
工作人员·谢欣奕

5月25日，在“我爱我”全国大学生心理健康日这个别具意义的日子里，“IM·MI”心灵成长校园定向挑战赛如期而至。在清晨的微风中，一场心灵探索之旅即将展开，而我则以工作人员的身份参与其中。

本次旅程以心理学中的多元智能理论为设计依据，以自我探索、心灵成长为主题，共在中心、趵突泉、兴隆山三个校区的心理中心及学院二级心理辅导站设置18个活动点，通过参与游戏、集章打卡的活动形式，引导活动参与者放松身心、悦纳自我。

我负责的工作是引导同学完成任务并盖章。当我一早来到心理中心时，看见发放物资的同学已经忙碌了起来，精美的集章卡片和出发纪念品正被依次递到接连入场的参与者手上。早上八点半，第一批参与挑战的同学已经满心期待地为获得“全能王”的称号规划起了完成任务的路线。

我也迅速集中精神投入到工作之中。起初，我还有些许害羞，不敢主动上前与参与者交谈。但看着络绎不绝的参与者们满眼的好奇与兴奋，还有其他工作人员的热情活泼，我也受到火热气氛的带动和影响，逐渐打开自己，大胆地和大家交流。“你可以选择心理中心最喜欢的地方拍照打卡，也可以和我们帅气美丽的心理老师进行合影”这句话也说得越来越顺口。打卡点的可爱合影框成为拍照的热门道具，“爱自己，是最好的礼物”，很多参与者一起用它定格下了这珍贵的一刻。

中心校区的另一个打卡点“自我认识智能”也设置在了心理中心，在轻快音乐的陪伴下，参与者可以用自己喜欢的方式为心仪的风筝图案上色。在自己的世界里，可以有彩色的水母，有不戴粉色蝴蝶结的 Hello Kitty，有理想生活中的房子和风景……在这里，大家可以尽情发挥自己的想象力，用手中的画笔绘出自己内心的色彩，沉淀情绪、治愈内心。

更多的打卡点分布在校园里的各个二级心理辅导站，需要参与者自行探索。八项多元智能包括自我认识、人际沟通、身体运动、自然观察、数理逻辑、音乐、语言、视觉空间，有人在“24 点”的计算中绞尽脑汁，有人在“瑜伽大师课”展现身体的柔韧，有人在“百草园”里用超强的观察力辨别不同植物，有人在采访任务中与生活中的“小确幸”相遇……每个打卡点的志愿者都以最高的热情给予参与者最好的体验，使无论是独行挑战还是团队作战的参与者都能乘兴而来、满载而归。

一天的任务结束了，看着工作群里各个校区的同学发来的精彩照片以及活动群里各位参与同学的由衷夸奖，我感到十分幸福。上大学后，我们每天都为各种各样琐碎的问题所困扰，可能是繁重的课业，可能是无数即将到期的“DDL”，对于这些问题的烦忧甚至占去了我们大部分的时间。而这个活动的设计初衷，就是希望同学们能慢下来，和自己的内心有一次深入的对话，在与自己一次又一次的对谈中找到接纳自己的方式，学会将坏情绪全部丢进垃圾桶，拥抱快乐，拥抱每一天的幸福。

“好喜欢这个活动！”

“我全过程都特别开心，一直合不上嘴。”

“之前都没去过其他校区，好美哦……”

“收到玫瑰的时候真的很感动！好浪漫！”

看到这些评价，我相信我们的用心已被所有参与者接收到。这也是心理中心、心理协会在整个心理宣传月的各种活动中想要带给大家的。爱自己其实很简单，525——我爱我。无论去哪里，都不要忘记带上自己的阳光，从心开始，从爱自己开始。

作者：文学院2022级本科生　谢欣奕

5月26日　星期五　晴

山东高校辅导员高端论坛会务人员·沈胜领

看到考察山东大学威海校区参会学员乘坐的最后一辆大巴车顺利返回宾馆，我一直悬着的心终于放了下来。在最后一名学员稳步从大巴车上下来进入宾馆后，我迅速向大会工作组微信群报告了该项议程的结束。很快我就收到了教育部高校思想政治工作队伍培训研修中心（山东大学）办公室主任杨玉、副主任高弟、威海校区学生工作部部长范其学等大会工作组领导同志用竖大拇指的形式给予的回复，对会议的圆满结束表达了由衷的高兴。

为提升辅导员理论素养和科研能力，推动山东高校辅导员队伍建设发展提质增效，教育部高校思想政治工作队伍培训研修中心（山东大学）、山东高校思想政治工作创新发展中心（山东大学）决定由山东大学（威海）承办2023年第二期山东高校辅导员高端论坛。

接到任务后，在威海校区党工委的领导下，校区学生工作部迅速抽调骨干力量组织会议筹备工作组，先后三次召开协调调度会议，稳步开展各项工作。作为工作组后勤保障联络员，我因为工作的细节敲定与综合协调负责同志商谈至深夜，还与同事反复演练本组任务，认真讨论工作中的每一个细节，制订翔实的执行方案。大家齐心协力，努力确保整个会议进程进展顺利，无缝衔接，完美收官。

在会议筹备期间，也是2023届学生即将毕业离校的季节，我负责的毕业生就业管理工作也进入了繁忙的派遣阶段，我感觉非常疲惫。但随着会议的召开，在看到各项议程顺利进行，自己负责的工作被领导肯定以及得到参会学员的赞许时，疲惫的状态也逐步缓解。特别是带领参会学员在威海校区考察期间，看到他们对威海校区雄厚的学术实力、优良的教风、扎实的学风、美丽的校园环境连连称赞，返程时依然意犹未尽地交谈时，自己为能参加此次会务工作而感到非常荣幸。

参加会务工作的同时，我还聆听了“最美高校辅导员”、西南政法大学二级教授、一线专职辅导员简敏作的主报告，丰富了我学生工作的理论知识。会务期间，我积极与兄弟高校的学生工作人员交流，了解他们的工作状况，汲取他们的经验，受益颇深。

接下来，我将深入梳理在会议中的所闻所见所得，认真参加学习贯彻习近平新时代中国特色社会主义思想主题教育，进一步提高政治站位，提升理论素养和科研能力，提挡升级做好校区就业管理工作，为学校毕业生更充分高质量就业作出更大贡献。

作者：威海校区党工委学生工作部辅导员　沈胜领

5月27日　星期六　雨

第一临床学院柳叶刀合唱团成员 · 朱逸清

微雨蒙蒙，万物葱茏，初夏清晨的空气湿润清新，沁人心脾，我换上水绿色的演出服，走在雨中的趵突泉校区，循环着《敕勒歌》的旋律，前往梦迪音乐厅排练。

不到十点，我们便开始练习，一遍又一遍，我不禁回想起最开始的时候。两个多月前，我们对彼此和乐谱都充满陌生，几近放弃。在团长、四位声部长还有每位成员的坚持努力下，我们一点点学习旋律，改善音色，强调统一，练习舞台表现，每位成员在繁忙的临床工作之余反复练习，彼此熟悉，不断进步。终于到了今天，下午四点，怀着忐忑的心情，我们走上了充满聚光灯的舞台。

如微风拂过风铃，清亮悠远的歌声响起，女低、女高、男高、男低渐次加入，整齐的声音，默契地配合着，在团长精妙的指挥下，我们带来了一场无与伦比的音乐盛宴。我仿佛看见，广袤无垠的草原上，风吹草低，牛羊隐现；我仿佛听见，远方的青山上，单纯善良的姑娘思念情郎的呼唤；我仿佛感受到，篝火映着脸，我们手拉手、心连心，载歌载舞；我仿佛明白，大漠孤烟，长河落日，正是祖国的繁荣昌盛才让我们有这样华丽的舞台酣畅淋漓，寄托情思。一曲毕，万籁俱寂，而后掌声雷动。

下台后，我走在灰暗的后台，又回到当时焦急等待上场的地方，如同一个循环，柳叶刀合唱团在一届届合唱节上的精彩表现历历在目。一代代柳叶刀人在聚光灯下不断歌颂生命，绽放青春，这便是合唱的意义：是热爱，是情怀，是传承，是希望。一代代柳叶刀人用歌声和青春谱写出生命的璀璨，篆刻出记忆的永恒。

100.54分！第一临床学院柳叶刀合唱团以唯一一个过百的成绩拿到了第九届合唱文化艺术节特等奖第一名、最佳人气奖，这个成绩对得起每个人的努力，我们守住了柳叶刀合唱团的荣誉，也传承了柳叶刀合唱团的精神，我们是最棒的。

作者：第一临床学院2022级硕士研究生　朱逸清

5月28日　星期日　晴

中青年干部改革创新研修班学员·郑智航

5月21～27日，我到深圳参加了学校组织的优秀中青年干部改革创新研修班。在这一周的学习中，我们除了参加专题讲座外，还到中科院深圳先进研究院、越疆科技有限公司、比亚迪集团、南方科技大学、深圳大学和莲花山公园等地进行现场教学。这些丰富的教学活动让我们近距离地走进深圳，感受深圳精神、体悟深圳精神、感悟深圳速度。深圳为什么在短短的40多年内能够创造这样的辉煌，而且还在继续引领中国高质量发展，是我们每个学员高度关注的问题。

居安思危。居安思危的本质是人们在处于安乐的环境中，要不断秉持谨慎谦卑的态度，要有危机的意识。因此，居安思危是人们不断创新的动力和源泉。回顾深圳的发展，她大致经历了从边陲小渔村变身经济特区、从依赖农业经济转向制造业立市、从依靠廉价劳动力和土地的低端制造业向知识技术密集的高新技术产业发展三次大的腾飞。如果说第一次腾飞是因为“穷则思变”，那么后两次腾飞则可以归结为“居安思危”。2000年，任正非对华为员工说：“十年来我天天思考的都是失败，对成功视而不见，也没有什么荣誉感、自豪感，而是危机感。也许是这样才存活了十年。”这应当是对深圳的居安思危最真实的写照。

创新与务实。深圳对于求实创新是一种实事求是、与时俱进、追求新高的态度。一方面，深圳以其开放包容的态度吸引了众多创新者和创业者。在打造全球一流总部集聚地的“硅谷之梦”路上，深圳孵化了华为、腾讯等知名科技巨头，引领着时代的步伐。深圳的创新氛围，如同一股澎湃的能量，不断催生着新的机遇和希望。另一方面，深圳并不满足于停留在纸上谈兵的阶段，而是将创新与实践相结合，将理论付诸实际。深圳积极改善营商环境，为企业提供良好的发展条件；率先推行了多项便民举措，简化了企业注册流程，提高了行政效率，为创业者提供了更加便捷的创业环境；同时实施了一系列激励政策，包括税收减免、创业资金支持等，为企业提供了实实在在的支持。

计划与市场。坚持市场化为导向，这是深圳乃至中国经济体制改革的原则。然而，深圳也是计划做得最好的地方。规划先行，超前布局。深圳是国内基本按规划建设起来的超大型城市，尤其是原特区内。深圳的计划不仅仅是一纸文件，更是一幅宏伟的蓝图。在这幅蓝图中，计划与市场相互交织，将人民的需求和城市的发展融为一体，关注人民的福祉和环境的可持续发展。一个典型的例子是深圳在新能源汽车领域的发展。深圳市政府制定了一系列支持政策，同时还积极引入市场需求，推动公共交通领域的新能源汽车应用，并提供相应的充电基础设施建设支持。这种计划与市场的结合使得深圳在新能源汽车领域取得了显著的成就，并成为全球新能源汽车产业的重要基地之一。同时，计划的实现需要市场的支持与认可。深圳精心打造的市场环境如同一片波澜壮阔的海洋，容纳着各种商业机遇和创新力量。深圳以敏锐的市场嗅觉，准确捕捉市场的脉搏和人们的期待，鼓励企业根据市场需求进行创新，为人们带来更好的产品和服务。这种市场的呼应与支持，使深圳的计划得以顺利实施，让普通人的梦想在市场的浪潮中翱翔。

“超车”与“修路”。“超车”体现的是延续赛道进行追赶，“修路”体现的是更换赛道进行领跑。通过近距离感受深圳的拓荒精神和深圳速度，我深切感悟到了改革开放 40 多年来的丰硕成果，深切感受着深圳从追赶时代到引领时代的发展奇迹。如今，深圳已经成为全球高科技产业的中心之一，拥有众多知名企业和创新型企业，甚至有很多国际大公司都在这里设立了总部或分支机构。与此同时，深圳的发展也不仅仅通过超车来实现，更重要的是通过不断地“修路”来创造新的机遇。比如，深圳在发展经济的同时也注重生态环保和文化建设，这样既能提升城市的吸引力，又能为经济发展提供更为广阔的空间。此外，深圳还积极推动智能制造、数字经济等新兴产业的发展，寻找新的增长点。总之，深圳的发展之所以能够从追赶到引领，得益于它不断“超车”与“修路”的努力。这让我更加深刻地认识到时刻保持进取心和创新精神的重要性。

深圳的这些经验对于当下我们学校服务“国之大者”，深化融合发展、推进“两个先行先试”具有重要借鉴意义。当下正处于百年未有之大变局，中国高等教育和高校发展的机遇和挑战并存，山东大学更应当解放思想、敢想敢干、求实创新。在学科建设方面，更应当在对社会发展作出科学预判的前提下，积极谋划、提前谋划、适度超前谋划，积极探索未来学科的发展，当好未来学科发展的领跑人。在人才培养方面，我们应当在继续坚持重理论、厚基础的前提下，根据专业特点和市场需求来增强学生的实践能力和应对未来的能力。在科研方面，应当坚持需求导向、问题导向，加快科学研究范式和科研组织模式变革，努力实现从被动的“接单式”向主动谋划的转变、从“自由生长”向定向培育的转变、从“戴帽子”向重实战的转变、从资源引导向综合施策的转变。

作者：法学院副院长　郑智航

5月29日　星期一　晴

青岛校区财务处退休职工 · 李广勇

正式退休一周后，叶落归根，我收拾家居物品要回到济南了。开车特意绕道只为再看一眼我为之奉献了十年的青岛校区，情不能自已。

现在财务处的办公地点在华岗苑，办公条件与我初来时相比有天壤之别。遥想 2012 年 10 月，我调入刚组建的青岛校区财务处，2013 年 2 月正式入住青岛校区建设办公室临时办公驻地，地址就在现在华岗苑的东北方向。当初的办公驻地占地约有两三亩，大门朝东，虽面朝大海，却未有春暖花开，只有齐腰深的杂草；没有莺飞，只有海鸥起起落落。驻地北侧一排平房是办公室，南侧两层的楼房是宿舍，西侧一排板房是食堂和锅炉房。驻地附近除了我们工作人员，基本见不到外人，最近的村庄也有两三公里，偶见牛羊悠闲地吃草饮水，院内常见野鸡、野鸭、野兔出没。

记得当时的办公区周围每到夜晚一片漆黑，看不到任何光亮，唯一能远眺到的灯光就是5公里外的港中旅。我们十几个有家有口的“光棍”就每日工作生活在这里。刚来时总盼着周末回济南与家人团聚，虽然周日下午又要背上行囊匆匆赶回青岛，但这种短暂的团聚能聊慰一个人的孤寂。回去的路上要折腾六个多小时，那时别说地铁，连公交车都没有，即墨火车站也还未建成。工作劳累，环境艰苦，生活寂寞，回家路途坎坷，那时候不知道自己是如何坚持下来的。

车子拐过华岗苑，就是大片的运动场所，我留下足迹最多的就是网球场。刚开始建设校区时，我们只能在小院里散步、打乒乓球。所以运动场所建好后，大家别提多开心了。

到达图书馆，我更要多看几眼，它不仅是青岛校区的标志，还是滨海公园的一景，也是我心中的盛景。上千米的海滩，夜幕降临时，岸边矗立的星光路灯如礼花般绚烂，学校图书馆灯火通明，璀璨无比。这里已成为市区居民周末度假的打卡地。

晚饭后，我时常会去海滩散步，远远地凝望着图书馆的璀璨，百看不厌。从荒无人烟、牛羊栖息、野兔出没到华灯烂漫、人潮如织，从我们最初的十几人到后来的几十上百人，再到现在校区的上万人，十年的时间说长不长、说短不短。当年的一片荒芜已蝶变成如今的花园式校区，放眼望去，校区里尽是秀美的花草、高大的树木、美丽的建筑。作为第一批建设者，那时的艰苦岁月、寂寞煎熬回想起来实在太长。但看看现在日新月异的校区面貌，又感觉时光飞逝，就像看着自己的孩子在不知不觉中慢慢长大。不参与其中，就永远无法体会这种内心的喜悦和激动，永远也感受不到这份自豪和成就。

载着满满一车回忆，当挺拔恢宏的图书馆、秀气典雅“鼎”天立地的博物馆、大气磅礴的体育馆在后视镜中逐渐变小直到消失，我的心情五味杂陈，无以言表。

再见了，青岛校区。

祝愿我们的青岛校区越来越美好！

作者：青岛校区财务处退休职工　李广勇

5月30日　星期二　晴

中青年干部改革创新研修班学员·李　凯

此次学校优秀中青年干部改革创新研修班已落下帷幕。回顾一周的深圳之旅，可谓紧张忙碌但又丰富充实，真正体现出了此次培训“敢闯敢创破局攻坚，先行先试奋进新篇”的主题。在此期间，学校组织我们前往中科院深圳先进研究院、越疆科技有限公司、比亚迪集团、南方科技大学等地开展实地研学，引领我们深切感悟改革开放最前沿的精神实质。

站在深圳街头，改革开放40多年的历史似潮水般涌上心头。深圳特区40年的沧桑巨变，是中国共产党团结带领亿万人民群众掀起波澜壮阔改革开放大潮，引领计划经济体制到市场经济体制深刻变革壮举的生动注脚。所学所看、所感所悟都在此刻融汇成醍醐灌顶的实践语言，近期主题教育学习中在思想上的堵点瘀点也在此刻被打通，理论与实践在深圳实现了融合共进。

在研修班的结业典礼上，我很荣幸作为小组代表发言，对此次研修班的所学所悟、所思所想做了分享。

一是坚持解放思想。立足深圳望全国，立足时代脉络，正是打开了解放思想这个“总开关”，才有中国20世纪80年代的“春天”，才有此后40多年改革开放的伟大实践。我深刻感悟到不仅是在过去一穷二白、艰难困苦的时代需要解放思想，在当前新时代山东大学“双一流”建设过程中更需要解放思想。解放思想既要铭记于心，也要常问常新，才能不断回答好“学校发展之问”。

二是做到实事求是。在高校发展过程中，回答并指导解决问题是制定制度的根本目的。当前的高校制度要有利于学校潜能释放、有利于学科拔尖出峰、有利于解决师生痛点，要将三个“有利于”作为评判高校制度是否科学、是否优越、是否符合时代的重要标准，真正做到用制度管人、靠制度管事，以实事求是的精神推动高校事业发展提挡升级。

三是讲究策略方法。解放思想、实事求是是中国共产党的思想路线、价值观念，将二者融会贯通并凝练成为科学的策略方法才是推动事业发展落实落地的关键一步。我结合此次研修培训的收获，总结了深圳发展的三大策略法宝：不忘初心、坚韧不拔、开拓创新。在授课过程中的诸多案例也充分体现了这三大策略。深圳作为中国经济改革和对外开放的“试验场”，也为高校在新时代的改革发展提供了智慧与借鉴。

征程万里风正劲，重任千钧再奋蹄。通过此次研修培训，我充分认识到新时代学校、学院事业发展的任务之艰巨、责任之重大。要继续怀揣高度的政治责任感和历史使命感，以“特区精神”不断推动高等教育和人才培养深化改革，以更饱满的热情、更昂扬的斗志、更充沛的干劲投身学院“双一流”建设的具体实践，助力学校事业发展提挡升级，再上一层楼。

作者：齐鲁交通学院党委副书记　李　凯

5 月 31 日　星期三　晴

中青年干部改革创新研修班学员 · 徐先蓬

不久前，我有幸参加了学校党委组织部（党校）举办的优秀中青年干部改革创新研修班。短短一周，我们穿梭于鳞次栉比的高楼大厦、创新氛围浓厚的工业园区、朝气蓬勃的大学校园，了解深圳改革发展历程，亲身体验深圳的改革创新精神。为了在有限时间里学到更多、看到更多，大家利用乘车时间午休，用晚上时间研讨，讨论到酣处，不得不推迟返回宾馆的发车时间。这次培训有思想层面的深入碰撞，有工作方法的教学互动，有现场观摩的体验交流，环环相扣，丰富多彩。

深圳“因改革而生，因创新而兴，因实干而强”，深圳市委党史文献研究室主任杨立勋说：“不能等车到码头船到岸，思想破冰要走在前面。”四十多年来，深圳也正是敢于去探索政策空白区，遇到挫折撑得住、碰到困难顶得住，才有了今天。对于我们长期从事行政工作的人员来讲，因为了解和熟悉政策，就很容易被一些经验、制度、惯例等条条框框束缚手脚。深圳的经验对我们有很大启发。

目前，学校正在通过主题教育凝聚共识。作为机关的普通党员干部，我们要在学校的改革事业中挺在前、靠在前，勇于改革创新，抛开已有的条框，不要考虑能不能干，先看需不需要干，然后再梳理该怎么干。对政策空白的环节，我们要调研思考、摸索填补；对因现有制度和政策原因而限制学校各项事业发展的，属于内部制度的就抓紧修改，属于上级制度或资源限制的就考虑争取合理政策空间。总之，要时刻记住“以人民为中心”这个核心，有些工作就得敢于先行先试。

很多时候，工作没有容错，这也是我们改革时最大的顾虑。因此，不论是大的方案还是一件具体工作，找问题、找方向尤为重要。问题是普遍存在的，只有解决问题，才能推动事物的发展。我们在找问题时，可能会触动一些利益、冒一些风险。但正如杨立勋主任所说，“成绩找不出来不会跑，问题找不出来会得癌”，“问题不准，方向不对；方向不对，努力白费”。遇到困难问题不能总是求稳，要勇于担当，敢于啃硬骨头。知道了干什么，还要学会怎么干。学员们分享的经验和最后的结构化实训给我很多启发，比如，要学会分解梳理，善于把复杂的事情分类梳理为一项项具体工作；要持之以恒地攻坚克难，不怕拒绝和失败；要遵从“二八”原则，加强时间管理；要善于使用大数据，从人为决策走向数据决策等等。

校党委副书记陈宏伟在结业仪式上要求：“大家培训回去后，不能坐而论道，要起而行之。”学校在深入开展学习贯彻习近平新时代中国特色社会主义思想主题教育之时，下大力气组织这次改革创新研修班，给我们洗礼思想、铸魂赋能，我们不仅万分珍惜这次来之不易的机会，更要将培训所学到的改革创新精神、方法带回到工作中来，用昂扬奋进的姿态推动工作提挡升级，为学校推进“两个先行先试”破局攻坚贡献力量。

每位山大人都有一个最朴素的愿望，就是希望山大越来越好、越来越强。我坚信，在全校师生敢闯、敢创、敢干的精神面前，再大的困难必然土崩，再大的问题必然瓦解。山东大学也必因改革而盛，因创新而兴，因实干而强。

作者：人事部（人才工作办公室）副部长、副主任　徐先蓬

6月1日　星期四　晴

幼教服务中心工作人员·朱　政

在欢声笑语中，六一国际儿童节暨山大幼教建园75周年文艺演出活

动顺利举行。作为一名现场幕后工作人员，虽然我只能默默坚守在电脑操作台，但能与灿烂夺目的舞台时刻保持紧密衔接的光影声，我倍感节日的快乐和职责的自豪。孩子们的表演童趣盎然，有振奋人心的开场舞蹈《欢欣鼓舞》，有纯净澄澈的童声合唱《把未来点亮》，有活泼俏皮的舞蹈《我可喜欢你》，更有温情满满的亲子、师幼诗朗诵《陪你长大》……让每一名台前幕后的山大幼教人在饱含幸福和激动之余，收获了从事幼儿教育的一份份感动。

这第一份感动当然是来自孩子们。从刚入园时不舍得妈妈离开而掉眼泪，到今天能够站在舞台上大方自信地表演节目，我真切地感受到，是孩子们的笑脸让世间充满了勃勃生机。愿你们从幼儿园的小舞台走向人生更广阔的大舞台，愿你们用智慧的头脑探索宇宙奥秘，愿你们用勤劳的小手创造属于自己的未来，愿你们常怀赤子之心，始终保有追逐真理和幸福的力量。

第二份感动来自我们的山大幼教人。我们的队伍满怀赤诚之心，践行着山大幼教“养根教育，携爱同行”的育人理念，不忘 75 年来山大幼教的发展历程，常怀山大幼教奉献幼儿教育事业的“初心之爱”，彰显山大幼教担当立德树人重任的“使命之爱”，践行山大幼教智慧育人的“雁行之爱”。一代代山大幼教人用忠诚和奉献谱写了为党育苗、为国育儿的平凡而又不平凡的篇章。

第三份是家长朋友们带来的感动。家长的信任和真诚反馈是山大幼教不断进步的动力。在家长的嘱托和热切盼望之下，我们也必将坚持山大幼教的办园理念，引领孩子们“心中有梦想，成长有榜样，前行有力量”，赋予孩子们一个更有价值的童年，滋养我们的孩子更美好的未来。

这些感动的背后凝聚着山东大学对幼教事业的关心和支持。我们将笃行不怠、立德树人，努力办让学校放心、家长满意、幼儿喜爱的山大幼教，让每一个孩子都能有个性地健康快乐成长。

童年像一个五彩斑斓的梦，令人留恋、向往；童年又像一首酣畅淋漓的诗，令人不住地反复吟唱。在六一国际儿童节这天，我伏案写下这篇日记，记录今天的忙碌与感动。此时此刻的孩子们也许已早早入眠，愿恬梦中的他们正在星辉斑斓里徜徉。

作者：后勤保障部幼教服务中心工作人员　朱　政

6月2日　星期五　晴

中青年干部改革创新专题研修班学员·张　剑

近期，我到深圳参加了学校组织的优秀中青年干部改革创新研修班，正逢全党上下深入开展学习贯彻习近平新时代中国特色社会主义思想主题教育的重要时期，此时来到深圳学习，恰逢其时。当踏上这片土地时，我更加深切地体会到了新时代“深圳精神”蕴含的丰富内涵。

五天的培训课程紧凑又充实，让我深刻体会到深圳这座城市的独特魅力。我们时而在课堂上聆听着老师们关于深圳改革发展的讲述，时而在名校名企学习先进发展经验，大脑不自觉随之高速运转起来；时而驻足莲花山上，徜徉在深圳的阳光中，感觉时间仿佛又慢了下来，连空气都显得格外清新。在乘车上课的路途中，我最喜欢坐在车窗边看路上熙熙攘攘的人群，感觉每个人都匆忙而又坚定，好像有使不完的劲儿，这让我想起老师提到的1981年立在蛇口工业区的那块大型标语牌——“时间就是金钱，效率就是生命”。可能正是这种精神力量让这座城市仿佛从来不眠，永远是一副生机勃勃的样子。培训期间我也一直在思索，深圳如何在短短四十几年时间就发展得这么好，“因改革而生，因创新而兴，因实干而强”应该是对这些年深圳改革创新发展经验最好的概括。

在学校党委推动“七大战略”提挡升级、探索“两个先行先试”等精神的指引下，结合主题教育和大兴调查研究要求，我牵头开展了“在精准对接‘三核’布局下，加快提升服务青岛经济社会发展成效”的课题研究。经过前期学习和调研，我发现目前校区服务青岛工作存在许多实际问题，对下一步工作有了一些感悟和体会。

第一，凝聚合力与提升服务。深圳虽然是个年轻的城市，但是它的城市综合管理能力水平非常高。政府是真正的服务型政府。比如，当某个企业发展遇到困难的时候，它会主动出现，想尽办法为企业排忧解难；而当企业发展顺利时，它仿佛又是“隐形”的，让你感受不到它的存在。我想，这才是“服务”的真正含义。从学校层面来讲，青岛校区是个年轻的校区，朝气蓬勃，生机无限，是发展的“新引擎”，如何更好发挥它服务地方的作用，我想应该在凝聚合力、提升服务质量上下功夫。在凝聚合力方面，可由学校相关部门牵头，整合一校三地服务地方力量，加强一体化工作机制，形成协同工作模式，整合学科、人才、平台、项目等创新要素，打造多方参与的服务共同体。在加强校区服务力量方面，可结合学校的校内挂职制度，考虑实行跨校区挂职，一方面可以补齐校区力量短板，另一方面可以让各校区之间相互熟悉情况，更有利于服务地方工作的开展。

第二，凝练特色与主动融入。聆听老师介绍哈工大（深圳）错位发展的模式，给了我很多启发，让我意识到校区服务青岛工作也要凝练自己的特色。青岛校区跟哈工大（深圳）的发展模式有相似之处，拥有三大学科集群，人才队伍、科研平台实力雄厚。我们可以结合学科优势，对标青岛市发展需求，将“走出去”与“请进来”相结合，力争在打造具有山大特色的服务青岛工作品牌和标志性成果上实现新突破。同时加强学习驻青兄弟高校的校地融合发展经验，联合国内外高校、科研院所资源和广大校友资源，通过人才共引、平台共建、设备共享、项目共推、学生共育、成果共享等方式，深化与青岛市战略合作，探索服务青岛、校地融合发展的新模式，不断提振校区各单位社会服务的信心。常态化举办“山大校友行”“山大学子青岛行”“千名学子进青岛”和系列产学研对接活动，不断扩大城市美誉度和影响力，吸引更多力量服务青岛。

第三，融合共建与推动转化。在深圳学习的另一个更深的体会就是政府、高校、企业三者之间相互合作的融洽，深圳市政府对高校、企业在政策、资金等各方面的支持是有目共睹的。在深圳大学参加现场座谈时，相关负责人自豪地提到深大周围有200多家上市企业，我被这个数字深深震撼。我相信，这么多上市企业的发展除了政府对企业的扶持外，更离不开高校先进科技成果转化的滋养。作为高校来说，我们也要主动作为，积极与政府沟通协作，校地共建新型山东大学服务青岛平台体系，搭建成果转化孵化平台，打通成果转化通道，更好地服务青岛经济社会发展。

道阻且长，行则将至；行而不辍，未来可期。我们要不断深学细悟深圳改革开放发展经验，发扬“闯”的精神、“创”的劲头、“干”的作风，努力打造服务型、研究型和开放型且具有品牌特色的新型校地合作模式，为进一步提升山东大学在服务区域社会经济发展中的竞争力贡献力量。

作者：青岛校区（党工委）校长办公室副主任　张　剑

6月3日　星期六　晴

辅导员专题研讨会参加者·宋亚静

今天，我在认真学习习近平总书记重要讲话精神，感悟总书记对广大教师队伍的亲切关怀与殷切期望之时，不禁想起了近日学校举办的“以学增智，平台赋能，不断提升辅导员职业能力”专题研讨会，感慨良多。

研讨会上，老师们讲解生动、内容深刻、特色突出，使我受益匪浅。医学融合与实践中心薛冰老师、数学学院张远老师与物理学院曹晓习老师一同介绍了高校辅导员队伍能力提升大数据赋能平台的建设情况，展示了平台的四大功能及“六位一体”模式。如何上好一堂思政课、如何开好一次班会、如何进行一次面对面的谈心谈话、如何解决一场宿舍矛盾……都可以通过平台找到样板、得到启发，更有机会和全国各高校的资深辅导员在线交流工作中遇到的困惑。经济学院徐姗姗老师以实际工作案例为切入点，介绍了“学生党建＋学生心理健康教育”体系的具体举措与工作成效。软件学院孙朋朋老师和电气工程学院邱瑶老师以“精准赋能，系统推进构建‘四位一体’学业指导体系”为主题，介绍了如何挖掘学生学习潜能、助力人才培养的思路与举措。两位老师构建的“四位一体”学业指导体系给了我很好的思路与方向。文学院果娜老师以“生涯引领，赋能育人”为主题，就如何引导学生正确认识就业形势、理性思考、准确定位，不断提升职业生涯规划能力作了充分阐释，对于辅导员如何掌握学生的就业动态、做好学生生涯路上的引路人提供了切实有效的方法指引。

几位辅导员老师给我提供了清晰具体的实践方法，学工部副部长朱伟关于“辅导员职业能力提升”的阐释、崔颖老师关于“思政课教师如何提升胜任力”的分析又给了我更多的工作启发。作为一名“摸爬滚打”在学生工作一线的辅导员，我过去总是把更多的精力放在具体事务上，却忽略了方法研究、经验提炼与能力提升。我总认为辅导员只要时时处处为学生着想，真心真意帮学生解决困难就可以了，殊不知“着想”的不应仅限于眼前之事，还需要着眼当下，为学生规划未来。“解决困难”也不应仅是就事论事，更需要辅导员独具慧眼，透过现象看到本质，从根本上为学生解决困难。

要做到这些，仅凭一腔热忱是不够的，还需要辅导员吃透把准政策职责、聚焦主责主业，多在“学”“思”“用”“效”上下真功夫：一要坚持一个“学”字，理论学习是终身、持续、久久为功的，缺什么学什么，要多种形式学，创新方法学；二要注重一个“思”字，聚焦问题“凝思”，检视自身“反思”，借助外脑“集思”；三要强化一个“用”字，坚持理论联系实际、知行合一，将学习成果转化为推动工作的新举措、新思路；四要突出一个“效”字，注重方式方法，切实提升育人实效。

长期以来，党委学生工作部从落实立德树人根本任务、抓好后继有人根本大计的高度，不断加强辅导员队伍建设，以培训、研讨、比赛等多种途径，为辅导员队伍职业发展提供丰富平台，切实帮助辅导员提升职业能力，造就了这支素质过硬、战斗力强、可以信赖的辅导员队伍。作为这支队伍中的一员，我深感荣誉与自豪，同时也感受到肩上沉甸甸的责任。这次研讨会不仅让我对标优秀辅导员，更加坚定职业信念，还让我在忙碌的工作之余认真思考辅导员的价值与使命。辅导员这份工作是教育人、培养人的工作，要时刻把教师、辅导员角色刻入心灵，勇做时代的思考者、前行者和负重者，用初心与奋斗答好培养学生成长成才这份答卷，用自己的热爱和坚持让每一位学生未来可期。

作者：第一临床学院辅导员　宋亚静

6月4日　星期日　晴

“守望行动”志愿者·于飞洋

第一次在“守望行动”中对接到我的小朋友，是在今年的3月9日，在此期间，我们每个星期都会通过守望平台一起学习、交流。令我惊喜的是，今天我收到了她写给我的信，她在信中提到了我和她第一次相遇的场景，也表达了对我的感谢。我很感动也很荣幸，便马上给她写下回信。

同她一样，我仍清晰记得第一次与她见面时的场景。小朋友们当时在前面排队，我就注意到了个子高高、眼睛大大的她，心想会不会是她啊，没想到还真是！一开始，我和她坐在一起的时候好像有些冷场，但很快，她让气氛活跃了起来，我们也慢慢熟悉了。她在信里说，我就像家人一样对待她。其实我在心里早已把她当成了我的亲妹妹，我也很喜欢这个妹妹。

在我们后来接触和上网课的过程中，我发现她是一个聪明、懂事、勇敢、真诚的小女孩。正如我在给她的回信中写的："你会很快反应过来我讲的新知识，会向我介绍你的小猫、房子外面盛开的鲜花，会向我分享你们去研学、去参加比赛，会向我吐槽今天又要写多少作业，也会向我推荐你喜欢的讲历史故事的博主。我非常享受能够与你分享你的生活，也很开心看到你的成长。还记得第一次讲英语题，基本上都是我讲你听，到最近一次上课，你已经可以给我讲题，也把我之前讲过的知识记得很牢。"在她向我分享这些有趣事情的时候，作为一名倾听者的我会感到开心和幸福。从开始见面的局促紧张到现在的无话不谈，即使我们相隔两地，也彼此了解对方的生活，一同成长。

我觉得我们之间有一些奇妙的缘分。从她身上，我总能看到一些我小时候的影子，也十分珍惜我与她的这段友谊。她曾说过她的理想大学，我相信她一定可以实现自己的目标，也期待着她长大成人、成为一名大学生的那一天。

感谢"守望行动"让我认识了我的小朋友，我看到她的坚强、乐观，也看到她内心的柔软。我想陪伴她成长，未来走出村庄，走向更宽广的世界。作为一名志愿者，我也时刻为自己现在正在干的事情感到骄傲和自豪。祝愿所有的留守儿童都茁壮成长！

作者：信息科学与工程学院 2021 级本科生　于飞洋

6月5日 星期一 晴

高等医学研究院毕业生辅导员·吕尚格

夏天的风轻轻拂过，往日的精彩定格于今日的刹那。今天是高等医学研究院2023届毕业生们拍摄毕业合照的日子，院长和平台老师们悉数到场，给今年毕业的7名硕士研究生送来最暖心的祝福。学院也为他们精心准备了毕业礼物：定制专属胸针，一套纪念笔记本，一个保温杯，还有一顶印有“SDU”标识的帽子。礼物的选择兼具实用性与纪念意义，驿寄梅花，礼轻情重。希望未来的某一天，他们在日常生活中用到这些时，能够想起曾经在高研院努力拼搏的那段时光，也希望他们在接续奋斗的路上记得照顾好自己。

三年间，我们相遇、相伴。对我自己而言，也在与他们一起成长、共同进步。作为兼职辅导员，我承担学院学生管理工作已有两年时间，而今年的毕业生是我全程负责毕业事务的第一届同学。接手任务以来，我也一直在摸索学习。其实直到现在，我都还在学习如何对毕业生的就业进行合理指导，填报就业信息；如何整理他们的档案，完成档案的派送；如何指导他们办理完成一系列离校手续，保证毕业生们有一个圆满的毕业季……在这个过程中，我时常检讨自己处理业务还不够熟练，幸运的是，同学们都十分支持我的工作。他们会在我感到疲累时安慰我：“老师，正好我们这一届人少，你拿我们‘练手’就行。”看到他们的笑容，我顿觉干劲十足。很感谢也很幸运我能和这样一群可爱的同学们邂逅，相伴成长，彼此成就。

今天的三秒，定格的是那些鲜活又明亮的三年时光。翻看电脑里统计过的各种数据信息，无比感慨他们这三年的学习和努力。2020年入学，2023年毕业，这一届毕业生们的确经历了三年很特别的研究生生活。怀着对前沿医学研究的热情与追求，他们不畏辛苦选择了高等医学研究院这个年轻而富有活力的“学术特区”。在这里，他们不曾停歇自己前进的脚步，充分利用科研平台的各类资源，孜孜不倦地开展医学研究。实验室驻楼人员名单中，有他们——为了不耽误实验进展，他们日夜泡在实验室；春节留校人员名单中，有他们——很多同学为了保证动物实验正常进行，两年都没有回家过年；每天宿舍晚归名单中，也有他们——夜深了才披星戴月地回宿舍，大清早又匆匆离开……我去检查宿舍时，宿管阿姨说得最多的就是："你们学院的学生真的好啊，就是天天回来太晚了。"我也心疼他们，但了解到他们是专注实验才不得已晚归，只能多叮嘱他们适当休息，注意身体。

梅花香自苦寒来。看着他们科研成果频出，我真心为他们感到高兴。毕业答辩时，每个人都因自信而闪闪发光。我很骄傲我们的学生如此优秀：毕业的 7 名硕士研究生中，4 名同学继续读博深造，3 名同学找到了自己心仪的工作。他们从山大出发，保持热爱，奔赴广阔天地，自有施展才华的舞台。

真的要说再见了，这时我才切身感受到，"梧桐叶上三更雨，叶叶声声是别离"。一段似水年华即将成为追忆，一段青葱岁月亦将成为过往。这群可爱的孩子们就要离开高研院奔赴下一场山海，开始人生真正意义上的栉风沐雨之旅了。唯愿此去乘风破浪，归来仍是少年！

作者：高等医学研究院工作人员　吕尚格

6月6日　星期二　晴

创新创业协会新星奖获奖人·洪　瑜

在创新创业协会的社团换届暨工作总结大会上，我站在创协新星奖的领奖台上，回忆起与创协的故事。回头看，轻舟已过万重山。

2022年12月，机缘巧合之下，我看到了社团会长张逸宏学长发布的WBP安康养老创业项目成员招募信息，于是报名参加。令人欣喜的是，项目接纳了我，让我一路走到现在。这是创协给我的第一个感受——包容。那个时候我意识到，创协或许是我探索与找寻新方向的起点。

后来，在人文社科“挑战杯”问诊活动做志愿者的时候，我认识了创协项目部的陈苏东同学。他极力推荐创协，跟我畅谈他的创业历程和创业理想，谈他正打造的大学生学习生活全面服务平台成果。这个时候创协给了我第二个感受——热情。创协的热情是对新朋友的热情，更是对创新创业的热情，就像是一座活火山，山顶不长犹豫之草，每一个人都因热情而不断地在行动、在实践。

于是在2023年3月“百团争鸣”时，我毫不犹豫地加入了创协。这时创协给了我第三个感受——开阔。创协就是这样一个开阔的舞台，我们有创协学堂、创协私董会、企业参观、投融对接、创协管培生等活动。通过创协，我们遇见志同道合的朋友，遇见投资人、企业家。通过创协，我们找到创业创新的平台。

回首加入创协的三个月，我作为内容运营部的一员，部长阴晓雪学姐带着我们做内容运行试点，我尝试社群运营，尝试周报与文案设计；汪逸然学长激励我们创办“围炉夜话”系列活动，我尝试活动策划、推文编辑排版。作为创协管培生的一员，我们有更多的机会参与活动组织，例如全国创联与璞跃中国的投资路演日、创协淄博行等。作为对外事务工作组的一员，我想未来我们也会对接更多不同行业的专业人士。在创协，我有了三重角色，也有了多重机会。

相较创协的其他成员，我是创协的新人，也是创新创业的新人，但新人何惧未来道阻且长，何惧过去空白？正因为是创协的新人，所以我们有勇气、有希望、有魄力、有未来。昨日，我是创协新人，而今天已然是创协内容运营部的新任负责人，肩负起部门建设的责任与重担。

追风赶月莫停留，平芜尽处是春山。过去一年，创协完成了从 0 到 1 的新生；新的一年，我们创协人将共同沉淀创新创业的方法，打造创协新品牌，完成创协从 1 到 100 的飞跃。

作者：哲学与社会发展学院 2021 级本科生　洪　瑜

6 月 7 日　星期三　晴

威海校区图书馆文献传递员·张　杰

图书馆的 11 楼是我常来之处，作为图书馆特色小语种日、韩文藏书的馆藏地，这里读者不多，安静得让你似乎只想闻闻书香，采一缕书架中透过的夏日阳光。离开时，我都会捧走厚厚一摞书，有种完成光荣使命的成就感。因为我始终相信于书而言，定也有一见倾心，而彼之所需，即吾之所往。

回首十五年前的夏天，我们图书馆正式加入中国高校人文社会科学文献中心（CASHL）。也是从那时开始，我们图书馆正式为师生、读者开启了馆际互借与文献传递服务，而我则成为一名兼职的文献传递员。其后，校区图书馆又加入了中国高等教育文献保障系统（CALIS），先后与中国国家图书馆、上海图书馆、国家科技图书文献中心（NSTL）等文献收藏机构建立了馆际互借与文献传递服务关系。一路走来，从最初对各平台业务的一知半解、多方学习，到宣传推广服务、高效服务读者，十五年间，我们为上千位读者送去了弱水三千中的那一瓢饮。而最让我满足和感动的是那一张张真诚的笑脸，以及屏幕上时而弹出的一声声“谢谢”所带来的惊讶和欢喜。“你们的快乐就是我最大的幸福”，恰恰就是如此吧！

昨天早上有位物理学院博士生向我求助，他在科研过程中急需一份20世纪80年代的俄文资料。我凭借在各大平台和数据库的检索以及对文献资料查阅的经验，最后确定读者需要的是一份《苏联科学院通报》——一篇物理类的文献。通过联系国家科技图书文献中心，他们同意帮助我们做文献代查。过了不久，怀着满心期待，我收到了这份来自40年前的科研论文，扫描的泛黄书页封印着旧日时光，却能打开新的另一扇未知的门。

这是我的工作日常。除了帮助校内师生，我们也会经常接到外校读者的文献请求，大多是求阅我馆日文、韩文特色文献，这也是我常去11楼的原因。知识无边界，服务无止境，好的图书馆不应仅仅服务于本校师生，更应该服务于所有知识的渴求者。尽管我的工作会更加忙碌，但作为文献提供的后方保障，我觉得自己的责任是重大的，能为高校师生学习、教学、科研活动贡献出自己的一点微薄之力，恰是我平凡工作中的热爱。

光阴荏苒，在威海校区图书馆工作至今整整二十载，昔日“恰同学少年，风华正茂”早已变成“岁月静好，生生欢颜”。二十年磨炼出热爱的心，我也会同我所热爱的事业一同成长，继续致力于图书馆服务的完善与推广，让更多师生受益。

作者：威海校区图书馆工作人员　张　杰

6月8日　星期四　晴

电影《井冈星火》展映暨红色主题教育
参加者·刘甜甜

今天，我作为新闻传播学院本科生党支部负责人，同时也以一名学生党员的身份，参加了电影《井冈星火》山东大学展映暨红色主题教育。在井冈山胜利会师 95 周年之际观看这部影片，对我来说是一次精神洗礼，让我深刻感受到了信仰的力量。

《井冈星火》这部影片讲述了毛泽东同志在秋收起义后，坚定革命信念引兵井冈山，依靠群众创建井冈山革命根据地，发扬艰苦奋斗、实事求是的革命精神，闯出建党、建军、建政新路的革命斗争史。在影片中，红飘带是一个非常重要的意象，寓意着共产党人的初心使命，始终引领着革命前进的方向。

影片情节跌宕起伏，理想信念和现实选择的碰撞让我感受最为深刻。面对艰苦的革命斗争，有人选择临阵脱逃，有人选择为一己私利当叛徒，但更多的人选择坚守信仰当先锋，始终追随着旗帜的方向，用血和汗闯出革命的道路。时间砥砺信仰，岁月见证初心。从影片回望现实，我们党百年栉风沐雨，正是有一批批坚守初心使命的共产党人艰苦奋斗、甘于牺牲，才换来今日之华夏。

影片放映结束后，电影的主创团队与现场的师生进行了互动，到场的许多同学围绕影片创作、红色电影传播等问题向主创团队提问。其中，让我印象最为深刻的是现场有位同学提问：如何才能让红色经典走出国门？主创团队的回答引人深思。主演杨骏表示，当前红色电影首先要做的是立足国内，尤其要与青年人接轨，实现本土的广泛传播，才能将革命精神代代相传，让红色经典发挥其育人效果，继而发扬光大、走向世界。而这不仅需要电影团队在影片策划、制作上下功夫，同时也需要我们每一位青年的主动传播，自觉成为红色影片的宣传者，承担起传播红色经典、传承红色精神的使命，让更多的红色经典走近青年、感染青年。

青年有信仰，国家有力量，民族有希望。过去，在山东大学学习生活的这四年，山大基因已经融入我的血脉。如今，我即将离开校园，步入工作岗位。未来，无论我走到哪里，我都会传承好山大基因，赓续好红色血脉，用自己的实际行动践行家国情怀。同时我也希望能有更多的青年感受到红色经典的魅力，能有更多青年坚定理想信念，敢于担当作为，为推进中国式现代化贡献青春力量。

作者：新闻传播学院2019级本科生　刘甜甜

6月9日　星期五　晴

山东大学重大主题美术大展参展创作者·姚榕华

今天，“弦歌不辍，赓续华章——山东大学重大主题美术大展”在中心校区知新楼徐徐拉开了帷幕。我的多幅油画作品参展，其中新作《〈文史哲〉创刊》第一次面世。

画面以华岗校长为中心，右侧八位学者为“八马同槽”，左侧五位学者为吴富恒与“冯陆高萧”。和煦的冬日阳光透过玻璃将暖色洒入屋子，闪烁着灵感的光芒。光芒穿越空气，映在先贤们的脸上，落在华岗校长的手上，印在那本见证历史的创刊号上，映在光洁的地板上，重新划分和联结了时空的结构。记忆一时间鲜活起来，七十年的坚守透过历史的尘埃，如同阳光对着晷针的影，寸时寸金，熠熠生辉。一代代《文史哲》学人秉承严肃认真的《文史哲》精神，撑起了山大的文脉，撑起了这本“我国目前刊龄最长的综合性人文社科学术期刊”的魁奇风骨。

美术大展展出了艺术学科师生的三十余幅作品。展厅中错落有致的灯光照射在一张张熟悉的面孔上，如同电影胶片，刻画昔日的焚膏继晷与侃侃而谈，描写“山东大学”四字的坚定轮廓。

进入新时代，在中国式现代化语境中，艺术家面临着一个重大的时代课题，即如何将绘画的主题性与艺术语言的本体性有机融为一体。“笔墨本无情，不可使运笔墨者无情。作画在摄情，不可使鉴画者不生情。”山东大学重大主题美术创作讴歌的是母校的光辉历史和在教学科研一线奋战的师者，吟咏的是艺术家的真性情，深化了创作的情感内涵。艺术家发扬“深入生活，扎根人民”的精神，从身边的人和事入手，绘就山大人在救国、报国、强国历程中的创业史、发展史、奋斗史，同时也以小见大地折射出当代中国人守正创新、奋发图强的精神气象和时代风貌，拓宽了创作的思想广度。

“文变染乎世情，兴废系乎时序。”文艺最能代表一个时代的风貌，引领一个时代的风气。文艺工作不仅关乎人民的精神文化生活，更关系整个国家的精神面貌和中华民族永续发展。山东大学重大主题美术创作的意义并非仅为中国美术增添一个地域性标识，而是通过脚踏实地的艺术实践解决实际问题，开辟一个新的艺术格局。

作为历史见证者的画作，也将被写进历史。如何将绘画的主题性与艺术性结合好，创作出无愧于新时代的优秀作品？艺术家的使命任重而道远，新的篇章等待我们挥笔写就。

作者：艺术学院副院长　姚榕华

6月10日　星期六　晴

华岗女儿·华丹坡

昨天我应邀参加了山东大学举行的“纪念与传承——华岗诞辰120周年专题展”暨华岗诞辰120周年学术思想研讨会，非常高兴！

走进活动现场，我倍感亲切。回想父亲当年毅然中断学业，参加革命，经历了近半个世纪的革命历程，历经艰辛。不论在艰苦的革命斗争中、在病中、在逆境中，他都抱着坚定的共产主义信念，对马克思主义真理不懈地追求，始终坚持学习、研究、传播马克思主义，并紧紧围绕革命斗争需要，伏案疾书，奋斗不息，成为一名坚强的革命战士和笔耕不辍的学者，并被誉为“懂政策、有能力、会办学”的好校长。20 世纪 80 年代以来，父亲生前的战友、同志、学生一直在追忆着他，深情缅怀这位战士、学者、校长，颂扬他奉献一生为革命作出的贡献。

1983 年，中央编译局首次介绍了 1930 年出版的《共产党宣言》华岗中译本，此后许多文章、文献片、展览都作了相关报道。华岗译本首次采用了英汉对照形式，首次将末句译为“全世界无产阶级联合起来”。这一口号悬挂在瑞金中华苏维埃第一次全国代表大会的横幅上，并由中央军委规定，写在了工农红军的军旗上。

1986 年，浙江龙游成立了华岗研究学会。此后，在济南、青岛、龙游陆续举行了纪念活动和学术研讨会，撰写了大量纪念研究文章，整理了华岗年表、华岗著述年表，出版了《华岗传》《华岗文集》《华岗纪念文集》《华岗选集》《华岗史学研究》《华岗研究文集》以及《共产党宣言》华岗译本的影印本。三联经典文库辑入了华岗著《中国民族解放运动史》，人民出版社整理出版了华岗遗著《美学论要》《规律论》。中央电视台、上海周公馆，山东及浙江电视台制作播放了有关华岗的文献纪录片。青岛、龙游的华岗故居正式挂牌，新建了龙游华岗纪念馆，命名了龙游华岗中学、华岗小学。龙游、济南、青岛先后建起 5 座华岗塑像，山大新校史馆第三展厅的华岗塑像更是生动再现了华岗当年宣讲政治大课的情景。

2003 年，山大隆重举行了纪念华岗诞辰 100 周年系列活动，拍摄了《可酬热血换文章》专题片，举行了华岗塑像揭幕式及华岗诞辰 100 周年图片展，精选 100 篇纪念文章出版了《华岗纪念文集》，在 5 个校区同时举行了纪念大会，还举行了华岗学术思想研讨会。2017 年，山大 116 周年校庆，在中心校区、威海校区、青岛校区同时展出了“纪念与传承——

华岗校长图片展”。

2020 年 11 月，山大与龙游县委在龙游举办了纪念《共产党宣言》华岗译本出版 90 周年研讨活动，举行该译本出版 90 周年暨马克思主义中国化学术研讨会，举办了《共产党宣言》与华岗革命事迹主题展，出版了《华岗研究文集》。

昨天，山东大学又隆重举行华岗同志诞辰 120 周年的纪念活动，“纪念与传承——华岗诞辰 120 周年专题展”同时在一校三地展出。正如众多从事马克思主义研究的学者所说，研究梳理华岗的思想和革命实践，将华岗精神发扬光大，是对我父亲华岗同志最好的纪念！

作者：山东大学退休教授、华岗大女儿　华丹坡

6 月 11 日　星期日　雨

西部计划志愿者 · 黄启琛

“去祖国和人民最需要的地方，用青春点燃最亮的光。”这句几乎包括了西部计划全部意义的宣传话语，曾鼓励过每一个西部计划志愿者，如今也将激励我扎根西部，奉献青春。

初次了解西部计划志愿者，还是在山东大学微信公众号上偶然浏览到尹小东学长的经历。研究生毕业的他毅然报名西部计划志愿者，前往新疆生产建设兵团第一师，赴阿拉尔市服务。从那时起，成为西部计划志愿者的想法就在我心底种下一颗种子，而这颗种子在我们班级团支部一次会议中生根发芽。团会上，我们集中学习了习近平总书记给中国石油大学（北京）克拉玛依校区毕业生的回信。在信中，习近平总书记真诚勉励了即将

前往新疆基层工作的毕业生们，高度赞扬了他们志存高远、脚踏实地、不畏艰难险阻、勇担时代使命的理想追求。因此，当我在年级群里收到学院辅导员潘玫杏老师发来的西部计划志愿者招募通知时，我毫不犹豫地选择报名去往祖国和人民最需要的地方。

促使我下定决心报名西部计划的原因，除了学长经历的勉励和思政教育的熏陶之外，家庭教育也是不可或缺的一环。我的父亲是一名复员军人，从小就给我树立起为国家、为社会奉献的责任意识。父亲叮嘱我，身为当代大学生，要为国家发展、社会进步作出贡献。他曾参与对越自卫反击战并在前线荣获三等功，因此当他得知西部计划志愿者这项工作时，便鼓励我去基层工作，实现个人价值。父母的言传身教培养了我不畏艰险、敢于吃苦的奋斗精神和浓厚的家国情怀。

回忆起在山东大学求学的4年，那是一段充实且丰富的时光。在山东大学学习、成长，使我最终明确了对未来的规划和展望。“为天下储人才，为国家图富强”的办学宗旨时刻激励我要敢于承担民族复兴的重任，“学无止境，气有浩然”的校训警醒我要以一颗谦虚质朴的心对待基层工作。护理与康复学院浓厚的文化氛围培养了我的人文关怀精神，在学院的培养下，我立志成为一名医德高、视野宽、基础厚、技术精、创新强的护理学人才。

展望未来，作为今年报名参与西部计划的医学类毕业生，我将在西部基层工作中充分发挥我的专业知识和实践技能，将个人置于国家与民族的发展前途之中，不畏艰险，勇担使命，在基层工作中展现山东大学学生的精神与风采。

作者：护理与康复学院2019级本科生　黄启琛

6 月 12 日　星期一　晴

第三届全球胜任力青年领军人才训练营
学员・王佳佳

六月的北京，天朗气清，惠风和畅。回望过去三天，如梦如幻。作为山东大学第三届全球胜任力青年领军人才训练营中的成员，我十分荣幸跟随团队去往各个国际组织（驻华代表处）参访学习，一路采撷，收获颇丰。

三天充实的行程，从中央礼品文物管理中心的外交活动礼品展参观到世界自然基金会的动物保护基地实地探访，从与世界卫生组织驻华代表的近距离接触到与联合国教科文组织驻华代表的讨论交流，从详细了解梅兰书院的海内外文化交流项目到认识亚洲开发银行为促进各国发展所作出的努力……我既感受着海内外文化求同存异、和谐发展的良好趋势，也感受着中国在引进来、走出去，推动构建人类命运共同体上所体现的大国担当。

令我记忆犹新的是，中央礼品文物管理中心大厅里的那幅名为《志合越山海》的壮美山水画卷——“志合者不以山海为远”，道出了中国人民同世界人民同舟共济的定力和共享盛世的决心。在蟒山国家森林公园中，看到邓小平爷爷曾经亲手种下的油松如今已长成了根深叶茂的参天大树，我更明白了青年人于社会、于国家、于全球的重要意义。我们新时代的青年唯有向下深深扎根，向上努力生长，敢于迎接各种风雨，才能从青葱树苗成长为参天大树，才能有机会在国家和世界的发展中发光发热。

仍记得从亚洲开发银行离开时，驻中华代表处的前辈们勉励我们只要好好努力，一切都不会太遥远，每一位青年都有机会站在国际舞台上发出属于自己的声音。我们是山大的青年，是中国的青年，也是世界的青年。

正如山东大学的办学宗旨所言："公家设立学堂，是为天下储人材，非为诸生谋进取；诸生来堂肄业，是为国家图富强，非为一己利身家。"无论身在何方，我们都应以青春之我，担青春之使命，努力成为国家需要的人才，不负人民的期待。

如此机会，弥足珍贵。愿我们始终保持热爱、奔赴山海，未来在每一个需要山大人的地方贡献我们的力量与智慧。

作者：政治学与公共管理学院2022级硕士研究生　王佳佳

6月13日　星期二　晴

山东大学音乐厅幕后人员·徐文祥

今天晚上是历史文化学院的毕业晚会，我为毕业生们做了一架"定制飞机"，祝同学们毕业快乐。

每架飞机模型上都有我的小巧思。又逢毕业季，对于在音乐厅举办毕业晚会的学院，我都会为同学们定做一架独一无二的飞机——在机身记下晚会名称，机翼上的编号是当天的日期。我用这种形式为大家在学院的最后一次晚会留下纪念。

我已经在山东大学学习、工作45年了。1978年，即恢复高考的第二年，我考进山东大学，此后在这儿读书、留校工作、退休、返聘。返聘前，我一直负责外国语学院的多媒体教学工作；返聘后，来音乐厅工作也已经9年了。我的工作内容主要是管理音乐厅大大小小的设施——灯光、音响、空调、显示屏等，以帮助同学们顺利完成演出展示。很早之前我便注意到，每每同学们办完晚会活动，都会留下许多荧光棒，于是我萌生了

“废品利用，变废为宝”的念头。配上同学们筹备工作剩下的笔、瓶盖、纸板，以及偶尔送来的胶带，我便开始行动。

今年是我为同学们制作飞机、火箭模型的第四年。不知不觉间，四年来，我已经做过670多架模型了。从一开始生疏地摸索着制作到现在的精进熟悉，我做一架飞机模型大概需要两三个小时，做火箭就需要更久了。这是一种很好的打发时间的方式。当排练节目的同学们中场休息时，我就开始制作模型。有时候，参加活动的同学会来协助我工作，他们热心又认真。晚会结束时，我会送一个模型表达我的心意，学生们都很喜欢。久而久之，每年毕业季，我都会为毕业生送去飞机模型，看到他们由心底绽出的笑容，我也常感到开心满足。

这个学期有去年搁置的各学院迎新晚会、大大小小的表演活动以及现在的毕业晚会，是我到音乐厅工作以来最忙的一个学期，四个月以来只休息了两天。因为忙碌，制作比较慢，近期有些“供不应求”，但我仍努力准备了满满一箱子飞机模型，为毕业生们送上我的心意——一份轻巧朴素的礼物、一份深切真诚的祝福。

希望每一个山大毕业的学子，都能载着梦想，朝着愿望与期冀远航，扶摇直上，鹏程万里。

作者：艺术学院工作人员　徐文祥

6月14日　星期三　晴

KAPIV一体化教学实践项目参加者 · 王静怡

昨天是我们KAPIV一体化教学实践项目答辩的日子，看着我们的水下机器人经历种种挑战，从无到有，一步步发展为如今最后的结项答辩，我的内心无比激动。

KAPIV，即知识（Knowledge）、能力（Ability）、实践（Practice）、创新（Innovation）、品德（Virtue），这是一种颠覆传统理论课程、工训课程和创新课程的学习方法，能够拓展育人功能，实现知识获取、能力培养、实践与创新训练、意志品质磨炼一体化培养的育人目标。

在寒假期间，我们机械学院和能动学院、材料学院一起召开了大会，介绍 KAPIV 的相关事宜，并且我们在假期就通过 MOOC 系统学习了工程材料与机械制造基础课的内容，初步了解了不同材料的性能判定指标以及制造与加工的基本方法与步骤，为这学期的项目打下了基础。这学期我们开始了线下工程训练，去工训中心学习了很多有用的技术，比如铸造、锻造、普车、普铣、数控车床、数控铣床等。在具体的学习过程中，我体会到了不同工艺在产品、零件加工过程中的优势与劣势。例如，普通车床的加工更具有灵活性、机动性，而精确性有所欠缺；与之对应的数控车床加工精确性较高，但是要求程序输入较为严格，加工之后终止较为困难。通过学习各种加工工艺，不仅提升了我的基础操作技巧，更锻炼了我的思维意识，使我对产品加工的理解更深一层。

在进行 KAPIV 训练的过程中，我深刻地认识到了自己的不足和需要改进的地方。通过反复地练习和实践，我逐渐掌握了一些有效的学习方法和技巧，同时也提升了自己的学习效率。

首先，我认识到了知识点的重要性。在学习过程中，我发现只有理解和掌握知识点才能够更好地应对各种考试和挑战。因此，我开始注重对知识点的梳理和总结，并且通过不断地练习和回顾，加深对知识点的理解和记忆。其次，我意识到了时间管理的重要性。在 KAPIV 训练中，时间非常紧张，因此我必须合理安排时间，把握每一个机会来进行学习和练习。通过制订学习计划和时间表，我成功地克服了拖延症，提升了学习效率。最后，我体会到了坚持和毅力的重要性。在 KAPIV 训练中遇到了很多困难和挑战，但是我们小组始终坚持下来，不断地努力和尝试。通过不断地练习和反思，我逐渐掌握了一些有效的学习方法和技巧，并且取得了一定的成果。

路漫漫其修远兮，吾将上下而求索。KAPIV 训练是一次非常有意义的学习经历。在未来的工作中，我们会更加努力和创新，不断提升自己的技术和能力，为科技进步和社会发展作出更大的贡献。

作者：机械工程学院 2021 级本科生　王静怡

6 月 15 日　星期四　晴

政治学与公共管理学院毕业生 · 张鹏飞

今天必定是难忘的一天。下午，我穿上学士服，和政管学院所有 2023 届毕业生一起，参加了政治学与公共管理学院的毕业典礼暨学位授予仪式。站在台上从老师手中接过学位证书的那一刻，我意识到自己真的要和我的本科生活告别了。晚上和同学们一起盛装出席了学院为同学们精心准备的毕业酒会，每一首歌都让我切切实实感受到了政管学院这个大家庭的温暖与爱。在温馨幸福的氛围中，与山大相逢的四年回忆涌上心头。

“金风玉露一相逢，便胜却人间无数。”在人生的漫漫长路上，我们都在期待这一次又一次的美好相逢。回想第一次与山大青岛校区相逢的场景，鳌山湾畔，黄海之滨，映入眼帘的是红瓦绿树、碧海蓝天。多少双刚脱去稚气的眸子中映入了青岛的晴空和山大的灯火，准备好在这里与新的生活相遇；又有多少熟悉的面孔仍然满怀希冀，努力与未来的自己相逢于云端。

与山大的风景相逢，领略春夏秋冬四季之美。这里的一年四季都是美的。阳春三月，山大焕发出盎然生机，动人心弦。走在前往振声苑的路上，目光所及，皆是春天的颜色：有淡粉的樱花、火红的新叶、殷红的梅花，一片生气勃勃的景象。仲夏之夜，山大青岛校区的徐徐海风让人心醉。夏天的窗外是海的调色盘，海风是夏天寄来的明信片。秋日傍晚，无论是站在凤凰居门前，还是走出曦园餐厅二楼，抑或走在前往图书馆的路上，抬眼望去，晚霞漫天，不禁让人感叹大自然的美妙。凛冬腊月，周末的清晨，推开窗，看到的是一片白雪皑皑的景象。走在山大，博物馆、图书馆等建筑在雪景中显得格外沉稳。坐在图书馆中，隔窗远眺，漫天雪花飞舞，宛如一幅动态的雪景图。

与山大的文化相逢，感悟百廿历史之古韵。在山大生活的这四年，我们经历了中国共产党成立 100 周年，也经历了山东大学建校 120 周年，在山大与这样特别的年份相逢是一种幸福。作为科学社会主义专业华岗特色班的一名学子，对马克思主义原典原著的阅读学习使我受益终生。忘不了文献选读课上的每次课堂展示，忘不了赵明义老师和科学社会主义专业的故事，忘不了华岗先生和《共产党宣言》的故事。生活在山大的每一天，越来越能理解和体会“为天下储人才，为国家图富强”的办学宗旨，“学无止境，气有浩然”的校训和“崇实求新”的校风；走在登高路和求新路上，无时无刻不在感受着山大的品格与文化。

与山大的挚友相逢，体会人世间的美好与真情。无论是和蔼可亲的老师，还是朝夕相处的室友，抑或热心亲切的学长学姐，相聚在山大，相逢在青岛，都是一种缘分。课堂上的激烈讨论，操场上的趣味运动会，凤凰居的芝兰三月三等，都将成为我们大学生活中的美好回忆，或许这些就是青春最美的模样。

作为新时代青年，我们生逢其时，重任在肩。同时代一起追梦的路上与山大相逢，是一种幸运；同祖国一起成长的路上与山大相逢，是一种责任。带着山大的期望与期许，带着小我的目标与梦想，我们与时代一起追梦，与祖国一起成长。

作者：政治学与公共管理学院 2019 级本科生　张鹏飞

6 月 16 日　星期五　晴

法国图尔托瓦拉克洞穴遗址考古发掘队成员·赵宇超

今天是山东大学考古队与法国波尔多大学对图尔托瓦拉克洞穴遗址进行田野考古发掘的第 29 天。在学校文化遗产研究院鲁可教授和李占扬教授的带领下，经过近一个月的发掘与室内整理，本年度科考工作已逐渐步入尾声。发掘队员各自负责的“探方”均下挖了 30～40 厘米，在不到 6 平方米的发掘面积之内，出土了有三维坐标数据的文化遗物 2000 多件。目前，遗址新开辟的南发掘区已经完成了表层扰动堆积的清理，而去年开始发掘的东侧区域目前已经进入了旧石器时代晚期原生文化层的发掘。

图尔托瓦拉克洞穴位于法国西南部多尔多涅省韦雷泽河流域。该遗址发现于 1873 年，曾发现过旧石器时代中晚期的石器和尼安德特人肢骨化石，是一处包含旧石器时代中期晚段和旧石器时代晚期文化遗物的洞穴遗址。

2019 年，山东大学与波尔多大学组队合作开展科学发掘与研究。随着疫情消散，山东大学考古队员终于在今年加入考古工作现场。虽然发掘面积十分有限，但是由于洞穴堆积十分复杂，为了保证出土遗物时空单位的可靠性，队员们在发掘的过程中都十分谨慎。我们很多时候都没有使用考古常用的发掘工具——手铲，而是改用小的刮刀慢慢地从胶结且遍布岩块的洞穴堆积中提取宝贵的文化遗物。今天，在遗址南区又出土了一枚古人类的骨化石，这已经是本年度遗址出土的第二件人类指骨化石了。虽然只是小小的一节骨头，但是大家都为此激动不已。毕竟人类祖先的化石能够历经数万年与我们再次相见，对于任何考古队员来说都是不可多得的经历。

当天下午，鲁可教授安排中方队员参观了位于韦泽尔峡谷的国家史前博物馆和鲁菲尼亚克（Rouffignac）洞穴壁画。位于法国西南部的韦泽尔峡谷是法国的旧石器考古圣地，也是欧洲旧石器文化的标杆。博物馆完整呈现了法国旧石器时代中期以来各个石器工业类型的典型石制品标本。这些过去只能在文献中见到的器物，第一次实体呈现在面前，进一步加深了我们对欧洲旧石器时代石器技术的认知。旧石器时代晚期的壁画最有名的要数同样位于韦泽尔峡谷的拉斯科洞穴。遗憾的是，出于对壁画的保护，拉斯科洞穴早已谢绝了参观。鲁菲尼亚克洞穴的壁画均位于洞穴深处，主题包括猛犸象、犀牛、羚羊等，线条流畅清晰，有的为刻画图像，有的则使用黑色颜料绘制。洞穴内部遍布洞熊栖息的凹坑，而这些壁画也往往叠压在洞熊的爪痕之上。在昏暗灯光下凝视这些画作，仿佛看到在距今约15000年，当洞熊灭绝以后，马格德林文化的现代人举着火把进入幽深的洞穴，进行绘画创作。

作者：文化遗产研究院工作人员　赵宇超

6 月 17 日　星期六　晴

赴西部、基层和国家重点行业就业毕业生表彰大会发言代表 · 崔乐臻

昨天，在即将告别母校之际，我有幸参加“山东大学 2023 届赴西部、基层和国家重点行业就业毕业生表彰大会”，并被选作毕业生代表上台发言。大会在庄严的国歌声中拉开序幕，隆重而热烈的场景成为我毕业季里最好的礼物，将永生难忘的瞬间定格在心头。

2020 年，我来到山大求学。三年时光转瞬即逝，回想我第一次来济南，还是暑假来参加山大夏令营保研面试。进入校园，硕大的石头上刻着“学无止境，气有浩然”的校训，让我感受到山大的悠久历史与文化积淀；学院精心的迎新安排和人文关怀，让我这个外省人感受到了山东的好客与热情；平易近人的老师们，更让我切实感受到这是一所有爱、有温度的大学，继而坚定了对山大的热爱和作为山大人的自豪。院长宣讲时讲到，我们学院人杰地灵，南倚千佛山、北望大明湖、西邻趵突泉，是个可以潜心科研、人才辈出的好地方。在之后的科研工作中，“质朴精勤，雄健卓越”的院训也时刻鼓舞着我开拓进取。在攻读硕士学位期间，我的导师田国会教授曾不止一次对我们讲：要不忘初心，要明白科研的目的和意义，去发现问题和解决问题，推动国家科技的发展，最终落实到服务社会、服务人民中去。在国家重点研发计划项目中需要开发交互系统时，我自告奋勇，用初生牛犊不怕虎的劲头啃下硬骨头。田老师的充分信任和支持，让我得到了历练，也尝到了项目成功验收的喜悦。在疫情反弹、防控形势严峻时，在学院领导和老师的帮助下，我毅然决然选择了返校科研。这些回忆都将成为我宝贵的精神财富。

今天，在台下听着学校领导和老师的发言，我的心中充满了感激和不舍，回想起了自己在山大的点点滴滴。当听到中国航空工业集团王勇处长

发言时，我的内心无比激动，因为那是我未来奋斗和追梦的地方，我即将前往中国航空工业集团公司洛阳电光设备研究所开启新的人生征程。当我站到台上发言时，渐渐由最初的紧张转为了兴奋和激昂，我想把自己航空报国的决心告知天下，我更想用铿锵有力的话语表达出我们赴国家重点行业就业毕业生的心声：一定会坚守本职岗位，吃苦耐劳，躬身学习，怀揣报国之志，到祖国最需要的地方去建功立业。我们绝不辜负母校的殷殷期望，要展现出山大人的责任担当。

富有仪式感地颁发证书奖牌和授旗环节让我很受触动。从领导老师手中接过的荣誉，不只是一本证书，更是一份沉甸甸的责任，那是学校对我们的期待和祝福。看着“励志先锋营”旗帜有力地挥舞，那是吹响了我们到工作岗位中奋斗的号角。我们会铭记习近平总书记的殷切寄语，坚定不移听党话、跟党走，做有理想、敢担当、能吃苦、肯奋斗的新时代好青年。我们也将牢记母校的希望和嘱托，志存高远，脚踏实地，勇立时代潮头，在国家重点行业中展现更大担当、承担更大责任，在逐梦前行中书写报国之志，为母校增光添彩！

我会记住这激动而美好的一天，肩负使命前行，携带荣誉而归！

作者：控制科学与工程学院 2020 级硕士研究生　崔乐臻

6 月 18 日　星期日　晴

本科生毕业典礼毕业生发言代表·孙树喆

今天，来自济南校本部各学院的同窗好友齐聚中心校区体育馆，迎来属于我们的主场——山东大学 2023 年本科生毕业典礼暨学位授予仪式。

偌大的体育馆，红底白字的背景墙，精致的学士服，这一次，我知道，我要毕业了。

我很荣幸能够作为毕业生代表发言，共同细数我们在山大四季里留下的点点滴滴，与我热爱的山大、敬爱的师长作最后的告别。道一声感谢，道一声离别，道一声再见，不舍的是难忘的山大情，不变的是永远的山大人。

难忘师长温情，做有温度的山大人。还记得新生见面会上我们畅所欲言，学长们笑着说："高数是棵树，挂着很多人，你们好好学争取别上树哈。"还记得彭实戈院士在开学典礼上深情地讲："学堂是个大家庭，不论将来走到哪里，国家文化就是最好的毕业证明。"四年，一千四百多个日夜里，老师们和同学们用温情诠释山大温度，教会我们传递山大温度。重温在山大的每一度，每一度里都是山大爱我们的样子。

难忘生活激情，做有广度的山大人。从深秋中心校区桂花园的暗香到寒冬青岛校区博学路前的白雪，从初春白玉兰路的万物复苏到盛夏渤海之湾的繁星璀璨，我们在山大留下难忘的故事。乒乓球、羽毛球，小球也能带动大健康；素质拓展、迎新晚会、悦跑节，丰富多彩又精准匹配我们的热爱。山大教会我生活广度的意义，面对德智体美劳全面发展的山大生活怎舍离别？

难忘专业热情，做有深度的山大人。四年前选择化学专业，四年后依然选择在基于化学的前沿交叉领域深造，难忘每一个泡在实验室的周六，难忘每一张改到深夜的幻灯片，难忘每一页三种颜色的专业课笔记。谢谢专业的热情教会我潜下心来，紧跟国家战略急需，探索科技深度。

最后，我想用在典礼上发言的结尾结束这篇充满回忆而又朝气蓬勃的日记：衷心祝愿全体同学勇敢筑梦、前程似锦！祝愿各位老师万事顺意、身体健康！祝愿母校乘势而上、再续辉煌！祝愿祖国的明天更美好！

亲爱的山大，亲爱的山大人，我们一定会再见！

作者：泰山学堂2019级本科生　孙树喆

6月19日　星期一　小雨

研究生毕业典礼参加者·袁化强

今天，我在中心校区体育馆参加了自己在山大的最后一个毕业典礼暨学位授予仪式。我坐到了曾经羡慕的内场，第一次坐在了授位台的正前方。看到周围身着红袍的博士同学们，以及体育馆里数千名身着蓝袍的硕士师弟师妹们，我的内心激动万分，久久不能平静。一路走来实属不易，我们一同面对压力，而今一起圆满完成了学业，顺利拿到了学位证书。今天我们都是自己的英雄，母校也给予了我们满满的毕业仪式感。

毕业典礼以微电影《且向前》拉开了帷幕。毕业典礼上，师长代表用自己的人生感悟为即将背上行囊奔赴远方的我们上了最后一堂课，嘱咐再三，祝福满满。而在学位授予环节，我非常幸运地从李术才校长手中接过了自己的学位证书，亲耳听到校长送给我的祝贺和祝福。在未来，我也将牢记这最后一课上的教诲，坚定不移在强国建设、民族复兴中当先锋、做闯将。

记得2014年秋天，跨越1400多公里，我从宁夏来到山大，不知不觉间已经在山大学习生活了九年。初入山大，第一次在兴隆山校区图书馆前见到办学宗旨的牌匾时，我便被山大人的胸襟和气魄深深震撼；2018年本科毕业典礼最后一课上“努力做新时代的奋斗者”的殷切嘱托，让我再次深刻感受到家国情怀已根植山大人心底；硕博期间，李术才校长多次教导我们要走出工作舒适圈，把论文写在祖国大地上，山大岩土人扎根一线服务国家重大工程、为国家建设奉献青春的事迹也一直深深感染着我。九年里，我已然将山东当成了我的第二个故乡，山大也是我的第二个家。九年在学习科研中的耳濡目染，让我不断思考和探寻，逐渐找到了属于自己的方向，从初入校园的“小白”逐渐成长为具有一定知识储备和专业技能的科研人员。

我的故乡宁夏养育了我，在教育资源如此匮乏的环境中，受老师们的鼓舞和辛勤栽培，我才有机会来到山东大学求学，积累了丰富的科研经历。目前我已经完成博士学业，家乡的建设更需要我，我也想和我的老师们那样，让家乡的孩子们能走出去看看更大的世界，去实现他们人生的梦想。抱着这样的信念，今年三月初，我坚定地选择了回到偏远的西北，回到生我养我的家乡面试，并最终拿到了宁夏大学的录用通知。

面对师友们劝我留下工作的好意，我一一谢绝。一直关心、帮助我的导师知道我的初心后，对我的决定表示尊重和支持。于我而言，其实并不容易，其间我也曾犹豫再三。一边是难以报答的师恩，一边是永远割舍不断的故乡；一边是机会多、发展前景好的东部，一边是平台、资源、教育均相对落后的西部。但作为一名党员，作为新时代的知识青年，我更应该带着知识和本领到西部、到基层、到祖国最需要的地方去。回到宁夏工作是我无悔的选择，我越来越坚信，在西部工作也能够施展才华、有所作为。当在“山东大学2023届赴西部、基层和国家重点行业就业毕业生表彰大会”上与同学们共同接过“励志先锋营”旗帜时，我们也接过了光荣使命和光明未来。

六月的济南骄阳似火，六月的山大满是离别与不舍。每年都是我送师兄师姐，今年自己终于要以博士毕业生的身份走出校门了。我将依然以山大人的身份在岗位上继续奋斗，依然与母校共荣。祝福母校越来越好、再创辉煌，祝福每一个山大学子学业顺利、前程似锦！

作者：齐鲁交通学院2020级博士研究生　袁化强

6月20日　星期二　晴

齐鲁医学院毕业典礼毕业生发言代表·季芝强

今天，山东大学齐鲁医学院举办了2023年毕业典礼。我作为齐鲁医学院2023届毕业生代表发言，与师长们分享了这个庄重时刻的感受。

回想十年前，邻家姐姐成了山东大学的医学生，那时我无比羡慕，对自己说：我也要到山东大学学医；回想六年前，种种原因让我在填报志愿时和齐鲁医学失之交臂。我本以为我这一生跟齐鲁医学终是没有缘分，但对医学的向往与热爱超出了我的想象。

齐鲁医学院一直是让我心驰神往的神圣医学殿堂。几经踌躇，我终于下定决心来学医。2018年12月，我从青岛来到济南，参加了公共卫生学院的转专业面试。几经努力，终于成为一名医学生，穿上白大褂，圆梦齐鲁医学。

百年齐鲁，源远流长。何其有幸，我在这里度过了充实忙碌的美好时光。这座被老舍先生称作“非正式公园”的校园见证了我从初出茅庐的医学生成长为一名合格的公卫人。五年里，我修习完基础医学课程、临床医学课程、预防医学课程；五年里，我无数次穿梭在宿舍、食堂、教室、实验室，校园里的小道留下了我的足迹；五年里，我看不倦校园的一砖一瓦、一草一木，离别之际，依依不舍校园美景；五年里，我和同学们努力将所学知识变为己用，和队友们一同取得了2023年山东省医学生技术技能大赛预防医学赛道A、B组特等奖的佳绩。这一点一滴都是我在这里的独家记忆。

在这里，我不仅收获了知识、技能、友情，更明白了我们齐鲁医学人所应具备的家国情怀。犹记得抗击新冠疫情时，我们齐鲁医学人面对疫情勇敢逆行，齐鲁医院和华西医院医疗队在武汉天河机场相遇，跨过百年再度共同作战，让我流下了感动的泪水。那时我便许下愿望，如果有一天需要我挺身而出，我绝不会推辞。2022年下半年，济南疫情形势严峻，我积极报名，成为44名志愿者之一，赴高新区参加流调工作。既然选择了医学事业，纵使前路漫漫，征途坎坷，我也将不忘初心使命，做大写的齐鲁医学人。

今日我们即将告别母校，踏上新的征程。衷心祝愿齐鲁医学院的发展更上一层楼，祝愿全体老师身体健康、工作顺利，祝愿同学们在各自的领域里发光发热，成为更加优秀的人。毕业快乐！

作者：公共卫生学院2017级本科生　季芝强

6月21日　星期三　晴

艺术学院（威海）毕业生、《此画怎讲》演员·杜泊静

今天，我以一名2023届普通毕业生的身份全程参与了山东大学威海校区举办的2023届毕业典礼暨学位授予仪式。

置身毕业典礼恢宏的场景内，我一时间仿佛穿越到刚刚入校时，初见威海校区矗立的大门，美丽的文心湖畔上吹来阵阵微风，“大鸡翅”后高耸的图书馆映入眼帘，当时立志大学四年一定要读够一百本书。直到双手捧过学位证书的那一刻，我才意识到，大学生活真的要结束了。

在毕业典礼上，山东大学校长李术才的一段讲话让我的内心无比激动：“山东大学威海校区艺术学院舞蹈编导专业学生表演的《此画怎讲》，用原创的舞蹈演绎了汉画之大美，用视觉盛宴，感恩母校之大爱，生动展现了山大人的文化自信，助力了中华优秀传统文化创造性转化和创新性发展。”这段话是对我们舞蹈专业同学们四年学习成果的充分肯定。

2023年6月16日和6月17日，我随艺术学院（威海）舞蹈系师生来

到济南校本部，开展《此画怎讲》——舞蹈系 2023 届原创作品毕业晚会展演。我们的《此画怎讲》依凭汉画舞蹈图像进行创作，共分三个篇章、九个节目。依托山东大学深厚的文化底蕴以及我校舞蹈编导专业“彰显地域特色、承袭中华优秀传统文化”的办学宗旨，以山东“汉画像石”为创作素材，通过雅俗共赏而又富于创造力的艺术化展示，为观众呈现了一场汉画舞蹈的视觉盛宴。

回顾演出从创作到呈现的点点滴滴，我思绪良多。2021 年，作品《此画怎讲》开始进行最初的大纲敲定，以山东汉画像作为整场作品的主题。一年半的创作时光转瞬即逝，回想展演中第一部作品的创编过程，还是在 2022 年春季。当时作品《此画怎讲》的创作已然开始，为了不耽误作品创编的进度，老师带领我们开启了线上的创作模式。我们的排练地点便从排练厅转移到了操场、泰园门口的广场等方便排练的地方。烈日炎炎，我们心里却是充满激情的，同学们常说“这就是我们的舞台，路过的行人都是我们的观众”。校园中随处可见我们编创的身影，手机中那一个个录了再录的视频，都是我们对这部作品共同努力的见证。

随着展演的圆满落幕，展演中的一部部作品精致而又热烈，成为我毕业季里最好的礼物。回想起四年中的点点滴滴，我的心中充满了感激和不舍。当全体毕业生整队报数的那一刻，我的内心思绪万千，感触良多。“龚乐怡、姜金一、杜泊静……”那一声声从后台传来的呼唤，好像一下子把我带入大一刚入学军训时教官点名的场景。恍然间，这四年的过往好像电影一样在我眼前闪过。四年的学习生活，我们有欢笑，也有泪水，一起为同一个目标努力过，也为编导作业编不出而烦恼过，但正是这些经历让我们更加成熟、自信，汇聚成了我们大学生活最美好的回忆，它会一直陪伴着我们，成为我们前进路上的动力。

作者：艺术学院（威海）2019 级本科生　杜泊静

6 月 22 日　星期四　晴

晶体材料研究院第一党支部书记 · 郑昭科

昼晷已云极，宵漏自此长。昨天时值夏至，晴空万里，微风拂面，我和晶体材料研究院党委的同事们来到大平台党建会议室，一起聆听了中国科学院科技战略咨询研究院潘教峰院长的报告《努力实现高水平科技自立自强——关于加强原创性引领性科技攻关、坚决打赢关键核心技术攻坚战的思考》。报告内容和本人所从事科研工作和挂职经历密切相关，我深受触动，感觉受益匪浅的同时也感到责任在肩。

为深入学习贯彻党的二十大关于教育、科技、人才“三位一体”统筹推进的战略部署，学校特举办此次围绕如何实现高水平科技自立自强的专题辅导报告。潘院长作为第十四届全国人大代表，向大家阐述了基础研究的重要性。习近平总书记高度重视科技自立自强，关心科技工作者，对大国创新进行战略擘画。潘院长强调，基础研究离不开广大科技工作者的努力与付出，作为高校教师，应坚持传承和弘扬科学家精神、工匠精神，为实现国家科技自立自强贡献力量。

聆听潘院长专题报告后，在晶体院党委曲刚书记的主持下，我们支部书记们进行了深入交流，大家感到很受鼓舞，强烈感觉到身上担负的责任和使命。听完报告会，我感触良多。我所在的晶体材料国家重点实验室正是以打造国家战略科技力量为目标，秉承“需求牵引，单晶为本，敬业团结，育晶育人”的建设宗旨，多年来坚持以晶体材料的基础理论突破为源头，在满足国家重大需求中不断成长。作为晶体材料研究院第一党支部书记，我不禁想起最近两周参加的 2023 年党支部书记培训，校党委组织部部长曲明军对党支部书记提出了理论学习入脑入心、调查研究走深走实、事业发展聚力聚效、检视整改见行见效的四点要求。我深刻地体会到高水平科技自立自强的重要性，在加强支部思想建设和规范化建设的同时，也要努力提升支部的科研创新水平，用党建促进科研工作，用科研成果来检验党建工作成效。

聆听报告后，我也深刻认同潘院长所强调的原创性引领性科技攻关的重要性。结合自身所从事的新材料研究领域以及连续两年的东海县科技局挂职经历，我深深理解基础研究和下游应用紧密关联的重要性以及关键核心技术的亟需性，因而产生了许多共鸣。

围绕具有原创性科研和关键核心技术两大要素，自2017年回国入职山大以来，我始终牢记科技自立自强的急迫性，并未盲目追踪热点，而是坚持关键技术自主研发，成功开发了拥有自主知识产权的“空间高分辨单颗粒光谱技术”，进而实现了半导体单晶表面缺陷的纳米级成像，为在微纳尺度揭示材料构效关系提供了重要工具。

通过此次报告会，我再次明确了未来努力的目标。作为青年教师，应做到锐意进取、开拓创新，在关键核心技术攻坚战中努力奋斗，源源不断产出“顶天立地”的重大成果，作为学、为事、为人的示范，努力成为塑造学生品格、品行、品味的“大先生”和“四有好老师”，当好学生成长的引路人。

作者：晶体材料研究院第一党支部书记　郑昭科

6月23日　星期五　晴

大明湖龙舟邀请赛参赛运动员·高桂阳

在端午节当天，2023年大明湖龙舟邀请赛如期举行，我们代表山东大学和山东大学龙舟协会参加了这次比赛。

划龙舟对于我们山大龙舟队来说其实还有些陌生。山大龙舟协会虽然成立于2018年，但由于疫情的影响，我们已经三年多没有训练，也没有参加比赛。之前的划手都已经毕业，我们是全新的队伍，训练时间不足一周，之前下水上船也只有两三次。面对划龙舟这项运动，我们是真真正正的新手。

第一次在龙舟上训练的时候，每个人都心里打鼓。我们在大明湖训练时，船身摇晃得很厉害，队员的心情都非常紧张，但只有克服恐惧往前划，我们才不会晃、才不会翻船。我们鼓起勇气，在教练的指导下，大胆地把桨插到了水里，一桨一桨地划了起来。原来划龙舟也没有我们想的那么难。

赛前我们互相加油鼓励，给自己定了一个小目标：顺利完赛，不翻船。预赛时，龙舟上了赛道，我们每个人的心情都十分忐忑。我们紧紧攥着手中的桨，身体前趴做着预备的姿势。500米比赛的汽笛声吹响，我们奋力地划动着船桨，让龙舟加速。大约划了三十几桨的时候，我们领先旁边的船半个船身，然后我们一鼓作气，第一个过了终点。

500米的距离很长，长到最后让人喘不过气来，长到让人抬不起桨来，但是我们凭借着共同的信念一起划完了这500米。我们以500米预赛小组第一的成绩顺利进入决赛。当我们知道进入决赛的时候，每个人都非常高兴，并对决赛充满了信心。

决赛时，再次上赛道，我们的心情还是非常忐忑，但是比起预赛，我们多了一份自信，也多了一个目标。随着决赛的汽笛声响起，我们奋力挥舞着手中的船桨。决赛和预赛果然不一样，比赛刚开始，我们和另外两支队伍并驾齐驱，但由于我们缺少经验，慢慢和前边两艘龙舟拉开了距离。但是我们没有放弃，仍然在奋力地追赶。到了后半程，队员们的体力已经消耗殆尽，我们靠着坚强的毅力冲过了终点。就在我们刚过终点准备停船的时候，左侧突然来了个特别高的浪，一下子把我们的船从左边掀翻了过来——是的，我们“翻船了”，好在不影响成绩。我们漂浮在湖中，旁边还有侧翻的龙舟，但每个人的脸上都挂着笑容，心中的忐忑也随之消失。我们把在船上的庆祝临时改到了水里。

今天超额完成了我们“顺利完赛，不翻船”的小目标，取得了500米第三名的好成绩。这是意外的收获，也是我们这几天克服困难、努力训练的结果。我们创造了山大龙舟协会参赛以来的最好成绩。

在这次龙舟比赛中，我们学习和积累了很多经验，也懂得了很多道理。对于困难，如果不去勇敢地面对，它永远是困难；对于团队，团结信任是基石，坚持不懈地努力奋斗是通往成功的必要条件。从不懂到懂可能只需要一瞬间，但从懂到很懂则需要时间的磨炼。前方还有磨炼在等着我们，山东大学龙舟队加油！

作者：体育学院2021级本科生　高桂阳

6月24日　星期六　晴

毕业餐供餐活动亲历者·唐愈新

骄阳炽热，笑颜灿烂。回顾这一年一度的毕业季，学校在毕业生离校前为2023届毕业生提供了19683份免费毕业餐。我作为饮食中心的工作人员亲历了这次供餐活动。

一接到学校毕业餐任务，中心事业部与各校区餐饮部一起研究设计了毕业餐供餐方案。6月13日，后勤保障部饮食中心召开了毕业餐协调论证会，就供餐方案中的供餐方式、供餐品种、供餐地点、服务细节等逐一进行了论证，全力满足毕业生就餐需求，让他们吃好在学校的最后一餐。毕业餐经过几次更改，最终确定了既兼顾传统又突出山大饮食特色的孔府樱桃肉、清氽牛肉丸、盐焗鸡、孜然牛肉片、酸汤鱼片等20个套餐产品。

6月14日，饮食中心又接到学校允许毕业生家人进校园的通知，在专题会议上研究确定了6月18日、19日全天候开放餐厅，开设休息区和就餐体验区的服务保障方案。饮食中心各部门紧锣密鼓地开始确定人员分工，大家采购物资、布置餐厅、设计海报……一切工作紧张而有序地进行着。中心还邀请市场监管部门到各校区食堂监督检查食品安全，查找安全隐患，提出保障建议，确保师生、家长就餐安全。

6月17～19日，各校区毕业供餐活动顺利举办。各食堂全员调动、团结奋战，从凌晨3点开始调配物资、切配加工、烹饪制作、盛装运送盒饭、保障供餐服务、洗消餐具、清理卫生……连续三天一直忙碌到晚上10点。为了提升学生与家人的就餐体验，各校区食堂大显身手，纷纷拿出了各种妙招服务师生。中心校区食堂邀请兰州大学名厨，济南技师学院陈玉林、温继军、陈先云三位鲁菜大师，以及饮食中心金牌厨师团队，分别为师生带来正宗西北风味小吃、正宗鲁菜和山大饮食特色产品；兴隆山校区食堂以精美的食品雕刻和原材料雕塑来布置美食体验区，并精心制作了一系列特色鲁菜、融合菜，得到了学生和家人一致好评，纷纷拍照留念。中心的工作人员全部分配到食堂一线，进行全天候引导和现场服务，缓解食堂压力。

食堂精心、精细、精准、精致的供餐服务得到了学生与家人的高度评价：

“毕业生免费餐体现了学校的关怀，餐品丰盛展现了食堂的用心。”

“太实惠了，料足、味美，性价比太高了！”

“好吃！孩子在这里的四年，生活上我们太放心了，感谢山大！”

一位文学院毕业生的父亲告诉我们：“山大的饭菜做得太好了，我还写过一首诗赞美山大的美食。”

在供餐期间，李术才校长也来到食堂供餐现场看望慰问食堂员工，并对食堂员工的辛勤付出表示感谢。学校领导的关怀、学生与家人的肯定成为山大饮食人干事创业的无尽源泉与动力。在感动于学校对学生关爱的同时，我也被山大饮食中心这支能吃苦、能战斗、能奉献的团队再次打动。

一粥一饭总关情，一言一行见初心。目送毕业生离开母校远行，寒来暑往默默陪伴的食堂很感谢也很想念有他们的日子。以母校的味道欢送，用山大的温暖饯行，山大食堂祝福同学们逐梦远航，前程似锦。

作者：后勤保障部饮食管理服务中心工作人员　唐愈新

6月25日　星期日　晴

清风林党性教育中心寻访者·秦秀雯

昨天下午，我怀着激动的心情，参观了家乡大同市左云县的清风林党性教育中心，并且聆听了“时代楷模”张连印的报告。退休后不愿享清福，回乡搞绿化十余载，少将张连印的事迹给了我很大的启发，他的教诲使我受益匪浅。

下午三点半，我们刚到教育中心，张将军和左云县委宣传部的王部长便热情地迎接了我们。张将军与我们握手，还询问了我的家乡，当得知我是左云县赵火色村人时，张将军高兴地说：“赵火色村是我们与右玉县相邻的地方嘛!”这让我倍感亲切。张将军曾任河北省军区副司令员，十分和蔼可亲。

我们在王部长的带领下进入展览馆参观。在展馆正中央的左云县地形地貌沙盘上，标满了张将军十多年来的绿化范围。王部长讲述了张将军的生平事迹，详细地围绕沙盘介绍了张将军的绿化工作为左云县所作出的贡献——森林覆盖率、绿化面积占比等，都在十年间得到了显著提升。

结束参观后，我们来到会议室观看张将军的事迹宣传片。宣传片展现了张将军回乡搞绿化的初心——不只是为了美化因煤炭开采而受到污染的左云县，更是为了给东南边的京津冀筑起一道绿色防线。“哪怕我已经退休了，我依然要保卫祖国，保卫人民。”张将军激动地说。片中还重点展现了张将军在植树绿化遇到困难时所展现出的坚强品质。左云县地处毛乌素沙漠边缘，树苗成活率很低。面对这样的难题，张将军没有被击退，而是积极查阅书籍等资料仔细学习，直到自己成了一名种树专家。已近耄耋之年的张将军尚有这样的坚韧品质，我们身为当代青年，又怎能不努力呢?

宣传片放映结束后，张将军给我们作了简短的报告，重点讲述了自己的艰辛成长历程。他幼失怙恃，由年迈多病的爷爷奶奶抚养大，全靠乡亲们的接济与老师同学的资助才能坚持学业。讲到大家凑钱为自己买本子时，张将军一度哽咽：“大家的恩情我永远不会忘!”将军还以自身为例，劝诫学子们努力学习，并表达了对党和国家的感激和热爱。他兴奋地提到了自己参军入伍后，作为新兵代表发言时即兴编的一段快板：“你们给我戴红花，我把决心来表达，到部队要听党的话，党让干啥就干啥!”张将军表达了自己坚决跟党走的一颗红心，收获了在场所有人的热烈掌声。

我想借社会实践的契机，在之后的宣讲中让更多的学生受到张将军这种精神的鼓舞，期待人人都能向着努力建设祖国的目标久久为功。

作者：药学院 2022 级本科生　秦秀雯

6月26日　星期一　晴

图书馆“幸运盲盒”派发活动策划者·韩凤菊

为了在考试周期间给同学们增添一份惊喜和鼓励，我们精心策划，推出了中心校区图书馆“幸运盲盒”派送活动。今天，“幸运盲盒”活动第三次派发。

清晨的曙光洒向大地，我也为新的一天做足了准备。刚刚六点半，我就到了馆里，在同事和勤工助学岗同学的帮助下，悄悄地将提前备好的“幸运盲盒”随机放置在各个楼层自主学习区域的椅子上。盲盒里面藏有精心准备的祝福明信片和各类小礼物，静待座位的“小主人”在入馆的第一时间发现惊喜。同时，我们还在一楼大厅和各楼层的走廊向入馆的同学们随机派送了“幸运盲盒”。

“你好，这是来自中心校区图书馆的一份小礼物，祝你考试顺利！”伴随着一声声祝福，每一个收到盲盒的同学脸上都洋溢着微笑和欣喜，纷纷表示：

“收到了图书馆的独特祝福。”

“正在备战考研，收到这份盲盒很开心！”

“这次活动太有趣了，图书馆的策划真是细致入微。”

“谢谢老师，如此用心。”

小小的盲盒如同一道微光，温暖而神秘。本学期“幸运盲盒”派发活动总共分为三期，共派发了150份，到今天顺利结束了。作为读者服务一线的工作人员，我深深感受到了同学们对本次“幸运盲盒”派送活动的认可，大家脸上真挚的笑容也为我们每一位图书馆人带来了无限动力。

回想过去的一周，活动各项事宜虽辛苦、琐碎，但收获满满。在活动筹备期间，我先确定了活动的主题和形式，既要给同学们提供贴心又多样化的小惊喜，又要根据盲盒的尺寸考虑物品大小。和同事们经过多轮商讨，选定了棒棒糖、荧光笔、线圈本、祝福明信片、图书馆文创行李牌、帆布袋等小礼物。精心挑选并一一采购回来之后，我们与勤工助学岗的同学将各类小礼物进行了合理的分配，再装到每个盲盒中。为了让同学们感受到图书馆的温暖，每个盲盒还贴心地贴上了“这是来自中心校区图书馆的一份小礼物”的小字条。这些盲盒里的小礼物不仅仅是一份小小的惊喜，更是图书馆送给同学们的美好祝福。希望通过这个简单而又特别的方式，将这份温暖和力量传递给每一个步入图书馆的人，让大家感受到图书馆的关怀和支持。

或许，这个小小的举动微不足道，但我们相信，这份心意会在同学们的心中久久地延续下去，成为大家前行路上的一盏明灯。

作者：图书馆工作人员　韩凤菊

6月27日　星期二　晴

候任保资辅导员·周　畅

夏天是告别的季节。作为一名今年的毕业生，同时也是一名候任保资辅导员，我最近参与了两件与“告别”相关的工作——学校毕业典礼的秩序维持和齐鲁医学院“生如夏花”毕业晚会的筹备。一位位同学走上台完成拨穗与授位仪式，这是大学生活的美好总结；参加一场精心筹备的毕业晚会，这是学校给毕业生的浪漫告别。同学们早已毕业回家，独留我一人在中心校区实习，再看一次学生在线发布的推文：送给一校三地本科毕业生的专属 H5 画像。点开推文，伴随着《我的山大我的家》的悠扬歌声，“星月此程去，山海凭君跃”这句话映入眼帘，对于毕业的诸多想法与感受伴随 H5 中的一幕幕在我脑海中放映。

大学伊始，21天的军训生活让我难忘，记得清晨5：50所有学生整装待发，从趵突泉校区出发前往泉城公园拉练。伴随着晨露与朝阳，大家从睡意朦胧到大汗淋漓，用奔跑与呐喊为当天的拉练画上圆满的句号。我们用迷彩绿的珍贵经历，学会坚强、学会自立，开启一段美好回忆和一段青春时光。

“人生天地间，忽如远行客。”很幸运在大学期间陪伴山大度过了120周年的生日，更有幸观看了山东大学建校120周年音乐舞蹈晚会。百廿山大，为国育贤，从“图强而生”到“砥砺前行”，从“改革创新”到“强校兴国”，山大120年悠悠历史早已深深印刻在我的脑中。这四年时间只是120年中的小小一段，但却在我的人生中留下了浓墨重彩的一笔。

奋楫笃行，初心如磐。郭新立书记、李术才校长的祝福让我铭记于心，世世代代山大人手中传递的火炬，此刻正握在我们手中。未来，无论身在何方，我永远铭记，我是山大人。

四年弹指一挥间，所遇之人皆为过往，然于我回忆中珍藏；所历之事皆为幸运，于我脑海中永存。毕业生H5画像就好像一本画册，将我所遇之人、所历之事一一放映，令人感怀。盛宴已散，却并非青春落幕。我们将站在新的节点，奔赴下一场平淡与热烈。

作者：护理与康复学院2019级本科生　周　畅

6月28日　星期三　雨

“光荣在党50年”纪念章获得者·王永革

今年是中国共产党成立102周年，在七一建党纪念日到来之际，学校离退休党委为我们光荣在党 50 年的老同志们举行荣誉纪念章颁发仪式，我感到无比激动和自豪。金光闪闪的纪念章不仅饱含着每名共产党员对党的事业的无限忠诚和无私奉献，也是党对我们每一名光荣在党 50 年老党员的最高褒奖，我们倍加珍惜。

手捧这枚沉甸甸的纪念章，我禁不住热泪盈眶、感慨万千。

我是 50 后，是在中华人民共和国成立以来，在中国共产党的阳光雨露哺育下成长起来的第一代新人，对党、对祖国充满着深厚感情。我一生的成长离不开党和国家的培养，离不开山东大学各级党组织、领导和老师们对我的教育，离不开广大群众的支持帮助。

我清楚地记得，1970 年 12 月，在济宁市李营公社南杨庄大队，我作为一名下乡知青通过招工进入山东大学。由于在农村的突出表现，学校将我分配在校党委办公室任机要打字员。怀着一颗对党无限崇敬、对工作无比热爱的心，我奋发图强，努力工作，以时代英模为榜样，以优秀共产党员为榜样，立志在工作中作出优异成绩，并积极向党组织递交了入党申请书。加入中国共产党是我最高的夙愿和追求，在我的迫切要求和积极努力下，1972 年 12 月，党组织接收我成为一名正式的中国共产党党员。从入党宣誓那一刻起，我便将自己的政治生命与党和国家的命运紧密联系在了一起，“党员”这一荣誉称号成为我一生的工作动力，党的奋斗目标成为我毫不动摇的信仰和追求。

入党后，我受到党组织的直接关怀和教育，有更多的机会参加党内会议和文件的学习，开阔了眼界，政治思辨力和理论水平得到进一步提升。1976 年，我如愿以偿进入山东大学中文系学习专业文化知识，进一步弥补我工作中的缺憾和不足。毕业后，我仍然十分留恋中文系的学习氛围，党组织又一次满足我的要求，将我安排在中文系担任组织干事，后来历任副处级调研员、副研究员、党委组织部组织员、院办公室主任等职务。回顾自己在中文系近 37 年（截至 2013 年退休）的学习和工作，我始终用共产党员的标准严格要求自己，不忘入党初心，将工作目标定位于服务教学、科研，服务师生员工。我虚心向广大师生学习，工作上精益求精、一丝不苟，不怕困难、勇挑重担，不计名利和待遇，全心全意为师生办实事，为群众分忧解难，受到全院师生的信赖和好评，并多次被评为山东大学优秀教育工作者、优秀教师、优秀共产党员、优秀党务工作者和山东省高校优秀共产党员，2011 年被评为“山东大学爱岗敬业十大模范人物”。

我的成长进步和取得的点滴成绩是党、国家、学校和人民培育的结果，也是一个共产党员必须做到的。手捧这枚沉甸甸的纪念章，我可以欣慰地向党说：作为一名普通共产党员，在这 50 年的奋斗历程中，我没有掉队落伍，没有停止前进的步伐，更没有给党的旗帜抹黑，我是一名合格的共产党员。

人的一生，弹指一挥间。从刚入山东大学时朝气蓬勃的青年，到成为古稀之年的老人，我将最好的青春年华奉献于党的事业，奉献于山东大学的教育事业，奉献于社会主义建设事业，我无怨无悔。现在，党和国家在以习近平同志为核心的党中央领导下已进入一个新的历史发展时期。党的二十大的胜利召开，为全党和全国人民擘画出一幅宏伟蓝图，我们身上肩负的使命和责任更加重大。不忘初心感党恩，新征程上再扬帆。作为一名荣获“光荣在党 50 年”荣誉纪念章的老党员，我决不辜负党和人民的期望，要学好用好习近平新时代中国特色社会主义思想，进一步增强“四个意识”、坚定“四个自信”、做到“两个维护”，时刻听从党的指挥，继续发挥党员先锋模范作用，走好新的长征路，为实现党的第二个百年奋斗目标积极作出应有的贡献。

作者：离退休工作处退休职工　王永革

6 月 29 日　星期四　晴

研究生毕业审核工作人员·高　正

完成齐鲁医学院 39 名博士生、53 名硕士生的毕业审核工作，在微信对话框中回复“系统已通过审核”，发送，2023 年第三批次的研究生毕业资格审查终于告一段落。走出明德楼，穿过午后的小树林，这个学期渐入尾声，夏日的校园在窸窣如织的蝉声中慢慢染上宁静，那些之前我不遑去想、去感受的百般滋味也纷至沓来。

回望刚刚过去的半年，好像参加了一场马拉松，漫长、持久、疲惫却又充实。在这段奔跑旅程中，我经历了奖学金评审办法修订发布、研究生优秀成果奖评选表彰、“研岸星光”奖助育人品牌日渐成形、“榜样的力量”颁奖典礼举办以及党支部各项工作的顺利推进。但若说印象最为深刻的，还是研究生毕业审核。对于从未接触过这项工作的我来说，无疑是个极大的挑战。

研究生毕业总共有四个时间节点，分别是 3 月、6 月、9 月、12 月，这也就意味着每年要进行四次审核工作，实际上这项工作在一年中是贯穿始终的。而对每位研究生进行毕业审核，则是他们完成培养环节、顺利走出校门的最后一关。3 月设置同意 102 名研究生第一批次毕业，4 月设置同意 7751 名研究生第二批次毕业，6 月设置同意 7322 名研究生第二批次毕业，再到这几天设置同意 538 名研究生第三批次毕业，我在不断摸索和请教中，从内心忐忑到“渐入佳境”，已经能够从容应对各种各样的问题。

如果问我在这项工作中最深的收获是什么，大概是除了在奖学金评选工作中与辅导员这支学工队伍共同奋斗之外，又与教学秘书这支研究生教育队伍有了更多接触。

毕业审核涉及每一位学生最根本的利益。严格审核学生的每一项成果，严把出口关，是一名教育工作者义不容辞的责任与担当。比起往年，今年的毕业生数量再创新高。在繁重紧迫的审核工作中，我感受到的是各培养单位每一位研究生秘书对流程的规范掌握、对标准的严格执行、对毕业生特殊情况的“温暖”处理；感受到的是威海校区王文思老师和于贝贝老师、青岛校区李相廷老师、齐鲁医学院戴文老师耐心细致、严谨认真、不遗余力的配合与支持；感受到的是负责学位的张玉龙老师和负责学籍的高美老师反复核验、不厌其烦、敬业勤奋的工作态度；当然，更少不了的是感受到来自身边“战友”许峰主任和谢江宁老师的指导与帮助。

我想，从研究生奖学金工作到学术类奖励项目工作、再到毕业审核工作所体现的工作职责变化，与从学工人员向教育工作者的身份变化，不仅是学校研究生院、党委研究生工作部合并的现实体现，也是“立德树人、服务需求、提高质量、追求卓越”这条工作主线的扩展延伸，更是推进创新培养与教育管理交叉融合，实现中国式现代化研究生教育高质量发展的孜孜追求。

作者：研究生院、党委研究生工作部工作人员　高　正

6月30日　星期五　晴

齐鲁医院“七一”表彰大会参会者·朱凌慧

天蓝蓝，白云飘，今天已然是六月的尾巴，七月在招手。

时光如白驹过隙，转眼间，我已迈入研究生生活一年了。在这一年的学习成长中，我深切地感受到了中国共产党对于人民健康的关心和重视，更加明确了自身的责任与义务，作为党一直以来的追随者和拥护者，想要加入党组织的初心不改。

昨天下午，作为一名刚刚加入党组织的预备党员，我非常荣幸地参加了山东大学齐鲁医院组织的“庆祝中国共产党成立102周年暨‘七一’表彰大会”。到达会议室后，根据座位表找到贴有签名的座位，拿到给新加入党员的材料，戴上党员徽章，一种被接纳的归属感油然而生。

会议伊始，我们在视频分会场聆听了校党委书记郭新立讲授的专题党课。郭书记讲述的内容生动形象，通过将理论与学校实际情况结合，简明扼要地陈述了学校取得的成绩、存在的不足以及需要努力的方面，我受益匪浅。作为一名初加入党组织的预备党员，我始终牢记自己的身份与责任，并明白在将来的学习生活中更要奋发图强，贡献自己的力量。

随后，会议进行奏唱国歌、医院院长讲话及“七一”表彰环节。其中，表彰环节为老党员颁发了“光荣在党50年”纪念徽章，为“优秀共产党员”“优秀党务工作者”“先进基层党组织”获得者颁发了证书。然后是获奖者代表发言。在这一过程中，我体会到了“榜样引领时代，初心照耀未来”的意义，更感受到了党的精神一代代传承，激励着我要以优秀的人为榜样，不断向榜样学习。最后，由医院党委书记陈鑫讲授以“学思想、强党性、重实践、建新功”为主题的党课。他提到，思想是根本，要筑牢根本；要强党性，始终坚定理想信念；要重实践，再建新功；要敢于正视问题，深入研究问题，切实解决问题。同时，在医院工作中，更要正确处理好“公与私”“情与法”的关系。党课内容深入浅出，贴合实际，让听者进一步受到了党性洗礼。会议结尾在重温入党誓词、共同奏唱国际歌中落下帷幕。

在此次会议中，我真切感受到了归属感。同时，作为一名医学生，在接下来的工作和学习中我更需要投身于党组织最需要我的地方，脚踏实地，求真务实，践行初心使命，弘扬齐鲁医学精神，承担新时代责任，做到不忘初心，不负韶华。

作者：第一临床学院2022级硕士研究生　朱凌慧

7月1日　星期六　晴

“光荣在党50年”纪念章获得者·许墨林

参加“光荣在党50年”座谈会，我的心情既高兴又激动。作为一名在党50年的老党员，我感到非常骄傲和自豪。

中国共产党从建党最初只有50多名党员发展到今天9800多万名党员，战胜无数艰难险阻，克服一个又一个困难，建立了中华人民共和国，带领全国人民自强不息、艰苦奋斗，使中华民族站起来、富起来、强起来，跻身世界强国之列。事实证明，只有中国共产党才能够救中国。

我生在春风里，长在红旗下，父母都是20世纪40年代入党的老党员，所以我从小就对党有着深厚的感情。成长的过程中，我亲身感受到了我们党的伟大。中国共产党真正践行全心全意为人民服务的宗旨，把中国建设成越来越强大、人民生活越来越富裕的国家。从小我们学习的是雷锋、王杰、焦裕禄、王进喜等英雄模范人物的光荣事迹，他们一心为公，全心全意为人民服务，为党的事业和国家的发展建设贡献出自己的一切，甚至生命。还有身边的许多中共党员，在工作中吃苦在前享受在后，他们无私奉献的共产主义精神时时教育和感染着我。所以我也想以他们为榜样，成为他们那样的人，于是我积极要求加入党组织。回顾自己在党50年的工作生活历程，更加印证了我的理想追求的正确性。在职工作时，我总是以优秀党员为榜样、为标杆，向他们学习，努力做好本职工作，较好地发挥了党员的先锋模范作用。

如今党组织为我们颁发“光荣在党50年”纪念章，对于我们增强党员的荣誉感、归属感、使命感具有十分重要的意义。这既是对我们的表彰和鼓励，同时也对我们继续发挥党员的先锋模范作用提出了更高的要求。我坚信在以习近平同志为核心的党中央的正确领导下，我们党的事业将会更加兴旺发达，人民生活水平将会不断提高，群众的获得感、幸福感、安全感也会不断提升。

作为一名老党员，虽然离开工作岗位多年，但我仍然要不忘初心、牢记使命，自觉遵守党的纪律，遵守国家法律法规，以党员标准严格要求自己，自觉维护党的团结统一，同时教育孩子爱党爱国、遵纪守法，为全面推进中华民族伟大复兴事业作出贡献。

作者：离退休党委退休教职工　许墨林

7月2日　星期日　晴

贵州省招生宣传组志愿者·王志广

在学校组织和学院老师的带领下，我作为一名志愿者跟随学校赴贵州省招生宣传组到贵阳、兴义、六盘水等地进行本科招生宣传工作。作为一名土生土长的北方人，此次贵州之行让我受益匪浅，不仅见识到了祖国西南山河的秀丽景色，同时也感受到了前来参加招生咨询的贵州考生和家长们的热情。

经过紧凑的行程安排和细致的准备工作，我们小队于贵州省兴义市第三中学集合。挂横幅、打印材料、分发宣传册，招生宣传工作有条不紊地进行着。在招生咨询现场，刚刚参加完高考的学生和家长们不断向我们咨询各种关于高考志愿填报的问题。有些学生和家长对山东大学的招生政策和学习环境不太了解，我们便向他们详细地介绍山大近几年的招生分数排名情况、特色专业以及后续的升学方向等。也有一些学生和家长将山大作为自己的目标院校，希望能够进入山大学习，我们便针对他们的高考分数、专业兴趣等有针对性地提供指导和建议。之后，我们又陆续到达六盘水第三中学、纽绅中学开展招生咨询工作。面对越来越多前来咨询的学生和家长，我们所要回答的问题也变得越来越多，除了分数线、专业设置、升学就业外，我们还向一些学生和家长详细介绍了学校的历史沿革、地理位置、住宿条件等。尽管大家各有各的诉求，但来咨询的学生和家长言语间流露的都是对山大的向往和期许。

如今，此次赴贵州招生宣传工作已经圆满结束。这期间我们也遇到了不少难题，但令人欣慰的是山大师生的热情最终得到了很多学生和家长们的认可，他们后续在我们组建的微信咨询群里询问了更多关于志愿填报的问题，希望能够成为山东大学的一名学生。期待我们未来可以在迎新现场相遇，或在校园的某个角落擦肩而过。

作者：哲学与社会发展学院2021级硕士研究生　王志广

7月3日　星期一　小雨

青岛校区军训动员大会学生代表·徐瑞良

昨天的军训动员大会上，阳光明亮、温暖而耀眼，照耀得我有些恍惚，仿佛上一秒还在图书馆奋笔疾书，下一秒就已身着迷彩，在军训场上站军姿。

考试周后，得知自己将作为学生代表上台发言，再望见眼前一道道坚毅挺拔的身影，我想起了我们与军训的未赴之约。

回到去年充满蝉鸣的那个夏天。我仍记得当我拿到红底金字的山大录取通知书时的自豪，我也不会忘记那时的我对大学美好生活的憧憬与渴望，更不会忘记第一次看到“知政为公，厚德笃行”的院训时内心油然而生的强烈归属感。“少年当立凌云志，文武兼济带吴钩。”我始终如一地相信，军训是大学的第一堂课，不只是对身心意志的考验，更是一场精神的陶冶，还是追逐下一段光芒的动力。

国歌嘹亮，期盼了一年的军训终于在此刻拉开帷幕。坐在主席台旁，我清晰地看到同学们的脸上既有对即将到来的军训的期待与兴奋，也有经过一年的成长所带来的沉稳。怀着激动的心情，终于，我迎来了发言的时刻。

阳光透过云层洒在军训场上，为意气风发的少年披上一层碎金。那一刻，光荣与梦想、理想与未来、现实与远方，彼此交织重叠，在少年的身上构成了一幅幅青春的画卷。只一眼，我便久久铭记，难以忘怀。

我的心情久久难以平复。军训充满了少年的意气风发，阳光之下，一遍遍地练习，一声声清脆响亮的回答，是我们用呐喊与汗水书写着属于自己的青春。成长伴随着阵阵蝉鸣，伴随着鳌山湾畔的海风，正在一点一点悄无声息地发生。

抚平吹皱的文稿，我望向那一道道坚毅挺拔的身影。我们所追寻的光，既是你们的光，更是五角星的星光。

作者：政治学与公共管理学院2022级本科生　徐瑞良

7月4日　星期二　晴

澳国立联合理学院中澳师生交流活动参加者·孙承文

暑假已经正式开始了，我回到温暖的家里收拾着行李，脑海中却一直在回味不久前参加的活动。联合理学院在期末考试后，利用学期尾声举办了一系列多元化、国际化的活动，让我有机会以不同的方式学习、体验和交流中西文化。回顾这一系列活动，我感慨万千。

在6月29日的“咖啡时间”（coffee time）活动中，我们开展了中澳文化交流。我体验了与不同文化背景的同学共同交流的乐趣，也通过分享学习经验了解了彼此的文化。接下来的“3+1+1”培养模式宣讲答疑会，让我更深入地了解了两校的合作办学项目，也增强了我对未来发展道路的信心。

在6月30日的学院首期学术沙龙“JSC-Talks”学生论坛中，我有幸成为参与讨论的六名学生之一，分享了自己在数学领域的学术见解。尽管我是年纪最小的学生，但在这个论坛上，我的想法和观点得到了大家的认可。我们一起分享了在数学和应用数学领域的心得和经验，而来自澳大利亚国立大学和山东大学的教授们也给予了我们反馈和建议。这个经历让我深深体会到，在知识面前，我们是平等的。年龄不过是个数字，对于追求知识和真理的心，永远没有限制。

其实，准备和参加这个活动一直让我心情忐忑。活动前，我和学长学姐进行了很多次开会对接和主题讨论，并最终选择通过高考题引入马尔可夫链。论坛进行过程中，通过介绍马尔可夫链的核心概念及其在语言模型中应用的例子，我们进一步分享了更多有意思的概率模型，如三门模型、希尔伯特旅馆问题，并由此抽象到集合之间势的比较。学长学姐分享了密码系统的基本原理及结构、使用移位密码（shift cipher）加密信息的方法，并分享了图片降噪算法的原理。在学长学姐分享网络瓦解、音乐分类等问题后，我给大家介绍了基于宏观、定性分析的传统选址问题与基于微观、定量分析的机器学习选址问题。

同一天下午，我们在体育场体验了澳大利亚的全民运动——板球。这是我第一次尝试这个运动，虽然起初有些生疏，但在澳大利亚国立大学访问团老师的悉心指导下，我逐渐掌握了基本规则和技巧。尽管汗如雨下，但我们大家都充满热情，奋力拼抢，享受着运动带来的欢乐。

7 月 2 日，我参加了学院组织的开放日，有机会向 80 余位考生和家长介绍我们的学院。这次活动让我感觉自己不仅是一个学生，更是学院的一分子，能为学院的发展和宣传作出自己的贡献。我把学院“怀宏积厚，悟理明思”的院训牢记于心，更加深入地理解了跨文化交流的重要性，也深刻感受到山东大学澳国立联合理学院的独特魅力。

这几天的交流活动对我来说是一次独特且难忘的经历。期待下一个学期，期待未来更多的学习和交流机会。

作者：山东大学澳国立联合理学院 2021 级本科生　孙承文

7 月 5 日　星期三　晴

山东省学生联合会驻会执行主席 · 王浩文

昨天的一场大雨拂去了济南数日的闷热，久违的夏日清凉与午后散步的我撞了个满怀。回想起 2021 年 6 月，我曾徘徊在广州市寺贝通津 1 号大院，面对着学校部的门牌，带着些许遗憾憧憬着未来。转眼来到 2023 年 6 月，我有幸在学院和学校团委的推荐下，通过简历初筛、跟班实习、笔试面试层层遴选，踏入团省委学校部，成为一名服务全省百万大学生的省学联驻会学生。从被邀请加入全国学联驻会执行主席交流群的那一刻起，从各省驻会学生发来祝福的那一刻起，我深深感受到肩上责任更重了，各方面的要求也将更加严格。那一刻，一个萦绕心头两年之久的小遗憾终于圆满消散。

在团省委新一批挂职驻会座谈会上，顺利完成挂职工作的老师们如数家珍般地向我们分享了两年来在工作岗位上的学习经验与工作心得。一次次哽咽，一点点泪花，这是一次老面孔与新面孔的碰撞，亦是一场不舍与憧憬的交织。团省委领导在讲话时向我们各位驻会学生提出了三点期望，令我记忆犹新。一是在深学细悟中提升自我，珍惜宝贵的平台和机会，迅速融入工作。二是在真挂实干中砥砺成长，在平台的锻炼中不断增强自身业务能力和综合素质。三是在严格自律中树立好自身形象，要认真学习贯彻习近平总书记重要讲话精神，坚定理想信念，勇担时代重任，努力做一个有理想、敢担当、能吃苦、肯奋斗的新时代好青年。

回到工位，我反复思考领导老师们的谆谆教诲，其中“两条腿走路”的比喻一遍又一遍触动着我。细细回想这十余年的学生会组织服务经历，我常常是一个“站起来能干”的“执行者”，而对于“坐下来能写”“写就能写好”的“笔杆子”要求，似乎一直未能做到。我时常听老师们说：“要想练好文笔，除了多多向前辈请教以外，还有一点就是要多读多写多练，认知决定高度。”多读书、多实践、多练笔将会是伴随我未来一年实习驻会和成长的重要目标。

驻会实习已经开始，广阔舞台也已敞开。未来的工作中，我将继续坚持以习近平新时代中国特色社会主义思想为指导，不断提高政治判断力、政治领悟力、政治执行力，努力展现山大青年的优秀作风，继续保持“从学生中来，到学生中去”的工作初心和“全心全意为全省同学服务”的决心，继续谱写新时代山东学联的青春华章。

作者：艺术学院2022级硕士研究生　王浩文

7月6日　星期四　晴

威海校区主题教育专题党课学员 · 万　伟

习近平总书记对年轻干部的殷殷嘱托振聋发聩，让我重新审视自己当前的工作状态和精神面貌：是否已经做好随时接受党和人民考验的准备？

不久前，威海校区党工委书记尹作升同志在校区主题教育专题党课上，向全体科级干部重点推荐了《努力成长为对党和人民忠诚可靠、堪当时代重任的栋梁之才》这篇文章，要求我们细细研读，深入领会习近平总书记的谆谆教导。我更加体会到，作为一名年轻干部，一定要心存敬畏，不能在“月黑风高无人见”的自欺欺人中迷乱心智，而要在“艰难困苦，玉汝于成”中积极学思践悟，以知促行；不能在“浮云遮望眼”中失去方向，而要在“一览众山小”的高站位中勇挑重担、苦干实干，持续奋斗、善作善成，以更加优异的工作业绩检验主题教育成效。

在党课上，尹书记通过举例子、摆事实、教方法，深入浅出地分析了国内外的严峻形势，讲清楚开展主题教育的目的要求和现实意义，带我们认真回顾了校区 39 年来的风雨历程和 5 个发展阶段。学校的一砖一瓦以及校史馆的每一张照片、每一个物件背后都凝结着山大人对于卓越发展的不懈追求，尹书记的讲述让我们深切体会到从无到有艰苦创业的辛苦，也倍加珍惜当前来之不易的良好局面。他还结合自己的工作经验和当前工作实际，教导大家多深入一线开展调研活动，积极谋划学校、校区和本单位的发展思路，在勇于担当中展现青年干部更大作为。

“耳闻之不如目见之，目见之不如足践之。”主题教育活动开展以来，校区保卫部突出抓好调查研究工作的落实，围绕安防体系建设、消防安全管理和校园综合治理 3 个主题，深入校区各单位，开展对策性调研 5 次、检查性调研 50 余次。我们坚持用好“问题树”思维，深入分析矛盾根源和内在逻辑关系，把调查研究的问题当成一把把锁，通过与之对应的钥匙，找到破解问题的关键所在。

作为年轻干部，我们不仅要有担当的宽肩膀，还要有能成事的真本领。要持续贯彻好主题教育要求，积极在调查实践中增长本领、开拓见识、增长才干、解决问题，持续推动事业新发展，为师生守护好校园安全首道防线。

作者：威海校区党工委保卫部工作人员　万　伟

7月7日　星期五　晴

学位与研究生教育工作先进个人·纪超群

迎着七月的骄阳，我走出青岛校区图书馆报告厅，走在回办公室的路上。盛夏的青岛，红瓦绿树，碧海蓝天，2023年山东大学研究生教育工作会议正在这里举办。大会专门设置“山东大学2022～2023年度学位与研究生教育工作先进单位和先进个人表彰”环节，对积极推动学校学位与研究生教育改革发展的先进单位和先进个人予以肯定和激励。我有幸作为先进个人代表发言，激动惶恐的心情还未能平复，一时间各种思绪涌上心头。

今年是我在山东大学工作的第十个年头。从国际事务部到政管学院，从外事工作到研究生教务秘书，从济南校本部来到青岛校区，我收获的不仅是个人的成长，更是各个工作团队中强大的凝聚力和同事间的协作与包容。

我热爱这份工作，热爱这个朝气蓬勃的校园，热爱学生们一张张青春洋溢的笑脸。回顾这十年，我一直工作在基层，做着平凡的工作，但每天踏实的工作让我的内心平静而满足。平凡的工作做到精彩可能不易，但是我始终把自己当成一颗螺丝钉，只要在这个岗位，就把工作抓稳做牢。

作为一名基层研究生教育工作者，我始终把勇于担当责任、提升政治站位放在首位，用习近平新时代中国特色社会主义思想这把“金钥匙”武装头脑。面对年轻同事，我常说，我们教务秘书的工作是个良心活，要有责任心、有担当。日常工作中，我始终牢记这份责任，勇于承担新任务和新挑战。

2020～2022年，我们的工作遇到了前所未有的挑战。线上授课，线上招生，线上答辩，线上办公，所有一切熟悉的工作流程都变了，所有的工作都要重新摸索，新任务新挑战扑面而来，应接不暇。尤其是研究生招生，因招生工作的特殊性，每一个流程都不能出错，每一个环节不能有丝毫的纰漏。三年间，我们共完成线上招生面试十余次，每次都会遇到新的情况和挑战。每年招生前，我都会将本次招生的工作流程和方案细化再细化，把可能出现的问题一一列出，对细节反复琢磨和演练。同学院招生工作小组与招生办老师多次讨论与确认，分别对考生、考试工作人员、考官进行培训，制作流程明白纸，反复进行现场模拟测试，查找漏洞，充分做到事无巨细、滴水不漏。

研究生教务秘书的工作每一件都看似不难，难的是有一百件这样的事情同时涌来，并且容不得半点马虎。这就需要在工作中始终保持严谨细致的态度，多思考、多总结、多探索、多创新，这是我多年来一直坚持和努力的方向。

作者：政治学与公共管理学院工作人员　纪超群

7月8日　星期六　晴

经济学院“攀研”计划参加者·李　洁

早早起床，呼吸清晨的空气，聆听悦耳的虫鸣……好像所有的青春故事都发生在夏天，好像所有的努力都从早晨开始。这几天，我参加了为期三天、覆盖七个学术主题的“攀研”计划暑期课程，进行了一场探索学术研究领域的难忘之旅。

第一天，由张仁斌老师讲述宏观经济学前沿。张老师也是我本学期国际金融理论课程的授课老师，日常讲课中就时常与我们分享引领科研前沿的学术大家以及当前金融领域的热点事件，如探讨硅谷银行倒闭事件，拓宽了我的眼界，激发了我对学术研究的兴趣。课程中，张老师带领我们一起推导正态分布方程精度的应用，以盒马鲜生采用可调整的电子货架标签为例，为我们讲述了新凯恩斯主义经济学所重点关注的价格粘性问题，以及它对技术进步福利的影响。下午，周立学老师带领我们探索财政学领域的前沿知识，介绍了竞赛模型并讲述了“赢家通吃”的启示，最后老师延伸的公共产品的外部性、“搭便车”问题让我联系起了在公共经济学课程中所学的知识。一堂课下来，我既回顾了专业知识，又吸收了新的学术理论，真的收获满满。

经过第一天的学习，我对第二天的课程充满了期待。上午，李建文老师为我们详细介绍了 Python、Matplotlib 等数据分析工具的特点和使用方法，为我们在经济学研究中熟练运用各种软件工具打下了基础，老师幽默风趣的语言也为我们的课程学习增添了许多乐趣。下午是我期待已久的计量经济学课程。在之前我的“攀研”导师樊丽明老师所组织的师门学习会上，我总是对师兄师姐们论文中所用到的计量方法一知半解，这次郑琨老师所讲的工具变量法、双重差分法等正是我迫切需要学习的内容。郑琨老师用清晰简洁的语言教授我们如何对经济变量之间的因果关系进行定量分析，直到下课，我仍沉浸在老师讲述的内容中，课后我也反复回顾了老师的 PPT 内容，受益匪浅。

怀着不舍的心情，我踏入了最后一天的学习。程龙老师带领我们深入探究了在不同情况下平台和双边竞争的均衡理论；胡浩然老师聚焦当下热点话题数字经济和数字贸易，带我们熟悉跨境电商模式和国际贸易所面临的风险与挑战；许琳老师则为我们生动讲述了当前金融学的前沿课题——公司金融体系及其理论框架。一天的课程虽然安排紧密，但我一点也不觉得累。能够沉浸在科研世界里，听老师们讲述这么多有趣的前沿课题，我觉得自己非常幸运。

为期三天的“攀研”课程结束了，但是我的“攀研”之旅仍在继续。崇山峻岭不足惧，浩渺天空迈步登。科研之路漫漫，需要我们秉持对学术的热爱，承担科研责任，一步一个脚印，踏踏实实地往前走，把所学知识进行成果转化来回馈社会。很感谢学院给我们提供的宝贵的学习机会，也希望我们每位“攀研”人都能注重积累、积极学习，在不久的将来勇攀学术高峰。

作者：经济学院 2021 级本科生　李　洁

7 月 9 日　星期日　晴

文学院副院长 · 马　兵

前几天，接到党校罗建军常务副校长的电话，说到 2023 年校内双向挂职干部教师拟举办“心怀‘国之大者’，服务高水平科技自立自强”为主题的分享冷餐会，想请文、理、工、医的四位老师分别谈谈“双一流”

学科建设和学院主动对接国家重大战略、组织科研教学的情况。罗校长将代表文科组汇报的任务交给了我，我顿时感到光荣而又惶恐。

在准备报告PPT时，我又仔细阅读了习近平总书记在参加文化传承发展座谈会、文艺工作座谈会、哲学社会科学工作座谈会时发表的重要讲话，由衷感到人文学科在坚定文化自信、推动文化繁荣、肩负新的文化使命方面大有可为。习近平总书记对冷门绝学、考古学、历史研究、文化遗产保护、中华典籍整理出版等作出了一系列重要指示；在哲学社会科学工作座谈会等一系列重要讲话中，明确了构建中国特色的哲学社会科学学科体系、学术体系、话语体系三大体系的重大任务。对人文学科的发展来说，这是空前的巨大历史机遇，而山东大学还有自身的特殊机遇。第一，山东大学地处儒家文化发祥地，具有特殊的文化地缘优势。第二，山东大学具有“文史见长”的学术传统和深厚底蕴，对完成优秀传统文化传承创新具有特别的学术优势。第三，习近平总书记给《文史哲》编辑部全体编辑人员重要回信是对山东大学的特别重视，也为山东大学在贯彻落实中央“两创”精神方面注入特殊的力量。

7月7日，济南酷热，不过中心校区新闻传播学院231研讨室却自有一派清凉。从学期末的繁忙中暂时脱开身，大家三五一群，边吃边聊，交流信息，畅谈体会，不亦乐乎。12时20分，冷餐会分享开始。我以“‘中国语言文学与中国古典学术’一流学科建设撮要”为题，向各位老师介绍了学院的“《永乐大典》存卷综合整理与研究”工程，依托教育部重点基地文艺美学研究中心、中国作协网络文学研究中心和山东大学语言科学实验中心开展的生态美学、数字人文和实验语言学等方面的科研规划与实践，以及“古文字学”强基方向的建设情况，也谈到了人文学科在科研组织和管理上的一些特性。

理、工、医三位分享的老师分别是生命科学学院的白明义副院长、电气工程学院的杨明副院长和高等医学研究院的吕海泉教授。都说隔行如隔山，但三位不同学科老师的分享却给我很大的启发，尤其是在推动校内资源合作、科研攻关团队建设等方面，受益良多。就像曲明军部长总结的那样，服务高水平科技的自立自强需要有长远的布局和缜密的筹划，需要盘活资源，优化配置，打造多学科通力合作、资源共用、成果共享的新局面。

两个小时的分享不知不觉就过去了。走出研讨室，室外依旧是骄阳炙烤，一派火热。在回办公室的路上，又收到两条加好友的信息，一位来自威海校区做数字人文研究的老师对我们在网络文学方面的建设很感兴趣，另一位解剖与神经生物学学科方向的老师则希望与我们病理语言学、神经语言学方向的研究开展合作。这真是额外的收获。

作者：文学院副院长　马　兵

7月10日　星期一　晴

“语言与文化田野调查”课程学生 · 徐琦瑛

上周，在岳立静和张燕芬两位老师的带领下，我们赴滕州开展了“语言与文化田野调查”这门课程的实践调研活动。7月4～5日，我们进行了语音调查，即调查当地方言的音节结构、音系特点等。7月6～7日，我们则进行了词汇调查，即调查并记录不同类别如农业、家居、建筑等方面的词汇及其发音。

作为一个没有系统学过方言调查课程的“萌新”，在经过六天的学习和体验后，我发现实际的调查过程和我想象中的并不同。调查并不是出门游玩，两位老师事先已经做了周全的安排——调查对象、日程安排以及其他诸多事宜。同时我们每个人还拿到了一本小册子，上面有很多单字和词汇，我们就在这上面记录它们的发音。

在前两天的语音调查中，我们一群人围坐在大桌子前，竖起耳朵听着老师的吐字，一个字、一个词地记录它们的发音。我们碰到过一些发音极为相似的字，它们也许只有送气或不送气的区别，必须听很多次才能辨认出来。而在记录完小册子上的所有字词后，我们还需要整理出他们的音系、变调和儿化规律。

结束语音调查之后，我们开始文化调查。我们按照类别分好小组，并确定好每个人的分工。在山亭区的民俗博物馆，我们按照小组所需来询问当地的爷爷奶奶各个物件的名字。爷爷特别热心地回答我们的每个小问题。在进行了一上午如火如荼但有条不紊的调查之后，我们回到酒店整理当天收集到的所有词汇。然后每个小组成员再按照已经整理出来的表格，分别向爷爷奶奶求证自己记录的内容是否正确。第二天，我们又请来一位滕州市区的老师再来为我们读一遍所有词汇，以此对照山亭区和滕州市区在词汇方面的区别。

7月8日，我们和发言人老师进行了词条的音频录入。在经过六天的工作后，调查任务终于圆满结束。

岳立静老师告诉我们："要尊重来配合我们调查的老师，不管他在外边是什么身份，但既然来了，就是我们的老师。"她在调查过程中实践了这句话。岳老师温和可亲，看到发言人老师就热情地上前握手招呼。每次准备合影，当老师想要让发言人老师站在中间，而发言人老师总是谦让的时候，她拉着他们的胳膊，一直表示这是应该的。在岳老师和发言老师的相处过程中，我看到的不是调查者和被调查者，而是三两位好友在进行最平常的聊天。

语言与文化调查是个任重而道远的任务。在普通话普及之后，方言的使用人数减少，这导致方言的传承面临巨大的困难。张燕芬老师告诉我们，调查一种方言需要对单字、词汇、语法进行记录，语音是基础，语法最难，词汇次之。我们这次调查的材料共有一千条语音和一千多条词汇，但其实要真正了解一门方言，这些还远远不够。从保护的角度出发，目前我国的方言调查需要加大调查和研究的力度。不过，现在越来越多的人已经认识到方言保护的重要性，这对方言文化的传承产生了积极影响。

这样的暑期课程跟传统的课堂完全不一样，是一次极为特别的体验。虽然每天都很忙碌，但是让人觉得充实、新奇、有趣、接地气。如果还有机会，我希望明年可以继续参加。

作者：文学院 2021 级本科生　徐琦瑛

7 月 11 日　星期二　晴

“青鸟还巢·筑梦高青”实践团成员·姚　倩

《山东大学：“三个课堂”赋能乡村教育》——打开手机看到新华社客户端对我们教学实践团高青之旅的相关报道，浏览量已超 70 万，我内心激动万分，不禁回忆起在淄博市高青县调研学习交流的日子。热情的款待、多彩的文化课堂、深厚的地域底蕴、可爱善良的人们……让我对高青有了更深入的认知，收获满满，感触颇多。

出发前，团队在指导老师们的带领下认真打磨每一个细节，包括课程安排、调研安排、实践采风等诸多活动的具体步骤，让每一个成员都参与其中，确保实践活动顺利开展。满怀信心与期待，我们乘坐大巴车开始了这次高青实践之旅。

抵达高青县后，我们与当地一同举行了山东大学乡村文化振兴调研活动启动仪式暨“青春之声”讲好中国故事高青县开机仪式。在启动仪式上，我了解到学校、学院和淄博高青之间的深厚友谊，感受到当地人民对我们山大师生无限的关心关怀。在去年转运期间，是热情的当地人民与山大师生同心战“疫”，最终迎来春暖花开。我在深深感动的同时，也真心感谢高青县对我们此次活动的关注与支持。

此次“青鸟还巢”活动是一场双向奔赴。“华彩课堂”“和美课堂”“日新课堂”的主讲人针对不同的受众，精心准备每一堂课程，在正式授课前多次探讨研究如何让课程更加深入人心，为参与课程的听众留下难忘的回忆。虽然在这些课程中我只是一名助教，但我也积极参与课程活动，为主讲的学长学姐提供力所能及的帮助。

记得“和合之缘——榫卯工艺之美”课程开课的前一晚，作为助教的我深入学习五种鲁班锁的解法，从摸不着头脑到能够快速解锁并且还原，真是费了很大工夫。在第二天授课时，我耐心地教社区居民们如何解锁还原，如何领会榫卯蕴含的中国人的智慧，他们的一声声夸赞让我收获了满足感与幸福感。在“蓝天之国风情人文鉴赏”课程中，我们前往高青长江路小学授课。小朋友们积极回应，好奇询问，学姐身着蒙古国服饰，精彩的讲解让我们如临其境。赵老师的“日新课堂”地域文化与传播课让我深入了解了文化传播的相关知识，不禁开始深入思考未来该如何更好促进中华文化的传播与发展。

除了课程，我们还对当地文化进行了深入调研。通过淄博烧烤文化主题微课设计调研与采风，我们探寻淄博烧烤为什么如此火爆——火的不仅仅是烧烤，也是人文。通过黄河文化调研，我们感受到了“君不见，黄河之水天上来，奔流到海不复回”的磅礴气势，也感受到了政府对黄河生态环境治理付出的巨大努力。走访天鹅湖国际慢城，参观国井酒文化生态博览园，游览纽澜地数字农业产业中心，每一次调研与参观，都让我看到高青小城的活力与生机。黄河文化源远流长，作为“中国最具幸福感城市”之一，北纬 37°黄金纬度线上的高青让我流连忘返。

“纸上得来终觉浅，绝知此事要躬行。”本次实践活动让我更加走近高青风土人情，让我收获了真挚的友情，也让我明白了此次实践的真正意义。传播优秀传统文化，让国际中文教育更好地为乡村振兴服务，国教学子全力以赴，一直在路上！

作者：国际教育学院2022级本科生　姚　倩

7月12日　星期三　雷暴雨

高英茂教授缅怀者·凌　璐

近一周，济南难得阴雨连绵，清早无意间翻阅公众号看到高英茂教授的讣告，欲语无言。高教授是我十分景仰的大学教师，也是我与人体胚胎学结缘的引路人。

组织学与胚胎学和系统解剖学一样，都是临床医学生学习的奠基石和敲门砖。大一下学期的第一节课，我捧着厚厚的《组织学与胚胎学》课本，绿皮书上清晰地标注着“主编高英茂”。授课的郭雨霁老师说：“这是我们山大的教授，是山医人的骄傲！”课后我在网上惊喜地找到了高教授组胚总论的授课视频，高教授全程英文授课，不疾不徐，幽默又不失严谨，配合着课本上精美的插图和简明准确的概念叙述，让我开始对人体结构与生命的发生发育产生了兴趣。

2019年暑假，我在教学八楼正巧遇见刘树伟教授和邴鲁军主任在与基础医学院青志协的同学筹划人体科学馆的建立，兴奋的我当即提出：“请让我加入！”随即，我与其他四位同学共同创建了山东大学学生人体科学馆宣讲团，其间我负责“胚胎发育与畸形”展馆。那年夏天我们做了很多工作，如标本搬运、资料整理、讲稿撰写以及中英文宣讲等，辛苦却洋溢着幸福。

每次宣讲开头，我都会这样向大家介绍：“我们即将参观的展厅是国内医学高校胚胎标本数量最多、品类最全的。这些标本是由学校几代专家、学者、技术人员辛勤搜集整理，是用于教学、科普、学习的珍贵资源。来自我校的张汇泉教授、高英茂教授更是我国胚胎学与实验畸形学的奠基人与开拓者。”正是高教授等学者的辛苦收集、小心保存，才让我们看到今天科学馆里穿越几十年却保存完好的正常与畸形胚胎标本，其科学、历史及教育意义都是无法估量的。

时年九月，高英茂教授获得了山东大学教学终身成就奖，我从《百微山大》的纪录片中了解到高教授一生以“读书、教书、写书”为座右铭，严谨治学、爱岗敬业，而我们也在努力地像他那样不断地写、不停地讲，加大生命科普力度，传承山大学者精神。我很荣幸在某次讲座上与高教授有过一面之缘，我看到的是一位长者耐心教导后辈，要怀着感恩的心勤学苦学，还看到了一个“孩童”在兴奋地描述治学钻研的乐趣。

时光如梭，时隔四年再次看到高英茂教授《一生书缘》的纪录片，是在这个阴郁的清晨。泪眼婆娑时抬头看天，大雨瞬时倾泻而下，如雁悲鸣。

谨以此篇深切缅怀山东大学齐鲁医学院高英茂教授。

作者：第一临床学院 2018 级本科生　凌　璐

7 月 13 日　星期四　多云

统战工作队伍和教师思政工作队伍政治能力提升研修班学员·赵玉洁

7 月 6 日至 11 日，我参加了由学校党委统战部、教师工作部在内蒙古社会主义学院举办的第一期山东大学统战工作队伍和教师思政工作队伍政治能力提升研修班。

此次培训体现了政治上的高度。在学习贯彻习近平新时代中国特色社会主义思想主题教育开展的重要时刻，在习近平总书记 6 月到内蒙古进行考察调研并发表一系列重要讲话后，我们在内蒙古开展学习，是落实主题教育“学思想、强党性、重实践、建新功”总要求的具体体现，也是认真学习领会习近平总书记一系列重要论述的具体体现。

此次培训讲出了理论上的深度。无论是孙杰教授关于“坚持不懈用习近平新时代中国特色社会主义思想凝心铸魂”的专题讲座，还是崔文静教授关于“铸牢中华民族共同体意识”的专题报告，都系统梳理了习近平新时代中国特色社会主义思想中的重要内容，引经据典，以多种方式给我们提供了理论盛宴，为我们进一步深入学习领会习近平新时代中国特色社会主义思想提供了丰富的理论视角。我们在学习的过程中都能坚持理论联系实际学、带着问题学，将理论学习与自身岗位相结合，不断克服“本领恐慌”。

此次培训展现了实践上的力度。丰富的现场教学安排让我们直观感受到了祖国边疆的辽阔壮美，更丰富了我们对内蒙古这片广袤土地上历史、人文、科技、工业发展历程的认识。在乌兰夫纪念馆，我们看到了杰出的无产阶级革命家乌兰夫为国为民奋斗一生的足迹。在四子王旗神舟五号着陆点和航天科技展馆，我们感叹于中国航天从无人到有人、从一人到多人、从一天到多天，从首次进入太空到出舱行走，再到交会对接的一步步发展，更感动于在这背后冒着生命代价为我国航天事业作出贡献的每一位航天英雄。在都贵玛事迹展厅，很多学员都流下了热泪，三千名“国家的孩子”的故事，“接一个，活一个，壮一个”的庄严承诺，19 岁的都贵玛成为 28 个孤儿的草原额吉的经历，都让我们感受到这既是一场艰苦年代的生命大营救，更是“民族团结一家亲”绵延至今的接力传承。

此次培训彰显了情感上的温度。这种温度来源于组织方细心、精心的安排，也来源于学员之间在这短暂的六天培训中不断相识相知、建立友谊、相互关爱的过程，而这份友谊和同学情也将会在今后的工作中成为我们彼此宝贵的财富和美好的回忆。

在培训的过程中，我从各位前辈、同事身上学习到很多，我也一直思考这样一个问题：作为校区机关一名具体从事统战工作和教师工作的青年科级干部，我在学校“全面图强”的征程中应该做些什么？作为校区机关的一名工作人员，我应该立足“一个根本”，围绕“一个中心”，做好三项服务。“一个根本”就是始终立足于立德树人的根本任务；“一个中心”就是始终坚持以师生为中心；做好三项服务就是努力为学者、学生、学院做好服务，努力让自己做到政治上有高度、理论上有深度、实践上有力度、情感上有温度，建设让学校党委、校区党工委放心，让师生满意的模范机关，让我们一校三地 4600 余名专任教师能够安安心心地教书育人，7 万多名学生能够踏踏实实地学习成长。这也许就是我能够在学校“全面图强”的征程中所能作出的贡献，也是我的职责和使命所在。

作者：青岛校区组织宣传统战部工作人员　赵玉洁

7 月 14 日　星期五　多云

自行车协会 2023 远征队成员·连　礼

海风吹起衣角，带着一丝淡淡的咸味。我们跨上单车，回过头再看一眼这座美丽的城市，在心里默默向它告别：再见，大连。

一周前，我们的远征骑行从沈阳开始，在接下来一个月里，我们将环辽东半岛骑行，之后前往延边开展社会实践，最后抵达终点哈尔滨。大前天，队伍来到大连，并在这里休整了一天。昨天，我们决定继续向北出发。穿过一座又一座城市，翻越一道又一道山岭，印在远征衫上的这条 2000 公里的长路，如今我们已经走过了 1/4。

远征才开始不久，却已经给我们留下了许许多多难忘的回忆。仍记得热情大方的东北人一次次向我们问好，询问我们来自何处、去向何方；仍记得骑行在鞍山市建国大道上，仰望鞍钢宏伟的厂房；仍记得辽河平原上一望无际的稻田，随风摇曳汇聚成波浪；仍记得在大连市郊某个转角与大海的邂逅，海风习习吹散了所有的疲劳。

回想着路上的种种奇遇，我的思绪不禁又回到 7 月 4 日的出发仪式，我们的远征就是从那时开始。

今年夏天，山大车协派出三支队伍分别前往东北线、环鲁线、滇藏线开启长途骑行，而这些队伍的成员们在 7 月 4 日的蒙蒙细雨中齐聚中心校区小树林参加出征仪式。听闻李术才校长将同学校和部门领导前来参加仪式，大家的心情无比激动，每个人都在期待他们的到来。

下午两点半，李校长和各位领导准时到来，而雨也恰好变小了。伴随着同学们热烈的掌声，李校长站到了我们中间。仪式正式开始，我站在一张远征地图前，为参与活动的人员讲解山大车协 19 年来的远征。

“远征，是一项长途骑行活动，于每年暑假期间进行，并提前两个月面向全体会员进行远征队员的培训与选拔。历年来，远征队每年平均骑行里程大约 2000 公里、历时约 25 天，其间我们会选择相关地域，以线下形式开展主题社会实践调研。”

“2004 年，协会刚刚成立，满怀热情的创始人们迈出了通向远方的第一步。这一年我们环山东半岛，从济南出发，经青岛抵达威海……2022 年，也就是上一个暑假，远征队从宁夏银川出发，经过陕西西安，翻越巍巍秦岭，抵达湖北武汉。”

当我介绍着一条条远征路线时，那些紧张和焦虑都一扫而空，我的思绪也飘向了远征路途上的西北大漠、荒山野岭。指尖跟着那些轨迹拂过地图，我好像也跟随着学长学姐们的车队走在那盛夏的远行路途上。

讲解过程中，校长与各位领导老师时不时地点头致意，更是给予了我莫大的鼓励。李校长听我描述了“沈阳—大连—延吉—哈尔滨”的路线后，为我们在这张记载了历年远征路线的地图上准确地描画下今年2023远征队的足迹。现场再次响起热烈的掌声。

接下来，我们的远征队长朱思羽讲话，并做行前动员。李校长亲手将2023远征旗授予朱队长，现场的气氛达到顶峰。

李校长在给我们的寄语中表示，希望同学们将远征锻炼和社会实践紧密结合，在骑行锻炼中“用脚步丈量祖国大地，用眼睛发现中国精神，用耳朵倾听人民呼声，用内心感应时代脉搏”，把论文写在祖国的大地上，努力成长为有理想、敢担当、能吃苦、肯奋斗的新时代好青年。

难忘的出征仪式很快过去，夏日的征程如今已然开始。回顾这一路，我感到如此幸运，并万分感激学校的支持。我相信我们协会定能蒸蒸日上，我们的远征也将披星戴月、不负此行。

作者：微电子学院2021级本科生　连　礼

7月15日　星期六　晴

乡村振兴调研队队员·万钊廷

乡村旧貌展新颜，现代农业谱新篇；产村互促红似火，农民生活比蜜甜。在学院的组织下，这个暑期我们乡村振兴调研队来到潍坊市坊子区，学习调研洼里村从“问题村”到“样板村”华丽蜕变背后的振兴密码。通过昨天一天的行程，我深深感慨：乡村，大有可为、大有作为；振兴，前路坦途、来日可期。

曾几何时，“面朝黄土背朝天”是劳动人民耕地劳作的辛苦写照，也是我一直以来对农业生产的固有认知。然而，走进洼里村，见不到分散种植的田野与头顶烈日的村民，取而代之的是集约化、现代化、智能化的有机种养园区。洼里村人恪守谦虚务实、勤劳致富的本色，对内经历了发展大棚种植、转型有机种植、创新种养循环、创新智慧农业的艰辛探索，对外引进了来自以色列、荷兰的先进技术与良品畜种。“智能种植床”让蔬菜年均 16 茬的丰收高产成为现实，“十层立体栽培技术”实现了育种育苗的全程自动化，“智能奶牛棚”贯通循环农业闭环。村民通过流转土地增收，凭借打工致富，工作压力大大减轻，甚至不用弯腰就能够完成当天的工作任务。以有机种植、农产品加工、电商销售、农业旅游、教育培训共同组成的农业兴农、产业富农体系，让我在调研过程中一次又一次地竖起大拇指，这既是对洼里村的佩服与赞美，也是对党中央乡村振兴战略举旗定向、正确指导的叹服与敬仰。

一项项技术落地生根、一家家公司拔地而起的成绩，既离不开全体村民的共同奋斗，也少不了洼里村党支部和支部书记刘向东的先锋引领。在调研中，我们专访了刘书记，从他口中得知，在“能人回乡”工程的号召下，刘向东回到村里，带领村党支部牵头成立合作社。全村党员干部全身心投入，从修路、通水、改电、建新村委开始，用实实在在的行动给乡亲们写下承诺信，给老百姓吃下了定心丸。随后，通过外出学习、入户调研、集体研讨等方式，村支部动员本村及周边村村民入社劳动，彻底改变了“几亩薄田，靠天吃饭”的状况。各类培训使村民“富了头脑”，“田专家”和“土秀才”在村中随处可见。足不出户帮村民“鼓了钱包”，形成三重农民增收渠道，助老惠农让村民“开了笑颜”。我们在村里的助老食堂和村中老人们交流，同大家载歌载舞，深深感受到爷爷奶奶们满满的精气神与稳稳的幸福感。

“我们太需要你们这样的大学生了。村里的技术发展，36 名返乡学生帮了大忙。”提起招引人才，刘书记很激动。文旅策划、市场营销、电商销售、技术引进，大学生为村子的发展注入着源源不断的新鲜血液，也感染着在座的我们。习近平总书记在给中国农业大学科技小院同学们的回信中，寄语广大青年厚植爱农情怀、练就兴农本领，在乡村振兴的大舞台上建功立业。用青春与乡村双向奔赴，我想，这次的调研便是起点，而这场名为振兴的长征，只有奋斗，没有终点。

作者：新闻传播学院2022级硕士研究生　万钊廷

7月16日　星期日　晴

“芯青年”志愿服务团成员·刘宇智

今天是“芯青年”志愿服务团与建新街道解放路社区的第一次合作。我们在几日前受邀前往解放路社区，给济南市解放路第一小学2018级5班王亚平中队的孩子们上一节红色历史课：重走长征路。

授课之前我就在想，给孩子们讲述“重走长征路”的意义是什么？长征是中国革命史上一座不朽的丰碑，带领孩子们了解长征，在课程设计中模拟重走长征路，既能够弘扬长征精神，又能够培养孩子们的爱国热情，通过感悟历史激发民族自豪感。

在课程中，我从全景长征、四渡赤水、爬雪山过草地这三个方面带领孩子们学习长征、感悟长征。孩子们很好地融入了课堂，积极主动回答问题，让我感受到的不仅是对我授课的认可，更是对长征精神学习的渴望。

在接下来的两个游戏“滚动的长征”和“举步维艰”中，孩子们也表现出积极主动、团结协作、坚持不懈的劲头。在“滚动的长征”游戏环节中，有一个孩子让我印象深刻。刚开始他比较着急，总是用力抖动布的边缘，反而使小球掉入洞中。随后，我组织孩子们静下心来，慢慢地移动布的边缘，经过孩子们的尝试，最终获得了成功。我想，这不仅是一次游戏的成功，更让孩子们从侧面体会到了长征的艰难和红军团结一致的精神。“举步维艰”是孩子们在草皮上模拟过草地，通过两块板子的交替运动最后到达终点。其中有一个孩子虽然落后了其他同学很多，但是他没有轻言放弃，而是坚持不懈地走完全程。我想，这种坚持也是长征精神在孩子身上的一种映射吧。

课堂上，我带领孩子们齐读长征精神的内涵。也许孩子们还不能体会这一内涵的深刻意义，但是“长征精神”这一名词一定已经在他们的心中埋下一颗种子，并等待着慢慢发芽。

我们要牢记长征精神，新的长征永远在路上，新的挑战还在等着我们去迎接。

作者：微电子学院 2022 级本科生　刘宇智

7 月 17 日　星期一　晴

本科招生工作人员 · 姚慧璇

入职招办半年多，我第一次参加本科招生录取工作。在认真研读各省招生文件的基础上，在招办老师们的耐心指导和徐主任的严格审核下，经过近两周的学习政策、熟悉系统、操作演练和实际录取，我从刚开始的无从下手到现在的得心应手，逐渐熟悉了招生录取工作的具体流程，切身体会到招生录取工作的高标准、严要求和每位招生录取工作人员对工作的一丝不苟。

在录取工作正式开始前，招办刘昌老师对我们进行了业务培训，介绍了本次录取工作的基本情况和注意事项，带领我们学习录取软件的使用和录取工作的操作流程。招生录取现场张贴的《高校招生“30个不得”禁令》《招生工作人员“六不准”》《招生信息“十公开”》等时刻提醒每一位录检人员都要严守规则、客观公正。我深知录取工作事关广大考生和千家万户的切身利益，事关学校高质量人才培养，每一步操作都必须十分慎重仔细。为此，我按要求仔细查阅每位考生的报名表、成绩与志愿表、体检表等，及时分类、储存并上传信息，对不确定的情况及时向领导汇报。

录取工作的顺利进行离不开录检人员的分工协作。我们的录检人员分为录检组、数据组、审核组，每组由两位老师组成，每个环节都相互检查和监督。录检组本着对每位考生负责的态度，仔细阅档，严格执行录取文件，坚持“公平、公正、公开”原则，确保录取有据、退档有理，经过审核组的严格审核后将数据上传。数据组老师则有条不紊地统计各批次录取数据，及时将录取进程在本科招生网站进行更新，方便考生及时获取录取信息，真正做到“阳光招生”。审核组徐延宝主任对我们的每一次模拟投档、拟录取名单等进行严格审核，一遍遍检查、一次次签字。目前，随着各省提前批、艺术类、体育类、高校专项等批次录取的结束，常规批模拟投档和正式投档进入密集期，我们经常会在晚上收到投档信息，各位录取老师时刻准备着在录取大厅进行阅档、数据保存和录取审核等。大家任劳任怨，不惧酷暑，只为认真高效、毫无差错地完成今年的本科招生录取任务。

看着第一批650套录取通知书和为新生精心准备的《走进山大》、卡套等经过仔细封装后交由EMS即将送到2023级新生手里，我为自己能够参与招生录取工作而感到幸运，也为自己能参与为学校“双一流”建设延揽优秀生源的工作而感到自豪。期待与每一位2023级的新山大人相遇在金秋的山大校园！

作者：本科招生办公室工作人员　姚慧璇

7月18日　星期二　晴

国家教育行政学院暑期辅导员培训参加者·葛鹏飞

今年暑期，学校选拔优秀辅导员、学生工作人员赴北京、威海、青岛、临沂、井冈山开展系统的暑期培训。我回想起国家教育行政学院的集中培训，真是收获满满，“不能孤立地理解教育，要跳出教育看教育”，这句话仿佛还萦绕耳边。在国家教育行政学院培训的第一堂课，教育部怀进鹏部长在集体备课会上嘱咐我们要增强思政课的针对性和吸引力，要珍惜机会、提高水平，教学相长、学学相长，深化研究、提高效果，严守纪律、身先示范。我们作为高等教育的第四支队伍，首先要做到心中有信仰。只有自己心中有信仰扎根，才能在学生心中开花结果，讲好思政课。

辅导员作为高校思想政治教育工作的骨干力量，自己首先要政治立场坚定，做政治上的明白人。首都经济贸易大学原党委书记冯培的报告对于我们辅导员提高政治站位可以说非常有指导意义，告诉我们一是要坚持问题导向，强化敏锐的政治判断力；二是要坚持系统观，深化精透的政治领悟力；三是要坚持守正创新，锐化引领的政治执行力。冯书记的授课抽丝剥茧，把相对抽象的“政治三力”结合个人经历讲得非常通俗易懂，对我个人提升政治站位、增强政治意识很有帮助。

中共中央党校郝栋教授的报告帮助我们用理论武装头脑，让我对习近平新时代中国特色社会主义思想有了更全面的认识和了解。郝教授强调，党所面临的“赶考”还未结束，仍面临“四大考验、四大风险、三大攻坚战、三大陷阱”。郝教授把高度抽象、凝练的理论一一拆解，结合实例呈现在我们眼前，使我能够真正理解每句话背后的意义所在。

《普通高等学校辅导员队伍建设规定》（教育部第 43 号令）规定了辅导员的九项主要工作职责，这对每一位辅导员都提出了很高的工作要求，接下来的培训对于我们强化职业素养、明晰成长方向很有帮助。中国人民公安大学的李春永副教授用实际案例作为切入点，向我们介绍了突发事件的应对体系和方法，以及如何发现、甄别风险源。国家教育行政学院的李永贤老师从“说、听、爱”三个层面传授我们沟通交流的技巧，并通过丰富的实例演示，让我们体会其中三味。中共中央党校的林雅华副教授从舆论引导的角度出发，深刻讲明了新时代网络环境对当代社会环境的冲击，对我们辅导员今后如何开展网络思政工作非常有启发。北京高校十佳辅导员倪佳琪与我们分享了高校辅导员职业能力提升和专业化发展的心得体会，用实践故事帮我们开拓了工作思路。

这次高水平培训让我们进一步增强了学生工作队伍的政治觉悟和政治能力。作为第五党小组的联络员，我通过这次培训认识了其他校区的优秀同事，也明白了未来自己成长进步的方向。一是要提高政治站位，强化政治素养，要用系统观念和全局视角去观察和思考问题；二是要理论武装头脑，提高理论水平，做到知、信、行统一；三是要提升职业技能，强化职业素养，坚持学习，坚持理论结合实践，坚持与时俱进。

作者：物理学院辅导员　葛鹏飞

7月19日　星期三　晴

山大对口菏泽市幼儿园教师及保育员普通话培训助教·徐琬萍

到今天为止，从7月15日开始的山东大学对口菏泽市幼儿园教师及保育员普通话培训活动已进行了四天，各项工作也都有序开展，我也有时间坐下来回顾自己近一个半月以来的点滴工作。作为一名后备助教，我的任务比较特殊，工作的场地不在讲台，而是以另一种方式为活动顺利开展保驾护航。

本次培训只有短短五天，但筹备工作很早就已启动。六月，我协助老师开展助教选拔和岗前培训。老师们顶着济南四十摄氏度的高温连续三天为助教们介绍培训要点和教学经验的场景让我印象深刻。看着他们辛劳的身影，我决心尽微薄之力把工作处理妥帖，让老师们少点儿操劳。

奔赴菏泽前夕，我负责对接学长汇编教学培训材料，并协助老师设计学员考核方法，制订签到和考核表。培训还引入App“畅言国通”辅助教学，我负责指导助教们熟悉软件操作，担任本次培训的技术支持。到达菏泽后，我协助老师清点人数、核对信息，并与酒店和培训点工作人员对接工作，确保每个环节不出差错。我还负责本次培训的宣传工作，即拍摄、录像和撰写新闻稿件。

让我印象最深刻的是大家的付出。培训的开展得益于当地教体局的大力支持。开幕仪式上，菏泽市领导的讲话热情洋溢，老师与孩子们表演的精彩节目表达了他们对母语浓浓的爱。牡丹区第二实验小学的老师们积极配合我们，为我们提供功能齐全的教室以开展教学。课堂上，还有大批基层干部和中小学教师听讲。我们被他们高涨的热情感染，倍感责任在肩。我所在的牡丹区由张树铮、张燕芬和刘洪超三位老师负责，他们经验丰富、循循善诱，能通俗地为学员们讲清关键要领。小班授课时，我们后备助教频繁奔走在各个小班之间，感受到助教们的教学热情。他们每晚集体备课以优化教法，想方设法提高学员兴趣；课堂上带领学员逐字朗读，鼓励学员大胆发言。经过四天的教学，我能明显感受到学员们的进步，以及自信心的提升。

后备助教工作平凡琐碎，没有老师们工作的技术难度，也没有像其他助教那样走进教室和学员们实地交流。但我的工作贯穿培训全程，像一面镜子，映照老师和助教们付出的辛劳。所以，这篇记录自己工作的文字，记下大家的努力，也借此表达自己能参与这项工作的喜悦。

作者：文学院2022级硕士研究生　徐琬萍

7月20日　星期四　晴

材料学院生产实习指导教师·宿庆财

又是一年实习季。刚刚结束期末考试的材料学院材控2020级包装班同学在指导教师王佃刚和我的带领下，在济南、上海、杭州进行了为期三周的生产实习，圆满完成了生产实践教学任务。

实习第一周，同学们在济南的四家企业进行实习，了解纯净水的生产和包装流程、产品的包装和印刷方案，以及材料和容器的性能检测等相关内容。济南普利思用科学的生产、包装技术为济南人生产安全的饮用水，鲁信天一印务有限公司大规模采用自动化生产技术提高生产效率，泉华包装则利用新材料延长食品的货架期寿命。济南兰光机电有限公司以实验室检验仪器研发制造与实验室IT服务为核心业务，致力于包装材料和容器的性能检测。

实习第二周，同学们来到上海，参观在上海国家会展中心举办的世界包装工业展，领略世界各地的先进包装设备和技术；参观美国希悦尔包装有限公司（上海），学习食品包装的先进技术和方法。校友企业康德莱医疗器械有限公司介绍了其创业创新的故事，展示了一个公司从小微企业变成领先的科技创新企业的艰辛过程，让同学们明白只有坚持技术革新，企业才会有生命力。

实习第三周，同学们在美丽的杭州了解世界500强企业中粮包装如何不断采用新技术节能减材、拓展企业利润空间，了解九阳人如何将自己的产品送进千家万户，将豆浆机送上太空。参观杭州一方印业有限公司，了解企业引进新设备、采用新技术、拓展新领域的重要作用。

当我们走出最后一家实习企业时，迎面而来的是良渚公安的石碑——在炎热的中午竟然生出了“野旷天低树，江清月近人”的感觉。我们一起骑着共享单车，奔向地铁站口，深深地为这些天的收获感到满足和自豪。

作者：材料科学与工程学院教师　宿庆财

7月21日　星期五　晴

山东大学暑期学生工作研讨会（第一期）

参加者·许广义

7月17～20日，学校暑期学生工作研讨会（第一期）在威海校区举行。从开班仪式到结业仪式，我一直都在给自己充电赋能，对“亲其师，信其道”有了更深的认识。如何继续做好学生工作和思政课程授课，在这些天的讲座中，我从辅导员工作的“道”“术”“势”三个方面有了系统认识。

辅导员之“道”在党的创新理论中，在学习习近平新时代中国特色社会主义思想的世界观和方法论中，在学习贯彻党的二十大精神的具体实践中。只有辅导员心中有信仰，才能做好学生成长成才的人生导师。

辅导员之“术”让我在本次培训中有了新收获，如何对辅导员工作“用心、用力、用情”，在聆听资深优秀辅导员老师的亲身经历后，我在方法和具体实践方面得到了指导，也在学习其他高校的育人模式中有了新的工作方法和启发。此外，针对辅导员工作的双重性，今后如何在科研思政方面发力、如何做好辅导员科研，也让我在本次学习中有了新方向。我深刻认识到，对于我所在的文化传播学院学生工作团队，如何做好“两个结合”文章，深挖中华优秀传统文化，更需要用好天然的资源优势。

辅导员之“势”在于建成教育强国的目标，在于党的二十大报告指出的“教育、科技、人才是全面建设社会主义现代化国家的基础性、战略性支撑”。此次培训让我从宏观上了解当今国内的教育形势，特别是讲座中对新时代教育形势的分析和如何扎根中国大地办大学的讲解，让我对高校思想政治辅导员担负的使命有了新的理解。

作为本期研讨会第十五小组的联络员，我也通过培训认识了许多优秀同事，通过研讨交流学习到其他学院优秀辅导员的工作方法。我深刻地感受到，做好学生成长成才的人生导师和健康生活的知心朋友绝不是一句空话，作为一名辅导员责任重大、使命光荣！

作者：文化传播学院辅导员　许广义

7 月 22 日　星期六　晴

隧道全断面岩石掘进机 TBM 施工隧道实地研究者 · 刘嘉雯

林芝平均海拔 3100 米，山高林密，七月的印度洋暖流沿着雅鲁藏布大峡谷携丰沛降水而来，至此进入雨季。面对高原隧道建设的挑战，土建与水利学院党委成立了“超前预报与智能工程师生党支部”，奔赴国家重大工程建设第一线。在党支部的沟通下，我和蔡玉梅、郭诗雨三位女生有幸进入隧道全断面岩石掘进机 TBM 施工隧道开展实地研究。

凌晨五点，我们穿戴好工装与安全帽，驱车前往隧道洞口。山路崎岖，适逢雨季，山顶的大雾笼罩在车外，令山路行驶愈加艰难。蜿蜒的公路连接着原本四散的村落，“到祖国和人民最需要的地方去”在此刻浮现脑海，其中寄托的深厚家国情怀与殷切嘱托让身为山大学子的我们肩上多了一份责任与担当。在师生党支部的引领下，我们为隧道安全施工保驾护航，只为让藏族同胞的生活因隧道通车而更加便利、生活更加幸福。

进入隧道，封闭的车窗外，粉尘在微弱灯光下布满整个空间，电钻声与运输车的鸣笛声沉闷地传入鼓膜。停车打开车门，浑浊的空气和气味顷刻穿过口罩涌入鼻腔，原本沉闷的声音立刻变得尖锐刺耳，粗糙狰狞的围岩悬在周围。隧道内氧气更加稀薄，为了缓解缺氧时的头晕气短，我们只能缓慢前行。当我们亲眼看到“雪域先锋号”“团结奋进号”这两台“穿山巨龙”搭载着山大的预报技术和装备在隧道中前行时，内心感到无比的激动和振奋。

作为女生，此次进入施工隧道探测的经历对我们来说弥足珍贵，也十分感激岩土中心给予我们深入工程一线的机会；作为课题组的先例，我们更能明白组里老师的用心良苦和殷切期望；作为研究生，能有幸参与高原隧道这项世纪性战略工程的建设，我们更要紧紧抓住这次机会，针对工程中涌现的难题踏踏实实做好真学问，理论联系实际，提升自己的科研水平。

初心如磐，笃行志远，奋战在现场的团队师生面对高原高寒缺氧的环境，谨记习近平总书记“缺氧不缺精神、艰苦不怕吃苦、海拔高境界更高”的重要指示，面临现场工程难题和科研难题，发挥山大岩土团队的攻坚克难精神。我们必将不负众望，以严谨的科学态度、高昂的精神风貌对待每一次现场探测工作，这也将是我们在西藏最珍贵的记忆。

作者：土建与水利学院2021级硕士研究生　刘嘉雯

7月23日　星期日　晴

山东大学青藏冻土科学考察队首批队员·刘　锐

作为山东大学青藏冻土科学考察队首批队员，我们一行十余人带着学校对青藏冻土科考的期盼和指示，在孙怀风教授的带领下，奔赴青藏高原上的长江源头——沱沱河地区开展科学考察。

青藏公路于1954年实现通车，1974年完成改扩建，1985年全部实现黑色等级路面铺设，这也是世界上首条在高寒冻土区全部铺设黑色等级路面的公路，大大提高了道路运输效率，如今依然是进出青藏高原最繁忙的生命线和大通道。高原上的复杂冻土环境是制约青藏公路建设的世界性难题，其复杂性和独特性举世无双。受到高原冻土和重车负载的影响，青藏公路存在波浪沉陷、路面损坏、纵向开裂及横向倾斜等病害，严重影响了公路的运输效率和运输能力。

随着全球气候变暖的加剧，青藏高原多年冻土退化日益严重，本次冻土科学考察主要在沱沱河路段选择具有代表性的区域开展浅地表冻土物性特征和温度场分布探测，以获得多年冻土特征。科考队在海拔 4607.3 米的沱沱河地区主要采用了地质雷达、高密度电法、面波和无人机热红外成像等方法进行了现场试验。

现场环境恶劣，刚下过大雨的高寒草甸泥泞湿滑，车队驶进预设探测区域，五辆越野车竟有三辆先后陷车。野外条件艰苦，4600 多米的海拔，队员们扛着仪器走几步就要停下来喘上一阵，感觉胸口憋闷、呼吸困难。此时间段的高原，穿着羽绒服在车外站立二十分钟就被大风吹得寒彻全身。白天野外的恶劣环境尚且可以忍受，晚上更是难熬，九点半夜幕降临，气温和高原空气中的氧含量骤降。当我整理完资料躺在床上时，由于缺氧头疼欲裂，困意袭来却又难以入睡。我真正体会到科考队员们在这种条件下坚持工作的艰辛。历经多日艰苦奋战、克服高寒缺氧影响，我们最终圆满完成了冻土科考任务。

从沱沱河地区完成野外探测工作返回格尔木后，我们参观了青藏公路纪念馆和前身为青藏公路建设指挥部的将军楼旧址。1954 年以前，格尔木还是一座位于昆仑山北麓的千里无人烟的荒滩，这里空旷的原野上没有一顶帐篷、一棵乔木，只有狂风、枯草和大漠戈壁。“青藏公路之父”慕生忠将军率领筑路军民在茫茫的戈壁滩上扎下 6 顶帐篷，开始艰难的筑路进程，仅用 7 个月零 4 天的时间，就在“人类生命禁区”的世界屋脊创造了快速筑路的奇迹，同时也铸造了“一不怕苦、二不怕死，顽强拼搏、甘当路石，军民一家、民族团结”的“两路”精神。

大家被青藏公路的修路历程和“两路”精神深深地触动。今天，时代条件已经发生了天翻地覆的变化，但是这种“一不怕苦、二不怕死”的革命精神永远留在了我们的血脉里。我们要练就扎实的科研能力和突出的实践应用能力，以“顽强拼搏、甘当路石”的战斗精神和高尚情怀，为新时代建设立新功。科考队员黄志友、谢贵城在返校后第一时间向党组织提交了入党申请书。

通过这次科学考察和参观学习，我的内心受到了极大的震撼，也逐渐明晰了自己未来奋斗的方向。艰难困苦、高寒缺氧的恶劣条件能够激发人们勇往直前、敢为人先的进取意识和担当精神，更能够塑造甘于吃苦、乐于奉献的高尚情怀。巍巍昆仑，遥遥天路，我愿将个人发展同国家重大工程建设紧密联系，为出疆入藏通道建设贡献智慧力量。

作者：土建与水利学院2020级博士研究生　刘　锐

7月24日　星期一　晴

人事人才工作研讨会参加者・王剑秋

为深入学习贯彻党的二十大精神和中央人才工作会议精神，学校召开2023年人事人才工作研讨会，一校三地从事人事工作的同事们共聚青岛。作为一名一线新兵，我有幸参加了此次培训。

本次研讨会紧扣“以学促干，全面图强，以人才工作新突破引领学校高质量发展”主题，解读国家战略，将校外先进经验与校内典型做法相结合，设置专题讲座、主题报告、政策宣讲、典型单位发言和参观学习等模块。

“先行先试，善作善成”是青岛西海岸新区当年引领改革发展、创新体制机制而凝练出的新区精神，也同样适用于学校当下的人事人才工作建设。在浙江大学人才工作办公室副主任陆飞华题为“做好新时代人才工作的若干思考”的讲座中，我们看到浙江大学这几年在以人才驱动实现学科跨越式发展的背后是各项有力的改革举措做支撑；在大连理工大学人力资源处处长丛丰裕题为“高校人事制度改革思考”的讲座中，我深深体会到，高校人事制度改革要全校一盘棋、上下一盘棋，齐心协力攻坚克难。人才工作在高等教育中至关重要，牵一发而动全身。世界一流大学和优势学科作为重中之重，更要在加强基础学科、新兴学科、交叉学科的建设中走在前列，在瞄准世界科技前沿和国家战略需求中勇于担当，推进科技创新，不断提升原始创新能力和人才培养质量。

“居安思危，思则有备，有备无患，敢以此规。”在副校长吴臻的讲话和人事部部长、人才工作办公室主任刘健的主题报告中，我们看到学校的人事工作在2018年实施人事人才体制机制改革之后的五年内取得了显著成效。但我们距离人才强校的目标仍有一定距离，必须紧跟时代发展，进入人事人才体制机制改革2.0时代，落实好、深化好党管人才，坚持四个面向，深化改革攻坚，牢牢抓住人事人才改革这个学校综合改革的“牛鼻子”。要用改革的方式打破原有的思维定势和发展方式，从而提质增效，集聚优势的资源，以一流人事人才工作成效引领学校“双一流”建设快速发展。

我作为齐鲁交通学院一名从事人事人才工作的基层管理服务人员，既要与国家政策和学校的改革发展趋势同频共振，注重全局性、系统性、立体性；还要学习和吸取其他优秀学院和单位的典型经验与亮点做法，以学科发展为目标，不断提升引才育才的格局，提高引才育才的本领；更要不断加强自身的学习和思考，将人才关心的“关键小事”当作“头等大事”，将管理服务队伍的作用发挥到极致。

作者：齐鲁交通学院工作人员　王剑秋

7月25日　星期二　晴

威海校区本科招生录取工作人员·刘凯玥

七月的校园总是与众不同，是毕业季也是招生季，刚刚送走一批熟悉的面孔，又要着手准备迎接一批新面孔。海风徐徐，潮来汐往，蝉声阵阵，夏树苍翠。

作为入职招生办刚满半年的新人，在科室同事的指导帮助下，我仔细梳理了艺术类招生录取的流程，尽快熟悉了录取软件及操作规范，认真学习了各省招生录取的文件，总结了各类型各批次录取过程需要注意的重点问题。从艺术类录取着手，在慢慢学习的过程中有条不紊地完成多个省份的录取工作，这也使我从无处着手变得相对从容。

无论是在录取培训还是日常的招生录取期间，“仔细看各省的录取文件和我校的招生章程”是同事们最常嘱咐我的话。我始终牢记于心，这也使我更加深刻认识到，招生录取工作的每个环节、每步操作都要有根据，要照章办事，按文件录取。这也更加坚定了我努力干好招生录取工作的信心。

我们搭建了纪律严明、团结协作的招生录取团队，始终站在学生立场考虑问题，坚持“公平、公正、公开”的录取原则，切实保障考生的切身利益，最大化为学校延揽优质生源。无论是在中午还是晚上，我们录检人员随时待命，每个类型每个批次录取背后都凝结着工作人员的默默付出。部分省份会存在晚上投档的情况，为了能尽早完成任务，我们有时会一直工作到深夜，这是源于内心的使命感，也彰显出每一位工作人员的责任担当。

招生录取是一项十分严肃的工作，关系着每位考生的前途命运，关系着每个家庭的幸福和谐，关系着学校的办学声誉，需要我们每一位工作人员在每个环节都做到严谨细致，切实保证客观公正、准确无误。从确定模拟投档比例到正式投档，从审核信息到分配专业，从提交结果到公布数据，每一个环节都实行双重把关、严格校对，确保准确完成录取任务。

当前，各省普通批次陆续投档，集中招生工作进入最为繁忙的时期。相信在我们前期反复实践的基础上，在我们团队的协同配合下，一定可以圆满顺利地完成 2023 年招生录取工作。期待金秋九月 2023 级的新面孔来山大圆梦。

作者：威海校区教务处工作人员　刘凯玥

7 月 26 日　星期三　晴

“助力黔行”志愿服务队队长・谭重阳

山东大学“助力黔行”志愿服务队的“七彩假期”主题支教活动正式开始了。

夏日已至，黔西北吹来夏日的清风。我们也带着愉悦的心情，踏上支教的旅途。对我来说，支教不仅是孩子们的成长，也是我的成长。一年前，前任队长赵灵虎学长带我一起回到家乡，带我一起走上讲台，又帮助我、鼓励我去组织活动。如今，我的身份从队员变成队长，肩上也多了一份带领团队的责任。每次在讲台上面对孩子们时，我都会想起去年学长把队伍旗帜交给我的那个下午。赫章县的绵绵青山，见证了团队的历史，见证了一批又一批志愿者们的坚守与奉献。

在开营仪式上，我的脑海中又浮现当初学长为我们讲解支教精神的场景。发言时，我在同学们中发现了很多熟悉的面孔，他们用天真的笑脸回应着我的目光，不知道他们还记不记得去年那位总喜欢给他们布置作业的

“阳阳老师”。

上午的开营仪式结束后，就要开始授课了。就像之前活动时学长说过的，不管再累再苦，认真做下去总有进步。在科技创新专题课程中，队员李佳鑫带领高年级班的同学们通过手工制作，一起探索 VR 眼镜成像原理，在实践中理解科技内涵。在身心成长专题课程中，队员李斯羽和低年级的同学们一起在户外感受自然风光，体会自然对个人情绪调节的重要性。在“两弹一星”主题宣讲中，我带领中年级的同学们在新兴科技和核能发展等方面了解我国核电发展，共同感悟科技工作者的奋斗精神。

下午，我们还意外地迎来一位山大校友的探班。李明远师兄是政管学院 2018 级的研究生，2021 年毕业后在中央机关工作，2022 年 11 月来到赫章县挂职锻炼，助力赫章乡村振兴。得知山大的师弟师妹要在赫章县开展实践活动，师兄特意来到少儿活动中心看望我们，交流学习心得和工作经验。师兄说，深入基层是难得的人生成长经历，鼓励我们秉持党性、责任和感情，坚定信念、勇担使命、不负韶华、不懈奋斗，在广阔的乌蒙大地上放飞人生理想。

晚上七点，黔西北的落日余晖晕染着火热的盛夏。我们按照队伍的传统，回到阅览室进行例会总结。看着会议记录上的问题一个个被解决，我们的心里多了些充实和轻松。

夜深了，活动中心的老师让我早些回去休息。然而，当我收拾好书包准备离开时，却看到老师仍坐在办公桌前认真工作。我不禁想到，教导我的老师们也会每晚为我们伏案备课。这或许就是传承，或许也是支教的意义：一个灵魂唤醒另一个灵魂。我望向夜空中朦胧的月亮，月光流泻、玉润轻柔，如师长的爱意，在时光里荡漾。

作者：控制科学与工程学院 2021 级本科生　谭重阳

7月27日　星期四　阴

暑期学生工作研讨会（第二期）参加者·郭亦玲

山东大学2023年暑期学生工作研讨会（第二期）在青岛校区举行。培训围绕党的二十大精神、辅导员能力提升、高校舆情管理、心理危机干预等维度设置模块课程，五天的培训收获满满。

高校辅导员是开展大学生思想政治教育的骨干力量，是了解学生思想最深的人。要深刻把握习近平新时代中国特色社会主义思想的世界观和方法论，运用科学的思维方法和系统观念，做到“六个坚持”，把党的二十大精神转化为指导工作、推动发展的实践。

坚持人民至上。把以人民为中心的发展思想贯穿到思政育人全过程各方面，把“服务学生成长成才”作为根本命题，找准思想政治教育工作的出发点和落脚点，扩大思政教育的广度、力度、深度和温度，做学生思想成长的引领者、成长成才的助力者、学生安全的守护者。

坚持自立自信。牢牢把握全面提高人才自主培养质量关键点，守好日常思想政治教育主阵地。做好新形势下高校思想政治工作，必须以深厚的理论素养赋能学生，让有信仰的人讲信仰，引导学生牢固树立共产主义远大理想和社会主义坚定信念，夯实“听党话、跟党走”的思想根基，以新时代山大文化筑同心、聚合力，全面激发全体山大人“追求卓越，只争朝夕”的昂扬斗志。

坚持守正创新。充分理解和深刻认识学生思想政治工作的重大理论和实践问题，把握新时代学生成长成才规律，坚持解决思想问题和实践问题相结合，人才培养全面化和个性化相结合，从大水“漫灌”向精准“滴灌”转型，提高工作的针对性、科学性、实效性和时代感。

坚持问题导向。站在第二个百年奋斗目标后继有人的大局下，辅导员要紧紧围绕“为谁培养人、培养什么人、如何培养人”这个根本问题，抓住“学什么、干什么、怎么干”这三个关键，调研真问题、解决真问题，不断完善学生思政工作的培养方案、育人体系和工作机制。

坚持系统观念。辅导员要强化系统思维，找准工作“靶心”，用整体解决学生个体成长过程中出现的各类复杂问题，探索各领域同题共答、各环节共同发力的育人格局，构建学生成长成才全链条。

坚持胸怀天下。坚持心怀“国之大者”，聚焦铸魂时代新要求，清醒认识建设社会主义现代化强国对教育提出的新要求和新使命，深入贯彻“三全育人”理念，助力推动“强校兴国”。

作为一名思政辅导员，我将牢记习近平总书记的殷殷嘱托，紧扣建设教育强国的核心课题，牢牢把握立德树人根本任务，用好这次学生工作研讨成果，答好“青年辅导员在新时代教育强国中何为”的时代答卷。

作者：控制科学与工程学院辅导员　郭亦玲

7月28日　星期五　晴

深圳创新创业暑期学校学员·王　智

新的故事会在夏天温柔的晚风中开始。风轻轻吹拂着凤凰木，我的思绪也被缓缓拉回两周前。7月10日，我和深圳的故事开始。在山东大学深圳研究院的组织下，我们40位来自一校三地23个不同学院的本硕博小伙伴一同来到深圳研究院举办的创新创业暑期学校，进行为期两周的名校名企访学研学活动。研学结束，我深切感受到深圳对人才和技术的重视。

深圳是一座闪着光的城市。地铁站里的广告牌、马路边的宣传栏，行色匆匆的过路人只要稍微一瞥，就可以看到一句亲切的城市标语——“来了，就是深圳人”。简短的7个字，是迎接新事物的深圳姿态，是兼收并蓄的深圳精神。

深圳，是因改革开放而生的城市。在前海展示厅，现场教学活动为我们立体且生动地展示深圳40年发展的壮阔历程和辉煌成就。在深圳党史馆和方志馆，我们看到深圳从一个落后的边陲小镇发展为一个国际大都市，实现了奇迹的跨越。开放和包容，是这座年轻城市的底色，在我心里，这也是它能在40多年间完成奇迹跨越的主因。

两周的时间，我们陆续参观了比亚迪集团、广东启迪集团、越疆科技、元化智能、点猫科技、华大基因、国瓷永丰源等优秀的企业。听到每位企业创始人分享他们在创业中遇到的挑战以及由此总结出的经验时，我由衷地佩服他们的赤诚与执着。印象最深的是我们的校友企业越疆科技，我们了解了山大校友刘培超的创业之路。在校期间积累的丰厚专业知识以及参与的各种商业计划竞赛，培养了刘培超的创新能力以及创业思路。深圳快速的硬件生产配套能力以及对人才的帮扶政策吸引着刘培超团队。毕业后，他们将创业的第一站选在了深圳，在深圳的泥土里扎下根基，从无到有、从有到优发展产业，阔步向前，走出一条新路来。

深圳是改革开放后党和人民一手缔造的崭新城市，是中国特色社会主义在一张白纸上的精彩演绎。深圳的故事就此拉开序幕。在莲花山小平广场，我们重温了邓小平同志南方谈话精神，学习改革开放历史进程。在莲花山公园的另一边，我们见到了一棵苍劲挺拔的高山榕树，这是习近平总书记的手植树。这棵高山榕植根于特区土壤，将深圳的发展史深藏进年轮里。它见证着深圳的城市发展，见证着“深圳速度”的壮阔历程。我们在莲花山读懂“春天的故事”，读懂改革开放只有进行时，读懂中华民族不甘落后、拼搏奋斗的精神。

“四十载惊涛拍岸，九万里风鹏正举。”正是靠着改革开放不断打破束缚思想的桎梏、扫除阻碍发展的藩篱，才让深圳这片沃土充满着无限的可能。我作为一名山大学子，作为一名光荣的中共党员，更应当振奋起来、行动起来，参与改革、投身改革，创造属于自己也属于时代的光辉业绩。就像深圳宣传片说的那样：“从荒芜之地开出一片绿洲，在绿洲上竖起高塔。”

作者：文化传播学院2022级硕士研究生　王　智

7月29日　星期六　雨

威海校区暑期教学技能工作坊（ISW）学员·张雪莱

我参加了威海校区教务处举办的2023年暑期教学技能工作坊(ISW)，三天时间，我收获良多，不仅得到了教学技能的提升，还认识了新朋友，收获了珍贵的友谊。

工作坊采用参与式教学，我们不仅有教学理论的学习，还在三轮迷你教学实践中反思和探索，在同侪反馈中改进和提升。为了讲好每一堂迷你教学课程，我们一遍遍地完善课件、改进教学方式，在一次次的课堂演练中感受“学生们”的学习成效与评价反馈，再进行一遍深刻的自我反思。作为教学者，通过整个活动有效提升了教学设计能力和教学实施能力。课后，作为倾听者的老师们都非常真诚地给予反馈，彼此友好交流，大家在开放共进、轻松愉悦的氛围中提升了自我。

之所以选择参加本次工作坊，是因为我感觉自己的教学遇到了瓶颈，想要学习新的教学方法、聆听老师们的建议、吸取其他老师的教学经验，督促自己努力上进，也渴望通过研修学习让自己拥有更大的热情投入教学。此前，我曾参加过线上BOPPPS培训，并且在自己的教学和教学比赛中实际应用和体验过该模式。通过实践，我发现这个模式对于设计完整的一堂课确实很有帮助。因此，本次工作坊是我从理论到实践再回到理论并提高和升华的一个机会。在三天的学习中，我把上课和参加教学比赛触发的灵感和遇到的问题带到了工作坊，与老师们进行了交流和探讨。在工作坊中，除了 BOPPPS 教学模式，我们还通过课堂和小游戏了解了 3H 理论、参与式教学策略等，了解了不同的学习风格和教学风格，以便以后改进和丰富教学设计，更好地针对不同学生的性格“因材施教”，提高教学效率。

工作坊的培训结束了，但我会把学到的新理论和新方法应用到教学中，用心对待每一堂课，保持开放的心态吸纳学生的建议以获得更多的教学灵感，期待学生们可以跟我一起享受课堂、享受学习。

作者：翻译学院教师　张雪莱

7 月 30 日　星期日　晴

思政队伍党性教育专题培训班学员 · 魏佳佳

7 月 26～30 日，我有幸在临沂干部学院参加了学校组织的思政队伍党性教育专题培训。讲座与实践结合的培训形式以及理论与应用结合的培训内容，让我深刻认识到思政队伍加强政治意识的重要性，也让我深入了解了沂蒙精神产生的历史，意识到红色精神传承与发扬的意义。

在培训的 5 天中，艾青的一句话总在我眼前浮现：“为什么我的眼里常含泪水？因为我对这土地爱得深沉。”孟良崮战役纪念馆外围墙体上镶嵌的 194700 颗子弹壳将“1947”深深烙印在历史画卷上。在松柏和鲜花环绕的烈士墓区前聆听战役故事、重温入党誓词，不知不觉已是泪流满面。我们在沂蒙红嫂纪念馆学习了众多红嫂的英勇事迹，在听红嫂李桂芳的后代讲述李桂芳的事迹时，我的眼中一直噙着泪水，不仅是对红嫂“大爱”的崇敬之情，更是对“军爱民、民拥军”抗战氛围的感动之情。在沂蒙根据地群众工作展馆和八路军115师司令部旧址，我们了解了老一辈革命家的事迹，也了解了广大党员干部在艰苦卓绝的革命战争年代坚决捍卫群众利益，着力改善民生，赢得沂蒙人民群众衷心拥护的故事。在华东野战区纪念馆，我们浏览了一张张历史照片、一幅幅军事形势图，这是那个年代的艰辛与荣耀，承载着中华民族的历史记忆，代表着中国人民的共同精神。

本次培训，我收获的不只是沂蒙战役故事，更是“党群同心、军民情深、水乳交融、生死与共”的沂蒙精神。那么，在被沂蒙精神感动之后，我们应该怎么做？正如沂蒙干部学院庄纪旭教授所说，要让沂蒙精神绽放新时代的光芒，坚持以人民为中心，不断实现人民群众对美好生活的向往。坚持和加强党的全面领导，永远坚定信心跟党走。也要像沂蒙干部学院贺全进教授呼吁的，要努力成为堪当民族复兴重任的高素质党员。

作为一名中国共产党党员，要努力在思想上正本清源，深刻领会习近平新时代中国特色社会主义思想的世界观和方法论，在实践中对党忠诚，在进步中为民服务；作为山东大学思政队伍的一员，要将思想政治辅导员的标准与责任铭记于心，找准培养密切师生关系的落脚点，引导学生成长为堪当时代重任的新时代青年；作为数学与统计学院的一名辅导员，要助力基础学科人才的培养，在日常工作中涵养学生民族情怀、家国情怀、世界情怀，鼓励学生成为中国特色社会主义事业的建设者和接班人。思政队伍的能力提升永远在路上，我要将“所学”转化为“所用”，为山大育人育才贡献自己的一份力量。

作者：数学与统计学院工作人员　魏佳佳

7 月 31 日　星期一　晴

暑期临床思维教学能力专项培训班参加者 · 武文亮

7 月 29～30 日，我参加了由山东大学齐鲁医学院组织的 2023 年暑期临床思维教学能力专项培训班。这次培训由北京大学兰学立和复旦大学向阳两位杰出的专家学者搭配授课。对于我们大多数人而言，临床思维培训是一个相对陌生的概念，这次培训内容通过理论授课和工作坊的方式给我们留下了深刻而难忘的经历。

培训在齐鲁医学院本科教育管理办公室副主任周成超的欢迎辞中开幕。在第一天上午的开场演讲中，向阳教授首先向我们介绍了临床思维的相关概念及重要性。随后，兰学立教授深入浅出地解释了临床思维模式形成的基本步骤，并通过生动的案例展示了如何运用这些模式来解决实际问题。这使我不禁反思自己之前在临床教学中的做法，深刻认识到自己需要进一步培养和发展临床思维能力，这样才能将这种能力传递给我的学生们。

下午的培训中，两位教授设计了一场特别的工作坊。我们分成小组观看教学查房视频，特别从临床思维的角度，探讨了“以学生为中心”的教学查房的相关问题。通过与小组成员间的互动和合作，我们尝试运用了新学到的临床思维模式来解决各种复杂问题，这种实践性的训练帮助我们更好地理解并掌握了如何将临床思维应用于实际教学中。在最后的讨论环节，大家热情高涨，争先恐后地提出自己的见解，使得讨论环节持续了 1 个多小时。

在第二天的培训中，向教授继续讲授了临床思维的成长阶段，兰教授则讲授了关键性的临床思维评价与考核措施，使临床思维的教学模式形成了完整的闭环结构。

在整个培训过程中，教学内容深深触动了我们，这不仅激发了我们对临床教学本质的思考，还为我们提供了一种全新的思考模式。临床思维的价值不仅体现在疾病治疗中，而且能够促进学生的学习和成长。通过培养学生分析、判断和解决问题的能力，我们可以为他们提供更优质的教学体验，而在训练学生相关能力的同时又可以促进我们自身临床思维的提升和蜕变，形成真正的教学相长。

带着满满的收获和由衷的不舍，我们结束了这次培训。期待未来能够积极运用所学的临床思维技巧，将其融入我的教学工作，帮助学生成长和发展。

作者：第一临床学院临床教师　武文亮

8月1日　星期二　晴

“八一”建军节献血活动参加者·史佳乐

每年的七八月是献血的淡季，我提前预约，选择在“八一”建军节这天捐献成分血。正如山东省血液中心的宣传标语——“我为八一献热血！”作为一名退役军人，我将青春热血融入祖国强军事业。如今戎装虽解，军魂犹在，阵地已换，初心不改，今天我将把充满爱心的成分血捐献给有需要的病患。

我早早地来到山东省血液中心机采大厅，配合工作人员进行信息录入、体格检查、实验室检查和成分血采集。大厅中的捐献者并不是很多，还有几位因为体格检查和实验室检查指标不合格必须暂缓捐献。看到他们失落地离开，我在等待检查结果的过程中不免也有些紧张。好在我的各项指标优良，能够捐献。

与全血不同，采集成分血需要的时间比较长，还需伴随机器采血和回血的循环调整手臂状态。我一直盯着采集机器的显示屏，观察循环周期，及时收缩和舒张前臂肌群。我是首次捐献成分血，从交谈中不难发现有多位捐献者都不是第一次了。一位“上班族”匆匆赶到大厅，表示自己今天好不容易挤出了时间，一定要捐；还有一位上了年纪的男士，非常娴熟地躺在采集床上进行捐献。大厅内有规则地摆放着一个个采血装置，伴随着机器传出的滴答声，略显冰冷，但是捐献者所表现出的爱心与责任，却将和这些成分血一起流入患者的体内。

我刚完成采集，大厅便来了一群小伙子，争先恐后地要求捐献成分血。他们说，同学生病住院了，急需成分血，他们包车连夜从县城赶到了山东省血液中心。医生迅速对他们进行了体格检查，满足要求的进一步筛查以备采集。即使这样，留在机采大厅的人还是有很多。每个人脸上都有一丝担忧，我想这一定是他们对患病同学的牵挂。我深受感动，这份浓厚的同窗之情让他们义无反顾地站出来挽救同学的生命。作为临床医学专业的学生，我了解输注成分血或者异体造血干细胞在临床治疗血液病的重大意义，也深知一次捐献量只占供者血液总量的小部分，却能给患者带来无穷的希望。

当我将要离开血液中心的时候，位于中心大门一侧的全血采集处人头攒动。在这片齐鲁大地上，一颗颗爱心在跳动，一股股热血在涌动，数以万计的血细胞承载着无穷无尽的爱，我衷心希望更多人成为“热血”英雄。

作者：第二临床学院 2019 级本科生　史佳乐

8月2日　星期三　晴

云南省滇中引水工程暑期调研参加者·齐志港

说起云南丽江，我们首先想到的可能是优美自然的丽江古镇、风光旖旎的玉龙雪山，但实际上，还有一批山大人在它背后默默奉献、燃烧着自己，展示着不为人知的另一面。7月底，我作为国家工程硕博士培养改革专项的研究生，有幸参加了由研究生院主办的五育协同研究生教育实践活动。在这里，我记录下了身为一个材料人的所见、所闻和所感。

活动的主要内容是参建人员习以为常的进隧洞、进竖井。听着很简单，但真正经历过后才能体会其难度完全是不一样的。几个关键词：坡度20～30度、深度500米以上、乘坐简易绞车。在这里，山大人的主要工作是地质分析、风险预测、灾害处置，更需要面对随时可能出现并且已经出现过的突泥、涌水、坍塌等地质灾害。他们过着没有周末、不舍昼夜的生活，开会已经习以为常，每年与家人见面的次数更是少之又少，还要随时面临地质灾害的危险。对于这些，我发自肺腑地敬佩，决心学习他们面对困难时的无畏与奉献精神。

活动期间，我们还参观了红军长征丽江纪念馆。当年，纳西族群众协助红二六军团1.8万余名红军战士，仅用四天四夜渡过了金沙江，摆脱了敌人的围追堵截，为红军长征取得胜利奠定了坚实的基础。人民群众在危急时刻帮助了我们党，而滇中引水工程则是我们党和政府帮助人民群众解决缺水问题的重大民生项目。云南省滇中地区是全国严重干旱的地区之一，水资源极度匮乏已成为滇中地区可持续发展的主要瓶颈。面对滇中人民对水资源的迫切需要和强烈需求，党中央决定实施滇中引水重大战略性基础工程，促进云南经济社会可持续发展。这个工程就是我们党和人民群众密切结合的重要体现。

岩土工程中心扎根施工一线近十年的杨磊教授说过一句让我印象很深

的话："我们检验自己成果最直接有效的方法就是到工地上实践。"同时，工地上还有很多宣传标语也在感染着我，"不怕失败，反复实践，攻坚克难，必将成功"，"不忘初心，把学术论文书写在中华民族大地上，牢记使命，把科技成果应用在滇中引水工程中"，处处是对我们实践的期待。面对百年未有之大变局，作为材料学院卓越工程师计划中的一员，我们更要将自己的科研成果和实践充分结合，以实践为导向，解决实际工程中的问题，为我们国家的科技发展作出自己的贡献。

作者：材料科学与工程学院2022级博士研究生　齐志港

8月3日　星期四　晴

教育部审计项目组成员·杨　琛

炎天暑月，我作为教育部审计组成员，在江南烟雨中亲历了一次难忘的审计项目。

6月初，学校接到教育部主管部门的委托，要求学校牵头承担对某直属高校的经济责任审计项目。委托书便是"集结号"，审计处领导班子迅速研究，在任务重、人员少的情况下，做好与校内审计项目统筹，由王玉莲处长带队组成审计组，紧锣密鼓筹备审前事项，做好"行军打仗"第一关。我作为新生力量加入审计组，初识教育部审计，不禁思考：如何在短短5周内全面客观地评价一所拥有百年底蕴的高等学府？审计任务带来了新鲜感、使命感，也给一位"初出茅庐"的"新兵"带来了压力和焦虑。此时，我在贵阳参加中国内审协会举办的"科研课题成果展示交流研修班"的培训，心中的疑问渐渐有了答案。

6月中旬，怀揣着激动与紧张的心情，我们进驻现场，异地办公。“纸上得来终觉浅，绝知此事要躬行。”一次成功的审计，离不开统筹谋划的“大脑”，离不开独具慧眼的“眼睛”，更离不开听从指挥的“臂膀”。参加教育部审计是一次难能可贵的实战磨砺，本次现场审计时间紧、任务重、标准高，在领导的安排下，大家科学分工、协同作业，圆满完成了现场审计任务。

通过此次历练，我深切体会到，新时代的高校审计已不再局限于财务审计知识，面对涉及面广、情况复杂的全面审计，在数以万计的资料海洋中，识别“穴位”靶向深入调查，做到不缺位、不越位，更需要借助数据分析技术、法律规章储备、管理经验常识，通过多领域多层次发现问题，多途径多手段解决问题。同时，对一所高校的审计不同于审计一个部门，需要迅速转为通力合作的兵团作战模式。经验丰富的审计“老兵”快速侦查，发现疑点；业务骨干精准聚焦，找出问题切入点；年轻同志落实取证，查深坐实问题描述，凝心聚力做好每桩“小事”，汇聚审计工作“大事”。审计如同一把“解牛”的刀，审计人要心细如“庖丁”，举刀要切在实处。每一次与被审计单位的沟通都是一场“博弈”，沟通中我们听到了对既定事实的激烈争辩，听到了对存在问题的真诚认识，我们选择坚守客观公正、实事求是的原则，以对历史负责的态度，客观公允地评价每一个事项。

7月下旬，随着厚重的材料封箱装运，我们踏上了归途。“生逢盛世当不负盛世，生逢其时当奋斗其时。”现在是审计事业发展的最好时代，我们更要心中有火，眼里有光，坚定信念，自觉担当，将个人理想融入审计事业高质量发展，努力锻造审计名片，做忠诚担当的经济安全卫士。

作者：审计处工作人员　杨　琛

8月4日　星期五　晴

硕博服务团赴东营调研团成员 · 聂冰清

今天是在东营调研的最后一天。前期，我们通过线上线下相结合的形式，选定以黄河文化为主要切入点，查阅相关资料并做了较为周密的安排。这几天，我跟随团队一起回到家乡东营开展实地调研。

我们重温习近平总书记的考察足迹，探访垦利杨庙社区，了解黄河沿岸居民的两次搬迁，感悟中国共产党带领人民安居乐业、不断向更幸福生活迈进的黄河治理文化，并为百姓们为大家舍小家的精神所感动。我们参观黄河文化馆，走访东营市文化和旅游局、发展和改革委员会，了解九曲黄河沿岸的古都名胜、风景民俗，以及正在推进的黄河国家文化公园建设，感受中华文化源远流长。我们走访东营市农业农村局、自然资源和规划局，了解各方面为推进山水文化建设、保护生态文明与促进高质量发展作出的努力。我们游览黄河三角洲国家级自然资源保护区、东营文化公园，看东方白鹳在高树上筑巢，看黄河水缓缓流淌浸润土地，感受母亲河润养万物的魅力。在四天的实践里，我们行程紧凑，却是在我未曾停留过的地方驻足——原来，我的家乡比我想象中的还要美。

如果被问到这次实践的意义是什么，我可能会回答：我深入了解了自己的家乡和黄河文化。下次再与朋友们提起东营时，我会告诉他们，东营不仅有石油，还有着世界上最大的黄蓝交汇的“鸳鸯火锅”；东营是一座崭新的城市，也是拥有四千多平方公里湿地的全球首批“国际湿地城市”；东营曾是有着寸草不能生的大片盐碱地，但现在道路宽广，绿树成荫，因为我们还有无数辛勤的可爱的人民。黄河文化说大很大，像天上之水奔流到海的壮阔，像中华上下五千年的荡气回肠；黄河文化说小很小，像杨庙社区十来平方米小房间里奶奶手握的几寸草编，像鸟儿迁徙湿地中落脚的一方土地。而我也想通过自己的努力，让更多的人去了解、去喜欢、去弘扬黄河文化，去了解东营这座年轻的城市，未来充满无限可能。

“黄河入海，我们回家。”黄河自西南迤逦而来，裹挟的泥沙随时间一点点沉积，悄悄露出水面，诞生出一片崭新的土地，这就是东营，我脚下的土地。在这里的二十多年，我感受着这座城市一点一点地变化。我想，我似乎做了些什么。

作者：外国语学院2022级硕士研究生　聂冰清

8月5日　星期六　晴

绿色能源与资源国际会议暨*GER*期刊编委会会议学生志愿者·逄栋杰

作为一名学生志愿者，我参加了2023年绿色能源与资源国际会议暨*Green Energy and Resources*（*GER*）期刊编委会会议。这次会议以“绿色低碳”为主题，旨在推动*GER*期刊的高效、高质量发展，并促进绿色能源资源领域的可持续科技创新。会议邀请到了来自世界各地的高校专家学者，为我们提供了一个难得的学习与交流平台。

会议首日，中国工程院院士、山东大学校长李术才的致辞令我深受鼓舞。李校长讲到，学校始终坚持“国之大者”，秉承“四个面向”，努力培养创新型人才，推动科技创新和社会发展。学校加强合作交流，推动学科交叉和创新研究，并将科技成果转化为生产力，为地方经济发展和社会进步作出了积极贡献。李校长的讲话让我深刻认识到学术研究与社会服务的紧密联系，也让我对未来科技发展充满信心。

主题报告环节，来自南非、加拿大和英国等国家的院士们为我们呈现了一场精彩的学术盛宴。南非绿色氢能首席科学家任天健（Tien-Chien Jen）院士带来的报告让我们了解到氢能技术在绿色能源领域的潜力，为实现碳达峰碳中和目标提供了新的方向。加拿大催化研究首席科学家郑莹（Ying Zheng）院士的研究成果展示了催化技术在能源转换中的重要作用，为实现绿色能源的高效转化提供了新思路。而英国议会气候变化与科技创新专家组成员孙成功（Cheng-gong Sun）教授的报告则让我们深刻认识到应对气候变化的紧迫性，也为先进二氧化碳捕集技术的发展提出了更高要求。

下午，我继续参加 *GER* 期刊编委会会议，了解期刊的最新进展和发展方向。*GER* 期刊执行主编王文龙教授作办刊进展报告，讨论了如何进一步提高期刊的学术影响力和国际知名度，为绿色能源与资源领域的科学研究作贡献。在会议中，我对学者们在推动期刊发展中付出的努力印象深刻，这也让我深切感受到 *GER* 期刊未来发展的潜力和前景。

回顾这次会议，我深感自己在学术研究中的不足，但也更加坚定了在绿色能源与资源领域努力学习的决心。期待未来能参与更多关于绿色能源与资源领域的学术盛会，一同推动绿色低碳发展、科技进步与地球可持续发展。我也将继续努力，不辜负学校与导师的培养和期待。

作者：能源与动力工程学院 2021 级硕士研究生　逄栋杰

8月6日　星期日　晴

全国“青马工程”高校班学员·刘　政

7 月 30 日至 8 月 6 日，作为 2023 年全国“青马工程”高校班学员，我参加了由共青团中央组织的 2023 年暑期社会实践，随队前往福州、宁德、龙岩等地开展实践研学。

走出“书房”，走向“实境”，到基层一线感悟中国式现代化建设的生动实践。在滨海新城规划展示馆，我详细了解并感受福州建设的历史变迁与未来规划，深入领会习近平总书记为福州擘画的“3820”战略工程、闽江口金三角经济圈、海上福州、现代化城市等系列战略思路。在长乐东湖智慧社区，通过观摩科技赋能社区治理——智慧中心平台操作演示，我了解了其在解决社区事务多、杂、难的一系列问题中的具体成效，感受到基层一线党建、治理、服务实践与理论的张力。

深入“山乡”，走进“渔村”，到基层一线观察福建特色的乡村振兴道路。在乡村振兴主题调研过程中，我印象最为深刻的是位于大山深处的下党乡。这里曾是福建省唯一一个无公路、无自来水、无照明电、无财政收入、无政府办公场所的“五无乡镇”，如今已经蜕变为远近闻名的“学习小镇”。通过走访下党村、下屏峰村等地的村民，我全面了解了下党乡充分利用红色文化资源的优势，全方位、多渠道推广红色文旅产品的闽东特色乡村振兴道路，学习了将红色文化传承与发扬、经济社会发展与进步有机融合的实践经验。在溪邳村，通过聆听工作人员介绍、参观村史馆，我了解了连家船民上岸的发展历程，被一代代奋斗在基层一线的党员干部的光辉事迹深深触动。

青年“话语”，青年“阐释”，在基层一线传播党的创新理论和实践成果。在“青马工程”联学联建主题宣讲活动中，我以“党旗所指，就是团旗所向——学习新版团章”为题讲述微团课，从团章是什么、新在哪、怎么做三个部分，以宏观、微观两个视角，深入浅出地讲好新版团章的基本思路。经过这次微团课讲述，我认识到理论宣讲要综合分析本次团章修订所蕴含的实践逻辑、理论逻辑和历史逻辑，系统梳理各处修订内容所体现的核心要义。要想真正做好党的青年工作理论阐释，需要下真功夫，不仅要讲明白时事政治，更要讲清楚理论逻辑，既要以生动贴切的青年话语打动青年，也要以系统清晰的理论阐释感召青年。

通过此行，我深刻认识到习近平新时代中国特色社会主义思想与中国式现代化建设实践的内生联系，通过亲临现场，对话亲历者，更加充分地理解了“理论指导实践，实践深化认识”的深刻内涵。

作者：马克思主义学院2022级硕士研究生　刘　政

8月7日　星期一　晴

“医路西行”社会实践队成员·郑　通

在刚过去的周末，我作为山东大学“医路西行”社会实践队的一员随队来到了凉山州昭觉县三河村，追随习近平总书记的脚步，深入体会乡村振兴战略成果。

山间的空气湿润清新，进山的路蜿蜒曲折，我们翻过群山，经过接近半天的车程才来到三河村。在进村的道路上，“习近平总书记卡莎莎”“共产党瓦吉瓦”“精准脱贫瓦吉瓦”等醒目的标语吸引了我们的视线。村民向我们介绍说：“在彝语里，‘卡莎莎’是‘谢谢’的意思，‘瓦吉瓦’是‘非常好’的意思。习近平总书记为我们指出了脱贫道路，现在我们的日子过得一天比一天好，再多的‘卡莎莎’也表达不了我们的感激。”在介绍时，村民脸上洋溢着朴实真诚的笑容，深深地触动了我们的心。

随后，我们参观了三河村史馆。当年贫穷的历史，现已成了村史馆中的过往岁月。一进门，映入眼帘的一张巨幅照片。照片中，习近平总书记在彝族贫困户火塘旁与村民共谋精准脱贫之策，“不忘嘱托，幸福之源”的醒目文字写在照片前。村史馆中的一幅幅图片、一段段文字，向我们展示了三河村如何一步步实现脱贫，走上乡村振兴的道路。

来到三河村旧址，我们跟着当年习近平总书记的脚步走上了“暖心路”。这是村中唯一一条石板路。看着路旁，大家沉默了。那是一座座泥土垒成的低矮破败的空房，墙上爬满了裂缝，像一把锤子锤在了我们的心上。这就是三河村民曾经生活的地方。我们不禁感叹，“易地搬迁”真是好政策，让村民移居到交通更加方便、环境更加适宜的地方，是凝聚了党的智慧的英明决策。村民告诉我们：“现在三河村致力于建设红色旅游基地，同时也大力发展养种植业。我们一定能过上更好的生活，让家家都致富!”

“人民的美好生活，一个民族，一个家庭，一个人都不能少。”三河村的脱贫致富路，是全面取得脱贫攻坚伟大胜利的缩影，是走上乡村振兴道路的典范。走出城市，走进大山，这次实践活动给了我切切实实深入学习脱贫攻坚与乡村振兴的机会，是我们在校园生活中完全体会不到的，必将获益一生。当代大学生应该勇于跳出舒适圈，看一看欠发达地区的生活，“共同富裕”不是一句口号，而是大学生应该带头努力的方向。

作者：第一临床学院2021级硕士研究生　郑　通

8月8日　星期二　晴

“探秘甲骨文”未来人文营参加者·郭　奕

在炎热的八月，我怀揣着激动喜悦的心情，跨越中国西南到东部的距离，走进了山东大学。山大是一个很有魅力的校园，处处是林荫道，处处有学子的读书声、自行车的叮铃声与啾啾的鸟鸣声，很美。

走进校园，有细心的班主任，有学识渊博的教授，有朝气蓬勃的营员们。在他们身上我看到了每个人的闪光点，他们自信、善良、热心、可爱，这样的一群人，让我无比温暖。给我们讲解的一位学姐，条理清晰，逻辑通畅；同学们的分享，有趣生动；教授们引经据典，学识渊博。

在线上的学习中，我了解到中国汉字的起源与发展演变，意识到汉字是我们中国人的根。它厚重悠长，经过几千年的演变，仍然在中华文明的画卷中熠熠生辉。我们的汉字与我们的衣食住行、生老病死息息相关。

线下学习的课程也十分有趣又引人深思。汉字与书法、文学经典关系密切，马教授、靳教授以及戴教授的课都让我印象深刻。汉字在我们的学习生活中至关重要，更重要的是它将中华上下五千年的历史都记录了下来，同时保留了大量的经典，这些正是我们文化自信的来源。

参观山大博物馆、校史馆，让我进一步领略了甲骨文以及山大的人文魅力。在几十年前，山大考古队的队员们苦苦搜寻、细心挖掘，让尘封在地下的细碎骨片得以重见天日。瓦当拓印诉说着当年建筑的富丽堂皇，编钟静静地敛藏起当年的余音，甲骨文表达着古人的所思所想。仔细观察可以发现，不同的文字都在它们上面有所体现，山大人通过收集整理让它们又有了新的价值，向 21 世纪的我们展现了文字之美。

通过与教授的交流，我了解到许多珍贵的文本还在海外漂泊。现在国家需要人才来研究古文字、推广古文字，我了解到，山大强基计划中有古文字方向。我想，或许我也可以加入其中。我深深期待着与山大再次相遇。

作者：泸州老窖天府中学高中生　郭　奕

8月9日　星期三　晴

“稷下电气论坛”志愿者·宋世航

“稷下论坛，谈经论道；百家争鸣，思辨蕴奥。”经过全体工作人员的精心准备，首届“稷下电气论坛”及后续的交流讨论活动终于圆满落下帷幕。夏风徐徐，蝉鸣声声，走在千佛山校园里，看着来来往往的同学搬运“稷下电气论坛”的撤场物资，一时间各种回忆涌入我的脑海。作为一名志愿者，我有幸全程参与了论坛的前期筹备、签到工作、会议服务及新闻宣传等工作，度过了充实而有意义的一周。

论坛前期的准备周密又紧张。电力楼210会议室成了我们的“据点”，每个夜里灯火通明的会议室都见证着全体工作人员的付出和努力。面对诸多难以理清的头绪，孙凯祺老师等通过一次次的讨论会，不断细化论坛的方案，完善工作流程；面对现场繁杂紧张的工作，鲍威宇老师等通过一次次的培训会，不断细化志愿者分工，培训志愿者的相关技能。最终，全体工作人员都胸有成竹，以饱满热情的姿态迎接论坛的开幕。

论坛现场的工作热火朝天。八月盛夏，我们顾不上歇息，奔赴各项工作，汗水打湿了每个人的衣背。工作虽然繁忙，但没有一个人叫苦叫累，因为大家心里都明白，唯有把最基础的工作做好，稷下电气论坛的成功召开才有保障。论坛的每一处都有志愿者的身影，所有参会嘉宾脸上洋溢的笑容和热烈的掌声，让我们深切感受到奉献的意义所在。

在会议现场，我主要负责签到工作，为来来往往的嘉宾登记参会信息，发放会议材料。我的心情一直很激动，之前只是在学术期刊的封面上或者重要新闻的报道中见过的业界前辈，今日终于能够有机会一睹风采。参会的嘉宾们和蔼可亲、风趣幽默，很亲切地和我们交谈。交流中，我发现很多来参会的行业翘楚都是从山大电气走出来的，是我们优秀的校友。“山东大学、电气工程学院是一个优良的平台，为国家孕育出这么多人才。”我不禁在心中为母校、为学院点赞。

在志愿工作之余，我认真地聆听了论坛的报告，受益匪浅。周孝信、郭剑波、陈维江、王成山等国内能源领域的院士以及诸多知名专家，从政策、技术、体制机制等方面，围绕“电连万物，探索未来”主题开展了广泛的交流与研讨，属实是一场学术盛宴。

在稷下电气论坛中，志愿者们紧密配合、热情奉献，助力论坛的圆满举办，用实际行动展示着山大电气学子的青春风貌与志愿风采。身为一名山大学子，我为母校能够为我们提供如此广阔的平台、举办如此规模的学术论坛而感到由衷骄傲，也更加坚定了将来踏实学习工作、助力祖国电力能源事业发展的决心。

作者：电气工程学院2022级硕士研究生　宋世航

8月10日　星期四　晴

第五届山东省青年志愿服务大赛参加者·徐荣先

暑气渐收，梧桐叶落。枣庄热腾腾的暑气还未尽散，我便盼着秋风凉爽。8月7～9日，我与同伴赴枣庄市薛城区参加第五届山东省青年志愿服务大赛暨第二届山东省青年志愿服务公益创业赛。

半个月前，我拿到了省级决赛的通知。“聚星计划”孤独症儿童志愿服务项目成为山大唯一入选的项目，我既感到非常惊喜，又倍感任务艰巨、责任重大。今年4月，“聚星计划”开始改革，至今不过3个多月。而本次志愿服务大赛的主题又是公益创业，要在短短十几天内准备好路演答辩、展台展出、创业产品的设计制作，任务异常艰巨。于是，我立刻成立竞赛筹备小组，和大家一起反复锤炼申报资料。备赛过程中，李响老师经常和我一起改申报书到凌晨两点，哪怕一个标点符号都不放过。

在路演答辩的前一天晚上和当天早晨，我和同伴还在反复演练答辩稿，磨合 PPT 切换。正是无数次的练习和精雕细琢，我们才能够自信地站在评委老师面前，就像讲故事一样，把我们项目的初心、事迹和风采娓娓道来。最终，“聚星计划”获得了山东省银奖的好成绩。站在领奖台上，枣庄市市长亲手将奖杯递至我手中时，这一个学期的组织策划、十几天备赛的辛勤付出，终于画上了一个圆满的句号。

我们在枣庄待了 3 天，路演答辩却只用了 10 分钟，10 分钟之于 3 天，不过一瞬。实际上，相较于一场省级决赛，我更愿意将这 3 天的活动称为一场盛会。展台交流、经验分享会、志愿服务论坛……与省、市各级机关领导、全省各级志愿服务组织、典型团队一起交流学习、共同进步，不断明晰自己的志愿初心，碰撞出精彩的创意火花。这是一次不可多得的学习机会，也是一次经久难忘的人生经历。

获奖通知一出，我便第一时间将消息转达给一路鼓励与支持我的老师、学姐、同伴和机构的负责人，感谢他们一路以来的支持与指导。作为志愿活动的组织者，很多时候只能站在幕后，为奉献者奉献。但没有他们的帮助，就不会有现在的“聚星计划”。

在我写下这篇日记的时候，“聚星计划”正在进行换届答辩。“聚星计划”陪伴着我的大二下学期，让我的大二下学期更加繁忙、充实、多彩。在最为繁忙的一个学期，我有幸成为山东大学“聚星计划”第一期总负责人，陪着“聚星计划”一步步走向成熟，与有荣焉。

作者：文学院 2021 级本科生　徐荣先

8月11日　星期五　晴

学生骨干红色教育实践（井冈山）研学班 学员·陈海宾

“一送（里格）红军，（介支个）下了山。秋雨（里格）绵绵，（介支个）秋风寒……”伴随着全国青少年井冈山革命传统教育基地龚文慧老师的一首《十送红军》，山东大学学生骨干红色教育实践（井冈山）研学班全体学员圆满完成学习任务，正式踏上了返校归途。

少年曾许凌云志，今朝得上井冈山。在学校党委组织部、党委学生工作部与全国青少年井冈山革命传统教育基地的组织下，我们在井冈山开展了为期五天的研学生活。窗外风景向后飞驰，在井冈山的所闻、所见、所悟，久久萦绕在我的心头。

未见井冈山时，我花了大量心思学习、回望井冈山的革命斗争史，生怕遗漏了什么细节。每接近井冈山一分，心情就激动一分。能够前往井冈山接受培训，对我们所有学员来说都是一次十分宝贵的机会。

在上山的大巴车上，在基地带队老师的娓娓讲述中，井冈山的轮廓与脉络在我们心中愈发清晰。研学首日下午，我所在的“一连四班”与其他七个班一起，进行了“三湾改编”的模拟实践，亲身体会了在当时的不利情形下统一思想、整编部队的重要性。在“安家”茨坪、端正思想之后，我们做好了深入学习领悟井冈山精神的准备。

在井冈山革命烈士陵园，我有幸与另外一位国旗护卫队成员作为礼仪兵，代表全体学员向革命烈士敬献花圈。走过沉甸甸的一百零九级台阶后，汗水湿透了我的全身，但眼神却愈发坚定。肃立，默哀，三鞠躬，人民英雄永垂不朽！在小井红军烈士墓前，聆听老师为我们讲述革命烈士们的英勇事迹，每一个故事都令我泪眼婆娑。

我们前往井冈山革命博物馆、领袖峰、八角楼革命旧址、黄洋界哨口等地学习。现场的讲授让我们清晰地看到那不曾褪色的革命岁月。读书石旁、感情树下、八角楼中、黄洋界保卫战纪念碑前，我似乎看见了毛泽东同志在与老乡们亲切交谈，看见了朱德同志在红米地边练兵练将，看见了陈毅安同志沉着冷静地打出那一发足以改变历史的迫击炮弹……可爱可敬的革命前辈们，你们用鲜血、用一生苦苦捍卫的共产主义信仰，你们留下的革命传统和优良作风，我们定将传承和发扬下去。

我们还在挑粮小道上识图用图、行军拉练，在坝上村的老乡家做饭用餐，体验红军的一天。老乡出门数里相迎，又出门数里相送，这让我深深感受到革命根据地军民的鱼水情深。在老师们的耐心指导下，我们用干稻草编出了属于自己的一双红军草鞋，体会到了“脚穿草鞋跟党走，刀山火海不回头”的革命激情与红军战士的坚强意志。我们与革命后代面对面交流，听陈福初少将的儿子陈晓霆与李兆麟将军的女儿张卓亚话初心、讲家风。

一次井冈行，一生井冈情。基地老师对我们说，上井冈山伟大，下井冈山也伟大，重上井冈山更伟大。何其有幸能够参与本次教育实践活动，短短五天的学习已在我心中埋下了一粒种子，我将用心浇灌，在未来某天让其开花结果，让信仰点亮我的人生，让行动践行我的理想。

作者：历史文化学院 2020 级本科生　陈海宾

8 月 12 日　星期六　晴

“启明”支教团成员·陈奕昂

翻开手机相册，映入眼帘的是一张张孩子们欢笑的脸庞，这童真烂漫的笑容拨动着我的心弦。八天的支教时光匆匆过去，但孩子们的身影却在我的脑海中久久挥之不去。

借着社会实践的宝贵机会，我们组建了山大“启明”支教团，来到河南省驻马店市确山县老臧庄小学，开始了为期一周的支教活动。整个团队对支教活动中的每一个细节都进行了反复推敲，因为我们知道，当站上讲台面对孩子们的那一刻，我们担负着传递知识、教书育人的责任。

我们共开设九门课程，涵盖人文类、体育类、科普类、美术类、音乐类等，同时，我们还每天在固定时间针对学生暑期作业展开辅导。这些课程旨在帮助孩子们培养自信、拓宽视野、发挥潜能。经过七天的学习，有些孩子发现了自己在美术方面的潜力，几天时间就完成了一幅国画作品；有些孩子发现了自己在理科方面的兴趣，对我们课上进行的科普实验刨根问底，爱上了用理性的思维分析世界；有些孩子则感受到历史的厚重，他们仰慕秦皇汉武的绝世风采，被中华民族五千多年文明深深吸引。

在最后一课上，我和孩子们聊了很多，和他们进行了约定，未来有一天，希望我们能够成为校友，在山大相遇。看着他们，我就像看着曾经的自己，那一刻，有许多告诫的、祝福的话语涌上心头，只想帮助这些孩子们在未来的道路上能够少一点迷茫，能够更加坚定地走下去，带着他们的故乡确山县走上振兴的道路。

我们在支教期间还带着孩子们参观了竹沟革命纪念馆、杨靖宇将军纪念馆和革命烈士陵园。或许孩子们因为年龄还比较小，之前在他们的脑海里并没有对这些纪念馆以及陵园的概念。当孩子们走出课本，当杨靖宇将军的英勇事迹由课本上的文字转变为纪念馆中的文物时，那红色的革命精神便在他们的脑海中向下扎根，向上生长。

一声短信提示音将我从回忆中拉回，是一条来自学生的感谢与祝福信息。能够得到孩子们的肯定，我想这便是对我们团队最大的认可。这些孩子就像是含苞待放的花骨朵，从他们身上，我看到的是乡村教育的未来，它就像是一道光，让我更深刻地理解乡村振兴事业。我愿化作一只萤火虫，用我的生命点亮孩子们未来的灯，照亮孩子们前行的路。

作者：机电与信息工程学院 2021 级本科生　陈奕昂

8 月 13 日　星期日　多云

“医路西行”社会实践队成员·王腾凯

阳光正好，微风不燥，我跟随山东大学“医路西行”社会实践队来到美丽的新疆，在乌鲁木齐新区的新疆兵团医院城北分院开展调研。

新疆兵团医院城北分院正式成立于 2020 年 7 月，地处乌鲁木齐市新区，是一所以诊治常见病多发病为主的二级综合医院。在座谈交流中，兵团十二师卫健委主任吴刚与城北分院院长周俊、副院长李辉为我们详细讲解了兵团医院建制的特殊性，医联体、医共体的建设情况以及医院供给侧结构性改革的各项工作。医院始终贯彻落实以患者为中心的理念，为患者提供优质的医疗护理和个性化的治疗方案。通过交流，我们了解到医院发展需具备差异化发展的思路，兵团城北分院医康医养中心以及临终关怀病房等正在筹划建设。对此，我深受启发。建立医养中心及临终关怀病房不仅为人口老龄化的社会性问题提供了解决方案，使当地居民老有所养，而且也为临终患者提供了一个舒适的环境，使患者能够在家庭成员和专业医护人员的陪伴下度过最后的时光，最大程度使患者感受到尊重和照护，使患者家属感受到温暖和安慰。

今天的座谈交流虽然短暂，但让我深刻明白，无论是医院的管理者还是医护工作者，他们的责任不仅仅是管理医院的运营、救死扶伤，更要用心倾听患者的需求和关切，给予他们安慰与支持，与每个患者和家属建立起真挚而无私的连接，因为每一次微笑、每一声鼓励都可能成为患者和家属在绝望中找到希望的力量。作为临床医生的我们，要学会如何真正关心他人，认真对待患者，怀揣着对医疗事业的热爱，努力成为能够回馈社会的好医生。

作者：第一临床学院 2022 级博士研究生　王腾凯

8 月 14 日　星期一　晴

中国农业大学科技小院参观学习者 · 李向伊

为深入学习贯彻习近平总书记给中国农业大学科技小院学生重要回信精神，作为“星火丹心”寻访红色足迹社会实践队成员，我在河北省曲周县科技小院与中国农业大学实验站进行参观学习，切身体会学习青年学子“知农爱农，强农兴农”的“吃苦”精神。

此次参观学习地点主要包括中国农大科技小院的起源地——曲周县白寨科技小院和中国农大曲周实验站。我们走进田间，见到了常驻科技小院的中国农大研究生。他们早上和农民一起出现在田间地头，在炎热的天气中，了解试验田中作物生长状况，寻找适合本地种植的作物，为农民种植提供专业的建议与指导。我们从讲解员和村民口中了解到石元春、辛德惠教授来到曲周治理盐碱地的故事，正是在他们的帮助下，昔日的“盐碱滩”逐渐变成“米粮川”。科技小院推广的新型种植方式和新品种帮助农民增产增收，比如中国农大学生对村民进行甜叶菊种植技术培训并推广甜叶菊种植，在曲周县连年遭受洪涝灾害的情况下帮助农民实现收入增长。

科技小院的师生们扎根农村、奉献青春，助力乡村振兴，是科技兴农的排头兵。在交流学习中，我被他们的爱农情怀以及艰苦奋斗、甘于奉献、开拓进取的精神深深感染。

作为新时代的青年学子，我要努力学好专业知识，并注重投身社会实践，了解民之所需、国之所需，在服务社会中治学问、练本领，为推进中国式现代化建设贡献青春力量。

作者：药学院2022级本科生　李向伊

8月15日　星期二　晴

新疆伊犁哈萨克自治州义诊参加者·孙宇涵

到祖国最需要的地方去历练，是伟大时代之需，是青年学子成长成才的必要路径。近几天，我有幸以一名乳腺甲状腺外科青年医生的身份，跟随山东大学“医路西行”社会实践队，参加了在新疆伊犁哈萨克自治州开展的三场义诊。

三场义诊分别在伊宁县吉里于孜镇、可克达拉市的新疆生产建设兵团第四师医院和第四师医院下辖的六十六团医院开展。我们的义诊团队主要由硕博研究生组成，同时齐鲁医院临床经验丰富的教授也加入我们，为我们这支年轻的队伍增加了不少底气。我们按照专业划分为骨科、呼吸内科、消化内科、神经外科及乳腺甲状腺外科为当地居民提供专科查体及诊疗意见，并免费测血压血糖。每次到达义诊地点，都有居民在我们的义诊桌子前早早地排起了长队。工作人员说：“有的老人从一百公里外的霍尔果斯口岸赶过来，就是为了让你们齐鲁医院的专家给看一看，这样才放心。”当地患者无条件的信任给予了我们很大的动力，增强了我们的信心。

义诊过程中，我仔细聆听患者的病情及病史，并做简单记录，而后根据病情进行甲状腺、乳腺触诊等专科体格检查，在看完病人的各项检查报告后给予相应的诊疗建议。令我印象深刻的是在给到一位患有良性甲状腺腺瘤的高龄老奶奶不手术行甲状腺消融的诊疗方案时，周围等候的患者们说道，“从来没听过消融的方法，原来不开刀也有办法去掉结节”。在我心中，我一直谨记我的导师田兴松主任的谆谆教导：“好的外科医生不是一碰到病人就开刀手术，更重要的是要保证患者的生存质量，要评估患者手术风险与非手术治疗的预后情况，真心实意地为患者着想。”在为当地居民测血糖时，我们发现高血糖患者比例偏高。根据这一情况，我们给出饮食指导和医疗建议。义诊结束后，我们总结了当地的常见病，制作相应的科普单页分发给当地群众，让大家了解预防手段，为当地群众的整体健康贡献力量。

此次义诊之行也有一些难忘的故事深深触动着我。当地前来咨询的维吾尔族居民不懂汉语，我向现场的维吾尔族孩子们请求帮助。孩子们都流利掌握汉语和维吾尔语，很好地担任了我和患者的翻译。现场工作人员说，得益于山大研究生支教团多年来的支教，这里少数民族孩子们受教育水平有了很大提高，支教在新一辈新疆人民身上已经初见成效。听着这些赞许，我为研支团感到骄傲，为孩子们的教育成效感到高兴。在义诊中，有许多操着一口山东方言前来咨询的老人。在交流中得知，他们是山东人，年轻时来到新疆加入兵团，几代兵团人发扬“热爱祖国、无私奉献、艰苦创业、开拓进取”的兵团精神，把可克达拉市改造成了生态绿洲。他们无私奉献、艰苦奋斗的精神深深地打动着我。还有一位 94 岁的老奶奶塞给我两个桃，说是谢谢我们来这里帮助他们看病。她的话语是对我们工作的肯定，我的心里暖暖的。

作为第一临床学院的博士研究生，我非常荣幸借“医路西行”社会实践队的机会走进西部，把我们所学的最新临床诊疗方案带到新疆，为当地居民身体健康贡献青春力量。此次义诊让我体会到了前所未有的职业自豪感和家国天下的责任感。新时代新征程，如今的西部基层是乡村振兴的主战场，是共同富裕的新答卷，是求贤若渴的大舞台。我会扎实学好医学知识，增强专业本领，让青春在全面建设社会主义现代化国家的火热实践中绽放绚丽之花。

作者：第一临床学院2023级博士研究生　孙宇涵

8月16日　星期三　晴

“数智警务实验室”暑期实习成员·于懿斐

暑假期间，我有幸在威海市公安局文登分局的“数智警务实验室”进行了为期一个月的实习。通过这次实习，我进一步了解了公安工作，学习了公安技术人员的经验，并有机会运用自己的专业技能帮助解决公安实际问题。

在“数智警务实验室”实习期间，我们了解到公安部门积极推动数智警务实践，采用先进的科技手段提升警务水平和工作效率。公安人员和威海驰云网络科技有限公司的技术人员向我们展示了各种先进的科技应用，如人脸识别、大数据分析和智能监控等。这些科技手段在实际案件中的应用不仅能够提高破案速度和准确度，还能帮助公安人员在复杂环境下迅速判断和应对各种情况。

在实习时，我们终于有机会将自己的专业技能运用到实际工作中。实验室给我们提供了一些实际问题，让我们利用专业知识和技能解决。我们主要参与了两个项目，并通过努力和探索取得了一定的成果。第一个项目是“智慧综治平台”。为了保证房屋租赁等业务的安全性和增加警方对数据的对碰能力，我们为警方打造了智慧综治平台，并为警方提供了相应的后台处理系统。这款小程序也实现了与文登公安特色“文小安、文小满”智慧警察的对接，通过智能问答减轻公安人员人工回复群众问题的负担，实现高效率、精准化回复。第二个项目是“警力态势感知”。该项目旨在提供实时、全面的警力和车辆位置信息，以及实现可动员力量和人员状态的智能化管理，从而优化决策者的资源调度和决策制定过程。

这一个月的实习让我收获满满。我将继续努力学习，不断提高自己的专业水平，为建设一个更加安全、和谐的社会而不断努力。

作者：机电与信息工程学院 2021 级本科生　于懿斐

8 月 17 日　星期四　晴

“资助育人　助梦新起点”家访队伍成员 · 赵昊阳

倚在车窗前，放眼望去，满目青翠，生机盎然。顶着如火的骄阳，我所在的桑梓小队踏上了今天的家访之路，继续前往 2023 级新生家中宣讲资助政策与校园文化。

今天将要家访的两位新生均毕业于兖州一中。刚进第一位学弟的家门，我们就受到了热情的欢迎。但学弟一开始比较紧张，好在随着倾心深入的交谈，我们顺利开展了资助政策宣讲，详尽介绍和解读了学校资助育人体系，竭尽所能为其答疑解惑，还提醒了学弟军训时的注意事项。学弟及父母十分感激本次活动和我们的到访，最后我们合影留念。第二位学弟对奖助学金和学分绩点很感兴趣，并且酷爱游泳和篮球，因此我们有针对性地讲解了奖助政策，还鼓励他在学有余力的情况下报名参与添翼工程系列培训。我们还着重介绍了山大优美的校园环境、良好的食宿条件和配套的硬件设施，消除了学弟在生活上的顾虑。

回想当年，刚接到录取通知书的我，除了喜悦，更多的是面对大学生活的迷茫。羡慕今年的学弟学妹，有学生资助中心组建家访队伍为他们答疑解惑，同时我也因自己是家访队伍的一员而自豪。

学校即将迎来充满生机与活力的新鲜血液，何其有幸我们能助力他们在今后的大学生活中书写属于自己的美丽篇章。桑梓小队，继续前行！

作者：电气工程学院2022级本科生　赵昊阳

8月18日　星期五　多云

药学院毕业20周年返校校友·宋　超

上周末，药学院1999级校友毕业20周年返校活动在趵突泉校区举行。在药学院校友会的精心组织下，我们40余名校友欢聚一堂，共叙同窗情谊。

8月12日下午，绵绵细雨没有阻挡住校友们在药学院教学七楼大厅相聚的脚步，学院精心准备的欢迎词让我们深切感受到母校对校友的重视和关切，装修一新的教学七楼也让大家看到了学院近年蓬勃发展的成就。校友们纷纷表达了对学院组织本次活动的感谢，表示一定努力给母校增光添彩。

相聚是短暂的，怀念是永恒的。我们在细雨中参观了校园，重回当年学习的教室，漫步在美丽的中心花园，走进现代化的体育场，思绪万千。药学院把我们从全国各地汇聚在一起，组成了这个大家庭。我们在这里收获了知识，也收获了友情，美好的大学生活是每位药学 99 级同学终生难忘的记忆。20 年前，匆匆那年夏天，我们分散到祖国各地，闪“药”各自的事业。不管在哪里，母校都是我们的骄傲，凡我在处，便是山大。

作者：药学院药学系 1999 级校友　宋　超

8 月 19 日　星期六　阴

中央党校培训班参加者 · 唐贵瑶

转眼间，紧张、充实而又愉快的党校学习生活已过去一周了。回想起七天的课程内容和研讨交流，我深深感受到“学无止境”的深刻含义，也对当下正在开展的工作和研究有了更深的体会。能和同事们在这所神圣的殿堂学习，我感到十分荣幸，也倍加珍惜。

党校为我们精心安排了严密的教学计划和系统的学习内容，使大家对习近平新时代中国特色社会主义思想有了更深层次的理解与感悟。各位理论功底深厚、实践经验丰富的教授，站在全局高度、以宏大视野和战略眼光，为大家深入讲解了当前国内或国际相关领域的最新理论知识和前沿动态。这些理性透彻的分析、循循善诱的解读、生动活泼的讲述，处处闪耀着智慧的光芒，使我受益匪浅、体悟深切。例如，“学习习近平总书记的斗争精神和斗争本领”专题让我进一步加深了对斗争精神的理解。工作中，我们要发扬敢于斗争、善于斗争的精神，勇于担当作为，敢于直面矛盾，在大是大非面前敢于“亮剑”；我们要观大势、谋全局，聚焦加快建设担当中华民族复兴大任的世界一流大学这一主线，奋力推进学校事业高质量发展。

“实施科教兴国战略，强化现代化建设人才支撑”和“科技自立自强的战略举措”的两个专题学习让我深刻感受到，中国已经前所未有地靠近世界舞台中央。人才在中国式现代化、高质量发展中的战略地位前所未有。高质量发展需要有经济层面的硬实力，同样也需要教育、科技、人才一体谋划、系统推进、全面融合、共同发展，合力打造软实力。

加强教育、科技、人才“三位一体”部署与省里提出的人才链、教育链、产业链、创新链“四链”融合推进一脉相承，旨在更好地服务国家战略和区域经济社会发展。尽管我国已经在基础研究和原始创新中取得重要进展，但创新体系整体效能还有待提高。同时，以美国为首的西方国家不断对我国科技人才进行围堵打压。这就要求我们必须建设高质量人才培养体系，坚守为国育贤初心，落实立德树人根本任务，秉持“人人皆可拔尖，个个均能创新”的育人理念，培养胸怀现代化建设伟大理想、具有现代化素质与能力的拔尖创新人才。要把服务国家战略需求作为最高追求，加强有组织科研。把过去“想干什么能干什么就干什么”，变成“国家需要什么就干什么”，瞄准国家安全和经济社会发展所面临的现实问题和紧迫需求，培养能够解决国家和区域重大需求问题的人才，为实现高水平科技自立自强提供人才支撑。要瞄准事关国家发展全局的若干重点领域和重大任务，发挥学校体制效用，以打造国家实验室、专项人才培养计划等方式，前瞻谋划面向未来、具有战略意义的新兴交叉领域，为世界重要人才中心和创新高地建设贡献“山大力量”。

在中央党校七天的学习，对我来说是一笔宝贵的精神财富，知识的滋养、师长的指导和同学的友情助我夯实理论根基，坚定干事创业、堪当民族复兴重任的决心和信心。学习先辈伟大建党精神，知悉国内国际发展战略，明晰党的理论知识的新时代意蕴，启示着我：心中有党，脑中有民，才能忠诚奉献敢担当。作为长期从事人力资源与人才创新研究的工作者，我将和研究团队进一步聚焦重大问题、服务国家战略，做好理论、政策和实践研究工作，为实施新时代人才强国战略、推动人才事业发展提供人才理论支撑。在工作中，我也将继续加强理论学习、提升政治能力、强化责任意识，把初心和使命落实到本职岗位上、一言一行中，为实现中华民族伟大复兴的中国梦作出应有贡献。

作者：管理学院教授　唐贵瑶

8 月 20 日　星期日　晴

除藻实验参加者 · 郭千里

午后的阳光从实验台旁的窗边照射到我的脸上，虽然已经立秋，但是夏日的炎热还没有完全退去。从宿舍一路骑车赶到实验室的我，身上的汗还未消去，但是也只能一股脑将两个胳膊湿乎乎地送进厚重的实验服里，开始专心地准备实验所需的药品和其他仪器装置。

“每一百毫升水中加 1 毫升氨氮母液是 1 毫克每升，这次实验是用 0.5 毫克的，游离氯加 300 微升，加 40 微升 3 M 硫酸调 pH 值……”我一边摆弄着实验用的瓶瓶罐罐，一边在心里捋着实验步骤和药品用量，颇有一种考高数的刺激感和紧张感，生怕有哪些步骤弄错。在组装完实验装置，把所有的药品都添加进去后，我打开了计时器，准备了大约 40 分钟后，终于折点反应如愿正常启动了。我如释重负般一屁股坐在了实验室高脚椅的黑色坐垫上，双眼盯着那锥形瓶中绿色的反应液和计时器，就如同照看新生的婴儿般，生怕出现意外。

反应在15分钟后顺利结束了，我拿出专用测总氯的一套离心管，准备取样并测总氯，“0.086!”我有些失望地看着电脑屏幕上的数据，这个数据和我预测的并不相符，因为一般而言折点处氯和氨氮会发生高级氧化反应，产生较多的自由基，所以一般不会有氯胺生成，总氯一般接近于0，吸光度也应该接近于0。看到这个有些奇怪的数据，我的内心其实并不太慌张，因为在我接手这个课题后，经常出现我意料之外的数据或者结论，但这些奇怪的数据往往在经过一番斟酌或查阅资料后总会得到合理的解释，甚至会得到一些有启发性的结论。这次也一样，我在和导师交流过后成功解开了疑惑。

其实，实验就是这样，虽然过程是曲折辛苦的，但是只要耐住性子，冷静分析，总会柳暗花明。就像我很喜欢的一句话，我把它印在了实验服上：“科研很苦，坚持很酷。”

作者：环境科学与工程学院2021级本科生　郭千里

8月21日　星期一　多云

硕博服务团考古分队成员·王为鑫

初秋的阳光炽热非常，邾国故城遗址的发掘整理工作也在进行当中。作为“山东大学硕博服务团考古分队”的成员，今年我前往山东邹城邾国故城遗址进行了调研实践，并参与了一天的发掘。

邾国故城遗址位于山东省邹城市峄山镇纪王城村周围，处于峄山之阳、郭山之阴、高木山之西、津浦铁路之东，遗址总面积约9平方公里。公元前 614 年，邾国国君邾文公将鲁国都城曲阜东南的“郰”迁于此，直至战国晚期邾国被楚国所灭，立都于此共有近 400 年历史。秦汉至两晋时期为邹县县城所在，北齐时邹县迁至现邹城位置，该遗址始废弃。邾国故城遗址作为山东先秦时期重要的都城和秦汉时期重要的县城遗址，历年来出土了大量珍贵文物，包括西周铜簋、东周陶文、秦诏版陶等。自 2014 年起，山东大学对邾国故城遗址开展了长期的主动性考古发掘，初步揭示了其城墙、手工业作坊区、宫殿区等布局，出土了大量珍贵文物。

7 点，我们进入发掘区。环绕着峄山的雾霭仍未退散，工人大爷阿姨们已经早早地来到路两旁，等候着我们上工。今天的任务为清理一组坍圮的熔炉遗存，初步判断是由熔铜坩埚、鼓风管和起连结作用的草拌泥组成，而我们的工作便是清理掉覆压其上的灰土，暴露出熔炉的本体。手持竹签与毛刷，匍匐在地面上，仔细地剔除固结在熔炉残片上的土块，砖红色的炉体与翠色的铜液呈现在面前，太阳的暴晒使得土壤蒸腾起温热的暑气，仿佛在复现着千年前的炽热炉温。清理完毕后，我对灰坑进行测绘和三维拍摄，这是留存考古信息、展现考古发掘成果的必要手段。鉴于考古遗存的不可再生性，这些资料会以线图和照片的形式出现在考古发掘报告上，以另一种方式继续存在。其他同学或在用手铲刮面，寻找着灰坑等各类遗迹的蛛丝马迹；或在对已发现的遗迹进行清理。下午，我们还对邾国故城遗址内的周边环境进行了踏查。通过亲身调查发掘，我们对考古工作过程有了更为深刻的认识。

在这次调研活动过程中，团队成员还参观了考古队驻地内存放文物的展架。通过观察，我们了解了各类陶器的功能、型式划分及演变规律，对器物形制的演变与时代进步的对应关系有了进一步的认识。我们还了解到，邾国故城是保存较好的东周古城之一，其三面环山的建筑形式具有战略防御的特点，为研究东周建筑史提供了实物资料。该城历史悠久，文化灿烂，面积较大，延续时间较长，出土文物丰富，能够反映出东周以降的重大历史事件，在山东境内古国史研究中占有重要地位，对于研究中国古代社会发展史也具有重要的价值。

一代又一代的考古人，在像郲国故城遗址一样的其他遗址上开展着工作，实现着梦想，努力阐释着中华文明并讲述着她的故事。站在郲国故城遗址内的土地上，追溯着数千年的人类文明史，我们与先辈们感同身受，继续探索自是义不容辞。通过本次社会实践活动，我们对考古工作的现实性、重要性以及在阐释文明发展进程中的特殊意义有了更深刻的认识，同时对郲国故城遗址在中国古代社会发展史的重要地位也更加了解。

作者：历史文化学院2022级硕士研究生　王为鑫

8月22日　星期二　晴

“凝心聚才”调研团成员·李欣扬

今天，我前往青岛中集集装箱制造有限公司开展实地调研，采访该公司的两位员工——吕建超和杨参。

昨天，在调研开展前，通过查阅公司资料与科技人才评价的相关文献，我针对该公司的具体发展历程与人才结构特征拟定访谈问题，并制作调研问卷，以期对企业的科技人才现状形成更全面的认知。

在实地调研中，我先在工作人员的引领下参观了公司厂区与生产车间，并同两位访谈对象进行主题探讨。在访谈中，我了解到，该公司的业务集中于传统集装箱业务与新能源储能业务，因此主要的科技人才需求是工程师，而工程师的需求主要包括传统机械和电气工程师、软硬件工程师与新能源行业的专业性、前瞻性人才。

我们团队课题的核心是建立完善的科技人才评价体系，所以我向吕建超和杨参两位负责人进行了重点提问。两位负责人告诉我，工程师主要考察专业素质、知识储备与前瞻性，包括工作质量和企业核心价值观等层面。我了解到该公司的人才评估与晋升较为成熟，福利待遇处于上游水平，但技术需求并不高端，科技人才的吸引工作仍缺乏经验。面对人才吸引困境，该公司围绕“技术领先”的核心理念，同中国海洋大学等高校开展校企合作，深挖领军人才，并注重内部关键人才的培养，提供资源倾斜和津贴扶持。

青岛人才吸引力大，而黄岛地区外来人口多，周边院校多，利于社招和校招的开展。两位负责人结合目前招聘现状表示，社会招聘的科技人才较为优秀，但仍存在缺口，校企合作的成效仍需进一步观察。

科技人才是推动创新和科技进步的关键力量。通过与两位负责人的交谈，我更加认识到，新一代科技人才的加入能为企业不断注入新的血液与生命，赋予企业全新的生机与活力，促进企业的革新。人才吸引的重要性不言而喻，而企业的人才吸引与人才评价体系构建需计之长久而徐徐图之。

作者：机电与信息工程学院 2022 级本科生　李欣扬

8月23日　星期三　晴

第二届全国护理学生论坛壁报交流成员·刘倩伊

乘坐着疾驰的列车，我们来到了山西省太原市参加中华护理学会第二届全国护理学生论坛。这也是我第一次代表山东大学护理与康复学院，以壁报交流成员的身份参加如此大型的会议，心里既紧张又激动。

报到之后，我随着人群来到会议的地点。在场内，我们将聆听护理学界各领军人物的学术成果与经验分享；在场外，会议将会以电子壁报的形式展示来自各高校学生的研究成果。而我很荣幸能够以壁报交流成员的身份，向大家分享自己的经验与成果。

根据议程，我们首先进入场内聆听本次会议的开幕式。听着中华护理学会会长姜小鹰女士的介绍，我了解到她建立中华护理学会学生论坛的初衷便是为全国护理学子建立一个平等交流的平台，并期待着我们能从中碰撞出灵感的火花。接下来，来自各高校的教授开始进行学术成果的分享，而我也为他们研究的深度与广度所震撼，感受到了人外有人、天外有天。

随后，我来到场外准备进行壁报交流。方才聆听完护理学界翘楚的汇报，看着自己的成果，感到有些相形见绌。这时，一位女生走来，看着我的壁报发出了惊讶的赞叹："我对你的研究方向非常感兴趣，在看到你的方向之前，从未尝试过医工结合方面的研究。感谢你的成果，为我带来了更多的灵感。"我听后，心里涌出了一丝惊喜，同时也陷入了沉思——我一直认为学术研究是一场独行，是一个人的钻研苦练，而同行者的话语让我意识到，科研从来不是孤独的苦海，而是灵感的碰撞。我们每个人看到的可能只是不起眼的一角拼图，但通过交流就会拼出一幅全新的图画。

在经历第一次交流之后，我便大胆起来，主动与自己感兴趣领域的作者交流，在别人展示的时候认真聆听，学习他们的思维方式与研究方法。此外，我也不时回到场内，聆听着前辈们的成果分享，感受着我们之间的差距。

这次学生论坛教会我的不仅是护理学方面的知识，更多的是对待科研的态度。这次真的是不虚此行。

作者：护理与康复学院 2021 级本科生　刘倩伊

8 月 24 日　星期四　晴

护理与康复学院毕业生 · 李锦良

今天中午，我和姐妹们分享了一盒对我来说意义非凡的鸭脖：在回家的高铁上，听到列车广播寻医后，我前往车厢帮助了一位身体不适的老大娘，而这盒鸭脖正是老大娘和家人对我的感谢。

那天在火车上，最初听到广播的时候，我正在车厢里迷迷糊糊地睡觉。广播的声音很小，但还是成功将我的困意驱散，我脑海中的第一反应就是前往广播中提到的车厢去看看这位乘客是什么情况，但紧接着我有了一丝迟疑：会不会因此被人讹上呀？我记得师长的话，在为他人提供帮助时一定要保护好自己。同时，由于我并没有丰富的临床经验，我很担心自己前去帮忙之后，并不能提供及时有效的帮助，从而弄巧成拙。

但很快，我还是决定前往车厢提供帮助。在山东大学护理与康复学院求学的 4 年时间，我学习过较为丰富的护理和急救知识，并且考取了护士资格证和急救证。相比于列车上的其他人员，我无疑有更为丰富的医学知识，能提供更加有效的帮助。同时，在急诊实习期间，我也亲身经历过几次抢救，CPR 技术相对熟练，如果真的有什么抢救的需要，我也能够提供一臂之力。

所幸，那位大娘只是感到心慌胸痛，并没有到需要我进行抢救的地步。到达现场后，我对她的情况进行了初步了解，并根据她的日常用药推测她可能是吃了降糖药引起的低血糖，或者说是变异型心绞痛。大娘提出想吃速效救心丸缓解一下，车上也有人热心地提供了这种药，但是她从来没有吃过，我建议她在列车上还是不要尝试新的药物。在我的劝说下，大娘决定提前下车去医院进行检查。

处理完大娘的情况后，我又回到了自己的座位上。其实第一次遇到这种事情，我也很紧张。在跟列车长介绍说我是护理专业的学生，有护士资格证和急救证时，我的腿都在发抖，但人的一生本来就是和自己的各种负面情绪作斗争的一生，真正能克服自己负面情绪的都是勇敢的人。我不知道我算不算是勇敢的人，但我知道今天的我很勇敢。

能学以致用的感觉，真的挺好。

作者：护理与康复学院2019级本科生　李锦良

8月25日　星期五　晴

“山海”社会实践队队员·姚星键

为推动中华优秀传统文化走进社区，丰富居民的文化生活，我们“山海”社会实践队前往福建省霞浦县东昇社区参与“我们的节日，精神的家园”畲族文化主题活动，体验非遗工艺品的制作过程。

主讲人柒月老师为社区的孩子们现场展示畲族头饰，并详细介绍了工艺、造型、特点。在畲族头饰中，凤凰寓意着平安吉祥，神圣的凤冠寄托着畲族姑娘那份天真无邪的儿女情谊与一生的幸福所依。浓浓儿女情长的背后是千年的文化传承，道道精巧工艺的背后是历代的言传身教。随后，柴月老师对畲族头饰的制作进行现场示范，并指导孩子们动手制作属于自己的头饰。我们实践队负责分发材料，并和孩子们一同制作头饰，为孩子们拍照留念。而我主要负责分发材料，确保每位孩子都有毛线、剪刀和饰品。

一丝一线慢慢缠上，一绕一剪相互配合，随着制作过程的深入，一种名为“专注”的宁静感渐渐充斥于现场，那是对祖先所传风俗文化的尊重。孩子们凝神注目，时而往来奔走，彼此请教心得，互相帮助。柴月老师身边更是围满了被非遗作品深深吸引的孩童，他们认真请教着细节，聆听着教导，共同惊叹着非遗的魅力。此次零距离体验霞浦非物质文化遗产的活动，不仅丰富了社区居民的文化生活，也使非遗文化能够在孩子们心中生根发芽，增强人们的文化自信。

随着一件件作品的完成，无论相识与否，现场参与者无不分享着自己的非遗艺术“战利品”。在欢声笑语中，由文化构成的其乐融融之景进入了每个人的心中。这次活动中，柴月老师和我们“山海”队共同引导着居民认识非遗，参与非遗保护，加深其对中华优秀传统文化的了解，而非遗本身则吸引群众一步步走向对文化更加认同、对文化更有底气的明天。

当前国家针对非遗保护，提出了“见人，见物，见生活”的新理念。非遗源于民间，也该回归民间，走进基层群众之中，让更多人能看见中华优秀传统文化的风貌。我很荣幸能够有机会感受传承许久的文化魅力和民族风情，助力非物质文化遗产的保护和宣传，为优秀传统文化走向更广阔的天地贡献力量。

作者：化学与化工学院 2022 级本科生　姚星键

8月26日　星期六　小雨

高铁站引导志愿者·彭　涵

今年暑假，人们纷纷带着对远方的向往踏上旅途、游山玩水。在众多的旅游胜地中，威海凭借优美的千里海岸线、宜居的环境和深厚的历史人文底蕴吸引着来自全国各地的游客。大量的游客进入威海，为这座城市注入活力的同时也给交通带来一定的压力。为了响应更好地服务游客、宣传城市形象的号召，我报名参加了威海校区的高铁站引导志愿服务活动。

早上七点，我们在学校南门外考勤集合后就一起前往威海北站，车站的工作人员在了解到我们将要前往威海站进行志愿服务后热情指路，于是我们顺利乘坐“复兴号”列车到达威海站。随后我们来到青年志愿服务站，工作人员耐心细致地向我们讲解着威海站各个场所的职能以及工作注意事项。经过培训后，我们被分配到了各自的工作岗位。

“你好，高铁候车室怎么走?”

“请问网约车上车点在哪边?”

“站内有吃饭的地方吗?”

“哪里可以寄存行李呢?”

大部分旅客都围绕这些问题进行提问，我也很顺利地给出回答。当然也会有我无法直接解答的问题。比如工作中有一位阿姨找到我，她满头大汗，看起来很着急，我赶忙询问是否有需要我提供帮助的地方。原来阿姨乘坐城际公交4号线前往那香海游览，但在下车时将行李遗落在大巴上。对情况有一个大致的了解后，我带着阿姨前往威海站服务中心，服务中心的工作人员告知要去汽车站寻找，于是我又陪伴阿姨前往汽车站。路上我看出阿姨的担心，不断安慰她，终于在工作人员的帮助下，我们顺利找回了行李。在和阿姨告别时，我看到她对着我竖起了大拇指，那种满足感与自豪感是我很久没能体会到的快乐，身体上的疲累也一扫而空。

车站中聚集了来自全国各地的旅客，他们中有老人、有孩童，有人说着流利的普通话，也有人讲着各地的方言。但是无论如何，在为他们提供帮助后，我总能收获一声温暖的感谢。

通过今天的志愿服务，我切实感受到高铁站工作人员长时间站立工作的辛苦，也明白了威海的城市形象需要大家的共同努力来维护，只有这样，“走遍四海，还是威海”的口号才会更加响亮，更加深入人心。

作者：法学院2022级本科生　彭　涵

8月27日　星期日　雨

山东大学学生“自强之星”回访者·夏小可

为了全面深入学习贯彻党的二十大精神，了解资助政策对已毕业学生的影响，提升资助育人实效，这个暑期我组建了以“为梦添翼，助力飞翔”为主题的团队，开展了线上实践调研活动，深入了解受资助的优秀学长学姐们毕业后的职业经历和求学历程，企盼能为家庭经济困难的学子提供一些成长的指引和动力。

今天，我采访了2013年度山东大学“自强之星”获得者徐道超学长。在山大就读期间，学长的家庭条件不好，还不幸罹患过敏性紫癜，数次被下达病危通知书，却仍以惊人的毅力和恒心出色地完成学业，多次获得“山东大学优秀学生干部”等荣誉称号和山东大学研究与创新奖学金、山东大学优秀学生奖学金等各种奖励，诠释了“天行健，君子以自强不息”的真正含义。

采访前，我有些紧张。毕竟学长已经毕业十年，我担心贸然去电可能会让学长觉得冒犯，也有些担心学长接受采访的意愿不强烈。但说明去电原因后，徐学长欣然接受了采访。在交流中，我觉得学长自信、豁达，对生活充满善意。

学长在采访中告诉我，借助国家和学校的种种资助政策以及自我努力，他在大学期间基本上已经实现经济独立。那时的他就暗下决心，一定要刻苦学习、报效祖国。他说，现在的他成为一名计算机工程师，非常感谢学校的资助政策对自己的帮助，正是母校的关怀和照顾才让他得以走向更广阔的天地。学长还说，在他参加工作并且具备一定经济能力后，他资助了数名贫困学生，很荣幸能够把当年在母校接受到的温暖和爱继续传递下去。在电话一端的学长回答问题时十分平静，然而电话另一端的我早已热泪盈眶。

除此之外，我还询问学长认为当时的资助政策还可以怎样改进。学长提到，当时“添翼工程”开设的课程门类较少，可能无法很好地全面提升家庭经济困难学生的综合素质，因此提议可以再多增加一些课程。我回复学长，如今“添翼工程”已经围绕“心灵力量”“阳光生活”“学业导航”“实践体验”“就业无忧”5个模块开展了40余项助学育人培训，全方位助力家庭经济困难学生提高综合素养，今后也会探索更多更好的课程。学长听到很是欣慰。每想到此，我总觉得感激又感动。正是由于学校和资助中心的重视，才使得今天的山大学子有了更多发展自己和提升自信的机会。

当我请学长为家庭经济困难的学弟学妹们说几句话时，学长真诚地寄语学弟学妹：“首先，相信一切困难都是暂时的；其次，要牢记校训‘学无止境，气有浩然’，时刻保持一颗谦虚上进的心；最后，一定要心怀感恩。”学长的话语谆谆，直到访谈结束还一直萦绕在我耳边。祝福学长，也祝福每一个暂时处于困境中的山大学子，能够一直自强不息，勇敢向前！

作者：文学院2021级本科生　夏小可

8 月 28 日　星期一　多云转雨

“为爱上色”中国大学生农村支教奖获奖团队队长 · 王一扉

在圆满完成一个月的支教任务之后，迎着灿烂的晚霞，我离开泗水，踏上了回乡的旅程。

在乡村振兴的背景下，大学生成为乡村教育振兴中的一支重要力量。为响应党中央号召，依托山大春晖社，18 名志同道合的朋友相聚于“泗海承风”支教队。我们经过专业培训，成为合格的支教队员，通过募捐义卖、座谈会等培养了默契，又经过实地考察，围绕泗水县多山多水的地理特征形成了独一无二的团队文化。一切准备就绪后，我们来到山东省济宁市泗水县开展为期 30 天的支教活动。本次活动中，我们依托支教地两个服务站点，为 80 余名孩子带来了 150 余节常规课程，其中包括 33 节美育类课程、45 节文化类课程、20 节体育类课程和 60 节科普课程，每节课都由授课老师和助教老师两位老师构成，负责课程推进、课程记录和听课反馈，保证每节课都能够学有所获。

传统的课程设计是支教重点，但为孩子们打造丰富多彩的暑期生活才是我们本次支教的核心目标。

我们成功在中国大学生知行促进计划中立项，在校团委副书记翁老师的指导下积极对外联络，与清华大学乡村工作站、济宁市泗水县微公益协会、济宁市消防局、济宁市蓝天救援队、济宁市人民医院、清华大学马克思主义学院、泗水县圣水峪镇国家级传统文化实践基地等单位、团体、队伍合作设计了一系列特色暑期活动，联合开展急救知识训练营、写好中国字等特色活动，极大丰富了乡村学生的暑期生活。我们也凭借优秀的实践成果，作为山东大学两支代表之一，成功获得了 2023 第七届立邦“为爱上色”中国大学生农村支教奖。

经过不懈努力，我们的活动在各个层面均取得了良好成效。在校内，团队的相关活动记录在学生在线、山大日记网站发布25次；在门户媒体，我们的报道浏览量突破1万次，并得到了中国青年网、大众网和齐鲁晚报三家国家级、省级媒体的报道传播。团队积极打造“国家级媒体—省部级媒体—当地媒体—学校官方媒体—大学生实践网站—支教队自媒体”的全方位、立体化宣传网络，努力将本次支教活动打造成样本实践，不断学习、感悟和践行党的二十大精神，实现自己的青春价值。

这一个月，我在感受着，也在成长着。作为队长，也作为山东大学学生春晖社到泗水县与微公益协会进行大学生支教社会实践的第三任总负责人，我细细感受着三年漫漫时光积淀出的厚重的信任与担当的余温，带着前辈们的期许，给予孩子们更好的爱和成长。也许30天仅仅是生命长河中的短暂一隅，但是没关系，接力棒会传递到下一位负责人的手中。明年的夏天，泗水又会由老师和孩子们谱写出一篇新的五彩华章。或许这便是支教的意义。雨水虽然不能浇灌所有花朵，但只要有一朵花因此恢复生机，这场雨便下得有意义。

“一个人的影子无法铺满大地，但有一些声音，可以传得很远。”愿孩子的梦想，闪耀不落，皆能实现；愿教育的火种，灼热不灭，终能燎原。

作者：管理学院2022级本科生　王一扉

8月29日　星期二　晴

网络空间安全学院本科新生·辛汶原

又是一年开学季。昨天，冒着密密的细雨，王富博、王宇豪两位学长代表山大前来我家家访。

相遇初见，一见如故。两位学长热情地介绍了山大奖学金政策以及评定标准，对校长奖、国家奖学金、省政府奖学金、特长奖学金等一系列奖助学金作了详细的介绍，并结合他们自己的亲身经历，解读了学校的读研政策、班委工作、社团工作、志愿服务等，让我对山大丰富的课内外生活有了更具象化的认识。他们对“添翼工程”、唐仲英爱心社、自强社的具体讲解，让我对此更加了解，并向往成为其中的一员；对常用校内公众号的推荐和网络平台的使用让我对信息的获取思路更加清晰；对计算机实用软件的介绍和书籍的推荐让我的专业之路更加坦荡……

在互联网高速发展的大背景下，机遇与挑战并存，红利与风险同在。在我国技术突飞猛进之时，也存在着试图阻挠中华民族伟大复兴大势的不和谐声音。高校平台被黑客攻击、国外势力试图窃取国家机密数据和重要信息、国家领导人不断强调网络空间安全和信息安全重要性的新闻令我印象深刻。这使我认识到计算机的安全保障实乃重中之重，捍卫计算机网络的稳定、连续、安全实乃吾辈之责。王小云院士破解两大国际密码的壮举令后辈敬佩，面对网络的复杂性和信息涉及面的广泛性，我决心竭尽所能，广泛涉猎计算机、信息科学的相关知识，努力学习参加 CTF 等相关竞赛，向优秀学长学习取经，成长为一名复合型人才。

两位学长走后，我打开学校用心准备的精美纪念品礼包。回想起他们认真准备的 PPT、设身处地的分析指导和耐心地答疑解惑，至今感触颇深。两位学长为我走进山大指引了前进方向，他们的一举一动正是无声传递着山大校训“学无止境，气有浩然”的大气从容与洒脱自信。

再过几天，我将伴着习习秋风，踏入美丽的山东大学青岛校区校园，与学院和老师同学们见面。怀揣着期待与憧憬，我渴望开启一段全新的旅途。无论是开学伊始的军训，还是日后的专业课学习与选拔，我想我已经整装待发。相信在两位学长的帮助下、指导员的指引下、恩师的提点下，我的山大之旅定能乘风破浪，圆尚未完成的梦，不负嘱托，不负时代，做国家富强、民族振兴的建设者。

作者：网络空间安全学院 2023 级本科生　辛汶原

8 月 30 日　星期三　多云

“南海反诈调研”社会实践队成员 · 王乙天

今年暑假，我作为山东大学“南海反诈调研”社会实践团队的一员，跟随团队来到威海南海新区派出所开展反诈调研活动。通过这次实践，我们对当下反诈局势、不法分子的诈骗手段等有了更深入的了解，并且在实践中感受到自己肩负的重担，感悟到增强全民反诈骗意识的重要性。

实践中，从事网络安全工作的民警介绍了目前电信诈骗的形势、反诈工作思路以及形式。在警方的介绍中，我们了解到电信诈骗的惯用手段以及主要防范措施，从电信诈骗典型案例中更加具体、深刻地了解了电信诈骗的具体情况。在民警的带领下，我们走访了受害人。我们发现受害人对电信诈骗的警惕性不足，对公安机关不够信任，没有相信民警的提前预警，在犯罪分子的花言巧语下被骗走 20 万元。团队成员和民警及时向受害人普及了防诈骗的相关知识和方法，并在其手机上登录了国家反诈中心 App，以防受害人再次受骗。面对这样鲜活的案例，我们为受害人的遭遇感到惋惜，也深刻体会到了反诈工作的重要性。

在实践期间，我们还与反诈民警进行了深入的交流访谈。一位民警强调：“诈骗分子就像‘矛’，而公安机关就像‘盾’，当下的工作重点是预防，构建‘全民反诈’氛围。”反诈民警扎根社区基层，向广大群众宣传反诈知识，并向潜在受害者提供预警。他们的工作辛苦、任务艰巨，但他们从未停止奉献，真心实意地服务人民，牢记着“人民公安为人民”的铮铮誓言。

在派出所的考察调研结束了，但我们的反诈实践却没有结束。结合在派出所的工作经历，我们有针对性地设计了反诈宣传单，并在多地发放。当下各地新生即将开学，正是大学生受骗的高发时期。为此，我们团队成员制作了微信公众号推文，并发布在机电与信息工程学院团委公众号“青春机信”，指导大一新生预防电信诈骗。同时，我们也计划在新生入校时进行线下宣传活动，进一步增强新生的防诈骗意识。反诈行动离不开社会各方面的努力，形成全民反诈的社会氛围刻不容缓。

作者：机电与信息工程学院 2022 级本科生　王乙天

8 月 31 日　星期四　晴

威海校区新入职人员·李　玉

8 月 31 日，我正式加入山东大学这个大家庭。我的心情激动万分、感慨万千，因为这是自己一直以来的梦想。从今天起，我不仅实现了从学生身份向教育工作者身份的转变，而且也完成了从求学生涯向职业生涯的转变。

“山明水净夜来霜，数树深红出浅黄。”清早收到了威海校区人事处办理入职的通知，在认真准备好入职所需要的相关材料后，我来到含光楼办理手续。人事处的领导和工作人员为我们准备了一个温馨且温暖的新聘教职工入职仪式。在有条不紊地完成报到登记、个人信息录入、领取合同等一系列流程后，我在人力资源系统中的身份也由新报到人员转变为教职工，我意识到此刻自己真正成为山大人。下午与同事们一同穿行在美丽的校园中，在入职明白纸的指引下，我顺利办理了校园卡、银行卡、电话卡等，大家一起为未来正式投入工作做好准备。虽然这一天忙忙碌碌、未曾停歇，但是大家的内心却都十分欣喜和充实。

“人生万事须自为，跬步江山即寥廓。”新的舞台，新的机遇，新的挑战。作为一个职场“小白”，我会努力落实学校对我们的殷切期望：从大处着眼，从实处着手，从细处用功。下一步要做的还有很多，首先是尽快全面熟悉学校，从学校未来发展规划、规章制度到管理岗的具体工作职责，甚至校园文化、办公环境等，以便更好地融入工作，实现由学生向教职工的身份转变。其次要注重提升个人能力，积极思考工作中遇到的大小问题，勇于尝试新思路、新方法、新理念，努力提高工作执行力，将工作落到实处，知行合一。最后还要注重细节。即使是琐碎的工作内容也不能掉以轻心，需要耐心细致、保质保量地完成。未来工作中可能会遇到许多挑战和困难，但我相信只要坚守初心、奋斗不止，就能够战胜困难并取得成功。我愿意以开放的心态接受挑战和变化，不断调整和改进自己的工作方法和理念，为学校师生提供更好的服务。

作为一名山大的新员工，我决心传承山大的基因和文化，以饱满的热情在工作中实干拼搏、勇担责任，为学校实现“由大到强”历史性转变贡献自己的力量。

作者：威海校区人事处工作人员　李　玉

9月1日　星期五　多云

“天使在行动”赴临沂支教团成员·陈慧怡

暑假走向尾声，回想支教生活，我有幸在这个夏天参与山东大学“天使在行动”赴临沂支教团，和小朋友面对面交流，播撒知识火种、传递温暖爱心、助力乡村教育，温暖乡村孩童们小小的内心世界，点亮其追光逐梦的前行之路。我会永远记得在淳朴的沂南小镇度过的欢乐日子，有热情善良的镇民和志同道合的伙伴，同听鸡鸣犬吠，共望日升日落。

难以忘记孩子们真挚清澈的眼睛，从最初的腼腆到后面的热烈。有对视时害羞笑一下然后低头再抬头冲你眨眼睛的小姑娘，有讲到熟悉内容时眼睛会闪闪发亮地主动提问的“好奇宝宝”，有在自画像脸上写个“帅”字的聪明调皮小孩，有在午饭期间跟在你身后边啃馅饼边向你推荐煎饼、汉堡、蜜汁鸡腿的高高瘦瘦小朋友，还有从第一天偶然相识到最后一天默默送每位支教老师离开的“社牛”运动小伙。相互陪伴的日子简单、充实又快乐。每天在班里走动，惊喜于孩子们的聪慧直率，看见他们的踏实努力，不断发现他们或风风火火或冷冷清清的烦恼与可爱。有一张给老师的小纸条上写着：“永恒，是我们一起笑、一起哭、一起唱，不留遗憾。”

作为孩子们的文学鉴赏、爱国教育和电影赏析课的老师，我的备课过程虽然忙碌却也乐在其中。和队友们的互相试讲，让我不断查漏补缺，信心倍增。课堂上，我从现代诗歌讲到朦胧诗派，希望孩子们懂得，诗歌让苦难和悲伤不再与同情并列，而是让它们变得和天地一般开阔宽厚，生命中细微的幸福和感动随诗落入梦里。我从为什么要爱国讲到青年人如何爱国，通过思考感悟和交流分享，帮助同学们认识到信仰的力量，鼓励他们把正在做的事情做好，扣好人生第一颗扣子，以后为民族复兴作出自己的贡献。我从《寻梦环游记》出发，讲到亲情与梦想的抉择，让孩子们明白“比死亡更可怕的是遗忘”，与大家共同拥抱勇气和梦想。在班上设立的纸条箱收到大家充满诗意和爱的表达，令我最终找到了此前忐忑的问题答案：短短几天的课程究竟可以带给大家什么？主观性和体验性极强的课程内容大家可以内化多少？我想，这是一个打开心灵的过程，至少可以埋下一颗种子，似懂非懂的当下总会在未来某个遥远未知的瞬间得到意蕴深长的回应。

我们在支教过程中也收到许多直接的感谢和赞美，质朴的爱意令我时时感动到无措。感谢你们的包容和喜爱，让我放下备课的忐忑，站上讲台自在表达和传递，学会倾听与回应，懂得需要爱的人会先付出很多爱，付出很多爱的人终会收获很多爱。

有缘相遇，彼此照亮，每个人在过程中都足够真诚、努力。一直避免去想结束的日子，但渐渐听到越来越多“老师你走了我们想你怎么办呀”“老师你以后还会回来看我们吗”“老师你过生日我会想起你的”这样的话，不禁心弦触动。

我们始终坚信，逐梦路上，爱是最好的赋能。短暂相处，可能我们只是彼此人生中短暂停留的匆匆过客，但依然期盼着讲过哪怕一句话能给予孩子们一些触动或者力量。我只愿所有朴素的祝福在孩子们身上化为最平凡的日常，健康幸福地去体验独属于自己的人生。

不忍离别，终究还是挥手说了再见，可是，人生何处不相逢。

作者：护理与康复学院2020级本科生　陈慧怡

9月2日　星期六　晴

新聘管理人员培训参加者·吴建群

很幸运能够成为母校管理岗的一员，被分配到党委教师工作部实习更是一大幸事。在今年的新聘教职工培训会上，我有了两个角色：既是一名管理岗受训人员，又是培训活动组织者。

本次培训会共持续三天，采取报告、讲座、交流、实践、参观、体验等方式，通过文化认同、师德师风、专业素养、责任纪律、心理健康等专题，带领我们这批新聘教职工走近山大。

9月1日下午，培训班正式启动，开班仪式由党委教师工作部部长张青主持。张部长对我们新聘教职工表达了欢迎和祝贺，并介绍了开班仪式流程。接下来，人事部刘健部长向我们全面介绍了培训班的基本情况，海外优青闵哲老师分享的经历为我们全体人员树立了榜样。作为一名新聘管理人员代表，我很自豪能够站到讲台上，从吴校长手中接过大礼包，好像接过了前辈们的接力棒。开班仪式的结尾是校党委陈宏伟副书记致辞，陈书记告诉我们要珍惜培训机会，严格遵守培训纪律，调整心态、转换角色，更好更快地融入山大。我更加认识到自己身上肩负的光荣使命，更坚定了为学校发展贡献青春力量的决心。

讲座让我受益匪浅。档案馆原馆长、校史办原主任史永志老师选取校史上重要事件、重要人物、重大成就，以图文结合的方式，向我们展现出为国育贤、崇实求新的山大形象。机械工程学院青年教师魏雪松老师以工程制图课程为例讲解课程思政的经验做法，让我更加明白了课程思政的实质是将高校思想政治教育融入课程教学和改革的各环节，润物无声地落实立德树人根本任务。

9月2日的培训会上，校党委副书记、纪委书记陈向阳在法治意识和纪律意识专题讲座上要求我们讲政治、严纪律、守初心，令我深刻认识到要心怀“国之大者”，做政治上的明白人。陈宏伟副书记的师德师风讲座为新聘教职工作出指引、加油鼓劲，加深了我对爱国精神的理解，强化了使命担当意识。保密办马颖颖副主任的保密讲座，提醒我们谨言慎行、加强保密意识。心理健康教育与咨询中心范蕊主任用生动的例子引导我们重视学生心理健康，同时作为年轻教师也应学会自我调节。党委宣传部孙宜山副部长的讲座，让我深刻感受到文化自信是一个国家一个民族发展中最基本、最深沉、最持久的力量。岩土中心林春金副主任告诉我们，团队要想成功，目标、规矩、合作缺一不可。

今天的培训落下了帷幕，专家领导们讲授理论和实践认识深入浅出、信手拈来的水平令我深感佩服。正如书记所言，我们要珍惜本次培训机会，观念上熔铸“山大基因”，言行上绷紧“底线思维”，业务上力求“精益求精”，发展上实现“百花齐放”。期待明天的培训内容！

作者：党委教师工作部工作人员　吴建群

9月3日　星期日　晴

新进辅导员强化培训参加者·鞠佳源

鎏金之秋，奋斗伊始。作为新入职辅导员，我有幸参加了2023年新进辅导员强化培训，在老师们的专业指导下，带着问题学、联系实际学、深入系统学、专心致志学，在学习过程中不断思考，理论和实践都得到了极大的提升。

时间虽短，内容充实。两天时间，8场讲座和1场工作沙龙，丰富多元，覆盖了人才培养与教育教学的多个方面。既有辅导员队伍建设与人才政策文件解读、学校“双一流”学科建设与发展规划等育人理念融合导向的指导，也有新生入学教育、学生教育管理、新闻宣传工作等学生工作实务技巧，还有经验丰富的资深辅导员们对学生教育管理服务工作的“解密”，大大启发了我们的工作思路，传授给了我们诸多可参考、可借鉴的工作方法。

培根铸魂，启智润心。这次强化培训，我们进一步实现了“传、帮、带”。学工部邀请了多位经验丰富的副书记、思政课教师和辅导员围绕相关主题，开展深入系统的研讨和分享；进一步搭建了“大舞台”，研讨沙龙解惑、解渴，拓宽了开展学生工作的思路，为辅导员提供了创新思维、学习交流、解决问题的平台；进一步实现了“助成长”，丰富的学生工作案例给我们新进辅导员了解相关辅导员工作与职责提供了有效途径，为我们提升专业素养指明了方向。

辅导员扎根在立德树人一线，耕耘在传道授业基层，是服从学校大局和组织学院学生工作的“兵”、学生中旗帜鲜明的“帅”。作为一名新入职辅导员，我将以本次培训为契机，努力适应环境，尽快转变角色；扎实开展工作，深耕专业所长；提升育人能力，锤炼优良作风；时刻牢记角色使命，当好学生思想引领的“守门员”、成长成才的“筑梦师”、行正为范的“大先生”，与学生同场域、同频率、同成长，把人才培养作为奋斗事业，做到因事而化、因时而进、因势而新。同时，聚焦主责主业，引领学生成长；聚力学生需求，精准生涯规划；助力心灵交汇，护航青春梦想。

教育无他，唯爱与榜样而已。在新时代的浪潮中，我希望用青春护航青春，用心灵引领心灵，用爱与责任走近学生、了解学生、服务学生，做好青春摆渡人。

作者：儒学高等研究院辅导员　鞠佳源

9月4日　星期一　晴

齐鲁交通学院本科新生·王　炫

秋阳杲杲，金风飒飒。今日一早，我满怀憧憬走进了向往已久的山东大学。

步入校园，映入眼帘的是笔直干净的大道和路边葱茏的绿植，还有那火红条幅上“热烈欢迎 2023 级新同学”的字样。我的心中一阵欣喜，顾不上欣赏周围的美景，就在热情的学长学姐的引导下快步前往体育馆报到。

在体育馆内，各学院的迎新活动仪式感满满，让初来乍到的我很快融入了山大这个集体。我来到齐鲁交通学院报名处办理了新生入学手续，看见一大早为我们忙忙碌碌的学长学姐们，我也自告奋勇地拿起了旁边的红马甲，和他们一起迎接起了新同学。

穿上印着“山东大学”的红马甲，内心顿时洋溢着一股来自山大人的骄傲与自豪。我不由地想起了清晨从市区乘坐公交车时的奇妙邂逅：从四面皆山的安徽小县城来到泉城济南才两天的我，难免有些生涩和紧张，站在公交站牌前不知所措。这时，一位老奶奶关切地问我要去哪儿。她一边为我指明前往山大兴隆山校区的路，一边说：“我们是校友啊，孩子，加油!”那一刻，我感受到了山大深厚的文化底蕴和人文关怀。我想，我也即将进入山大，也要为之作出应有的贡献。

就这样，我穿着红马甲，来到体育馆门口，正式开启我的迎新工作：打招呼、举牌子、拿行李、带路。我们志愿者分工合作，忙得不亦乐乎。刚带路回来的我看见举牌子的人手不足，就三步并作两步地前去帮忙。准备就绪，我举起牌子，却感觉有人轻轻拍了拍我的肩膀：“同学，你是大几的啊，这么早来迎新?”我转过身，看见一位和蔼可亲的老师正满面笑容地看着我。从学长们的话语里，我才意识到，这位老师就是山大的李术才校长，连忙回答：“校长好，我是齐鲁交通学院的新生。”我有点不知所措地挠了挠头：“刚到一会儿，放完行李就来了。”“大一新生就来迎新，新生迎新生，很不错!”李校长一边点头，一边递给我一份新生礼包，我激动地接过来，也开心地笑了。

随后，我举着牌子和李校长拍了一张合影。“进了大学更要好好学习，时刻不能懈怠。”他语重心长地说，“大学是新的起点，是人生新的开始，一定要德智体美劳全面发展，成长为一个拔尖创新人才!”我默默地记下了李校长的殷切勉励，也暗暗下定决心，作为山大的一分子，今后要以“交通强国，山大有我”为己任，砥砺前行，不负韶华，奋斗不息!

作者：齐鲁交通学院2023级本科生　王　炫

9月5日　星期二　晴

能动学院本科新生 · 胡世塔尔 · 萨依普

在炎热的九月初，我踏上了从新疆来山大的旅程。这一天不仅是我开启山大生活的日子，也是我迈入20岁的日子。大学第一天便收到学院老师和同学们的生日祝福，真是一件令人感动而难忘的事情。

在新生见面会上，老师突然提到开学报到这两天有四名同学过生日，也借此机会为我们准备了生日惊喜。在全院新生面前，我们站上讲台，紧张而兴奋地进行自我介绍。作为新生，我介绍了自己的姓名、家乡、兴趣爱好以及未来的专业方向。在整个介绍的过程中，我感受到了同学们的关注和善意，他们认真地听着我们的介绍，还纷纷鼓掌并发出热烈的欢呼声。这使我倍感温暖与自豪，也增添了自信心。我的心中瞬间涌起一阵暖意，这让我感受到了学院和同学们带给我的感动与温馨。随着自我介绍的结束，同学们齐声唱起生日快乐歌。老师还准备了一份生日蛋糕，当我们一起吹灭最后一根蜡烛的瞬间，我感到无比的幸福，也对学院这个大集体产生了归属感。

在惊喜之余，我不禁心生感激。看着台下一张张笑脸，我意识到，这是一个特别且难忘的时刻。虽然我离家来到山东，但仍能感受到家的温暖。我意识到自己已经成为能动学院大家庭中的一员，这种回家的感觉让我倍受鼓舞。

这次特别的生日深深地触动了我的内心。我意识到友谊的珍贵与和谐团结氛围的重要性。同学们的祝福和善意让我感受到了大家庭的温暖，也让我懂得了在新环境中要相互关心、互相尊重，才能与他人建立良好的友谊。同时，我也对这个特殊的日子——生日，有了更深的体会，它代表着成长与感恩，是一个难得地与亲朋好友共度美好时光的日子。

我想，在山大的征途中，珍惜友谊、与人真诚相待是迈向成功的基石。我决心要好好学习，用充实的知识积累和能力提升回报他人的善意与关心，同时也希望能动学院的温暖可以感染更多的人。期待未来的每一个生日都能够与亲友共享喜悦，希望大家可以感受到温暖和爱意并传递下去，同时也希望自己能够在大学的学习与成长中取得更加优秀的成绩。感谢山大，感谢学院，感谢每一个关心我的人。希望大家也能拥有美好的山大回忆！

作者：能源与动力工程学院 2023 级本科生　胡世塔尔·萨依普

9月6日　星期三　晴

第一临床学院“求真故事汇”活动策划者·孟珊珊

9 月 6 日上午，一位八旬老人精神矍铄地走进齐鲁楼报告厅，在学院 2023 级研究生开学典礼暨新生入院教育大会现场，为学院 545 名研究生新生带来了一场别开生面的报告会。这位 83 岁高龄的老人便是第一临床学院“求真故事汇”首期主讲人——齐鲁医院原神经外科主任、博士生导师、全国五一劳动奖章获得者吴承远教授。

吴老以“把青春献给一生热爱的医学”为主题，在一个多小时里，将医者人生的酸甜苦辣娓娓道来。作为一名从医五十多年的老党员，吴老的故事与人民健康息息相关。他以苦练英语、援外医疗、廉洁行医、专注科研、医学传承这五个关键词，为同学们讲述了自己青年时期的困惑、青壮年时期的奋斗奉献和医院神经外科的发展历程，并对青年医学生提出了希望和建议。听完吴老的讲座，我和同学们一样被深深打动，不禁想到一句话——“感人心者，莫先乎情。”用自己的人生小故事讲好思政大道理，在生动的故事情节中“滴灌”理想信念，于润物无声中强化思想引领。

从管理岗到专职辅导员已经整整一年，我逐渐在领导和同事们的帮助下，开始更主动地思考“如何提升医学生思政教育的感染力与亲和力”等命题。不同于其他专业，医学生漫长的求学之路中，大部分时间都是在教学医院中度过的。刚开始进入临床学习的医学生都是同样满怀梦想、潜力无限，同时也需要面对临床轮转、科研实验、医患关系处理等各种考验。作为未来的临床医生，医学生的思想政治教育既具有一般思想政治教育的特点和要求，也具有医学专业的独特特点，因此青年医学生的人文素养教育质量直接体现了医学人才培养的全面性。

俗话说，“天边不如身边，道理不如故事”。讲故事、听故事是大家喜闻乐见的活动，也是思政教育的创新形式。“博施济众，广智求真”承载着百年齐鲁医学精神，我们选取“求真”二字，依托教学医院优质资源，结合医学生培养的独特规律，邀请医学前辈走到医学生身边、走入思政课堂，以讲故事的形式加强青年医学生理想信念教育，为青年学子点亮人生灯塔。我们致力于将其打造为一门医学人文与特色思政课程，这就是我们“求真故事汇”名字的由来。

“求真故事汇”为同学们接触他们心中的“大咖”提供了一个广阔的平台。那些曾经在教科书中出现的名字今天就坐在我们身边，没有大道理，只有一段段人生经历。如同今天首期嘉宾吴承远教授，为了更加紧贴同学们成长的需要，吴老多次打磨精选的故事，反复修改文稿和配图，根据同学们可能感兴趣的问题，提炼每个案例、每段经历背后的思政亮点与价值意义。吴老精益求精的精神和潜心育人的情怀令人敬佩。

希望接下来的每一期活动都是有温度、有深度、有人情关怀的思政教育内容，希望我们通过这样的分享能够拉近与青年医学生们的距离，希望通过我们的努力和探索，让思政课既鲜活又接地气，助力医学生恪守初心，真正将“时代新人铸魂工程”在第一临床学院落地生根，推进医学教育高质量发展。我也将与学生工作处各位领导老师一同，为培养“五术”人才贡献力量。

作者：第一临床学院辅导员　孟珊珊

9月7日　星期四　晴

外国语学院博士新生·耿晓慧

九月的风驱散了夏日的闷热，吹到身上令人轻快惬意。循着《山东大学校歌》音乐的方向走去，法新楼的报告厅里已早早坐满了人。就在今天下午，学院召开了2023级研究生与学院领导及导师见面会，我有幸作为新生代表发言，与大家分享我的求学经历。作为本校升博的山大外院人，再次踏进熟悉的校园，内心依然充满激动。

犹记得三年前，怀着对语言学的热爱和对理想的追求，我决心要读研深造，并以综合排名第一的成绩顺利考入山东大学外国语学院，在梦想的学术殿堂开始了我的逐梦之行。过去三年，受益于学院卓越的学科建设，我得以在特色的专业课程中汲取知识、夯实专业基础；受益于学院雄厚的师资力量，我得以在丰富的学术讲座中领略科研魅力、探索研究兴趣；受益于学院严谨的治学氛围，我得以在参与多项课题项目中打磨本领、提升科研能力；受益于学院深刻的主题教育，我得以在科研过程中不忘初心，回应时代召唤、践行使命担当。记得在外国语学院“榜样的力量”颁奖典礼上，从王俊菊院长手中接过奖杯的那一刻，我的心中满怀感激。学院把最好的一切都提供给了我们，让我们自由编织梦想。从怀有理想的热爱到靠近理想的坚定，三年的时光，外国语学院见证了我的成长。

在今天的见面会上，我看到有更多的有志者为了奔赴心中的理想加入了山大外国语学院的怀抱，我既欢喜又庆幸。欢喜的是有这么多志同道合的伙伴并肩前行，让学术研究之路显得不再那么孤独；庆幸的是我可以继续作为学院一分子，同学院共成长。

见面会结束的掌声热烈而响亮，那既是对老师们美好嘱托的感谢，也是对自己逐梦启航的鼓励。走出报告厅，迎面撞上金秋凉爽的风，她轻轻吹拂着我的脸颊，也慢慢抚平我内心的激动。身旁有人走过，嘴里哼唱着的那首歌正对上了我脑海中的旋律：“奋斗啊，奋斗啊，为了中华民族崛起；奋斗啊，奋斗啊，为了人类美好明天。我们是崇实与求新的朝气勃发的青年！”

作者：外国语学院 2023 级博士研究生　耿晓慧

9月8日　星期五　晴

山东大学先进教育工作者·杨　璐

这几天，明德大道上招展的横幅和旗帜，知新楼前端庄的红毯和展板，校园网上展示的先进个人和集体，让即将到来的第 39 个教师节充满了喜庆的氛围，让我和同事们体会到了十分强烈的幸福感、荣誉感、使命感和责任感。

非常荣幸，自己作为一名辅导员可以获得“山东大学先进教育工作者”这份殊荣，更加幸运的是，能够在9月8日这一天参加学校2023年获奖教师代表座谈会和庆祝2023年教师节暨优秀教师表彰大会。

下午2点，座谈会开始，现场正式而又温暖，仔细一看，我好像是现场代表中最年轻的一位，内心有着说不出的紧张。前辈们的先进事迹是一堂生动的教育课，更是一次山大精神的洗礼，不仅令人振奋，更让人感动。虽然老师们的学科背景不同、岗位职能不同、交流角度不同，但是大家却有一个同样的共识：教师不仅是职业，更是事业。在现场，我不止一次地感受到，自己和前辈们相比是多么的渺小，所做的事情是多么的微不足道，甚至有些惭愧。直到郭书记在讲话中围绕理想信念说了这样一段话：“山东大学的教师要深入分析学生的代际特征和思想特点，提升思想政治工作的亲和力和实效性，把思政工作做到青年学生的心坎上，你们这支队伍要守好这个主渠道。”这段话把我带回了这几年辅导员工作的回忆。

2017年，我从军队转业来到山大。如果说8年军事记者的历练给予了我浩然之气，那么在山大的6年思政工作，就是我在无止境的学海中不断提高思想认识和工作能力的循环过程。一路走来，我受到众多良师益友的帮助和指导，而我也带着对他们的感恩，努力把这份温暖传递给我的学生。日常工作中，我努力想成为学生的朋友，紧跟年轻人的步伐，运用新媒体和大家一起“冲浪”，费尽“心机”去了解大家喜欢玩什么、看什么。实践活动中，我总是愿意和大家一起奔波在基层和现场，手把手带着学生骨干一起“乘风破浪”。有突发情况时，我也能毫不犹豫，第一时间冲到第一线，和学生们坚守在一起。工作付出的精力越多，精神上反而越发富足。当学生们遇到问题会第一个想到我时，当他们愿意放下包袱主动和我交心时，当他们离开校园步入职场后依旧还愿意联系我时，手机里一个个喜报、一句句问候、一段段交流，或许都是把工作做到学生心坎上的表现，这些也都成为我心底莫大的幸福。

座谈会后，我带着这份幸福感来到了表彰大会的现场。在这里见到了许多令我敬佩的前辈，能和他们同台领奖，我倍感荣幸。了解到他们的先进事迹，我深刻感受到自己无论是思想上还是能力上，需要学习和进步的地方还有很多。特别是听到李术才校长在讲话中指出："新时代的山大教师，要教育引导青年学生传承弘扬山大基因，成为服务国家的示范。"我身上的紧迫感和使命感更加强烈。正如学校 9 月师德师风建设月的活动主题和本次表彰大会的主题——"光荣的使命"几个字一样，我们要想担负起塑造灵魂、塑造生命、塑造信任的时代重任，需要做的还有很多。

荣誉是过去式，而努力和奋进永远是进行时。作为一名山大教师，更应永葆初心、牢记使命，坚决把握好、坚持好、运用好习近平新时代中国特色社会主义思想这把"金钥匙"，坚持终身学习、保持业务精湛，在教育工作中立德修身、潜心治学、开拓创新，为促进学校全面图强贡献力量。

作者：新闻传播学院辅导员　杨　璐

9月9日　星期六　雨

山东大学先进集体工作人员·常海峰

今天，我在校园网上学习了 2023 年山东大学"优秀教师（'四有'好老师）、先进教育工作者、先进集体"典型事迹。昨天，我还作为"先进集体"一员，收看了学校庆祝 2023 年教师节暨优秀教师表彰大会的直播，参加了专场音乐会——交响合唱《为国育贤》。我与许多同事一样，分享着第39个教师节的喜悦，感受着尊师重教的浓厚氛围，对坚守“躬耕教坛、强国有我”志向抱负的大先生心怀崇高的敬意。

学校精心策划，宣传表彰在教书育人、科研创新、管理服务等工作中涌现的先进集体和个人，引领全体教职医务员工担当“光荣的使命”。非常荣幸，我所在的团队——学科建设与发展规划部、学术委员会办公室获评“山东大学先进集体”。部门全体同志备受鼓舞，将一张张真诚的笑脸定格在前不久的集体合照中，大家十分珍惜学校和师生的这份沉甸甸的信任。

这份情感来自全体同志几年来精诚合作、砥砺奋进的“共同记忆”。在学校党委领导下，团队紧紧围绕世界一流大学建设，推动党建与业务深度融合，扎实推进发展规划、学科建设和学术管理工作，取得了显著成效。例如，精心编制学校“十四五”规划、世界一流大学建设方案、龙山校区（创新港）事业规划、“两个先行先试”方案，科学描绘了发展蓝图；组织实施“双一流”建设，牵头仪器设备更新改造，优化学科资源配置，高质量完成周期总结和年度监测，首轮建设整体成效获评“显著”；制定融合发展战略实施意见，谋划实施“学科融合创新计划”，重点布局建设12个一流学科领域；高质量完成学科评估，取得历史性突破；修订学术委员会章程，高效规范完成换届，持续营造良好学术生态。部门领导班子冲锋在前，全体同志积极工作，整个团队呈现团结干事、勤奋研究、敢于吃苦、能打硬仗的生动气象，党支部成为坚强战斗堡垒。

这份情感更来自全体同志矢志“强校兴国”的共同使命。只有打造与高水平研究型大学相适应的学习型、研究型、创新型管理队伍，才能更好地服务学生成长成才、服务“学术共同体”建设、服务学术核心竞争力提升，更好地书写教育强国建设山大篇章。暑期以来，在校领导悉心指导下，团队深入开展学习贯彻习近平新时代中国特色社会主义思想主题教育，结合调查研究，围绕发挥学科龙头作用、推进学科更新换代和融合发展、加快“出尖出峰”开展了解放思想、善谋善为的一系列探索，贯彻学校党委新学期工作部署的行动坚实而有力。

重大典礼的“仪式感”，总是能唤起我们内心最质朴的敬意和最真诚的热爱。作为机关队伍中的一员，我要在主题教育深化、内化、转化上下实功，弘扬团队优良作风，立足岗位践行初心使命，在承担攻坚任务中把握办学规律、提高政治能力和专业素质，从而用谋划事业的创新思路、推动工作的真招实招，与师生医务员工和广大校友共同塑造学校发展新优势、作出强校兴国新贡献。祝愿老师们教师节快乐！

作者：学科建设与发展规划部、学术委员会办公室工作人员　常海峰

9月10日　星期日　阴

山东大学优秀党务工作者·孙　平

金秋济南，群泉奔涌，活力无限。在第39个教师节来临之际，我有幸参加了山东大学庆祝2023年教师节暨优秀教师表彰大会。

表彰会当天，我怀着紧张兴奋与忐忑交织的心情提前进入会场，负责组织工作的老师们亲切的问候、周到的引领和温馨的提示，让我迅速卸下不安，很快融入浓烈的节日气氛中。与周围的榜样进行交流、观看不同奖项榜样的宣传片、聆听先进教师代表的发言，都让我觉得此次表彰会不虚此行。我明晰了下一步前进的方向，希望未来在自己平凡的岗位上力争做出不平凡的业绩。李校长富有深意的发言让我对高等教育要践行“国之大者”的观点有了更深刻的体会：作为高校教师，要具备家国情怀、道德情怀、敬业情怀、教学情怀和学术情怀，做一名有理想有情怀的中华民族伟

大复兴的践行者。新晋教师与获奖教师代表的互动环节也让我感慨万千——从1995年进入山东大学管理学院至今，我何尝不是在恩师们的关爱、帮助和指导下获得现在的成长的呢？值此教师节之际，祝我的恩师们身体健康、万事如意、节日快乐！山东大学的“传、帮、带”精神一直都在，熠熠发光，我通过23年的教学科研工作实践、20年的兼职辅导员生涯把为师之道、为人之道传承了下去。师生共成长，未来的我会勇担铸魂育人使命，努力向“四有”好老师目标靠拢。

表彰会结束后，我陷入沉思。“优秀党务工作者”的荣誉属于文化和旅游学系教工党支部，正是全体支部成员齐心聚力，积极探索破解党建业务“两张皮”问题的方式方法，才取得今天的成绩。未来支部的建设会继续处理好党建和业务的关系，坚持党建工作和业务工作一起谋划、一起部署、一起落实、一起检查的工作思想，继续深化以“服务国家和文旅产业高质量发展”为党建引领的核心工作，以“大力培养造就一支师德高尚、业务精湛、结构合理、充满活力的高素质专业化教师队伍”为学科发展目标，以“双带头人”教师党支部书记工作室和山东省新旧动能转化重大工程精品旅游产业智库为依托，继续完善具有文旅学科专业特色的“党建＋乡村振兴”“党建＋旅游扶贫”“党建＋企业持续成长”的党建、业务深度融合的一体化党建工作体系，用支部“党建链”串起“学科链、科研链、社会服务链”。

在学校、学院党委的领导下，相信支部所有党员会继续强化自身修养，务实创新，把对党的事业的忠诚、对本职工作的热爱，熔铸于基层党组织建设中。

祝所有的老师们教师节快乐！

作者：管理学院党支部书记　孙　平

9 月 11 日　星期一　多云

研究生管理信息系统建设参加者 · 邹雪倩

今天是 2023 级研究生开课第一天。近一万张新面孔走进课堂，目光炯炯渴望求知，令我们感到欣慰鼓舞。面向教育、科技、人才“三位一体”融合发展的战略机遇，面向山东大学“由大到强”的战略发展期，学校在这个新学期开设了经过优化组合后的 2500 多门课程，这背后也有很多艰辛难忘的故事。我作为研究生管理系统建设亲历者之一，在这有特殊意义的一天，想记录我们一路工作的点滴。

新时代、新征程对承载高端创新人才培养的研究生教育提出新的要求。研究生管理信息系统的完善至关重要。要超前性预判、全局性视野、系统把握研究生教育的发展方向和特点，实现培养过程数字化再造，做好支撑“中国特色、世界一流、山大风格”的“双一流”建设基础工程。

2022 年年中，启动研究生管理系统升级工作后，我和同事们快马加鞭整理研究生教育系统的功能需求，才发现可不是列表写清单这么简单——必须对研究生教育有深刻的理解，厘清每个模块、过程之间的脉络架构，梳理环环相扣的逻辑关系。软件系统实施团队入驻山大后，5 人专职团队与研究生院、研究生党委工作部立即同时沉浸在一线研讨和开发工作中。我所在的培养办公室涉及的功能模块是整个研究生教育培养过程频率最高、模块最多、细节最烦琐的。仅我负责的教学模块就有近 20 个菜单功能，菜单子项近百个，涉及用户群体使用角色近 10 个。我们尽量全面地模拟新系统使用培养环节中未来可能出现的工作情景，希望真正实现信息化赋能研究生教育。

刚刚结束的暑假，大概是“研究生系统建设实施群”最忙碌的一段日子。在开学前两周的系统攻坚阶段，大家开周会、汇报会、专题会，“当天问题反馈，两天问题解决”，整个团队针对发现的问题研讨到凌晨两三点都很正常。除了满足新的业务需求，还要为旧系统数据迁移确认、功能使用而“决战”。微信、QQ上十几个技术支持群、选课群、联络群、答疑群不分昼夜地活跃着，每一个人都在战斗，凌晨两点还在讨论，在办公室过夜也成了常态。

迎新既是最忙碌的阶段，也是最紧张的时刻，更是检验新的管理系统能否顺利支撑业务需求的关键节点。开学一周，全体研究生教育工作战线的同事们不是奔波在迎新现场，就是在我们集中办公的房间里忙碌。在新系统支撑近万名研究生新生报到、选课完成之时，回首过去两个月的暑期，才发现我们没有假期，甚至没有周末。追求精益求精、师生为上的过程，正是持续发扬光大“研考精神”的过程。这不是一个人的战斗，而是在党中央号召和学校党委领导下，机关部门为了事业发展拼尽全力的一个缩影。

刚欣赏完凌晨三点明德楼上的月光，又迎来早上赶第一堂课的莘莘学子的笑脸。我心中满怀憧憬，山东大学研究生教育事业一定会以崭新的面貌，见证国家奋进的新时代。

作者：研究生院、党委研究生工作部工作人员　邹雪倩

9月12日　星期二　雨转多云

2023年服贸会“全球人工智能与可持续投资论坛”参加者·罗淞宣

9月，2023年中国国际服务贸易交易会在北京如火如荼地开展。作为联合国工业发展组织投资和技术促进办公室（中国·北京）的重点合作高校，山东大学师生代表团受邀前往国家会议中心参加“全球人工智能与可

持续投资论坛”。我作为学生代表中的一员，在学生就业创业指导中心李抗老师的带队下参加了本次盛会。

回望过去三年，疫情给世界各国带来重大损失，阻滞了全球发展目标（SDGs）实现的时间线；展望前路，联合国2030年可持续发展议程的号角已经吹响，指明全球发展趋势。

这次论坛所呈现的新概念蕴含着崭新的价值导向。四段主旨演讲、两场圆桌对话，聚焦“IP4.0——人工智能赋能可持续投资”和“ESG 2.0——可持续投资中的新变量”两大主题，邀请各方代表着眼于全人类共同利益和福祉，谋划解决方案、提供智力支持，为推动联合国2030年可持续发展目标的实现凝聚合力。

在与讲座嘉宾交流时，我印象最深刻的是联合国“不让任何人掉队”的理念和“站在后天看明天”的危机感。嘉宾们从行业、政策、资金、技术等诸多层面，探讨了如何利用AI等先进数字技术促进可持续投资，使先进技术和普惠金融造福于民，明确了各市场主体、政策制定者、国际组织等利益相关方的责任。会议期间，我们还与北京大学、中国科学院大气所的师生代表就相关议题深入交流，在互学互鉴中加深了友谊。

心怀愿景，与可持续发展共进，我心中的疑问已然有了答案。中国是推动全球发展的中坚力量，我看到我国在实现SDGs目标中发挥着巨大的作用，尤其是在可持续城市发展、环境保护、减贫和教育等领域成就显著。作为新时代的山大学生，我们是时代的接力者，承载着未来的重担，应当以时不我待的精神和责任感，钻研新技术、学习新技能，积极融入创新创业的时代潮流，为实现可持续发展贡献智慧。

在回程的列车上，我与同行的伙伴分享着见闻，对“开放引领发展 合作共赢未来”的服贸会精神有了更深层次的理解，开拓、进取、创新、共赢的理念深入我心。

作者：哲学与社会发展学院2021级本科生　罗淞宣

9月13日　星期三　晴

“校长有约——远征归来话成长”学生座谈会
参加者·张舒然

昨天，暑假远征27天凯旋的山大车协队员与我们共同分享了骑行故事，分享了那些永不停歇的骑行历程和不为人知的深刻记忆。李术才校长也与同学们一同参加了座谈会，聆听远征之旅带给队员们的成长感悟。

这个暑假，车协队员分赴滇藏线、东北线、环鲁线远征，以绵长的车辙代替走马观花似的旅行。其中，有11名队员从云南省大理市出发共赴西藏。行疆之路注定不会一帆风顺，崎岖的山路使平稳骑行成为一种奢望。身为优秀的山大学子，一路走来，他们秉承着永不言弃的信念，克服重重困难，在拼搏中成长。有的队员因刹车片深度磨损导致刹车不灵而摔倒，依靠医护人员缝针才继续坚持；有的队员途中发高烧，仍在短暂的休息后坚持远行；有的队员明明自己也有高原反应，却依然在另一位因高反不得不就地休息的队友身边陪伴数小时；有的队员在劳累一天后吐槽“明天不骑了”，却在第二天又拖着早已沉重的脚步毅然踏上新的旅程。

远征拉萨，旅途的一路风景固然美丽，但比这更珍贵的是队友们的惺惺相惜。一路走来，他们体会着艰苦，但也创造着难忘的回忆。他们的互相帮助并不止于言语，是在低温环境中同样感到寒冷的队友递来衣服；是背负二十余斤重摄影设备的队员将所有的镜头对准自己的队友，在远征中竟未留下自己的身影；也是他们要强地比赛谁骑得更快，却在队友遇到险境时果断地选择陪伴。

行疆之路从来都不只是11位队员的征程，在他们背后，有整个山大为他们保驾护航。山大的守护未曾缺席，是夜骑时缓缓行驶在队员们前后的车辆，一直徐徐为夜行的他们照亮车轮下的远方；是在边疆投身于科研工作的山大项目组亲自迎接风尘仆仆赶来的队员们；是永远满载物资的车辆，是带队老师无微不至的关怀，还有山大为减轻队员们高反的症状而悉心准备的可乐。

“行者无疆”便是远征精神最好的诠释。纵道阻且长，然行则将至。行疆队带我们见证了山大为青藏铁路建设作出的突出贡献，也让我们接触到了扎根边疆、全年无休的科研工作者们。我们也通过他们的脚步深入了解到西藏在道路运输、教育等方面的情况，这些都需要社会的关注与助力。

正如李校长所言，吾辈青年当有创新精神，为科学研究和国家社会发展发光发热；吾辈青年更当有行疆队这种不畏艰难险阻、永不言弃的精神，不论未来从事哪个领域的工作，都可以在其中贡献自己的力量，为社会乃至国家创造价值。身为山东大学的新鲜血液，我们将深刻铭记校长的谆谆教诲，借鉴学长学姐的成长经验，紧跟他们的步伐，走出属于我们自己的追梦之路。

作者：化学与化工学院 2023 级本科生　张舒然

9 月 14 日　星期四　晴

重大主题美术大展参展创作者·李　静

近日，“弦歌不辍，赓续华章——山东大学重大主题美术大展”在山东大学中心校区明德楼和知新楼主厅展出，我与韩廉腾合作的中国画《国立青大讲堂》是参展作品之一。这幅创作主要表现的是 20 世纪 30 年代山东大学在青岛办学期间广揽英才，知名专家学者来校任教、讲学交流的盛景。

1928年，省立山东大学因时局动荡而暂停办学，南京国民政府决定在省立山东大学基础上筹建国立山东大学。1929年，教育部接受教育家蔡元培的提议，将国立山东大学迁至青岛筹建，合并省立山东大学与私立青岛大学，组建国立青岛大学。1930年，国立青岛大学正式成立，创办之初就因大师云集、治学严谨，吸引了大批优秀学子。国立青岛大学及其后国立山东大学的创办，对我国高等教育发展与文化繁荣起到了极为重要的推动作用。

画面中心人物是与国立青岛大学、国立山东大学的成立和发展息息相关的先贤、学者，包括蒋梦麟（时任教育部部长）、蔡元培（国立青大筹办委员会主任）、杨振声（国立青大校长）、闻一多（国立青大文学院院长、中国文学系主任）、赵太侔（国立青大文学院教授、教务长，国立山大校长）、老舍（国立山大中文系教授）、方令孺（国立青大中文系讲师兼女生管理）、沈从文（国立青大文学院讲师）、张兆和（图书馆英文书目编辑）、梁实秋（国立青大外文系主任、图书馆馆长）、洪深（国立山大外文系主任）以及几位年轻学子。背景以国立青岛大学礼堂作为标志性建筑，选取青岛地区常见的松石环境凸显地域特色，主要突出了山东大学在青岛办学时期校园浓郁的人文气息与师生们的儒雅风度。

老舍先生曾在散文中细致描写山大青岛校园的景色以及师生们的风仪，言语之间饱含深情，谈及“学校的后面左边都是小山，挺立着一些青松，我们每天早晨一抬头就看见山石与松林之美”，“我们的外表朴素，我们的生活单纯，我们却有一颗红热的心”。新学期伊始，又值教师节之际，作为一名山大教师，用笔墨回顾山大校史，书写山大故事，追忆山大先贤，借“山石与松林之美”，向莘莘学子捧上一颗“红热的心”，祝愿同学们新学期快乐，学业进步！

作者：艺术学院（威海）副院长、美术系主任　李　静

9月15日　星期五　晴

“走进联合国”访学团成员·陈　晶

晨曦初露，我来到窗明几净的振声苑，听海风诉法理深邃，闻墨香解纷繁世间。“互惠是国际法中的重要原则。”刘浩老师在国际法的课堂上娓娓道来。思维澜起，我忽然觉得，世界的画卷似乎微缩于我所身处的校园。课堂内，文字飘扬，法理清晰；教室外，海浪低语，古树悠悠。暑期的难忘回忆，如波涌心湖，激起涟漪。

上学期，我有幸参加了由外交部、教育部、中国联合国协会指导的北京国际模拟联合国大会（BIMUN），在英文委员会中经过严格的专家评审，同时荣获“杰出代表”荣誉与“走进联合国”杰出青年奖，即原“吴建民大使奖”。作为山东大学首位获“杰出青年奖”的同学，在过去的暑期，我有幸代表学校作为“走进联合国”青年访学团的成员，参与了对中国驻外使馆、代表团以及主要国际组织的学习和研究，走访了日内瓦和巴黎这两座多边外交枢纽与世界文化殿堂，体验了国际交往和艺术融汇的魅力。

我的访学之旅从日内瓦开始。我们参观了中国常驻联合国日内瓦办事处，聆听陈旭大使、石琦公参以及青年外交官的讲话，从他们身上感受到外交工作者的坚定信念和优秀品质。在参观瑞士的宝瑞银行时，我们被它专注于客户、追求卓越服务的精神所打动。随后，我们在联合国难民署聆听讲座，让我更深刻地认识到国际援助的重要性。

在联合国日内瓦办事处，我与总干事塔蒂亚娜·瓦洛瓦亚女士（Ms. Tatiana Valovaya）进行了深入交流。在她的鼓舞下，我明白了我们青年人的任务是参与决策，引领对话，为未来贡献力量。通过在裁军事务厅关于全球裁军问题的探讨，我更深入地理解了裁军的复杂性和必要性。

参观世界卫生组织（WHO）时，世卫高级专家、国家卫健委国际司聂建刚副司长就“世卫组织的广泛联系、宏观视角及改革”等主题给我们作了生动讲座。随后对疫情应急部门和红十字会博物馆的参观，让我们了解了应急机制的组成和执行，感受到人道主义工作的无私与艰巨。

在巴黎，我同样收获了宝贵的知识和感悟。与“吴建民之友”协会的主席徐波先生座谈，以及和展望与创新基金会的副主席、巴黎高商副校长拉松对话，使我进一步领会了推动中法两国合作和两国青年交流的重要性。在联合国教科文组织（UNESCO），我们受到了曲星副总干事和常驻教科文组织大使衔代表杨进的热情欢迎，他们在交流中殷切期望同学们可以进入国际组织实习、工作，为中国国际公务员体系贡献青年力量。我们还参观了美丽的中国驻法大使馆，陈力公使在热情洋溢的欢迎致辞中强调了习近平外交思想的重要性。与各部门青年外交官的面对面交流，也让我们对外交事务有了更具体的了解。

在丰富多彩的访学行程中，自然也少不了在历史和艺术中流连忘返。日内瓦平静澄明的湖面宛如镜子，自然的和谐与平静让我沉醉；充满历史底蕴和艺术气息的巴黎，让我为人类文明的丰富与博大而赞叹不已。卢浮宫的珍品、凯旋门的磅礴、埃菲尔铁塔的梦幻，都是岁月与创意的绝美蔓延。我和其他来自国内知名高校的优秀同学们不仅在精彩的讲座和讨论中共同成长，更醉心于自然之美，流连于古迹之间。这些经历不仅给予我丰富的知识和美好的回忆，也埋下了友谊的种子。

我深感此次访学经历的珍贵，如同赠予我一枚领略世界纷繁之美的钥匙。我在此衷心感谢吴建民公益基金会的精心筹划、学校的全力支持，更感激刘洪东副院长、张溪教授、陈诺老师以及同行的秘书长助理亢恺女士和外交学院王华迪老师对我的学术启迪、支持鼓励以及悉心照料。

此行如彩绘画卷，尽显世界壮美繁华。悉数回忆，于心珍藏。念念不忘，终有回响。

作者：外国语学院2021级本科生　陈　晶

9 月 16 日　星期六　晴

“斯文在兹——中华优秀传统文化大型图文展”志愿者 · 朱思颖

夏色微敛，秋意渐浓。微风将空气里潮湿的草木香气送进了我的鼻腔。这周我像往常一样，作为一名志愿者，来到“斯文在兹——中华优秀传统文化大型系列图文展”进行引导和讲解工作。

“斯文在兹——中华优秀传统文化大型系列图文展”是由山东大学主办、文学院承办的文化活动。展览收集了文学院徐超教授历年来珍藏、创作的 500 余幅图文作品，是一场内容丰富的文化盛宴，对于提高人文修养、传承经典文化、彰显历史风华具有非凡意义。

前两天下午 3 点，我正在回忆讲稿，准备迎接下一位参观者。这时，一个身影走进了展厅——是校党委书记郭新立老师。郭书记走遍了整个展厅，微笑着点头，对徐超老师和文学院师生为展览的辛勤付出予以赞扬。参观过程中，他驻足停留、仔细观赏，对每一块展板都认真察看，感受每一件艺术作品独特的文化韵味。听到郭书记对展览的点评，回忆涌进我的脑海。想起开展初期，作为新到展的志愿者，我有些迷茫，但是负责展览的老师们很快按专栏给志愿者们分了组，并对我们系统地进行了专业知识的介绍和细致耐心的培训，让我深入了解了这些展品所包含的价值和内涵。随着一篇篇讲解稿出炉，从起初只能引导服务，到现在面对展板已经能够用专业的语言讲解，我所负责的书法展专栏越来越能满足人们的期待。尽管我的语言略显青涩，嗓音有些紧张，但是郭书记一直耐心地聆听我的讲解，用温和的目光鼓励着我，抚平了我心中的忐忑，让我的讲述更加有信心。讲解结束后，郭书记亲切地问我：“你做志愿者是因为对书法的热爱吗?”我激动地回答：“是的，因为书法展中有许多和我的专业息息相关的书法知识，我觉得受益匪浅，所以我很愿意参加书法展的志愿服务，帮助其他同学体悟传统文化的魅力。”当我跟着郭书记走到展览出口时，他对志愿者们的讲解表示感谢，这让我们备受鼓舞，也让我体会到投身书法展志愿服务的快乐。

郭书记走后，我置身展馆，重新抚摸一块块展板，再次观赏一件件展品。漫步在书画的世界里，犹如行走在中华文明的历史长河之中。墨香携带着今日的博雅与收获，幻化为无声的力量，我在这样的浩然墨香中，拥有了做一名书法展志愿者的自豪感。今后，我也要继续保持认真负责的工作态度，一如既往地向所有参观者提供热情优质的服务，努力让更多同学了解中华优秀传统文化，感受文化的无穷魅力。

作者：文学院 2022 级本科生　朱思颖

9 月 17 日　星期日　晴

第七期成仿吾英才班开班仪式暨开学第一课参加者 · 宇奕霖

迎着午后的阳光，我怀着激动的心情，乘校车从趵突泉校区前往中心校区，早早来到了马克思主义学院四楼报告厅，参加第七期成仿吾英才班开班仪式暨开学第一课。

不多时，我们的授课教师——马克思主义学院院长张士海教授与仿吾班的班主任段光鹏老师联袂而至。张士海教授向我们讲述了仿吾班的过往历史以及成立的重要意义。此时此刻，我不禁想起了我当初加入仿吾班的初心。我的姥爷和姥姥都是军人，我在红色熏陶下长大。从小在军区大院听姥姥唱悠扬动听的红歌和中国共产党筚路蓝缕的故事，我很是神往。为了提升马克思主义理论修养，坚定马克思主义信仰，我加入了仿吾班。我既希望磨砺锻炼自己，向优秀的老师和同学学习，也希望在这里交到志同道合的朋友。在大家的共同期待中，张士海教授宣布第七期成仿吾英才班正式成立。

随后，张士海教授为我们带来了别开生面的精彩授课。他为我们讲述了为什么要信仰马克思主义，并从其科学性、人民性、实践性、开放性等方面进行了探讨。其中让我感触颇深的一点则是马克思能够在30岁时完成巨著《共产党宣言》，这展现了他卓越的思想深度和前瞻意识。他的思想为无数追求公平与正义的人们指明了方向，同时也成为改变世界的动力源泉。马克思的智慧和勇气值得我们永远敬佩和学习。

让我十分触动的还有马克思主义对当代中国特色社会主义发展的重要意义。哲学家是用不同的方式解释世界，问题在于改变世界。对于当今中国来说，从站起来、富起来到强起来，都是马克思主义实践性的鲜明体现，而中国特色社会主义正是马克思主义在当今世界的生动诠释。课后，老师与我们进行了交流，气氛很是热烈。

段光鹏老师在总结发言中结合事例讲述了他对这次开学第一课的新感悟。马克思主义提供了一种批判性思维和分析社会问题的方法，让我更加明确自己的价值观和人生追求。

今天开学第一课的学习让我明白社会变革是一个长期而艰辛的过程，需要我们坚定信念、持续奋斗。

作者：公共卫生学院2022级本科生　宇奕霖

9月18日　星期一　晴

中国残联第八次全国代表大会代表·孔军强

早晨五点半，晨色熹微，我早早起了床。今天要去北京人民大会堂参加中国残疾人联合会第八次全国代表大会，所以大家都要提前做好准备工作。

九月是北京最美丽的季节，长安街是北京最美丽的街。两侧鳞次栉比的建筑，映衬着蓝天白云，使人心旷神怡。等到了天安门广场，这时候天色蔚蓝，秋高气爽。广场上还在搭建着国庆节的花篮，也为我们这次大会增添了喜庆气氛。

我们下了车，列队向人民大会堂走去。

庄严的人民大会堂，对我来说并不陌生。我曾经三次踏入人民大会堂，每一次都感到十分激动，感慨万千。作为一名残疾人，能够从偏僻的小镇，经过30多年的奋斗，成为迈进大会堂的众多代表中的一员，我既感到自豪，又感到自己责任在肩、使命重大。

2008年11月11日，作为一名听力残疾人代表，我首次参加了中国残联第五次全国代表大会。第一次参加全国代表大会，我的内心非常激动。作为一名听力残疾人，我没想到自己可以考上大学，可以在山大读硕士并受教于葛忠明教授，我也从来没有想到自己能够成为一名新闻记者。我个人的发展过程，也见证了中国残疾人事业的发展历程。

2018年9月14日，中国残疾人联合会第七次全国代表大会在北京人民大会堂开幕，习近平总书记到会祝贺。在这次大会上，我被选为主席团委员、中国聋政协副主席。

2019年5月16日，作为全国自强模范，我在人民大会堂金色大厅见到了习近平总书记。当习近平总书记走到我面前时，我激动地紧紧握住那双温暖、宽厚、有力的手，心中千言万语，都凝聚成了“总书记好”四个字。握着习近平总书记的手，我的心中有温暖、身上有力量、肩上有责任。我是一名普通党员，做了应该做的事情，党给了我这份崇高荣誉。我的成长离不开各级党组织的培养、各级残联领导的关爱、单位领导的支持和同事们的帮助。

这次，我又步入大会堂，心情依然激动不已。人民大会堂的大礼堂里灯光璀璨，气氛隆重热烈。主席台上方悬挂着“中国残疾人联合会第八次全国代表大会”的会标，后幕正中的中国残联会徽格外醒目，10 面红旗分列两侧。二楼眺台上悬挂着“以习近平新时代中国特色社会主义思想为指导，全面贯彻党的二十大精神，团结带领广大残疾人在中国式现代化进程中创造更加幸福美好的生活！”巨型横幅。我在中间靠前的座位坐下来，周围的代表们都十分激动，大家都在等待大会开始。

在会场右侧，有 27 名聋人代表正在练习用手语演唱国歌。对于使用手语的聋人朋友来说，要想充分表达出来，必须将面部表情和手部动作相结合。当他们用双手“唱”到“发出最后的吼声！”这句歌词时，只见他们挥动双拳，加上激昂的表情，形象地表达出“吼声”所表达的情感与含义。在唱到“起来！起来！起来！”时，双手三次“起来”的动作要从低到高逐渐递进，幅度不断加大，从而将整首歌曲推向最高潮。

两年前，《〈中华人民共和国国歌〉国家通用手语方案》正式实施，我们中国聋人协会在全国大力推广，这是首次以聋人手语使用者为主体研制的国家通用手语规范化最新成果，切实实现了聋人手语使用者规范、统一、严肃地“演唱”国歌的愿望。

上午 10 时，中共中央总书记、国家主席、中央军委主席习近平等步入会场，全场响起热烈的掌声。习近平总书记一边向代表们挥舞着手，一边向大家微笑。此时此刻，我的脑海里又浮现了上一次受到接见、握手时激动万分的场景。

这时候，大会开幕，全体起立高唱国歌，雄壮的旋律在会场上响起。

中华全国妇女联合会党组书记、书记处第一书记黄晓薇代表中华全国总工会、中国共产主义青年团中央委员会、中华全国妇女联合会、中国文学艺术界联合会、中国作家协会、中国科学技术协会、中华全国归国华侨联合会、中华全国台湾同胞联谊会向大会致贺词。

中共中央政治局常委、国务院副总理丁薛祥代表党中央、国务院发表致辞。

会议第一阶段结束时，习近平总书记来到中国残疾人联合会名誉主席邓朴方和现任主席张海迪面前，与两人亲切握手。现场顿时响起雷鸣般的掌声。习近平总书记的一言一行、一举一动，都体现了对残疾人的关爱和尊重。

在会议的第二阶段，中国残联主席张海迪代表中国残联第七届主席团向大会作工作报告。

当天下午，我们山东和宁夏代表团一起学习讨论了党中央、国务院致辞，审议了中国残联第七届主席团报告。大家都展开热烈讨论，纷纷结合各自工作实际踊跃发言。

党和政府历来高度重视残疾人工作。五年来，残疾人基本康复服务覆盖率稳定在85%以上，1218万人次残疾人得到辅助器具适配服务。24个省（区、市）建立了残疾人辅助器具运配补贴制度。已经实施两期国家残疾预防行动计划。康复大学完成校园建设，为培养急需的康复人才奠定了坚实的基础。

我发言时，对中国听力残疾人康复工作取得的成绩进行了阐述。进入新时代，我国听力残疾人康复工作取得了历史性成就，中国听力残疾人可谓“换了人间，改了命运”。我是一名听力残疾人，我们聋人群众是获得感最多的群体之一。免费的助听器和电子耳蜗救助，让聋人听到了声音，开口说话。如今，AI技术已经能让聋人打电话。“十聋九哑”已经成为历史，信息无障碍让聋人群众的面貌焕然一新，“能听能言”成为新时代聋人群体的幸福写照。

在山东省委、省政府的坚强领导下，在山东省残联的大力推动下，我省着力完善残疾人社会保障制度，在全国率先开展听力残疾儿童人工耳蜗

“有一做一”康复救助，听障儿童抢救性康复工程被评为山东省庆祝改革开放 40 周年最具影响力事件之一；稳步推进成年语后聋听力残疾人重建听力功能项目，不断提升听力残疾人融入社会的能力。

这些成绩的取得，充分体现了中国共产党领导和中国特色社会主义制度的巨大优势，充分体现了我国综合国力和人权保障事业的显著进步，得到了国际社会的普遍赞誉。

这些成绩的取得，根本在于以习近平同志为核心的党中央的坚强领导，有习近平新时代中国特色社会主义思想的科学指引。新时代以来，习近平总书记对残疾人事业发展作出一系列重要论述和重要指示批示，为残疾人事业发展指明了前进方向、提供了根本遵循。

新时代是奋斗者的时代，新征程是追梦者的远征。作为山东省残联主席团副主席、山东省聋人协会主席，我在今后的工作中，将恪守“人道、廉洁”职业道德，成为擎着火炬为残疾人照亮生活道路的人；将率领全省广大听力残疾人，紧密团结在以习近平同志为核心的党中央周围，紧紧围绕我省残疾人事业高质量发展奋斗目标，发扬自尊、自信、自强、自立精神，乐观向上、拼搏有为，为谱写中国式现代化“山东篇章”再立新功。

作者：哲学与社会发展学院 2021 级硕士研究生　孔军强

9 月 19 日　星期二　雨

第 11 届中国人力资源管理论坛志愿者 · 孙菡潞

周末，我有幸作为志愿者参加了第 11 届中国人力资源管理论坛。

会前，我作为志愿者统筹人，在老师的带领下将志愿者进行分组规划，并作为机动人员随时待命。当我看到一位位前来注册的嘉宾时，内心感到无比兴奋。他们是来自各高校的人力资源管理者和专家，是这个领域的翘楚。我和其他志愿者一起向他们详细介绍了论坛的议程和场地布置，并协助他们完成签到手续。在这个过程中，我结识了许多有趣和热情的人，他们对人力资源管理的研究和实践经验给我留下了深刻的印象。

各位嘉宾纷纷入场，场内座无虚席。我和其他志愿者们紧密配合，确保参会嘉宾顺利就座并提供他们所需的支持。论坛现场洋溢着浓厚的学术氛围和友好的交流气氛。主持人精彩的开场演讲引发了观众的掌声，接着是一场场精彩的主题演讲和分论坛。我细心聆听每位演讲嘉宾的分享，不断拓宽自己对人力资源管理领域的认识。

中午，我和其他志愿者一起就餐，大家互相交流着所见所闻，分享彼此的感悟和体会。与志愿者和参会嘉宾的交流，不仅加深了我对人力资源管理的理解，还结交了一批志同道合的朋友。

下午，论坛继续进行，各个分论坛的议题多样而丰富。作为志愿者，我不仅要确保会场秩序井然，还要协助嘉宾们解答问题，提供必要的信息和帮助。在这个过程中，我发现通过志愿者的身份可以更进一步了解行业内的权威人士，进而深入学习和交流。

闭幕式是整个论坛的盛大结束，也包含对参与者的肯定和嘉奖。作为志愿者，我有幸参与了这一重要环节，负责为获奖同学颁发奖项，并在现场见证他们的荣耀时刻。当每个获奖者的名字被宣布出来时，他们走上舞台时的兴奋和骄傲之情溢于言表，我为他们热烈鼓掌，由衷地钦佩他们，被他们展示出来的专业素养震撼和激励着。

通过这次志愿者工作，我不仅对论坛会议的组织和运行有了更深入的认识，也更深刻地体会到作为志愿者的重要性。期待自己通过努力学习和实践，能在人力资源管理领域取得更多的成就，助力行业发展。

作者：管理学院2021级本科生　孙菡璐

9 月 20 日　星期三　晴

“杨振声奖”教育基金捐赠活动参加者 · 刘牧晨

时入仲秋，晨风送爽。周二早上八时许，我作为文学院学生代表，早早地来到明德楼一层会议室，这里将要举办山东大学“杨振声奖”教育基金捐赠活动。杨振声先生作为山大老校长和著名的教育家、作家，得见以先生名讳命名的教育基金正式成立，其纪念意义自是不言而喻，这使我对捐赠活动充满期待。

随着李术才校长步入会场，并同文学院师生亲切问好，活动正式开始。李术才校长首先代表山东大学，对文学院 1993 级校友、诚信行控股董事长王鸿杰一行回访母校表示热烈欢迎。随后，他深情追忆了杨振声老校长在青岛办学期间将中华优秀传统文化同新文学的教育实践相结合、开创山大历史上第一次辉煌的光辉岁月，并立足党和国家对学校中文学科发展的关心支持、学习贯彻习近平总书记给《文史哲》编辑部全体编辑人员重要回信精神的当下坐标，提出学校设立“杨振声奖”的根本目的在于促进文学再发展、再振兴，在对优势学科的大力建设中不断推进“第二个结合”。“杨振声奖”的设立，既是对老校长的深情怀念，也是老师培育学生、学子回馈母校的优秀范本。

王鸿杰校友在致辞中说，清早七点半不到，自己就来到了学校，沿着曾经学习、生活过的教学楼和校舍一路步行，他思绪万千、感慨良多。自 1993 年入学，在山大就读的四年，可谓自己人生前半程最重要的时光。毕业后，无论是上班工作还是选择创业，在人生每个重要关口，母校和老师的培养都潜移默化、润物无声地支持着自己和团队战友克服艰难险阻，不断走向成功。他回顾了一路以来企业发展壮大的历程，讲述了如何走上一条创新发展、多元互动的发展道路。听完他的奋斗事迹，我深切感受到一种初心不改、勇担使命、敢为人先的精神品质，这应该就是镌刻在山大人骨子里的奋斗底色吧。

致辞结束，王鸿杰校友和芦延华副校长签署捐赠协议，由李术才校长向王鸿杰校友颁发捐赠证书，共同揭晓“杨振声奖”标识并合影留念。

活动结束，李术才校长走到文学院师生代表中，同我们分别交流并一一握手，鼓励文院学子服务“国之大者”，铸牢山大基因，赓续中华文脉。作为一名青年党员和有志于学的中文人，我自然明白其中每句话的分量。百廿山大，文史见长。山大一直有着深厚的人文底蕴，如何让这一底蕴焕发新的生机活力，书写山大新辉煌，正同推动中华优秀传统文化实现创造性转化、创新性发展这一重大命题一样，有待吾辈学子薪火相传、不畏登攀。

作者：文学院2020级本科生　刘牧晨

9月21日　星期四　晴

本科生开学典礼新生发言代表·张理凯

时维九月，序属三秋。晨曦初露，我们2023级本科新生走上舞台。朝霞映路，仿佛为我们铺就通往梦想的路，引领新一批山大人开启新征程。作为2023级本科新生发言代表之一，我深感荣幸、内心澎湃。

直到上台前，我们四位新生都在一遍遍地背诵发言稿、打磨细节、模拟演练现场，因为我们想把新山大人对学校的爱、对理想的坚定、对未来的期待都讲出来。

新生，上场。站在台上，我看到大家的目光。脑海中整个过程复盘汇总。有脑海中齐唱《歌唱祖国》时，我们的团结一心；有当国歌的旋律奏起时，庄严旋律在会场中萦绕，我为自己是中华儿女的自豪；有师长和学长学姐的嘱托和期望，感受到接力棒传到了我们手里；有郭新立书记为新生代表佩戴校徽那一刹的感动，这是使命在肩，是沉甸甸的责任。

上场，新生。站在舞台中心，我心静如水，想要专注地述说。回望历史，我们用一条线，追寻一个一百二十多年的故事，“为天下储人才，为国家图富强”的使命仍在耳边回响；站在新的时代坐标，新山大人的身份时时提醒着自己，“青春有为，强国有我”的誓言掷地有声。当我朗诵至来时路时，我看见了一代代山大人砥砺奋进的背影，看见了与祖国共进的山大足迹。

随着迎新晚会散场，典礼渐行渐远，那熟悉的朗诵词和李术才校长的叮咛深深刻进我的心里，一直回荡在耳畔。我仿佛能看到四年后自己的成长，那一刹那，心中充满信心，“骋望青云”成为我未来的追求。青春因报国为民而更加瑰丽，青年因使命在肩而更显勇毅，我深深理解了只有用脚步丈量祖国大地，用眼睛发现中国精神，用耳朵倾听人民呼声，用内心感应时代脉搏，以青春之伟力，书写青春之华章，我才能成为一个助山大迈上新台阶，为国家作出更大贡献的杰出人才。

民族复兴的鼓点正奋进催征，山魂海韵的呼唤仍萦绕耳畔。随着思维不断发散开来，我漫步在山大校园中，突然明白了一点：在从以身许国到科技报国，再到科技强国的路上，作为一名新时代的山大物理人，我也必然有着自己的使命与担当。“敌军围困万千重，我自岿然不动。”这句话既符合山大爬坡过坎、转型升级的现状，也符合我们自力更生，坚持科技自立自强，走好中国式现代化道路的现状。服务“国之大者”，传承山大基因，突破现有框架，开眼望向世界，守正创新、自立自强，正是吾辈之所图。

莫道浮云终蔽日，严冬过后绽春蕾。于我而言，山东大学不只是一所学府，更是我梦想起航的地方，是我将个人发展与时代接轨、与国家相融的崭新起点。我愿在这四年的时光里放飞梦想，绽放最灿烂的自己，谱写出一曲又一曲的壮丽篇章。

作者：物理学院2023级本科生　张理凯

9月22日　星期五　晴

研究生开学典礼新生发言代表·陈雨晴

人不是活一辈子，不是活几年几月几天，而是活那么几个瞬间。何其有幸可以作为2023级研究生新生代表发言，那是足以让我铭记终生的高光瞬间。

此日结缘日，借问缘为何。三个月前的毕业典礼上，我坐在台下仰望着接受拨穗的博士毕业生，想象着四年后的自己会以怎样的心情迎接毕业的到来，又会以何种方式记录下二十余载的求学岁月。厚厚的学位论文固然是我们将寒窗苦读“变现”的成果，而后记里的“致谢”却是我们远航归来，以山大人的浪漫与绚烂回眸那些激荡时光的港湾。很荣幸我的四年博士时光拥有这种令人幸福、振奋的开场，这对我来说不仅是一份荣耀，更是一种责任。

经历十余天的入学适应期，相信很多研究生新生和我有相同的感受。在感到温暖、安心之余，我们怀揣激动、自豪之心，迫不及待地想要领略即将在山东大学度过的黄金岁月。作为一个已经在山大学习生活三年的“老人”，也是如今的“新人”。我深知，选择山大，就是选择与志同道合的学术伙伴们继续前进、共同进步；选择读博，就是选择与自己为伴并力求突破自身的极限。走进山大，继续踏上求学之路标志着过去一个梦想的实现和未来新一阶段奋斗的开始。

你要去发光，而不只是等待被照亮。站在台上，只有坚定的目光和高亢地发言。原来曾经坐在台下听师姐师兄们发言汇报的我，也可以去给老师同学、师弟师妹们分享我的成长感受，这真是一场美妙绝伦的体验，获得感和幸福感在此刻达到顶峰。

用心聆听完李术才校长分享的四个小故事，我被深深震撼。原来每一个优秀的人，都有一段沉默的时光，那段时光是付出了很多努力却得不到回报的日子，我们把它称为“扎根”。求学之路定会充满艰难险阻，当梦想照进现实，没有人能够拥有永远的坦途。但我们可以在和师友朋辈的交流中获知学术的意义所在，在与个人的独处对话中审视自身、探求真理。

此刻，我们已然正式成为一名研究生，更是一位山大人。山大人，这意味着什么？意味着我们的视野不会局限于眼前的苟且，也不会只关注诗和远方，而是学无止境、气有浩然，将个人命运与时代脉搏紧紧相连，与时代同频共振，在建设祖国中实现自我价值。

“为天地立心，为生民立命，为往圣继绝学，为万世开太平。”何其有幸，今天能与各位老师、同学相聚于山东大学，我希望往后的日子里与诸位共同问道于古今，求理于中西；同时也把学问涵养于心，实践于行。愿我们在未来都能秉持人文精神，从容地应对困难挑战，成就更宽广的胸怀、现实关怀与淑世情怀，既关注现实生活，也追问真理无穷。

希望我们能够一起享受在山东大学的学习生活，不负宝贵时光，成为自己想要成为的人。

作者：第二临床学院 2023 级博士研究生　陈雨晴

9 月 23 日　星期六　晴

数学学院军训新生 · 杨佳怡

秋日清晨，微风习习，作为二营六连的一员，我随队来到操场练习分列式行进，以昂首的姿态迎接今日的会操。

雄赳赳，气昂昂，气势磅礴，步履铿锵，下午的分列式正式拉开序幕。作为行列式的一员，昂首于主席台前踢正步时，我心中的热情随着

“一二”的口号如熊熊火焰般攀升。我们仿佛纪律严明的军队，艳阳下，望着肩上的徽章，挺胸抬头，步履整齐划一。在我们之后，无论是在弥漫的硝烟中突击的特战方队，还是于红黄旗交错中展现团结力量的旗语方队，抑或充满中国红的红旗飘飘方队，无一不展现着我们刻苦训练而得来的自信力量，无一不处处飞扬着我们意气风发的神采。以“军训工作先进连队”为背景，我的军训于欢声笑语中正式落幕。会操结束，代表着我们的军训结束了，但军旅生涯的句号并不是我内心的终点。

这次军训激起了我的热情，从而让我回想起不久前学院举办的“大力弘扬航天精神，为建设航天强国不懈奋斗”开学第一课主题讲堂。主讲人是中国航天科技集团有限公司第一研究院首席总师，也是优秀院友李明华先生。在两小时的报告中，我受益匪浅。探索浩瀚宇宙，发展航天事业，建设航天强国，是一代又一代中国人不懈追求的航天梦。波澜壮阔的中国航天发展历程让我充分感受到“工欲善其事，必先利其器”的道理所在，更让我明白成功无捷径，每一个人有“咬定青山不放松”的劲头才能凝聚出胜利的结晶。一句国之重任，航天人慨然以赴。

作为一名青年，作为一名强基班学生，我们担负着民族复兴的时代使命，理应奋发图强、砥砺前行。没有先辈的前赴后继，就没有我们今日的幸福生活。军训已结束，而生活仍在继续，我告诉自己，一定要拿出更饱满的热情和肯吃苦的态度，全力以赴对待之后的大学生活。“纸上得来终觉浅，绝知此事要躬行。”丰富而又充实的活动，让我在强健体魄的同时加深认知、升华思想。“学无止境，气有浩然”的校训于心间熠熠生辉，我会在今后大学四年的学习生活中保持这种精神气质，赓续山大基因，成为一个对党和国家有贡献的人。

作者：数学学院 2023 级本科生　杨佳怡

9月24日　星期日　雨

研究生开学典礼“榜样的力量”发言代表·杨甜甜

“‘榜样的力量’故事生动，很感人。他们中有三位博士后、一位博士生、一位硕士生。同学们如果觉得他们的故事精彩，我们就一起点个赞！”在研究生开学典礼上，李术才校长话音刚落，体育馆内就响起热烈的掌声。我们五人激动地相视，虽未言片语，但都从目光中读出了一切值得和催人奋进。而我在心里更多了一份坚定的自信，这是我从追光到发光的最好见证。

从研一起就在研工部高正老师的带领下参与“榜样的力量”系列工作，我有幸与诸多来自一校三地、文理工医等学科的山大优秀研究生产生交集。作为推文编辑，我了解着他们的故事，靠近了光，感受到了光的力量。已经研三的我，当得知今年自己也入选榜样的一员时，既不敢置信又有些焦虑和不自信。一直以来我都觉得自己很普通，我该如何讲述作为榜样的故事？“那你能说出自己平凡的理由吗？”李啸闻老师的一句反问让我哽住了。要证明一个人优秀很容易，但要证明一个人平凡很难，我需要重新认识自己。在老师的循循善诱与鼓舞激励下，我理清了自己的科研之路。从扎实专业基础，到关注前沿问题，再到探索中国理论；从全面深入了解中华文明的历史，到寻找传统文化与时代精神、现代价值之间的契合点，再到投入经略黄河、乡村振兴等国家战略的落地研究，我在知行合一中将论文写在祖国的大地上，切实讲好文脉流长的“中国故事”。同样，我也拾起了个人成长中的那份自信。

典礼的日子越来越近，一次次汇报、一遍遍改稿、反复精进 PPT、一对一指导练习……五个人的故事从雏形到越来越生动鲜活，我们找到了想要传达的科研精神与成长故事。站在台上，我们从容自信地娓娓道来，它们是“晶”益求精，突破卡脖子技术；是“核”以道和，致力于国家核科学研究；是医者仁心，探求生命精准边界；是赓续历史，传承中华文明源远文脉；是逐梦探月，耕耘行星科学遥远深空。随着掌声的一次次响起，我们以个体的成长故事鼓舞更多新生去追寻光的方向，所有的付出都得到了意义。

从追逐光，到成为光，再到发散光，这已经不仅仅是个人的故事，而是融汇了研究生院领导老师、培养单位领导以及导师团队共同付出的故事。在这近二十天里，每个人都付出了全部精力来描绘这段风景的每一帧。回首再展望，我相信这段经历已经为我们赋予了足够的底气、坚定的勇气和高远的志气，可以直面未来的惊涛骇浪，永不停歇地追梦追光。

作者：历史文化学院2021级硕士研究生　杨甜甜

9月25日　星期一　晴

《中国式现代化面对面》专题读书会参加者·赵颖闻

金秋已至凉风飒，奋斗青春正当时。在马克思主义基本原理2020级团支部“在中国式现代化征程上实现青年使命和担当”主题团日活动中，大家一起回顾了共青团十九大的开幕会。尽管不是大会的亲历者，但随着庄严的音乐声响起，我逐渐沉浸其中，感受这场青春与奋斗的盛典。

伴随着对中国式现代化的进一步思考，我想到了近期中央一台聚焦中国式现代化专题的《焦点访谈》。作为该期节目——《中国式现代化面对面》专题读书会的参与者，我既激动于初次登上中央电视台荧幕的喜悦，又慨叹于中国式现代化背景下青年重任在肩的使命感。回想整个读书会的筹备、开展过程，我亦有深刻的体会和收获。

着眼中国式现代化专题，依托中共中央理论宣传部新推出的理论读物《中国式现代化面对面》，我们马克思主义学院本硕博三十余名同学一起讨论和筹备了一场专题读书会，汇报个人学习成果，进行观点交流和研讨。

在那期专题读书会上，段光鹏老师作了提纲式发言，同学们轮番交流学习心得感悟。轮到我时，我从宏观章节出发，落脚到中国式现代化的微观本质——人民性和发展性，这也是我党治国理政的出发点。由此可见，中国式现代化和中国共产党的领导统一于为人民谋幸福的伟大实践中。其他同学也分别从思想维度、政治维度、经济维度等角度论述了中国式现代化的不同方面，从理论剖析联系到日常实际、社会实践，从不同视角理解知识，拓展理解，既基于书本，又超越书本，丰富了中国式现代化的诠释逻辑。读书会在段老师的总结发言后顺利结束。

会后，我有幸作为学生代表之一接受了记者的采访。在分享学习感悟时，我从自身学习情况出发，将中国式现代化与青年生涯规划相联系，表明将立足现代化发展国情和现代化发展需求进行职业选择。来到山大已有三年，今年是我大学生涯的最后一年，也是人生的一个十字路口，怎样走、走去哪儿成为大四学生的必经之路。这场读书会让我更加坚定，接下来要继续升学来提升自己，争取早日成为一名优秀的高校思政课教师。

随着不久前这一期《焦点访谈》顺利播出，我们的专题读书会在节目中得到报道。时至今日，我每每回想起读书会现场，都有深切的幸福感。幸福于了解到老师和学长对中国式现代化内涵的分析，拓宽了理论视野；也幸福于认识到自己需要学习和进步的地方还有很多，这次读书会也将是我继续努力的动力；更幸福于身在这样一个伟大的时代，我们比历史上任何时期都更接近实现中华民族伟大复兴的目标，比历史上任何时期都更有信心、有能力实现这个目标，而目标实现的希望在于青年，使命寄予青年。

正是大四新学期之初，所有的体验和经历也正是新学期奋斗的号角和开路先锋。我将以读书会精神为引，以主题团日活动为开端，既在本科阶段的最后一年读好书本的“有字之书”，也在人生转折的大课堂上走好“无字之路”，为中国式现代化作出自己的贡献。

作者：马克思主义学院2020级本科生　赵颖闻

9月26日　星期二　晴

第二期文科科研管理能力提升交流沙龙参加者·张扬

不久前，作为儒学院的科研秘书，我受邀参加了人文社科研究院组织的第二期文科科研管理能力提升交流沙龙。人文社科研究院的同事们精心准备好工作餐，与大家畅所欲言地交流，使得这次会议更像是朋友间的亲切会面，极大地消减了我们工作的疲惫与压力，为我们下一步全身心投入科研服务管理工作注入了更多的信心和动力。

交流会上，人文社科研究院的同事们为我们系统梳理了各类项目的申报以及全流程管理服务的各个关键环节，对最新政策变化作了重点讲解，并针对今年国社科、教育部项目的申报立项情况，以数据为基础，从学校整体的视角作了细致深入的分析。这有助于帮助我们以更广阔的视角了解学校整体的科研发展现状和各个文科院系的科研情况，对我们自己学院今后科研发展的规划和预期也有着重要的参考意义。管理学院副院长王益民教授、哲学与社会发展学院副院长付立华教授分别介绍了所在学院的科研管理整体情况及主要工作举措。其中，王益民教授介绍的对重大项目的培育支持、付立华教授讲的对青年教师科研潜力的培养挖掘等，给我留下了深刻的印象，这也是儒学院在下一步工作中所着力探索的，对于我们来说都是很好的经验借鉴。

作为第二期交流会的院系科研工作人员代表，我也上台进行了交流发言。就像付立华教授所说的，对于我们来说，这也是一次对学院科研发展的阶段性总结和反思。现在大家所熟知的儒学高等研究院整合组建于2012年，而我是2017年加入的，有幸参与了儒学院重组后一半时间的发展历程。在这期间，就仿佛完成任务会获得奖励一样，在每一次的工作任务结束后，在与师生、领导、同事的每一次交流后，我的手里就会多一张有关儒学院的"拼图碎片"。如今已经过了6年的时间，我手里已经积攒了足够数量的"拼图碎片"，自己也通过这些"碎片"拼出了儒学院的历史与现在。非常感谢人文社科研究院领导和同事的信任，能够给我讲述的机会，让我有机会整理思路，讲述儒学院的发展，讲述这些沿着深厚历史根源发展而来并至今延续的学缘脉络和学科特色。希望通过这次的交流沙龙，可以让各个兄弟院系对儒学院的发展目标、研究方向、科研平台、重大项目等有更深入的认识，为今后各学院之间的学术交流作出自己的努力。

在这几年的工作中，我也时常思考，作为一名普通的工作人员，行政管理工作最终的意义和价值是什么？我认为，如果以人体类比，行政管理工作更像是人体的各个关节。各个关节状态健康，运转滑顺，这个整体的"人"才可以不断地向前进、向前发展。因此，身居"关节"之位，既不能妄自菲薄，认为自身在"人"的迈进过程中缺乏作用，也不能妄自尊大，犹如"居要塞以挟人"。只有更好地认识到个体价值在集体价值中的显现，个人的职业成长发展道路才能走得更加坚定和长远。同时，我相信，一支有着充分、饱满自我价值认知的行政管理队伍，是蓬勃的、向上的、进取的，将会在建设高水平大学的进程中起到重要的助力作用。

以上为本次沙龙活动的所思所想，在此记录，以作自勉。

作者：儒学高等研究院工作人员　张　扬

9月27日　星期三　晴

中青年人才及骨干管理人员培训班参加者·李敬微

2023年9月下旬，我参加了依托中国井冈山干部学院举办的山东大学中青年人才及骨干管理人员培训班，与56名同事一起踏足井冈山这块红色热土、英雄之地，在一次次的现场教学、实地考察中寻找红色根脉，在一次次回顾历史、革命教育中经受精神洗礼。

随着历史卷轴次第展开，一个个鲜活的面孔向我们奔涌而来，一个个历史的褶皱在面前清晰浮现。五百里井冈巍然无言，短短的两年零四个月，竟有如此多的惊心动魄，竟有如此多的荡气回肠。“天下第一山”已不只是一座山，更是一座见证斗争风云、艰难岁月的历史丰碑。

学习历史，不只是为了了解过去发生的事，更重要的是明白今天怎么做。

要时时叩问初心，擦亮理想信念。以历史的眼光，从战略的高度，深入思考、辩证分析，以理论上的清醒，保持政治上的坚定。

要坚持实事求是，敢于勇闯新路。要深化运用主题教育取得的系列成果，扑下身子扎下根，踏踏实实做好调查研究，实事求是落细工作举措，求严求实、求新求效，推动事业取得更大发展。

要保持艰苦奋斗，做到攻坚克难。要始终保持革命乐观主义精神，始终相信办法总比困难多，从神山村不到十年间的神奇巨变中汲取精神力量，在“四个面向”“四为服务”中开新局，在践行立德树人根本任务中铸新篇。

要紧紧依靠群众，争取更大胜利。新的起点上，需要始终坚持“以人为本”的理念，以增进民生福祉为目的，努力让世界一流大学建设的成果惠及更多更广大师生。

山河无言，岁月有痕。今天是培训的最后一天，短短几天的学习竟然带给我们如此大的震撼，竟然留给我们如此深的触动。愿我们在未来面对艰难险阻时，能从近 1400 公里外的这片壮丽河山中持续汲取前行力量，在“全面图强”的新征程上，在推进中国式现代化进程中，始终做到牢记使命、勇毅前行。

作者：党委教师工作部工作人员　李敬微

9 月 28 日　星期四　晴

党务干部政治能力提升专题培训班学员 · 朱月月

蒙山高，沂水长。沂蒙，一片红色的热土。在习近平总书记考察临沂十周年之际，威海校区与青岛校区联合举办了党务干部政治能力提升专题培训班，我有幸作为一名基层党务工作者来到了沂蒙革命圣地。

三天的培训中，既有理论上的深入解读，又有实践教育的精神洗礼。成长群教授的讲座让我们深刻认识到习近平新时代中国特色社会主义思想实现了马克思主义中国化时代化新的飞跃，我们要全面系统深入地把握这一重要思想的核心要义、精神实质、丰富内涵、实践要求，真正把马克思主义理论中的看家本领学到手。庄纪旭教授让我们深刻认识到沂蒙精神是中国共产党人伟大建党精神在山东的具体表现，是对建党精神的丰富和发展，是中国共产党人精神谱系的重要组成部分。通过观看电影《沂蒙六姐妹》、教学片《英雄孟良崮》，参与红歌教学活动《红色沃土上的鱼水之歌》，我们多角度、全方位感受到了沂蒙山区这片土地上一幅幅水乳交融的军民鱼水情的动人场景。无论是沂蒙红嫂纪念馆、孟良崮战役纪念馆，还是新四军军部旧址，一组组雕塑展现了英雄的风采，一块块展板讲述了动人的故事，一段段讲解让我们感慨万千、热泪盈眶。车轮滚滚支前线，送子送郎上战场，沂蒙红嫂爱军情，这些平凡而普通的人民，用宝贵的生命点亮中国革命胜利的曙光。无数英雄人物和感人事迹名垂青史，浩气永存，水乳交融、生死与共的军民党群之情在这片土地上体现得淋漓尽致。

如今，沂蒙儿女的故事仍被久久传唱，军民水乳交融、生死与共铸就的沂蒙精神更是历久弥新。沂蒙精神之所以感天动地，是因为党和人民的鱼水情谊升华到了“生与死”的境界。沂蒙老区人民那种诚朴的爱党忠心、爱军情怀和奉献精神，在我们党的直接领导、感召、培育、影响和引领下逐步产生与发展起来，唤醒了沂蒙人民的政治觉悟，赢得了沂蒙人民的衷心拥戴，从而使党群、干群、军民成为“同心”“情深”、团结一致的坚固整体。沂蒙军民用生死与共的实际行动，树起了一座巍峨的历史丰碑，昭示和激励我们必须植根人民，始终与人民同呼吸、共命运、心连心。

为期三天的学习，让我感受很深，收获颇多，既有对党校学风教育严谨的思考和感恩，又有对老师渊博知识的感知和体会，还有跟同事间的真挚友情，更有对即将扬帆新征程的憧憬和决心。征途漫漫，唯有奋斗。作为一名新时代的基层党务工作者，我将以沂蒙精神为指引，强化宗旨意识，提升党性修养和业务能力，坚持以师生为中心，为推进学校高质量发展作出应有贡献。让沂蒙精神绽放出新的时代光芒。

作者：文化传播学院工作人员　朱月月

9月29日　星期五　晴

中秋游园会组织者·佘全福

今晚，随着夜幕的降临，“中秋集雅韵，日月映华章”拾趣传统游园会正式拉开帷幕。现在回想起来，我的心中还是颇有感动。

说实话，这次游园会的跨院系合作是两个学院学生会历史上的一次突破性尝试。活动前，我的内心十分忐忑，甚至紧张到失眠。我总会担心物资会不会出问题，假期前夕参与的同学会不会很少，现场布置能不能按时完成。各种可能出现的状况在我的脑海中几乎都过了一遍。但是当我真正参与活动时，所有担心的事情都迎刃而解了。

活动一开始，同学们便纷纷而来，平时十分宁静的花园在这一刻变得热闹起来，迎来了属于它的“高光时刻”。在两个小时内，流量就达到了千余人，组成了一幅中秋盛宴图。

同学们领取入场券后惬意地在园中游玩，到各个站点体验中华传统文化，集齐印章后参与抽奖。这次我们设置了十个站点，无论是中华传统宫灯、团扇的手作，还是投壶、灯谜的传统活动，每个站点都非常火爆，被大家紧紧包围。

除了顺利地完成此次活动外，我们还有意想不到的收获。整场活动中，每一个小活动虽然都不是很难，但就在这一个个的活动中我们看到了中华传统文化的力量，她以独特的魅力吸引着来自世界各地的同学参与这场“文化盛宴”。我们被来自五湖四海的同学的热情打动，大家对中华文化的热爱跨越了千山万水，在这中秋之夜汇集。

这次活动让我真正看到了传播中华传统文化的意义所在，加深了我对国际中文教育的热爱。活动结束后，看到同学们在群里感谢我们，我十分感动。一位留学生在参加完活动后对我们说：“You people are full of love and traditional aspects.”短短的一句话，却是对我们的高度评价。“皓魄当空宝镜升，万千祥和落人间。”小花园在习习秋风中静谧而美好，此次游园会圆满落幕。

作者：国际教育学院 2022 级本科生　佘全福

9月30日　星期六　晴

央视中秋晚会舞蹈节目编创者·郑　岩

三江汇流，酒都揽月，共赴金秋华彩夜；诗酒飘香，灯火辉煌，同庆中华团圆时。距离在四川宜宾“三江汇流”处主舞台所经历的舞蹈编创工作已近一个月了，现在回想起来，那历经了风吹日晒、昼夜奋战的时刻都被这中秋的一轮明月铺上了浪漫的色彩。

今年8月下旬至9月上旬，我有幸作为舞蹈编导受邀参加中央广播电视总台2023年中秋晚会的节目创编及录制，主要承担主舞台和外景部分舞蹈类节目的编创及现场录制工作。央视中秋晚会是海内外华人传递亲情、寄托思念的重要文化载体，向来以高超的艺术水准、新颖的节目创排、先进的科技融合以及温暖真挚的情感表达而获得全国电视观众的认可。从前期的创意会议研讨、制订节目方案到实地节目创编及现场录制，我与舞蹈编导团队的主创老师们一同经历着今年央视秋晚给予的大考。多少次修改方案，多少次推倒重来，又有多少次录制现场的临时调整我已回忆不清了，总之每晚的现场录制都要紧绷每一根神经，随时准备处理节目修改的任何要求，现场导演没喊“收工”，一切变化皆“在路上”。

这次参与央视中秋晚会舞蹈编创工作更像是一次对本专业前沿发展形势的近距离观摩，幸运的是这样的观摩机会又是参与式的，能让我边学、边干、边反思。亲临工作现场时我强烈感受到新媒介技术时代下舞蹈艺术领域的变革，舞蹈身体语言正在同他类艺术展开创新性融合的路上重构着自身的审美经验，这些在媒介平台技术推动下形成的新艺术形态正是当代人民群众希望看到的对中华优秀传统文化的创造性转化与创新性表达。

结束了央视中秋晚会的录制工作，我回到校园，回到我熟悉的课堂。面对眼前这些对舞蹈编导专业饱含热情的莘莘学子，我感到作为教师的责任更重了。新时代对舞蹈编导的能力提出了新要求，我不能让我的学生走出校园后说“课堂学的东西社会上用不着”，而直面这个问题的信心恰恰是学校给予的。山东大学多学科综合实力在这个需要创新型人才推动社会发展的现实面前展现出了更大的优势，新文科发展既是机遇又是挑战，而对机遇的强烈认同恰恰能帮助我们坚定信心迎接挑战。参与央视中秋晚会编创工作的这些宝贵经历将激励我继续深耕课堂，拓展前沿专业知识，创新教育教学方式，开展教研科研探索，将培养新时代创新型舞蹈艺术人才的定位落实到日常教学的细微处，让我们的学生走出校园后有底气、有实力接受社会的检验。

作者：艺术学院（威海）教师　郑　岩

10月1日　星期日　晴

艺术学院红色主题创作展创作者·李志勤

五星红旗迎风飘扬，在热烈庆祝中华人民共和国成立74周年之际，“红色主题水墨人物创作展”正在山东大学洪家楼校区艺术学院展出。秋天透过小树林的屏风，梨树和松树闪射出火焰般的彩色光辉。循着小树林走向艺术学院，二楼的展厅里早已站满了观看的老师和同学，所有人都聚精会神地凝视着画面，似乎正在通过眼前的画作感悟着历史的沧桑与厚重，在驻足欣赏与回望中传承民族精神、赓续红色基因。

在举办展览前，同学们做足了准备。从筛选素材开始，他们翻阅了大量的红色题材相关资料，挑选出最具代表性和感染力的素材，拍摄人物素材并进行初步构图。绘制草图和最终定稿则需要更多的耐心和技巧，每个同学都投入了十二分的精力去完成，力求通过水墨的表现形式，让红色文化与艺术有机结合，将红色题材的精神内涵传递给观众。我们的绘画作品既是对过去英雄事迹的致敬，也是对中华民族伟大精神力量的歌颂。

我们这次选取的题材，有抗战救国时期正在休息的部队，有举起拳头的小战士，有吹响冲锋号角的司号员，有教孩子们军队知识的军人。在绘制这些红色题材的创作时，我们对所有为中华人民共和国成立和建设作出巨大贡献的先辈们都充满了崇敬与敬佩之情，他们燃烧自己换来了如今的繁荣昌盛，也照亮了后人前进的道路。我们也希望能够传递出正能量，以波澜壮阔的征程鼓舞人心。

学院领导对这次的“红色主题水墨人物创作展”给予了很高的重视，老师们将课程思政融入教学创新，这不仅是一场艺术展示，更是一次思想碰撞和精神升华的盛会。来来往往的参观者在我们的画作前驻足，那一刻仿佛历史回溯。通过展览，我们向观众呈现了饱含红色精神的画卷，也唤起了广大师生对历史的敬重和对未来的信心。

“捧出一颗丹心，献与亿兆生灵。”作为艺术学院的青年学子，我们更应该将专业与家国情怀相连，锐意进取，开拓创新，尽自己所能去讲好中国故事，书写中国篇章。

作者：艺术学院 2020 级本科生　李志勤

10 月 2 日　星期一　晴

潍坊国际风筝嘉年华参加者・牛万一

告别送我们到车站的活动工作人员，听他说着“欢迎再来”的话语，我回忆起这两日的活动经历，再次惊叹于山东潍坊人的热情。

今年 10 月 1 日，山东潍坊举办国际风筝嘉年华“祝福祖国”全国大学生风筝放飞活动。9 月 30 日，山东大学本研学生代表一行由济南出发，前往潍坊市。一下高铁，就有接站人员把我们送到了酒店。在签到处，主办方赠送给我们每位同学一支标有“我爱你中国”字样的传统潍坊风筝作为见面礼。我很想在国庆节当天将它放飞，表达对祖国的祝愿。

10 月 1 日一早，我们便乘车前往潍坊滨海风筝放飞场。此次活动不仅邀请了省内高校，还邀请了省外知名高校的学子，300 余名师生在现场愉快互动，合影留念，感谢潍坊给了我们一个交流互鉴的平台。

活动伊始，潍坊市领导在开幕致辞中为我们介绍了潍坊风筝的悠久历史和重要地位，让我们不禁感慨小小的风筝居然有如此巨大的能量。潍坊市也对我们的到来表示热烈欢迎，期待我们未来能够来潍就业创业，助力潍坊发展。这让我想到大学生曾与淄博的美好约定。待到明年春暖花开之时，我一定会再来潍坊放风筝。

天高海阔，彩鸢起舞。来自国内各高校的同学们在心愿风筝上签名，表达对祖国的祝愿，并写下自己的梦想与愿景。长长的风筝满载着 300 余名师生的心声，飞向蓝天。

随后，大家去往各高校放飞区，开始放飞带有校徽的高校特色风筝。我们人手一只，相互配合。我手中的山大风筝最先飞上了天，虽然中途经历了一番缠线的波折，但是也总算升到了“全场最高”。在风筝放飞场上，除了我们的普通风筝，还有许许多多异型风筝，如玫瑰花、鲨鱼、老虎、机器猫等，形态各异但都巨大无比。这些风筝都由非遗风筝专家放飞，大家得以欣赏这场天空中的视觉盛宴。

活动结束后，我们又一同前往风筝博物馆、十笏园等潍坊著名景区游览，感受风筝中的中华文化以及名胜古迹中的潍坊历史。

以风筝为线，以放飞为纽带，我们在活动中感受非遗魅力，以独特的方式表达了对祖国的美好祝愿，期待来年我们还能一同在潍坊放飞手中的风筝。

作者：国际教育学院2021级本科生　牛万一

10月3日　星期二　晴

党务干部政治能力提升专题培训班参加者·贲晛烨

不久前，我非常荣幸参加了学校组织的为期四天的党务干部政治能力提升专题培训班，深入学习了党的重要思想理论，参观了孟良崮战役纪念馆、华东野战军纪念馆、沂蒙红嫂纪念馆，还观看了电影《沂蒙六姐妹》。此次的专题培训对于加强党的政治建设、提高党员和党务干部的政治能力，以及推动党的各项工作具有重要的意义。

在沂蒙干部学院的第一堂理论课程学习中，我对习近平新时代中国特色社会主义思想有了更加深刻的理解。随后，我们进行了关于高质量党建引领高质量发展这一主题的分组研讨。高质量党建是高质量发展的坚实基础，党的建设需要与时俱进、不断创新，以更好地引领并推动中国特色社会主义事业的高质量发展。

“祖国是人民最坚实的依靠，英雄是民族最闪亮的坐标。”沂蒙红嫂纪念馆生动展示了中国革命时期妇女伟大奉献、坚韧不拔的革命精神。她们用自己的生命诠释了爱国主义和革命精神。英烈亭前，我跟孙孝敏教授一起整理花圈缎带，缅怀历史，缅怀英雄和先烈。此次的参观让我更加深刻地理解了中国革命历史，也让我更加珍视和平、珍惜今天的生活，坚信只要我们继续传承并发扬这种坚韧不拔的精神，中国特色社会主义事业将会迎来更加辉煌的未来。

沂蒙精神与延安精神、井冈山精神、西柏坡精神一样，是党和国家的宝贵精神财富。《沂蒙六姐妹》是一部以真实历史事件为背景的影片，描写了六位妇女在解放战争期间的英勇事迹，展现了六姐妹在战火纷飞中的顽强生存和坚守信仰的意志。影片触动心灵，我和许多女老师们都红了眼眶。此次培训活动还安排了红歌学习，所有老师一起学唱《红色沃土上的鱼水之歌》，旋律悠扬，歌词深刻。学唱红歌能够培养爱国主义情感、增强凝聚力、提高音乐艺术鉴赏力。在学习的过程中，艺术学院段胜男老师还随着红歌为大家表演了扭秧歌。

在结业仪式上，我作为学员代表围绕着沂蒙精神和革命精神进行了发言。共产党人正是凭着这种精神，克服千难万险，战胜强大敌人，取得最终的胜利，为中国革命闯出了一条崭新的道路。我们今天悼念先烈，就是要继承和发扬他们忠于党、忠于人民的崇高品质，以蓬勃向上的风貌，激发创新能力，燃烧工作和学习的热情，焕发无坚不摧的力量。

作者：信息科学与工程学院教授　贲晛烨

10月4日　星期三　晴

志愿活动参加者·左静岚

喜逢双节假期，为充实自己，我参加了学校青志联和济南市动物园联合举办的志愿者活动。

昨天，我的主要工作是劝阻游客不文明行为。今天，根据园内需求，我被调到维持游客秩序岗位，成为一名文明引导员。做志愿活动真的很有意义，我在帮助别人的过程中获得了满满的幸福感，也提升了个人的社会价值。做文明引导员的时候，我真切地感受到了“好客山东”的热情。门口的保安叔叔非常和善，每一位游客脸上都洋溢着幸福的笑容，这份快乐的心情感染了我，让我能更加自在地投入志愿者的工作。

通过参与志愿活动，我也认识了来自其他学院的志愿者，结交了志同道合的伙伴。在志愿活动中，我清晰地认识到，游客们对游览动物园的文明行为认识还不够深入，比如广播里一直在强调“禁止攀爬围栏”“禁止投喂”“禁止拍打玻璃”，然而很多游客为了让孩子看得更高，都会不自觉地把孩子放在围栏上，这其实是非常危险的行为。其他的不文明行为还有为了吸引动物的注意拍打玻璃、为了满足逗乐心理投喂动物等。有的游客会事先准备专门用于投喂动物的食物，甚至有的游客直接把零食喂给园内动物，丝毫不考虑对动物的影响。这时候，我们志愿者的作用就体现出来了。看到不文明的行为，我们会对其进行劝导，还好游客们也非常配合，经过提醒也作出了改正。

让我惊喜的是，完成志愿者工作后可以游览园区。于是，结束上午的工作后，我就兴致勃勃地逛起了济南市动物园。园区很大，有憨态可掬的大熊猫、振翅高飞的猛禽、威风凛凛的狮子和老虎、品类繁多的鸟儿……走进动物园，与大自然来一场美丽的邂逅；走进动物园，与动物来一次近距离接触。我也深刻地体会到了济南市动物园的理念：文明游园创文明环境，关爱动物造生态乐园。

青春正当时，我们作为青年，要在志愿活动中奉献社会，在实践行动中放飞青春风采。

作者：能源与动力工程学院 2023 级本科生　左静岚

10月5日　星期四　晴

“山东省高校机器人大赛”备赛学生 · 于兴达

今天，我继续带领队员们投入紧张的山东省高校机器人大赛备赛。这是我第一次作为队长参加真正的竞赛，我深知使命光荣，任务艰巨，我们必须全力以赴，为大赛做好充分的准备。

清晨，阳光透过窗帘洒在宿舍，唤醒了我和舍友。起床后，我们立刻投入机器人项目的准备工作中。机器人大赛对于我们来说是一项挑战，也是一次展示自己实力的机会。我们明白，即便今天没有正式比赛，但每一天的努力都将成为我们取得胜利的基础。

我们先回顾了项目的规格要求。这一步骤至关重要，能够确保我们不会遗漏任何细节。我们选择了灭火机器人并深入研究了机器人的任务和挑战，详细分析了每个环节的要求。这种细致入微的准备让我们明白了项目的复杂性，也为我们下一步的工作奠定了基础。前两天，我们完成了机器人硬件部分的选购，包括机器人的各个组件，确保它们的适配性。这个过程比较烦琐，但硬件的稳定性对于机器人的顺利运行至关重要。整个上午，我们主要进行小车结构的搭建，这需要与程序相配合。机器人的程序需要精确无误，以执行各种任务。虽然进展有时候会显得缓慢，但我们相信每一次尝试都会带来宝贵的经验。

午饭时间，我们在路上商讨着机器人硬件位置的摆放，由于缺乏经验，我们的工作效率还比较低。我们把小车拆分为多个部分，比如电机驱动部分、火焰探测部分、路径探测部分等，先解决的是电机驱动部分。这次我们用上了电烙铁，尽管焊接的不是电路板，但能把所学的知识运用到实践中的感觉也是很充实的。

尽管今天的进展速度较慢，但我们的决心依然坚定。作为山东大学的学生，我们明白校风“崇实求新”不仅仅是一句口号，更是一种生活态度，是对卓越的追求。我们不仅是在为机器人大赛做准备，更是在磨练自己的毅力和提升自己的技能。

作者：信息科学与工程学院2022级本科生　于兴达

10月6日　星期五　晴

环境科学与工程学院硕士研究生·魏　颖

今天已是国庆假期的尾声，恰逢父母有时间送我到学校，我便邀请父母参观我学习、生活所在的青岛校区，对于他们而言，这还是第一次。

从小学到大学，我的每一次升学都伴随着父母的牵挂。他们会在开学前和我一起准备大包小包的行李，到校后会先我一步对学校进行了解，希望能对我的学校了解得更多一些；离开时更是对我千叮咛万嘱咐，生怕我一个人在外照顾不好自己。记得当年研究生升学时，家长没进入学校，我也觉得自己能行，于是便一路自己硬扛，拒绝了父母的送行。没能亲自送我入学，成了父母的一个遗憾。

现在，终于有机会在这个秋天弥补了。

还未靠近学校，父母就已经被宏伟的图书馆吸引。我骄傲地告诉他们，这是我们学校的图书馆，是目前亚洲高校中单体面积最大的图书馆。进入学校后，宽阔的林荫大道、井井有条的教学楼排布、丰富多彩的活动地点让父母感慨万千。在看到博物馆、体育馆后，他们更加惊讶于校园里别具一格的建筑体系。学校的风景环境毫不意外地得到了父母的赞叹，路上遇到上课的同学，浓浓的学术氛围又让他们连连赞许。幸亏他们没参观宿舍楼，不然他们的赞美都要溢出来了。

到了饭点，我带父母来到了平时常去的餐厅。面对一排丰富多样、选择众多的窗口，父母开始犯难，犹豫中选择了两道家常菜，接下来就开始夸我们的餐厅价格合理、美味可口。我知道这些对我来说都已经是家常便饭，但也在父母的话语中体会到了不一样的美味。我不断附和着他们的评价，心里知道他们的每一句认可都是对我在校生活的放心。

父母对我学习生活的地方多一点了解，他们就好像能多陪伴我一刻。

此刻，我爱山大的心情达到了顶峰。谢谢山大在基础设施、景观绿化、学术氛围、生活保障等方面做得如此完善，让我父母这么挑剔的人都赞叹不已。这也让我的父母可以放心，让每一个山大学子的父母放心——我们在山大过得很好。

作者：环境科学与工程学院 2021 级硕士研究生　魏　颖

10 月 7 日　星期六　多云

哲学系 1977 级校友 · 黄仕军

秋高气爽，丹桂飘香，在山东大学建校 122 周年校庆来临之际，《如歌岁月——山东大学哲学系 77 级毕业四十周年纪念》一书由山东大学出版社如期出版。这既是全班同学为纪念恢复高考 45 周年和毕业 40 周年的文集，也是为母校华诞献上的一份厚礼。

1977 级是中国高等教育史上的一个特殊群体。它有三点特殊。第一，这是恢复高考后迎来的首届大学生。1977 年高考制度的恢复是一个重要的节点，“1977 级”不仅仅是一届大学生的指称，更是一个重要的历史符号和时代的象征。第二，这级学生录取率极低，竞争异常激烈。由于高考大门关闭了 11 年之久，加上当年应届毕业生，共有 12 届考生一起涌进考场。据有关资料介绍，当年全国报考人数为570万人，而实际录取人数只有27.3万人，录取率为4.8%；而对于山东这个人口大省来说，当年考生有80万人，最终录取人数仅为1万人，录取率为1.25%，真可谓百里挑一。第三，这级学生年龄跨度大，人生阅历丰富。就山大哲学系1977级而言，入学时年龄最大的已年满31周岁，最小者不满16周岁，几乎是两代人的差距；就生活阅历来说，这级学生基本上生于中华人民共和国成立前夕和20世纪50年代，历经磨难才迎来了命运的转折。此时他们大多已走向社会，年长的同学大多已结婚生子，有的已是两三个孩子的父母，既要上学还要照顾家庭，这种酸甜苦辣的生活经历是历届大学生所没有的。另外，这级学生还有一个独特性，即冬季高考、春季入学。由于当时国家各项事业急需人才，在邓小平同志的主持下，当年10月国家恢复高考招生的意见一经通过，各省便分头准备于11～12月陆续开考，入学时间则安排在次年的2月底3月初，恐怕这也是高考史上的一次例外。

山东大学哲学系1977级，无疑是这个特殊群体中的一个重要组成部分。与其他1977级学生一样，这批学生无论是在校学习还是毕业后走向社会，都有鲜明的历史印记。第一，他们都非常珍惜来之不易的学习机会，抓住一切机会从早到晚、通宵达旦地学习，几乎没有什么周末，学习的刻苦勤奋下是对知识的渴望。第二，这级学生作为中华人民共和国新生的第一代，经历过中华人民共和国创立的艰辛和社会的动荡，在曲折坎坷的人生中汲取了始终不屈不挠、积极进取的奋斗精神。丰富的阅历加上四年学习的知识储备，毕业后走向社会很快成为各行各业的中坚力量。就哲学1977级而言，55名毕业生中，至少有16人走上厅局级或省部级领导岗位，有24人在高校或科研机构、事业单位晋升为正高职称，其中不乏学部委员、泰山学者或二级教授，其中有7位同学在山大担任过院长、部处长或校级领导，大家在各自的工作岗位上都为国家和社会作出了应有的贡献。可以说，这级学生可圈可点之处太多。正因如此，校友们每逢毕业或入学十年都会相聚，以此感恩高考的恢复，感恩母校和老师的辛勤培养，感恩干事创业时代的历史机遇。

1992年底，部分哲学系1977级同学们首聚泉城，纪念毕业11周年和迎接新年。此后毕业20周年、入学30周年和毕业30周年，他们也都怀着对母校的殷殷之情相聚山大，并相约毕业40周年、50周年再相聚。毕业40周年聚会计划被意外打断后，有同学在班级微信群倡议发起了纪念征文活动。随后全班积极响应，31位同学撰写了36篇生动感人的纪念文章，许多同学还提供了大学时代的合影和个人照片，这些文稿和影像资料先是制作成图文电子文件供大家传阅欣赏，其后经过几位同学加工整理，形成32篇文稿和返校聚会的系列资料交山东大学出版社编辑出版。

《如歌岁月》一书由上、下两篇组成。上篇“春风四十忆华年”，收录了哲学系1977级30位同学撰写的32篇回忆文章。同学们用饱含深情的笔触描绘了1977年“难忘的一天”、1978年“最美的遇见”，还有四年大学珍贵而多彩的校园生活和同窗情谊；也有同学对自己的人生历程进行全方位回顾，系统梳理了几十年学涯与职涯的收获与变迁。下篇“往事悠悠总是情”，辑录了班上同学的大学生活剪影、聚会的影像资料与通讯报道，以及为母校百廿华诞制作的图文“美篇”和各位同学献给母校的祝福，李芹同学还对整个班级情况进行了全方位的梳理。可以说，这是哲学系1977级学习生活和毕业后相聚活动的百科全书，是一份十分珍贵的集体记忆。该书的出版还要感谢山东大学出版社给予的鼎力支持和责任编辑付出的辛勤努力。尤其是该书定稿在建校122周年校庆前夕，出版社将其作为“山大往事”系列作品的开篇之作，加班加点隆重推出，这不仅是给予哲学系1977级校友的一份殊荣和礼遇，也是为学校校庆献上的一份爱意。该书的出版也要感谢山东大学党委宣传部、校友会、档案馆、哲学与社会发展学院等单位相关领导和同志提供的热情帮助。

10月13日，《如歌岁月》新书发布会将在山东大学校友馆举行，我们一同期待这次活动的到来。

作者：哲学与社会发展学院哲学系1977级校友　黄仕军

10月8日　星期日　晴

党务干部政治能力提升专题培训班参加者·杨　旭

结束了中秋、国庆假期，又回归了正常的教学科研生活。几天来，我的头脑里一直萦绕着一个词——“沂蒙精神”。

不久前，作为山东大学海洋研究院海工装备团队党支部书记，我参加了在沂蒙干部学院组织的青岛校区党务干部政治能力提升专题培训班，在沂蒙山这片革命的热土学习生活了三天。培训期间，我们全面学习了系列课程，围绕“高质量党建引领高质量发展思考”主题展开了充分讨论，并开展了现场参观学习。成长群教授的“习近平新时代中国特色社会主义思想开辟马克思主义中国化时代化新境界”课程十分深刻生动。他系统阐述了习近平新时代中国特色社会主义思想的科学内涵和重大意义，使我们深刻领会到“思想是本、行动是形、本正则形立”的理论。作为共产党员，我们要以思想自觉引领行动自觉，做到学而信、学而用、学而行。

随后几天，大家参观了沂南沂蒙红嫂纪念馆、蒙阴孟良崮战役纪念馆、河东新四军军部旧址暨华东野战军纪念馆，又学习了“大力弘扬沂蒙精神”课程，深入了解了勤劳朴实的沂蒙妇女在革命年代送子参军、送夫支前、缝军衣、做军鞋、抬担架、推小车以及舍生忘死救伤员的感人事迹，被沂蒙妇女“最后一口粮当军粮，最后一块布做军装，最后一个儿子送战场”的爱党爱国情怀深深触动。同时，我也真切感受到了中国共产党在沂蒙地区建立根据地，始终坚持拥政爱民公约，严格遵守“三大纪律、八项注意”，与人民群众共同经历了生死考验，建立了深厚感情，取得了一系列重要战役的胜利，为中华人民共和国的成立作出了不可磨灭的历史贡献。

作为年轻一代共产党员，我们要缅怀革命先辈、不忘革命初心，用习近平新时代中国特色社会主义思想武装头脑，务实工作、勇于担当，紧密围绕国家前途、民族命运、人民福祉开展教学科研工作，在全面建设社会主义现代化国家新征程上勇毅前行。

作者：海洋研究院副教授　杨　旭

10 月 9 日　星期一　晴

国际组织与全球治理新文科专业负责人·刘洪东

今天，我给国际组织与全球治理新专业的学生上完第二次新生研讨课，每个学生以“我的 9 月”为题作了三分钟的脱稿演讲。同学们分享了进入山大后的所见所闻所思所想，以多个关键词呈现了每个人多彩的 9 月，也把我的思绪拉回了刚过去的 9 月。对于我而言，这是忙碌的季节，也是收获的季节。在这个 9 月，经过紧张的宣讲、报名、选拔等流程，国际组织与全球治理专业首届招生工作顺利结束，20 名大一新生在军训后汇聚于洪家楼校区，开启了崭新的大学生活。

2023 年 4 月，山东大学申报的国际组织与全球治理新文科专业正式获批，成为全国第 9 个开设此专业的高校。虽然申报的过程并不轻松，各种调研座谈、培养方案制订、申报材料撰写、校内外专家论证等都要一一完成，但在获批后如何办好这个专业更成为一个不小的挑战。从 5 月起，我们就进入了忙碌的准备时期，从培养方案优化、校内学院协调、面试选拔流程制订等各个环节都做了充分准备，希望新专业能有一个高起点，办出特色和水平。

随着我国日益走近世界舞台中央，需要一大批高层次涉外人才，国际组织与全球治理人才便是其中一种。但现阶段我国在国际组织工作的职员数量与我国大国的实力地位并不匹配，精双语、会专业、懂国际的国际组织人才严重不足，可以说国际组织人才已成为我国关键领域的急需人才。国际组织人才培养是个任务重、周期长的系统性工程，作为“双一流”高校理应承担相应的使命和责任。

从2015年起，我们就思考如何结合山大校情做好国际组织人才培养。2018年9月，外国语学院法英双语国际组织人才实验班正式成立，成为我校首个国际组织人才班。2020年7月，国内首个“国际组织与跨文化交流”微专业开课，首批学生共计70人，来自一校三地19个学院的37个专业。“实验班＋微专业”的模式形成了山大特色的双轮驱动国际组织人才培养模式，也为新专业的设立奠定了良好的基础。

国际组织与全球治理专业是服务国家战略和现实需求开设的国家特设控制专业，属于跨学科、跨领域和重实践的新兴交叉融合专业，旨在培养新一代复合型和创新型人才，为实现中国式现代化、推动构建人类命运共同体提供人才支撑。在设计新专业方案时，我们希望将新专业打造成学校拔尖创新国际化人才培养的“先行先试”试验区，因此新专业始终坚持“人无我有，人有我优，人优我特”的理念，充分借鉴强基计划和基础学科拔尖学生培养计划等经验，力争办成国内领先、山大特色的专业点，推进新文科建设走深走实。

当然，新专业的建设也将会面临诸多挑战和困难，需要一起努力来克服。新专业必须秉承新文科交叉融合的要义，充分发挥我校综合性大学的优势，整合多个学院资源，为学生提供全面、自由和多元的发展空间；新专业必须以目标为导向，聘请国内外优秀教师和业内专家授课，打造一组围绕国际组织核心素养的核心课程、核心实践项目和核心教材，致力于培养学生的全球胜任力。

新专业，再出发，我们会一直在改革创新的道路上奋力前行。

作者：外国语学院副院长　刘洪东

10 月 10 日　星期二　晴

学生心理健康教育与咨询中心工作人员 · 孙浩令

今天是 10 月 10 日，第 32 个世界精神卫生日。中午，“爱在身边”校园心理义诊刚为 30 余名师生解答了心理困惑。晚上 8 点，一个更大范围的科普活动如期进行：第一个全原创心理学科普动画“以微笑之名”在心理中心公众号“山大心理”准时发布。

这是 4 个人 19 天的极限操作，是不知道费了多少脑细胞、熬了多少夜、掉了多少头发的诚意之作。再次看到这个视频，回想它的诞生过程，一时之间百感交集。

主题的选取没有太多的纠结，很快敲定了“微笑抑郁”这个主题。这虽然不是医学上抑郁的诊断分类，却是生活中常见的情况：有太多的人将自己的悲伤和痛苦藏在微笑的面具之下，以至于他们被认为不会也不需要别人的帮助，最后陷入无助无望的境地，甚至发生悲剧。所以我们想通过这个小小的动画来帮助大家。

还记得我和写脚本的郝玲同学“头脑风暴”想情节的晚上，讨论得头大但兴奋。虽然已经确定好了主题，但怎么把这个本来就是通俗说法的词语转变成有心理学理论支撑的日常表现、怎样用有吸引力的方式讲述这个主题、怎样在有限的时间里呈现这个主题，都是需要用心思考的问题。每当两个人碰撞出了一个绝妙的背景细节、一个精巧的转场设计时，那一瞬间产生的多巴胺便驱散了疲劳。

还记得收到王嘉麟同学完成的第一幕动画时的惊喜与兴奋。作为美术生的她，画画不在话下，但做成动画却是一个新的挑战。因为语言的局限性，有时很难将脑海中的画面通过文字精准地描述出来，所以当看到她把文字变成形象的动画时，那种惊喜与兴奋是无以言表的。更让人开心的是，她没有因为工作量大而敷衍了事，在整个动画创作过程中也并不只是一个简单的执行者，而是一直保持自己的思考，完善细节。

还记得第一次收到荣汉文同学发送的样品时的意外与兴奋。如果说从语言到动画是跨越了一个表达维度，那背景音乐的创作与编制就是跨越了多个表达维度。还记得我们第一次沟通时的艰涩，不仅是因为行内人和行外人之间的知识鸿沟，更是因为用语言阐述音乐构想的抽象感，所以第一次沟通结束，我们都不知道最后会出现什么样的结果。幸运的是，汉文同学不仅音乐素养高，理解力也超强，在一次次修改中精准地捕捉到了想要通过音乐传递的情绪和信息，与情节相符的效果元素的添加也让整个视频变得更加引人入胜。

校园心理义诊的举行、原创科普动画的发布只是世界精神卫生日系列活动的一环，“先行者——心理健康校园行”活动在10月持续进行。关注心理健康，守护美好未来，我们一直在努力。

作者：学生心理健康教育与咨询中心工作人员　孙浩令

10月11日　星期三　晴

救治路人医学生·宋雯雯

一年之中秋意正浓之时，风清日朗，我们如往常在病房进行临床实践学习，却收到了意想不到的一封信。看到信中真挚恳切的感谢，不久前傍晚的一次救助经历再次浮现眼前。

2023年9月9日，时近黄昏，结束了忙碌而紧张的临床工作，我和同伴赵立新相约去学习。在前往图书馆的途中，行至文化西路，恰逢小雨地面湿滑，一位骑电动车的大爷因躲避货车不慎摔倒，行动受损无法起身。大爷捂住左侧上腹部，表情痛苦，我和同伴急忙上前去询问病情，当时大爷面色已经有些苍白，无法配合回答问题。我们判断，大爷很有可能是脾破裂、肋骨骨折或气胸。脾破裂是最凶险的一种情况，因为脾脏是一个脆弱的器官，且血运丰富，一旦破裂往往危及生命。此时，我的另一名同伴魏开铭路过，看到这种情况赶忙下车帮忙。天气恶劣加之路况复杂，保护患者为当务之急。大爷已经意识稍有恢复，示意我们可以起身，于是我们一边将大爷搀扶至路边，一边指挥来往车辆避让，防止二次伤害。

经过我们的初步判断，大爷意识尚清晰，生命体征目测暂时也比较稳定，但仍无法排除内脏破裂出血的可能。征得同意后，我们将大爷送至附近的山东大学齐鲁医院进行救治。前往医院的途中，乌云密布的天空下起暴雨，我们已无暇顾及。

进入医院后，我们三个人用轮椅推着大爷有序挂号并监测生命体征，之后送至急诊外科诊室开具相关检验检查。在完善颅脑及胸腹 CT 的过程中，大爷疼痛加重，不时传来的叫声令人揪心。同时大爷向我们传递了另一个消息：自己的意识没有刚来的时候清晰了。这并不是一个好消息，脾破裂进行性出血的可能性更加不能排除了。

为了不耽误诊断和治疗，我们分头行动，一名小伙伴推着大爷去诊室再次监测生命体征和抽血化验，明确有无血压心率变化、血色素下降和心脏相关指标升高的情况。我和另外一名同伴则赶往 CT 阅片室找到当晚值夜班的老师，请老师帮忙阅片出具报告，毕竟病情不等人。

老师仔细阅片后告诉我们，内脏未见明显异常，但是 7 根肋骨发生骨折，其中有 2 根局部错位，并且存在少量气胸。没有内脏出血，真是不幸中的万幸！于是，我们回到急诊外科诊室等待抽血化验的结果。幸运的是，结果出来后都没有问题，大爷的生命体征包括血压心率一直比较稳定。此时，大爷的家属已经赶来，我们将接力棒交到家属手中。目前大爷没有生命危险，且急诊外科已经为其制订了下一步的治疗计划，我们可以放心离开了。走出医院，风消雨止，空气中弥漫着丝丝凉意，我们的心中却十分温暖。

昨天，大爷通过多方打听联系到我们学院老师，坚持要当面表达感谢。下午见到大爷的时候，我们欣喜地看到大爷已经可以正常活动了。让我们意外而感动的是，大爷还专门为我们三个人订制了保温杯，“医者仁心、感谢救助”8个字仿佛在那一刻有着无声的力量。我们不仅为他转危为安感到喜悦，也因患者的真诚感谢而深受感动、备受鼓舞，这份认可和赞许给予了我们坚持救死扶伤的更大动力。或许这就是我们和病患之间的“双向奔赴”吧！

作者：第一临床学院2021级硕士研究生　宋雯雯

10月12日　星期四　多云

第四届中国城市与高校发展大会组织者·李　菁

10月12日，第四届中国城市与高校发展大会（以下简称“大会”）在青岛市红岛国际会议展览中心成功举办。这是我们继2021年承办第二届大会之后再次承办。大会成功结束的那一刻，这些天的紧张与焦虑也随之远去，取而代之的是发自内心的喜悦与自豪。作为两次全程参与大会组织工作的亲历者，我有几点深刻的感受。

第一，这次大会紧跟了时代步伐。大会以“融合、共进、创新、赋能”为主题，积极探索城市与高校协同创新高质量发展的新思路、新理念、新机制，切中了当下城市与高校协同创新高质量发展的时代脉搏。

第二，这次大会承担了职责使命。今年 2 月，教育部部长怀进鹏来校调研工作时指出，山东大学要在服务国家战略和区域经济社会发展、优化布局结构的先行先试中做表率。这次大会邀请高教学会领导、省市领导、专家学者、企业代表等三十余人建言献策，积极促进人才链、教育链、产业链、创新链的有机衔接，着力推动城市与高校在落实教育、科技、人才三位一体战略部署中同频共振、共建共赢，我们在先行先试的道路上又迈进了一步。

第三，这次大会展示了校区形象。城市孕育大学，大学滋养城市。20 世纪在青岛办学期间，山东大学创造了办学史上的“两次辉煌”。2016 年青岛校区全面启用，再次奏响名城与名校琴瑟和鸣的华美乐章。作为学校服务青岛市的“桥头堡”，青岛校区一方面在青岛市的大力支持下快速发展，另一方面主动融入青岛，为青岛高质量发展持续赋能。正如李术才校长在大会报告中所讲，青岛校区正努力打造成为青岛现代化国际大都市的一个亮丽名片。

第四，这次大会锤炼了严实作风。“办文、办事、办会”是办公室工作的主要任务，这次大会是对我们办文、办事、办会能力的一次综合检验。为了确保高质量、高水平地办好这次大会，学校和校区高度重视、精心谋划，成立专门工作组负责大会组织工作，各个工作组 7 月即开始筹备会议，反复推敲活动细节、细心做好嘉宾接待、认真准备文字材料、细致做好会场布置、精准做好流程衔接，用从严从细从实的工作作风确保了大会的顺利举办。

作者：青岛校区党工委（校长）办公室工作人员　李　菁

10月13日　星期五　晴

山东大学出版社编辑·霍馨莹

今天上午9时30分，纪念文集《如歌岁月——山东大学哲学系77级毕业四十周年纪念》出版发布暨山东大学哲学系77级毕业41周年座谈会在山东大学中心校区校史馆举行。山东大学校友会会长、原校长樊丽明，山东大学党委常委、副校长芦延华，山东大学出版社社长陈斌等出席活动，山东大学原党委副书记、哲学系77级校友方宏建主持活动。发布会上，陈斌、山东大学出版社总编辑王贻社代表出版社向山东大学校友赠书，现场气氛十分热烈。

作为《如歌岁月》的责任编辑与哲社学院校友，我很荣幸能参与其中，见证这一极具纪念意义的时刻。今年6月，我接到为山东大学哲学系1977级校友编辑纪念文集的任务，这让我既兴奋又忐忑。兴奋是因为能有机会为母校、母院贡献自己的一份绵薄之力，而时间紧、任务重又让我忐忑不安，肩上仿佛扛起一副无形的担子。在编辑过程中，针对文字表述、图文排版、封面设计等相关事宜，我与《如歌岁月》编辑组的各位老师反复讨论，有几次与编辑组的曹晓武老师沟通修改意见直至深夜。在出版社领导的重视和关心下，经过数月的打磨，《如歌岁月》终于顺利如期出版。在此，还要感谢山东大学党委宣传部、校友会、档案馆等部门的支持与帮助，感谢《如歌岁月》编辑组老师们的辛苦付出，感谢山东大学出版社领导和同事的信任与指导。

《如歌岁月》是纪念中国恢复高考45周年和山东大学哲学系1977级毕业40周年的文集，由樊丽明教授作序。正如序中所说，“这是一组时代的故事、这是一组奋斗的故事、这是一组友爱的故事”。《如歌岁月》分为上、下两篇，上篇为山东大学哲学系1977级同学回忆大学生活的文章，共32篇；下篇为山东大学哲学系1977级同学大学生活剪影、同学聚会记录以及对母校百廿华诞的祝福。《如歌岁月》记录了山东大学哲学系 1977 级同学大学生活的点点滴滴，情感真挚，内容真实，语言质朴。读完一篇篇回忆文章，我也被 1977 级同学的精神深深感动。在那样一个匮乏的年代，有这样一群志存高远、砥砺前行的山大学子，这就是山大精神的体现，非常值得我们学习。

《如歌岁月》是山东大学出版社策划的“山大往事”系列图书的开篇之作，“山大往事”系列图书以记录山大人、山大事、山大精神为主旨，用小切口折射大时代，通过讲述一代代山大人的成长历程，将集体与国家、个人与时代相交融，让微观个体讲述与宏观时代变迁实现了同频共振、融合统一，展现山东大学文化精神和家国情怀。《如歌岁月》在网上均有售卖，搜索书名即可。接下来，“山大往事”系列图书作为开口丛书将陆续推出新书，我们也期待更多老师、校友参与进来，共同书写属于山大人的记忆华章。

作者：山东大学出版社编辑　霍馨莹

10 月 14 日　星期六　晴

毕业生秋季就业双选会工作人员 · 吴卓迩

为进一步加强与广大用人单位的人才合作，搭建毕业生与用人单位的双向选择平台，10 月 14 日，山东大学 2024 届毕业生秋季就业双选会暨山东大学第七届服务山东人才引进招聘会举行。作为山东大学就业创业指导中心信息部的一名工作人员，我举着单反相机、拿起录音笔，怀揣着好奇与期待之心来到了双选会现场——山东大学中心校区运动场。

秋风徐徐，天高气爽，双选会现场人头攒动，浪潮集团有限公司、北京首钢股份有限公司、美的集团股份有限公司等超过500个用人单位参加了此次双选会，场面十分壮观。我现场采访了山东大学出版社有限公司、山东莱茵斯特智能科技有限公司、北京学而思教育科技有限公司三家企业部门单位的HR以及现场参加双选会的同学。在对企业HR采访的过程中，我了解到了多家企业提出的岗位需求，包括物联网研发、智能制造、市场销售类运营管理、人力资源、法务管理和财务管理等。在谈到对双选会会场的感受时，多家用人单位的HR表示，“会场布置人性化、学生素质高”，对双选会满意度较高。在对学生的采访过程中，我了解到学生大多通过学校的就业信息网等渠道获取各岗位招聘的信息，并提前做好了有针对性的准备工作。

虽然现在的我刚刚步入大学生活不久，但通过参加本次毕业生就业双选招聘会并采访了多家优秀企业用人单位，我对就业和择业问题感触良多：未来的路有很多，总有一条会在我们的脚下。身为山东大学的学子，我们要立足当下，努力学好专业知识，不断提升自身综合素质，因为机遇永远是给有准备的人的。

作者：哲学与社会发展学院2023级本科生　吴卓迩

10月15日　星期日　晴

122周年校庆系列活动参加者·李　芹

一路奋斗一路歌，我的山大我的家。今天校庆，昨天晚上，我从央视频、闪电新闻等平台看到庆祝山东大学建校122周年“芳华山大·家国天下”系列活动播出时，心情很是激动。活动当天，我们回校团聚的哲学系1977级校友和在校师生、返校校友、各界嘉宾一起参与了节目录制，让人难忘。

10月13日上午，来自省内外的山大哲学系1977级22名同学满怀喜悦的心情重返母校，首先参加了纪念文集《如歌岁月》出版发布暨山东大学哲学系1977级毕业41周年座谈会。活动由山东大学原党委副书记、我们班同学方宏建主持。省人大常委会原委员、法制委员会主任，我们的老班长李宏祥首先致辞：“今天，1977年高考已过去46年，我们有幸见证和参与了迄今为止国家改革开放的全过程。我们应该而且必须把过往的经历和感受写出来，作为一段人生总结和对历史的责任，呈现给社会和后人。”

校友会樊丽明会长在讲话中回忆了与哲学系1977级校友一同学习工作的难忘经历，提到《如歌岁月》是一组时代的故事、奋斗的故事、友爱的故事，很有意思也有意义，十分朴实且珍贵。

发布会上，芦延华副校长在讲话中对该书作了这样的评价：“《如歌岁月》是一本关于青春的书，更是一部承载着一代人梦想与记忆的壮美华章。”山大出版社陈斌社长、哲社学院党委书记郑倩都对该书出版的价值和意义给予了高度肯定。哲学系1977级校友代表和出版社负责同志向学校、相关职能部门、学院赠书，现场气氛热烈而欢畅。

一些同学因年岁大、身体弱和需要照顾老人等，无法来到现场，但他们纷纷通过班级群发来了令人感动的祝福语和庆贺词。看到电子屏幕上播放的这些祝福，尤其是看到老校长曾繁仁教授和纪温玉老师向同学们表示祝福并祝贺文集出版的视频时，大家热泪盈眶、感动不已。

随后，参与活动的1977级校友与出席嘉宾一起来到我们当年读书的文史楼前合影留念，并参加“芳华山大·家国天下”MV的拍摄，大家在樊丽明会长的带领下，高声齐唱《我和我的祖国》，以此表达大家对国家、对母校的款款深情。

毕业41周年座谈会在温馨而热烈的气氛中开始，大家对母校的新变化和新成就感到由衷地骄傲和自豪，通过回忆校园生活和毕业后41年的工作经历，纷纷表达对母校的眷恋与感激之情。同学们争先恐后，抢着发言，同叙四十余载的初心，欢忆如歌岁月，畅话山大往事。此次活动进行了两个多小时的实况直播，使许多没有到场的同学和校友感受到了家的温暖。正如我们班张昌平在祝福语中所说："这一天，注定又是'难忘的一天'。"座谈会也引来不少旁听师生和志愿者，一位参会志愿者激动地表达了自己的内心感受："这是一堂特殊的课，是一场有40余年历史的座谈，是一本生动鲜活的教科书。活动虽然结束了，但对我的影响才刚刚开始。"

座谈会后，我们来到大成广场参加"芳华山大·家国天下"活动。李术才校长在现场对大家回家表示热烈欢迎和亲切问候，对《如歌岁月》正式出版表示衷心祝贺。哲学系1977级校友、河南省高级人民法院原院长张立勇和我们的老班长李宏祥站在李术才校长两旁，与400余名校友、师生及各界嘉宾一起参加歌曲联唱与经典诵读。

令班级同学兴奋和骄傲的是，歌曲联唱的领唱人之一是我们班的方宏建，他用醇厚的男中音率领大家演唱歌曲《我们的文脉源远流长》。我曾在建校120周年的校庆晚会上听过这首歌，它是那样的气势磅礴、沁人心脾；在迎接山大122周年生日之际与大家一起演唱，更觉得它是那么悦耳动听。这首歌让我们看到了弘扬优秀传统文化、底蕴深厚的山大，看到了为国育贤、文脉流长的山大。经典诵读的内容是《大学》："大学之道，在明明德，在亲民，在止于至善。"遥想当年，我们在山大学习"中国哲学史"这门课时曾经学习过这篇精彩华文，与母校师生、校友们再次并肩高声诵读，更进一步感受到《大学》内容的深刻内涵，体味到经典永流传的魅力。

曾为山大学子，引为终身光荣。拍摄活动结束后，校友们漫步曾一同学习生活的校园、小树林、文史楼，追忆校园时光，共议学校发展。专程从青岛赶来的我们班里的老大哥、76 岁的李晓群参加活动后说："老少同台，40 年前的老校友与年轻学子一起参加大合唱，很有象征意义。"

祝贺母校 122 周年华诞！

祝愿山大继续弘扬大学至善之道，崇实求新，再创辉煌！

作者：哲学与社会发展学院哲学系 1977 级校友、退休教授　李　芹

10 月 16 日　星期一　晴

集成电路学院和山大—算能 RISC-V 研究院揭牌仪式参加者 · 简星宇

在山东大学 122 周年华诞之际，我怀着激动与喜悦的心情参加了山东大学集成电路学院和山大—算能 RISC-V 研究院的揭牌仪式。作为新生见证这一幕，我倍感荣幸。

李术才校长在致辞中强调了集成电路在信息技术产业中的核心地位，以及它对于经济社会高质量发展和国家安全的重要性。他希望新成立的"两院"能够紧跟国家重大产业布局，解决集成电路"卡脖子"的产业技术难题。这深深激励了我，让我认识到作为"芯"青年所承担的责任与使命，更加坚定了在集成电路学院奋楫笃行的决心，努力争做拔尖创新人才，为科技强国贡献力量。

院领导表示，学院将紧跟国家战略需求和国际科技动态，坚持"院院合一，融合发展"战略，积极践行有组织的科研，从而迸发出实干创业的强大动力。我了解到山东大学—算能 RISC-V 研究院是我国高校中首个以 RISC-V 为主要方向的研究院，这令我感到自豪，而研究院具有的多学科

交叉、产学研互补的优势也增加了我对未来学习的信心。

最激动人心的揭牌仪式开始了。与会嘉宾共同按下手印，在倒数的 5 秒钟里，全场领导与师生紧张而兴奋地屏住呼吸，期待着集成电路学院新的开端。我的内心充满了激动与兴奋，准备好迎接集成电路学院和山大—算能 RISC-V 研究院的崭新未来。

我对集成电路学院的成立感到非常兴奋和自豪，这标志着山东大学在集成电路领域迈出了重要的一步，为我国集成电路产业的发展注入了新的活力。我相信，学院将通过紧跟国家战略需求和国际科技动态，为实干创业提供山大力量。同时，山东大学—算能 RISC-V 研究院的成立也将推动 RISC-V CPU 相关技术的研发和产业化，提升我国在该领域的核心竞争力。期待学院的蓬勃发展，为我国集成电路产业的发展作出更大的贡献。

这次揭牌仪式标志着山东大学集成电路学院和山大—算能 RISC-V 研究院的正式成立，象征着山东大学在前沿科技领域迈出了坚实的一步。我将怀着对未来的憧憬，带着对集成电路专业的热爱，顺势而为，乘势而上，开启自己在集成电路学院的新征程。

作者：集成电路学院 2023 级本科生　简星宇

10 月 17 日　星期二　晴

“獬豸护法”调研团成员·汤丽境

今天，我来到威海市高新区人民法院，对弘扬中华优秀传统法律文化这一主题进行调研。

进入法院，在“司法为民，公正司法”四个大字的映衬下，洁净规整、功能多样的诉讼服务中心映入眼帘。工作人员向我们介绍，近年来，法院始终围绕“努力让人民群众在每一个司法案件中感受到公平正义”的目标，将诉讼服务场所改造升级为包容、开放、高科技的诉讼服务中心，同时推进“一镇街一法官”工作机制、导诉员的设立与特邀调解制度，做到了“一站式诉讼服务、一站式多元解纷”，充分展现了中华优秀法律文化“民为邦本”“以和为贵”的魅力。

接着，在工作人员的引导下，我了解到当地法院社会管理方面的多项创新举措。例如，通过在社区设立法官工作站、定期开展巡回审判、探索创新“微信群调解”工作法等新形式，推动解纷触角向基层网络、企业园区、重点行业延伸，促进大量矛盾纠纷就地发现，就地调处，就地化解。除此之外，不论是生态环境恢复补偿司法确认案件等生态司法的实践，还是对孝亲案例、未成年人保护案例的妥善处理，都让人更加深刻地感受到法律的温度与力度，展现了传统法律与现代法律碰撞出的璀璨火花。

纸上得来终觉浅，绝知此事要躬行。总结一天的社会实践，通过对法院开展调研，我深切感受到“民本思想”“以和为贵”等中华优秀传统法律文化在当代的影响力，这些思想深刻融入了司法实践，在当代社会迸发出促进发展的强劲动力。作为新时代的法学生，我们应当积极推动宣传中华优秀传统法律文化，成长为有理想、有道德、有本领、有担当的新时代合格法治人才。

作者：法学院（威海）2022级本科生　汤丽境

10月18日　星期三　晴

“泉泽山大　齐鲁医行”校园健康义诊志愿者·韩　星

今天，我作为第一临床学院“泉泽山大　齐鲁医行”活动志愿者在山东大学中心校区参与了校园健康义诊活动。本次活动旨在为广大山大师生提供健康咨询，帮助他们更好地了解自身健康状况，提高健康保障能力，同时宣传医疗知识，增强师生自我保健意识。

本次义诊活动由齐鲁医院消化内科李真教授带队指导，义诊队包括消化内科、妇产科、骨科、急诊外科、神经外科、乳腺外科等科室，为广大师生提供专科查体以及诊疗建议。第一位前来求诊的学生来到我们桌前，我们为她开展了问诊和专科查体，有针对性地提供健康建议。之后，问诊的师生渐渐多了起来，在李真教授的协助下，小组成员井然有序地开展工作，为每位师生仔细解答疑虑。我们对每一位求诊者都进行了详细的个体化问诊等操作，为他们作了相应诊断，提供了可靠的保健方案。

在义诊过程中，我们发现大家调侃的“脆皮大学生”已经不是“稀有物种”。很多同学缺乏足够的保健意识以及合理的运动指导，致使自己的身体出现了各种问题。我们意识到，校园健康科普需要进一步推进，大学生体质亟待提高。

本次“泉泽山大　齐鲁医行”义诊活动使山大师生享受到了诊疗服务，同时我们小组成员也通过志愿服务活动发挥了自己的光和热，在实践中磨炼了自己的真本领。我们希望通过这次活动增强大家的健康意识，为师生的健康奠定坚实基础。

作者：第一临床学院2022级硕士研究生　韩　星

10 月 19 日　星期四　晴

“形势与政策”课授课教师 · 张欣媛

走出教学楼，我脚步匆匆地奔向办公室，步伐轻快，心情亦舒畅。

今天是我本学期上的第一节形势与政策课，授课题目是“开辟马克思主义中国化时代化新境界”。刚刚拿到这个题目时，我心里是有压力的，毕竟题目比较宏大，理论性也比较强，有点担心自己讲不明白。但越是这样，越是要想尽办法讲好、讲生动。国庆放假前，学校安排了备课会，我和同事们早早赶到会场，坐在前排，就是为了能好好听老师讲课，认真学习领会，然后整理出自己的思路，高效高质量地讲授传达给同学们。在备课会上，我努力跟着常辉教授的授课节奏，在聆听的同时大脑飞速运转，想着自己在各部分应该怎样讲解、同学们可能会有怎样的困惑、还应该添加什么资料做辅助等。备课会在我们不断地思考中结束了，虽然我收获了很多，但感觉还有很多需要梳理，尤其是思路需要更加清晰。

开课之前的日子里，在每天繁忙的工作之余，我都在考虑如何梳理思路、完善讲稿和 PPT，把理论和同学们的学习生活经历结合起来。经过准备，我终于完善了课件，并且根据教材和 PPT 顺了好几遍，自我感觉思路清晰、内容丰富，尽量贴近同学们的学习生活实际，使理论知识尽可能落地。

今天来到教室，打开多媒体设备，在对 PPT 进行一番检查之后，我环视教室和同学们，静静等待上课铃声。铃响之后，我说：“好，同学们，我们开始上课。今天的授课题目是……”为了方便同学们理解，我重新调整了本节课各个部分的授课顺序。在授课过程中，我不断与同学们进行眼神交流，让我欣慰的是有些同学能始终保持抬头聆听的姿态，我从同学们的眼神中看到了认可，课程讲授也更加流畅。在整个授课过程中，我也获得了一种分享知识、传达知识、输出知识的快乐和愉悦。

经过这一次的讲授，我相信下一节课会更加顺利。期待与同学们的再次交流。

作者：能源与动力工程学院辅导员　张欣媛

10月20日　星期五　晴

“人工智能导论”课程学生·吕世凯

时代在进步，科技发展也日新月异，如今我们的生活也随着人工智能水平的提高变得更加丰富多彩、快捷便利。作为智能工程与管理创新实验班的一名学生，积极了解科技发展最新动向，掌握人工智能的基本理论是我义不容辞的责任与追求，而今天上午的“人工智能导论”课程便让我对人工智能有了初步的了解，也激发了我对人工智能方面的浓厚兴趣。

课程刚开始，于老师先向我们介绍了实验班的简要概况以及未来的培养目标，而这门课程也是我们班级独有的、特色鲜明的一堂课，因此我对未来可能收获的知识以及技能都充满了期待。随后，老师介绍道：“人工智能具备的最重要的三个特征是可感知、可决策、可执行，即能够获取信息、做出思考、执行动作。”由此，我们将生活中常见的人工智能与之作匹配，初步理解了人工智能的运行机制。紧接着，老师为我们简单介绍了人工智能的工作原理。我认真做着笔记，并将一些专有名词解释记录在旁。

随后，老师引出一个有趣的话题——“人工智能全面走进生活后的一天”，带领我们从生活的各个方面想象未来生活可能的样子。课程中，老师以问答的方式引领同学们深入思考。在谈及自动驾驶出行时，老师在肯定其优点后又指出可能存在的安全系统方面的问题，让我们从辩证的角度认识到人工智能的利弊，由此为我们提供了很多新思路，能够更全面地审视人工智能。老师强调，人工智能最关键的在于“人”而非“智”，其从原先只存在于理论到最初简单神经系统模拟的成功，再到现如今真正地在生活中得到应用，都是由于人类的智慧才使其行之有效，这也是人类思维不断进步、科技意识多元化的真实写照。

经过这节课，我对实验班的定位有了更加深刻的认识：培养创新人才，致力科技兴国。我也初步了解了人工智能的相关知识，了解了数字时代科技发展的大方向，对创新灵感从哪里来、方法从哪里找、实践在哪里做等问题有了初步的认知。整体来说，这节课对我很有启发。

作者：管理学院 2023 级本科生　吕世凯

10 月 21 日　星期六　晴

中华优秀传统文化“两创”系列专题学术讲座
参加者 · 谭奕凯

晚上七点，山东大学中心校区文学生活馆内座无虚席。今晚是中华优秀传统文化“两创”系列专题学术讲座第二场，主讲人是历史文化学院院长方辉教授，讲座主题是“中华文明起源与发展的连续性及其文化基因”。这是一份我期待已久的“学术大餐”，作为考古专业学生，我自然兴奋前往。

讲座中，方辉教授首先指出中华文明的重要特质——礼乐文明，结合考古发现和史书记载深入浅出地论述了礼乐文明形成的必然和必要。在论证诸多学理时，方辉教授旁征博引，语言生动，加之大量实物图片实证，瞬间将我拉入这场感知中华文明的历史影片。随后，方辉教授从顾颉刚“古史辨派”到苏秉琦“多元一体的中华文明”，自然展开中华文明脉络研究，溯源历史发展，寻根中华百万年的人类史、一万年的文化史、五千多年的文明史。讲座过程中，方辉教授立足考古学科，从陶器、青铜器的器物演变、棺椁等墓葬制度的发展讲到良渚巨大的人造堤坝、古国成熟的社会体系。看着一幅幅真实但陌生的图像，听着一个个真实但疏离的故事，100多张PPT素材，两个多小时的现场讲授，信息量之庞大，我仿佛置身于数千年前的史前文化，陪同祖先一起创造、建设、祭祀、生活。我感叹，他们要有怎样伟大的思想和执行力才能铸造如此之奇迹！

认识中华文明的悠久历史、感知中华文化的博大精深，离不开考古学。经过几代学者接续努力，中华文明探源工程等重大工程的研究成果实证了我国百万年的人类史、一万年的文化史、五千多年的文明史。作为新时代考古学专业的学生，这场讲座让我受益匪浅，让我对中华文明有了深入的理解和认识，对自己热爱的考古学多了一份敬重和责任，对做好中华优秀传统文化“创造性转化、创新性发展”满怀期待、信心满满。未来，在山大考古的扎实根基上，我会充分用好考古拔尖2.0计划的优势资源，深化考古专业知识学习，加强田野考古实践学习，不断加强传统文化理论研究，更好地为弘扬中华优秀传统文化贡献青年考古人的力量。

作者：历史文化学院2022级本科生　谭奕凯

10月22日　星期日　晴

经济学系1977级、1978级校友返校纪念活动参加者·李齐云

金秋十月，秋高气爽，艳阳高照，丹桂飘香。在喜迎山东大学122周

年校庆的美好季节里，我们期待已久的经济学系 1977 级、1978 级校友返校纪念活动如期开始了。

之所以说“期待已久”，是因为早在 2021 年上半年，我们 1977 级、1978 级的同学们就开始酝酿并积极筹备毕业四十周年的返校纪念活动。今年 5 月，筹备工作正式启动。在学校和学院的大力支持下，在全体校友的积极配合和参与下，迎来了 65 位同学重返母校欢聚一堂的盛况。作为几个月来“忙并快乐着”的筹备组的成员，看到此情此景，心中更加平添了几分欣喜，也扰动起心中激荡的涟漪，将思绪拉回 40 多年前那个充满革命和建设理想的年代。

我们 1977 级、1978 级大学生是中国高等教育史乃至社会发展史上极其独特的一个群体。1977 年，中止了 11 年之久的高考重新恢复，于是在 1978 年创下了“十级同进竞技场，春秋两季入学府”的奇观，27 万 1977 级和 40 万 1978 级“天之骄子”走进了大学校园。

忆往昔，大学时代是一段青春绚丽的时光和斑斓难舍的岁月，同学们怀着报效祖国、奋发图强、振兴中华的志向，如饥似渴地学习，惜字如金地苦读，孜孜以求地探索，写就了那个年代华丽辉煌的篇章，出现了一大批担当改革开放和现代化建设大任的业界精英、国家栋梁。如今回想起 40 多年前的大学生活，依然有着说不完道不尽的美好回忆。4 年里的朝夕相处、寒窗苦读，让我们相互之间结下了深厚的同窗情谊，当年一桩桩一件件往事仍然让我思绪万千、心潮起伏、回味无穷。

思绪拉回现实。快看，我们 1977 级的段星辰班长来了，我们年级党支部书记胡元奎学兄来了，我们班团支部书记赵宗尹学兄来了，我们的兄长、如今已是曾祖父的刘庆珊大哥来了，我的小老乡马传景学弟来了，我们班的小学弟小学妹来了，更让我们欣喜的是我们敬仰的老师代表也来了……望着一张张熟悉而又久违的脸庞，听着亲切温馨的问候语，高兴和激动的泪水溢满了我的眼眶。

我们为此次返校纪念活动确定的宣传语是“经邦济世心系家国天下，

四十载芳华最忆是山大”，主题是要通过此次活动“共赴四十载山海之约，畅叙师生绵长情谊，勉励青年学子成长，建言山大发展之计”，活动日程的安排既丰富又紧凑。

10月20日下午，两场“聚贤校友沙龙”先期举行，邀请1977级、1978级9位校友就“青年人的成长之路”与学生代表互动交流。8位优秀校友结合个人的工作和奋斗经历，漫谈体会、感受、经验和人生感悟，畅谈对青年学子的期望、嘱托和教诲，让青年学生深受鼓舞、深受教益。当日晚，学院举行“聚贤校友访谈会”，学生代表对多位学术界和业界校友进行了访谈。

10月21日早上，经济学院1977级、1978级校友返校纪念活动在热烈欢快的气氛中正式开始。在图书馆前全体合影之后，校友返校师生座谈会在工会大厅举行。山东大学副校长芦延华发表了热情洋溢的致辞，对1977级、1978级校友“回家”表示热烈的欢迎，希望校友们关心支持母校发展，为母校的“双一流”建设和发展贡献才智和力量。经济学院院长林平教授向校友们介绍了经济学院的情况和取得的成就，感谢校友们对母校的热情关怀和鼎力支持，祝福校友们幸福安康。老教师代表陈乃圣教授、赵海成教授满怀深情地盛赞1977级、1978级同学们当年刻苦学习、努力钻研的精神和几十年来为母校发展、为国家繁荣富强作出的突出贡献和成就，勉励校友们“作出新贡献，再立新功勋”。60多位校友纷纷发言，饱含深情地回忆起40多年前在母校求学时的美好时光，动情地感谢老师先生们对学生的教诲栽培，赞美山大几十年来取得的辉煌成就，衷心祝愿母校勇攀高峰，再创辉煌。

山东大学校友会会长、山东大学原校长、经济学院1977级同学樊丽明和两个年级的班长，代表两个年级校友向学校学院赠送了纪念品，校友代表赠送了校友著作和《我的大学》纪念文集。座谈会气氛热烈，掌声、欢笑声此起彼伏，经久不息。

昨天下午，1977级、1978级校友以班级为单位参观校史馆、博物馆、文史楼、知新楼、薛暮桥事迹展，走进教室、图书馆、宿舍楼、食堂，漫步在小树林和大操场，深情回忆魂牵梦绕的大学时光，再次体验热情如火的大学生活，从内心深处抒发“凡我在处便是山大，有你在时那就是家”的情怀。

不知不觉，两天的返校纪念活动接近尾声，又到了说再见的时候了。同学们依依惜别，互道珍重，相约来日再相聚。同学们共诉发自肺腑的心声：祝福老师们健康长寿，祝福校友同学们幸福安康，祝福母校争创一流、再创辉煌，祝福我们的祖国欣欣向荣、繁荣富强！

作者：经济学院经济学系1977级校友、退休教授　李齐云

10月23日　星期一　晴

首届“励志健体，勇担使命”泰山徒步活动参加者·叶鑫涛

历经长达5个月的策划与筹备，经过无数次活动方案的制订与修改，山东大学首届“励志健体，勇担使命”泰山徒步活动在刚过去的周末顺利开展。本次活动共有79位同学和34位老师参加，李术才校长也与我们共同攀登泰山。

平心而言，作为此次活动的学生总负责人，从早七点到晚八点的13个小时里，我都如履薄冰。我担心此次活动未能达到预期，辜负参加活动的各位老师和同学们的热情。但是，直到我看见在东御道入口启动仪式上同学们充满期待的神情，直到我望见在十八盘上每个人勇敢攀登、永不言弃的身影，直到我听见在玉皇顶上合照时大家齐呼的“励志健体，勇担使

命”的口号，我才如释重负，松了一口气。

早上九时许，我们乘坐校车来到东御道入口。在简短的启动仪式后，李术才校长为我们此次活动授旗，揭开了活动的序幕。站在“汉御古道”的石碑旁，细嗅历史的气息，遥想着当年汉武帝刘彻八次到泰山封禅的豪迈，我们正式踏上了今天的旅程。东御道并不是主流登山道路，其知名度远不如红门，但多了几分天然与野性的美，也让我们得以静下心来用脚步丈量这段距离、用心灵感受这段距离，倒有种“采菊东篱下，悠然见南山”的视野。

转过东天门，穿过中天门，我们经由十八盘进军南天门。或许十八盘是我们此次征途中最艰难的一段路程，崎岖不平的山路阶梯一眼望不到尽头，我们走走停停，行进得有些艰难，但没有一位成员轻言放弃，大家迎难而上、挑战自我的拼搏精神着实让人动容。此外，五步一石刻，十步一奇石，中天门至南天门一带雄奇瑰丽的自然风景与深厚悠远的历史文化交相辉映，沿途的古建石刻在历史的沉淀下越发显得富有生机活力。一路上，我们边走边讨论其背后的历史趣事，边赞叹边“附庸风雅”地做着打油诗，用精神上的享受治愈着彼此旅途的劳顿。

到达南天门后，我们一鼓作气抵达玉皇顶，此后便开始前往桃花源汽车站的下山之旅。此时已逾下午三点，天气开始转凉，秋风逐渐萧瑟，但这一切并没有打压登山队员仍旧高涨的热情。所谓“莫言下岭便无难，赚得行人错喜欢”，桃花源一带的小路又急又陡，很是难走，但登山成员们或组内拉歌，或组间用对讲机 K 歌，欢歌笑语洒遍全程。日渐西下，斜日沉沉，将近六点，在暮色的笼罩下，我们终于抵达桃花源汽车站，登上班车，在八点左右回到山大，正式结束了一天的旅程。

我喜欢秋风，虽然它不像春风那样总是充满生机和活力，但它预示着丰收与成长。犹记得，在启动仪式上，李术才校长亲切地寄语我们：“要把读书和锻炼作为终身习惯，坚持久久为功，锻炼强国之能。”希望此次的泰山徒步活动对所有登山成员而言，不仅是一段励志健体的旅程，更是一场勇担使命的挑战。在日后的学习生活里，希望我们都能时刻铭记校长的嘱托，坚持强化身体锻炼、磨练坚定意志，做有理想、敢担当、能吃苦、肯奋斗的新时代山大青年。

作者：数学学院 2022 级本科生　叶鑫涛

10 月 24 日　星期二　晴

第八届齐鲁青年论坛工作人员·秦　川

10 月的暖阳透过明德楼五层的窗台，洒在人事部繁忙的办公室内。每个人都在为齐鲁青年论坛而忙碌着，整个人事部充满了紧张有序的气氛，大家都在自己的岗位上为齐鲁青年论坛的成功举办贡献自己的力量。

齐鲁青年论坛已经走过了八个春秋。论坛时隔三年再次恢复线下参会，人员数量多、涉及国家和地区广，使今年的筹备工作变得更加复杂繁重。人事部（人才工作办公室）召开专题部署会议，逐项梳理论坛筹备工作中的要点难点，明确各自分工、责任到人。同时要求大家发扬团队协作精神，营造凝心聚力的工作氛围，以最高标准完成论坛筹备工作，展现山大人最优形象。我们每位同事都深知这次论坛的重要性，大家根据论坛分工，各司其职、各守“阵地”，不断完善每一个细节，全身心地投入到筹备工作中去。我所在的人才工作中心也反复研讨，精心策划前期宣传文稿，逐步确立论坛方案，推敲梳理主论坛流程，每一个环节都力求体现精益求精的人事人才标准。看着大家忙碌与喜悦交织的身影，我也为自己能够加入这个团结且充满战斗力的集体而感到自豪。

现在论坛的筹备工作已经进入最后冲刺阶段，期待来自全球各地的青年才俊将在此交流思想、分享经验、碰撞火花，继而通过齐鲁青年论坛走进山大、了解山大、加入山大，这种作为人事人才工作者的喜悦和自豪无以言表。

对于我个人来说，我有幸在入职之初就参与了第六届齐鲁青年论坛的筹备工作。当时作为一名崭新的人事人才工作者，我对马上到来的论坛既紧张又充满期待，领导的关心和同事的帮助让我逐步增强信心，在关键时刻让我感到安心且充满力量。经过两年的锻炼成长，我逐渐熟悉各项工作，并深度参与了第八届齐鲁青年论坛的筹备。从流火七月到金秋十月，我们按照既定时间节点，逐步完成了论坛会务招标、前期宣传策划、分论坛征集对接、报名简历接收分发、论坛主视觉与物料设计制作对接、参会学者名单更新确定等各项工作。两年多来，我常感到自己是幸运的，通过论坛的筹备工作，掌握了很多宝贵的知识和经验，也在尝试与挑战中不断进步。齐鲁青年论坛既见证了青年才俊走进山大、加入山大，也见证了我自己的成长与成熟。

齐鲁青年论坛的举办是学校加快建设一流人才队伍、走向“全面图强”新阶段的一个缩影，更是我们吸引人才、支持人才、爱护人才的真实写照。近年来，学校将“人才强校”确立为发展战略之首，不断深化人事人才体制机制改革，围绕人才培养、引进、使用、评价、服务、支持、激励中出现的新情况新问题，破立并举、突破创新，形成了具有国际竞争力的政策制度和人才生态。

江山代有才人出，薪火相传不停歇。第八届齐鲁青年论坛即将开幕，我们期待着海内外青年人才在论坛上崭露头角、大放异彩；期待着更多有志之士加入山东大学，聚人才之力，筑图强之基；期待着山东大学在新时代的征程中勇立潮头，努力为我国建设世界重要人才中心和创新高地作出山大贡献。

作者：人事部（人才工作办公室）工作人员　秦　川

10 月 25 日　星期三　晴

第八届齐鲁青年论坛微生物技术分论坛
组织者 · 林建群

金秋十月，第八届齐鲁青年论坛向海内外青年才俊抛出橄榄枝，充分体现了山东大学对青年人才的渴求。这是我第六次参与组织齐鲁青年论坛微生物技术分论坛，作为微生物技术国家重点实验室的党委书记，我始终牢固树立“人才资源是第一资源”的理念，坚持党管人才原则，着力构建人才工作新格局，确保教育和科技事业发展薪火相传、后继有人。

寻才，求贤若渴——

齐鲁青年论坛微生物技术分论坛一直是微生物技术国家重点实验室引才的重要渠道，自 2018 年至今已连续举办六届，吸引了 50 余名海内外青年学者来重点实验室交流，为海内外青年杰出人才搭建了一个沟通、互动的平台。截至目前，论坛已成功吸引近 10 名青年人才加盟微生物技术国家重点实验室，他们已发展成国家优青、山东省泰山青年等青年人才中坚骨干。在学校的大力支持下，国重室按下了人才工作高质量发展的“加速键”，已从 2017 年建院之初的 89 人发展到目前 158 人的规模，在质量和数量上都有了优化和提升。国家级人才数量已达 21 人，形成了“学科顶尖人才—学科领军人才—学科带头人—青年储备人才”的人才梯队。

留才，高筑梧桐台——

聚天下英才而用之，要为“最强大脑”打造“最优栖所”。国重室全方位关爱人才，想人才之所想，不断加强为人才服务的意识，构建留才良好环境。一是强化以“科学精神、家国情怀”为核心的价值引领，开展“观澜大讲堂”等科学家精神弘扬传承系列活动，加速引进人才对山大文化和科学文化的认同，增强人才使命感和责任感。二是构筑灵活的人才管理体系，设置高层次人才服务专员，成立师德师风建设委员会，逐步构建上下贯通、职责明确、精准高效的高层次人才服务体系，建立健全师德师风建设长效机制。三是着力优化青年人才成长路径，成立青年教师导师组，从科研、教学、综合服务三个维度，负责指导和解决新聘教师入职后可能存在的问题，根据每位青年人才的特点构建个性化培养方案，促进青年人才的成长，缩短人才培养周期。四是实施针对引进人才的“暖心”工程，积极推进引进人才实验室的条件建设和改造提升项目，为引进人才快速适应新环境、尽快开展工作提供强有力的保障。

用才，尽展其长——

国重室面向国家重大战略需求，紧紧围绕学科布局和重点研究方向，全方位引进、培养、用好人才，全面提升核心竞争力，形成“千里马”竞相奔腾的良好局面。一是不断完善党管人才工作格局，坚持正确的用人导向，坚持德才兼备、任人唯贤、注重实绩、群众公认的选才原则，充分发挥人才的作用。二是创新科研组织范式，组织“创新群体”和“揭榜挂帅”项目锤炼人才，以重大科研攻关为训练场，引导人才以组团形式加入重大攻关项目，在重大项目历练中提升能力。三是完善人才评价体系，坚持“破立并举”，在弱化“五唯”的基础上，将解决重大学科问题或生产实践问题的能力、科技成果转化、专利等作为重要评价指标。四是实行多元化奖励激励机制，加大对解决重大问题、产出高质量成果和作出实际贡献的激励力度，确保发挥作用能有平台、干出成绩能上奖台。五是围绕创新链和产业链部署人才链，通过“科研飞地”“联合实验室”等形式推动引进人才聚焦产业关键技术“卡脖子”难题，以科技成果转化为载体，提升智力供给与产业需求的精准对接水平。

国重室已连续五年荣获“山东大学人才工作先进单位”，人才“引育留用”工作得到了学校党委的充分肯定。立足新发展阶段，我们将持续夯实创新发展人才基础，着力培养战略人才力量，努力建设一支规模适度、结构合理、素质优良的人才队伍。

作者：微生物技术研究院党委书记　林建群

10 月 26 日　星期四　晴

第八届齐鲁青年论坛参会学者 · 李长喜

迎着秋季的天高气爽，我收到了山东大学数学学院的邀请，参加学校的年度重要活动——“齐鲁青年论坛”，我的思绪瞬间从香港转回泉城济南。

作为一名山东籍学子，我从小就对山大怀着敬重与向往。2020 年在哈尔滨工业大学获得博士学位后，经师长推荐，我申请到山东大学数学学院做博士后工作。其间，我获得学校博士后特别资助，也获得国家自然科学基金和山东省自然科学基金的资助，发表多篇学术论文。随后，我又去了北京大学和香港理工大学进一步深造。可以说，山东大学是我科研起航的地方。

带着对母校的怀念与感激之情，我登上回山东大学的航班。10 月 25 日上午 9：30，主论坛在知新楼 A 座拉开序幕。通过山东省委组织部以及济南、青岛、威海三地的人才政策介绍，我感受到省委、省政府高度重视人才工作，实行更加积极、更加开放、更加有效的人才政策，全省人才事业发展蓬勃向好。李术才校长在致辞中表示，山东大学始终秉持“为天下储人才，为国家图富强”的办学宗旨，真心爱才、悉心育才、倾心引才、精心用才，彰显了山大汇聚天下英才的真心诚意。从中能够看出山大作为国内一所拥有悠久历史和深厚底蕴的重点大学对人才的渴望和真诚，这一点，也在这两天山大师生们的热情接待上体现出来。

下午 2：30，我和其他十几位青年学者来到数学学院进行分论坛的交流，学院领导介绍了山大数学学科的情况和对人才的支持力度。山大数学学科作为一流专业，排名一直是全国前三，从潘承洞院士、彭实戈院士、王小云院士等杰出人才可以看出学院的强大力量。可以说，山大数学学院一直是我梦想中的学院。在交流环节，我也表达了想加入数学学院的强烈愿望。10月26日上午，我在控制学院作了关于自己科研方向的简要汇报，与各位同学和老师进行深入交流，感受到浓厚的学习科研氛围。

虽然仅有短短两天时间，但我从中切切实实感受到此次齐鲁青年论坛举办的意义，也坚定了加入山东大学数学学院的决心和信心。再次感谢山大数学学院的邀请，感谢山大各位工作人员，感谢老师和同学为这次活动付出的努力。在山大122周年校庆之际，祝愿山大早日建成世界一流大学，也希望在此征程中贡献自己的力量。

作者：第八届齐鲁青年论坛北京大学参会学者　李长喜

10月27日　星期五　晴

经济学院退休教授·秦凤鸣

最近中心校区格外热闹，每一抹秋色都弥漫着山东大学122周年校庆的喜悦之情。一批批校友从各地风尘仆仆地来到母校。在他们当中，有65位来自经济学院1977级和1978级的校友，在毕业41年后再度回到他们的精神家园。两日美好的团聚和纷繁的回忆，令我心生感动和感慨，有了将其付诸笔端铭刻记忆的冲动。

10月21日注定是个不平凡的日子。回想起40多年前的这一天，中央人民广播电台6：30的新闻和报纸摘要节目突然传出恢复高考的消息。当我屏声静气地听完广播时，不知不觉已泪流满面。这一天是无数人多年的期盼，关闭数年的这扇门终于打开。我们这些1977级和1978级校友当年曾和无数怀有大学梦想的年轻人一样，在漫天飞舞的雪花中，从田间、工厂、军营、学校奔赴考场。一个月后，当接到山东大学的入学通知书时又一次热泪盈眶。

1978年2月，我们60位男女青年身背行囊跨入山大校门，来到政治经济学系（经济学院的前身），开启了一个重要的转折点。同年仲秋，政治经济学系又迎来了80位新同学。一年两届共计140位同学的生命中刻下了一枚共同的历史烙印，这些时代的幸运儿被冠以“传奇的一代”和“不可复制的一代”。参差不齐的年龄、不同的生存状态以及复杂的学习经历，还有历尽坎坷的高考之路，可谓空前绝后。从此，我们在课堂、图书馆、校园、宿舍等所有称得上是安静的一隅或角落埋头苦读，在书山学海中辛勤跋涉。面对这群如饥似渴的学生，老师们呕心沥血，倾其所有。我们也曾年少轻狂，或许还有过苦闷和惆怅。但更多的时候，我们掩卷深思，求知求索，燃烧激情，顽强拼搏。最终我们达成了一个共同的目的——成为恢复高考后第一批合格的大学毕业生。1982年的又一个早春和金秋，140名经济学院学子带着老师们的谆谆教诲和母校的殷殷期望，揣着多年来的梦想扬帆起航，奔赴各地百业待兴的岗位施展抱负。我们一个个都是那么的意气风发，志存高远。41年山长水阔，我们的成长见证了改革开放的波澜壮阔和中国的沧桑巨变，更重要的是，我们身在其中，背负家国使命，风雨兼程。或研究经济政策，或教书育人，或做行政管理，或做实业开发……在学界、政界和商界各显其能。

在这组群像中，第十八届中央委员、第十四届全国政协常委、经济委员会副主任马建堂，第十九届中央候补委员、中共中央组织部原部务委员王京清，黑龙江省人大常委会原副主任庞义华，国务院政策研究室原研究员、央企外部董事马传景，五一劳动奖章获得者、《经济日报》资深编辑隋明梅，青岛市国资委原主任、党委书记一级巡视员马卫刚；山东大学原校长、现任国家治理研究院院长樊丽明，海内外名校载誉归来的管理学院院长武常岐，国家教学名师于良春、徐向艺，山东省教学名师李齐云，杨蕙馨、范爱军、张东辉等特聘教授、荣聘教授等；驰骋实业界的姜东溟、王智太等，皆是1978年两级毕业生中的突出代表。

10月21日，恰好是40多年前公布高考恢复消息的同一天，我们这群当年的大学生再度聚首母校。筹备组辛勤付出，经济学院领导全力支持，准备了数月，为校友返家提供了热情、周到又暖心的服务，“家”的味道十足。在这个家里，说不尽道不完的怀念与感慨之情最终汇集成册——《我的大学》。这部山东大学经济学系1977级、1978级入学45周年纪念文集“呈现了一组改革开放的时代故事，一组奋发图强的励志故事，也是一组师生同学的友谊故事”。校友会会长樊丽明在文集序言中的这段话道明了几十篇回忆文章的精髓。

返校日的所见所闻，让我们欣喜地看到了“家”的变化。我们走过当年曾漫步晨读的“小树林”，昔日的细枝嫩芽已是根深叶茂；我们走过当年初入学堂的文史楼，昔日的教室已装饰一新，成为山大校史博物馆，崭新的教学楼、多媒体、阶梯教室、“e”校园扑面而来；我们走过当年曾冬季滴水成冰、夏日汗流浃背的宿舍，昔日的4张双层床已成为冬有暖气夏有空调的上床下桌；我们走过当年“提桶打饭”的食堂，那里分组而立的饭桌已变成了亚洲第二大校园餐厅。齐鲁大地，山海之间，连接南北，横贯东西。一切的一切已今非昔比，满目称奇。我们这些学生变老了，但我们的母校和经济学院正年轻。

时间不会为任何人停留，却在每个人身上留下了痕迹，而我们的脚印也深深印在了曾为之奋斗的山河大地。属于我们那一代人的荣耀与梦想已成为过去，我们依然谈笑风生。回望来路，或许有遗憾，但我们未曾吝啬自己的智慧和心血。正如校友会会长樊丽明所言：“广大师生无疑是创造校史的最重要主体。每个个体汇聚为班级群体，每个班级的共性品格形成年级的精神品格，每个年级的精神品格会形成山大人代代传承的文化基因。”目送浩浩荡荡的后继者，我们心中坦然亦欣然。后来居上，还有什么能比这样的传承更励志和更珍贵呢？

当这些校友再次告别母校相约未来的时刻，他们的心中盈满了对母校和经济学院的感恩和祝福。我又何尝不是！“我的山大我的家”于我而言是最为贴切和亲近的。自45年前入了山大这个家门，就再也没有离开。感谢我的山大和经济学院对我的呵护和关怀，感谢我的老师们对我的教诲与鼓励。祝福我的山大和经济学院蒸蒸日上。

这个秋天很美，它承载的不只是金色的收获，还有缤纷的回忆和逐梦的诗篇。

作者：经济学院经济学系1977级校友、经济学院退休教授　秦凤鸣

10月28日　星期六　晴

共青团济南市第十八次代表大会代表·王　瑶

“一年好景君须记，最是橙黄橘绿时。”不久前，共青团济南市第十八次代表大会胜利闭幕，作为济南市团员青年代表，我备受鼓舞，也深感肩上责任重大、使命光荣。

10月24日上午，大会开幕。大会共召开三次全体会议，选举产生了十八届团市委委员、候补委员，通过了各项决议，共同见证了全过程人民民主这一文化自信与现实关怀的深刻表达。大会上，贾文书记作了大会报告，带领我们回顾了过去五年济南市共青团事业发展的诸多成就，明确了未来发展的各项任务。今年是我来到济南的第四年，我既是过去五年济南市共青团事业发展成就的见证者，也将成为未来济南市建设的参与者、贡献者。来到山大后，济南从课本上的散文诗变成了我的第二故乡，这次大会不仅帮助我了解了济南市共青团工作的开展，更为每一个像我一样的泉城青年提供了一份独特的“成长指南”。

正式会议之外，我们召开了多次分团会议，开展了青年宣讲、经典音

乐党课等内容多样、形式新颖的主题教育。我与现场从事共青团工作多年的前辈老师进行交流沟通，从工作开展的形式内容到工作过程中遇到的问题和难点，再到个人成长的方方面面，老师们的经验对我今后的学习、工作和成长都有很大启发。

从学院学生会主席到校团委兼职团干部，再到如今“山大学子历下行”的街道团委兼职副书记，共青团工作是我成长的重要平台。正因如此，今天坐在济南市第十八次团代会的现场于我而言更显得意义非凡。今年9月，我经过层层选拔成为山东大学第26届研究生支教团的一员。在大会现场的青春寄语环节，我写下了“希望用一年不长的时间，做一件终生难忘的事”。明年我将踏上前往新疆支教的旅程，将个人奋斗“小目标”融入党和国家事业“大蓝图”，做一棵经得起风雨的劲松，让青春之花在祖国西部灼灼绽放。我想，这是一名青年团员的责任担当，也将是青春最美的模样。

写下这篇日记时，我又回想起大会当天的情景，也不由得开始期待起即将召开的山东大学第34期青马工程团校和第39次学生代表大会。作为一名光荣的团代会代表，我在会场将青年的温度如实告诉党，更希望将本次大会精神传递到身边的青年团员中去，将党的温暖传递给每一位青年。

作者：新闻传播学院2020级本科生　王　瑶

10月29日　星期日　晴

“知行者”研究生党支部书记培训参加者·李云潇

秋风送爽，天高云淡，风和日丽。回想参加党支部书记培训的这两天，我的心情如同秋天的午后一样宁静而美好。在山东大学举办的2023年“知行者”研究生党支部书记培训班里，我与200多位党支部书记一起学习，相互交流。在培训期间，我深受启发，不仅学到了丰富的知识，得到了实践经验的指导，还收获了很多的友谊。作为山东大学的一名党支部书记，我深刻认识到科研报国和弘扬发展老一辈学者精神是我们重要的时代使命和担当。

信通博士党支部自建立以来，始终高举党的旗帜，始终以学生的思想教育和个人发展为开展工作的基本出发点，党支部凝聚力强、人际关系融洽，整体呈现出和谐的氛围和积极向上的精神面貌。经过这次培训，我深刻认识到新时代的“优秀党支部”要求每位成员在德育、学术、文化、体育等各个方面表现出色，具备高度的责任感、协作精神和积极向上的态度；要求集体拥有强大的凝聚力，在集体组织、团建党建、社会实践等方面起到可资借鉴的榜样模范作用。

为了使信通博士党支部的全体党员能够在新时代坚定理想信念，助力强国复兴，我们党支部将从“思想引领、学术引路、发展引导”出发，从三个方面开展工作。首先是开展学经典读书交流活动。广泛涵盖有教育意义的影视作品、新媒体等多样化学习素材，以党支部分享圆桌会的形式邀请本支部同学结合自身成长进行交流讨论，从而进一步扎实理论功底、坚定理想信念。其次是开展校史馆、校博物馆参观学习活动。感受学校的历史底蕴与人文魅力，加深同学们对校史校情的认识，增强对学校的认同感、归属感、自豪感。最后是开展科研落地活动。韩笑晨老师提到，研究生的活动要明显区别于本科生、高中生，立意要更高、更远。我们以党建引领学术创新，以百个研究生“样板党支部”为目标，以服务国家重大战略需求为己任，致力于用自己的科研能力助力解决“卡脖子”的问题，将论文写在祖国的大地上。

不知不觉，培训的行程已经接近尾声。我深刻体会到培训只是一个短暂的过程，而学习是一个持续性的过程。感谢学校给予我这次宝贵的培训机会，和各位优秀同志的交流分享也让我收获满满。我会倍加珍惜，将有限的培训机会转化为无限的可能，继续带领我们党支部努力奋斗、砥砺前行。

作者：信息科学与工程学院2022级硕士研究生　李云潇

10月30日　星期一　晴

全国高校思政工作骨干示范培训班学员·张　远

在刚过去的一周，我有幸在新疆大学参加了第402期全国高校思想政治工作骨干示范培训班。本期培训班以“铸牢中华民族共同体意识教育能力提升”为主题，围绕习近平总书记关于加强和改进民族工作的重要思想，通过“理论＋案例，讲座＋实践”的方式，有形有感有效地提高参训学员铸牢中华民族共同体意识教育能力。

培训中，新疆大学党委副书记孟凡丽从问题提出、历史背景、实践路径等方面对铸牢中华民族共同体意识作了系统阐述，并结合新疆大学的探索与实践，强调铸牢中华民族共同体意识要把握好共同性和差异性的关系、中华民族共同体意识和各民族意识的关系、中华文化和各民族文化的关系、物质和精神的关系。2020年“最美高校辅导员”库来西·依布拉音从政治引领、教育厚植、文化浸润、发展凝聚、交融增进、法治维护、开放彰显等方面，阐述了铸牢中华民族共同体意识的螺旋式、浸润式贯穿育人全过程，并以陕西省“同心圆”民族团结教育工作室、陕西高校省级辅导员示范工作室为案例，分享了西安交大铸牢中华民族共同体意识的生动实践。新疆工程学院党委书记李玉鸿和新疆农业职业技术学院马克思主义学院院长王学利从文化资源、历史资源在思政课中的重要性出发，讲述了用好文化资源和历史资源讲好铸牢中华民族共同体意识“大思政课”的丰富案例和实践。

活动期间，班级组织学员参观了“共有的家园”——铸牢中华民族共同体意识主题陈列展，了解了新疆各族人民加快把习近平总书记“建设美丽新疆、共圆祖国梦想”的殷殷嘱托变为美好现实的共同努力。

学习间隙，我走访了山东大学在新疆师范大学学习的部分 2023 级“新疆协作计划”预科学生，也解答了有关校园生活、培养计划、专业选择等方面的疑惑。我与新疆师范大学预科教育学院相关老师座谈，深入了解了学校学生培养管理情况。

此次培训收获颇丰。返回当天，正巧学校开展铸牢中华民族共同体意识“四个基地”“一个工作室”揭牌仪式暨第六期“同心圆”大讲堂。我作为工作室成员，更加真切地感受到，实现中华民族伟大复兴需要各民族像石榴籽一样紧紧抱在一起，共同团结奋斗，牢固树立休戚与共、荣辱与共、生死与共、命运与共的共同体理念，积极投身强国建设、民族复兴当中。

作者：能源与动力工程学院辅导员　张　远

10 月 31 日　星期二　晴

省青教赛一等奖获得者 · 魏雪松

秋风送爽，又逢一年一度的学校青教赛决赛，省教育厅和高师中心领导也莅临现场指导工作。座谈会上，我有幸作为教师代表汇报了青教赛的参赛历程和心得体会，并借此机会表达了对省教育厅、高师中心、本科生院和机械工程学院的衷心感谢。

周末的信息楼正门前，历届省一等奖获得者的海报整齐排列，记录着学校青年教师在省赛赛场上的辉煌战绩。如今能够成为这支光荣队伍中的一员，我倍感荣幸。回顾过去的参赛历程，那些奋斗的日子历历在目。相对于参与过的其他教学比赛而言，青教赛是我投入最大、收获最多、感情最深的赛事。青教赛是脑力和体力并重的长跑，是灵感和意志结合的挑战，是全面系统提升教学认知和教学水平的宝贵机会。

犹记得2019年秋，在院系领导的推荐下，我怀着好奇的心态走进校赛赛场，经过初赛和决赛的比拼，取得了校二等奖，对教学的兴趣就此萌生。2021年，我再次代表学院参赛，夺得校一等奖，并通过省赛遴选赛，获得了代表学校走向省赛赛场的机会，开始深度参与教发中心的系统培训和备赛。

2022年，从省初赛到省复赛，漫长的备赛期与疫情交织在一起，无论是线上居家磨课，还是现场集中磨课，中心的领导与专家们一直与我们同在，学院的领导和专家也提供了大力支持。看着20个教学节段从无到有、历经打磨、逐渐完善的过程，心中的喜悦与充实无以言表。虽然复赛以失利告终，但7个月的复赛备赛经历使我获得了教学水平的全面提升，并且收获了宝贵的友谊。这次失利也让我真正认识到山外有山，认识到教学能力的提升永无止境。在教发中心朱征军老师的坚定支持和鼓励下，我下定决心再次参赛。

又是半年多的时间，从遴选赛开始重走长征路，我再次进入省赛初赛、复赛，继续对20个教学节段进行打磨，这一次终于走上了决赛赛场，心中感慨万千。疫情后的现场比赛氛围浓厚，全省的优秀青年教师齐聚一堂，为第十届省赛的圆满举办贡献了精彩的现场发挥。这一次，我参与青教赛的心愿终于得以实现。以青教赛为起点，我参与的教学创新大赛、精品微课比赛和图学教学比赛等各项赛事也依次开花结果，给2023年留下了一个又一个难忘的瞬间。

以赛促教，追求卓越，带着学生的期待走向赛场，满载收获与成长回归课堂，我想这就是作为一名参赛选手和青年教师最幸福的事情。

如今见证新一批青年教师走上校赛赛场，心中再次点燃了那份炽热的期待，衷心祝愿学校涌现出更多更具实力的青年教师，在青春的奋斗中留下更多难忘的故事。

作者：机械工程学院青年教师　魏雪松

11 月 1 日　星期三　晴

新聘管理人员岗位专项培训参加者 · 林　喆

秋日的阳光洒在了开启新职业旅程的我们身上，在这个收获的季节，一校三地 60 名新聘管理人员齐聚泉城，开始了为期三天的岗位专项培训。本次培训是山东大学人事部和马克思主义学院精心组织的思维方式转变之旅、业务实用技能提升之旅、工作友谊拓展之旅。

在这短暂而又密集的三天里，我们如饥渴的探险者，全心全意吸收着每一滴知识精华，深刻感悟着山大精神的底蕴力量。

凝心聚力，破冰启航。首日下午，我们参加了破冰“三重奏”。“握手相识”迅速打破大家的拘谨，在陌生中建立联系；“蒙眼围圈”围成的不仅是一个圈，更是团队协作的向心圆；“众志成城”环节，大家鞋带外套齐上阵，现场欢声笑语不断。在组员的共同努力下，我们组喜提榜首。这些游戏增进了彼此了解，激发了团队意识，有助于我们在工作中快速融入团队，发挥自身优势。

“开班第一课”上，我们被杜泽逊教授的讲解深深吸引。他以丰富的经历和深厚的学识，向我们展示了何为高校的管理艺术和实践智慧，让大家对未来的管理工作有了更清晰的认识和期待。听着听着，我仿佛看到自己未来在校园中穿梭，肩负着“从全局谋划一域，以一域服务全局”的重任。

实地考察龙山文化考古遗址的那个上午，千年的历史仿佛在眼前展开。站在那些古老的遗迹前，我对“强国建设，山大何为”有了更加深刻的体悟。山大科技馆参观之行也是我们“感受山大宝藏魅力之行”。科技馆以“科技创新，人才兴国”为主题，展示了一代代极具“科学家精神”的山大人风采。他们身上闪耀的光芒感染并引领着我们关注科技发展，运用创新思维。

在技能提升系列讲座中，我们学习了如何设计高颜值 PPT。朱超老师带我们领略了专业 PPT 的构建之美，让我们看到了专业与艺术的完美结合。老师以复用思维徜徉时空、挥洒色调、绘制大小、描摹点线，在四步法中循序渐进告诉我们如何删繁就简、排兵布阵、厉兵秣马、锦上添花。

关于公文写作技能提升，梅强书记的讲座让我们认识到，行政公文不仅是文字的堆砌，更是思想的交流、情感的沟通。此外，姜燕教授让我们充分感受到沟通的艺术魅力。沟通像一道彩虹，在心与心之间架起了一座炫彩的桥梁，助力大家与同事们建立信任关系，提高工作效率。

清华大学刘艳萍老师带领我们完整学习体验了结构化研讨。小组成员严格按照流程规定，充分表达个人观点，高效形成合力，达成团队一致目标。这帮助我们在无序中找到有序，为我们在今后工作和生活中发现、分析与解决问题提供了新思路、新途径。

培训的最后一刻，我们深知，这不是终点，而是挑战超越自我的开始。山东大学的大门已经为我们敞开，未来的路需要我们用智慧和汗水去铺就。在这条道路上，我们既是学习者，也是实践者；既是传承者，也是创新者。

作者：党委宣传部、融媒体中心工作人员　林　喆

11月2日　星期四　晴

青岛北站紧急救援参加者 · 李春林

11月2日是我从青岛回齐鲁医院参加“榜样的力量”答辩的日子。在青岛北站准备检票登车的过程中，听到广播呼叫有旅客存在生命危险，急需医务人员。我没有犹豫，放弃了检票登车，紧急奔赴病人身边。

我到现场后发现患者靠在桌旁，脸色苍白，捂胸呈胸闷状，呼吸急促并伴深大呼吸，双手不停抖动，伴有意识模糊。我抚着患者的背部告知患者：“兄弟，不要担心，放松调整呼吸。我是山东大学齐鲁医院的医生，我在这儿不要担心。”和车站工作人员一起搀扶患者坐到舒适的靠椅后，我为患者做了健康检查。

询问病史后，我得知患者是在闻到旁边旅客身上的香水味后突发上述症状，初步判断患者可能为“哮喘急性发作”和“突发心脏病”。在后续健康查体和询问病史中，还发现患者伴有癫痫、多次房颤发作病史（房颤是一种可能紧急致死的心脏病）、多次不明原因昏迷且存在多种过敏原。患者表示“老毛病”，坚持让我们不用拨打120，在现场给予处理就好。在检查患者生命体征、评估暂无生命危险后，我尊重患者意愿给予现场施救。

在患者确诊哮喘和心脏病后，我为患者进行心肺检查，发现患者呼吸音粗，存在房颤可能（胸闷、心动过速、脉搏次数少于心跳次数）。接着我让患者半躺在椅子上，给予吸氧，并在患者行李中翻找药物，发现包里零散放着七八种药品，且包装混乱、辨认困难。在仔细甄别后，我找到沙丁胺醇（用于哮喘患者扩张支气管的药物），在患者深呼吸时喷到他的口中，小心喂他服用了药物。等待十多分钟后，患者呼吸症状改善明显，但仍有胸闷症状。后续经过三次复测，患者各种不适症状逐渐好转。

在导师司海朋教授的远程指导下，我还为患者进行了健康急救宣教，明确了现有药品分类和标签，并写明急救方案，制作简易急救包。制作急救包的目的是考虑到后续如果突发不适时，避免非专业人士面对这么多混乱的药品会手足无措。患者生命体征平稳后，我给患者留下联系方式才离开了现场。

随后，车站工作人员帮我协调了返回济南的车次，为我安排了座椅。辅导员孙清老师得知情况后，为我协调答辩时间。回到济南后，我与患者打电话沟通，患者告诉我："谢谢医生的关心，我现在好多了！我会按照您的意见去做进一步的检查治疗，谢谢您的挂念。"虽然在车站由于匆忙丢失了西装领带和皮鞋，但是看到患者恢复健康，对我来说就是最大的鼓励。

身为党员，要时刻铭记"生命至上，人民至上"；身为医者，要时刻牢记"健康所系，性命相托"。这是我们每一位医学生都应该做的。正是山东大学"学无止境，气有浩然"的校训和齐鲁医院"博施济众，广智求真"的精神感召，正是我的导师司海朋教授对我悉心指导和专业临床技能培训，才让我在听到急救广播后能有底气毅然站出来。就像司老师教导我们的一样：我希望你们永远用不上这些技能，但在需要的时候，你们必须拿得出、用得上。

作者：第一临床学院2022级博士研究生　李春林

11月3日　星期五　晴

学习贯彻习近平总书记关于党的建设的重要思想培训班学员·孙玮茹

巍巍宝塔山，清清延河水，延安是我心中一直向往的地方。10月29日至11月2日，我有幸参加了学校党委组织部开展的学习贯彻习近平总书记关于党的建设的重要思想组织员党务秘书专题培训班，和同志们一起近距离接触延安，感知延安精神。学校组织一校三地的组织员、党务秘书们集中培训，采取专家授课、实地教学、经验交流相结合的方式，以学习促成长、以研讨促交流，全面提升组织工作能力。

短短几天的时间，我们聆听了多个主题课程，受益匪浅。浙江大学教授胡昱东、西安交通大学教授何茂刚分别作了“提升高校基层党组织政治功能和组织功能”和“党建引领学院高质量发展”的“双创”经验交流，为我们开展基层党组织活动开阔了视野，拓宽了思路。小组交流研讨中，大家思想碰撞，畅所欲言，分享工作经验，解答困惑难题。

沉浸式情景剧《再回延安》利用声光电、真实风雪等高科技手法，打造了多重体感互动体验，让我们沉浸其中，身临其境重温那段难忘的光辉岁月。漫漫长征路上，红旗班老班长的一句“我便是那最后的一道光”，让大家看到革命薪火永不熄的传承。红军历尽艰难困苦成功会师延安，那一刻的感动无以言表！

一进梁家河，就被“陕西是根，延安是魂，延川是我的第二故乡”的标语深深吸引。梁家河，这个习近平总书记曾经生活、奋斗了 7 年的地方，这个给了习近平总书记最初信念并奠定了人生轨迹的地方。习近平总书记在这里带领村民们打坝淤地、发展沼气、修筑梯田、植树造林，以敢为人先的作风和担当，推动梁家河村贫困面貌发生了变化。革命先辈的奋发图强、自力更生、艰苦奋斗的精神是最宝贵的民族财富，厚重的黄土高原生长出的革命圣火，代代相传。

我们来到了杨家岭革命旧址、枣园革命旧址，这里的窑洞和陕北其他窑洞一样，依山而挖，或一溜三五孔排列整齐，或独居一两孔隐于山腰。窑洞简陋，油灯昏黄，却如沉沉夜空中明亮的北斗，指引中国革命胜利的航向。就是在这昏暗的窑洞里，毛主席完成了著名的《纪念白求恩》《改造我们的学习》《整顿党的作风》《经济问题与财政问题》等 40 余篇论著，写出了《论持久战》的光辉著作，拨开了笼罩在国人头上的阴云，让全国人民看到了光明和希望。就是在窑洞前的石桌旁，毛主席用茶壶、茶杯做比喻，向美国记者安娜·路易斯·斯特朗揭露了美帝国主义和反动派的腐朽本质。

我们瞻仰中共七大会址，参观延安革命纪念馆和抗日军政大学纪念馆，回顾老一辈共产党人的苦难与辉煌。毛泽东等老一辈无产阶级革命家，从1935年到1948年在这里生活和战斗，他们运筹帷幄之中，决胜千里之外，领导中华人民共和国取得抗日战争和解放战争的胜利，奠定了坚固基石，培育了延安精神。

一次延安行，一生延安情。当年延安精神指引着老一辈革命家打下江山，今天的我们更需要将它传承弘扬。“艰难困苦，玉汝于成。”现在我们国家强盛、人民幸福，那些艰难困苦的岁月已经远去，但是自力更生、艰苦奋斗的延安精神必须永远传承下去。

作者：软件学院工作人员　孙玮茹

11月4日　星期六　阴

威海校区山大青年说暨“爱我国防”演讲比赛特等奖获得者·李思远

秋高气爽，秋风轻抚着我们的心弦，玛珈山已经染上了些许秋意。走过玲珑学堂门口，不由得心中生出一阵激动。不久前，威海校区举行了2023年山大青年说暨“爱我国防”演讲比赛决赛，作为比赛的参与者，我站在舞台上讲述了自己身边的爱国报国故事，分享了自己对新时代国防安全以及青年大学生历史责任的思考，最终收获本次演讲比赛的特等奖。

我怀着紧张且激动的心情踏入比赛的现场，看到了很多优秀的退伍复学学长学姐，他们来自陆军、海军、武装警察部队、战略支援部队等不同军种。看着他们英姿飒爽地身着戎装，听着他们铿锵有力的讲述，我的内心也热流涌动。

在我题为“筑山大梦，兴强军魂”的演讲中，我用身边的故事和英雄楷模的事迹讲述了自己的所思所想——我的父亲是一名光荣的人民警察，从小受到父亲的影响，我也将报国作为自己心中最深处的理想；结合中学同学从军报国的例子，我讲述了身为大学生的时代抱负与青春使命，并以自己数学专业的所学所长为例，告诉大家如何将专业学习与爱国报国结合起来。讲述完毕后，我将自己的所思所想凝练在一首藏头诗里与诸多同窗共勉。

山前逢秋兴意廖，应会同侪晏相邀。
大厦弥坚自累土，有成源于昨日劳。
学以为国语真意，担不报之身已老。
子应言行君子业，当向青天共登高。

当代中国青年是与新时代同向同行、共同前进的一代，生逢盛世，肩负重任。作为挺膺在前的新时代山大学子，我们应当熔铸厚实底蕴，厚植自己的爱国意识和强国责任；我们应当秉持知行合一，落实在一举一动、一言一行，以我们的所学所长服务于国家的高新技术前沿领域，响应“科技强国”“科技强军”的时代号角；我们应当紧随党的脚步，与国家和民族同呼吸、共命运，让爱国主义生动起来、让强国建设生动起来、让青春风采生动起来，书写好未来山大青年的新篇章。

作者：山东大学澳国立联合理学院 2022 级本科生　李思远

11月5日　星期日　雨

骨干管理人员能力培训班学员·鲁天晓

岁月忽向晚，转眼已是秋。秋风一拂，吹起了沂蒙干部学院的银杏叶，搭配着海棠红果和袅袅烟火，就这样把大地铺成了金黄色。备受期待的骨干管理人员能力提升培训就此拉开序幕。身处这片红色土地，我真切感受到沂蒙精神带给我的震撼和力量，这不仅是一次简单的学习，更是一次心灵的触动、一次思想的洗礼。

徐莹教授系统讲解了“党群同心、军民情深、水乳交融、生死与共”的沂蒙精神新内涵，何非教授围绕刘少奇1942年山东之行的艰辛历史讲述了新的历史机遇和巨变，贺全进教授引领大家进一步感悟“建设堪当民族复兴重任的高素质干部队伍”的伟大进程。通过生动的事例和扎实的课堂理论教学，我深切体会到现代化进程中弘扬和践行沂蒙精神的重大现实意义。

踏入孟良崮战役纪念馆，沿着革命先烈走过的路，我们在粟裕将军墓前敬献花圈，在庄严的党旗下重温入党誓词。在壮观的纪念馆内，看着墙上烈士们英勇无畏的面孔，他们坚定的眼神似乎在诉说着那段波澜壮阔的岁月。漫步刘少奇同志在山东纪念馆的调研小径，耳边似乎回响着那时的战歌和号角，激荡着我内心深处最柔软的情感。

走进沂蒙红嫂纪念馆，在一处老式的展览厅前，我驻足良久。那里陈列着朴素的桌椅和旧时的用具，一切都保持着最原始的样貌。我凝视着这些简陋却沉甸甸的物件，心中升起深深的敬意。电影《沂蒙六姐妹》中英勇向前的识字班姑娘，冒着枪林弹雨抢救伤员，用柔弱的肩膀在冰冷的河水中架起“火线桥”，送军粮、做军鞋、烙煎饼、救伤员、传情报、抬担架、护战士，每一件不平凡的“小事”都见证了那个时代的艰难与不屈，见证了无数红嫂的智慧与勇气。

四天的培训学习，于我而言是工作信心的再坚定，是初心使命的再砥砺，是党性修养的再淬炼，是能力素质的再提升。我更欣喜于收获了一群可爱、可亲、可敬的朋友们，他们朝气蓬勃、积极向上，一校三地 30 余名充满阳光的新面孔齐聚一堂，碰撞思想火花，每个人皆是良师益友。作为青年骨干管理人员，更当肩负时代赋予的责任和使命，以蓬勃的朝气和昂扬的锐气创新推动各项工作。山大即我，我即山大，身为山大人，必为山大增光，为祖国添彩。

作者：控制科学与工程学院工作人员　鲁天晓

11月6日　星期一　晴

赴文学院轮岗交流人员 · 王倩倩

清秋时节胜阳春，枫红菊灿麦芽新。作为文学院与文化传播学院推动融合发展的重要举措之一，本学期始，文学院、文化传播学院分批次互派行政人员开展轮岗交流，从而增进两院之间行政团队的交流协作，为推动两院融合发展凝聚奋进力量。借此机会，我有幸在金秋时节来到文学院进行了为期一周的工作交流。

借助本次交流契机，我主要参与学习学院办公室综合事务处理。初到文学院，我就感受到浓厚的文学气息和同事们高效务实的作风。作为文学院办公地，知新楼内从 4 楼到 9 楼每层不同主题的文化展示墙都彰显着学院深厚的文化底蕴。在沈文老师的带领下，我和学院行政团队的老师们熟悉起来，并逐步参与其中部分工作。办公室工作细微琐碎，但又关系着学院教师和学生的切身利益，每一件事情都需要耐心细致、准确无误地处理，这让我深感责任重大，内心多了一分忐忑。幸运的是，办公室老师们饱满的工作热情和务实的工作态度给我传递了坚定的力量。

作为会务人员，我参加了《鲍思陶文集》出版座谈会。在会前准备、会议保障的点点滴滴中，文学院行政团队展现出的专业高效、谦虚有礼、热情细致给我留下了深刻印象，也带给我许多思考：作为学院行政团队的一员，如何服务学院高质量发展？我想，行政团队最朴素的工作价值之一或许正体现在这些看似琐碎而又不可或缺的事务中。行政工作人员用细致周到的服务帮助师生尤其是学者们解决后顾之忧，让他们有更多精力投入教学科研中，为学校“全面图强”的历史进程注入更多动力。

中心校区的秋夜凉风习习，在知新楼下抬头，我看到一盏盏闪烁的明灯。愿这些辛勤的劳动者在这充满希望的校园里都有累累收获。

轮岗交流的时间如白驹过隙，留给我的是深入的思考和对日后工作的鼓舞。不同的岗位，同样的初心。站在学校“全面图强”的新的历史坐标上，作为一名奋斗在学校事业发展最基层的学院管理人员，我将牢记服务师生理念，以严的作风、高的效率、优的服务争做推动学院高质量发展的排头兵，争做推进学校政策和战略落实落地的攻坚手。我们每一个山大人都将是山大历史的见证者、创造者、贡献者。

作者：文化传播学院工作人员　王倩倩

11月7日　星期二　晴

第五届全国智力运动会参加者·赵桄岍

10月25日至11月4日，第五届全国智力运动会在安徽合肥举行。我很荣幸代表山大、代表山东省参加本届运动会围棋大学生组，与顶尖职业棋手同场竞技。经过九轮激烈的战斗，我最终获得第二十八名。

今年 5 月，经过山东省选拔，我获得了全国智运会参赛资格。全国智运会作为国内最顶尖的智力运动赛事，吸引了大量顶尖棋手。我所在的组别为大学生组，组内涵盖了李维清、廖元赫、沈沛然、李翔宇、何语涵、何旸、丁世雄等参加职业围棋甲级联赛的顶尖职业棋手。即使是业余棋手，也都是各省优中择优，实力非常了得。能代表山大、代表山东参加如此顶尖的赛事，我感到非常荣幸。

我在此次比赛中首战告捷，但第二盘便对上了职业棋手。开始时我建立了一些优势，然而局中却忽视了对手的反击，逐渐落入下风。第三盘开局由于一步缓手，局面变得不利，但读秒时对手的失误拉平了局面。之后由于未能抓住对手的漏洞，我输掉了比赛。第一天过后一胜二负，我对比赛认真进行了复盘，并准备在后面的比赛中有更好的发挥。

后两天我一共对上了三位职业棋手以及三位业余棋手，对战三位业余棋手均取得了胜利，但在与职业选手的对弈中均以失败告终。此次比赛虽然有遗憾，但我受益匪浅。与众多职业高手以及业余高手的对弈更丰富了我对围棋的理解，让我的围棋技术有了长足的进步，也让我在以后的比赛中更有击败对手的信心。

我自小学习围棋，师从黄良玉六段。中间一度因学业暂停，进入山大后重拾兴趣。大一入学，我便加入了棋类协会，后以队内最好成绩被任命为山东大学围棋队队长。在山大六年多的时间里，我参加了几乎所有山东省市级的线下大学生围棋比赛，并和团队包揽了所有的团体第一名，我也是历次山大最好成绩保持者。今年，我还代表济南队参加了首届山东省智运会大学生围棋组，在小组赛中全胜闯入决赛，最终全胜夺得宝贵的金牌。回望过去的六年，我感受到了山大围棋的不断进步和发展，围棋项目不断普及，学生们也有了越来越多展示自我的机会。

通过围棋，我们感悟到友谊与竞争相辅相成的和谐之美。回顾这些年一场场的比赛，我所获得的荣誉不仅仅属于我个人。我非常感谢从小教导我的围棋老师们，感谢团队里的每一位伙伴，感恩每一位帮助过我的人，感恩围棋让我的世界更加绚丽多彩。更重要的是，我将永远感激学校和学院提供的支持和鼓励，让像我一样的每个人都能找到自己成长和出彩的舞台。

作者：数学学院 2021 级硕士研究生　赵桄岍

11 月 8 日　星期三　晴

全国哲学社会科学教学科研骨干研修班
参加者・于国栋

时光匆匆，转眼间在中央党校（国家行政学院）为期三周半的全国哲学社会科学教学科研骨干研修班学习生活结束了。此次研修班由中宣部、中组部、中央党校（国家行政学院）、教育部、财政部、中央军委政治工作部等六部门组织规划，以学习贯彻习近平新时代中国特色社会主义思想和习近平总书记关于哲学社会科学工作的重要论述为主题，以提高学员政治能力、夯实理论基础、加强党性修养、培养适应新时代繁荣发展哲学社会科学需要的人才队伍为目标。为此，中央相关领导和党校老师对研修学习内容进行了精心筹划和周密安排。

在研修期间，我们聆听大家授课 10 节次，进行班组研讨 9 节次，之后分赴遵义干部学院、沂蒙干部学院、红旗渠干部学院、焦裕禄干部学院等展开深入实地考察。24 天的研修经历不但让我们的政治素养和理论水平有了质的提高，也让我更坚定了为党育人、为国育才的信念。

在中央党校，我们接受了党的最新理论滋养。教育部翁铁慧副部长就如何用好“大思政课”，推动党的创新理论进高校、进教材、进课堂、进学生头脑展开了让人醍醐灌顶的讲授，让我们更深入地知道了“大思政课”讲授的是党在带领我们国家克服种种困难过程中凝结的智慧，并在不同学科、专业、课程和知识点上体现出来。中宣部孙业礼副部长用一则则发人深思的事例向我们分析了我国意识形态领域的难点，这更加凸显了党的领导对国家民族稳定发展和长治久安的决定性作用。中央党校分管日常工作的谢春涛副校长围绕习近平新时代中国特色社会主义思想的世界观和方法论展开了深刻剖析和系统讲授，让我们更加深入地领会到党的最新理论的科学内涵和伟大价值。中央党史和文献研究院陈晋委员带我们重温了中国共产党百年党史，深感这 100 年不仅是发展史，更是奋斗史、英雄史，让我们感受到作为一名中国共产党员的荣光，以及我们作为教师的责任担当……一场场极具高度和深度的报告和授课，一次次严肃而活泼的跨学科学术研讨和交流，都让我们在这次学习中获益匪浅。

在我的家乡沂蒙革命老区，我们重走习近平总书记视察临沂的路线，并深入临沂八区县调研考察。我虽然出生、成长在沂蒙革命老区腹地，从小听惯了无数可歌可泣的革命故事，但当再次站在曾经的战场遗址上，抚摸着纪念馆墙壁上的子弹壳，我仿佛又看到了党领导的人民军队与老百姓共同铸造的钢铁长城和伟大战斗力，深刻感受到了沂蒙人民的伟大情怀和巨大牺牲。这些在炮火中形成的“党群同心、军民情深、水乳交融、生死与共”的伟大沂蒙精神随着历史的前进必将璀璨夺目、永放光芒。

研修班的学习让我心潮澎湃。作为来自山东大学的学员，我在学习的过程中，脑海里不禁一次次浮现习近平总书记给《文史哲》编辑部全体编辑人员的重要回信。新征程上，我们更要秉承办学宗旨，培养更多担当民族复兴大任的时代新人。我也将进一步面向国家和社会发展所需，把论文写在祖国大地上，作出更加扎实和优秀的科研成果。

作者：管理学院教授　于国栋

11月9日　星期四　晴

教育部“高校银龄教师支援西部计划”援青教师·胡和勤

不久前，我在青海师范大学参加了教育部组织的银龄教师座谈会并在会上发言，感到十分高兴和荣幸。

今年重阳节，我和一同来支教的夫人吴钧有幸登上央视新闻频道《24小时》栏目，节目播出了近10分钟我们的采访视频。我认为央视的报道是我们全体银龄教师的光荣，是党和人民对银龄支教工作的充分肯定，激励着我们这些银龄支教岗位上的老师更加勤奋工作，也会让更多的退休教师踊跃加入银龄支教的行列。

教育部启动银龄支教计划并上升到国家行动计划的高度，给我们这些退休老教师提供了一个继续展现自我的平台，使我们可以重返教师岗位继续教书育人，为国家培养合格人才。在山东大学以及各职能部门特别是离退休处的大力支持下，经过层层筛选，我们夫妻俩来到高原上的青海师范大学参与银龄支教。受援学校青海师范大学为我们的支教工作开展创造了良好条件，不但关心我们的工作，还关心我们的生活，从而保证了我们银龄支教工作的顺利进行。

我们夫妻支教三年，有一些体会。银龄支教工作是党和国家发展战略的重要一环，是应对老龄社会到来的积极举措。因为历史原因和自然环境的影响，我国东西部存在区域和城乡发展不平衡、发展差距大的现状。早在改革开放之初，邓小平同志就提出了“两个大局”的战略思想。由此，党中央在世纪之交实施了西部大开发战略。党的十八大以来，以习近平同志为核心的党中央立足我国区域发展新形势，着眼全国“一盘棋”，对西部的支援不仅体现在经济、文化、医疗等诸多方面，也体现在教育援助上。今年六月在西宁召开的教育部援青工作会议又重申了这一思想。我们只有站在这样的高度看待银龄支教工作，才能方向明、认识深，不辱使命，奋发有为。

银龄支教工作对维护民族大团结、促进民族地区发展具有不可替代的作用。只有少数民族、边疆地区都发展起来了，祖国繁荣富强、人民共同富裕的目标才能实现。在加快推动民族地区经济社会发展的同时，要使民族地区的学生也可以享受到优质教育资源，我们银龄支教工作要承担这样的责任。

我认为，银龄支教老师在支教工作中要处理好以下几种关系。

一是要处理好同授课学生的关系。部属高校的退休老教师参加银龄支教，本身就给西部地区带去了优质教育资源和教育成果。在提高受援学校的教学水平和人才培养能力上，银龄教师责任重大。其中要坚持三条原则。首先是坚持立德树人的原则。不论是在内地还是边远地区，教学工作都要按照中央的统一要求，解决好“为谁培养人、培养什么人、怎样培养人”这个根本问题。其次是坚持因材施教的原则。要一切从实际出发，根据学生的知识水平、学习能力制订切实可行的教学方案，使学生在每一堂课的学习中有所收获。最后是坚持教学相长的原则。老师的教和学生的学紧密联系在一起，好的课程不仅学生会收获满满，教师也会受益匪浅，师生共享教与学的快乐。

二是要处理好同受援高校在职教师的关系。银龄支教老师同受援高校教师的关系应该是彼此互补、相得益彰，而不是替代关系。受援高校在职教师中的许多人都是内地援青的青二代、青三代，长期以来默默无闻、无私奉献，为青海的教育事业付出了几代人的努力，这种精神是值得我们银龄教师学习且敬佩的。

三是要处理好同青年教师的关系。祖国的未来取决于青年一代，世界归根到底还是属于青年人的。受援高校的未来发展最终要靠青年一代，我们银龄支教工作的重点要放在对青年教师的培养上。要按照党和国家的要求、教育部的相关文件精神，逐步提升青年教师的素质，帮助提高他们的教学水平、科研能力、学历层次，这是银龄教师和支援学校义不容辞的责任。

作者：离退休工作处退休教师　胡和勤

11月10日　星期五　晴转雨夹雪

合唱比赛特等奖团队成员·张　伟

“特等奖，软件学院，98.79分!”当最终结果公布时，音乐厅掌声如潮般响起。这是我们整个学院团队协作努力的结晶，也是对我们全体参与同学的汗水和付出的认可。

开心之余，作为负责人的我不禁回忆起了前一个月里日复一日的练习。因为合唱团成员大多是研究生一年级的同学，工作日需要去上课，每周三次的训练便不可避免地安排到了周五到周日的晚上，每次排练结束都将近晚上十点。纵然如此，同学们每次训练几乎都是全勤。其中最辛苦的莫过于负责指挥跟伴奏的同学，连续指挥或弹奏钢琴两三个小时是对体力的巨大消耗，每次结束都能看到两位同学疲累的背影。我与负责指挥的同学去参加培训，曾经聊过关于最终成绩的期望。我说：“不是倒数就算成功。”她却带着坚定的语气对我说：“我想给咱学院拼个特等奖!”

因为所选歌曲需要体现民生百态，所以演出服装要丰富多样。我们问了无数家店都不能满足我们的要求——要么过于华丽，要么数量远远不够。那怎么办？凑！最终我们选择了一家店作为代表，让其他店将合适的衣服都凑到这家店统一配送，但还是直到比赛前几天才凑齐了服装数量，我悬着的心也放下了。

今天，我们乘坐校车早早地来到了中心校区。我在幕后望着同学们一个个走到台前，紧接着钢琴的清脆旋律响起……直到结尾“一杯浊酒对月当歌”唱完时，我和指导老师相视一笑：没错，这是一场完美的表演！紧接着公布分数：98.79分！

后续颁奖都感觉跟做梦一样，主持人念着奖项，而我平静得仿佛什么都没发生一样。

返程路上我的手机忽然亮起：“辛苦了，终于可以歇着了。”情绪突然如断了线的风筝，之前的种种付出如潮水般涌上心头。我回忆着这段时间所有人的帮助：崔颖老师和丛尚滋同学每次跨校区专门来软件园校区进行指导，直到上场前一刻都还在为大家完善细节；胡啸同学从指挥“小白”一步步变成中流砥柱，散场了还在请教老师指挥的细节并做笔记分享给大家；任艺同学高超的钢琴技术为表演锦上添花，寒风中还要一直搓手防止表演时手僵；软件学院文体部全体成员跟我一起承担了许多事务，大雨天还要到店里查看衣服，每次练习都要不辞辛苦地将钢琴从储藏室搬到教室再搬回去；参加比赛的所有学院师生在一次次晚上以及中午的加练中，带着繁多的道具一遍遍地练习，付出了无数汗水和精力，牺牲了大把的休息时间。

最终的特等奖、第一名的荣誉不是单属于某个人的，它属于每一个为这次演出作出贡献的人。

作者：软件学院2022级硕士研究生　张　伟

11月11日　星期六　多云

“暖阳春苗”中华优秀文化公益行长清区活动

参加者·李佳茗

昨天，学校国际教育学院华彩课堂和美课堂团队与山东省文化馆联合举办的“暖阳春苗”中华优秀文化公益行活动走进济南长清区清河街小学，为孩子们带去“千年万彩，落笔成瓷——领略瓷器之美”“绒绽芳华——绒花技艺创新体验”等体验课程，让孩子们感受中华优秀传统文化之美，领略世界多彩文明。

今天，当整理教学材料、填写教学反思表的时候，我的脑海里又想起这次宝贵的经历以及大家为此所做的充分准备。作为此次绒花课程组的主讲人，在备课阶段我其实是有一些担心的，因为之前我只面向成人讲授过这门体验课程。对三年级的小朋友来说会不会太难了？我总是这样问自己。在老师以及学姐的指导帮助下，我不断修改着讲解方式，并最终将动手体验的“柿子”换成了更简单易学的“小雏菊”。

然而，当踏入教室的那一刻，我的忐忑与紧张便烟消云散了。孩子们热情地跟我打招呼，七嘴八舌地问着“老师我们要做什么呀?”“老师这个好漂亮是你自己做的吗?”一张张小脸上满是对课程的期盼。我呼出一口气，面带微笑走向讲台，开始为大家讲解绒花的故事。

我以“大家喜不喜欢花”作为导入，引导同学们思考：冬天的花去哪里找呢？怎样能让花一年四季都盛开呢？从而引入对“永生花”绒花的介绍。接下来我又向大家讲解了绒花的历史和绒花代表的美好含义，以及北京冬奥会时绒花的体现等，让大家接受绒花知识、体验非遗魅力。

在动手制作环节，同学们将一根根色彩丰富的扭扭棒拧在一起制作绒花。除了助教老师佘全福讲解的方法之外，同学们还发挥想象力，以自己独特的方式制作各种各样的小花，并且高兴地拿起来展示给我看：“老师我这样扭的话也不会掉哎!”我十分惊喜地感受到，小朋友们独一无二的想象力和创造力为这堂课增添了新的色彩。

课程最后，我问同学们：“大家想把自己制作的花送给谁呢?”让我没想到的是，有几个小朋友马上把自己认认真真制作的小雏菊递给了我：“老师，我把这个送给你，你下次再来给我们讲课好不好?”他们天真可爱的小脸上透露出对这次体验课程的喜爱和对下一次传统文化体验课程的期盼。永生花代表着永远的记忆，我想，让同学们拥有体验传统文化的美好回忆，让大家感受文化的魅力，便是此次文化公益行活动的意义吧。

作者：国际教育学院2022级本科生　李佳茗

11月12日　星期日　晴

中华优秀传统文化“两创”系列专题学术讲座

聆听者·许　佳

伴随着初雪而来的是中华优秀传统文化“两创”系列专题学术讲座第八讲。此次讲座由山东大学讲席教授、文学院院长、文化传播学院院长杜泽逊主讲，主题为“《四库全书》纂修对当代文化战略有什么启发”。

作为尼山学堂的一名学生，杜泽逊教授既是为我们传道授业解惑的专业课老师，又是尼山学堂的班主任。他关怀鼓励每一位同学的成长成才，是大家心中的好导师。自从看到知新楼的讲座海报，得知杜老师也会参与学术讲座活动后，我的日程本里就多了听讲座这一项。昨天结束了一下午的课程学习后，我就步履不停地向讲座地点——文学生活馆赶去。

为了节约时间，我的晚饭在路上解决，到会场时还没到六点半，但此时已经有不少老师同学入座，正在热烈讨论晚上的讲座主题。我也打开电脑，继续做上午进行的《四库全书》梳理的相关内容。

讲座伊始，杜老师先介绍了《四库全书》是一部什么样的书。作为丛书的《四库全书》，分为经库、史库、子库、集库“四库”，采用“开化纸”手抄，包背装，收书范围涵盖儒家核心著作，经史子集封皮分别是绿红蓝灰四种颜色，代表春夏秋冬。杜老师深入分析了乾隆皇帝修《四库全书》的起因，并结合清代学术的发展，以清代学者顾炎武、江永、李文藻、戴震、朱彝尊为线索，科普了考据学与音韵学的基础知识。

随后，杜老师讲述了《四库全书》的纂修过程。乾隆皇帝两次下令后，各省的巡抚和学政向朝廷献书，其书主要是私家藏书，如范氏天一阁藏书。朱筠提议辑录《永乐大典》中的珍贵书籍，刘统勋抽调翰林，周永年为《四库全书》做了理论准备，乾隆皇帝下了谕旨，修订《四库全书》的班子逐渐齐了。关于四库馆臣从《永乐大典》挑中的书，杜老师以《旧五代史》和《续资治通鉴长编》作为典例加以说明，并补充了“天禄琳琅”“武英殿”“内府藏本”等概念。他介绍了四库馆臣对书籍的分等、编辑、誊抄工作，并讲述了誊录内容审核制度带来的趣事，也对《四库全书》修书过程中的重要人物纪昀、陆锡熊、戴震、邵晋涵、程晋芳、姚鼐和翁方纲作了着重介绍。

誊录完毕后的《四库全书》放于七阁，现仅存文渊阁、文津阁和小部分文澜阁本《四库全书》。杜老师说明了《四库全书》的命运、历史评价及其与多元一体文化格局的延续和发展，告诉我们：“只有文化形成一体，才有文化上的认同；只有文化上的认同，才有中华民族的大一统。”杜老师总结，应当从这一高度来认识《四库全书》，并提议汇集“中华典籍全书”，制作“中华典籍全书总目”，从而为构建未来的中华文化构筑严密的体系和坚定的基础。

杜老师儒雅随和，讲解幽默风趣，听众不时发出一阵笑声。杜老师在讲座过程中旁征博引、视域广阔，体现的是学者的严谨与担当。先前我有幸旁听杜老师题为“我所从事的古籍整理项目”的讲座，得知学术研究和教学占据了他几乎全部的时间，不分上班与下班，不分白天与夜晚，没有周六与周日，也没有寒假与暑假。他认为这样的生活不见得适合很多人，但对于自己相对适合，并认为充满活力友谊和积极向上精神的学生团队，更是希望之所在。

累世不能殚其学，一日未尝忘于心。中国古典学术研究任重而道远，但总需要有人去继承、研究、创新，从而“继绝学，铸新知”。我深知学术之路漫长艰辛，但好在一路上都有师长鼓舞。每次听罢杜老师的讲座或课堂讲授，我总能感受到学者治学之真精神，进而激励我勤勉前行。

作者：儒学高等研究院、尼山学堂 2021 级本科生　许　佳

11 月 13 日　星期一　晴

学代会、研代会学生代表 · 韩蔚然

冬雪初霁，山东大学第三十九次学生代表大会、第二十一次研究生代表大会昨天召开。我作为学生代表，很荣幸参加了本次大会。

窗外朔风凛凛，室内庄重热烈。开幕式上，李术才校长为过去一年山东大学学生组织取得的成绩与成果点赞，并鼓励同学们做有理想、敢担当、能吃苦、肯奋斗的新时代好青年。我由衷地认识到，在学校“全面图强”的发展新阶段，我们要铸牢对党忠诚的政治品格，坚定理想信念，锐意进取、改革创新，主动将“小我”融入中国式现代化事业的“大我”之中，绵绵用力、久久为功，在实现中华民族伟大复兴的新征程上传承弘扬山大基因，谱写新时代强校兴国的山大篇章。

大会上，窦宇同学、郭嘉辉同学和牛万一同学分别作报告。我从他们的工作报告中切实感受到了山东大学校园两级学生组织在过去一年中为服务同学、建设校园做出的不懈努力，那些发生在我身边的改变，如焕然一新的大学生活动中心、准时准点到站的校车、激情四射的小树林音乐会、青春蓬勃的荧光夜跑等，都以文字和数据的形式如此清晰地展现在我面前，唤醒我的记忆，让那些美好瞬间又在我眼前重现。作为学生代表，也作为山东大学研究生会的一员，我感到无比骄傲与自豪。

在下午的分团会议中，各学院代表纷纷为校园发展建设献言献策，生涯规划咨询推广、宿舍公共空间建设、学生社团信息化平台搭建、学术信息资源的收集整合……从学术到生活，从就业到娱乐，代表们的提案涉及校园生活的方方面面，每一份提案都闪烁着智慧与热情，流淌着热爱与责任。这些提案让我倍受鼓舞，更加切实地感受到使命在肩。

大会后的合照环节，大家纷纷开启了“自拍狂魔”模式，拿出手机热情地与李校长合影。尽管天气寒冷，校长却分外有耐心，一边亲切地与同学们交流，一边笑意盈盈地出现在每一位同学的取景框中。我也幸运地与校长留下了一张合影，还将我们文学院的小熊纪念品送给校长留念。一天的会议结束了，校长在开幕式上的殷殷期望和同学们在分团会议中的热烈讨论都让我心情激荡。校长讲话时坚定的目光，同学们听报告时专注的眼神，代表们在交流提案、为校献言时飞扬的神采在我脑海中反复闪回，让我心中涌起一股难以言表的激动与自豪。新时代呼唤新作为，山大学子必将追求卓越、只争朝夕，不负韶华、全面发展，矢志强校兴国，砥砺接续奋斗。

作者：文学院2022级硕士研究生　韩蔚然

11 月 14 日　星期二　晴

山东省智慧教育研讨会参加者 · 李　振

前两天，我参加了在青岛举办的山东省智慧教育研讨会。这次活动由山东省教育厅网络安全和信息化领导小组办公室指导，省高等教育学会主办，省智慧教育研究院、科大讯飞协办，来自全省各地教育行业的专家学者齐聚一堂，共同研讨智慧教育的发展趋势和挑战。

研讨会上，山东大学展示了在智慧教育建设方面的成功案例。副省长邓云锋驻足山大展区，听取了山大智慧校园建设发展情况，对山大数字化转型的做法和成效给予了充分肯定。

在主题分享会上，信息化工作办公室常务副主任郭晓东作题为“山东大学智慧教育示范校建设汇报”的报告，分享了“智慧山大”的建设情况。近年来，山东大学坚持“以师生为中心、以服务为核心”理念，统一谋划、群策群力，推动学校全面深入数字化转型，在体制机制、顶层设计、基础资源、教育教学、数据治理与网络安全等方面，形成了高等教育数字化转型的新路径、新方案。

作为本次会议参与者中的一员，我认真聆听了来自山东省内高校信息化建设的经验分享。中国教育科学研究院曹培杰教授作《以大模型赋能高等教育数字化转型》报告，报告以 ChatGPT 为例，强调充分发挥大模型在高等教育的提升作用。华东理工大学的多层次信息化学习平台在德育培养、数智课程、体教融合、科艺协同、劳动素质等方面，形成了独具特色的学生培养模式。温州大学分享了“基于校务中枢赋能的数字化改革体系架构”经验，通过数字赋能持续增强大学内部协同能力，不断提升信息化纵向治理能力。专家报告后，山东大学、山东师范大学、山东理工大学、滨州医学院、青岛科技大学也分别就本校智慧教育建设情况进行经验分享。

通过本次会议，我学习了各个高校在智慧教育建设路上的独特经验，也梳理了高校信息化建设框架。高校数字化转型首先要从体制机制入手，组建领导小组牵头推动学校信息化发展；其次需要打好基础设施与数字资源基础，推动建立学校数据中心与数据标准；最后要重视网络安全、IT资源治理、一体化服务平台，充分发挥数据效能，最终推动数字化与学校工作深度融合。

作为来自山东大学的参会成员，在学习的过程中，我感受到了当前学校信息化建设的发展。与全国各高校作对比，我们的信息化基础建设十分坚实，整体发展有很多亮点工作，独具山大特色。参会专家均是各高校的校领导与分管负责人，他们的报告高屋建瓴，从学校智慧教育建设全局入手，全面介绍了学校信息化建设的每一步，又着重介绍了各自学校的重点工作与特色工作。这让我得以从全局视角去俯瞰学校整体布局，汲取了丰富的知识经验，同时也意识到了学校信息化发展还有很大空间。经过这次研讨会，我对学校未来的信息化发展充满信心，也将积极为学校数字化转型贡献力量，打好技术基础，激发创新能力，为师生提供更加优质的信息化服务。

作者：信息化工作办公室工作人员　李　振

11月15日　星期三　晴

“红色乳娘”专场暨“行走的思政课”走进山东大学专场宣讲参加者·王莎莎

今天，我有幸参加了“红色乳娘”专场暨“行走的思政课”走进山东大学专场宣讲活动。宣讲活动中，来自不同行业的女性代表向我们讲述了马石山十勇士舍生忘死、红色乳娘大爱无疆的传奇故事。她们用我们喜闻乐见的方式方法和生动鲜活的典型案例，用“乡音”传递“党音”，引发现场强烈共鸣，让我深受震撼和触动。

不论是在历史长河中、革命战争年代还是社会主义建设时期，祖国大地都涌现出一批又一批刚柔并济、琴心剑胆、无私奉献、舍身忘我的巾帼英雄和女性典范，红色乳娘就是其中的代表。宣讲团的成员们则是来自新时代的普通女性，她们在各自的生活中勇敢面对命运无常，披荆斩棘，执着坚韧，向真、向善、向美、向阳而生。她们不仅可以敏感细腻追求诗意，而且可以敏锐理性无畏大气；不仅有爱的强大力量，而且有爱的广阔格局，令人深深敬佩。

从我的自身经历来讲，内心的小小梦想就像一颗种子，在党和政府关怀的阳光雨露下慢慢发芽、开花、结果。得益于公平的教育机会、就业政策，以及日益完善的婚育政策、保障体系，我接受高等教育，建立幸福家庭，成为两个孩子的母亲，拥有了建功立业的平台。是祖国的发展、时代的繁荣、妇女事业的进步赋予了我们实现自己人生价值和社会价值的机会，让我们平等行使民主权利、平等参与经济社会发展、平等享有改革发展成果，有了追梦的机会、勇气、力量。生逢盛世，我内心无比感恩这个时代，也立志无愧于这个时代。

时代的接力棒已交到我们这一代青年人手中，作为一名高校党务干部，我将和同事们一起，深刻理解把握习近平总书记重要讲话的精神实质和核心要义，在榜样的激励下，将个人理想融入党和国家事业中，坚定勇往直前的信念，鼓足奋力拼搏的干劲，发扬脚踏实地的作风，做“两个确立”的维护者、教育强国事业的建设者、文明风尚的倡导者。同时，作为一名基层妇女工作者，要深刻把握妇女工作的政治属性，找准工作着力点，发挥好桥梁纽带作用，做好思想引领和服务保障工作，激发广大女职工在立德树人、科技创新、社会服务等主战场担当作为，为强国建设、民族复兴贡献巾帼智慧。

作者：党委统战部工作人员　王莎莎

11月16日　星期四　晴

山东大学优秀班主任·吴　昊

不久前，我参加了公共卫生学院2023年本科生班主任聘任仪式。在2022年的工作中，我被评为山东大学优秀班主任。在这次的聘任仪式上，我作为代表介绍了工作经验，感到工作还做得不够，诚惶诚恐。然而在两年的班主任工作中，我也的确积累了一点经验，有了一些体会和感悟。

作为青年教师，我最深的感悟是要具备奉献精神。青年教师日常工作压力往往比较大，一方面需要面对考核和晋升的压力，另一方面在学术上需要努力达到国内乃至国际前沿水平。如果单纯从个人角度来讲，班主任工作确实会增加一定的工作量，占用一些精力。然而如果仅从个人角度出发考虑问题，格局还不够。

当我给学生们开班会、开座谈会、进行学业指导和学术生涯规划的时候，我会感觉到这是一批有思想、有追求、要求进步的年轻人；当我给学生们作学术讲座的时候，我会体会到这是一批思维活跃、有科研潜力的年轻人；当我和学生们一起进行文体活动的时候，我会觉得这是一批散发着青春活力的年轻人，也会感到自己突然年轻了20岁；当学生们找到我做科创训练并获得国家级、省级立项的时候，当他们真诚地表示想在硕士阶段跟随我继续在科研领域深造的时候，我会意识到这是一批可造之才，体会到自己的成功不仅体现在个人的学术成就上，还体现在为国家培养了一批未来的栋梁之材。

更重要的是，当学生获得了优秀班集体等荣誉的时候，我会重新思考什么是集体，以及他们为何成为一个优秀的集体。优秀的集体离不开每位同学的努力，离不开辅导员老师的辛勤付出，离不开学院领导的关怀指导，当然也离不开每一位班主任老师的关爱和帮助。如果每位同学和老师都有奉献精神，不仅仅把建设集体当成任务来完成，而是当成自己的责任和义务，那么这个集体就会越来越优秀。事不关己、尽力而为和全力以赴三者有着巨大的区别，产生的效果也截然不同。

我想，我们不应仅仅将班主任工作视为任务，还要当成责任和义务，当成锻炼自己的舞台。不仅要锻炼自己的奉献精神，还要陶冶为集体奉献的情怀。班主任工作如此，团队、学系和学院工作亦是如此。只有奉献小我，才能成就大我。只要每个人都有奉献精神，集体就能发展好；只有集体发展得好，个人才能有发展。这是一种大格局。在未来的工作中，我也将从自身做起，全力奉献。

作者：公共卫生学院教授　吴　昊

11 月 17 日　星期五　晴

山东大学研究生暑期科研实践结项答辩
参加者 · 闫邵航

今天，我很荣幸代表齐鲁交通学院“跨黄隧道立初心，黄河安澜促发展”实践团，参加学校研究生暑期科研实践结项答辩会。整理着开展实践调研时的一张张照片、一份份问卷、一页页报告，过往两个月的实践历历在目。

身为一个生长在黄河边的河南人，一直对黄河有着独特的感情。那时正值暑假，在学校研究生院、党委研究生工作部的指导下，学院选拔组建了一支工程经验丰富、科研能力突出的社会实践团队，从 8 月底到 9 月初，前往山东省黄河流域涉及城市，开展黄河生态保护与黄河文化传承专项活动。

首站，我们来到了东营黄河入海口生态旅游区，调研黄河生态的改善情况和黄河文化的传承程度。目前黄河三角洲自然保护区内共有野生动物1632种，鸟类373种，成为鸟类迁徙的重要中转站，是世界少有的河口湿地生态系统。我们参观了黄河三角洲鸟类博物馆、生态监测中心，游览雁湖栈道、鸟岛，并与游客进行交流采访。游客们大多从全国各地慕名而来，对黄河三角洲的生态环境表达了赞许。看着成群的秋沙鸭、赤麻鸭游过绿洲，大雁飞过绿洲栈道之上，我们亲身感受到了在党和国家生态文明思想科学指引下，黄河三角洲生态不断向好，湿地环境生机盎然。

为进一步了解黄河治理、开发、管理，我们走进了河口管理局进行参观访谈，在这里我们了解了黄河历史上的六次大迁徙，也知道了自1946年中国共产党领导的人民治黄工作开始，70余年来，黄河由频繁决口改道的“害河”，成为支撑流域社会经济发展、人水和谐、岁岁安澜的“利河”。人民治黄的卓越成绩离不开党和国家的正确领导。党中央将黄河流域生态保护和高质量发展上升为国家战略以来，生态保护、治理体系和高质量发展均取得了新进步。今年4月1日，《中华人民共和国黄河保护法》正式施行，对黄河生态的保护治理和黄河文化的传承弘扬作出了针对性规定，让人民治黄工作有了司法保障。

“黄河落天走东海，万里写入胸怀间。”为深刻体会黄河文化，了解黄河发展，我们还参观了黄河文化馆和东营城市规划展览馆。黄河作为中华民族的母亲河，其悠久的历史和多彩的文化让我们久久驻足，通过古老的艺术品、文物、诗词、绘画，我们感受到了黄河文化的深度和厚度，也认识到了黄河故事中的奋斗精神、抗争精神。

踏上东营这片土地之前，我印象中的东营有两个标签——“黄河入海口”“胜利油田”。但经过几天的实践活动，我认识到黄河文化的魅力和黄河三角洲生态环境的美丽，东营因黄河而丰富，黄河因东营而多彩。作为新时代山大人，我们要更加深入学习宣传习近平总书记关于黄河流域生态保护和高质量发展的系列重要讲话精神，结合自身的专业知识，助力交通强国、黄河发展的战略布局，参与黄河文化传承、黄河生态保护，在黄河发展的伟大事业中贡献青春力量。

作者：齐鲁交通学院2022级硕士研究生　闫邵航

11月18日　星期六　晴

应善良助学金受助代表 · 王相懿

回想过去这一周，星期二参加的应善良助学金座谈交流会带给我的感触和思考仍未停止。这一天，温暖的明德楼会议厅里迎来了两位来自香港应善良福利基金会的代表——崔维柏先生和骆丽华女士。作为一名受助学生，看到他们的那一刻起，我的内心满是激动与感恩。回想过去这一年来受到的帮助与支持，又真切地觉得这种心情何止是“感恩”二字能够形容的。

我出生于一个普通的农民家庭，家庭经济条件比较困难，高中三年在国家资助下得以顺利读书，勤奋努力让我来到了山东大学学习自己喜欢的专业。回想当时收到录取通知书时，除了兴奋与激动以外，沉重的学费也给我和我的家庭带来了负担。所幸有国家助学贷款政策，帮助我顺利入学，给予我健康发展的勇气。在这短短的一年里，我从各个方面感受到了学校和社会对我的温暖与帮助，小到返乡路费补贴、过冬棉衣补助，大到申请善良助学金获得资助，为我的学习生活提供了物质保障，更为我继续前行提供了支持的力量。

交流会上，一位 2020 级的学长讲述了他的成长故事。学长出生于农村，家中贫病交加，在国家社会的资助下才得以顺利完成多年的学业，但他从未向命运低下头颅，反而在一份份温暖的帮助中变得更加强大。他积极投身志愿服务，致力于乡村支教社会实践，服务了 7000 余人。他说，“因为淋过雨，所以想为别人撑把伞”，所以他把接收到的各种善意与帮助以自己的方式又传递给了这个社会。学长优秀善良的样子在我的心里成了一个标杆，激励我向善向好发展，奉献社会。

于我而言，因为得到了学校和社会的帮助，所以我更清楚地明白每一份温暖对于所需之人的重量，也愿意用自己的力量去传递这份温暖，尽可能多地帮助到同样的人。于是，我从未停下志愿服务和社会实践的步伐，小到迎接新生、为疫情封控同学运送晚餐，大到带领团队成员在家乡开展对山大新生的资助政策宣讲与家访社会实践活动，每一次的经历都让我感受到帮助别人的满足感，也让我意识到温暖的传递没有停下。我努力地想要强大一点再强大一点，正是因为被他人温暖，也希望能快速成长，有能力传递这份温暖。

最后，我作为 2022 级受助代表向应善良福利基金会表达了我深深的感谢，感谢他们慷慨的帮助，让一年前那个灰头土脸、胆小腼腆的小女孩，慢慢长成现在自信阳光、善良优秀的样子。参加这次善良助学金座谈交流会，我更近距离地感受到学校和社会对我们的关爱和照顾。我承诺，我会带着应善良基金会的期望，承载着山大的基因，继续激扬奋发，早日以更优异的成绩回报党和国家，为社会奉献自己的力量。

作者：经济学院 2022 级本科生　王相懿

11 月 19 日　星期日　晴

宝钢优秀学生特等奖获得者 · 王君豪

昨日，宝钢教育奖颁奖仪式在上海举行。我作为学生代表在颁奖仪式上发言。当得知获得宝钢优秀学生特等奖的那一刻，我的热泪夺眶而出。回望这一路的历程，奋斗与坚持始终如一。

回顾大学阶段收获的青春果实，我想最宝贵的依然是山大赋予我的“浩然正气”。学校紧紧围绕立德树人根本任务，秉承办学宗旨，以培养最优秀的本科生为己任，心怀“国之大者”，坚持四个面向，深入推进科教协同育人，出台创新创业行动方案，全面加强培养过程质量监控，为我们的成长提供了广阔的平台。

在大学时光中，我将“家国情怀、担当精神、崇实品格、创新素养”的山大基因刻进心里。四年来，我刻苦学习，锐意创新，进课题、组团队、做实践、搞竞赛、写论文，着力练就“五种能力”。我珍惜每一次机会，充分锻炼自己。白天专注于课程学习，不断充实自己的知识储备；夜晚在实验室里琢磨技术，努力练就实操本领。逐渐地，那些曾经看似遥不可及的目标逐一从梦想变为现实。从科创领域的新手小白到逐渐成长为科技竞赛团队中的核心成员，再到获十余项国家级竞赛的最高奖项，每一段看似“特别”的经历背后，其实依靠的都是平凡的努力和不平凡的坚韧。

回首过往，我要感谢学校为我们提供了优秀的指导老师、扎实的基础实践教学和优质的科研竞赛平台，并将高层次科研项目融入“第二课堂”。感谢学院高度重视创新创业工作，将科创赛事作为提升学生专业素养和创新创业能力培养的重要载体，积极搭建“双创”平台、完善竞赛培养选拔机制，持续激发我们参与科创活动的热情。同时我也真心感谢郭春生老师、孙宁老师、姜佳男老师和李华杰师兄以及团队的成员们，在项目推进和学习生活中，正是你们给予我无私的帮助和鼓励，才使我能够获得宝钢特等奖。

面对国家在诸如芯片等关键技术领域面临的“卡脖子”难题，我不仅在本专业刻苦学习，还辅修了计算机双学位，自学电子和控制领域的相关理论。此外，我积极参加跨学科的竞赛和实践项目，不断丰富和拓展自己的专业知识体系，努力将所学知识与国家需求相结合，做到专业领域以点带面、融会贯通。宝钢优秀学生特等奖学金对我而言不仅是一份荣誉，更是一种激励与鞭策。未来我将牢记校训精神和宝钢优秀学生奖学金设立的初衷，继续深造，向前辈和楷模学习，肩负起时代责任，用青春书写无愧于时代、无愧于历史的华彩篇章。

作者：机电与信息工程学院 2020 级本科生　王君豪

11 月 20 日　星期一　晴

“学在山大 · 讲述青春故事”逐梦篝火活动领舞者 · 诺布昂丹

熊熊篝火，照亮夜空，温暖人心，驱散寒冬。周日，我与学校党委副书记王君松老师、有关职能部门的老师们和学生社团学生代表共一百余人，共同参加了党委学生工作部主办的“学在山大 · 讲述青春故事”逐梦篝火活动。

为了能够更好地展现民族文化，我们准备了两支很有代表性的舞蹈——藏族的锅庄舞和纳西族的纳西三部曲。从音乐选取到每一个动作设计，我们都十分用心，争取能够在晚会有限的时间内为同学们展现出简单易学、具有特色的舞蹈。

晚会开始，我很荣幸能够作为火炬传递手点燃篝火传递火炬，这也寓意薪火相传。当接过火炬时，我感受到了传承的力量，燃烧的火焰仿佛象征着我们的希望和梦想。传递火炬时，我感到非常自豪，为能够成为篝火晚会的一分子而感到荣幸，也为自己能够将这份爱和关怀传递给他人而感到满足。在同学们的欢呼中，篝火被点燃，同学们都为接下来的表演做好了准备。

很快就到了民族舞蹈环节，领舞的同学们排成一列，围绕火炬奔跑上前，高举双手，为同学们送上来自本民族的祝福。音乐响起后，大家时而围绕篝火舞蹈，时而向着篝火聚拢，时而又分散开来。踢步、跳步、摆手、转身，每一个动作都犹如一笔笔灵动的线条，绘成一幅精美的画卷，勾勒出藏族人民的热情与豪放。音乐伴奏中的六弦琴、笛子，旋律优美，节奏明快，仿佛一串串动人的音符，邀请人们加入这场狂欢。

在锅庄舞中，舞者手拉手围成一圈，象征着团结与友谊。踏着欢快的舞步，舞者随着音乐的节奏变换舞姿，仿佛一群翱翔在草原上的雄鹰，勇敢地追逐着美好的未来。服饰装扮更是为锅庄舞蹈增添了独特的魅力。男性舞者穿着藏袍、蒙古袍、土族服饰、纳西服饰，显得英勇威武；女性舞者则穿着藏族传统长裙，显得婀娜多姿。这些精美的服饰，如同一幅幅斑斓的画卷，将这份对美好生活的追求与向往，通过锅庄舞蹈传递给了每一个人，让师生在欢歌笑语中忘却烦恼，共同度过这欢乐的时刻。

我们学在山大，快乐成长。每一次活动，我们都全身心投入，用我们的真诚和热情感染每一个参与其中的人。在这里，我们不仅是奉献者，也是成长者。每一次活动都是一次成长的机会，让我们学会关爱、学会付出、学会团结，为了成为德智体美劳全面发展的时代新人而携手共进。

是山大让我们相遇，是篝火让我们相识，是舞蹈让我们相知。我们互相学习，不同民族的同学之间融洽交流，为铸牢中华民族共同体意识贡献山大力量。

作者：外国语学院 2023 级本科生　诺布昂丹

11月21日　星期二　晴

中华优秀传统文化“两创”系列专题学术讲座组织者·胡玉翠

伴随着何中华教授“马克思主义基本原理同中华优秀传统文化相结合”讲座的结束，中华优秀传统文化“两创”系列专题学术讲座十讲也接近了尾声。

为全面学习贯彻全国宣传思想文化工作会议精神，深入研究阐释习近平文化思想，在习近平总书记考察曲阜十周年之际，我们人文社科研究院牵头组织中华优秀传统文化“两创”系列专题学术讲座。作为负责学校文科成果管理与学术交流的工作人员，我主要负责这次活动的各项组织协调工作，在与主讲嘉宾沟通的过程中有很多令我感动的地方，让我怀着无比激动与感恩的心情，力争将每一讲的讲座更好地完成。在此，我也想与大家分享其中的感动瞬间。

犹记得，在确定“中华优秀传统文化‘两创’系列专题学术讲座”的策划方案后，我便抱着试试看的心态跟曾繁仁老校长联系。虽然老校长起初有些犹豫，但最终还是答应了我。那一刻，我也仿佛吃下了“定心丸”。更为感动的是，曾校长在报告结束后还送了我几本书，看着曾校长的《生生美学》，我不自觉地写下：“耄耋之年，步履蹒跚，仍不改初心，躬耕学术，只为给全校师生奉献一场美学大餐。也正是因为山大有曾繁仁先生这样的大家，孜孜不倦地开展研究，生生美学才得以生生不息！”

约了10月11日杜泽逊教授的“学术人生大家谈”第一讲，又约杜老师第二讲“两创”专题学术讲座的时候，杜老师同意了。没想到的是，杜老师为了讲座熬夜写讲稿到深夜一点半。10月11日杜泽逊教授的“学术人生大家谈”学术活动会场异常火爆，甚至有很多同学只能席地而坐，这为我们找到了举办学术活动的信心和力量。时隔一个月的11月11日，杜老师的《〈四库全书〉纂修对当代文化战略有什么启发》报告，让这个初雪过后寒冷的夜晚充满温暖。就像尼山学堂许佳同学说的："累世不能殚其学，一日未尝忘于心。中国古典学术研究任重而道远……每次听罢杜老师的讲座或课堂讲授，我总能感受到学者治学之真精神，进而激励我勤勉前行。"

和王学典老师约"两创"讲座是在尼山世界文明论坛期间，那段时间王老师特别忙，他自己也说有些疲劳，但仍然非常乐意为学校师生作报告。犹记得我读本科时，听王老师讲"治学的功力与见识"，十几年过去了，好多话依然历历在目，受益匪浅，王老师的谆谆教诲伴随我走过了本硕博的求学历程。如今邀请王老师作报告，再次坐在台下聆听王老师精彩报告的那一刻，仿佛又回到了求知若渴的学生时代。报告结束后，王老师询问我报告情况，还感谢了我的鼓励，其实我曾无数次在心底感谢王老师的鼓励、支持和鞭策。

和郑杰文老师联系时，郑老师很爽快地答应了，并为了这场报告与我们多次沟通题目、内容、时长等。10月20日（周五）晚上7点前，方辉院长从青岛校区匆匆赶来，作了近两个半小时的报告后，还要赶回办公室处理工作，让我感动又佩服。同样地，11月10日（周五），徐国亮老师提前出发却被堵在路上，在没吃饭的情况下呈现了一场精彩的学术报告。跟杨朝明老师联系的时候，杨老师也是在尼山世界文明论坛现场，直到晚上十点多才空出时间回复。最近，我联系杨老师帮忙拟定《山东大学中华优秀传统文化"两创"成果展》前言和后记，杨老师也是百忙之中抽出时间，撰写出一稿。和江林昌老师沟通的时候，江老师还将其最新的学术成果发给了我，PPT非常工整有条理，内容更是丰富，史料翔实、逻辑性强，还配以大量的图片和实例。看着如此精美的PPT，我为之深深折服。谭好哲老师听到要作"两创"学术讲座，当即定下时间并将相关信息发我。为了呈现更加契合"两创"主题的学术报告，谭老师对报告内容进行了多次修订和调整，就像李静同学说的那样："讲台上的谭老师侃侃而谈、妙语连珠、思想深邃，一场报告听得我热血沸腾，忽然感觉之前很多散落的知识在谭老师的穿针引线之下连成了完整美丽的串珠，让我直观地体会到传统文化是我们的思想宝库、不竭源泉，也更深刻地认识到文化工作的重要意义。”

如此被感动，岂能去辜负。学者们的鼎力支持，是我们举办学术活动最大的动力。愿以此为新的起点，让我们举办的学术活动在活跃校园学术氛围、碰撞交流学术思想、传承弘扬中华文明的过程中发挥更大的作用。

作者：人文社科研究院工作人员　胡玉翠

11月22日　星期三　晴

房改办工作人员·韩　笑

初冬天气暖，小似立春时。此时虽是初冬，却依旧被暖阳所包围。11月21和11月22日两天，我们房改办公室在趵突泉校区集中为东村8号楼的职工们办理个人不动产证的签约工作。

东村8号楼是一幢特殊的住宅楼。说它特殊，一是因为它是学校最后一座办理整楼不动产首次登记（俗称“大证”）的楼房，是山东大学房改工作的一座里程碑；二是因为这座楼的大证办理工作经历了一个披荆斩棘的过程。

东村8号楼由原山东医科大学（现山东大学）和原山东医科大学附属医院（现山东大学齐鲁医院）合作共建，于2004年12月31日竣工，山东大学和山东大学齐鲁医院分别分配住房并安排职工入住。该楼此前一直未能办理“大证”。2022 年，在多次协调沟通的基础上，山东大学分别给市自然资源和规划局、市住房和城乡建设局和承建单位济南一建集团致函，查询到留档办“大证”必需的规划许可证、联审通过的图纸、竣工验收备案单。2023 年 5 月，房改办公室按照市国防动员办公室的要求，委托专业测绘公司对东村 8 号高层首层面积进行测绘，收到《关于缴纳防空地下室易地建设费通知》，明确了需补缴的费用。2023 年 6～9 月，房改办公室先后与校内外多家单位沟通协调，完成了相关手续，同时房改办公室再次提交材料正式申办首次登记。11 月 13 日，济南市不动产登记中心通知学校完成该楼首次登记审核，学校取得东村 8 号楼的整楼不动产权证。

本着“解决群众‘急难愁盼’能早一天是一天”的原则，房改办公室不等不靠、加班加点准备好职工办理个人房产证件的资料，11 月 15 日通过网上通知、现场张贴通知的形式将这一消息告诉每一名关心此事的教职医务员工。除了这两天现场为职工办理手续外，体谅到部分住户因为年老体弱或卧病在床无法到现场，我们将开展上门办理，到老同志们家中签约。

回顾这几年来的房改工作历程，可谓历经坎坷，但看到今天现场签约职工们的笑颜，听到大家的感谢之言，又让我们现场的工作人员备受鼓舞。作为党员，我们将时刻牢记全心全意为人民服务的根本宗旨，咬定青山不放松，脚踏实地加油干，紧盯教职医务员工急难愁盼，继续为学校高质量发展和安全稳定和谐作出新的贡献。

作者：后勤保障部、房改办公室工作人员　韩　笑

11月23日　星期四　晴

“解忧杂货店”活动志愿者·梁周怡

“叮咚”，我的手机响了一声，提示我有新的邮件。我打开邮箱，看见一封信静静躺在邮箱里。我满怀欣喜地打开，映入眼帘的是稚嫩的字迹：“亲爱的周周姐姐。”这是来自我的一个特别的小笔友——小琳娜的一封信。

从我参与“解忧杂货店”的志愿活动开始，我就有了一个新的身份——“解忧人”。美丽中国的“解忧杂货店”志愿活动作为一个桥梁，连接了志愿者和山区的小朋友们，而我们“解忧人”的作用就是帮助小朋友们，为他们排忧解惑。整个过程中，我们将会进行四轮信件交换。在这个通信发达的时代，在各种聊天软件飞速发展的现在，我们选择用最传统的方式进行心灵上的交流，这是一次奇妙的心灵之旅。

“姐姐，上课集中不了注意力怎么办？”

“姐姐，和好朋友吵架了怎么办呀？”

“世界上最长的河是什么呀？”

稚嫩又简单的话语讲述着一些熟悉的问题——我小的时候好像也面临着相似的窘迫。看着琳娜的信，我的心情仿佛回到了难以忘记的童年，对世界充满一种童趣的好奇。在收到的这封信里，琳娜还向我介绍了她的家乡，美丽的云南。透过她的文字，也透过她的眼睛，我看到了一个美丽的、四季如春的云南，但美丽的不仅是风景。

“姐姐记得加衣服哦！”

“姐姐要天天开心，不要有烦恼哦！”

一句句关心的话语仿佛是她亲口在我耳边诉说。我在想，其实这次活动并不仅仅是一个志愿活动，或者说并不只是我们这些大哥哥大姐姐去帮助他们。或许我们也是那一个被帮助的小朋友，我们透过他们的眼睛看到了一个新的世界。

我一字一句写下回信。我想，“帮助他人就是帮助自己”，很多时候我们把自己放在助人者的位置上，但其实我们也是被帮助的人呢——我们被小朋友的信件、被小朋友的真诚带回那个渐渐离我们远去的童年。

作者：历史文化学院 2022 级本科生　梁周怡

11 月 24 日　星期五　晴

青岛校区微公交建设工作参与者 · 延　宏

坐在去青岛校区的火车上，看阳光染红远天，树影拂过眼前，仿佛回到我初次去青岛校区的那一天。第一次看指挥部高高飘扬的红旗，看校区卡车驶过时漫天的黄沙，看大土堆的围挡外面就是蔚蓝的大海，和海滩上洁白的贝壳……而今，为了青岛校区微公交的开通，为了完成学校党委的重托，我再一次踏上青岛校区的土地。

这是我在青岛校区待得最长的一段时光了，待得都开始想家。起草上会材料、制作 PPT 和议题说明书；从南区到北区，用脚步丈量每一寸土地；从上课到下课，查看每一个路口、每一条道路。看过华岗苑凌晨一点的灯光，也听过傍晚时分校园广播响起动人的旋律。

校长办公会决策后短短 10 天的准备时间里，校区组宣统、学工、保卫、资实、基建、后勤等各部门通力合作，从减速带改为减速振动标线、打通北区围挡、设置站牌、更换大功率充电桩、移除影响视线的围挡和占据电动车道的岗亭、校车安装打卡机和转向倒车提示音、建设洗车房、安装停车场路灯、为驾驶员准备休息室，到多渠道全方位征求师生意见，不断完善方案。我们认真研讨每一个细节，比如，下车学生如何避开同向驶过的电动车；每天提前20分钟预热校车，让同学们上车就感受到冬日里的温暖。我们制订了微公交驾驶员守则，每天召开例会，将党支部建在校车上，流动着的不只是学校党委对青岛校区学子深切的关怀，还有每一位驾驶员时时放心不下的责任感。

在校区微公交调度会上，我邀请校区领导在开通前走一遍微公交路线。于是，真的在开通前接到校区通知，学校副校长、青岛校区校长曹现强带队走遍了所有线路，包括上下课专线的车辆如何调头等问题，他都一一关心到位。微公交开通当日，校车有序排开，同学们依次乘车。驾驶员看到校长助理、青岛校区党工委书记邢占军一天坐了四趟微公交，上车就与学生、驾驶员交流，了解情况，提出改进意见。通过微公交的开通，校区各部门同向发力、齐心协力，让我深切体会到“大服务、大保障、大协同”的力量。青岛校区微公交的开通，为学校“一校三地一体化发展”的决策赋予了完美诠释。

我看到在一篇关于微公交的推文后面学生和家长温暖人心的评论：

“青岛的‘妖风’奈何不了我们了。”

“好耶！是校内公交！上课更方便啦！谢谢学校！”

“冬日里的一抹阳光，温暖了所有人的心。愿山大越来越好，愿孩子们温暖长大。感谢学校领导对孩子们的关心照顾。”

这段日子所有的付出和重于山的压力，都那样值得！

希望微公交的运行能让新生在入校时不用再购买那么多电动车，希望我们的学生养成良好的出行习惯，希望通过我们的努力，美丽的青岛校区建设得越来越好。有一天，我们也可以自豪地说，我们以自己的拼搏努力为校区这份动人的美丽添砖加瓦。

作者：后勤保障部工作人员　延宏

11 月 25 日　星期六　晴

幼教服务中心工作人员 · 王智莹

窗外寒风凛冽，室内暖意融融，在第一幼儿园崭新的多媒体教室里，张卫东主任慷慨激昂地带着园长和老师们进行关于幼儿园环境创设和园本课程建设的教研活动。四十年如一日，她对学前教育孜孜以求的认真劲儿深深地感染着大家，老师们畅所欲言，在思维的碰撞中学习、提升、赋能、成长。

今天看到第一幼儿园最新呈现的教育环境创设，感受颇多，正如电子屏幕上闪烁着的主题“在研究中幸福成长”，我的心情也非常喜悦和幸福。我想这种自然生发出的喜悦可能包含着作为一位教育工作者看到自己认同的教育理念实实在在落地的兴奋，也包含着作为一名幼儿园准家长的安心和放心。

“环境是幼儿的第三位老师。”在学校对幼教事业的高度重视和鼎力支持下，幼儿园一体化改造提升工程在暑假期间紧锣密鼓地竣工了。新学期，幼教服务中心大力推进“以主题文化建设为核心的环境创设”。环境是重要的教育资源，幼儿园环境创设的价值不止于“环境”本身，更在于隐藏在环境背后的教育理念和培养目标，折射的是儿童、课程与文化的关系。

从环境中我看到了什么？

看到了幼儿园从 1948 年的烽火摇篮，经过 75 年薪火相传，深厚办园历史的文化积淀。

看到了正确的办园理念。养根教育，携爱同行的幸福雁家人故事，恪守“用心用情，理想理念，精心精细，育人育己”的十六字方针，向着阳光一起飞。

看到了孩子成长的可视化过程。翻阅着“我来设计我的家”的小方案和孩子们自制的绘本，在琳琅满目的课程故事、精彩的游戏案例中，看到了教师如何创造条件，支持孩子用自己的力量来实现愿望。

看到了培养有根的中国娃。山大先生、少儿英雄、民族英雄、中国先锋人物的故事激励着山大娃“心中有梦想、成长有榜样、前行有力量”。大厅洞洞墙展示板上分享陈列了孩子们带来的各国纪念品，彰显着山大娃的国际视野。我们要培养能够传承中华优秀传统文化的接班人和面向未来高科技社会的建设者，他们是独一无二的、勇敢自信的、乐观阳光的、乐于探索的、善于创造和表达的。

看到了以儿童为中心。幼儿园的环境是为孩子创设的，路标小树、心灵小屋、放松惬意的绘本阅读小天地，巧妙地设计和利用幼儿园的每一个角落，无不体现着幼教工作者的专业性和教育智慧。

看到了“精制文化编码”。第一幼儿园的赵仲梅园长给幼儿园的整体装修色调起了两个好听的名字——“暖阳黄”和“萌芽绿”，童趣和富有美感的环境让孩子们沉浸式地发现美、感受美。每一所高质量的幼儿园文化和良好的家庭文化传递给孩子的都是“精制文化编码”。山大幼教致力于把最好的教育奉献给每一个孩子，不断地营造良好的氛围，让幼儿潜移默化地在安全优质、儒雅高洁的教育环境中和谐健康地成长。

作者：后勤保障部幼教服务中心工作人员　王智莹

11月26日　星期日　晴

中华优秀传统文化“两创”成果展参加者·何　淼

两周前，我受人文社科研究院老师的嘱托，协助校对山东大学中华优秀传统文化“两创”成果展的文案。此前，郑敬斌院长已带领他的团队做了大量前期工作，常常披星戴月地忙碌。待到最后一版文稿交到我手里时，已颇为成熟凝练。然而，接此“重任”，我仍秉持“鸡蛋里挑骨头”的严谨，倾心倾力、逐字逐句审读文稿，细细查阅了每一个成果的出处、原文及报道，并对文字、标点、内容进行审校批注，力求尽善尽美。之后，人文社科研究院的老师认真阅读并回应，并赠我“两创”成果展开幕式的邀请函，令我颇觉感动。

11月23日上午，我来到明德楼，山东大学中华优秀传统文化“两创”成果展在此盛大开幕。校党委书记郭新立谈到，山东大学将始终坚守好马克思主义这个“魂脉”和中华优秀传统文化这个“根脉”，精心培育中国特色哲学社会科学“山大学派”。他勉励大家自觉当好优秀传统文化的守护者、传承者，当好传统文化创造性转化、创新性发展的探路者和先行者，为推动文化繁荣、建设文化强国作出新的山大贡献。

根植于齐鲁大地、浸染着儒家文化的山东大学充分发挥“古文、古史、古哲、古籍”为标志的中国古典学术优势，产出一系列重要学术文化成果。此次成果展系统梳理了十年来山东大学推进中华优秀传统文化“两创”的标志性成就，充分展现了百廿山大践行文化使命、铸就社会主义文化新辉煌的责任担当。

我素来热爱中华优秀传统文化，在山大求学、工作的十年间，时常听人文社科领域的讲座，因而对于此次“两创”成果展的许多标志性活动和成果并不陌生。我曾现场聆听尼山世界文明论坛、山东论坛、《文史哲》杂志创刊70周年纪念会、中华优秀传统文化“两创”系列专题学术讲座等活动，曾认真参观“弦歌不辍，赓续华章——山东大学重大主题美术大展”“斯文在兹——中华优秀传统文化大型系列图文展”，也默默关注《四库全书》合璧、《永乐大典》存卷研究、全球汉籍合璧、焦家遗址、新文科建设等成果。我观看了开幕式现场播放的“两创”重大科研成果系列专题片——《文脉》，感慨于山大的知名学者秉持初心，厚积薄发，终有大成；我震撼于山东历史上规模最大的文献编纂出版项目——《齐鲁文库》，细数此次展览了多少册；我饶有兴致地翻阅徐超教授的《大美汉字》，思考汉字之于中华文明史和世界文明史的“功德”“恒德”“艺德”；我欣喜地浏览曾繁仁、王学典、杜泽逊、王韶兴、何中华、方辉、周向军、郝书翠等学者的成果，与朋友分享这些年听过的他们的课或讲座。我仿佛置身璀璨星河，目之所及，皆是文明之光。

我认为，大学之“大”，在于大师，在于大学问，在于大文化。山东大学有着绵长文脉和厚重底蕴，为我们提供了丰厚的文化资源、文化活动、文化成果。十年来，我被山大各类文化活动、文化成果熏陶着，每一次的聆听、阅读与感悟都以“文”“化”我，在潜移默化间涵养了我的学识与品格。我用十年的时间从山大学子成长为山大老师，尤其是肩负“立德树人，培根铸魂”使命的思政课教师，我也常常建议自己的学生博览人文书籍，培育人文情怀，提升人文素养，成为一个兼具专业技能、文化内涵与家国情怀的人。

作者：马克思主义学院教师　何　淼

11月27日　星期一　阴

2023年开罗大学考古访学项目参与者·阎牧青

对于学习历史学、考古学等相关专业的学生来说，埃及是一个期待前往的国家。能够参加2023年开罗大学考古访学项目，和老师同学们共赴这片神奇之地，我感到十分幸运。

这里有新与旧，有现在与过去。“人类惧怕时间，时间惧怕金字塔。”

这是埃及人口口相传的一句谚语。只有真正站在金字塔前，方能体会到它的宏伟，那是任何言语、图像都无法描述的。当时尚未出现铁制工具，只能使用硬度更大的石头和木头进行打磨加工。难以想象数千年前的人类是如何使用这些简陋的工具将庞大的石块切割整齐，又层层垒砌成庞大的金字塔。斯人已逝，这许多的问题将留给考古学来解答。想到这一点，我又倍感荣耀与责任。

来到开罗大学，与埃及考古学界赫赫有名的几位教授面对面交流，是我们此行最为期待的事。莫森教授带领我们来到开罗大学考古学院莫辛院长的办公室，并向我们介绍了几位负责伊斯兰文明考古、文化遗产保护和古埃及遗址发掘的教授。在方辉院长和莫辛院长的交流中，我们得知山东大学与开罗大学有十分强烈的合作意向。考古学作为山东大学的优势学科，拥有全国顶尖的师资力量和国家级重点实验室，一直以来都受到学校的重视；而埃及同样拥有丰富的历史文化遗产，开罗大学又是埃及乃至整个阿拉伯世界最杰出的大学之一，双方的合作一定会促进两校之间资源共享，发挥各自的特长和优势，共同提升教育质量和水平。我也期待着有一天可以参与埃及考古遗迹的发掘和研究。

亚历山大是埃及的一个港口城市，也是古埃及的首都。这里的风貌与开罗完全不同，海边的亚历山大灯塔书写着另一个时代的英雄史诗。“只要我离真相近一点，再近一点，那么我就可以快乐地走向坟墓。”这是电影《城市广场》中古希腊数学家希帕提娅最著名的一句台词。我想，在考古学领域中深耕，需要的也是她这样努力靠近真相的精神。

来到埃及的第四日，我们前往中国驻埃及大使馆，聆听了卢春生参赞对埃及现代经济、政治、军事、文化教育等方面现状的介绍。我们对中埃关系有了更加深入的了解，希望中国和埃及可以友谊长存，共同增进两国人民福祉。

在境外几日，看到埃及人民一张张热情洋溢的笑脸，听到他们一句句的“I love China”，作为一名中国人，我深刻体会到了中国的国际影响力，也感到相当自豪。非常感谢学院提供的此次交流访学的机会，希望未来自己还可以参与双方的长期合作项目，为中国考古“走出去”贡献自己的力量。

作者：历史文化学院2022级硕士研究生　阎牧青

11月28日　星期二　晴

全国医药院校药学/中药学专业大学生实验技能展示特等奖获得者·许海若

这几天，我参加了“第七届全国医药院校药学/中药学专业大学生实验技能展示活动”决赛。本次赛事由高等学校国家级实验教学示范中心联席会、中国药科大学等主办，遵义医科大学药学院承办，是药学学科本科规模最大、最为权威的赛事之一，吸引了来自北京大学、浙江大学、复旦大学、上海交通大学等全国124所高校的近110位院级领导参会、700余名师生观摩、250名学生参赛。经过激烈的角逐，我和马凯成同学分别获得特等奖和一等奖。激动的心情平复后，我想将这几天的所见所思记录下来。

11月24日，在学院老师的带领下，我们顺利抵达贵州省遵义医科大学报到。我们提前熟悉了考场分布与赛事流程，进行了紧张的赛前准备，查缺补漏，力争掌握更多的理论储备。

11月25日上午，活动正式开幕。简单回顾学科知识体系后，我们正式进入考场，进行笔试环节。笔试内容综合性强，题量较大，时间紧张。但我们竞赛心态很好，把卷子当成三年专业课的一个回顾，沉着应对、缜密思考、仔细检查，也渐渐有了一定的底气，为下午的操作考试奠定了很好的基础。

操作第一场是药物分析实验，题目整体不难，但操作细节较为烦琐、公共仪器数量较少，完赛压力比较大。考试中还出现了滴定管架部件因老化而碎裂的突发状况，所幸平时实验课程积累充足，我心态还是很稳定的，举手示意更换仪器后，顺利完成第一场实验操作。紧接着进入了第二场的药理学实验，虽然考题内容比较陌生，但是实验设计原理都是相通的、操作都是熟悉的。短暂思考确定设计思路与大体步骤后，我就开始了实验。该场考试涉及动物实验，其操作过程相对简单，但对实验报告的逻辑性和完整度有着更高的要求。因此，在规范操作的基础上，我把更多的时间精力投入到实验现象的观察记录及设计报告中，力求展现更严谨周密的实验思路。

整场比赛总耗时约 7 小时，中间休息时间十分短暂，对我们的体力也是不小的考验，但比我们参赛者更加辛苦的是场外全程陪伴等待的老师们，以及在备赛阶段辛勤付出的各位老师和同学们。与其说这是一场“个人赛”，不如说这是一场“团队赛”，每一个奖项都是大家共同努力的成果。

11 月 26 日上午，闭幕式和颁奖典礼举行，我和马凯成同学分别获奖。这个结果既是意料之外也是情理之中：意料之外的是，我深知自己还有非常多可以优化完善的细节，还有很多不足之处；情理之中的是，我们山东大学药学院的实验课程设置及要求都非常系统严格，无论是实验教学还是报告批改老师们都极为严谨认真，三年来帮助我们养成了较为规范的操作意识和相对严谨的实验思路。在这样的体系下，我们不断成长，这次的获奖绝非偶然。相信未来的学弟学妹们一定能够具备更加优秀的实验素养，取得更加优异的成绩。

作者：药学院 2020 级本科生　许海若

11月29日 星期三 晴

HWS计划山东大学站网络空间安全技术挑战赛网络安全赛道一等奖获得者·姜博文

前两天，HWS计划第七期山东大学站专场活动网络空间安全技术挑战赛在山东青岛举行。我作为山东大学网络空间安全学院的选手，参加了本次比赛的网络安全赛道，与来自全国多所大学的选手经过线上初赛和线下决赛两轮角逐，最终获得一等奖。

大一时因为偶然的机会接触到CTF，我便对CTF比赛产生了极大兴趣，逐渐对信息安全领域的技术产生热爱。因为热爱，所以坚持。即使在读研究生后，CTF也是我生活中必不可少的一部分。我经常在科研之余，看看赛事日历，注册比赛账号做几道题来保持手感和对当下出题风格的敏感度，同大家"吐槽"和交流比赛心得。

在以往的CTF团队赛中，我一般负责crypto方向的题目，在逆向分析（re）和漏洞利用（pwn）方向上更多的是辅助，并不是那么熟练。本次比赛是CTF个人赛，这意味着除了自己擅长的方向，我还需要解决其他方向的题目。题目更加偏向硬件二进制安全，逆向分析和漏洞利用题目分值占比较大，这对我来说是一个不小的挑战。

初赛从11月18日下午开始，总共持续30个小时。第一天的情况并不好，只抢到了一道安卓题的"二血"（第二个做出题目的人，前三血有额外加分）。逆向分析方向的三道题目在我看来并不那么容易，需要花时间去分析，但是隔壁选手很快解决掉了所有逆向分析方向的题目，这无疑给了我很大压力。关掉排名界面，我把注意力全部集中在题目的分析中，根据经验和直觉，寻找可能会存在漏洞的点，再去检索相关信息，逐渐理清思路，整理出攻击链。等我写完攻击脚本交上flag，外面天已经亮了。简单休息了几小时后，第二天顺利了许多，我成功冲上了排行榜的第一名。

到决赛场上，我发现唯一一道 crypto 是不熟悉的侧信道功耗分析，由于检索和学习成本高，时间紧迫，于是临时转换做题策略，先解决安卓 native 逆向题。题目提供的 ARM32、ARM64、x86、x64 四种架构的 ELF 文件中，我先从 x64 入手通过出现的特殊常数识别出了相应编码，随后成功逆向完整个流程。另一道漏洞利用题中的漏洞点比较清晰，但是我并不清楚 libc 版本。通过反复尝试，我匹配了具体的 libc 版本，最后从 libc 数据库中匹配到赛题对应的版本，顺利利用程序漏洞拿下目标机器的控制权。

感谢我的导师魏晋文教授对我参加信息安全各类竞赛的支持，当我遇到困难时，他会耐心地和我探讨和解决问题，留出足够多的时间让我安心准备比赛。同时作为一名在山东大学网络空间安全学院的学生，我还要感谢学院提供的 CTF 开放实验环境，让我有更多实质性学习和提升的机会。学院不定期举办“Hash Club”技术研讨会、组织网络安全竞赛和支持学生参与研究项目，让我能够与同行交流，了解前沿学术和分享实践经验。这些活动不仅扩大了我的知识视野，也使我有机会在实践中应用所学。

作者：网络空间安全学院 2021 级硕士研究生　姜博文

11 月 30 日　星期四　晴

国家重点水封油库模拟试验参加者 · 侯夫斌

为期两个月的工程科研实践悄然结束的那一刻，我不禁感慨这转瞬即逝的科研时光，也不断地回味这段实践经历带来的成长与转变。故事始于那个温暖的九月清晨，我与课题组师兄一起背起行囊，开始了我们的“北上”实践之旅。此次科研实践的目标是完成与中国石油油气地下储库工程重点实验室、中国石油天然气管道工程有限公司合作开展的岩洞地下储库全生命周期围岩应力渗流耦合场水封模拟试验研究。伴随着我国经济的高速增长、石油需求量的不断增加，在党和国家高度重视能源资源安全的背景下，多场耦合环境下地下储库水封效果评价研究在保障国家储油安全和保护地下水资源中起着越发重要的作用。

为了深入研究岩洞地下储库从洞库开挖直至运行全生命周期围岩应力场、渗流场的演化规律，实现水封全过程的真实模拟，我们课题组与甲方单位积极沟通，经过数十次的建模、研讨、验算与仿真，最终确定了含水幕条件双洞室地下岩洞储库三维物理模型的试验设计方案，研制了真三轴岩洞地下储库围岩应力渗流耦合水封模拟平台。经过前期平台装配、物料准备、模型制作、传感器调试等多项工作，我们开展了围岩应力渗流耦合场水封模拟试验，同时标志着我国唯一的地下岩洞储库专业实验室正式投入运行。本次试验真实模拟了不同结构、不同水力条件下的岩体环境，通过自主研制的伺服水压加载系统精确设置地下水边界条件、人工水幕注水压力，获取了储油洞室周边围岩的渗透压力、渗流场分布、洞室涌水量的变化规律，试验数据将为储库建库选址、水封及稳定性评价、施工及运营过程控制提供科学依据。

此次试验由我的导师王汉鹏教授及中国石油油气地下储库工程重点实验室韩桂武、安柏燕两位高级工程师指导，李梦天、张冰、赵盛男三位老师带队，王有石、邱廷麟、蔡恒、白子涵等共同参与。我们每天往返于住所与实验室之间，白天推进试验进度，晚上整理试验数据、查阅相关资料，忙碌充实的生活中却也不乏科研的乐趣。科研的道路没有一帆风顺，只有心怀咬定青山不放松的信念积极探索，才会柳暗花明。从最开始的方案设计到试验模型的制作，再到试验数据的采集与处理，处处充满困难与曲折。为了得到更加良好的水封模拟效果，我们不断地讨论、修改试验方案；为了获取更贴合实际工程的相似材料，我们便夜以继日地调试比例、制作试件、测试强度，一次次的失败、一次次的更改，最终得到了最佳配比；为了获得更加精准的围岩应力渗流耦合场数据，我们小心翼翼地在模型中分层布设数百个传感器，连接、测试、采集，每一步都遇到了许多意想不到的问题。但是身为山大学子，不畏艰险、迎难而上是我们必须具备的科研素养，正如课题组“自律、高效、阅读、认真、坚持”的十字方针所教导的那样，面对难题，只要认真对待，努力坚持，终将攻坚破难，正所谓“路虽远，行则将至；事虽难，做则必成”。试验圆满成功的那一刻我们才真切地体会到，最美的风景莫过于雨后彩虹！

此次试验的圆满成功，极大地促进了地下水封石油洞库水封效果的科学研究工作，创新了岩洞地下储库建库物理模拟效果评价新技术，攻克了地下岩洞储库安全运行与密封稳定的技术难题，为我国地下储库建设工程提供技术支撑，得到了领导、专家们的高度评价，展现了山大实力。

导师王汉鹏教授曾经教导我们：“深邃的思想是必要条件，需要深入思考，做好顶层设计和规划；努力地耕耘是充分条件，需要不断实践，做到知行合一！”身为岩土工程专业的研究生，“知行合一”的重要性不言而喻。此次科研实践经历让我受益匪浅，不仅学习了新的理论知识，更提高了知识的应用能力。不断完善的试验方案、屡次修改的工程图纸以及通宵达旦的数据采集工作让我意识到，科研不仅需要吃苦耐劳的精神，更需要严谨务实的态度。每一次讨论都是思想的火花碰撞，我们彼此启发，不断提高项目的深度和广度。受益于课题组长期以来的“科研反哺教学、实践引领创新”四位一体培养创新型研究生的浓厚育人氛围，现在的我们在实践中探索新知，以实践激发创新热情、培养科研精神，扎根现场，真正将论文写在祖国的大美河山上。

作者：齐鲁交通学院 2022 级硕士研究生　侯夫斌

12月1日　星期五　晴

“和合之美”课程参加者·周子琪

专业知识的精通与美育素养的提升并行不悖，通识教育能够使人拥有更完善的人格和思想。从大的方面来看，除精通专业知识外，努力使自己通文理、通古今、通中西，有利于个人价值观的形成，丰富对世界的认识。从小的方面来说，一堂堂妙趣横生、精彩绝伦的和合之美课程，既是忙碌的学习生活中令人期待的放松时刻，又能让我们学习到中国民乐的丰富知识。

虽然我没有学习过民族乐器，但非常喜欢听民乐作品。上学期，舍友每周三晚上下课回来都向我讲述他选修课上的一些精彩片段：这次课上有人演奏古筝，那次课上有人拉《赛马》……这可一下勾起了我的兴趣，怀着期待的心情，这学期我选了由艺术学院韩璐老师开设的和合之美课程。

仍记得笛子课上，那翩若惊鸿、矫若游龙的音符于演奏者指尖跳跃；“千年琵琶万年筝，一把二胡拉一生”，二胡展示中，阿炳一生的苦辣辛酸都融于如泣如诉的弓弦之上；刀光剑影、四面楚歌的琵琶曲《十面埋伏》扣人心弦，如临其境；富有地方特色的古筝曲《汉江韵》展现着劳动人民忙春耕、获丰收的愉快心情；最激动人心的还是有“乐器之王”称号的唢呐，那热情欢快的《百鸟朝凤》，由悠扬委婉到舒畅热烈的《一枝花》，令同学们深深陶醉其中。

经过几周的理论学习，我们终于进行到课程的实践教学阶段，我参加了竹笛工作坊。拿到笛子后，助教于老师首先教我们尝试吹响。从嘘嘘的吹气声到清脆的竹笛声，同学们学得有快有慢，老师不厌其烦地认真指导每位同学的口型，观察每个人的学习进度。之后于老师又给我们介绍 G

调笛子的指法，一边打着拍子一边示范，同学们彼此交流、互帮互助，努力将音符吹得又稳又准。

我之前很爱听笛子的曲目，今天自己真正演奏笛子时，才觉得“纸上得来终觉浅，绝知此事要躬行”。别人流畅而自信的吹奏，无一不是经历过刻苦的练习。虽然自己吹奏的音乐很简单、很慢，但是学习过程中的乐趣令人心生喜悦。

与此同时，二胡工作坊的同学们从一开始自嘲是“锯木头”，到经过练习取得了初步成效，已经能够拉奏出不同的音符；学习陶笛的同学们也已然能合奏一曲《小星星》。这次实践极大地激发了同学们对民乐学习的兴趣。学习自己喜欢的乐器本身就是一种享受，每个人都在探索一个全新的领域，尝试跨过民乐大门的门槛，进入更加高深的民乐殿堂，切身体会“和合之美”带给人们的无穷乐趣。

音乐是一种自由表达的方式。在音乐的世界里，我们可以感受到各种情感的涌动和共鸣，学会理解别人的情感和表达自己的情感。这种情感的培养不仅有助于我们更好地与他人建立情感连接，还能够使我们在面对生活中的挫折和困难时更加坚韧和乐观。美育素养的提升对大学生成长和人生的影响是多方面的、潜移默化的，如润物无声的春雨，如汇入江海的涓涓细流，温润有力而又绵延不断。和合之美这门通识课程，提供了一个全新的思维角度和视野。民乐作为一种文化的表达方式，传承着千年的华夏文明的光辉历史。通过学习民乐，我们拓宽了自己的思维边界，培养了跨学科的思维能力。我们要珍惜这样的学习机会，赋予青春以亮丽的底色，用艺术的力量帮助我们塑造更美好的人生。

作者：机械工程学院 2021 级本科生　周子琪

12月2日　星期六　晴

山东大学首届小米青年学者·曾志辉

“小米青年学者”项目是小米公益基金会联合各高校基金会开展的公益项目，规划捐赠5亿元，拟覆盖100所高校，致力于资助优秀的高校青年教师及科研人员，促进青年教师和青年科研人才队伍的建设与培养。随着2023年“小米青年学者”第二批高校签约的正式启动，小米公益基金会向山东大学捐赠500万元设立山东大学“小米青年学者”项目。经过青年教师个人申报、学院推荐、确定学院代表教师和最终答辩，候选人均是来自山大理学、工学和信息学部的优秀青年教师，评审委员会专家听取每位候选人的汇报后，评选出10位山东大学2023年“小米青年学者”聘任人选。

作为山东大学材料科学与工程学院的青年教师代表，我长期致力于新型高性能电磁屏蔽与吸收纳米复合材料的设计、制备、构筑及应用基础研究。经过学院领导及专家老师的推荐和激烈的学校答辩环节，我有幸获得山东大学首届“小米青年学者”荣誉称号。在此对学院的大力支持及人事部老师们的帮助表示诚挚的感谢，正是得益于学校人事部及“小米青年学者”项目搭建的平台，通过不同学科的学术交流，加强了学科间的交流及融合，让青年教师们有相互交流的机会。在了解优秀青年教师们的工作成果后，我为自己是山大青年教师团队中的一员而骄傲，同时对我而言也是一种激励和鞭策。

我也衷心感谢小米集团及小米公益基金会，本次成功入选不仅仅代表了产业界对我们科研工作的认可与支持，还代表着作为民族品牌代表的小米与山东大学在精神上相通、价值上匹配、使命上契合。我也将继续充分发挥山大人才、科技及多学科综合性优势，为小米集团的高质量发展提供智力支持。同时，我也深深地感受到小米集团对我国基础科研及科技发展的大力投入，希望将来与小米集团一同携手，投身更多的开创性工作，以实际行动为建设科技强国贡献力量，力争在研究领域内做出服务社会、造福社会的优秀成果。

作者：材料科学与工程学院教授　曾志辉

12月3日　星期日　晴

摔伤老人救助者 · 刘海洋

当我们从济南六十八中退休教师吕志斌手里接过锦旗时，内心无比激动。我们不曾想到，暑假期间那次相助让这位年过六旬的老师念念不忘，拖着尚未痊愈的身体，拄着拐杖，在朋友的搀扶下，亲自来到学院，递上感谢信和锦旗。

事情发生在 8 月 29 日，正值暑假期间，我和姚连升同学在探亲后路过章丘满口村下游的山谷，下车游玩时遇到摔伤倒地的中学退休教师吕志斌。当时吕老师半躺在溪水边，其他两位老师左右扶着吕老师，但无法再进一步活动。我们看到这种情况，就赶紧上去询问了一下具体情况。

我们所处位置为尚未商业开发的山谷，人烟稀少，仅有一条蜿蜒小路可通向公路，其狭窄仅够一人单向前进且有几十米的落差，不论是向上攀爬还是多人搀扶都十分困难。而吕志斌老师左腿无法用力，即使拨打 120 进行急救，山谷位置偏僻，救护车到达更需要时间，极有可能错过最佳救治时机。情况危急，我和姚连升立即上前将吕老师背在身上。虽然我们平时都有健身的习惯，但怕对吕老师的伤处造成二次伤害，所以十分谨慎。道路崎岖，攀爬不易，攀爬二十多分钟后，我们终于把吕老师背到了公路上，使吕老师得到了及时救治，病情也没有进一步恶化。吕志斌老师一行人对我们非常感激，但我们只觉得这是件微不足道的小事，且雷锋精神就是不求回报、无私奉献的，这也是我们身为共产党员应该做的。回校后，我们也没有和身边的老师同学宣扬此事。

11月30日，吕志斌老师刚刚可以下地行走，就拄着拐杖来到山东大学对我们表示感谢。吕老师给我们写了一封感谢信并赠送给我们一面锦旗，上面写着“德才兼备博学善济，助人为乐仁者爱人”。

这给予了我们极大的鼓舞。我们都曾被雷锋同志的精神深深触动，并以他为榜样对待身边的人和事。今后我们将继续牢记党和人民的殷切嘱托、牢记自己入党时为人民服务的铿锵誓言，将理念落实为行动、将愿景转化为现实，在今后的学习生活中坚持无私奉献、乐于助人，争做行胜于言、挺膺担当的新时代有为青年。

作者：机械工程学院2021级博士研究生　刘海洋

12月4日　星期一　晴

山东大学“自强之星”获奖者·温勇振

评选结果的公示映入眼帘，我成为2023年山东大学“自强之星”。这对我而言意义非凡，既是对我一路走来成功克服重重困难的认可，又是激励我愈加奋发图强的动力源泉。

当得知被选为终评会的候选人时，我的心情久久不能平静。面向全校师生代表，我希望能够在台上以自信和从容的状态，向大家讲出我的故事。经过在学校小树林里的许多遍预演，我把所有内容熟记于心。尽管如此，来到报告厅内，心中难免生出紧张感，我在候场区一遍遍地顺着稿子，期待能够拿出最佳状态。

伴随着主持老师的声音，终评会正式开始。“自强之星”评选的意义在于鼓舞当代大学生不畏困难奋力拼搏，在场的20位候选人都是闪闪发光的启明星。我想，“自强之星”的评选本就是一种自强精神的传递，是对过去努力的总结，更是对未来的展望。我坐在那里，再一次回想自己成长过程中的种种经历，原本紧张的心也逐渐放下。

在台下聆听时，每一位候选人的事迹都打动着我。他们之中，有人曾在祖国边疆卫国戍边，面对随时可能到来的牺牲义无反顾；有人不幸患病却不甘平凡，用不屈的意志战胜生理的缺陷；有人家境贫寒却从未放弃，用自己的力量担起家庭的责任。因为自己也有过相似的经历，在听到其他人的汇报时，总会有热泪涌上眼眶。在每位同学结束陈述后，我都发自内心地鼓掌。在交流的过程中，我见到了一个又一个追梦的身影，受到了一遍又一遍的鼓舞，大家都有各自独特的闪光点，让我倍感振奋。

当站到台上的一瞬间，我感受到突如其来的平静。拿过话筒，我把自己的经历向大家娓娓道来。我似乎又见到了那个面对家庭变故的无助小男孩，看着他独自一个人站在堤上牧羊和在微光下苦读的身影。过往的一切在我脑海中快速掠过，留下的是面对逆境时的一张张笑脸，我的心中也充满了从容与自信。我向大家讲述了一个“疾风知劲草”的故事，无论何时，我总想把自己的乐观分享给周围的每一个人，因为我坚信，往前走、向上看，总会遇到更美的风景。

作为“自强之星”的获得者，我很感谢大家的认可，感谢学校和学院能够给予我广阔的发展平台，感谢一路走来帮助我的老师和同学们。在未来的生活里，我仍会把自立自强的精神贯彻在日常生活中，勇面挫折，砥砺前行。

作者：控制科学与工程学院2021级本科生　温勇振

12 月 5 日　星期二　晴

“从大山到山大”游学参加者、确山县第七小学学生·杨抒默

我叫杨抒默，来自确山县第七小学，今年四年级。11 月末到 12 月初，我参加了由山东大学主办的“从大山到山大”游学活动，和同学们一起去了济南、威海、青岛三个城市，游览了山大的各个校区，体验了山大的校园生活，收获了很多知识和友谊。这是我人生中最难忘的一次旅行，我想把我的经历和感受写下来，与大家分享。

第一站：济南。

我们先到了山东大学中心校区，我的心情特别激动，因为我见到了比想象中还要大的操场、食堂，真是让我大开眼界。在见面会上，我们收到了山大老师提前为我们准备的小礼物，那么精致可爱，我特别高兴！我感受到了老师和哥哥姐姐们的热情。接着，我们去参观了山大校史馆，感受到了山大的悠久历史和文化积淀。

下午，我们去了山东大学附属小学，体验了他们的课堂。在那里，我结交了很多小朋友，心里暖洋洋的。那些小朋友又热情又可爱，我希望自己也可以像他们一样热情、活泼、积极向上。生动有趣的课堂、温柔的老师，更是让我难忘。晚上，我们去泉城广场观看音乐喷泉，喷泉那么壮观，我在心里连连叫好，还悄悄鼓起了掌，为喷泉打起了节奏。

第二天早晨，我们去了齐鲁医学院，那里美丽的景色让我顿时放松下来，心情十分舒畅。美丽的银杏叶像一把把金色的小扇子，扇走了凉爽的秋天，带来了寒冷的冬天。随后，我们去了心理咨询中心，玩了有趣的沙盘游戏。临走时，老师还让我们每个人挑选一个沙盘模型，我更开心了。我挑选了一个穿着白大褂的女博士的小雕塑，希望以后自己也能成为白衣天使。

下午，老师带我们去欣赏济南的另一处美景——大明湖。大明湖清澈见底，湖里有野鸭和莲蓬，湖边有许多柳树随风起舞。看到这么多美景，我情不自禁想要作一首诗了！这天晚上，我做了一个美梦。

第二站：威海。

我们乘坐高铁从济南到了威海，来到了海边。大雪纷飞，海水波涛汹涌、白浪翻滚，整个场面壮观无比。感受过大海的壮阔，我们来到了火炬八街，爬了一个很长的上坡。大雪中，我们一起拍了许多照片。接着，我们到了猫头山。顾名思义，猫头山就像一只小花猫，懒洋洋地趴在地上晒太阳。与老师们见面后，我们去看了天文台，感受到宇宙世界的奥秘。

第三站：青岛。

我们坐高铁到了青岛，山东大学青岛校区的校园风景令人沉醉。我们去看了创新实验中心，体验了精彩的机械臂表演和神奇的物理实验，还一起去了微生物实验室，我感到科学是那么神奇！在博物馆，我听说校园里有亚洲单体面积最大的图书馆，看到时，我彻底惊呆了。在图书馆里面，我看到努力学习的哥哥姐姐们，我在心里暗暗下了决心，要拼命学习，长大考上山东大学。最后，在图书馆的电影院，我们观看了一部名叫《海蒂和爷爷》的电影。看完后，我感动得流下了泪水。这部电影告诉我们，无论前方有多么困难，都要勇敢面对。

山东之行很快结束了，但在这里的收获与感悟时刻温暖着我、激励着我。感谢山大，感谢山大领导的鼓励，感谢山大支教老师的全程守护，我不会辜负老师对我们的希望。也希望山大越来越好，我会加把劲，考出好成绩，与山大再次见面！

作者：确山县第七小学学生　杨抒默

12 月 6 日　星期三　晴

中国国际大学生创新大赛产业赛道金奖团队负责人·王　进

冬天的天津万物萧瑟，我们团队成员的内心却是一片生机盎然。昨日，中国国际大学生创新大赛（2023）于天津大学展开激烈角逐，经过一天的比赛，各赛道胜负已分，“星瞳”团队实现了山大在产业赛道金奖零的突破。

产业赛道需要根据命题企业给出的命题提交专门的解决方案，我们承接的是北京未来宇航空间科技研究院有限公司（以下简称“未来宇航”）给出的命题“基于立方星技术的空间创新性应用”。伴随着商业航天迅猛发展，立方星因为其成本低廉、快速开发和灵活部署的优势，在航天任务中愈发受到青睐。团队导师张清和教授也提前在此方向布局，组建学科交叉团队，协同机电与信息工程学院的杜清府教授和空间科学与物理学院的李延辉高级实验师等专家，投入能够应用立方星等微纳卫星的小型化电离层探测载荷的研发。经过七年的技术积累，山东大学空间科学研究院、威海市小型化卫星载荷研制与近地空间环境探测重点实验室研发的电离层粒子探测载荷（星瞳）性能指标已经达到国际领先水平。载荷采用高度集成的设计，集电子与离子探测于一体，首次攻克了“极弱信号检测”技术，且在探测空间分辨率上有较大的突破。“星瞳”载荷是一颗基于立方星的空间探测载荷，完美贴合了未来宇航给出的命题，因此我们踊跃报名参赛。

虽然载荷样机已经研制成功，但是备赛过程中还是“不出意料”碰到了许多困难，有赖于各方的支持，我们最终攻克难关，取得丰硕果实。在我外出交流期间，谢新尧师弟带领团队反复精研载荷设计，修改申报材料，协调团队资源，精益求精打磨项目。他们的努力是摘金的稳固基础，使项目能过关斩将，直达国赛舞台。

备赛全程，参赛团队通力合作，指导教师张清和教授、李延辉高级实验师、杜清府教授、邢赞扬副教授、魏文忠副教授和洪峰老师都为项目提出了许多高屋建瓴的意见，让团队成员非常受益。团工委李彤彤书记、张文学老师综合了多方社会资源，不厌其烦地为我们安排一轮又一轮的专家辅导，使我们的项目更加精进，也使我们的路演更接地气，更能打动人心。校区团工委一直为我们的参赛倾力奉献和保驾护航，他们的巨大贡献是我们校区两支参赛队伍都能够勇夺金奖的保证。空间科学与物理学院团委的洪峰老师全程陪同，全力解决团队成员的后顾之忧，使我们能专注于打磨项目。

国赛登台展示的十五分钟是由张语桐学妹和我共同完成的，她为了能够完美呈现项目，一遍遍练习直到嗓子干哑，她为项目倾心尽力的态度令人动容。未来宇航在项目推进和团队对接时也给我们提供了诸多便利条件。项目受到各方帮助之多，难以一一罗列，我们深知成绩来之不易，未来将继续前进，助力学校再创佳绩。

作者：空间科学与物理学院 2019 级博士研究生　王　进

12 月 7 日　星期四　晴

校长奖（综合）答辩评审会工作人员 · 沙俊成

济南虽已入冬，却仍有着几分暖意。今天下午，本年度的本科生校长奖（综合）答辩评审会在知新楼举行。大一时我曾观摩学习，如今再度参加，随着身份的转变，我也有了别样的心境与体会。

答辩会上，短短五分钟的汇报，凝结着各位答辩人一路走来的艰辛和汗水。有人埋首案几，攻坚克难追逐梦想；有人精益求精，矢志创新耕耘科研。或立志经邦济世，或赓续中华文脉，或服务健康中国，他们在各自的学科领域努力奋进，谱写属于自己的青春华章。他们的成长经历和取得的成绩，充分体现了山东大学在德智体美劳全方位发展的复合型人才培养中取得的显著成效，彰显了“为天下储人才，为国家图富强”的办学宗旨。今天，舞台上的他们格外耀眼。

精彩的答辩表现、充实的个人履历、丰硕的荣誉成果……他们的经历可谓“学在山大，快乐成长”的生动注脚。作为一名即将毕业的大四学生，我看着正在闪闪发光的他们，深知仰望光、追随光、散发光的历程从来不易。我聆听着同学们青春成长的故事，从答辩中把握奋斗的力量、梦想的力量、榜样的力量，并激励自己在未来的日子里勿忘初心，砥砺前行。

准备物料、制作推文、调试设备、计时计分……作为一名候任保资辅导员，我在幕后工作中思考着校长奖评选的意义所在。台上的答辩人都是各个学院中的佼佼者，他们勤奋善思而又勇敢坚毅，踏实严谨而又热情真诚，我想，他们的成长经历正是教育应当“培养什么人”的最好诠释。而此次盛会充分发挥了朋辈的榜样引领作用，激励山大学子立志做“最优秀的本科生”，成长为德智体美劳全面发展的社会主义建设者和接班人。

山大学子连续六年获宝钢优秀学生特等奖，校长奖答辩成为“神仙打架”的年度盛事……一系列成就的背后有个人的辛勤汗水，有学院的悉心栽培，更离不开学校的教育管理。山大始终坚定三全育人、五育并举，紧握教育评价的指挥棒，全面提升立德树人成效，有力回答了“强国建设、教育何为、山大何为”的时代课题。

从 2020 年的观摩者到 2023 年的组织者，我伴随着校长奖答辩评审会的一届届举办，而它也见证着我三年以来的成长。

明年，我将成为一名保资辅导员。为党育人、为国育才，我将以真抓实干助力学生成长发展，以求真务实牢牢立德树人使命，努力做好学生的知心人、热心人、引路人。“教育无他，唯爱与榜样。”我将帮助学生系好人生的扣子，用爱温暖，用榜样引领，切实回答好培养什么人、怎样培养人、为谁培养人的根本问题，把“躬耕教坛、强国有我”付诸行动，努力成为党和人民满意的好老师。

希望我的学生有朝一日也能够站在校长奖答辩的舞台上，发出“轻舟已过万重山”的慨叹，侃侃而谈，微笑着讲述自己一路走来的故事，从追光者变成那道温暖与激励他人的光。

作者：管理学院 2020 级本科生　沙俊成

12 月 8 日　星期五　晴

校医院健康管理中心护士长 · 李　洁

对于 34 岁的我来说，很难想象耄耋之年的老年人是如何生活的。曾经想当然地以为，有着退休金和各种社会福利，应当过得惬意从容。然而，当我亲眼看到时，才知道自己的想法过于天真了。

自健康管理中心加大上门体检服务力度以来，近两个月，我们先后为 100 多位失能、半失能老人上门体检，在这些老人中，有很多是独居的空巢老人。他们大多因行动不便很少出门，子女因忙碌或定居国外，不能陪伴左右，平时交流最多的就是家里的保姆。有的老人子女虽在身边，自己却不能动了，只能终日躺在床上，时而清醒，时而混沌，眼中已然失去了光彩。

家住太阳树的一位老师就是这样一位失能老人，老人因疾病瘫痪在床，双脚皮肤已经变黑，每到晚上皮下组织液渗出，奇痒难忍。好在他的家庭经济条件尚可，老伴、子女也都在身边，也许能稍稍缓解疾病给他带来的痛苦。我们去的时候正好赶上小区电梯坏了，扛着设备爬上 11 楼，紧接着查完体，又急忙赶在 9∶30 之前回来把血液标本送检。但回想起他的家人感谢的话语和目送我们离开时湿润的眼眶，我只觉得我们能为老人做的还是太少了。

体检结果出来后，我和同事带着一大摞体检报告，送去住在千佛山校区东院、南院、北院和趵突泉校区东院的老师家里。在我为千佛山东院的两位老师解读完报告以后，老两口拉着我的手说："大冷天让您这么老远跑一趟，真是太感谢了。"一位老人家接着说："我这病几十年了，也不想再治疗了。"听了这话，我不知该用什么话语安慰，只能握着老人的手，把我掌心的温度传递给她。

随着人口老龄化的加剧，高龄老人的数量在我国势必持续增加，其面临的问题和需求也日益突出。有的家庭条件好，但子女定居海外，只能定期给家里寄钱，请保姆料理；有的家庭条件一般，没有请保姆，若子女不能贴身照顾，有病了也不想麻烦孩子，就要拖着年迈的身体照顾自己。空巢老人的生活质量不仅仅要靠经济保障，还要靠心灵关怀。我们倡导尊老敬老，更应该养老助老，让老年人感受到家庭和社会的温暖，让晚年有爱相伴。

在今后工作中，我们将全心全意为学校职工纾难解困，把校医院建设成为师生员工信得过、离不开的校医院，以最便捷、贴心的医疗服务为职工健康保驾护航。

作者：校医院护士长　李　洁

12 月 9 日　星期六　晴

中国国际大学生创新大赛主赛道金奖团队负责人 · 刘泰鑫

中国国际大学生创新大赛（2023）决赛在天津大学落下帷幕，我所在的“借矸而砌——矿区井下治理的‘精卫鸟’”项目获评本次大赛金奖、本科生创意组第一名的成绩，并取得学校在本次大赛排位赛中的最优位次。比赛结束当天，我站在夜晚的天津之眼下写下此篇日记，感慨良多、抒表心意。

回顾这一年的备赛历程：一月搜集材料，二月撰写策划书，三月制作PPT，四月修改思路，六月的校赛，七月的省赛，八月的冠军争夺赛和国赛排位赛，十二月的国赛总决赛，一路走来设身处地感受着团队的蜕变与成长。细细数来，8000 页 PPT、60000 字答辩稿、7500 页计划书、200 个挑灯探讨的夜晚，我们一同见过中心校区凌晨的会客厅，见过兴隆山深夜的天工湖，跃过青岛的金沙滩，站在天津的北洋园，当我作为答辩人站在大会舞台上时，饱含热泪地说出了那句“在山大、在山东、在中国，精卫鸟淬火成钢”。科创竞赛贯穿了我的 2023 年：两项国家级 A 类“双创”大赛取得国赛 2 金 2 银，站上中国国际大学生创新大赛金奖排位赛的舞台，而我从中得到的不仅仅是这一朵朵小红花。

在比赛候场时，一年里的画面在我眼前不断浮现，校赛的错误让我认识到自己的愚昧与短板，省赛小组赛的折戟使我学会了谦卑与自省，总决赛小组赛我告诉自己要自信和坚定，而登上排位赛舞台的那一刻我懂得了敬畏与蜕变。在这个过程中，我真正懂得了“我敢闯，我会创”的精神内涵。

成绩的取得永远离不开团队的团结协作，离不开背后的厚重支持。感恩学校，国家级大众创业万众创新示范基地、国家级创新创业学院，将最优质的人才资源和科研资源转化为我们最有力的教育资源和创业资源。感谢学院，我们不仅有国家一流学科专业、国家重点实验室的鼎新助力，更是从入学起便沐浴在学院科创育人的浓厚氛围中，还得益于本科生导师制与本硕博贯通培养的先发优势。学院师生在本次大赛中获评 2 金 2 银 1 铜的优异成绩，不断夯实了“齐鲁科创”育人品牌，也让我们始终站在科研与创业的前沿，努力成长为新时代“齐鲁星青年”。感谢校团委，不管是赛前培训，还是赛中服务，或是赛后总结，始终与我们有科创梦想的青年学生站在一起，为我们逐梦寻真保驾护航。感谢各位老师，无数次不求回报地为我指引方向，鼓励我继续在“双创”道路上一往无前。感谢我的战友们，给予我无条件的信任和支持，这是支撑我前行的不竭动力。感谢自己，无数个没有放弃的夜晚让我能走到对岸，站在排位赛舞台上弥补遗憾。

关关难过关关过，步步难行步步行。今年 3 月，李术才校长到兴隆山校区为我们青年学生讲思政课，他教育和勉励我们要矢志不渝，久久为功，要始终保持干事创业的充沛精力和动力，以水滴石穿的精神态度追求极致，将个人理想融入党和国家事业中去，为国家重大基础设施建设贡献力量。虽然 2023 年的比赛结束了，但新的故事即将掀开篇章，我们将继续奋斗，终将会站在全国大赛冠军争夺赛的舞台上，展现山大青年学子的耀眼光芒。

作者：齐鲁交通学院 2021 级本科生　刘泰鑫

12 月 10 日　星期日　阴

第七届研究生道德风尚奖获得者・卜泽华

时光转瞬即逝，已经来到了 2023 年最后一个月。本周，随着答辩结果公示，我和来自各个学院的 20 位同学一道，获评山东大学第七届研究生道德风尚奖。其中还包括我的辅导员、经济学院研究生高泽明老师，师生同台答辩，共话育人芳华。

实践出真知，实践长真才。导师李术才院士时常对我说，“现场是最好的实验室，要做脚下沾满泥土的博士”。导师许振浩教授也常教育我要成为一名顶天立地、服务国家建设的科研人。

从 2019 年开始，我先后服务于 5 项重大工程，从冬日严寒的新疆到夏季炎热的广西，从海拔三四千米的雪域高原到地下五六百米的深埋隧道，累计在工程一线坚守 900 余天。在新疆某引水工程的现场服务半年中，我所在的团队准确探明了多处破碎带和富水裂隙带，为工程安全施工提供了坚实的保障；在广西合浦石灰石矿山治水工程中，我坚守一线超过 12 个月，全程参与治理方案的讨论和实施，针对工程特点，创新了注浆模拟方法并用于指导方案优化，项目成功封堵涌水 10.88 万方/天；在云南滇中引水工程昆明段昆呈隧洞 9＃支洞，高压富水岩溶区出现大流量涌水，导致停工 8 个月，经过半个月的攻坚克难，我们采用创新的数值方法开展治理效果的预判和分析，成功封堵了涌水区域，隧洞实现快速复工；在广东某油库工程中，施工方多次开挖泄露涌水导致水淹隧洞，山大团队经过超 600 小时的洞内攻关，成功破解了钻孔反复出水、反复注浆的难题，改进的治水工艺体系仍在保障该工程的顺利施工。2023 年 8 月，我来到西藏自治区，进驻工程一线，在高海拔的环境下紧锣密鼓地开展铁路下穿培隆贡支段现场调研和治理方案设计等工作，工程稳步推进。

秉承“从实践中来，到实践中去”的科研理念，读研期间，我聚焦地下工程水害注浆防控难题，创新了注浆全过程数值仿真分析方法，并成功应用于注浆工程的参数决策和工艺优化。共发表 SCI 论文 7 篇，申请发明专利 4 项（1 项授权），授权软件著作权 8 项，获中国地理信息产业协会科学技术进步二等奖（第 5）、中国交通运输学会科技进步一等奖（第 14），山东大学五四青年优秀成果奖。

未来，我也将继续奋斗在西藏的工程一线，为解决国家重大工程的“卡脖子”难题贡献自己的力量。

作者：齐鲁交通学院2020级博士研究生　卜泽华

12月11日　星期一　晴

集成攻关大平台先锋攻关团队成员·邵　辰

12月11日，刚下过一场雪的济南已经进入寒风凛冽的冬季，而广州依旧阳光和煦、温暖如春。不知不觉间，我到广州南砂晶圆基地科研攻关已两年多的时光。不同于在学校时的舒适安逸，进入工作岗位中的我更多了一份坚守与责任。

一代材料，一代芯片，碳化硅基器件能满足对电力电子系统高功率、高温、高频、高集成度、高效率、高抗辐射的要求。“十四五”规划明确指出，要大力发展以碳化硅为代表的宽禁带半导体材料，实现通讯设备、新能源汽车等关键领域的技术突破。山大学子应心怀“国之大者”，坚持“四个面向”，到国家最需要的地方去。在学院和徐现刚老师的关怀与指导下，我于2021年7月投身学院的合作企业广州南砂开展科学研究，积极承担国家中试基地重大攻关任务，该揭榜挂帅项目是解决“卡脖子”关键技术难题的科技部重大专项。两年多来，我一直致力于4H-SiC单晶衬底材料的缺陷分析与应用，优化衬底表征手段，探索缺陷本质与产生机理，为生长和加工工艺提供有力指导，有效提高了国产半导体产品的国际竞争力。

这次专业实践教给了我很多，比如培养专业的工作态度，比如实践出真知；比如好的方法可以事半功倍，比如面对工作要积极进取。工作之余，我学会了多思考、多观察、多总结，为以后的工作生活留下了宝贵的经验。

在实践过程中我也遇到了许许多多的困难，有时候也会退缩、懈怠，但徐现刚老师嘱咐我们“困难是暂时的，但科研人的智慧是无穷的”，这愈发坚定了我投身科学研究的热情和动力。

通过这次实习，我深刻了解到我国半导体行业的发展瓶颈所在，也更加认识到自己所学专业的重要性。回忆国家一路走来的筚路蓝缕，我时刻坚定着自身科技报国的信念。如果说科技是一座山，那么自身的专业知识和技能素养就是我的登山杖，要想取得成绩，必须有“功成不必在我，功成必定有我”的忘我精神，真正成为一个纯粹的科研人。

一次次实验、一个个数据，不仅是我的工作成果，更是我难以忘记的宝贵财富。我有幸生活在一个和平强大的祖国，能够以百分百的精力投入到学习和工作当中，祖国需要我，我也迫切想要用自己的所学所知为国家的发展进步贡献一份力量。我将继续牢记初心使命，以更加饱满的工作热情，投入接下来的科研攻关工作。

作者：集成攻关大平台 2022 级博士研究生　邵　辰

12 月 12 日　星期二　晴

青岛校区财务处工作人员 · 田　宇

今天是我正式入职山大的 105 天。每天走在干净整洁的校园，期待已久的蓝天、碧海、红瓦、白云不再是一个个抽象的名词，都成了真实的生活场景，甚至还有“海景房”，早起就可以去海边看日出。

入职前，我在雄安新区从事投融资工作。从雄安新区“千年大计”的建设者，到“根植齐鲁，胸怀天下”的“双一流”大学建设参与者，我既满怀期待，又倍感压力与挑战。入职后，学校为了让我们尽快完成角色转变，安排了一系列的“入职大礼包”：文学院杜泽逊院长讲授管理岗职责内涵，让我们领略高校的管理艺术和实践智慧；实地考察龙山文化考古遗址，体悟山大文化传承的使命；参观科技馆，学习山大老一辈科学家面向国之所需、刻苦攻关的故事。

全方位的岗位培训让我迅速找到工作节奏，进入高效状态。青岛校区的工作忙碌而充实，每个人都是精神饱满、干事风风火火，大家都在高速运转，财务处也不例外。特别是最近我们迎来了年前报销的“小高峰”，电话铃声、打印机声、会计服务大厅窗口咨询问题的交谈声此起彼伏，我作为一名“财务新人”迎来了第一个忙碌充实的财务年末。我们每天从学院预约投递柜取来的报销单据，厚厚的单据很快装满了凭证筐，大家没有一丝抱怨，一起加班加点工作，践行“三个工作日”办结的服务承诺。每当想象着老师们业务办理完毕，脸上流露出满意的微笑，作为财务人员的成就感就油然而生。经过这段时间的锻炼，我从初来乍到的无措、紧张，到独自办理财务业务，时间虽短，感悟良多。

在山大的广阔舞台上，大家都各施其才、各展其能，在不同岗位上为建设中国特色、世界一流的山大贡献力量。我将立足岗位、兢兢业业，以精益求精的工作态度，努力做好财务服务工作，助力学校“全面图强”的新征程。

作者：青岛校区财务处工作人员　田　宇

12 月 13 日　星期三　雨

“爱的三角”支教团成员·陈芷彤

下课走在回宿舍的路上，手机微信突然响了几声，打开一看，是同学发来的消息，说我们“爱的三角”支教团获评共青团中央 2023 年“镜头中的三下乡”全国优秀视频团队，这也是今年学校参加该项评选活动的唯一获奖团队。我赶紧把这个消息发到队群里，和队员们一起分享喜悦。

今年暑期，我们支教团前往陕西安康石泉、山东日照东港、安徽滁州明光三个实践地，开设国学素养、心理教育、美术手工、地方文化等课程，细心记录孩子们的成长并制作成影像集；举办三场大型文艺汇演和表彰大会，让成长的色彩被铭记；针对特殊儿童群体的心理测试建立心理档案和成长记录，因材施教；从近万份素材里挑选剪辑出纪录片《在世界的某个地方相逢》，撰写 8 万余字的社会视角报告《八年回望·从“心”出发》，产生了良好的社会反响。

“爱的三角”支教团队是文化传播学院传承性公益支教团队，至今已走过了八年时间，此前如何选定今年的暑期实践选题成为我们的首要难题。向指导老师请教后，团队经讨论决定立足“三角帮扶机制”这一特色进行创新，聚焦多模态教学及数字教育两大问题，最终将主题定为“八年回望·从‘心’出发——三角帮扶机制延承创新与贫困地区数字教育调研”。在面、线、点三视野下建立全流程“三角帮扶机制”，以三方主体闭环为基础，以 OMO（线上线下相结合）、田野调查与多元联动为框架，以多模态教学与数字关怀为支点，实现对支教地儿童的全方位帮扶与闭环式关爱。

一个 30 人的支教团，内容体量是很大的，虽然支教团的实践体系已经建成，但是实践过程中还是“不出意料”地碰到了许多困难。有赖于各方的支持，我们最终顺利完成。在实践过程中，团队通力合作，集思广益，群策群力，指导教师张文学老师、朱慧敏老师和学院社会实践分管教师高雨桐老师全程跟进团队实践流程，提出了许多有建设性的意见，为实践开展保驾护航。

从黄河到汉江，从东岳到太行，从渤海湾到横断山，从孔孟故里到彩云之南，我们追寻当代青年的价值与理想，响应时代的脉搏与号召，在盛夏时节书写了一个又一个动人的故事。八年路漫漫，点滴汇江海。面向未来，“爱的三角”支教团将不忘初心，砥砺前行，让青春在实现个人梦、山大梦、中国梦的伟大实践中创造精彩人生，让青春在推动乡村振兴与教育事业的火热实践中绽放绚丽之花。

作者：文化传播学院 2021 级本科生　陈芷彤

12 月 14 日　星期四　雨

法学院冬季家访参加者·付　聪

不久前，我结束了几天的家访，其间的一幕幕仍在我脑海中浮现。家访让我深入了解了学生的成长环境，也让我更加坚定了自己的职业选择。

学生的健康成长需要家校合作来护航。为了促成家校共育合力，把思想政治工作做在日常、做到个人，学校向来重视家访工作，即使在疫情期间也鼓励学工队伍在线上开展。此次家访，校区学工部提供专项经费，解决辅导员出访和慰问物资费用；学院认真部署，梳理每一位家庭经济困难学生的情况，征得学生同意，确定走访地区。最终，我选择了河北省 3 个地市的 4 位学生，于上周五踏上行程。

乘坐一个半小时的顺风车，绕过一座座山，再穿过一条条胡同，我来到小 L 家中。在同爷爷的聊天过程中，我了解到他父母常年在外打工，收入不稳定，而爷爷奶奶已近 70 岁高龄且都患有疾病，但依然会去农田劳作。爷爷爬上梯子去摘桃子，奶奶在底下装袋，小 L 和弟弟也在帮忙——这个画面在我脑海中久久挥之不去。

在小 K 家中，父母领我走进他的卧室，向我介绍了孩子的学习经历。沟通过程中，父母对孩子健康成长的自豪溢于言表。我深深感受到，父母是孩子最好的老师，他们的言行都在影响着孩子。他们对我的到来表示感谢，也希望学校和老师对小 K 多批评指导。

火车停运、汽车追尾、鹅毛大雪、九转十八弯的山路，让走访小 M 的路程尤为曲折。当地的主要收入来源是花椒和核桃，产量低且价格不稳定，父母不得不在外地另寻收入。在和家人的沟通中，我了解到小 M 考入山东大学对家里有多么重大的意义，也让我更加理解孩子在学校期间的努力。

在走访小 N 的那天，她的母亲身体不适紧急住院，我得知后直接去往医院。她母亲在病床见到我后，用虚弱的声音感谢我的到来。我和小 N 的父亲在医院的走廊里聊了聊孩子和家里的情况，都对孩子为人处世表示欣慰。他沟壑纵横的手多次握住我，但又常常不知该说什么。

通过这次家访，我更全面地了解到学生的成长环境，也结识了学生的父母、祖辈、姐弟。他们对我的到来表示感激，询问着孩子在校期间的表现情况，也期待着学校和老师对孩子的未来发展搭建更广阔的平台。我也向他们发出了邀请，希望他们也都能来到青岛，看看海，看看孩子成长的大学校园。

1 人、2 晚、3 个地市，4 个家庭、6 张火车票、23 次换乘、2000 余公里……这一趟行程很充实，充实的是立德树人根本任务，充实的是辅导员责任初心。我也将继续提高自身综合素质，不断增强大学生思想政治教育的针对性，努力成为学生成长成才的人生导师和健康生活的知心朋友。

这次家访，好几位学生亲属身体抱恙。年关将近，天气多变，也借此机会，祝所有父母家人们身体健康，祝愿学子们学有所成。

作者：法学院辅导员　付　聪

12月15日　星期五　雪

《山大日记》十周年暨《百微山大》300期成果展参展者·温梓玉

昨天，为期15天的“日见其新，微光成炬”山大日记十周年暨百微山大300期成果展在济南暴雪来临之前顺利落幕。半个月的时间里，我们走过济南的6个校区。每个校区的同学们都非常热情，师生、校友在展板、大屏前驻足，参加展台互动，让栏目十年来承载的记忆和感动也一并传递给来到展台的同学们。

《山大日记》和《百微山大》是学校的品牌融媒栏目，怎么通过展览立体化地展现栏目记录的新时代山大师生心声风采和全景面貌，是我们参与组织这次活动的着力点。从前期策划到最后落地办展，从篇目视频筛选到视觉设计，两个栏目的负责老师和同学们群策群力，参与其中。不同的日记和视频，在天南海北记录的文字影像……把它们精选出来并呈现的过程，是再次聚集新老作者、读者、编者、拍摄者的过程，也是再次汇聚那些欣喜、敬意和感动的过程，更是再次见证山大人在新时代奔跑前行脚步的过程。我们也经历成长了很多，在老师的带领下一起头脑风暴，将想法一点点传达给负责同学，做好6个校区巡回展台的布置以及人员、物资的调度安排，力求不出一点差错，让这次展览顺利呈现。

巡展于11月30日起如期举行。从中心校区的缤纷落叶到趵突泉校区的艳阳高照，再到兴隆山校区的洁白瑞雪，我们在展台感受了不同校区的美丽风景，同学老师们的热情让我印象深刻。有人在地图前扫码阅读来自自己家乡的日记、聆听视频里熟悉的乡音，有人在展板上发现自己或老师、同学的文字视频十分惊喜。在漂流卡片活动中，大家都非常希望收到来自昨天不同校区的陌生人的来信，甚至有时候赶上了下课高峰期，写卡片的同学将展台围得里三层外三层，都想写几句话送给陌生的朋友。晚风中，校园广播里会响起前一天漂流卡片里的一个心情故事和祝愿。在洪家楼校区，山大附中的小朋友们写下自己快乐的一天分享出去；软件园校区的同学写下“愿代码不出 bug”的心愿；千佛山校区的卡片上，“早发 SCI 文章”成为流行祝福……有人写下自己十年与《山大日记》共成长的深情寄语，有人希望自己也成为百微视频里那些优秀的人，还有很多，愿你在收到陌生人来信的时候能够感受到开心与感动。

在巡展的时候还遇到了很多回到母校的校友。记得第一天在中心校区办展，展台几乎没有同学了，我们准备收拾物资回去。这时候有一位姐姐来到展台，十分激动，她对我们说，自己是 2017 级的校友，今天是她毕业以后第一次回母校，她在学校的时候就经常给栏目投稿。我们赶忙给学姐介绍展台的活动。另外还有老师、校友带着自己的孩子，在大屏前看着视频还讲解几句。

在展板上，从 2013 年到 2023 年，不仅记录着我希望铭记的经历，也记录了山东大学日新月异的发展。每一个看似普通的一瞬都可能在文字视频中闪光。就像是巡展的某一天，你留下了一张漂流卡片，将这份心情传递给下一个人。也许有一天，你也会发表日记或在视频中入镜，将你的生活分享给大家。

作者：新闻传播学院 2021 级本科生　温梓玉

12 月 16 日　星期六　雪

中国国际大学生创新大赛金奖团队队长 · 陈　立

大雪纷飞的威海是如此的寂静，而实验室里正热火朝天，我和师兄操控着机床，全身心投入碳化硅加工试验。回顾不久前的中国国际大学生创新大赛，尤其是金奖争夺赛的激烈竞争，至今令人难以忘怀。当看见指导老师刘勇在迎面走来的桥上开心地挥手，告知我们团队荣获全国金奖时，我在喜悦之余不禁回忆起在项目中所经历的风风雨雨，心中涌动着无尽的感慨。

一开始，我们作为刘勇教授的科研助理，跟随刘老师学习加工航空航天高温高硬度合金的电化学放电技术。偶然一次跟随课题组前往企业进行调研的机会，我们发现应用于芯片领域又硬又脆的蓝宝石和碳化硅衬底及外延材料，面临着加工工序多、加工良品率低、加工成本高等制造难题。于是我们团队将所学知识进行扩展，巧妙地将广泛运用在航空航天的电化学放电技术应用于该类又硬又脆的衬底及外延材料的加工中，通过三次技术攻关，最终实现了超声辅助内喷液电化学放电磨削一体化技术，并根据技术指标和加工产品需求，设计出两种超特刀柄系统赋能方案，分别应用于蓝宝石与碳化硅加工场景中。这一创新性的成果为解决下游企业制造难题提供了可行的解决方案，有效助力了国家高端制造业的可持续性发展。

项目的进展并非一帆风顺，在技术攻关的过程中，我们曾陷入传统机床设备在加工问题上的局限，导致实验多次失败，整个团队因此陷入沉闷的低谷。那时正值大年初二，在深感挫败的情况下，我开始思考机床零部件的创新，渴望在困境中找到突破口。当时，我设想了独特的超声刀柄概念，在半夜里与刘勇老师进行交流，刘勇老师对这个想法表示高度认同，并鼓励我坚持下去。在整个春节期间，我们基于此刀柄对设备进行了彻底改进，为后续的技术攻关奠定了坚实的基础。

在备赛阶段，我们团队的成员坚守初心，以毫不懈怠的精神，对答辩和路演所需的所有材料进行精雕细琢。我们深知，细节决定着最终的成败。在决赛之前，我们一遍遍地雕琢 PPT、修改答辩稿，对每一个细节进行反复排查，以确保每一个环节都达到最高水平。针对专家提出的修改意见，我们团队不断进行问答实战演练，不遗余力地追求卓越。每一天我们都身临其境地模拟答辩场景，正是这种“坚韧不拔、团结一致”的品质支撑我们克服了一个又一个难题，最终站到了决赛的最高领奖台。

备赛的过程是紧张的，但是非常感恩能遇到这么多优秀的老师们。刘勇老师对我们技术细节进行了详细的打磨，并针对实验过程中遇到的难题，进行了详细的指导；郭春生老师梳理了团队的纪律，在创新创业方面给我们提供了许多建设性的意见；在项目孵化过程中，李彤彤老师、孙宁老师、张文学老师、李倩老师等学校和学院的领导老师们也给予了我们大力的支持和帮助，为我们的比赛之旅画上了圆满的句号。

比赛的结束并非意味着我们在芯片制造领域的攻关停歇。展望未来，我已获得研究生推荐免试资格，将加入中国科学院上海光机所从事极紫外光刻机的研究工作，继续攻关芯片制造领域的重大难题，为中国制造业的蓬勃发展贡献力量。

作者：机电与信息工程学院 2020 级本科生　陈　立

12 月 17 日　星期日　晴

齐鲁医学院首届十大歌手比赛冠军 · 胡朝鲁

大雪过后，寒意日渐料峭。拂去窗台的冰雪，走入冬日的晴空，今天是齐鲁医学院团工委主办首届十大歌手比赛决赛的日子。

一天的彩排与演出结束，我仿佛享用了一场盛宴，见证了十五位来自医学各个学院的选手，唱出自己内心深处的声音。每一位选手都实力强劲，都有自己的风格和态度，又都唱功了得、深入人心。第一轮的单曲演唱，或激情或忧伤，充分展示了各位唱将的实力；第二轮的一对一清唱环节，则是更显水平且紧张刺激；第三轮的冠军争夺赛更是强强对决，精彩纷呈。还有来自专业评委的真诚点评，笑称好像来到了“齐鲁音乐学院”。

侥幸获得冠军，我实在诚惶诚恐，心里又喜不自胜。站在颁奖台上，看着周围一同歌唱的选手、欢呼的观众、忙碌的工作人员还有和我握手的老师，我的泪水一下打湿了眼睛。这可能就是音乐的意义，它牵动我们每个人的情绪，让每个人都能得到鼓舞和力量。

时间过得飞快，入学七年间，我伴着齐鲁医学走过百年生日，一起度过了山大的百廿生日，自己也从当年的毛头小子成了如今的"老学长"。医学忙碌的课业之下，不太自信的我曾经看着十大歌手的舞台犹豫踟蹰，望洋兴叹。如今临近毕业，由于即将离别远行的惆怅作祟，怕时不再来，我还是毅然决然地参加了这次比赛。赶上流感来袭，嗓子嘶哑变声的我手忙脚乱，熬过了初赛复赛。直到今天，我还偶有咽炎症状发作。可是我多么珍惜这个机会，为了选歌、练习挠破了脑袋，只是想能在这个舞台上多唱几首歌。一首《小镇姑娘》，唱给现在的我；一首《敕勒歌》，唱给梦中的老家内蒙古草原。

医学院办歌唱比赛，大概是一件稀奇的事。在这座忙碌的校园里，图书馆的铃声仿佛才是主旋律。校园中身影匆匆忙忙，都是穿梭在重重的课本和满满的课表之间。但医学生好像又是尤其热爱音乐的一群人。频获佳绩的 Dr. Cats 合唱、地下车库里的小小乐队、夏夜操场上的歌声弦音，好像在这片本该色彩单调的土壤上，却又猛烈地生长着极绚丽的花。我永远忘不了生命中每一个充满音乐的时刻，无论是合唱团里一个和声的和谐共鸣、乐队中电流和鼓点的激烈碰撞，还是和着月光和蝉鸣、夏夜晚风的低吟……音乐宛如一剂良药，永远能治愈我心中任何的痛苦与伤痕。

我何其有幸，在山大这数年间能够与音乐相伴，度过这么多美好的瞬间。我由衷希望，在有生之年能够始终保持对音乐和生活的热爱，保留一颗赤子之心，也衷心祝愿齐鲁医学院十大歌手比赛在未来能绽放出更耀眼的花，让更多热爱唱歌、热爱音乐的医学生们能够唱出自己内心的歌！

作者：第一临床学院 2021 级硕士研究生　胡朝鲁

12 月 18 日　星期一　晴

“心相连”ACE 培训项目参与者 · 王泽荣

刚过去的周末可谓天寒地冻，即便如此，对于心理学求知的满腔热情却推动着我跨过冰雪和一群同样热爱心理学的陌生人共处一室，来参加由中国自然科学基金委和加拿大健康研究院联合资助、山东大学学生心理健康教育与咨询中心组织实施的“心相连”项目。每天早起、校车、培训一气呵成，短短两天的培训仿佛让我忘记了备战期末的压力，全然沉浸在全新理论的吸收和与崭新面孔的思想碰撞之中，自得其乐。

周五晚以线上会议的方式参与了“接纳承诺与赋权理论入门（ACT）”的理论学习后，我对周六、周日的实践课程满怀期待。果然，还是熟悉的心理中心，还是熟悉的 225 团体辅导室，八点，我们正式进入实践环节。简单的自我介绍后，我们在石岩老师的带领下开始了第一项活动——“流水落叶”。在老师的指引下，我们闭上双眼，开始正念冥想，被指导着将所思所想都放到潺潺流水中的一片叶子上，让它们随之流去，保持自己“空”的状态。不知不觉中，我完全放松了身心，甚至熟睡，直到一声清脆悦耳的铃声将我拉回现实。当我睁开眼睛的那一刻，困意全无，已然是精神抖擞、满血归来的状态，将以饱满姿态去享受接下来两天的十余种培训活动。

短短两天内，李晓含老师的“靶心”让我以己为景、关注自我、活在当下，探索自我在不同方面的价值观与行动力是否一致，并深究其原因；刘倩倩老师主持的“结对分享”让我能够直面正视一位曾经素不相识的陌生人，并能够将自己发自内心的尊重和关心显性地表现出来，建立起彼此的联系；石岩老师的“污名化规则和故事”提供了一个直面精神障碍污名化的机会，引人深思；郭寅老师的“排斥圆圈”则让我们模拟了社会中正常人对于“污名化”的态度看法以及站在“被排斥者”的角度的所思所感，并深入探索了“污名化”的力量来源；李想老师的“乐高练习”让我回忆了过去，并做出具象化模型直面描述，再次感受它们的存在，认清自我；曹梦璐老师的“文化和个人价值观”则通过反思带领我察觉到奋斗未来的指向标——每个人独一无二的价值观。

虽然难得的双休日安排得满满当当，虽然户外是零下15摄氏度的低温，但培训结束后感觉一切都很值得。心理中心永远像是一个温馨的家，随时欢迎你的到来，感受世间独一份的温暖。通过ACE的培训，我不仅给自己做了一次完全放松的身心疗愈，而且提高了自身的心理健康素养，减轻了对于心理疾病的污名化，更坚定了加入提倡心理健康的队伍中。希望有朝一日也能尽自己的一份力，和大家一起在普及心理健康的道路上越走越远！

作者：能源与动力工程学院2022级本科生　王泽荣

12月19日　星期二　晴

国际领先保水开采综合智能实验平台研制项目参与者·邢文彬

忆往昔，岁月匆匆。2020年9月，我初入山大，我们课题组上半年刚承接了国家能源投资集团有限公司“煤炭开采地下水运移与保护综合智能实验平台研制”项目，创山东大学近十年单项科技研发项目经费最高记录。当年山大要闻头条的报道犹在昨日，而现在，作为四年级博士生，我很荣幸亲身参与项目研发。目前，综合智能实验平台的硬件安装调试已进入收尾阶段，在不久的将来便要进行联调联试和验收试验，届时该平台将成为我国矿山地下工程领域具有鲜明特色的科学实验用仪器设备。

得益于导师王汉鹏教授“科研反哺教学、实践引领创新”的培养模式，项目研发初期，我便参与其中，在设计图和照片中便感受到实验平台的震撼。记得2023年10月23日，在王汉鹏教授的带领下，我有幸来到国家能源集团全国重点实验室现场参与实验平台的安装调试与试运行相关工作。踏入实验室，映入眼帘的便是学校和国家能源集团自主创新研发的综合智能实验平台，只一眼就震撼了我。试验平台26m×10m×7.5m的巨大外形尺寸，再加上对面的二层操控房间，占地面积约整个实验室大厅的一半。无尘搅拌输送、3D智能铺设、数据获取融合与可视化仿真、废料回收等先进功能，是本领域模型尺寸最大（10m×3m×3m）、智能化程度最高、信息化程度最强的实验平台。

该实验平台立足于我国西部矿区煤炭绿色开发和地下水资源保护，在国家能源集团顾大钊院士和山东大学李术才院士的指导下，学校岩土工程团队和国家能源集团煤矿地下水保护与利用团队共同开展技术攻关，创新研发的综合实验平台将有利于西部矿区煤炭开采覆岩移动规律和地下水运移规律的研究，有助于揭示煤炭开采上覆岩层应力场、裂隙场、渗流场三场演化机理，为西部矿区煤矿地下水库建设提供理论支撑和试验验证，从而优化开采工艺，有力促进西部矿区煤炭的高质量绿色开发。

此次科研任务由王汉鹏教授及张冰副研究员、李梦天副研究员三位老师具体指导，博士后王伟、博士生王粟、孙德康、张金厚和我等课题组多位研究生共同参与。在项目现场近两个月的时间里，我体会到了现场实践与室内科研的巨大差异。现场实践的道路充满不确定性，实验平台配套系统、装置的设计研发要经过多学科交叉创新、多次方案讨论和验证才能最终成功。其中，在相似材料自动配制模块研发过程中，我们历经几十次方案讨论及十几次验证版测试，均无法达到理想效果。尽管遇到了多重困难与挫折，但王老师带领我们在失败中吸取宝贵的经验和教训，最终通过多个装置的改进与优化，成功攻克了大容重物料高远距离负压输送等技术难题。

两个多月的现场实践教会了我科学管理与高效科研。为了兼顾现场调试的进度与质量，我们每天往返于住所与实验室，白天在实验室与工人一起进行仪器的安装与调试，晚上回到住所进行项目进度总结汇报，并制订第二天的工作计划。在此期间，我们圆满完成了自动配料搅拌输送系统及顶梁滑移框架的安装与调试。虽然两点一线的日子枯燥乏味，但是当看到我们取得的进展成果时，总感到无比充实与愉悦。

参与本项目让我真切感受到了科研和实践的重要性，只有将二者结合起来，才能真正解决实际问题并取得创新突破。面向国家重大需求和地下工程重大科技难题，王汉鹏老师很早就提出培养理论联系实际、研发应用并重的综合型人才，在此也得到了很好的印证。在未来的工作中，我将继续秉持这种精神，不断学习和提高自己的能力。

作者：齐鲁交通学院 2020 级博士研究生　邢文彬

12 月 20 日　星期三　晴

校长奖（文体活动单项）获得者·刘文龙

两周前，接到学校消息，我获评 2023 年校长奖（文体活动单项）。回顾这三年，我努力做到文体两面开花，以专业第一名成绩保研至清华大学，并在体育方面获得山东省冠军、青岛市双冠军等多项荣誉。前两天我有幸接受了体育学院老师的采访，也有幸借助山大的平台，讲述我这三年的逐梦历程。

2021 年，我在体育课测试立定跳远，越过 3 米线，被任课老师张洪振推荐到田径队。田径队温馨有爱、积极进取的氛围感染了我，教练的专业指导、队员们专注的训练态度、学校提供的专业器材与后勤保障，让我对田径从最初的“试一试”慢慢发展到如今的热爱与坚守，“田径梦”的种子也在此逐渐扎根生长。

“山大体育，育贤图强”，体育于我而言不只有“体”，更多的是“育”人。竞技体育教会我在胜利和顺境时不骄傲不急躁，在困难和逆境时不消沉不动摇；接力比赛不断培育我的集体责任感与荣誉感。此外，我认为我常年保持专业第一的背后，也离不开体育训练带给学习的正向激励。训练过程虽然很艰辛，但每次锻炼分泌的多巴胺都能让我学习效率翻倍，锻炼了我高效利用时间的能力；我的身体素质与精神面貌也有了极大的改观，能始终精力充沛地投入一天的学习生活中，高强度的训练也督促着我每天保持自律的状态。

此外，从今年 9 月开始，校田径队就全身心地投入了山东省大学生田径赛等比赛的备战。作为为数不多的参加过省赛的老成员，我积极排解新成员不自信等负面情绪，并主动分享比赛经验。训练虽然充满辛酸，但没有一名成员喊苦叫停，谷老师与陈老师两名教练的陪伴坚守、队员间相互鼓励鞭策的训练氛围、校区体育学院充足的保障，让我们近两个月的备战成果显著，田径队也最终取得了全省男子甲组团体总分第 6 名、青岛市男子团体第 1 名的历史最好成绩，这也是山大体育事业蓬勃发展的一个缩影。

经过两年的沉淀，我弥补了 2021 年省赛无奖的遗憾，先后获得山东省大学生田径赛甲组三级跳远冠军与跳高季军。在青岛市比赛中以跳高 1.88m（超国家二级运动员标准、超青岛市高水平组成绩）、三级跳远 13.3m 的优异成绩斩获我校唯一的两项冠军，为自己大学的田径历程画上了圆满的句号。

特别感谢田径队，感谢三年来陪伴在我们身边的谷昭卿老师，感谢我的田径引路人张洪振老师……是他们的帮助才让我有如此成绩，才能在山大这样的舞台上讲述我的故事。如今我已保研至清华大学，未来我也将以此为根基，在科研与体育领域继续努力，争取在更高的舞台上展现山大学子的风采。

作者：信息科学与工程学院2020级本科生　刘文龙

12月21日　星期四　晴

校长奖（综合）获得者·张博钦

清晨走出宿舍，天微微亮，雪还未化，满地洁白扑面而来。踩在路边未化的冰雪上发出吱吱的声响，我仿佛回到了两年前那场大雪的时光。那时初入山大，也是蒙蒙亮的天，伴着明亮的路灯，我在清晨晶莹的世界里默默埋下一颗种子，要兴致盎然地拥抱大学生活，做最好的自己。不知不觉，大学生活已然过半，当初心愿的种子也破土而出，自己荣幸地获得本科生最高荣誉校长奖（综合），如梦似幻却又真实可感。

一个又一个画面浮现在我的脑海，记录着我在山东大学齐鲁交通学院发芽、成长、茁壮的点点滴滴。是最开始主持学校本科生迎新晚会，灯光无比耀眼，青涩的自己有些紧张和局促；是每一个不为人知的夜晚在操场迎着月色奔跑；是每一个稀松平常的日子向着目标笨拙地迈出一步又一步；是那天站在校长奖答辩的讲台，当全场目光聚焦而来时自信坦然地讲述；是面对未知的忐忑，是战胜困难的喜悦……一幕幕恍如昨日，在斑驳的时光里记录着我的脚步，也有声有色地勾勒出我的大学生活。这段弥足珍贵又难以复制的时光里，那些或沮丧或悲伤或激动的时刻，都变成了一个个熠熠闪烁的瞬间。

一路走来，最难忘的是学院良好的育人环境和浓厚的学风氛围，最感动的是学院全员育人队伍给予的支持与鼓励。无论是班级班主任，还是辅导员老师，抑或学院行政老师，都既有严师般的一针见血，也有慈母般的温暖包容和挚友般的关怀问候。尤其是各位任课教师，例如张焕玲老师一丝不苟的严谨和无微不至的关怀、李勇老师为我详细讲解专业内涵和未来发展方向、王彦明老师在身体不适情况下仍第一时间为我答疑解惑……一字一句，星星点点，汇聚成现在自己的样子，千言万语在此刻凝结成：感恩，感谢，感动。

此次获评校长奖是对我莫大的鼓励，也让我感受到肩上的责任。是学校和学院改变了我、让我成长，对于知识的向往让我学海泛舟、永不疲惫，战胜困难的渴望让我迎难而上、永不退缩，接纳失败的平静让我愈挫愈勇、永不放弃。我也深知自己身上仍存在诸多不足，这份荣誉将一直鞭策我扬长补短，筑牢专业之基，立志将论文写在祖国大地上，为服务交通强国战略作出自己应有的贡献。

思绪飞扬，微风拂过树梢，抬起头，天色正好，我将带着这份责任继续奔跑，带着这份热爱继续启航。

作者：齐鲁交通学院 2021 级本科生　张博钦

12 月 22 日　星期五　阴

冬至敬老院志愿服务活动参与者 · 朱珉锐

早晨起来，朝阳照在兴隆山上，在寒冷中透露出丝丝暖意。走在路上，耳机里放着《人民日报》里的句子——青年所多的是生力，遇见深林，可以辟成平地的，遇见旷野，可以栽种树木的，遇见沙漠，可以开掘井泉的。今天恰是冬至，我们能源与动力工程学院2023级的两个班级将去看望济南颐养中心的爷爷奶奶们。

完成了上午的口语考试，去欣园匆匆吃上一口饭，我们小组四人赶紧去往约定好的排练地点。午后一点，嘹亮的《回延安》《沁园春·雪》的声音响彻兴隆山校区风雨操场。这是我们小组为爷爷奶奶们准备的节目，希望我们的热情与激情能在寒冷的冬天给爷爷奶奶们带去一些温暖。

下午两点，我们穿上红马甲，乘坐大巴车来到30公里外的山东健康益寿光年济南颐养中心。这里的工作人员热情地欢迎了我们，向我们介绍老人们的情况。我们惊喜地发现，有多位老人曾是我们山大的老师。当工作人员介绍我们是山大的学生时，他们眼中的激动与欣喜是无法抑制的。我们为老人表演了准备好的节目，在歌声里、在朗诵声中，有的爷爷奶奶已不太能感受外界事物，却跟着我们一起轻轻点头；有的爷爷奶奶小声地跟我们合唱……最让我难忘的是一位精神矍铄的奶奶受到我们鼓舞，起身为我们演唱了《南泥湾》。人老心未老，在她悠扬的歌声里，我感受到了颐养中心的老人们对生活的热爱。

节目告一段落，热闹还要继续。工作人员拿出为我们准备好的饺子皮、饺子馅，我们围坐在老人身边，和他们一起包饺子。坐在我身边的是一位九十岁高龄的老奶奶，她亲切地摸着我的手，嘴里不住地问我吃饭了没有、身上冷不冷……奶奶年纪大了，说话不是很清楚，我却能从她的话语中感受到她发自内心的关切。在爷爷奶奶眼里，我们还是小孩子，我们作为孙辈，在冬至这一应当阖家团圆的日子里，耐心地陪伴着颐养中心的爷爷奶奶们。

很快，分别的时刻到了。我们挥别陪伴了一个下午的工作人员和爷爷奶奶们，乘车返回兴隆山校区。一路上，我都在回想着今天见到的每一个温暖的笑容。工作人员说，有一位老爷爷曾是温文尔雅的山大教授，却在身体疾病的影响下平日里不愿与人交流，从不参加活动。今天在得知我们是来自山大的学生后，他却破天荒地出现了。

我想，这也许就是我们这次活动的意义。让老人们在冬至这个特别的日子里感受家人般的陪伴，用青春的活力为老人家的生活带去一些鲜活与快乐。春生冬至时，岁寒谈风月，这顿冬至的饺子将令我终生难忘。

作者：能源与动力工程学院 2023 级本科生　朱珉锐

12 月 23 日　星期六　晴

机械学院“成材大讲堂”活动主持人 · 林佳彤

临近期末，为了帮助 2023 级同学更好地应对期末复习，取得自己满意的成绩，我们机械学院邀请了 6 位 2022 级的优秀学长学姐参与“成材大讲堂”活动，向 2023 级学弟学妹们分享自己在高数、机械制图、计算思维这三门课程中的期末复习经验和日常学习方法。我有幸担任主持人并参与整个过程。

傍晚的兴隆山校区有些寒冷，但讲学堂里亮起的暖光吸引着同学们走进去，那里正在进行“成材大讲堂”活动。

随着我开场白的话音落地，几位学长依次走上台介绍自己积累的经验方法。只见一位学长自信点开 PPT，微微一笑，眼神坚定而又温暖，气质沉稳又不失亲和力。他面带微笑，以平和的口吻开启了“如何将复习融入日常”这个话题。他通过生动的事例，讲述了自己学习的艰辛与收获，用简单的话语勾勒出了他在学习路上的心得。学长们的自我学习经验介绍结束后，全场响起了热烈的喝彩声，更有学弟现场提问，学长也解答了他的问题。同学们被他们所展示出来的学习态度和智慧深深感染。

他们在讲解中都强调了日积月累的重要性，告诉我们学习需要长期地积累和坚持，不能急功近利。坚持这样去做，绩点高是一件水到渠成的事情。此外，其中一位学长还提到了知行合一的重要性，让我明白只有真正动手去做，才能更好地理解和消化所学内容。还有学长强调了“因地制宜”的态度，让我意识到每个人的学习方法和习惯都有所不同，需要根据自己的特点和需求灵活调整学习计划。

此次“成材大讲堂”活动非常顺利，我认真听了全程，也收获了很多学习经验，深受启发和鼓舞。学长们的话让我认识到学习不仅是为了应付考试，更是为了提升自己的素质和能力，为未来的发展打下坚实的基础。同时，我也更加明确了学习的目的和意义，希望在以后的学习中能够更加努力，积极探索，不断提升自己的能力和素质。

作者：机械工程学院 2023 级本科生　林佳彤

12 月 24 日　星期日　晴

全国硕士研究生招生考试送考联络员·张川浩

今天是 2024 年全国硕士研究生招生考试的最后一天。因天气严寒，路途遥远，学校为校外考研学子的安全着想，特意安排了“爱心大巴车”为考生送考。作为一名保资辅导员，我很荣幸作为送考工作联络员参与了这次送考工作，负责点对点接送考生，为他们保驾护航。

我连续两年参加了研究生招生考试的送考，在这个过程中深切感受到了组织送考工作的重要性与复杂性。在前期，学校各个部门通力合作、协同配合，联系校外考点专门沟通，确保爱心大巴车能够顺利进入学校、考生能够在考点内就餐。各个学院也对需要送考的学生进行了信息摸排统计，确保每位学生都能顺利到达考点。同时，我们也接受了学校组织的送考工作人员培训，确保学生在送考过程中的安全，讨论可能遇到的突发状况并做好预案。

12 月 23 日早晨，威海的气温低至零下 6 摄氏度。因为是送考第一天，凌晨 5 点半，各职能部门的负责老师与工作人员都早早到达考生乘车现场。爱心大巴车提前打开空调，确保车内环境温暖舒适。考生陆续登车后，带队老师也多次点名，确保考生考点与爱心大巴车目的地一致，同时也温馨提醒考生们检查考试必备材料是否有遗漏，给考生鼓劲加油，有效地缓解了考生们的紧张心态。

我也全程负责了一个考点考生的送考工作，陪伴他们一同前往考点。下车的时候，我会提醒考生们小心脚下路滑，并告诉他们各个考场的位置，确保他们能够及时顺利地到达考场考试。由于哈工大（威海）考点离学校较近，中午学校也贴心地安排了返程车辆，方便考生返校午餐。认识的考生离开前扭头对我挥了挥手，说了一句“走了”，这个瞬间让我心潮澎湃。短短的两个字，竟让我产生了一种考生“出征”的感觉，这也让我觉得一切付出与努力都是值得的。

此外，在送考期间，我也见证了许多的温暖。各学院组织一系列暖心活动为考生加油鼓气；工作人员组织考生上车，温馨提醒“小心路滑”；家长与考生拥抱后目送孩子进入考场；考点考务人员贴心提示考生“沉着冷静，好好发挥”；返回学校的考生离开前对我说的“谢谢老师”……所有这些瞬间，让我意识到这两天不仅是考研学子们人生旅途中的重要时刻，也给我留下了不可磨灭的记忆。

很荣幸，自己能够连续两年成为送考工作的策划者、参与者与见证者，同时也感谢所有老师们的辛勤付出，祝愿所有学子能够金榜题名，一“研”为定！

作者：威海校区学生工作处工作人员　张川浩

12月25日　星期一　晴

迪拜哈斯彦清洁能源项目跨文化管理研究

参加者·桑　萍

济南骤雪初霁，我跟随课题组丁荣贵老师和孙涛老师，与其他两位同学一起，披着凌晨三点的星辉，踏上了前往迪拜的旅程。我们的目的地是位于迪拜与阿布扎比交界处的哈斯彦电站项目。

9个小时的航班，跨越40摄氏度的温差，我们从寒风料峭的济南到达骄阳似火的迪拜。一下飞机，我们便见到了一位校友——山东大学2003级工程管理专业的段腾飞。作为该项目的项目经理以及哈电国际中东区域总部总经理，他已经在这里耕耘了7年。段师兄热情地接待了我们，在与他的交谈中，我们了解到该项目是丝路基金在中东地区的首单投资，是习近平主席2018年对阿联酋进行国事访问前夕发表署名文章中提及的中阿高新领域合作重点项目，也是世界上首个商业化运营的燃煤天然气双燃料满负荷出力电站项目。项目全面投入运营后将满足迪拜电力总需求的20%，能够有效保障迪拜地区能源战略安全。

休憩片刻之后，我们驱车赶往项目现场。远远望去，这座以“绿色”为基石打造的电站，矗立在迪拜西南30公里的荒漠戈壁与碧海蓝天之间，于沙漠之中异军突起，格外壮观。第一个参观的地点是码头，6条运输船停靠在湛蓝的海面上，海水清澈，可以看到波光粼粼的水面下成群结队的小鱼，围绕船只追逐嬉戏。在码头合影留念之后，我们赶往发电机组，映入眼帘是四个一字排开的大烟囱，耸入云霄。发电机组里面纵横交错的管道、精密布置的仪器、轰鸣作响的汽轮机都给我留下了深刻的印象。以往坐火车远远经过这种冒烟的“庞然大物”，我总好奇里面是什么样的，这次终于有机会近距离接触和了解。发电机组后面是干煤棚，是储备燃料的地方，足足有12个标准足球场那么大，可以听到清晰的回声，震撼人心。

下午，我们对项目各个专业的主要负责人进行了访谈。穿过长长的走廊去往会议室的路上，我见到了各种肤色的工作人员来回穿梭，他们来自巴基斯坦、叙利亚、南非等全球 11 个国家和地区，这种跨国家、跨信仰、跨文化的合作让我深切感受到了人类命运共同体的力量。在这里，“大漠孤烟”中的每一粒沙都烙印着开拓共建的足迹，“海上明月”中的每一朵浪都翻涌着携手共创的风云。在访谈中，我了解到该项目最大的挑战之一就是标准问题。项目采用全套国际标准，包括设计、采购、施工、调试和环保等过程，而国标并未被业主接受，这大大增加了项目建设和供应链管理的难度。不仅仅是哈斯彦项目，其他国内企业在开拓海外市场时也面临同样的问题，而这也是我们本次赴阿进行校企交流的内容之一。丁荣贵教授作为项目管理领域最大的国际性协会——国际项目管理协会的副主席，力推中国企业参与国际标准制定和中国标准成为国际标准。中国标准走向世界任重而道远，我辈皆应为此努力奋斗。

经过本次现场访谈，我更深层次地领悟了老师们所说的“以实践推动学科理论发展”的理念。作为工程管理专业的学生，我们更应该投身实践，创新工程项目管理模式并探索其发展之道，用自己的专业知识为国家的重大项目添砖加瓦。路漫漫其修远兮，吾将上下而求索。

作者：管理学院 2022 级博士研究生　桑　萍

12 月 26 日　星期二　晴

新一代半导体材料集成攻关大平台科研攻关者·胡秀飞

今天是有些疲惫而又充实的一天，晚上终于有时间坐下来。此刻，办公室只有我一个人，安静到只有敲击电脑键盘的声音。上个周末举行了

2024年研究生考试，我想起自己初来时的样子，这四年半在山大的经历让我变化成长颇多。作为一名博士生，我每天都将大部分时间投入半导体材料领域的研究中，致力于攻克“卡脖子”技术难题。这段旅程充满了挑战和辛苦，但也让我收获了许多。

早早来到实验室，我看着笔记本上列好的工作清单，按照顺序一条一条地执行。在执行的过程中，总会经历各种情绪的变化，有时候因为实验结果不如预期而沮丧，有时候又因为进展顺利而振奋。我在每天的工作中不断调整心态，逐项落实。我知道，这是解决科学难题的必经之路。每一次实验的结果都是对知识的探索和发现，这种成就感让我感到满足和充实。

作为一名新时代背景下的博士研究生，我们肩负着推动科技创新、为国家发展作贡献的使命。在徐现刚老师的带领下，我们努力追求创新，科研队伍也在不断壮大。

我们在大平台的实验室里开展了一系列的实验工作，经历了多次尝试和失败，最终获得了较为可观的结果。感谢学校和大平台为我们提供优越的实验环境和科研条件，配备先进的实验设备和仪器，才让我们的科研工作顺利进行。在这里，我们充分发挥创造力和实验技能，进行实验设计、数据采集和分析。在这四年多的研究工作中，我也得到了徐现刚老师及彭燕老师的不断鼓励，以及课题组内各位老师、同门的帮助，在团结协作下取得了一个又一个成果，收获了一份又一份喜悦。

即将毕业，我的心情既兴奋又复杂，庆幸从来没有放弃过自己，所有的事情都尽力而行。这几年的研究生生活是我人生中最充实、最辛苦的时光，经历了无数个日日夜夜的努力和挑战，也收获了许多宝贵的知识和经验。博士毕业是一个新的起点，我会怀着对未来的希望和信心，迎接新的挑战，用自己的努力和汗水去书写精彩人生。回首往昔，求学之路虽坎坷崎岖，但充满光亮与希望。求学路上不惧困难，勇往直前，努力汲取知识，积极寻找学习与生活之道，学有所成，才能回馈父母、回馈家乡、回馈祖国。

我相信，在实验室提供的良好条件下，我们一定能够克服困难，不断前行。我们将继续努力，攻克“卡脖子”关键技术，推动科技成果向产业化转化，为中国科技事业的发展注入新的活力。愿科学家精神在我们每一个科研工作者心中闪耀，愿中国科技事业蒸蒸日上！

作者：集成攻关大平台2021级博士研究生　胡秀飞

12月27日　星期三　晴

文学院“生涯一日游”活动参加者·赵晗琪

冬意渐深，窗外料峭寒气爬上枝头，屋内却被暖洋洋的气氛包裹，我正在整理与马学长的访谈记录，在字里行间收获了诸多实用的“干货”。

这次访谈活动来源于文学院的“生涯一日游”项目，我们邀请已经走上工作岗位的学长学姐，介绍自己一天的工作内容，畅谈职业选择和从业体验，让同学们对不同的生涯道路有更明晰的认知。这一项目由文学院研究生辅导员果娜老师指导牵头，她结合自己在“启行”生涯咨询工作室长期为同学们提供专业化、个性化的职业生涯规划教育的相关经验，为项目提出了很多切实可行的建议。在项目的策划与准备过程中，抱着希望这个项目能够帮助到同学们的初衷，我和项目组成员们也都热情高涨、干劲十足。

几日前，我很荣幸地接到了采访马继超学长的任务。马学长是2014级的研究生，在校期间就获得过很多荣誉，现任山东某省属企业二级单位党委委员、副总经理。要采访如此优秀的学长，我心中难免紧张不安，在制作访谈提纲的时候不由得反复斟酌。但在真正开始访谈的那一刻，所有的不安情绪都被沉稳幽默的学长化解。马学长言辞恳切，娓娓道来，讲述了他在近几年工作过程中的收获感触，以及对职业认知的种种变化，在言笑间传递了很多有用的经验。

在交流中，我深刻感受到学长对自己职业的热爱，他有很强的职业认同感，这也是我们未来在社会化过程中需要树立起来的观念。从学校这个象牙塔迈入纷繁复杂的社会，我们很难在一开始就做到“爱一行干一行”，但在点滴积累中，我们总能渐渐做到“干一行爱一行”。令我印象深刻的还有，学长之所以能取得如此成就，很大程度上是因为他专注于不断提升自己的工作能力。他说，“文字综合类岗位需要培养三种相关技能，包括逻辑思维的能力、内容生产能力和沟通协作能力”。要想在工作中节节高升，就必须不断充实自己，提高核心竞争力。与此同时，还要具备平等、真诚等观念，稳扎稳打才能厚积薄发。

这次采访学长的经历让我受益匪浅，相信同学们也能从中收获良多，而这恰恰是“生涯一日游”项目最想要实现的目标——减少大家对职业生涯的迷茫，坚定把握未来的航向。正如马学长所说：“我们进到社会中去，是希望真真正正地发挥点作用。”我们作为肩负文脉传承使命的山大学子，更承担着一定的社会责任。将来在工作中希望通过自己的努力，让周围的世界有一点不一样、变好一点点，那就完成了我们的使命和意义。

作者：文学院2023级硕士研究生　赵晗琪

12月28日　星期四　阴

提升媒介素养和网上工作能力专题研修培训
参加者·赵　龙

2023年12月，我有幸参加了学校党委宣传部举办的提升媒介素养和网上工作能力研修培训，经过一个月的网络学习，收获颇丰。在当今数字化、信息技术突飞猛进的时代，新媒体日新月异，传播影响力巨大。新时代的领导干部要学网、懂网、用网，不断提升媒介素养和网上工作能力，善于运用互联网有效开展工作。

学网、懂网、用网，提升媒介素养。学校强调，要提高思想认识，增强媒介素养，提升网上信息研判和应对处置技能，加强阵地管理，为学校事业发展营造良好的舆论氛围和清朗的网络空间。

通过学习，我懂得了要批判性地看待媒介内容，不盲目接受，也不轻易否定，要善于了解媒体背后的意图和动机，并有效地利用媒介资源，为工作和生活有效服务。一是要增强网上学习能力，用好权威媒体的同时利用自媒体获取信息和知识，在不断强化自身修养和综合素质的前提下，选择和判断信息、理解和诠释信息、研判和评估信息、最大限度地使用信息；二是要积极培养真假信息的辨识、反思和质疑的能力，有效规制网络谣言；三是要整合社会民意，加强正面宣传，传播正能量。近几年，饮食中心以社会主义核心价值观为引领，充分用好学校和后勤保障部网站加强饮食宣传工作，大力宣传主题教育落实、安全保障、三全育人、暖心服务等中心典型事例和先进经验，树立并擦亮了“舌尖上的山大”品牌。

走好网上群众路线。网民来自老百姓，老百姓上了网，民意也就上了网。实践证明，善于运用网络了解民意、开展工作，是新形势下领导干部做好群众工作的基本功，也是新时代走好群众路线的有效途径。这就要求我们要“走好网上群众路线”，善于倾听网民意见，汲取网民智慧，凝聚民意，真正让互联网成为了解群众、贴近群众、为群众排忧解难的有效渠道。

饮食作为学生“衣食住行”中必不可少的生活之一，是保障学生身体健康的关键因素。近几年饮食中心一直通过线上线下共同努力，宣传引导学生健康饮食，让学生参与食堂管理，积极改进提升食堂供餐服务水平。通过线上建立各类餐饮沟通交流群、食堂微信公众号宣传、网络师生调研，以及线下座谈交流、走进食堂参观等一系列工作相结合，在很大程度上保证了食堂与学生之间良好的沟通机制。值得一提的是，中心校区食堂设计了“就餐体验‘码’上说”小程序，请同学们餐后扫码将就餐体验上传，由专人及时回复，立即解决，网络意见解决率达到100%。这一举措很大程度上调动了学生参与食堂工作的积极性，提升了网上矛盾化解能力。

精准识别防范化解网络意识形态风险。领导干部要增强政治意识，培养识别风险的判断力。要学深悟透马克思主义基本原理，全面深刻领会习近平新时代中国特色社会主义思想的科学体系和实践要求，从政治维度分析判断纷繁复杂的网络现象；要提高应对风险的能力，把坚持底线思维、坚持问题导向贯穿工作始终；要强化责任意识，敢于直面问题保持斗争精神、增强斗争本领，彰显责任担当。

今年，饮食中心根据《教育部办公厅关于开展高校后勤领域专项治理的通知》和精神，结合学校相关部署及餐饮服务保障实际，在各部门、各校区餐饮管理部开展了突出问题、风险隐患自查自纠，并采取了切实可行的处置措施，对提升食堂安全管理、有效防控风险提供了有效的应对措施和保障。

下一步，我们将在防控重大危机风险方面，做好以下几项措施。一要建立健全应急管理体系，完善应急预案，明确应急管理责任和分工；二要加强应急物资储备，建立健全应急物资储备制度；三要强化应急队伍建设，提高应急人员的专业素质和应对能力，鼓励形成多元化的应急救援力量；四要提升公众风险意识，通过各种渠道宣传普及应急知识；五要完善信息共享和沟通机制，确保在重大危机发生时能够及时获取相关信息，为决策提供有力支持。

这次提升媒介素养和网络研修能力学习，使我能够系统地了解互联网、认识新媒体、学会与师生更好地开展网络沟通，促进网络服务于民落到实处。同时增强了政治敏锐度，提升了应对重大危机风险的能力，为保障师生医务员工的生命健康安全和校园稳定有序，助力推进学校“双一流”建设高质量发展增长了本领。

作者：后勤保障部副部长、饮食中心主任　赵　龙

12 月 29 日　星期五　晴

“东方红 3”科学考察船实践团队成员 · 梁晓晨

不久前，我真切体验了独特的科考之旅，我们的船只“东方红 3”不仅仅是一艘船，更是一所浮动的大学，一本打开的课本，让我们在波涛中学习和成长。十天前的那个清晨，当我登上这艘科考船时，海风带着咸味，太阳在地平线上徐徐升起，我知道这将是我生命中难忘的科学旅程，心里充满了一种难以言喻的激动。我们这些“研究生五育协同暨大思政课”实践团研究生充满了期待，即将在海洋的怀抱中进行两天一夜的科学探索。

这是山东大学和中国海洋大学联合举办的第二期研究生海洋科考认知实践活动。中国海洋大学前身为 1932 年国立山东大学、1951 年山东大学，历史上有着不可分割的血脉联系，本次活动更是两校学科、研究生间的进一步友好合作。活动面向一校三地研究生开放，作为研究生院五育协同工程的特色活动，我很荣幸成为九人团队中的一员，两天的科学考察实践活动令我期待不已。来到红瓦绿树、心心念念的山大，把海洋微生物学作为我的科研方向，矢志在海洋的怀抱中溯源生命的奇妙。

出海前的准备是严谨而激动人心的。我们在经验丰富的老师指导下，学习了船舶消防救生的基本知识。身穿救生衣、手握消防服，通过紧张而

真实的模拟演习，我们学会了在紧急情况下的快速反应。在救生艇上，随着波浪的颠簸，每个人都团结一致，我们成了彼此生命中相连的一部分，让我对生命安全和伙伴关系有了最真切的体验。

接下来的活动更是让我对海洋有了全新的认识。通过观看《蓝色华章》和《向海图强》等海洋相关学科影视资料，我们理解了海洋科学探索的重要性。海洋能源、海洋资源、海洋环保、海洋气象……占据地球表面71%的海洋始终是科研人士向往的世界。我对本次研究生五育并举工程实践活动充满了更多的期待。

参观船上的实验室同样是一次奇妙的科学探险。驾驶室、舱内实验室里一排排整齐的仪器，以及码头作业区上那些巨大的机械臂，许多在文献中出现的海洋科学近海取样、测量设备展现在我们眼前，都让我们惊叹不已。科考船上的实验室里的每一个细节都是特别设计的，比如实验台上的凹槽、悬在空中的插座，可以防止船体遇风浪摇晃带来安全隐患。此时，船体摇晃了几下，我略微感到晕船，实验室老师好像看出了我的不适。他笑着说："绝大部分人上船的前一周都是会晕船的，吃了晕船药想睡觉会耽误实验，这个时候克服晕船最好的法宝就是个人意志力。我们刚上船的时候都是手边提着一个桶，边干活边吐，后来就好了。"听到这里，我意识到科考人员要面临长时间海上作业带来的各种生理挑战，再次对探索未知的海洋科学家们产生由衷的敬意。

在接下来的时间里，我们深入学习了海洋水文和气象的基础知识。了解潮汐的变化、海流的动向、预报的分布，每一堂课都类似于解开大海的一个秘密。晚上，我们齐聚在餐厅，聆听中国海洋大学马克思主义学院教授江宏春关于南海问题的讲座。我深深意识到同我现在所涉足的水域一样，南海是我国神圣且不容侵犯的一部分。建设海洋强国离不开科研探索，这是我可以为之努力的方向。在接下来的答疑环节，我在纸上写下："在船上实验室有发现之前没有发现过的细菌吗？"海洋微生物专业的老师耐心地回答了我的问题。他告诉我，不仅在深海领域发现了许多新的细菌，而且在近海领域如胶州湾也发现了很多新的细菌。这让我更加深入地理解了“地球有95%的海洋尚未被开发”这一观念。

本次五育协同暨大思政课活动接近尾声，对海洋的认知虽刚刚开始，但我又掌握了一把开启海洋科研的钥匙。

当夜幕降临时，我站在甲板上，望着辽阔的星空和海洋，心中涌动的不仅是对未知的渴望，更是对知识的尊重和对自然的敬畏。在这次经历中，我找到了更加有意志力的自我，也发现了科研探索的无限可能。

作者：微生物技术研究院2023级硕士研究生　梁晓晨

12月30日　星期六　多云

文化传播学院迎元旦嘉年华活动参加者·李　丁

又是在威海校区辛勤耕耘的一年，伴随即将到来的新年钟声，我参加了学院举办的“爱在山大，悦动生活”主题迎元旦嘉年华活动，与孩子一起锻炼身心，享受运动的快乐。

上午9：30，我们步入风雨操场，带着兴奋和喜悦的心情参加活动。学院精心准备了6项个人项目和4项亲子项目。通过破冰热身、规则讲解、练习体验的活动过程，参与的教师家庭很快就了解了计分标准，掌握了基本动作。在团队协作的氛围中，掌声、加油声、欢呼声自始至终回荡在体育馆内，在一片欢声笑语中，大家尽情享受着亲子协作和竞技交流带来的乐趣。

在场地入口处，我们领取了集章卡片。每完成一项个人或亲子项目，工作人员都会在集章卡片上盖章，完成相应数量集章后可以领取奖品。我们参与了运西瓜、你抛我接、趣味套圈三个亲子项目，看似简单的项目却需要极强的配合。一开始，我们上手还比较生疏，但在练习和实操中逐渐找到了感觉，最终顺利通过了项目，也完成了集章要求。我们平时跟孩子参加的亲子活动比较少，能够有机会一起参加这样的活动非常开心，也感觉很有意义。在此次亲子活动中，我还发现了以前忽视的小孩子身上的闪光点。在整个游戏环节中，孩子们机智灵活，兴致勃勃地到场地上参加各种活动，散发着热情和活力。教职工和孩子一起完成各项亲子项目，在合作中增强了亲子间配合的默契感，促进亲子关系更加亲密和谐。

欢乐时光，多彩难忘。本次嘉年华活动结束了，但愉快的瞬间将永久定格心间。特别感谢学院组织这样一个活动，在严冬岁尾给我们带来温暖和笑声，让我们可以在一年忙碌的工作之后，以这样暖心的形式与孩子对话，收获成长。

希望新的一年能带着这份快乐，为爱付出，为梦想努力，引导学生们扣好人生第一粒扣子，继续为学院和学校建设增光添彩。

作者：文化传播学院辅导员　李　丁

12月31日　星期日　多云

2024山东大学新年音乐会聆听者·王文婷

在2023年的尾声，我去听了期待已久的2024山东大学新年音乐会。

今年是我在山大的第五年，也是我最后一次能听着山东大学新年音乐会辞旧迎新的机会。我一直静静期待音乐会的到来，直到开始前两天，我才得知今年因人气火爆，需要门票。我十分懊悔没有及时看公众号的消息，四处求票，终于在鼓起勇气联系孔南老师表达对音乐发自肺腑的喜爱后，获赠了两张珍贵的门票。于是我和朋友赶忙从洪家楼校区出发去往趵突泉校区。

19：30，在如潮的掌声中，山东大学交响乐团指挥徐学敏教授走上台，一首欢快热烈的《卡门序曲》拉开了新年音乐会的序幕。在山东大学交响乐团优秀乐手们的倾情演绎下，我们聆听到了《天下乡亲》《匈牙利舞曲第一号》《鹊桥序曲》等经典旋律。在听到山大百廿校庆原创歌曲《我们的文脉源远流长》时，我身旁的朋友潸然泪下，她说这首歌就是为山大定制的，以后毕业离开山大了，想念山大时一定要听这首歌曲。在回去的公交车上，我们还不舍地回看着这首歌的视频。听到这首歌，我仿佛看见了山大的历史，看见了山大努力的先辈，我的眼前也闪过我在山大的五年。我爱山大，我的山大就是我的家！

回想 2020 年，我和同学发现了一门宝藏课程——安宁老师的“音乐导聆”课程。在安宁老师的引领下，山东大学爱乐者协会成立了，我们成为山大爱乐人，开始走进音乐的世界。自此，我们开始经常去圣昆仑音乐厅和梦迪音乐厅听音乐会，享受山东大学艺术学院带给我们的音乐盛典。2020 年跨年前夕，我们在梦迪音乐厅听了 2021 年山东大学新年音乐会，开启了听音乐会来跨年的仪式感。因为种种原因，后两年的音乐会没能线下赴约。终于，今天这场音乐会没有留下遗憾。非常感谢安宁老师的“音乐导聆”课，非常感谢山东大学艺术学院的老师和同学们每一次精彩的演出，感谢他们用音乐温暖我们，祝大家爱乐快乐，新年快乐！

作者：第二临床学院 2019 级本科生　王文婷

后 记

四季流转，风物成诗。又是一年相伴走过的春秋，《山大日记》作为每一位山大人的朋友，将承载着天南海北山大人收获、欣喜、敬意、感动等瞬间的文字影像，凝聚成山大人在新时代谱写的诗篇。我们与时代同行，日见其新，以遍布祖国的足迹，见证我们共同写就的别样校史，照亮每一位山大人的日月征程。

2023年，作为全面学习、把握、落实党的二十大精神的开局之年，山东大学将深入落实教育、科技、人才“三位一体”战略部署，扎根中国大地，聚焦“四个面向”，落实“五育并举”，勇担文化使命，坚持守正创新，推动融合发展，各项事业迈上新台阶，全面开创高质量发展新气象。《山大日记》记录着学校点滴发展背后的故事，描绘了不同山大人在365天里的多彩生活，那些奋斗过程中的艰难困苦、顿悟喜悦都是我们真实活过的证明，是发生在山大人之间珍贵的共鸣和共同的信念。

（一）以思想领航，以实践筑基；将奋斗融入国家发展的脉搏，这是我们深入学习贯彻习近平新时代中国特色社会主义思想的坚定步伐

作为党的二十大精神宣讲团的一员，信息学院本科生陈雨禾助力多地域多社区的居民们学习贯彻党的二十大精神，她在日记中写道："我们都是普通人，但同时也都是新时代中国特色社会主义建设的参与者和奋斗者。我们每个人的思考和实践虽然细微，但却不可或缺。"对校园古树名木如数家珍的后勤保障部职工谢东斗已投身园林绿化工作三十多年，他从习近平生态文明思想中获得启发，在日记中记录自己的思考："变被动咨询为主动现场开'处方'，做校园绿化好'医生'。"全国"青马工程"高校班学员刘政，分享了在暑期实践研学中的领悟："要想真正做好党的青年工作理论阐释，需要下真功夫，不仅要讲明白时事政治，更要讲清楚理论逻辑，既要以生动贴切的青年话语打动青年，也要以系统清晰的理论阐释感召青年。"

（二）应时代之需，攀科研高峰；将论文写在祖国的大地上，这是山大人服务国家战略的笃行志远

面对高原隧道建设的挑战，山大人义不容辞奔赴国家重大工程一线，参与隧道全断面岩石掘进机 TBM 施工隧道实地研究的刘嘉雯就是其中一员。她在日记中记录了在高原环境中参与施工的不易，以及当"亲眼看到'雪域先锋号''团结奋进号'这两台'穿山巨龙'搭载着山大的预报技术和装备在隧道中前行时"，内心感到的无比激动和振奋。山大滇中引水工程专项超前地质预报项目部成员任玉晓讲述了特殊而意义非凡的一天——参加隧洞贯通仪式。回顾山大岩土人在工程全线拼搏奋斗、奉献热血的身影，他感悟，"要想有所收获，除了要战胜隧洞内探测所处环境之艰苦、24 小时随时待命之辛苦外，还要苦学理论知识、苦练过硬本领，方能解决重大工程安全建设之苦"，在秀美的彩云大地上用实干诠释山大人的担当。集成攻关大平台先锋攻关团队成员邵辰已在广州开展了两年的科研攻关，遇到困难时总想起大平台徐现刚老师所说的"科研人的智慧是无穷的"，也通过实践深感"不同于在学校时的舒适安逸，进入工作岗位中的我更多了一份坚守与责任"。

（三）向岁月致敬，为文明探源；争做中华优秀传统文化"两创"的探路者和先行者，这是山大人肩负文化使命的责任担当

焦家遗址是中华文明探源工程29处核心遗址中唯一由高校负责发掘的遗址，焦家遗址考古队成员杨菊贤在日记中欣喜地写下他们的考古收获："驻地的院子里已经晾满了陶片，看着去年的发掘成果井然有序地呈现在眼前，真的很有大丰收的感觉。"在习近平总书记考察曲阜十周年之际，学校组织中华优秀传统文化"两创"系列专题学术讲座，人文社科研究院工作人员胡玉翠深情回忆起与每一位学者大家联络的趣事和敬意，是曾繁仁老校长在耄耋之年的"不改初心，躬耕学术"，是杜泽逊教授为讲座写稿到凌晨一点半的"学者治学之真精神"，是王学典、杨朝明教授不辞辛劳对讲座的欣然应允，不仅是谭好哲教授的"侃侃而谈、妙语连珠"，还有郑杰文、方辉、徐国亮、江林昌、何中华教授带来的学术盛宴，目之所及，皆是文明之光。元宵节之际，民俗学教授张士闪以酣畅淋漓的笔墨记叙了山东乡村元宵盛况，总结元宵节的独特魅力在于"月与灯的神秘交会"和"玩与闹的节俗设置"，更提出在世界文明交流互鉴日益频密的今天，"节日就是无可替代的文化使者"。

（四）筑知识高地，育创新精神；在全面发展中体悟"学在山大，快乐成长"，这是山大学子追求卓越的奋进之路

宝钢优秀学生特等奖获得者王君豪回顾在课程学习、课题研究、科创竞赛中成长的日夜，不禁感悟："每一段看似'特别'的经历背后，其实依靠的都是平凡的努力和不平凡的坚韧。"征兵宣传形象大使汤翔曾历练于常年飞沙呼啸、飞雪不断的西部高原，作为退役大学生积极参加校区国防教育及征兵工作，他讲述了满腔报国热忱背后的信念：“实践出真知，退伍永不褪色。”自行车协会2023远征队成员连礼与队员在暑假用车轮丈量祖国大地，他在骑行日记中写下：“穿过一座又一座城市，翻越一道又一道山岭，印在远征衫上的这条2000公里的长路，如今已经走过了1/4。”中国国际大学生创新大赛产业赛道金奖团队负责人王进、全国密码应用和技术创新大赛特等奖团队成员牛超、“走进联合国”访学团成员陈晶、山东大学“自强之星”获得者张连川……学无止境、气有浩然的山大学子，在分享自己成长故事和团队进步时，不约而同地感谢山大提供的创新实践平台，让他们得以在不同的天空同样发光闪耀。

（五）救死扶伤医者仁心，投身西部师者担当；走进大山、深入边疆，这是山大人奉献社会的赤诚之心

刚结束临床实践学习的医学生宋雯雯与同学赵立新、魏开铭路遇躲避货车而不慎摔伤的大爷，没有丝毫犹豫就齐力帮他送医救治，最终转危为安，她在收到患者的感谢后很受鼓舞：“这份认可和赞许给予了我们坚持救死扶伤的更大动力。”“医路西行”社会实践队在新疆伊犁哈萨克自治州开展义诊，参加义诊的青年医生孙宇涵记录了一个个医患互信的小故事，正如工作人员所说：“有的老人从一百公里外的霍尔果斯口岸赶过来，就是为了让你们齐鲁医院的专家给看一看，这样才放心。”“从大山到山大”，是一段跨越确山与山大的绵绵情意。确山县第七小学学生杨抒默跟着研究生支教团的老师来到山大，在日记中记录了来到大学时的欢呼雀跃，在山大校史馆文化积淀面前发出的惊叹，以及参观齐鲁医学院时对以后成为白衣天使的期待。“从山大到西部”，是“银龄教师”马保华、胡和勤、吴钧对西部地区的热切关注。“尽一位老教师的职责，躬行实践国家民族政策，积极助力西部教育事业发展，为边疆少数民族同胞培养人才尽绵薄之力”，是他们的朴素理想。不论是年轻的山大学子，还是银龄之年的山大教师，都在祖国沃土上播撒希望和爱的种子，拓展生命的厚度和精彩。

（六）立岗位之本，以热爱为墨；在学校不同领域默默奉献，这是山大人以实干书写的图强篇章

青岛财务处退休教职工李广勇在告别校区前写下日记，深情回顾了校区的十年发展：“作为第一批建设者，那时的艰苦岁月、寂寞煎熬回想起来实在太长。但看看现在日新月异的校区面貌，又感觉时光飞逝，就像看着自己的孩子在不知不觉中慢慢长大。”中心校区音乐厅幕后工作人员徐文祥用特别的方式表达对举办毕业晚会学子的情意和祝福：“我都会为同学们定做一架独一无二的飞机——在机身记下晚会名称，机翼上的编号是当天的日期。”全国硕士研究生招生考试威海校区送考联络员张川浩凌晨五点半就随“爱心大巴车”参加送考工作，让他难忘的是“认识的考生离开前扭头对我挥了挥手，说了一句‘走了’，这个瞬间让我心潮澎湃”。负责学生资助工作的学工部工作人员李进对每一个咨询电话都耐心嘱咐，千言万语汇成一句话：“请一定相信，读书改变命运，请一定不要放弃读书，你只需要带着录取通知书到学校，其他的国家管！”他们默默无闻的付出，给了山大校园温暖和力量，也因山大的日新月异而倍感自豪、深受鼓舞。

一路奋斗一路歌，我的山大我的家。这一年末，我们在济南六校区开展了山大日记十周年暨百微山大300期成果展，在过去的影像文字间分享成长的喜悦和翻山越岭后的豁然开朗，十年来承载的记忆和感动让驻足在展板前的师生校友长久回味。山大人的每一天都是山大闪光记忆中的一部分，何其有幸，能见证山大人在“全面图强”新征程上的奋斗风貌，记录山大人既平凡又不凡的生命故事。带着365篇日记——这产生于山大人精神花园的吉光片羽——我们也将这份旺盛的生命力，传递给下一个属于山大人的十年。

编　者

2023年12月

图书在版编目（CIP）数据

山大日记. 2023 / 张帅主编. -- 济南 ：山东大学出版社，2024. 12. -- ISBN 978-7-5607-8461-8

Ⅰ. I253

中国国家版本馆 CIP 数据核字第 2024WZ1054 号

责任编辑　朱若翌

封面设计　杜　婕　王秋忆

山大日记 2023

SHANDA RIJI 2023

出版发行　山东大学出版社

社　　址　山东省济南市山大南路 20 号

邮政编码　250100

发行热线　（0531）88363008

经　　销　新华书店

印　　刷　东港股份有限公司

规　　格　720 毫米×1000 毫米　1/16

　　　　　37.75 印张　4 插页　568 千字

版　　次　2024 年 12 月第 1 版

印　　次　2024 年 12 月第 1 次印刷

定　　价　99.00 元